imaginist

想象另一种可能

理
想
国
imaginist

苏　　特　　里
SUTTREE

Cormac McCarthy

[美] 科马克·麦卡锡 著　杨逸 译

河南文艺出版社
·郑州·

图书在版编目(CIP)数据

苏特里 / (美)科马克·麦卡锡著;杨逸译. -- 郑
州:河南文艺出版社,2022.3
ISBN 978-7-5559-1170-8

Ⅰ.①苏… Ⅱ.①科… ②杨… Ⅲ.①长篇小说—美
国—现代 Ⅳ.① I712.45

中国版本图书馆 CIP 数据核字 (2022) 第 016023 号

SUTTREE by Cormac McCarthy

Copyright © 1979 by Cormac McCarthy

All rights reserved

经授权,北京理想国时代文化有限责任公司拥有本书的中文(简体)版权
豫著许可备字 –2021–A–0204

苏特里

[美] 科马克·麦卡锡 著　杨逸 译

选题策划　陈　静　俞　芸
责任编辑　俞　芸
特约策划　李恒嘉
特约编辑　龚　琦
责任校对　丁　香
装帧设计　雷　韵
内文制作　李丹华

出版发行　河南文艺出版社
本社地址　郑州市郑东新区祥盛街27号 C座 5楼
邮政编码　450018
承印单位　山东新华印务有限公司
开　　本　850毫米×1168毫米　1/32
印　　张　22.125
印　　数　1—8,000
字　　数　437 000
版　　次　2022 年 3 月第 1 版
印　　次　2022 年 3 月第 1 次印刷
定　　价　93.00元

作者向美国艺术与文学学院、洛克菲勒基金会和约翰·西蒙·古根海姆基金会表示感谢

亲爱的朋友此时此刻在这座城市尘土飞扬且没有钟表计时的时间里运水车驶过的街道变得黑乎乎还热气腾腾与此同时酒鬼和流浪汉被逼到巷壁的背风处或废弃的空地上猫弓着背走了出来在阴森森的环境里探身而行，在这些由煤烟熏黑的砖头或者鹅卵石铺成的走道里电线的影子把酒窖的门变成了哥特式的竖琴没有灵魂应在此行走除了你。

　　古老的石墙历经风吹雨淋已经歪斜，裂纹之间嵌着化石骨头，石灰岩的圣甲虫堆积在曾经是内海的海底。远处的铁栅栏中长着漆黑的树，那里是属于亡者的小都会。古怪的大理石建筑，石碑、方尖碑、十字架和被雨水腐蚀的小石头，上面的名字随着岁月流逝变得模糊难辨。泥土里堆满了棺材匠的样品、积灰的骨头和腐烂的丝绸，死者的寿衣被腐肉玷污。再往远处蓝色的灯光下电车轨道伸入黑暗之中，在黄铜色的薄暮里蜿蜒如鸡爪般。钢筋释放着一天的热量，你能从鞋底感受到这种变化。顺着满是沙子的小街往下走身边是凹凸不平的仓库围墙，沿途可见熄火的汽车趴在煤渣砖砌成的平台上生着闷气。穿过几座大杂院，它们全都朝向铁路上划痕累累的黏土路基，院内长着漆树和美洲商陆，忍冬已经枯萎。灰蒙蒙的藤蔓在北半球向左卷曲，缠绕着它们的东西长着犬峨螺状的外壳。杂草从煤渣和砖块里冒出了头。一辆蒸汽挖土机被孤零零地遗弃在夜空之下。穿过这里。贴着辙叉轨道和鱼尾夹板走，火车头如雄狮般在漆黑的车场隆隆作响。去更黑的市区，沿途一片黑灯瞎火，路边有斜烟袅袅的棚屋、陶瓷狗摆件和喷了漆的轮胎，里面长出脏兮兮的花。顺着被疏忽造成的缓慢灾难毁得四分五裂的人行道前进，电线杆之间绷直的电线划过星空，上面挂着风筝线、瓶子做的博洛投掷球[1]和小孩子的玩具。到达受诅咒者的营地。这片区也许有皮肤剥落的麻风病人毫无警示地四处游荡。一轮黄铜色的月亮升起在城市的热浪和不可思议的天际线之上，云层在它的前方流动，像是掺了水的墨汁。刺向夜空的高楼像保卫远方某个失落世界的壁垒，从前的用途已然忘却。乡下人踩着沾满泥的鞋子从几英里外来到这里，哑巴似的在市集上一坐一整天。这座城市没有按照任何已知的范式建造，混杂的建筑风格透露着古往今来的人工设计理念，简要勾画出一批反常狂人和古怪疯子的形象。耗干了方圆几英里内土地汁液的河流平原上显出了各种各样的形状。

深色老砖砌成的工厂墙壁，支线轨道杂草丛生，一条污浊的蓝色排水道里有一丝丝不知是什么的黑色浮渣在水流中摇摆。

---

[1]　博洛投掷球（Bolo），一种在绳子两头系上球或其他东西的投掷玩具。

锈迹斑斑的窗框里除了玻璃还镶着铁皮窗格。路灯的球状灯罩上有一个月亮形状的缺口，有人往那里丢过一块石头，充满抱负的昆虫在这个洞里盘旋不停，同样的形态燃烧并失去生命，形成一阵持续的细雨。

到了小溪溪口，田野延伸到河流，肥沃的冲积土形成了泥泞的三角洲，露着骨头和可怕的废物，板条箱的残片、避孕套和果皮。旧罐头、旧坛子，还有破破烂烂的家居用品从低洼的粪坑冒了出来，像人迹罕至的精神分裂症山谷的地标物。这是一切幻想之外的世界，恶毒、可触、孤立，炸了的灯泡像被剪掉触手的珊瑚虫，半透明的头骨颜色，在水中盲目浮沉，油污像幽冥鬼眼，河滩上间或躺着臭气熏天的人类胎儿，像得了夜盲症的小鸟，身体发蓝或是发灰。远远地在黑暗中河流缓缓地淌过一摊烂泥流向南方的海洋，奔流着冲出被雨水打平的玉米地、次要作物和内陆地主那些沉积而成的园子，像研磨骨粉般吱吱嘎嘎地前进，运送着过去，梦不知怎的消散在水中，什么也不曾丢失。船屋靠着缆索航行。被小股潮水带上河岸的泥是肋状的，滑溜溜，像某种野兽空洞的骨架轰然倒地，越过乡村南方是连绵的群山。到了从前猎人和樵夫穿着靴子、躺在千团篝火的余光旁睡觉的地方，继续前进，古老的条顿祖先的眼睛闪烁着大规模掠夺的妄想之光，暴徒和疯子一拨接着一拨，捕风捉影式的类比刺激着他们的大脑，其中精瘦的雅利安人按照被禁的闪米特民间故事重新演绎起戏剧和寓言，盲目机械且面容苍白，他们欲壑难填，只等将黑暗彻底恢复。

我们来到了世界中的世界。在这些陌生的地方，在这些肮脏的贫民窟和千疮百孔的垃圾堆中，正义之士从列车和汽车的车厢里看到了别样的人生梦想。畸形者、黑人、精神病，他们逃避一切秩序，在每一块土地上都是陌生人。

夜晚很安静。像作战前的军营。城市被一种未知的东西包围，它会来自树林还是海里？指挥官已经在四周修筑了高墙，所有大门紧闭，可瞧啊，那东西在里面，你能猜到他的形状吗？他被关在哪里，他那张脸对着的是什么？他是织工，是通过时间经纬的穿梭者，还是世界绒毯上灵魂的梳理者？抑或是猎人，带着一群猎犬？或者说，会有骷髅马拉着他的灵车走街串巷吗？他会朝每个人吆喝自己的行当吗？亲爱的朋友不要去深究他的事，因为正是通过这种方式他才会被邀请进来。

剩下的就只有寂静。天开始下雨。夏日细雨，借着城市的灯光你可以看到雨水斜斜落下。河流像被盛在了名为平静的圣杯里。这座桥下面的世界似乎生来简朴。令人好奇，仅此而已。在下方光线昏暗的肮脏地带一只猫出现在岩间穿过黑色流体般的鹅卵石地冒雨在漆黑的街道以之字形蹿来蹿去最终和与之对跖的逆像一同没入了远处裂开的工厂。远远的下游处出现了微弱的夏日闪电。西边的世界帷幕正在升起。煤灰、死甲虫、无名小骨如小雨般簌簌落下。观众们满身是灰地坐着。对话者空荡荡的眼窝里睡着一只蜘蛛，被吊死的傻瓜那尚且连在一起的残躯在蝇群中荡来荡去，像色彩杂乱的骨头钟摆。四只脚的物体在船上来回走动。越是粗野的形态方能幸存。

低头凝视水中，朝日在其中投下一个个光轮，扇形冠冕囚禁了每一根树枝、每一粒沉沙，长条状的光斑和光带从落满灰尘的水面滑走，仿佛打开了光频闪灯，将尘埃筛分、旋转。一只手无精打采地搭在船舷上，是他打横躺在小船上，一只穿运动鞋的脚尖随着船身的晃动轻轻摇摆，不时在河面上划出一道道涟漪，船在桥下漂流，缓缓驶过泥浆玷污了的桥墩。桥下高大凉爽的拱洞和不见天日的钢架回荡着鸽子的咕咕声和拍打翅膀的空洞声音，听上去像一片热烈的掌声。他抬头瞥了一眼这些大教堂式的拱顶，灰水泥中包裹着陈年的木头节疤和畸形的钉头。小船继续漂流，桥的斜影倒映在宽阔的河面上，就像凝固在底片上的老式杯赛跑车，车轮因为速度极快变成了椭圆形。阴影在小船上方集结，接纳了他俯卧的身躯，随后便过去了。

　　他把下巴埋在臂弯里，懒洋洋地注视着河面上的动静，一团团污水微弱地流淌，难以辨认的垃圾结成了块，发黄的避孕套缓缓从黑暗中滚了出来，像某种巨大的吸虫或绦虫。观看者的脸贴在船边，深褐色的面孔在浮渣中左右摇摆，水汪汪的眼睛转来转去，做着鬼脸。一道痕迹在水面上徐徐蜿蜒，似乎有什么看不见的东西在搅动深水，五颜六色的油花里冒出小小的气泡。

到了桥下，他小心翼翼地直起身子，拿起桨开始朝南岸划去。在那里，他将小船掉了个头，然后把船尾甩进了一丛柳树，他走到后面，从水下捞起一根粗大的绳索，绳索的另一头连着一截插在岸边泥地里的铁管。他拿着绳索穿过支在艉横板上的敞开式桨架。此刻他又慢慢地划着船出发了，湿滑的绳子被拉了起来，穿过桨架再次掉进河里。当他距离岸边差不多三十英尺，第一只钓钩被提了上来，他把鱼线不停对折直到伸手够到钩子，将它解了下来。他继续往前划，船身和河中的漂浮物构成了一个约四十五度的夹角，鱼钩一个接着一个通过桨架，上面挂着小块泡烂了的碎肉。当第一次感觉到有鱼上钩时，他放下滴水的船桨，抓住了鱼线，徒手将它往船上拉。一条大鲤鱼破水而出，暗青铜色的鱼身披着大片鳞甲，闪闪发光。他把一大块钓饵挂上一个新的钩子，从船边放了下去，朝着前方继续划动双桨，大鲤鱼在船舱底部猛烈地扭来扭去。

等他把线全部放完，人已经到了河的另一边。他把最后一块钓饵装好，松开沉甸甸的鱼线，看着它沉入浑浊的泥水，消失在一大片闪闪的光斑之中，一个残破的冠状涟漪闪烁了一会，从中冒出了最后那块发白的腐肉。他把桨收回船上，又躺倒在座位上晒起太阳。小船轻轻地摇晃，顺水漂流。他把腰部以上的衬衫纽扣解开，伸出一只前臂挡住了眼睛。他能听见这条大河在身下细语，水面上泛着波纹。水流之下有大炮和炮架，炮耳陷在淤泥里变得锈迹斑斑，内河里的平底运货船腐烂得如胶水般黏稠。这里分布着传说中身披五行骨鳞的鲟鱼、色泽明亮的古铜色鲤鱼以及下腹部洁白光滑的鲥鱼，厚厚的淤泥里插满了碎玻璃、骨头和生锈的铁罐，还有布满黑色裂纹的陶器碎片。河对岸耸立着灰色的石灰石崖壁，嶙峋的表面布满长草的绿色断层。它们悬在水面上方，投下一片凉爽的阴影，水面平静幽黑，映出一只鸽随着上升气流盘旋于悬崖边缘的身姿，像一颗微小的白色星辰。小船的座位底下，一条离水的鲥鱼在游动，宽脸紧紧地贴在舱壁上，丝毫没有放弃的意思。

通过小溪口的时候，他举起一只手，慢慢地挥动。上了年纪的黑人们都插着花、戴着软帽，走动起来像是一座被风吹拂的花园，他们的手杖轻快地上下摆动，黑胳膊胡乱举向空中，带动身上艳俗粗鄙的服装也翻腾起来。他们身后，这座城市黯淡的轮廓正雾气腾腾地在瓷白色的天空中升起，看上去有些变形和疲惫不堪。污浊的河岸蜿蜒曲折，在炎热的天气里闪烁着微光，孤独的夏日午前一点声音也没有。

他在铁路栈桥底下放了另一条鱼线。水摸起来是温的，带着石墨般的润滑感觉。干完活已经是中午时分，他在小船上站了一会，检查自己的渔获。他慢慢地划着船回到上游，那些鱼在舱底一层浅浅的灰色污水中挣扎，柔软的触须带着迟钝的惊讶，抚弄着满是黏液的船板，弓起的后背在阳光暴晒下已经被漂得没有了血色。铜桨架在木头底座上吱吱嘎嘎地响着，黏糊糊的河水打着旋从船边板上流了出去，在船身后拖下一道尾流，像是把泥水翻耕过。

他划着船从悬崖的阴影处通过，路过经营沙子和砾石生意的公司，沿岸出现了一些积满灰尘的荒芜空地，那里的煤渣层上铺设着铁轨，车厢在隐蔽的侧线上氧化。他又经过存放镀锌波纹铁皮的仓库，它们坐落的平地是从砖红色泥土中挖出来的，其中露着些菱形和蜗壳状石灰石，全带着斑驳的泥土，就像是从水里冲出来的大骨头。他已经开始过河，就在这时看见了岸边的救援船。他们在河道里拖拽着什么，岸上围了一小群人在看热闹。热浪之中两艘小白船显得朦朦胧胧，它们缓缓地排放着蓝色的烟雾，发动机微弱的突突声反衬得河水很平静。他渡过河，沿着水道边缘往上划。两艘船并排而行，其中一艘关掉了发动机。救援人员戴着快艇帽，严肃地走来走去，执行着他们的任务。在渔夫经过的时候，他们正把一个死人抬上船。他浑身僵硬，除了脸，看上去就像橱窗里的人体模特。那张脸似乎又软又肿，一侧扎着一个抓钩，还带着疯狂的笑容。他们扶着他的腮骨将他抬了起来。一个发白的严重伤口。他歪着头，似乎在笨拙地抗议。他们把他抬到甲板上，他躺在地上，穿着湿透的泡泡纱西服和柠黄色的袜子，斜眼望向上方那些救援人员，脸上扎着钩子，像是钓鱼时拖上来的某种恶心的水侏儒，上帝的日光瞬间就将他杀死了。

渔夫走了过去，把小船拖到远离人群的上游河岸。他滚来一块石头，压住绳子，又走到下面去看情况。救援船正在驶来，一名救援人员跪在尸体上，试图把抓钩撬松。人群看着他，而他忙着拆抓钩弄得满头大汗。最后他抬脚抵住死者的头颅，用上双手的力气来拧那个钩子，直到它带着一丝丝白肉挣脱出来。

他们用一副帆布担架将死者抬上岸，放在草地上，他带着微笑，用干涸的眼睛望着太阳。沉闷的空气中已经聚集了一团嗡嗡乱叫的苍蝇。救援人员用一条粗糙的灰色毯子将死者盖住。他的脚还伸在外面。

渔夫正要走，人群中有人抓住了他的胳膊肘。嘿，苏特里。

他转过身。嘿，乔，他说，你看见这事了吗？

没有。他们说他是昨晚跳的河。他们在桥上找到了他的鞋子。

他们站在那里看着那个死人。救援队的工人们忙着回收绳子和滑车。围观群众如悼念者般聚拢得更严密了，渔夫和他的朋友发现自己从死者身边走过的时候好像在表达敬意。他穿着黄色的袜子躺在那里，一只手伸在草地上，苍蝇在毯子上爬来爬去。像有些人习惯的那样，他把手表表面朝手腕内侧戴，苏特里从旁边走过时，泛起了一种难以名状的感觉，并且注意到死者的手表还在走。

这样离开可不太好，乔说。

我们走吧。

他们踩着铁路边缘的煤渣前进。苏特里揉了揉下巴上微微颤动的肌肉，像是在忖度着什么。

你往哪边走？乔问。

就到这里。去我的船上。

你还在捕鱼吗？

是啊。

你为什么要干这一行？

我不知道，苏特里说，当时看起来似乎是个好主意。

你去过住宅区吗？

有时候会去。

找个晚上来街角烧烤店吧，我们一起喝杯啤酒。

这几天就去。

你今天还去捕鱼吗？

嗯。稍微捕一会儿。

乔盯着他。听着，他说，你可以去米勒百货看看。我兄弟说男鞋区要招一个人。

苏特里看着地面，笑了一下，用手腕背面抹抹嘴巴，又抬起头来。嗯，他说，不过我想我还是在河上再待一段时间吧。

好吧，那哪天晚上来吧。

我会的。

他们各自举起一只手朝对方挥别，他看见那男孩继续沿着轨道往前走，穿过田野走向大路。接着他下到小船边上，拉起绳子，扔进船舱，重新驾船驶进河里。死人还躺在河岸上，不过人群已经开始散去。他朝对岸划去。

他把小船荡到桥底，搁好船桨，坐着看舱底的鱼。他挑中了一条泛着蓝光的鲇鱼，抓着鱼鳃将它提了起来，大拇指插在它柔软的黄色喉咙里。它弯了一下身子就不动了。船桨朝河里滴着水。他从小船上爬下来，把船系在一个木桩上，然后费力地爬上没有长草的湿滑河岸，朝着那些与地面连接的桥洞走去。水泥拱顶之下有一个黑黢黢的洞，入口处堆了一圈石头，一块巨石上用黄油漆刷着"禁止入内"几个粗糙的大字。照不到阳光的恶臭泥地上，一团火在锥形石堆里熊熊燃烧，火前蹲着一个老人。老人抬头看了看他，又回头盯着篝火。

我给你带来了一条鲇鱼，苏特里说。

他咕哝着，向周围挥挥手。苏特里把鱼放下，老人眯着眼睛看了看，然后戳了戳火堆里的灰烬。坐吧，他说。

他蹲下了。

老人看着细细的火苗。车辆在他俩头顶缓缓驶过，发出微弱的轰鸣声。火堆里有几个土豆，烤焦的表皮已经胀开破裂，发出细微的嘶嘶声，像小型的有机体在煤块上咽了气。老人把它们从灰堆里叉了出来，一个、两个、三个冒着烟的黑石头。他把它们全部放进一个生锈的轮毂盖里。你自己拿个土豆吃，他说。

苏特里抬起一只手。他没有回答，因为他知道老人会邀请他三回，他必须分配好拒绝的话。老人把一个冒着烟的罐子倾斜过来，朝里面张望。用河水煮了一把豆子。他抬起那双风烛残年的眼睛，从突出的眉骨底下看向外面。我现在记起你了，他说，那时你还很小。苏特里不这么认为，可他还是点了点头。这老人以前挨家挨户地拜访，能让布娃娃和玩具熊说话。

去，给自己拿个土豆吃，他说。

谢谢，苏特里说，我已经吃过了。

他把土豆捏开，滚热的蒸汽从土豆心里冒了出来。苏特里朝河的方向看去。

我喜欢热腾腾的食物，你呢？老人问道。

苏特里点点头。温暖的正午弧形的漆树叶子颤动起来，间隔排列的桥梁拱肩中，鸽群叽喳低唱。他蹲在阴影里，脚下的地面散发着地穴特有的霉味。

你看见那人跳河了吗？苏特里问。

他摇了摇头。这是个上了年纪的拾荒者，瘦骨嶙峋颤颤巍巍。我看见他们拖网了，他说，找到他了吗？

嗯。

他为什么跳河？

我不知道，他说。

我可不会。你会吗？

但愿不会。你今天早上进城了吗？

没有，我从来不去。我有病，不能去。

什么病？

老天爷，我也不知道。他们说死神来时就像夜里的小偷，他在哪儿？我要搂住他的脖子。

好吧，但别从桥上跳下来。

我可不会无缘无故那么干。

他们似乎总是挑热的天气跳。

接下来的天气更糟，拾荒者说，恶劣的天气。可以预见。

那个女孩是来看你的吗?

没有人来看我。

他用一根铜勺子从罐头里舀豆子吃。

我回头再跟她聊聊,苏特里说。

好的,真希望你给自己拿个土豆吃。

苏特里站起身。我得走了,他说。

别急着走。

得走了。

再过来。

好的。

　　微风徐来,他转过身用脚抵住船尾的立柱,使劲往对岸划。水从小船松开的木板间灌了进来,早上捕的鱼都浮了起来,它们在油漆剥落的下陷地板上无声地晃荡,到处碰壁。捻缝用的麻丝头都破烂了,散开在接缝处,和脏水里的鱼饵屑、碎纸头一起流走。河道忽高忽低,河水在一只修补过的铁皮桨叶之下潺潺流动。小船已经半浸在水中,虽然摇晃得厉害,依然在惯性作用下颠簸前进。他转向上游,贴着岸边继续前进。身穿鲜艳假日服装的黑人家庭在河边钓鱼,眼神忧郁地注视他一路。草地上摆着装食物的桶和篮子,黑皮肤的婴儿陈列在毯子上,四个角都压了石头,防止被风吹跑。

　　一回到船屋,他把桨收回船里,小船猛地转入一个泊位,重重地撞上了钉在那里的轮胎皮。他单手抓绳荡上岸去,将它系紧。小船上下颠簸,滑动得很严重,舱底的污水也猛地涌了上来。鱼无精打采地划水。苏特里伸了个懒腰，揉了揉背，抬眼望向太阳。天气已经非常热了。他沿着甲板走，推门进了屋。棚屋里面的木板似乎热得变了形，沥青珠子从铁皮屋顶下的横梁滴落。

他穿过小屋，摊开手脚躺到一张折叠床上，双目紧闭。窗口吹进一阵微风，拨弄着他的头发。水上棚屋在河里轻微晃动，地板下的钢质滚轮在热浪中膨胀起来，惆怅地发出砰的一声。眼珠一动不动。这个安静却混乱的星期天。心脏在胸骨下跳动。血液在指定的路线上流动。生命在狭小的地方，在狭窄的缝隙中。树叶里有蟾蜍的脉搏。一滴水包含了微妙的细胞战争。右位心者，医生微笑着说，你的心脏在正确（右边）的位置。饱经风霜，萎缩无爱。外皮绷紧、裂开，像熟透的水果。

他在折叠床上重重翻了个身，用一只眼睛从粗糙墙板上的空隙向外窥探。河水正从那里流过。大型下水道。溺水而亡，死者的手表嘀嗒运作。祖父桌上的那只老式铁皮钟敲起来像铸造厂的声音。在黄色的小房间里欠身道别，空气中有百合花和熏香的味道。他竖起脖子告诉我一件事。闻所未闻。他呼哧呼哧地叫着我的名字，握紧的手掩盖了他的虚弱。他那凹陷憔悴的脸。如果可以，亡者会把活人带走，于是我走开了。坐在爬满常青藤的花园里，蜥蜴皮肤贴地不停滑行。养在笼中的野兔在马车房墙壁的阴影下显得惨白。玫瑰园内的石板路，河流上方铺着草坪的阶梯斜坡，冷藏间的影子里有黄杨、苔藓和旧砖石的气味。水田芥之下、清流中的石头上聚集了大群滨螺。一条长着鲑鱼斑点的蝾螈，俯身吮吸飘着青苔的冰水。一张皱巴巴的孩子脸回望过来，一个水中的异构体在涟漪里惊奇地瞪大了眼睛。

在父亲的最后一封信里，他说世界是由那些愿意承担责任的人来运作的。如果你觉得自己失去的是人生，那么我可以告诉你去哪里找到它。在法庭上、公司里、政府中。街道上什么事也不会发生。什么都没有，除了由无助者和无能者凑成的一出哑剧。

长辈老朽污秽的喉咙也好，发霉的书本也好，我一个字也没能拯救出来。在梦里，我和祖父一道走在漆黑的湖边，老人家的话充满了不确定性。我看见了虚假之物如何从死者身上掉落。我们轻松地交谈，我很荣幸能与他一起深入那个众人皆凡人的世界。他站在秋日树林里一条窄道的尽头，看着我走向清醒者的世界。如果我们死去的亲人会成为圣人，那么我们也许有理由向他们祈祷。圣母教会是这样告诉我们的。可她并没有说他们也会在梦里梦外向我们回话。或者那些死胎会用什么样的语言说话。这位访客更常来。一言不发。这婴儿的骨架是一把斑驳的细骨头，纵沟横贯的表面上紧紧地贴着碎肉和破褓褓充当的寿衣。这些骨头只够装一个鞋盒，包括一个球状的头骨。右边的太阳穴上有个淡紫色的半月形印子。

苏特里转过身来，平躺着盯住天花板，用指尖轻轻抚摸自己左太阳穴上一个类似的痕迹。次男的纹章。镜像。笨拙的复写。他长眠在伍德朗，不管那孩子还剩下什么，你和他曾共用母亲的肚子。他从前不说话也看不见，现在依然如此。也许他的头颅盛着海水。生下来就夭折了，也没有智力，或许是个形态可怖的畸胎瘤。不会的，因为我们连每根头发都一模一样。我跟着他来到这个世界，是我。臀位分娩。屁股在前，就像鲸鱼或蝙蝠，这些生命形式是为了地球之外的其他媒介而存在的，与它并无亲缘关系。过去常常为他逝去的灵魂祈祷。相信这可怕的马戏一直在别处上演。他清清白白地逗留在没有基督的地狱边缘，可我身陷人间地狱。

开裂的薄墙传来下沉的小船中鱼儿跳动的声音。这是信仰的标志。天堂的第十二宫。引你进入西方教会。圣彼得是鱼贩子的守护神。圣菲亚克则是那几堆玩意儿。苏特里用一只胳膊遮住眼睛。他说，换个时代也许自己已经是一个给大家捕鱼的人，可现在，捕这些鱼对他来说似乎已是极限。

醒来时已经是傍晚。他没有动弹，还是躺在那张粗糙的军用毯子上，看河面反射的光舔舐着天花板，时而消失，时而闪耀。他感到棚屋有些倾斜，过道上有脚步声，滚轮间也传来了低沉的滚动声音。毫不遮掩，这位。透过缝隙，他看见有人沿着过道走了过来。一阵胆怯的敲门声，片刻又是一阵。

进来吧，他说。

巴迪?

他转过头。他的舅舅正站在门口。他又回过头看向天花板，眨了眨眼，坐起身，把脚挪到地上。进来吧，约翰，他说。

舅舅从门口进来，犹豫地四下张望。他在房间中央停了下来，似乎被关进了灰尘飞舞的方形光线牢笼，囚禁于窗户和对面墙壁上它的歪斜影子之间，那张毫无表情的脸被冷冷地照射着，眼睛里泛着水光，半开半闭，松弛的垂肉从脸颊上挂下来。他的手微微动了动，脸上挂着一副僵硬的笑容。嘿，孩子，他说。

苏特里坐着，盯着他的鞋。他把双手交叠，又打开，然后抬起头来。坐吧，他说。

舅舅四下看看，拉过一把椅子，小心翼翼地坐了进去。哎，他说，你还好吗，巴迪？

正如你所见。你好吗？

好着呢。好着呢。事情都还顺利吗？

都顺利。你是怎么找到我的？

我在老鹰俱乐部遇到了约翰·克兰西，他说你住在船屋一类的地方，于是我就沿着河在这边找，真的找到了。

他笑得有些勉强。苏特里看着他。你告诉他们我在这里了吗？

他收起了笑容。不，没有，他说。没有，这是你的私事。

那就好。

你在这下面待了多久了？

苏特里冷冷地看着舅舅装出宽容的笑意。我出狱以后，他说。

好吧，我们什么也没听说。多久了？

我们是谁？

我什么也没听说。我的意思是我不太确定你到底出没出来。

我一月份出狱的。

好，好的。那个什么，这地方是租的还是什么？

我买的。

那很好，他又四下张望起来，还不赖。炉子什么的都有。

约翰，你近来可好？

哦，没什么可抱怨的，你知道。

苏特里注视着他。他似乎化了个老年妆，白发苍苍，脸上的黏土面具裂出一个男仆式的微笑。

你看上去不错，苏特里说。他的嘴角抽搐了一下。

好吧，谢谢，谢谢。就是试着保持健康。上了年纪肝脏已经不是最佳状态了。他用手掌按住腹部，抬头看向天花板，又看看窗外的夜空，外面的影子已经越拉越长。冬天做了个手术。我想你不知道。

嗯。

当然，我正在逐步恢复。

苏特里能从小房间的热气中闻到他身上的味道，臭烘烘的衣服上沾着淡淡的威士忌味。死亡边缘的甜蜜气息。他身后的西墙上，被烛光照亮的木头节疤闪耀着血红炽热的光，像是围观恶魔的眼睛。

我没酒，不然就给你倒一杯了。

舅舅抬起一只手掌。不，不，他说，我不用，谢了。

他压下一边眉毛，看着苏特里。我看见你母亲了，他说。

苏特里没有回答。舅舅往外掏着香烟。他把烟盒递过来。抽吗？他问。

不了，谢谢。

他抖了抖烟盒。来一根吧。

我不抽烟。

你以前抽的呀。

我戒了。

舅舅点起烟，朝着窗户喷出一条如蓝色长蛇般的烟雾。它在昏黄的灯光中盘绕、消散。他笑了。我希望每次戒烟都能拿到一美元，他说，话说回来，他们都很好。我觉得应该让你知道。

我不觉得你见过他们。

我在住宅区遇到过你母亲。

你讲过了。

好吧。当然，我不怎么去那里。我圣诞节去了。你知道的。他们在老鹰俱乐部给我留了言，叫我打电话回去，可我不知道。有时候我也会去吃晚饭。你知道的，我不太想去那里。

我不会因为这个怪你的。

舅舅在椅子上挪动了一下。嗯，并不是我和他们真的相处不好。我只是……

你只是不能忍受他们，或者他们不能忍受你。

舅舅的脸上掠过一丝滑稽的微笑。好吧，他说，我想还不至于那么说。当然，他们也从来没有帮过我什么忙。

给我讲讲，苏特里冷淡地说。

我想是这样的，舅舅一边说一边点头。他深吸了一口烟，沉思起来。我想你和我在这方面有一点像，是吧，小子？

他以为然。

你应该认识我的父亲。他是个好人。舅舅不确定地低头看着自己的手，说，是的，一个好人。

我记得他。

他在你还是个婴儿的时候就死了。

我知道。

舅舅换了个话题。你应该找个时间到老鹰俱乐部来，他说，我可以把你弄进去。他们星期六晚上有个舞会。那里会有些漂亮的女人来。你会有惊喜的。

我想我会的。

苏特里向后仰去，靠在粗糙的木板墙上。蓝色的薄暮占据了整个小屋。他盯着窗外，见有夜鹰冲出长空，雨燕受了惊吓，在河面上飞来飞去，啾啾直叫。

你真是个有趣的家伙，巴迪。除了你哥哥我想不出还有谁能比你更与众不同。

哪一个？

你说什么。

我问哪一个。

什么哪一个？

哪一个哥哥。

舅舅局促不安地轻笑起来。哎呀，他说，你就一个哥哥呀。卡尔嘛。

他们就不能给另一个起个名字吗？

什么另一个？你到底在说什么？

那个生出来就死掉的。

谁告诉你这件事的？

我自己记得。

谁告诉你的？

你。

我可没有。什么时候？

几年前。你喝多了。

我从来没说过。

好吧。你没有。

有什么区别吗？

我不知道。我只是想知道为什么这件事要保密。他是怎么死的？

在肚子里就死了。

我知道。

我不知道为什么。事情就是那样。你们俩都是早产儿。你发誓我告诉过你？

这不重要。

你什么也不会说出去，是吗？

不会。我只是感到好奇。比如医生们说了什么。我是说，你得把他们都带回家，只不过有一个装在袋子或者盒子里。我想有专人会处理这种情况。

别提了。

苏特里俯身向前，低头看着自己破破烂烂的廉价鞋子，它们交叠着摆放在地板上。天哪，约翰，别担心，我不会说出去的。

好吧。

别告诉他们你见过我。

好的。很公平。一言为定。

对，约翰，一言为定。

反正我也不会见到他们。

你刚说见过。

舅舅又在椅子里挪了挪，用黄色的长食指拉了拉衣领。他本可以帮帮我的，你知道。我从没问他要过什么。从来没有，老天作证。他本可以帮我的。

可是，苏特里说，他没有。

舅舅点了点头，盯着地面。你知道的，他说，你和我有很多相似之处。

我不这么认为。

在某些方面。

不，苏特里说，我们不一样。

好吧，我的意思是……舅舅摆了摆手。

这是他的观点。可我不像你。

好吧，你懂我的意思。

我不懂。但我确实不像你。我也不像他。不像卡尔。我就是我。别告诉我我像谁。

好吧，听着，巴迪，没必要……

我觉得很有必要。我也不希望你来这里。我知道他们不喜欢你，他不喜欢。我不怪你。这不是你的错。我无能为力。

舅舅眯起眼睛望着苏特里。没必要对我盛气凌人，他说，至少我没进过那该死的监狱。

苏特里笑了。是劳动救济所，约翰。它们有点不同。不过我就是我。我不会到处跟别人说自己进过结核病疗养院。

那又如何？我可没说自己滴酒不沾，如果你是这个意思的话。

你酗酒吗？

不。你笑什么？我他妈的可不酗酒。

他总是叫你酒鬼。我想也许没那么糟。

我才不在乎他说什么。他可以……

说下去。

舅舅警惕地看着他。他把一小截香烟弹到门外。嗯，他说，他也不是什么都知道。

你看，苏特里向前倾了倾身子说，要是一个男人娶了地位比自己低的妻子，他的孩子就会比自己差。如果他真这么想。如果你不是个酒鬼，他也许会对我另眼相看。事实上，我的情况一直都很糟糕。大家都觉得我不会有好结果。我的祖父过去常说血缘会说明一切。这是他最喜欢说的话。你在看什么？看着我。

我不知道你在说什么。

不，你知道。我在说我父亲瞧不起我，因为我有你这种亲戚。你不觉得这是个公正的说法吗？

我不明白你为什么要把自己的麻烦归咎于我。你和你这种疯狂的观念。

苏特里伸出手来，穿过两人中间的狭小空隙，握住了舅舅垂下的双手，将它们合了起来。我不怪你，他说，我只想告诉你有些人是什么样的。

我知道人们是什么样的。我早该知道。

凭什么你早该知道？你认为我父亲那样的人是异族。你可以嘲笑他们自命不凡，但你不能质疑他们有选择自己生活方式的权利。

他穿裤子的方式和我一样。

胡说八道，约翰。这话连你自己都不相信。

我说了，是不是？

你认为他怎么看自己的妻子？

他们相处得可以。

他们相处得可以。

是啊。

约翰，她是个清洁工。他甚至对她的善良都没有真正的信心。你难道想不到他在她身上看到了跟在你身上一样的不幸吗？一个单纯的动作就能让你想起。

别说我不幸，舅舅说。

他可能觉得，多亏了他仁慈的教导才使她没有沦落妓院。

你说的可是我的姊妹，小子。

她是我妈妈，你这个脆弱的笨蛋。

小屋里突然静了下来。舅舅浑身颤抖地站了起来，声音压得很低。他们是对的，他说，他们告诉过我。他们看你是对的。你是个恶毒的人。讨厌的恶毒之人。

苏特里坐在那里，双手捂着额头。舅舅小心翼翼地朝门口走去。他的身影落在了苏特里身上，苏特里抬起头来。

也许这就像色盲，他说，女性只是载体。你是色盲，对吗？

至少我没疯。

嗯，苏特里说，没疯。

舅舅眯起的眼睛似乎变得柔和了。愿上帝保佑你，说完他转身迈入过道，踩着木板走了。苏特里站起身，向门口走去。他的舅舅正借着白天里最后一点余光穿过田野，向着逐渐变得昏暗的城市走去。

约翰，他喊道。

他回过头。可那老人似乎彻底被隔绝在了自己创造的世界里，苏特里便只是举起了手。舅舅像明白了什么似的点点头，继续往前走了。

小屋里几近全黑，苏特里在狭小的甲板上踱来踱去，踢起一张小凳，倚着船屋的墙壁坐下了，双脚搭在栏杆上。微风从河面吹来，带着机油和鱼的淡淡味道。夜间的声音和笑语从铁路岔线后的黄色棚屋里飘了出来，激荡的河流在黑暗中蜿蜒而过，在他的脚下嘶嘶作响，像是沙子在玻璃杯里翻腾，又像是沙漠里的风，还有来自废墟的慢声低语。他用指节推挤眼窝，头靠在木板墙上。太阳的余温还在，仿佛从颈后传来的微弱气息。

河对岸，木材公司的灯光被黑水截断打散，河流下游处，一串串桥灯如悬链般对称地挂在两岸之间，在微风吹拂下柔和地摇曳。法院塔楼的钟敲响了半点报时。城市里回荡着孤独的钟声。远处有一只萤火虫。还有一只。他站起身，往河里吐了口唾沫，沿着过道走到岸边，穿过田野朝马路走去。

他呼吸着傍晚凉爽的空气走到前街，前方西边的天空依旧是深蓝色，有蝙蝠形状的物体蹿出，盲目笨拙地穿行，像滑坡的孢子。夜里弥漫着煮绿叶菜的恶臭，广播里播放着一连串音乐，伴着他走过了一幢幢房子。他路过了几座院子和用空心砖砌成的菜园，里面传出家禽的低鸣，经过棚屋与棚屋之间的黑洞窟时，有音乐声猛地响起又渐弱渐止，沿途的窗户里光线昏暗，照得发黄开裂的百叶帘上暗影摇晃。穿过几个隔板搭建的大杂院，里面臭气熏天，孩子们哭哭啼啼，胆小半秃的看门狗乱吠一气后悄悄地溜走了。

他爬上小山，向城市的边缘走去，经过黑人教堂时那里大门敞开。里面灯光柔和，身着西装、戴金丝眼镜的牧师看起来像故事书里的乌鸦。伴随着福音音乐，苏特里脱离了外面的那个炽热且怪异的阴曹地府。深色的喉咙纷纷斜仰，上面血管密布像带鞭痕的骏马胁腹。他曾在夏夜见过他们，当时他坐在路边，似一个苍白、格格不入的异教徒。某个雨夜在这附近，他在自己的牙齿填充物里听见轻柔的乐声引出新闻轶事。他所在的地方甚是平静，耗尽了他的心思，因为即便只是精神世界的虚假草图，也总比什么都没有强。

顺人行道而上，陡峭的路面有供行人踏稳脚步的沟槽，也是蟑螂自由通行的路径。轻敲这扇上了闩的歪门。吉米·史密斯那啮齿动物般的棕色门牙出现在纱门后面。朽烂的纱网上有一个洞，也许是这些年来他的呼吸造成的。沿着一条长长的走廊往里，天花板上垂下一根电线吊着一个熏黄的灯泡。史密斯的拖鞋在油毡上发出刺耳的刮擦声。到了客厅尽头，他扶着门转过身来。肩膀和胸前的皮肤蜡黄松弛，没有血色，布满皱纹，看上去像是用废料和碎肉拼凑缝合的，最后在外面小心翼翼地裹上那件不太结实的脏汗衫，它破成了灰色的网兜。小厨房里，两个男人正坐在桌旁喝威士忌。还有一个人靠在脏兮兮的冰箱上。一扇打开的门通向一个门廊，那是个用灰色木板搭建出来、摇摇欲坠的小柱廊，伸在漆黑的河面上。几个烟头一亮一暗，说明那里有人。阵阵笑声传来，一个身材臃肿的妓女朝厨房里看了看，又走开了。

苏特，你要什么？

一杯啤酒。

靠在冰箱上的男人稍稍往旁边挪了挪。别来无恙啊，巴德，他说。

嘿，朱尼尔[1]。

吉米·史密斯打开一罐啤酒，递给苏特里。他付了钱，店主从他那恶心的短裤里拿出零钱，数了几个硬币放进苏特里的

---

[1]　朱尼尔（Junior），即前文出现的乔（Joe）。

手心，便拖着脚走了。

谁在后面？

一群酒鬼。我兄弟在后面。

苏特里往喉咙里倒了一口啤酒。天气凉爽舒适。好，他说，我到后面看看他。

他朝桌边的两个人点点头，从旁边走了过去，穿过走廊，进到一间宽敞的老式会客室，高大滑门轨道的涂漆有些年头了。五个男人坐在一张牌桌前，没人抬头看他。除了他们，房间空荡荡的，白色大理石壁炉上蒙着一块铁皮，油漆过的护墙板很陈旧了，高高的洛可可式印花天花板有涡卷形的石膏装饰，以前装煤气灯的地方挂了一圈铜珠子，里面点着一个灯泡。

置身这种疯狂的简朴之中，又被昔日辉煌的残存物所包围，这些扑克玩家就像是旧时代的影子，或者舞台布景中粗陋的伪装者。他们喝酒、下注，在短暂的刺激下喃喃自语，这些老人袖口系着绑带，长斑的深褐色面孔露出兴奋不已的神情，赶着在隐隐将至的凶兆之前下注。苏特里从他们身边经过，继续往前走。

前面的房间里只有一张用砖头支起的破沙发，再无他物。一个摇晃的弹簧从靠背里冒了出来，线圈里缠着一个啤酒罐，磨破了的灰鼠色沙发垫里深陷着一排醉汉。

嘿，苏特里，他们嚷道。

他妈的，"杰宝"说着，从沙发里抬起身来。他伸出一只胳膊搂住苏特里的肩膀。这是我的老伙计，他说，威士忌在哪儿？

给他喝一口那上头的玩意儿。

吉姆，你好吗？

跟大家过得一样。你去哪儿了？威士忌呢？给你。喝一口，巴德。

这是什么酒？

"时代波本"。世界上最好的老酒。喝一口吧，苏特。

苏特里端起酒对着光线。油性液体里飘着小树枝、碎屑和别的什么东西。他晃了晃瓶子。黄色的瓶底升起一股烟。妈的，老天啊，他说。

世界上最好的老酒，"杰宝"唱了起来，喝一口吧，巴德。

他旋开瓶盖，闻了一闻，打了个寒战，喝了一口。

"杰宝"抱了抱喝酒的那个人。看，老苏特里喝酒了，他大喊。

苏特里紧紧地闭上了眼睛，他握着瓶子，递给任何想要拿走它的人。该死的，什么鬼玩意儿？

"时代波本"，"杰宝"嚷道，世界上最好的老酒。喝了它，隔天早上你一点感觉都不会有。

也不知道是哪天早上。

喔，我的天啊，给我吧。你好，"时代"，到老爹这里来。

给，倒一些在这个杯子里，我用可口可乐兑一下。

可不能这样，巴德。

为什么不能？

我们试过了。你会悔断肠子的。

当心，苏特里。别洒在鞋子上。

嘿，博比约翰。

老卡拉汉什么时候出来？博比约翰问道。

我也不知道。这个月的哪天吧。你见过"提桶"吗？

"提桶"全家搬到伯灵顿去了。他不会再来了。

来跟我们坐一块儿，苏特。

"杰宝"拉拉他的胳膊。坐下，巴德，坐下。

苏特里放松地坐在沙发的一个扶手上，小口地喝着他的啤酒。他拍了拍"杰宝"的后背。说话声似乎消失了。他微笑着推开威士忌酒瓶。煤灰蒙在开裂的石膏板上勾画出板条的形状，这个高大的房间透着荒凉的感觉，聚集着注定不幸的人们。生命在这里过分旺盛地搏动着。人声鼎沸、笑语欢腾，走气的啤酒发出呛人的味道，渐渐地，星期天特有的寂寞感消失了。

那难道不是真的吗，苏特里？

你们在说什么？

这城市底下到处都是洞穴。

是真的。

那里面都是什么呢？

看不见的泥浆。跟上面一样，只不过是在下面，苏特里耸耸肩。我对此一无所知，他说，它们只是一些洞穴。

他们说河底下有一个垂直的洞。

就是奇尔豪伊公园出现的那个吧。他们本该在内战的时候用它来藏东西。

也不知道现在底下都有什么。

知道才怪，你问苏特里。

你觉得还有可能下到那些内战时期的洞穴里吗，苏特？

我不知道。我总是听人说这条河底下有一个，可从没听说有谁进去过。

那里面也许有内战遗迹。

现在可不就来了一个嘛，"杰宝"说道，你好啊，"黑鬼"。

苏特里看向门口。一个戴着眼镜、面如土灰的男人正看着他们。我说不上来，他说，孩子们，你们还好吗？在喝什么？

"时代波本"，吉姆说的。

来喝一口，老黑。

他蹲到瓶子前，朝大家点了点头，小眼睛在镜片后飞快地转动着。他抓起那瓶酒就喝，松弛的喉咙猛地一扯。放下酒瓶时，他闭上了双眼，脸庞扭曲成一团。噗咻，他朝笑嘻嘻的围观者喷出一团带挥发性味道的雾气。老天爷，这是什么呀？

"时代波本"，老黑，"杰宝"嚷道。

更像是时代坟墓吧。

天啊，亲爱的，我只知道他们是在浴缸里做私酿酒的，可这个是在厕所里做的吧。他盯着那只酒瓶，摇晃了几下。猎鹅弹大小的气泡穿过瓶中冒烟的液体滑溜溜地浮了上来。

你会醉的，"杰宝"说道。

老黑摇摇头，吹了口气又喝了一口，然后痛苦地别过脸，把瓶子递了出去。等能说话了，他说，孩子们，我和一些劣质威士忌打过交道，可我是个肮脏的黑鬼啊，只要不是特别难喝就行了。

"杰宝"把瓶子向门口一挥，朱尼尔正站在那里咧着嘴笑。兄弟，你不想来一口吗？

朱尼尔摇了摇头。

孩子们，挪过去一点，让这个老黑鬼坐下。

来，老黑，坐这里。挪开点，"猎熊人"。

老天爷，孩子们，我为什么不直接吐了呢。他摘下眼镜，擦了擦泪汪汪的眼睛。

最近忙什么呢，老黑？

我一直试着给波比筹钱。他转过身，抬头看着苏特里。我认识你吗？他问。

我们一起喝过几杯啤酒。

我想我记得你。你认识波比吗？

我见过他一两次。

"黑鬼"若有所思地摇了摇头，我养了四个男孩，可他娘的除了拉尔夫都去蹲了大牢。当然，我们去的约登利亚的少管所。有一次他们确实把我弄到劳动救济所去了，可我溜了。老布莱克本是那里的守卫，他认识我，可他从来不说什么。你也在约登利亚吗？克拉伦斯说现在那里没那么苦了。孩子们，当年我的时候，那地方可是比老玉米棒子还让人难受。当然他们不会把你送去参加唱诗班。我因为偷窃在里面关了三年。本想换到 TSI 去，在那边他们会教你一门手艺，不过你得是弱智才能过去，可惜他们说我不是。从约登利亚出来的时候我十八岁，那是一九一六年。我真希望理解自己的孩子。他们让我花了大价钱。我花了一万八千美元才把他们弄出来。他们的爷爷从没有碰上一丁点类似的麻烦，随你怎么想，他活到了八十六岁。现在他该喝一杯了。我自己就这么干。不过他从来没有为官司操过心。

给你喝一口，苏特。

"黑鬼"截走了酒瓶。你和吉姆熟？他是个好孩子。别不相信。我希望麦卡纳利公寓住满他这样的人。我认识他老爹。他比那边的朱尼尔小。就差了一分钟。咻。该死，这玩意儿到底是不是威士忌。爱尔兰人朗绝不会从任何人身上拿东西，不会。我记得有一次他去了一个叫羊毛厂餐吧的地方。吉姆，你知道它在哪儿。就是那个工人咖啡馆。一个星期天的早上他来找人，当时外面站了一大群争强好斗的大汉，那里原本有个顶棚，你们小孩肯定不记得了，他们在喝威士忌，都是那老小子的朋友，爱尔兰人朗走到那些人跟前，想知道他在哪里。结果呢，没人肯说，但也没有一个硬汉敢问他找人家干吗。要是你惹他，他会往死里打你屁股，爱尔兰人朗会的。在麦卡纳利没有人心肠比他更好了。他把自己所有的一切都捐了出去。只要他想，他早就有钱了。他家有几间店铺。可别人没钱，人们买不起他们的杂货。你们小孩不记得大萧条了。他跟他们讲，他们可以直接去拿他们需要的东西。面粉和土豆。婴儿喝的牛奶。他从不拒绝任何人，爱尔兰人朗从不。现如今有些人住在市里的大房子，可当年要不是他也许早就饿死了，只不过他们没有那个胆量承认罢了。

你最好过去喝一口，不然"黑鬼"就把它喝完了。

给"猎熊人"喝一口吧，苏特里说。

给博比约翰也喝一口吧，怎么样？博比约翰说道。

这里还有个人想喝呢，"黑鬼"说道，别以为他不要了。

我自己来，"杰宝"说。

我他娘的也自己来，"黑鬼"说。

吉米·史密斯在房间里走来走去，像一只巨大的训练有素的鼹鼠收集着空罐子。他拖着脚往外走，小眼睛眨巴不停。肯尼思·黑兹尔伍德站在门框里看着他们，脸上带着讥讽的笑容。

进来，"虫子"，"杰宝"高声喊道，来喝一口这上好的威士忌。

黑兹尔伍德笑嘻嘻地走了进来，接过酒瓶。他斜拿着瓶子闻了一闻，将它还了回去。

上回我喝了这鬼玩意儿差点没死过去。从里到外都臭了。我躺在浴盆里，用热水泡了一天才爬出来擦干，但还能闻出臭味，我只好把衣服烧了。我干呕了好几回，水泻般地拉稀，打寒战，腿还麻了。现在回想起来我还觉得糟透了。

哎呀，"虫子"，这次可是正宗好酒。

我不喝。

"虫子"拒绝了我的威士忌，巴德。

我觉得你最好在它把你放倒之前先把它放下。指不定哪天早上你会在袜子里找到自己的肝。

可"杰宝"大叫了一声便转身走开了。"时代波本"，他嚷道，让你心肝颤抖。

黑兹尔伍德咧开嘴一笑，转向苏特里。你就不能把他照顾得更好一些吗？他说。

苏特里摇了摇头。

我和凯瑟琳要去特罗卡德罗夜总会。跟我们一起去吧。

我最好还是回家，肯尼思。

搭我们的车一起去吧。我们会送你回来的。

我还记得上次搭你的车，你害得我们打了三场架，踢开了一个女人的门，还让自己坐了牢。我闯进了几个院子，差点把自己吊死在一根晾衣绳上，一群狗在后面追我，聚光灯闪来闪去，到处都是警察，最后我和一只猫在波纹管里过了一晚。

"虫子"嘿嘿笑了起来。来吧，他说，我们去喝一杯，然后看看那边有什么活动。

我不去，肯尼思。我破产了。

我没问你有没有钱。

嘿，"虫子"，你看到今天早报上老克伦布利斯的新闻了吗？

他干什么了？

今天早上六点钟左右，他们在一大片紫花苜蓿地里的一棵树下发现了他。他找到了整片田里唯一的一棵树，然后撞了上去。他们说警察到了那儿，刚打开车门，就看见老克伦布利斯栽倒在地下。他一抬头就看到了那些蓝色制服，于是立马跳起来埋怨道，我雇来送我回家的那个人呢？

苏特里笑嘻嘻地站起身。

别跑呀，苏特。

我得走了。

你去哪里？

我得找些东西吃。大家回头见吧。

吉米·史密斯进来引他出去。鼹鼠和客人沿着长长的走廊往外走。纱门打开了，他就这样走进了夜色。

快下雨了，天变得阴沉，城市的灯光冲刷着云团聚集的天空，落在潮湿黑暗的街道上，显得泥泞不堪。运水车沿着洛克斯特路渐渐远去，穿着破烂防水外套的仆人在淹水的排水沟里挥舞扫帚，空气里弥漫着湿路面的味道。整个空虚的午夜，仅有的声音里带上了空洞的回响，城市像接到了命令般静静地矗立。建筑物靠着昏暗寂静的走道，时间在那里伴着守夜人的脚跟点地逝去。从挂着锁的漆黑店铺前走过。有个家禽剔骨工的窗口，在一成不变的蓝色晨曦之中半裸的小公鸡打着盹。沉睡中的市区响起了孤寂的钟声铃声。市场街的沥青路面上聚集着锈迹斑斑、空空如也的卡车。鲜花和水果都没了，下水道的栅栏盖上装饰着枯萎的绿叶菜。街灯的扇形灯光底下蜷缩着一只白瓷杯的把手，像是熟睡的鼻涕虫。

邋里邋遢的旅馆大厅里，搬运工和行李员正坐在椅子和休息室里打盹，睡梦中的黑脸庞突然在磨破了的酒红色长毛绒布上动了动。房间里醉醺醺的返乡士兵摊开四肢躺在皱巴巴的床罩上，像毫无痛苦地被钉在了十字架上，妓女们此时也都睡着了。小型热带鱼开始在眼科医生橱窗里的绿苔深处探索起来。一只涂了蜡的猞猁摆出嚣张的咆哮姿态，一团团碎木屑从毛皮肚皮的缝合处冒了出来，玻璃眼珠痛苦地鼓在外面。昏暗的小酒馆，一个巷口摆着张开大嘴的垃圾桶，我梦见在这里被一个我认为是我父亲的人拦住了，那个黑影靠在阴影下的砖墙上。我想要过去，他伸手阻止了我。我一直找你呢，他说。风很冷，梦中的风也是如此。我刚才太匆忙了。我想摆脱他和他捏着我的指骨。他手里拿着的刀像一条细长的蓝鱼，割开了微弱的灯光，我们的脚步在空荡荡的街道里被放大成溃散人群的回声。但那不是我的父亲，而是我的儿子，他毫无敌意地向我搭讪。

盖伊街上的交通信号灯动也不动。有轨电车在自己的轨道上闪闪烁烁，一辆深夜的汽车驶过，轮胎发出长长的沙沙声。巴士车站的长拱廊里，脚步声传来像有人在哈哈大笑。他摸黑朝车站玻璃门上自己黑乎乎的行进身影走去。他的灵魂出现在生活的另一侧，就像是自检镜中的幻象。苏特里和反苏特里，手伸向手。门又向两边打开了，他走进了候车室。睡在木制长椅上的人形像一堆衣物。男厕所里，一个恋童癖的老头靠在墙上。

苏特里洗了手，向外走去，经过弹珠机走向烧烤架。他拉过一张凳子，仔细研究起菜单来。女服务员站在旁边，用铅笔轻轻地敲击手里的便签簿。

苏特里抬起头。烤奶酪三明治和咖啡。

她记了下来。他看着她。

她撕下那张纸，正面朝下放在大理石柜台上，然后走开了。他盯着她轻薄白色制服下内衣的形状。咖啡馆后面，一个年轻的黑人在冒着热气的陶器当中咔啦咔啦地忙碌。苏特里揉了揉自己的眼睛。

她端来咖啡，咣当一声将它放下，咖啡从粉色塑料杯沿晃了出来，洒进了托盘。他把它倒回杯中，抿了一口。袜子烧焦的苦味。她拿着餐巾和勺子回来了。金色的橙花戒指箍住了她肿胀的手指。他又抿了一口咖啡。过了几分钟，她端着三明治过来了。他把第一片面包放在鼻子上闻了一会儿，面包、黄油和正在融化的奶酪发出浓郁的香味。他咬了一大口，把腌黄瓜从牙签上嗑了下来，闭上眼睛细嚼起来。

吃完饭，他从口袋里掏出一个二十五美分硬币，放在柜台上，站了起来。她站在咖啡壶后面望着他。

你还要来点咖啡吗？她问。

不了，谢谢你。

下次再来，她说。

苏特里用肩膀推开门，一只手插在口袋里，另一只手捏着牙签剔牙。旁边的一张长椅上抬起一张脸，睡眼惺忪地看了看他，又躺了回去。

他沿着盖伊街往前走，不时在店铺橱窗前停留，玻璃后面摆放着精美的商品。一辆警车缓缓驶过。他继续前进，从眼角瞥见他们正盯着他看。依次经过了伍德拉夫大楼、克拉克＆琼斯乐器店和几间剧院。街角不见了卖报小贩的身影，垃圾在风中飞舞。他走到市区尽头，上了桥，把手放在冰凉的铁栏杆上，望着下面的河水。桥上的灯光在漆黑的河水漩涡中颤抖，像熊熊大火中戴着枷锁的祈求者，滩头处阴沉的薄雾逐渐笼罩灰白的莎草田，在住宅之间不断蔓延。他把手臂交叠，放在栏杆上。远处是一片乱糟糟的废墟，散落着几间棚屋，点着昏暗的灯。柴火茅屋，遍地芸香。淡蓝色的锥形灯光映出几座拼接起来的斜屋顶，眼花缭乱地盘绕着许多飞蛾。一小块一小块的玉米田，这些形状不规则的贫瘠耕地是依据周边建筑和生产需求开垦出来的，像极了苦命的黑皮肤庄稼人，在广阔大地的供养中只能取得些许属于自己的微薄收获。

细小的雨滴开始往下落，滴在他的胳膊上，冰冰凉凉的。下游的岸边，折回的水流不断被后浪追逐，微光下翻滚似银色的鱼卵。从夜空坠入黑潭。在满是粪便的浑浊深渊里挣扎，哪边才是往上。趁肺部还未吸入棕色的污水，滑稽的灯光即抵大脑最后的回廊，渺小的守望者们将会看到随着永夜降临一切归于宁静。

法院的钟敲响了两点。他抬起脸。你可以看到一只发光的钟面悬在城市上空，甚至没个影子标记钟楼的存在。带着柴郡猫式笑容的时钟像一轮古怪且透着神秘意味的月亮挂在虚空中。苏特里用手掌擦去脸上的水。亚伯德尼戈·琼斯的船屋窗口里昏黄的灯光变暗了。在它的下方，他能辨认出自家船屋的轮廓，他必须得去那里。下游地带的上空，闪电无声地震颤又停止。远处云朵的边缘被点亮了。硫黄雷电。真的有龙藏在世界之翼里吗？雨下得更大了，从他的身旁落入河中。灯光下急雨斜坠，划过钟面。恶劣的天气，拾荒的老人说过。那便如此吧。愿这天地间的暴风骤雨将我席卷，我会变得更加坚强。我的脸庞会似那些石头般化作雨水。

他从后面的空地走出来，穿行在一堆形态各异的废品之中，都是一些别人丢掉的破烂废物，在夏末的阳光下慢慢腐烂。旧轮胎、砖块和破罐子，还有一个生锈的鸡食槽。他闻到空气中有洗涤水的臭味，皱起了鼻子，举起捏着的石头砸向一头被绳拴着的山羊。山羊从草丛里抬起下巴，用奇怪的羊眼看看他，又继续埋头吃草。他绕过屋角走到门廊，一台绿白相间的洗衣机在那里剧烈地颤抖摇晃，旁边站着一个年轻女子，手里握着一块沾满肥皂水的木板，那架势就像在抵抗即将带头从水下钻出来造反的破布头。蓝灰色的水里没啥泡沫，搅动着这周要洗的衣物。

"嗨。"他说。

她动了动，体重将鞋子下的海绵板压出一汪黑色的渗液。她既没看他，也没回答。

老奥维尔来过吗？

她把手里的板子横放到洗衣机上，那玩意儿跟着机器的嗡嗡转动炫目地抖动起来，开始慢慢往下滑。她掀起围裙下摆擦了擦前额。没有，她说，他没来过。

他朝敞开的大门看看。她现在想要什么？他问。

关你什么事？

随便问问而已。

她没有回答。他把一只脚支在门廊上，往地上吐了口唾沫，目光越过了院子里死气沉沉的泥地，什么也没有看见。

板子落到地上，她弯下腰将它拾起，开始在衣服堆里翻了起来，下垂的胸脯随着肩膀的晃动来回摇摆。黏糊糊的蓝色洗衣水淌过门廊，滴落到一摊灰色的浮渣里。她又看了他一眼，他还没有动。她甩了甩头发，向前伸出一侧肩膀，擦了擦上唇的汗水。她噘起嘴巴，吹掉了搭在眼前的头发。你要是没别的事干，为什么不帮我拔掉些番茄地里的杂草呢？她说。

他坐下了，脸依然朝着院子外面。他把一根手指插进耳朵里转了转，她又对着洗衣机弯下腰去。

过了一会儿，屋子最里面传来了一个细细的声音。她停下手中的活，看了看他。你去看看她要什么，好吗？

他往地下吐了口唾沫。又不是我养她，他说。

她把两只在水里泡得发白起皱的手抽了回来，在裙子前面擦干。好吧，妈妈，她喊道，马上来。

等她回到外面时，他正把两只胳膊肘挂在房子对面小巷里的铁丝网上，和另一个男孩说话。他们一起离开了。他回来吃了晚饭，然后又出去了，一直在外面待到天全黑了。快到午夜的时候，她听见他又离开了。

他在她的门前听了一会儿，然后走到前屋，坐在长椅上穿上他的鞋子。他来到外面，走进温暖的八月之夜，美景怡人且触手可及，伴随着弹簧微弱的一声响，门合上了。他沿着小路穿过大门，走进巷子里。他来到公路上，薄薄的鞋底能够从碎石子路面中感受到白天的温度，他可以闻到那股麝香味，还有一丝防腐剂的味道。他沿着公路慢跑上去。

他踩着双破软底鞋，披着星光独自一人在沉睡的乡间无声疾走，沿途是毫无生气的房屋和漆黑一片的大地，田野里弥漫着成熟果实的潮湿气味，夜禽在巨木堡垒中啼鸣。这条路从上面的树林延伸出来，继而穿过农田。他放慢脚步，双手插在裤兜里，胳膊肘摆来摆去。他挑了一条土路拐向右边，像狗那样蹑手蹑脚地一路前行，嗅闻沿途丛生的杂草和下露导致的灰尘味。

他穿过铁轨，奔奔跳跳地冲进远处的庄稼地，一边走一边用袖子擦着鼻子，眼睛不住地环顾四周。他先是经过了一处长满忍冬的高大护坡，接着穿过了一片甘蔗地，最后走到一块田地边上，这里有他的旧脚印，已经在泥土中踩出了一条沟，你可以很容易地摸黑跟来，而他的身形早已没入了背后的一片漆树和檫树之中。借着星光闪烁的夜空，他能够在黑暗中看见远处的房子，屋后的谷仓显得特别高大、荒凉。他沿着深翻地里的垄沟走过一排排玉米秆子，带着细齿的棕褐色叶片不断划拉着他的胳膊，就这样他进入了一片长满西瓜的开阔地。

这是一块玉米田边缘的长条状黑土地，面积不到四分之一英亩。借着夏末微弱的星光，他看见了一个个胖乎乎的东西，它们排成几列，仰面沉睡在地里。他竖起耳朵听了一会儿。远处一条狗在胡乱地吠叫，那些到处瞎飞的蚊蚋在他敏锐的耳朵听来简直聒噪。他跪倒在热气腾腾的肥沃土地上，鼻孔里充满了熟瓜开裂飘出的酒香。他的手摸上它们温暖成熟的身体，想要从正上方实施窃取，小折刀也已经拉开。他抱起一只瓜，露出底下白玉般的肚皮。他用膝盖夹住瓜，将刀刃深深扎进它的底部。他脱掉工装裤的背带，露出苍白的小腿，跪在一堆牛仔布里。

一只夜鹰叫了起来，他的耳朵贴着地面，也能听到火车的声音了。一颗星划出长长的弧线，逐渐消失在天边。他抬起头，看向那间房子。周围并无动静。火车继续开动，尖锐如鹰身女妖般的前进信号在孤寂的夏夜中一路呜咽。可以听到车轮碾过铁轨的声音，感觉到地面在颤抖，经过十字路口时货运车厢的变调，锅炉呼哧呼哧地喘气，轰隆轰隆，咔嚓咔嚓，车轮哐当哐当转动，车钩处咔嗒作响，随着最后一段长长的转轨声火车下了坡向远方驰去，带着低沉的呼啸声哭号着穿过沉睡的大地，渐行渐远，最终守车咔嗒咔嗒的动静消失了，万籁俱寂。他站起身，整理完衣服，又沿着一排排玉米秆子走回树林，走到来时的公路上，往回家的方向去了。

一双穿短靴的脚站在他留下脚印的地方。走过来，退回去，转身。脚尖踢踢太阳底下那些四分五裂的瓜。黑色的蚂蚁渐渐地涌冒出来。还有一只胡蜂。

那天晚上，他又来了。田边的柿子树上一只知更鸟唧唧地唤他回去，可他偏不肯听。他走过玉米田，来到黑咕隆咚的西瓜地里，毫不掩饰自己冥顽不化的淫荡模样。他朝没有灯光的房子看了一眼，转头跪倒在酒香怡人的沃土里。

那片地被封闭式前照灯猛地照亮时，他正趴在一个西瓜上，工装裤已经脱到了膝盖下面。那束光扫过去，停住，又折回来，定在他那白花花、如月亮般在黑暗中若隐若现的屁股上。他直挺挺地站起来，脸色苍白，浑身无力，就像是某种阴森的大地鬼魂。他跨过惨遭侵犯的水果，拖着两只可怕的胳膊在田间穿行，使劲迈动被层层叠叠的破烂牛仔布绊住的双腿。

别动，一个声音喊道。

他可没工夫听这些。田埂边枯干的蕨草纷纷在身旁倒下。随着身后人们汇报情况的声音越来越小，他穿过了甘蔗地，以优雅的漂浮动作越过了忍冬丛顶，落在马路中间，被一辆正好驶过弯道的汽车车灯照个通亮。那车一个急刹，在砾石路面上打起了滑。一个疯狂的身影从茂密如墙的夏日绿植中迸出，冲到路上，边跑还边穿衣服。远处，火车拉响了穿越十字路口的汽笛声。

两双短靴沿着一垄垄西瓜行进。

你肯定不会相信。

很有可能，我知道你天生是个撒谎精。

有人在干我的西瓜。

你说什么？

我说有人在……

哦，不不不，绝对不可能。你准是脑子抽了，去你的吧。

我告诉你……

我不想听。

看这里。

还有这里。

他们沿着西瓜地的外围走了一圈。他停了下来，用脚指头轻轻踢了踢其中的一只瓜。胡蜂群在一摊汁水中喧闹。一些瓜早些时候就被破坏了，软塌塌地卧在地上，外皱内烂，就快完了。

看上去确实是那么回事，对吧？

我告诉你，我看见他了。他脱下内裤时，我还没反应过来到底发生了什么。接着我就看见他干了起来，我简直不敢相信自己的眼睛。可瓜就在那边。

你打算怎么办？

见鬼，我也不知道怎么办。现在做什么都太晚了。他差点就把这儿都毁了。我不懂他为什么不能盯住一个搞，哪怕是一些也行啊。

我猜他把自己当成了一个大众情人。有点像逛妓院的水手。

他怎么就没想到让这些胡蜂中的某只叮叮自己的鸡巴呢？我觉得这里他倒是表现出了很好的判断力。

他长啥样？就是个毛头小伙吗？

我不知道他多大，不过我好长时间没有见过这么活跃的小伙子了。

好吧。我觉得他不会回来了。

我可不知道。他跑得那么快，但凡心里起了念头，应该去哪里都不会有所顾忌。偷东西或者别的什么事。

如果他真的回来了怎么办？

那样的话，我肯定要逮住他。

然后呢？

这就不知道了。我现在想想都觉得尴尬。

要是我的话，我会让他给我干点活。

我想应该这样。我还没想好。

你考虑报警吗？

跟他们说什么呢？

他们沿着田埂缓缓而行。

这是我听到过最见鬼的事了，你觉得呢？你在笑什么？这不好笑。这样的事。对我而言，一点也不。

她一走出熏制房的阴影，他就看不到她了。他听得见锄头砸进院中枯萎花丛的沉闷声音，她正在自己的小花坛旁平静耐心地劳作，人和锄头都隐入细细的斜影之中。石头地面传来影子锄刃劈砍敲砸的声音。有时，她会拖着一只干裂的桶从熏房里出来，几条扇形的小水流从板条缝隙间喷洒出来，在花坛和熏房之间留下一道湿答答的水带，被人踩来踩去。他盘腿坐在门廊上，用杂草的茎秆打结。

后来下雨了。整整下了一个下午，黄昏时分烧焦的野草已经泡在水里，就这样雨一直下到了深夜。等他离开那座房子的时候雨停了，天空逐渐放晴，可他却不愿回去。

他在田头等了又等，一边盯住那边的房子一边侧耳倾听。昏暗的玉米地中，他们看见他经过，是个瘦骨嶙峋的家伙，月光下这个垂涎欲滴的黑影走到藤蔓间，俯向夏日里沟沟壑壑的深蓝色大地。他们互相抓紧了对方的胳膊。

是他。

希望是吧。我可不愿意有两个犯人。

在他们面前的田野里，两条惨白似镀了锌的腿幽灵般地从夜幕中突然出现，像一条白色法兰绒短裤。

拿光照他。

他还没动呢。

照他。

他面朝两人站在瓜田中央，眼睛眨巴着，工装裤已经脱到了脚踝。

站在那里，老伙计，不许动。

可他还是动了。他提起裤子，转身就跑。叫喊声又响了起来。他把背带紧紧地攥在手心里，朝瓜田边逃去。火车在黑漆漆的远处哭号了两声。色胚，求老天爷开恩吧。变态。手指弯曲，丢失目标，人影晃过。涂过油的缩口滑膛枪管指向审判和罪孽。火光一闪，结束了。我能唤回那飞驰的铅弹吗？

他倒在地上，双腿缠在裤子里，不停地尖叫，哦，上帝啊，哦，上帝啊。那个男人站在他旁边，手里还端着那杆冒烟的枪，像一只惊慌的小鸟。灰色的月光下，鲜血从翘起的稚嫩皮肤下缓缓渗出，那人顿时反应过来了。该死，他说，哎呀，该死。他跪下来，把枪从身边扔开。另一个人拾起枪，站到旁边。嘘，别喊了，他说，该死，嘘。

房子里的灯亮了，映出这几个人以及由他们组成的不幸画面。男孩惨叫着在肥沃潮湿的泥土中打滚，男人跪在那里不住地叫他别嚷，却始终没有碰他一下。

警官拉开车门，他爬了出来，他们一起走进了一座水泥建筑。这位警官把哈罗盖特的档案递给小窗边的一个男人。男人看了一遍文件，在上面签了字。哈罗盖特站在大厅里。

哈罗盖特，那个男人喊道。

在，长官。

对方将他上下打量了一番。见鬼，你这冒失鬼，他说，往前走，走到那扇门。

哈罗盖特顺着走廊来到一扇铁栅栏门前。另一位警官端着一杯咖啡从侧门走出来。他把大拇指插在皮带里，吹了吹咖啡，抿了一口，看都没看哈罗盖特。

过了一会儿，一个男人拿着一个穿着许多钥匙的大铜环从大厅里走了过来。他打开大门，指指里面让哈罗盖特进去。等大家都通过，他锁好门，回身走上水泥楼梯。那里站着两个吸烟的男人，都穿着条纹长裤和工作夹克。他们贴着墙让那人过去。哈罗盖特正要上楼，其中一个跟他说起话来。

如果他没说，你最好不要上去。

他赶紧退回来。

那人再次出现的时候，身边跟着一个年轻的黑人，也穿着条纹衣服。男人打开一间大牢房的门，带着他们往里走。那黑人看看哈罗盖特，摇了摇头，径直走到后门处。墙上有一扇小窗，哈罗盖特看见他在翻里面架子上的一堆衣服。

脱了衣服到那边洗个澡，男人说。

哈罗盖特看看四周。房间中央摆着一个污迹斑斑的陶瓷水槽，一根水管上安了一排滴水的水龙头。牢房前部的两个角落各有一堵水泥墙，约有哈罗盖特那么高。一堵墙的后面是三个马桶，另一堵墙后面是两个淋浴器。正当他看着淋浴器的时候，一条干毛巾击中了他的后脑勺，落到地上。

你最好抓紧点时间，那人说。哈罗盖特捡起毛巾，搭在脖子上，脱下衬衫，放到墙边的长凳上。他又解开裤子纽扣，褪下裤管，将裤子搭在衬衫上。他看上去像一只精心打扮过的鸡，皮肤多处被子弹打得翘起，伤口通红，看上去还很新鲜。他抬起脚，也不解鞋带，就直接让鞋从脚上滑下来。水泥地面冷冰冰的。他走到淋浴间，却一直盯着淋浴器，打量那些阀门和喷孔。

我可不会把话说两遍，那人说。

我不知道这怎么用，哈罗盖特说。

窗边的黑人男孩别开了脸。

听闻此话，那人抬起头，似乎对此挺感兴趣。你不知道什么怎么用？他问。

怎么打开淋浴器。

你哪里来的,他妈的装什么蒜?

不是,长官。

你想告诉我你从来没有洗过淋浴?

我连看都没看过。

那人转过身,看向下面的大厅。嘿,乔治?

在。

快来。

另一个男人朝里面看了看。怎么回事?他问。

把你刚才跟我说的告诉他。

我连看都没看过?哈罗盖特说。

看过什么?

淋浴器。他不知道怎么洗淋浴。

第二个男人看了他一眼。那他知不知道最后一次拉屎是在哪里?他说。

深表怀疑。

那是在郡监狱里,哈罗盖特答道。

我看你分到了一个机灵鬼。

我觉得我分到了一个蠢蛋。你看到那些把手了吗?

这里的这几个吗?

就是它们。你转一下,水就从那儿的管子里出来了。

哈罗盖特走进淋浴间,转动那些水龙头。他从墙上的凹槽里拿出一块用过的肥皂,涂满全身,又调整了下水龙头。他诚惶诚恐地站在淋浴器下面,生怕弄湿了头发。洗完,他关掉淋浴,把挂在隔板顶上的毛巾拿下来擦干身体，然后穿过房间走到刚才放衣服的地方。正当他把一只脚套进裤子里，那黑人和他说话了。

别动，伙计。

他停住了动作，用一只脚站着。

把那些拿到这儿来。

哈罗盖特收好自己的衣服，带着它们来到那扇小窗旁。黑人接过它们，小心翼翼地用两根手指夹起它们挂到一只衣架上。看守的男人在他身后整理东西。

衣服要挂在那边的钉子上，黑人说道。

哈罗盖特赤裸着身子坐在长凳上。男人拿着一支长柄喷枪走了出来。他马上站起来。

抬起手臂。

他照做了。那人给喷枪泵上气，朝他一侧腋窝喷了过去。

呀，这是要干吗？哈罗盖特问。

灭虫，守卫说道，转个身。

我身上可没长虫。

你现在没有了，那人说着，对准他的另一侧腋窝又喷了起来，还仔细地冲洗了哈罗盖特那几根稀稀拉拉的阴毛。裤裆里的阴虱也除过了，他说。冲洗完毕，他往后退了几步。哈罗盖特高举双臂站着，像遭了抢劫。

他妈的，你毛还没长全呢，那人说道，你多大了？

十八岁，哈罗盖特答道。

十八岁。

是的，长官。

你可真是踩着线进来的呀，对吗？

我想是的。

这些是什么？

是我被枪打中的地方。

那人把目光从那副皮包骨头的身子重新移回到他的脸上。被枪打中，嗯？他说。他将喷枪从窗口递给那个黑人，黑人把喷枪挂回身后的墙上，又从窗口推给哈罗盖特一套条纹衣服。

哈罗盖特打开衣服看了看。他用牙齿叼住上衣，展开裤子便往里面套。

你没有内衣吗？那人问。

没有。

男人摇摇头。哈罗盖特用一条腿站着。他轻轻地单脚跳了一下，稳住身子。

穿吧，男人说，没有就没有吧。

他赤着脚站在地上穿衣服。裤子从腰间滑到脚面，堆在地上，而上衣的袖子盖住了指尖。他看看窗后的黑人。

别看我，那黑人说，这是最小号了。

你可以把袖子和裤脚卷起来，这样就没事了。

哈罗盖特把袖子往上卷了两层。衣服都很干净，但贴在皮肤上感觉很粗糙。我穿自己的鞋吗？他问。

你穿自己的鞋。

这个个头最小的囚犯穿过房间，蹬上自己的鞋，踢踢踏踏地走回窗口。男人忧伤地看着他，递过去一条毯子。走吧，他说。

哈罗盖特跟着他，一瘸一拐地走到外面，跟跄着爬起了楼梯。到了上面，他们拐进一个大厅，一路经过了许多巨大的铁栅栏笼子，跟他们刚刚离开的那个差不多。大厅尽头的桌子旁边坐着一个正在看杂志的男人。他微笑着站起身，把杂志反扣着放到桌面上。

那人找起钥匙来。埃德，我觉得他们应该把这个扔回去，你怎么看？

埃德看看哈罗盖特，笑了起来。

那人打开铁门，哈罗盖特独自走了进去。这是一间刷成浅绿色的水泥房间。他走过水槽，每个水龙头嘴上都挂着小烟袋。苍白的冬日阳光从焊接铁窗中倾泻下来。门哐当一声在身后关上，守卫的脚步声在走廊渐渐远去。

他抱着毯子穿过房间，经过一排排铁床，四张四张地挨着，都刷成了绿色。有些床上放着麻袋似的床垫，其他则空无一物，裸露着铁条编成的弹簧绷子。他在过道上一边走一边左顾右盼。在他经过的小床上，几个人一动不动地躺着。他走到房间尽头，踮起脚尖往窗外看。连绵起伏的群山。光秃秃的冬树。他又沿着过道走了回来，轻轻推了一下其中一个睡觉的人的脚。嘿，他说。

躺在垫子上的那人睁开一只眼看着哈罗盖特。你他妈的想干什么？他问。

我该睡在哪儿？

那人哼了一声，合上眼睛。哈罗盖特等着他再睁眼，可对方始终没有。过了一会儿，他又推了推那只脚。嘿，他说。

那人没睁眼。他说，你他妈的赶紧从我这儿滚开，不然我打得你屁滚尿流。

我只是想知道我该睡在哪里。

你爱睡哪儿就睡哪儿，你这狗娘养的怪人，给我滚远点。

哈罗盖特继续往过道里面走。有些床铺有枕头和毯子。他挑了一张上面只有一只扁虱的床爬了上去，铺开自己的毯子，坐在中间。他坐了片刻又爬下了床，走到铁栏杆旁边向外张望。一个穿着跟他同样服装的人正用拖把拽着一只带轮子的桶沿着走廊往回走，拖把头浸在桶里的黑色泡沫中。那人经过时扫了哈罗盖特一眼，嘴角还叼着一根烟，看上去并不友善。大厅对面，另一个因犯也正从自己的牢笼往外看。哈罗盖特观察了他一阵。接着他有点发疯似的向对方小幅挥手。你好，他说。

哼，那个犯人说道。

哈罗盖特转过身，走回自己的铺位，爬上床躺下盯着天花板。水泥房梁刷成了绿色。砖石顶上拧着一些熏得半黑的灯泡。房间里已经变得昏暗不堪，初冬的暮光逐渐取代白昼。他睡着了。

醒来时，外面的天全黑了，天花板上的灯泡射出硫黄色的光，弥漫着整个房间。哈罗盖特坐起身。男人们排着队走进牢房，他们似乎有些想要按捺住吵闹的心情，并没有过分地挤来挤去，而是点起烟或者做起烟卷，直到进了牢房才开始讲话。聊天的人越来越多,有相互之间插科打诨的,也有含沙射影咒骂他人的。有人发现哈罗盖特像只地松鼠似的坐在自己的小床上,便把他指了出来。

看这里,新来的。

他们排队经过。队伍尽头是几个走路踉踉跄跄的男人,他们的一只脚踝上都戴了一种类似把许多脚铐焊在一起的玩意儿。牢门当啷当啷地关上,钥匙哗啦哗啦作响。哈罗盖特的下铺来了两个男人。一个躺倒合了会儿眼,坐起来脱掉鞋子,又闭眼躺了回去。另一个低头站着,脑袋离哈罗盖特的膝盖只有几英寸,他把手伸进口袋开始往外掏各种东西。一截铅笔头,几个纸板火柴盒,一个啤酒罐开瓶器。一块扁平的黑色石头。一袋烟草。他见哈罗盖特盯着他看,便抬起了头。嘿,他说。

嘿,哈罗盖特答道。

你不会在床上撒尿吧?

不会的,先生。

抽烟吗?

会抽一点。那是在我被关进监狱之前了,没来源。

给。

他把那袋烟草抛到哈罗盖特的毯子上。

哈罗盖特立刻打开袋子,从标签下的小口袋里拿出一张纸,卷起烟来。

你每周能拿到这么一袋,那人说。

我什么时候能拿到自己的份?

下周开始。

你有火柴吗？

给。

哈罗盖特点上烟，深深地吸了一口，吹灭了火柴，将它塞进卷起的裤脚里。

给你了。

他把剩下的火柴放进口袋。

你多大了。

十八岁。

十八岁？

是的，先生。

你刚到进来的年纪，不是吗？

他们一直跟我提这个。

你叫什么？

吉恩·哈罗盖特。

哈罗盖特，那人说。他把一只胳膊肘搁在上铺，手指摸起了下巴，用一副漠不关心的样子端详着新来的犯人。好吧，他说，我叫苏特里。

您好，苏特里先生。

叫苏特里就可以了。你被关进来是犯了什么事？

偷西瓜。

胡扯。你到底犯了什么事？

我在一块西瓜地里被人抓住了。

开的拖拉机还是拖车？他们可不会因为偷了几个西瓜就把人送进劳动救济所。你还做了什么？

哈罗盖特吸着烟，望向绿色的墙壁。好吧，他说，我被射中了。

射中了？

对。

在哪里？哦，我知道了。西瓜地。你哪里被打中了？

差不多全身都有。

用什么打的？猎枪吗？

对。

就因为偷了几个西瓜。

对。

苏特里在下铺坐下，抬起一只脚开始揉搓脚踝。过了一会儿，他抬起头。哈罗盖特趴在床上，越过床铺边缘往下看。

给我看看你被射中的地方，苏特里说。

哈罗盖特起身跪在床上，掀起上衣。只见苍白的皮肤上紫红色的褶子遍布他身体的一侧，就像无数的痘痕。

我这条腿上也都是。我到现在还不能好好走路。

苏特里抬头对上了男孩的眼睛。明亮，带着一种动物般的领悟力和人之初的善意。好吧，他说，外面越来越乱了，不是吗？

老兄，我以为自己死定了。

我觉得你能活下来真的很幸运。

他们在医院也是这么说的。

苏特里躺回自己的床铺。什么狗娘养的家伙会因为偷了他几个西瓜就开枪打人？

我也不知道。他来过医院，还给我带了冰淇淋。我不太怪他。他说真希望自己没那么做。

但这并没有阻止他提出指控，对吗？

这个嘛，我猜既然他已经开枪打了我，就没办法反悔了。

听到这番话，他又抬头看了看男孩，可他的脸上毫无表情。他想知道晚饭什么时候开始。

五点整。应该还有几分钟。

这里吃得好吗？

你会慢慢习惯的。话说回来，你判了多久？

十一个月又二十九天。

还是一年的老规矩。

老兄，医院里吃得可好啦。从来没吃过那么好的。

你就不能从那里逃走吗？

我一直没有衣服穿。我想过逃走，可自己不能缝衣服，又没有办法随便搞一件。我情愿待在劳动救济所里，也不愿意让人在外面看见我穿着那种他们强迫我穿的老式睡衣，跟精神病似的。要是你，你愿意吗？

愿意。

好吧。那是你。

没错。

哈罗盖特低头去看苏特里，可对方闭上了眼睛。他翻个了身，盯着天花板。有人在那里写了几句话，不过灯光太强看不清楚。

过了一会儿，他听见什么地方响起了铃声。一个守卫走到门口，打开了门，哈罗盖特坐起身，看见囚犯们开始整队出发，他从铺上跳下来，加入了队伍。

他们列队走下水泥楼梯，转过一扇门进入食堂，里面从这头到那头摆满了野餐桌。这些桌子是用橡木地板拼接的，桌身上固定着长凳。在食堂的尽头，囚犯们转进了厨房，每个人都拿到了一个锡盘和一只大勺子。他们排着队走过一张蒸汽保温餐桌，穿着同款条纹服装的厨房帮工端出一盘盘热气腾腾的菜，有斑豆、卷心菜、土豆和刚出炉的玉米面包。一个面带微笑的黑人给哈罗盖特打了一勺滚烫的卷心菜。他的大拇指插在盘子里，立刻"咿呀"一声喊了起来。他换了下手，把拇指放进嘴里吮了吮。一个守卫走过来，低头看着他。是你喊的吗？他问。

是的，长官。

再喊一声，你就没晚饭吃了。

好的，长官。

附近的囚犯们都是一副挤眉弄眼的样子，眯着眼睛，显然都在强忍着发笑的冲动。哈罗盖特跟着队伍走进另一间跟刚才差不多的饭堂。饭桌旁的长凳上渐渐坐满了囚犯。他找到苏特里，坐到他的身旁，举起勺子开始吃饭。大厅里响起一片嘈杂的敲击和扒拉盘子的声音，没有一个人说话。黑人囚犯撤走了对面的保温餐桌，哈罗盖特偷偷地盯着他们，头都快要埋进盘子里了，他握勺子的方式就像拿了把铲子，举起放下都很笨拙。

等他们这组吃完，守卫从他们身后走到前面敲了敲桌子，他们站起来，排着队走回厨房，先把盘子里的残余刮进一只泔水桶，再把盘子堆在桌子上，把勺子丢进一只桶里。接着他们鱼贯穿过另一间食堂，那里现在也坐着一些吃饭的囚犯，他们走过大厅，上楼回到了自己的牢房里。

菜里没有肉，哈罗盖特说。

是的，苏特里说。

会有肉吗？

我不知道。

你在这儿吃到过肉吗？

你是说除了早上的培根吗？

没错。除了早上的培根。

没吃过。

哈罗盖特靠在床上。过了一会儿，他问：你来多久了？

差不多五个月了。

那太惨了，哈罗盖特说。

早上起床时天还是黑的，他们排着队去厨房拿了餐盘和勺子，接着到外面降满露水、雾气蒙蒙的院子里，这时天依然没有亮。他把袖子和裤管都卷了两道，站着看男人们爬进卡车。他开始寻找苏特里，可找到时对方已经坐进了卡车，车门也已经关上了。几辆卡车开始往外面驶去。一个守卫走过来，低头打量他。那人弯下腰，双手撑着膝盖，想看清他的脸。你他妈的是谁？他问。

哈罗盖特。

守卫点点头仿佛得到了正确答案。

你吃早饭了吗？

吃了。

感觉你已经准备好干一天活了，对吗？

我想是的。

这样，我们会有辆卡车到这里来，如果没问题的话，你可以坐那辆。

到这里吗？

是的。你无所谓，是吗？

哈罗盖特咧开嘴笑了起来。是吧，他说，我想我来这里就是为了这个。我只管干，随便什么都行。

好，听你这么说我们很高兴。我们希望大家都开心。

是吧，哈罗盖特一边没精打采地走向等在那边的卡车，一边扭过头来说道，我不是很难相处。

他走到卡车车尾，抬起一只手往上爬，守卫从后面踢了他一脚，他飞过尾门，跌落在其他囚犯的脚下。他们低头看他，脸上带着癫狂的笑容，有人及时抓住他的衣领将他往前一拖，才避免了脚被关闭的车门压到。一个红头发的男人俯下身说，快进来，白痴。你要是让那狗娘养的一大早就发疯，我保证亲自揍你一顿。

我又不知道自己应该去哪辆车。

随便哪辆都行。你坐这里。这狗娘养的开起车来就像是贪杯的印度醉汉。

卡车喷出股股白烟，他们跌跌撞撞地冲进晨雾，驶下山去，沿着劳动救济所前的蜿蜒小路上了公路，其他卡车的尾灯在他们面前一闪而过，在凉气袭人的十月晨曦中宛如一双双眼睛。囚犯们面对面地坐成两排，随着车身摇来晃去，上下颠簸，有些人试着想要睡觉。哈罗盖特缩在长凳上，双手压在两条细腿下面，盯着车厢地板。大家都一言不发。卡车加快了速度，轮胎压在黑色的路面上吱吱作响。

在第一个红绿灯路口，有个年轻女孩正在路边等巴士。囚犯们都拥到卡车的钢丝网门前挤来挤去。她别过脸，目光越过大片光秃秃的空地，望向在薄雾中游动的房屋。东方的大地漏出一道冷光。哈罗盖特看见两只鸟从无色的天空中飞出，它们落在一根电线上，低下头看看卡车里面，又飞走了。他们继续往前开，一辆小汽车跟在他们后面，司机看见这些穿条纹衫的恶棍顿时有些不安。

天大亮的时候他们已经穿过本郡的北端，在一条散放着污水管的红泥路肩旁停车，头车的人已经下到了沟里，开始抢镐。太阳升了起来，照得人身上暖洋洋的，他们站在那里等待上头发放工具和给出命令。一个男人递给哈罗盖特一只镐，他退后一步，打量了一下拿镐的哈罗盖特，又把那东西拿走了。几辆汽车驶过，玻璃上映出几张脸。这些男人赶去城里上班，都面无表情地看着外面。囚犯们磨磨蹭蹭地四处乱晃，他们都拿到了工具，只剩哈罗盖特一人孤零零地站着。他空着手，正准备下沟，一个守卫喊住了他。

你在这里等一会儿，他说。

守卫走开了，回来时身边跟着另一个男人，他满腹狐疑地低头看了看哈罗盖特。

小伙子，你多大了？

我十八岁，哈罗盖特答道。他嘴巴前面的一颗牙已经变黑了，一紧张就会舔它。

两个男人面面相觑。年轻的那个耸耸肩。我毫不知情，他说。

好吧。带他回去，让科特内带着他。你，你跟威廉姆斯先生回去。听到没？

好的，先生。

坐到那辆小货车里等着，另一个男人说。

哈罗盖特点点头，一瘸一拐地走到货车旁，爬上车厢，穿着那身过于肥大的衣服坐在车里，看沟里的男人们干活。他看见苏特里正把挖出的土铲到沟渠外边，后者朝他独自坐着的货车方向看了一眼，既没有点头也没有挥手示意。过了一会儿，守卫走过来。他向哈罗盖特打了个手势，拉开货车车门。到前面来，他说。

哈罗盖特从车厢一侧翻下去，打开车门爬进驾驶室。仪表盘的电线上吊着一只扬声器，后窗上方的置物架上挂着一把泵动式猎枪。守卫发动货车，垂眼瞥瞥哈罗盖特，摇着头把车开走了。

晚上苏特里回来的时候，年纪最小的囚犯并不在牢房里。

65

他在晚饭时间看见了他。那人半遮半掩地躲在一堆摇摇欲坠的平底锅后面，抽着一根自制的烟卷，满脸厌恶地从鼻孔里喷出缕缕细烟。当晚他就被调去了帮厨的牢房。他回来拿毯子的时候，苏特里正脱了鞋平躺在自己的小床上。他的袜子上沾着一道道红土印子。

你猜怎么着？哈罗盖特说。

怎么着？

他们让我洗那些该死的盘子。

我知道。我看见你了。

妈的，哈罗盖特骂道。

喂，这可不是什么苦差事。它比挥一天镐好多了。

对我来说可不是。我情愿做点别的也不要洗盘子。

等天气变得更冷，你就要感恩戴德了。

妈的。

哈罗盖特抱起他的毯子。牢房另一头有人在喊苏特里，问他有没有看完报纸。

看完了，苏特里说，过来拿吧。

你把它折好，再扔过来。

苏特里折起报纸来，他努力回忆别人为了方便投掷会怎么卷这些纸。

我的老天，苏特里，你难道没做过报童吗？

没有。

我猜你有零花钱领。

那个男人下了床，穿过大厅走了过来。

我以前会卷的，只不过现在忘记了。

给我，让我来。真他妈是念过书的小蠢蛋。上过大学却不会卷报纸。你怎么看，小家伙？

说话的男人站在床边。红头发，满脸雀斑，牙齿不全。这人的鼻子铺在整张脸上，说话鼻音很重。

你好，卡拉汉先生，哈罗盖特说道。

苏特里从下铺探出头来。卡拉汉先生？他说。

你可听见他说的啦。

哦，老天，苏特里说了一句，又躺了回去。

卡拉汉咧开嘴笑了，露出带豁口的牙。

卡拉汉先生在这里很有势力，苏特里说，问问他能为你做点什么。

要做什么？

他想离开厨房。他觉得洗盘子有损尊严。

天哪小家伙。你拿到了这地方最好的工作。

我不喜欢这工作，哈罗盖特闷闷不乐地说，他们让我和一群又老又瘸的混蛋一起干活，我完全摸不着头脑。

尤其还是在守卫们的食堂里，卡拉汉说道。

守卫们的食堂？天哪，苏特里说。

他们是这么跟他保证的，卡拉汉说，我猜他不喜欢牛排和肉汤。每天早上还有火腿、鸡蛋。

胡说，哈罗盖特说道。

是真的，苏特里说。

见鬼，苏特里，我不想做什么该死的洗碗工。早上四点就得起床了。

是啊，我们这儿能睡到五点半呢。

你下午就可以到处鬼混了啊，卡拉汉说。

可是我们晚上七点才收工。

好吧，如果你不愿意在守卫们的食堂干，那就去问问他们能不能让你回到卡车队伍里。

要是他们说不能怎么办？

他们会同意的。

然后会怎样？我猜他们会把人揍个半死。

不，他们不会的。是吧，"红毛"？

嗯。最多把你关到洞里去。除非你真的很烂，那样你就要进禁闭室了。

啊，那就是他们要处置我的地方呀。那是什么？

就是个水泥箱子，大概四英尺见方吧。

你去过那里吗，苏特里？

没有。不过眼前就有人去过，你不正在跟他说话嘛。

卡拉汉先生，他们为什么把你关在那里？

哦，我扇了一个小个子的老看守。

他把人家脖子上的一根颈椎骨打落了，苏特里说。

天哪，哈罗盖特说道，这是什么时候的事情？

什么时候呢，"红毛"？两年前？

差不多吧。

扯淡，你在里面待了多久，卡拉汉先生？

你又唐突了，苏特里说，他进进出出好多回了。

除了水和面包，他们什么也不给你吃，卡拉汉说，进了箱子就不给吃喝了。

我相信比起小箱子，你肯定更喜欢守卫们的食堂。

我再也不要洗该死的盘子了。

好吧，苏特里说，那是你。

我就是这样，哈罗盖特说。

我想你准是脑子被驴踢了，卡拉汉骂道。

也许吧。不过我要告诉你一件事。一旦我从这里出去，我他娘的绝不会再回来了。

我记得有一次布罗莫也说过这话。

谁是布罗莫？

一个老家伙，他从 1936 年起就在这里进进出出了。

比那还要早，卡拉汉说，他在另一个劳动救济所里，那时候这里还没有造。

好吧，哈罗盖特说，那是他。

苏特里咧嘴笑了。那是他，他说。

坏事传千里，来了没多久后他那月下西瓜强奸犯的名号就传开了。有关其罪行的真相悄悄地在大小牢房、楼上楼下传了个遍。早上囚犯们来用餐的时候都用好奇的眼光重新打量这个傻里傻气的家伙。他的手浸在齐肘的洗碗水里，周身环绕着蒸汽，人们端着饼干和肉汤从厨房依次经过，纷纷朝他点头挥手，他看见了便冲他们微笑。晚上人们又看见了他，神情恍惚，身上的制服污渍斑斑、不成样子。他似乎一整天都没有挪过位置，可成堆的平底锅一点也没有减少。晚饭后，他回到了他们中间，把毯子在胸前拽紧了。

嗨，苏特里说，回来了啊。

是呀。

发生了什么？

我跟他们说，我他娘的不干了。他们需要洗碗工的话就自己再去找一个，我才不干呢。

他们说什么？

他们问我想不想做勤杂工，说是我能靠卖咖啡挣几个钱。

一年挣几美元吧。

我也这么觉得。我告诉他们我才不要干什么该死的勤杂工。

到底发生了什么？

什么也没发生，他们就把我送上来了。

他站在那里，奸险的脸上带着一种自鸣得意的傻笑，苏特里摇摇头。

他来了，卡拉汉嚷道。

西瓜男。

不是南瓜吗？

南瓜？万能的主啊。

是啊，卡拉汉喊了起来，等出去了我们要开个铺子，把水果摊和妓院摆到一起。

哈罗盖特紧张地笑了笑。

卡拉汉还在为他的妓院生意勾画蓝图。穿薄纱睡裙的西瓜。

小心，别让黑鬼们听见。

黑鬼们可是要对你上私刑的啊。

那说些别的水果吧。哈密瓜有点娘。你会请它们喝杯酒吗？

这里面最糟糕的是会有蚊子围着你的龟头飞来飞去。

是果蝇。

你偷了西瓜吗？苏特里问。

哈罗盖特尴尬地笑了。他们想告我是野兽，兽……

兽奸？

是的，但是我的律师跟他们说西瓜不是野兽，这家伙真他娘的是个人才。

哦，我的天。苏特里说。

早上他跟其他人一起上了卡车。起床时周围空气阴冷，睡了一晚还未洗澡的人们散发出轻微的恶臭。昏黄的灯光下人们摇晃着身躯，哆哆嗦嗦地钻进衣服，套上鞋子。温暖的厨房飘出咖啡的香气。厨师和洗碗工在炉边徘徊，有的上了年纪，有的身有残疾，手里都捧着热气腾腾的马克杯。哈罗盖特朝他们远远地点点头，两只大拇指紧紧按住盘子边缘。

在漫长的秋日里，他们变得像在做梦。望着天空，等待下雨。

雨一下就是好几天。他们三五成群地坐着，看雨滴落在空荡荡的集市上。一片片泥潭，黑乎乎的锯末，还有遭人践踏的潮湿纸片。游乐园的帆布帐篷上画满了彩绘，游乐设施裸露着骨架，刺向灰暗空旷的天空。

这是个忧伤苦涩的季节。荒芜的心和哥特式的孤独。苏特里做起了旧梦，游乐场里的年轻女孩头发上别着鲜花，睁着孩童般的大眼睛，在她们头上，空中飞人演员正从高处注视着她们，他们身着亮片，发出耀眼的光芒。在失落的世界中看到无可言喻的可爱之处。你被欲望刺痛。下午装配工人来了，开始拆除一个蜘蛛似的离心机，然后将它装上一辆彩车。就在囚犯们拖拖拉拉地将瓶子和垃圾拾进他们的粗麻袋时，工人们反手将一包包香烟递给他们。苏特里接过一包烟，传给了一个甲状腺肿大的老人，后者一言不发地收下。这老人是个烟鬼，还会喝剃须水、炉子燃料和清洁剂。苏特里看见他步履蹒跚地往前走。皱起粗野杂乱的眉毛怒视这个世界嘴里喃喃自语，爬满皱纹的薄唇极其微弱地牵动着。他每拾起一张纸、一个瓶子，都像是若有所思，四下张望，仿佛能找到放下它们的人。苏特里从来没有听过他大声说话，真是个哀伤的老小子。回去的时候，老人蜷缩在他对面的卡车长凳里，颠来晃去，上下点头。他发现苏特里在看他，便垂下眼睛，带着一种诡秘邪恶的神情自言自语起来。

每到星期天，一位来自诺克斯维尔的女福音传道士会来楼下的小教堂举行礼拜。水泥会堂，木制小讲台。去做礼拜的囚犯听这侍奉上帝的妇道人家讲话，似乎被她那紧张兮兮的布道折磨得近乎麻木。他们耷拉着脑袋，懒洋洋地躺在木制折叠椅上。她似乎并没有注意到这些人的存在。她讲了一些圣经时代的古老传说，它们可能是口头流传下来的，因此跟最初的版本有些不同。下午是访客时间。父母、妻子还有叫不出名字的亲戚聚在餐厅的长桌前，表演一出出家庭戏剧。他们呼唤大厅另一头的人或楼上人的名字，守卫便放人出去。回来时囚犯身上装满了糖果、水果和香烟。从来没有人来找苏特里。也没有人来找哈罗盖特。卡拉汉的朋友从麦卡纳利公寓带来一些表皮发褐的苹果和几袋坏了一半的橘子。他把水果削好、切片，放进一只猪油桶里，加水浸没，再加入一点厨房里的酵母，最后用一块布盖好，藏在床底下。几天后，经过发酵的橘子酒就做好了，他把酒过滤一下，便邀请朋友们都来跟前喝一杯。他们管这种酒叫茱莉普，它会在胃里翻江倒海地搅上一整晚，让人不停呕吐。卡拉汉通常会喝得微醺，接着开始和善地四处张望，看看有没有什么值得破坏的东西或人体。

伯德·斯拉瑟回来了，戴着脚镣，心情不佳，拿着毯子步履沉重地走过过道。工人们晚上回来的时候他已经睡了，后来也没起来吃饭。

熄灯前是宁静的夜晚时光，哈罗盖特总是坐在床上捣鼓他的监狱指环。它们是用银币做的，哈罗盖特找了一个守卫帮他在硬币上钻了孔，自己拿一把食堂的勺子不停敲打银币的边缘，一坐就是好几个小时。最终银币的边缘会展平，变成类似结婚戒指形状的东西。他坐在那里敲敲打打的时候，斯拉瑟在铺上翻起身来，他抬腿挪开了脚铐上的锁，然后找到了噪音的真正源头。哈罗盖特蹲在斜对面的上铺，弯着腰用勺子一下一下稳稳地捶打着硬币。他蜷缩的模样像极了一个修鞋的小老头，半个人都没进了宽大的衣服里。

喂，斯拉瑟喊道。

哈罗盖特亲切地向下看去。你好，他说。

妈的，别再敲了。

他面露凶光地盯着哈罗盖特，然后翻了个身。

哈罗盖特坐在那里，一只手拿着硬币，一只手捏着勺子。他低头看看那男人，然后试探性地敲了一下硬币边缘。当啷。他把毯子从床沿拉上来，拿在手里叠了几下，包起自己的杰作夹在两膝之间。当啷，当啷，当啷。他又低头看看，那人躺着没动。当啷，当啷，当啷。

斯拉瑟像是厌倦了，他从床上慢慢爬起来，走到哈罗盖特的床尾，朝他举起了一只手。把它给我，他说。

哈罗盖特把毯子紧紧地捂在胸前。

你这小混蛋，最好赶紧把那该死的勺子给我，不然我就把你拖出去。

苏特里躺在下铺快要睡着了，他胃里有些不舒服，便对斯拉瑟说，别管他，伯德。

折磨男孩的那人立刻失去了对他的兴趣，像是精神分裂般嗖地将目光转向了苏特里。哎呀，他说，我还不知道，原来他是你的呀。

他不属于任何人。

他是个小流氓。

我相信他不是。

也许你才是。

也许——苏特里说着，前额开始渗出细小的汗珠，变得有些反光——你撸多了。

斯拉瑟伸出手揪住他的衣襟，将他拽了起来。苏特里抓紧他的手臂从床上下到地上。松开我的衬衣，伯德，他说。

伯德攥着衣料揉搓起来，牢房里一片寂静。苏特里在对方冷酷无情的棕色眼眸里看到了自己的影子，他一点也不喜欢那景象。他挥拳打在了斯拉瑟脸上。随即一只拳头从侧面砸中了他的脑袋。他听到了海浪的声音。他又挥了拳。衬衣哗啦一下撕坏了，变得松松垮垮，可他似乎没有听见。他俯身向前，低着头，借助床沿反弹回来。他抬起头却没有看见斯拉瑟。面前站着一些囚犯，挡在了他和大厅之间，他听到一连串的闷哼，还有拳头打在肉上的声音。越过围观人群的肩膀，卡拉汉带着微笑的脸从他的眼前飘过。

苏特里推开人群挤了出去。这架从床上打到墙边，又退回牢房里。斯拉瑟戴着脚镣只能脚跟着地，他开始骂骂咧咧。卡拉汉笑了起来。他把斯拉瑟顺墙根逼到了牢床背后的一个狭小空间里。在床铺中间转身的时候，斯拉瑟的脚铐卡住了。卡拉汉向前跨出一步，从侧面猛扇对方脑袋。斯拉瑟乱打一气，抬脚一踢，脚铐就抡了出去，在水泥上砸出一个星形的凹痕，他痛得翻起了白眼。他还想踢起脚镣去砸卡拉汉，可就在这时铁门被撞开了，两个守卫拿着甩棍冲了进来。

第一个被打中的是一个从布朗山来的乡下小伙，名字叫雷瑟尔·金（Leithal King）。他坐在地上，两只手抱住了头。该死，他说。

卡拉汉举起双手，向后跳开。这人发疯了，他说。

斯拉瑟转过身。他看上去很疯狂。眼睛圆瞪，太阳穴旁的淤青让他的脸显得扭曲且不对称。囚犯们纷纷逃开。斯拉瑟半蹲着朝守卫们转过身去，他们挥舞着棍子朝他扑了过来。卡拉汉把手放下，探出身想看个仔细。甩棍发出呼呼的声音，从外面只能看见倒在地上的斯拉瑟的脚镣，守卫们从他的膝盖位置开始，一顿捶打，就像是一群木匠在修房顶。

守卫们将他抬起来的时候，他整个人已经软绵绵的了，嘴巴和耳朵不住往外冒血，脸也变得像是隔着块劣质玻璃映出的样子。雷瑟尔从地上爬了起来。布莱克本用棍子指着他说，你，搀他走。卡拉汉，你这狗娘养的，你从这边扶好。

我什么也没干，雷瑟尔说，犹犹豫豫地走上前来。

卡拉汉已经把斯拉瑟的胳膊搭在了脖子上，用力将他扛了起来。他伸出一只满是雀斑的拳头，抹去了自己嘴边的一缕鲜血，然后转过身来，冲着囚犯们挤出一个傻乎乎的胜利的鬼脸，其他人像被传染了似的，一个个咧开嘴笑起来，惹得门口的另一个守卫朝这边看了过来。你在干什么，卡拉汉？

把这人扶起来呀。你想把他送到哪里？

他们跟着守卫走到门外，布莱克本重重地关上门，上好锁，然后领着犯人们穿过大厅，走下楼梯，斯拉瑟的脚镣一路拖在地上，直到另一个守卫退回去把它提了起来，他们就这样扛着斯拉瑟往关禁闭的箱子位置走去，他的一条腿向后抬起，看上去就像受伤的溜冰者。

守卫带着雷瑟尔和卡拉汉回来了，刚一开锁，卡拉汉就钻了过来。

卡拉汉，扶住门，守卫说。

卡拉汉扶住了门。

等雷瑟尔进来后，守卫把门关好锁上了，他打了个手势让卡拉汉到大厅另一边去。囚犯们听见他不住地抗议。嘿，为什么？我什么屁事也没干。见鬼。

苏特里回到自己的床铺，用指尖摸摸肿胀的耳朵。哈罗盖特还趴在上铺的床上，手里拿着那只勺子。

他们要把卡拉汉先生带到哪里去？他问。

去洞里。布莱克本很清楚他在胡扯。

他们会把他在那里关多久？

我不知道。也许一个星期。

该死，哈罗盖特说，我们真的是搞了点事出来，不是吗？

苏特里看着他。吉恩，他说。

怎么了？

没事。不过，吉恩。

听着呢，好吧……

你最好祈祷他们一直把斯拉瑟关在箱子里。

那你呢？

他已经揍过我了。

好吧。只要他们先把卡拉汉先生放出来再放他。

苏特里看着他。他可真是不讨人喜欢啊。这个声音嘶哑的细竹竿蹲在他头顶，就像是一只干瘪的鸟，剃刀般的肩胛骨从条纹衫的薄布底下突了出来。狡猾的耗子脸，被定了罪的植物学变态爱好者。再回人世谁又能比他活得更糟？可以打赌。但他的身上有那么些特别透明、特别脆弱的东西。当他用那对愚昧平静的眼珠回看苏特里时，那张裸露的脸庞瞬间被黑暗淹没了。

一些囚犯大声抱怨起来。大厅守卫命令他们住口。

该死，都八点了。

里面都消停点。

黑暗中人们脱起了衣服。大厅的灯光将他们都变成了傀儡戏的演员。苏特里坐在床上，慢慢脱掉衣服，将它们铺在床尾，然后穿着内衣爬到毯子下面。房间里的声音消失了。有东西在沙沙作响。院子里的灯光透过窗户射进牢房，就像是冬夜永不亏损的幽蓝寒月。他漂浮起来。他能听见半英里外公路上卡车轮胎的声音。他听到大厅里守卫换岗的地方椅子腿嘎吱嘎吱作响。他能听到……他将身子探出床外。

我他娘的可真见鬼了，他说，哈罗盖特？

在，黑暗中哈罗盖特轻轻说道。

该死，你能别再那样当啷当啷地敲了吗？

沉默片刻，哈罗盖特应道，好的。

次日晚上，他们下工回来，哈罗盖特拿着几个他在路边找到的小罐子。熄灯后，苏特里见他从上铺爬了下来。他似乎消失在了地面附近的某个地方。等再次出现的时候，他在苏特里床头的地上扎了营，苏特里听见他往水泥地上放了一个铁罐，还有玻璃与地面碰撞的声音。

你他娘的在干吗？他低声问道。

嘘，哈罗盖特说。

他听见倾倒液体的声音。

哎呀，黑暗中一个声音说道。

一股恶臭的发酵味道窜进了苏特里的鼻孔。

哈罗盖特。

嗯。

你在忙什么？

嘘，给你。

昏暗中一只手递到了他的面前，是一只罐子。苏特里坐起来，接过罐子，闻了闻，然后尝了一口。一种来历不明的酒，浓烈、酸涩。你从哪儿弄来的这个？他问。

嘘，是卡拉汉先生酿的茉莉普。你觉得这酒能喝了吗？

要是能喝，他肯定早喝了。

我也是这么想的。

你为什么不把它收好，让它再放几天？我们可以到星期六晚上再喝。

你觉不觉得它会让你头痛欲裂？

苏特里确实觉得它让人头痛欲裂。

他们躺在黑暗之中。

嘿，苏特？

怎么了？

等出去了，你想要干什么？

我不知道。

那你进来之前是干什么的？

什么也不干。天天醉得不省人事。

别的囚犯早已睡熟，沉重的呼噜声在他们周围此起彼伏。

嘿，苏特？

睡吧，吉恩。

早上下起了大雨，他们没有出去。大家三三两两地坐在光线昏暗的牢房里打牌。房间里很冷，有些人把毯子披在肩上。他们看上去像是被扣押的难民。

中午时候，一个跛脚的犯人从厨房端来了三明治。薄薄的白面包切片上铺着薄薄的硬质奶酪。囚犯们花五美分从勤杂工那里买了一些装在火柴盒里的咖啡，他往他们的杯子里倒上热水。哈罗盖特沉沉地睡了个午觉，醒来后他跳下地去吃午饭。

他蹲在床上，就着白开水吃了三明治，两边脸颊都鼓了起来。屋外，整个郡都下起了灰蒙蒙的冬雨。等到了夜幕降临之际，雨就要转雪了。

吃完三明治，他又开始敲打他的指环，突然他脸色一变，一个新的主意涌上心头。他把手上的活放下，爬下床，爬进了苏特里的床底。过会儿他爬了出来，回到上铺继续干活。没过多久，他又爬了下来。

临近黄昏，一些囚犯朝他这边看了过来，想弄清楚他在搞什么名堂，年纪最小的犯人坐在床上，突然像黑猩猩那样呜哇呜哇地叫了起来，继而又陷入了沉默。

吃饭的铃声响了起来，除他以外的所有人都喧闹起来。苏特里下了牌局走到他身边，推了推他的肩膀，嘿，大红人，我们走吧。

哈罗盖特闭着一只眼睛爬起身，他的脸刚刚在毯子上压得有些变形。啊？他说。

我们去吃晚饭吧。

他把腿甩过床沿，脸朝下摔在了地上。

苏特里转过身来刚要走，就听见砰的一声。他扭头看到哈罗盖特在地上挣扎，便走了回来扶他起来。你他妈的怎么回事？

哎哟，哎哟，哈罗盖特嚷道。

妈的，苏特里说，你最好待在这里。能自己爬回床上去吗？

哈罗盖特推开他，用睁着的那只眼睛盯住牢房的门。晚饭，饭，他念叨着。

你疯了吗？你都不能走路了。

哈罗盖特歪歪扭扭地走在倾斜的地面上。其他人挤在门口，两个两个地走出去，走下楼梯。有人回头张望。

看看，这是谁来了。

他怎么了？

好像有人一条腿长一条腿短了。

哈罗盖特撞在一张床的床尾上，踉踉跄跄地走开了。

妈的，这乡下老鼠要不是酒鬼才怪。

他们的眼睛像尿液在雪地里滋出来的两个坑。

他像个坏掉的机器人那样转向他们。一个人抓住了他的袖子。

你要去吃晚饭吗，乡下老鼠？

你他娘的说对了，乡下老鼠答道。

他们将他扶直，掩护他排到队里，尽量不让守卫们察觉。给他盛菜的帮厨盯着他的脸看，大约因为在经过的一排人当中只有他的身子越埋越低。真叫人担心，他说道。

猜得一点不错，哈罗盖特说着，意味深长地眨了眨眼睛。

他们走进食堂。哈罗盖特想要跨过长凳，可身体无法平衡，人反而往后退了一步，他又尝试抬了一次腿。一个囚犯握着他的腿往下拽，又抓住他手上快要倾倒下来的盘子，用力将他拉到自己身边的长凳上。

嘻嘻，哈罗盖特说。

有人在桌子下面踢他。他打量了一下附近人的脸，想找出那个挑事者。几个黑人正往对面的餐桌上坐，他们似乎已经闻到了他嘴里的味道，朝他挤眉弄眼地笑笑。

哈罗盖特舀起满满一勺斑豆，往下巴上送。一些豆子掉到了他胸前。他到处找这些豆子，又开始从腿上舀豆子。一些守卫正在值勤。他没法好好地坐在凳子上，一直在那里东倒西歪地晃动。坐在桌子头上的守卫名叫威尔逊，他往这边走，想看个究竟。哈罗盖特觉察到他就站在自己身后便转过身来，结果却和旁边的犯人撞了个满怀。威尔逊低头看看那张瘦削的脸，面上现在有点发青了。哈罗盖特转回到食物面前，一只手紧紧地抓住了餐桌的边缘。

这人喝醉了，威尔逊说。

餐桌的另一头有人嘟囔了一句胡扯，接着整个食堂响起了一片窃笑。威尔逊怒气冲冲。好啊，他说，别吵了。你，站起来。

哈罗盖特放下勺子，扶了桌子一把才站起了身。长凳没能从桌边推开，他只得蜷曲着身体站立，不多久就失去平衡跌坐下去。他坐在位子上转了个身，想要让一只脚先越过长凳，他抓着裤脚的卷边拎起自己的腿，一只胳膊则按在了食物里。

食堂里觥筹交错的声音都停了下来。唯一能听见的只有哈罗盖特努力将自己从餐桌前解放出来的动静。威尔逊站在他旁边，仿佛信仰治疗师一般俯视一个截瘫患者。最终他跨在长凳两侧真正站了起来，奶油玉米汤不停地从他袖子上滴落。呃，真恶心，他嘟囔道。

你说什么？威尔逊威胁地说。

乡下老鼠闭上眼睛,打了个嗝,又把眼睛睁开了。恶心,他说。试着抬起另一条腿。旁边坐着的囚犯抬头看看他,赶紧欠过身去。哈罗盖特身子一歪,脖子像鸡那样一抽搐,张口吐在了威尔逊的鞋上。

哈罗盖特两旁的囚犯纷纷跳了起来。威尔逊的棍子已经拿在了手里。他正盯着自己的鞋看,一脸不敢相信。哈罗盖特露出了恐惧的表情。他抓住桌子,发疯似的左右张望,喉头鼓了起来。他突然看见了自己的餐盘,便朝那里俯下身去。他吐在了桌子上。

你这讨厌的小坏蛋,威尔逊尖叫起来。他轻轻踢了几下脚,想要把呕吐物从鞋面上甩掉。坐在哈罗盖特对面的囚犯已经从桌边站了起来,一脸震惊地看着这只乡下老鼠。哈罗盖特抬起头,眼含泪光地看着他们,他勉强挤出一丝笑容,露出黑黑的牙齿,接着又吐了起来。

他们接连十天都没有再见到他。一天早上,当他们拿着盘子鱼贯穿过厨房时,他终于出现了,羞怯地冲他们咧嘴笑着,为他们的饼干舀上肉汁。在他身后的蒸汽里,"红毛"卡拉汉坐在一只铁桶上,嘴里叼着一根香烟。没有人问起斯拉瑟去哪儿了。

那晚他们回到牢房时,他一准在厨房那边的牢里洗过澡,因为当哈罗盖特突然光着身子出现在牢门口时,他们正排成两列纵队安静地经过那里准备回各自的牢房,周身散发出从外面带进的寒意。哈罗盖特面庞消瘦,双手紧握,像极了被剥了皮的蜘蛛猴。

苏特，他轻声叫道，嘿，苏特。

苏特里听到了自己的名字。等走到和那年纪最小的囚犯并肩的地方，他从队伍里退了出来。幻影呕吐侠打算什么时候再出击？你他娘的光着屁股在这里做什么？

听好，苏特，那个王八蛋威尔逊想让我难堪，我得从这儿出去。

从什么地方出去？

这里。这个监牢。

你是说逃走？

对啊。

苏特里摇摇头。这太疯狂了，吉恩，他说。

我需要你帮助我。

苏特里退到队伍最后。你疯了，吉恩，他说。

一周后的星期四，在被派去给穷人发食物的时候，他又见到了他。衣衫褴褛的穷人们排队经过，眼睛湿润，不停地抽着鼻子，他们先是在桌前展示自己的文件，然后走到旁边，等着囚犯们把一包包玉米面从托盘上卸下，或是把干豆子舀进购物袋里。苏特里想看看他们的眼睛，可很少有人抬起头来。他们领了救济品就走开了。身材走样的老妇人还穿着夏天的薄裙，滑落下来的袜子堆在苍白赤裸的脚踝周围，鞋子一侧用刀子割了开来，好让脚得到放松。她们下半张脸的褶子里沾着鼻烟，嘴巴绷得紧紧的。苏特里觉得这些妇人一点也不真实。倒像是电影里为了某个场景而把穷光蛋盛装打扮起来。午饭时间，他和哈罗盖特碰面了。他们和其他人一起蜷缩在装豆子的托盘中间，打开了手中的三明治。

我们拿到了什么口味的？

香肠的。

有人拿到奶酪吗？

他们没有奶酪。

苏特。

在。

嘘，你知道我们在哪儿吗？

我们在哪儿？

我的意思是往哪边是进城？

哈罗盖特贴着苏特里的耳朵用嘶哑的嗓音大声问道，嘴里喷出了面包屑。

苏特里伸出大拇指，指指他的肩膀后面。那个方向，他说。

哈罗盖特压下他的大拇指，四下看了看。我想做的是，他说……

吉恩。

嗯。

如果你从这儿逃跑，你的下场就和斯拉瑟一样。

你的意思是腿上挂个脚铐？

我是说下半辈子你就会在这种地方进进出出。

除非一种情况。

你指什么？

他们抓不到我的话。

你要去哪里？

诺克斯维尔。

诺克斯维尔。

对呀。

你为什么觉得他们在诺克斯维尔找不到你呢？

该死，苏特。诺克斯维尔是个多大的城市啊。在那里他们绝对找不到我。你要抓一个人都不知道该从哪里找起。

苏特里看着哈罗盖特，摇了摇头。

你觉得这地方离城里有多远？哈罗盖特又问。

六到八英里吧。听着，如果你一定要逃走，为什么不等到哪天晚上从郡里汽车修理厂溜走呢？

为啥？

该死，那样你实际上就已经进城了呀。另外，天黑好办事，还离得近。

哈罗盖特停止了咀嚼，看着自己的鞋子。过了一会儿他嘴里又嚼了起来。你也许是对的，他说。

苏特里又打开了一个三明治。事实上没有太大差别，他说。

怎么说？

因为他们早晚会抓到你这个细竹竿。

绝对不会。

你要怎么处理这些衣服？要是大家看见你穿着这么一身衣服在外面游荡，你觉得他们会说什么？

我出去第一件事就是要去搞些衣服换。

苏特里摇摇头。

哎呀，苏特。我能到处溜啦。

吉恩。

嗯。

你错了。你会一直错下去的。

哈罗盖特盯着地面。他停止了咀嚼。不，我不会的，他说。

天气变得更冷了，他们不再外出。威尔逊将哈罗盖特派去给门厅墙壁刷上黑色的踢脚线。劳动救济所弥漫着油漆的气味，乡下老鼠本人也是一身味道，晚上回来的时候脸上还沾着黑漆印迹，看上去像个游击队战士。

一天晚上，苏特里问他，你难道没有家吗？

灯熄灭了。黑暗中有人在翻身。那你呢？头顶上传来一个细小的声音。

圣诞节来临，一些结了婚的囚犯被准许放假回家，与家人团聚。另一些得到了释放。斯拉瑟从禁闭室回来了，腿上还戴着脚铐。他拿着毯子走进集体牢房，默默地穿过过道，谁也不搭理。

楼下娱乐室有一棵张灯结彩的树，圣诞节的当天他们还享用了装饰有满满一圈配菜的火鸡。醉醺醺的卡拉汉在厨房里忙碌，用老红薯和胡萝卜制作南瓜派。醉汉禁闭室里放出来的酒鬼们口渴得发疯，四处游荡。这苦中作乐的气氛像是北极圈内某个偏远村镇在庆祝圣诞节。

第二天是星期天。苏特里正在打牌，突然听到有人喊他的名字。他没有理会，继续打牌。

叫你呢，苏特里。

他把手里的牌拢好，朝门口瞥了一眼，然后重重地站起身，随手把牌递给了哈罗盖特。别把我的钱都输光了，他说。

大厅守卫打开门，他走出去，下了楼梯。

食堂里都是犯人家属。巨型水果篮子。一堆乡下人，有的欣喜若狂，有的泪流满面。老人们也许以前自己也来过这里。

那边，布莱克本说。

她坐在大厅远端的桌前。衣着得体，一言不发。他转身要走，布莱克本却抓住他的袖子，将他拉了回去。你快滚到那边去，他说。

他走到那张桌子旁边。她低着头，钱包搁在腿上。她还戴着那顶去教堂的帽子。他在她对面的长凳上坐下，她抬起了头。这人看上去很苍老，他不记得自己见过对方这种模样。她脖子上的皮肤已经变得松弛，满是褶皱，下巴底下全是肉。眼珠的颜色更淡了。

你好，妈妈，他说。

她的下颏开始凹陷、颤抖。巴迪，她说，巴迪……

被她唤作儿子的那个人魂根本不在那里。他麻木地看着自己将两手交叠放在桌面上，然后又听见了自己用遥远、缥缈的声音说，请你不要哭。

瞧那双养大白眼狼的手。她的指骨上交错着细细的血管，皮肤上满是疙瘩和斑点，淡蓝色的静脉向外凸出，一只镶了钻的细金戒指。那玩意儿在我未出生之前就已经将她曾经的稚子之心拽入激情的痛苦。这就是凡夫俗子的苦闷。希望破灭，爱也破碎。看吧，母亲在悲伤。每一件被警告过的事情都那么发生了。

苏特里开始哭泣，他停不下来。人们都在看他。他站起身。房间旋转起来。

巴迪，她喊道，巴迪。

我不能，他说。滚烫的眼泪令他窒息。他猛地转身离去。门口的布莱克本想拦住他，可看见他的脸后便放他走了。苏特里甩开手臂，穿过大门冲上楼去。

几天后，凯利法官下达了释放他的命令。就在他出去的前一天早上，哈罗盖特这个乡下老鼠在一次派遣工作中逃走了。当苏特里穿着七个月前进入这个耻辱地时的衣服从用品室走出来，哈罗盖特正被人领着，步履沉重地走过大厅，腿上也戴上了脚镣。擦身而过时，他们交换了眼神，你无法用文字将其中的意思表达出来。苏特里坐着带他进来的同一辆汽车回到了城里。天空飘着雪，路上却很干净。

酷热的夏日正午，他从昏昏欲睡中醒来，太阳直射在头顶上的铁皮屋顶，小木屋的老木头发出一股酸味。他能听见河对岸锯木厂里锯子号叫，也能听到包装工厂屠宰工人手下猪猡断断续续的尖叫。他把脸转向墙壁，睁开一只眼睛。透过被日光撕裂的木板缝隙，看着河流里缓慢涌动的浑黄小潮。过了一会儿，他挣扎着起了床，闷热昏暗的室内射进几道灰尘飞扬的光线，刺得他眨了几下眼睛。他穿着睡觉时的裤子，摇摇晃晃在地上站直，走到门口跨了出去，一边挠着自己裸露的肚皮，一边赤着脚走向栏杆，检查甲板上有没有留下鱼钩。他支起胳膊肘，探出身去察看河面的情况。小船顺着水流静静地漂泊，水已经没到了船舷的上缘。他抬起一只脚，检查了一下脚趾。炎炎烈日的夏天，空中到处能听到机器的嗡嗡声，这是这座城市里唯一的产业。他眨眨眼，伸了个懒腰。一艘挖石船正朝上游驶去，它的管道和滑车都吊在卡车上。他注视着它经过。甲板上有人朝他挥挥手，他也挥手回应。

　　苏特里把绳子从栏杆上解下来，开始沿着船屋一侧拖拽小船。船在河里摇摆、浮沉。他把绳子抛到岸上，踩着木板走过去，又把绳子从泥里捡起来，把小船慢慢拉进去，脚踝都陷到了泥里。他抓住船头的圆环，猛地发力将它提了起来。泥浆从他的脚趾间喷涌而出。他把小船的船头抬高，看着积水越过船舷板重重地倒进河里。船尾打开，沉了下去。他把小船往岸上拉了一半，然后打横将它提了起来。困在船舱里的鱼翻腾起来。他小心翼翼地把船身斜着放下，它们先是顺着流出去的水被甩到舱外，然后又落回船里。等他把船放平，它们都张着嘴躺在甲板上，在太阳的暴晒下肉眼可见地缩水了。

　　苏特里抓着衣服口袋，翻找起东西。他站起身，走进小屋，拿了一把大折刀回来。他伸手到船底，捏着一条鲇鱼的下颚将它拎了上来。它微微颤抖，卷起了尾巴。苏特里把鱼翻了个身，将刀尖伸入它的咽喉，干净利落地一划，剖开了那湿漉漉的淡蓝色肚子，新鲜的内脏裹挟着暗红色的血液顺着他的前臂倾泻而出。他一把抓起这些内脏，将它们从鱼身上揪了下来，提在空中。湿答答的，像一团环节动物纠缠在一起，在阳光下欢快地扭动着，然后接二连三地落入平静的河面，溅起轻微的水花，几乎立刻就被水流吸走了。他把杀好的鱼放到旁边，又拿起一条。一共七条鱼，他花了几分钟将它们处理好，整齐地码在小船座位底下的阴凉处。他把鱼线从打捞回来的鱼钩上割掉，冲去手上的血和黏液，洗净折刀，收好刀刃回屋去了。

　　再次出来的时候，他换了件衬衫，没有扣扣子，衣襟松松地敞着，他在肩膀上搭了一块毛巾，手里拿着一只小瓷盆和一个皮制的剃须包。他光着脚，小心翼翼地踩着木板路往下面走，穿过田野走向仓库。他走到铁路跟前，试探性地朝滚烫的钢轨上踩了三下，才终于跳下去。他在烫脚的轨道上蹦了几下，踩着煤渣和粗糙的枕木往前走去。沿途到处是旧轮胎，废弃的水箱在野草丛中生锈，几只没有底的桶，还有一些破碎的水泥板。他离开了路基，拐弯来到了仓库一侧，镀锌的新铁皮闪闪发亮，被巨大的热浪晒得直晃人眼，他的深色身影在波状的眩光中扭曲，就像是影子戏里的绉纸人。仓库尽头有一只黄铜色的水龙头，底下放着一只盆，装了一些开裂的红土，水龙头有水滴下，在盆的中央显出一个深赭色的眼睛形状。苏特里跪下，摆好自己的东西，把他的小镜子挂到一枚钉子上，又把自己的洗脸盆放在水龙头下面，拧开了开关。他眯起眼睛，打量着自己的胡子，用一根手指漫不经心地试了试水。天气这么热，水龙头里流出的水都是热的，他捧起水洗了把脸，将刷子蘸上水，在脸上仔细地打起泡沫来。他打开剃刀，在剃须包的侧面磨了几下就开始刮起自己的胡子，一边刮一边用手指把皮肤拉紧。

刮好胡子后，他甩了甩身上的水，一连串水汽的迸发在仓库炽热的铁皮墙脚下形成了一小段彩虹。他把盆重新装满水，然后脱掉衬衫，打湿身体，涂上肥皂，冲去泡沫，再用毛巾擦干。他把剃刀收好，蹲坐在泥土地里，一边刷牙一边四下张望。炎热和寂静笼罩了整个河岸，压上那些污迹斑斑且东倒西歪的木板房、光秃秃的碎石堆、成片铜线似的莎草、坑坑洼洼的沙砾荒地以及铁路。寂静降临在这些灼热的铁质巨物之间，覆盖了标记出河岸的石头、蕨草和泥土。某个看似老鼠却没有尾巴的东西从他脚下的杂草丛钻了出来，像发条玩具那样穿过开阔地，蹿入仓库的墙脚下消失不见。苏特里吐了口唾沫，漱了漱口。一个被称为"妈妈希"的黑人女巫正沿着前街往商店走去，她身体虚弱、弯腰曲背，穿一身黑色的紧身裙，手里挂着根拐杖费力地顶着热浪前行，走走停停，煞是辛苦。他站起身，拿上所有的东西，沿着仓库边缘干涸的黏土排水沟往外走，顺着铁轨穿过田野，原路返回。

快到船屋时，他看见一只体形颀长的灰猫拖着跟自己身体差不多长的鱼吃力地往草丛里走。苏特里冲它张牙舞爪地大喊。他拿起一块石头扔过去，光着脚跌跌撞撞地走过庄稼残梗。见他靠过来，那猫摆好姿势扑了上来，这饥饿的畜生不住地咆哮，剃刀般的脊梁骨附近的鬃毛都向后竖起来。它丝毫没有放开鱼的意思。苏特里用石头砸它。那猫的耳朵平平地贴在脑袋上，尾巴不停抽搐。他又扔了一块石头，石头击中对方光秃秃的肋骨弹开了。它丢下鱼，哀嚎起来，用瘦骨嶙峋的前爪撑住弯曲的身体趴在地上。

哦，你这该死的家伙，苏特里说。他从旁边找来一大块干泥巴，靠近那只动物，将泥巴掰开洒在了它的身上。它摇着脑袋跑开了，一边尖叫一边浑身乱抓。苏特里捡回鱼，仔细看了一下，拿到河里冲洗完毕之后就和其他鱼收到了一起，堆在自己的脸盆里。他端着这一盆重物，摇摇晃晃往船屋里走。那只猫已经回到小船里，到处搜寻食物。

太阳直射在铁皮屋顶上，船屋里待不下去了。他放好自己的东西，从硬纸板盒里取出一身干净的衬衫和裤子换上，拿起鞋袜和毛巾走到甲板上。他在那里坐下，越过栏杆看向外面，脚就搁在水面上。靠近桥底的地方，一个老人沿着河岸撑篙行舟。摇摇欲倒又毫无畏惧地站立。挥动一根长柄钩子。是位同行，在这些下水道式的流域里经营着自己为自己设下的生意。老人名叫马吉森，苏特里面带微笑地看他工作，徐徐前进，最后被一片形如草帽帽檐、巨大卷曲的叶子遮住了。

他擦干脚，穿上鞋袜，梳好头发。到棚屋里把鱼用报纸包好，又用一根绳子捆起来，接着到角落里拿上煤油罐。到门口的时候，他回头看了看有没有忘记什么，然后便离开了。

到了街上，他一直往前走，直到在马路边的杂草丛中找到一块平地才停下脚步，把煤油倒在温热的沥青路面上。他把罐子藏进视线看不到的草丛里，继续往前走。

巧克力色的小小孩童表情严肃地向他点点头，或庄重地举起淡棕色的手掌。你好。嗨。他从河岸边爬上去，拿着鱼往城里走。

在河边住下还没多久的时候，苏特里就发现穿过河边断崖上的老式花园可以找到一条捷径，这是一条弯弯曲曲斜向上延伸的煤渣路，就藏在那些被熏黑了的老木板屋的后面，旧门廊上的纱窗早已是锈迹斑斑，从腐烂的门框脱落下来。不过，从一扇高窗下经过时他总能听见有人反反复复地辱骂和诅咒他人，于是他不再抄近路，而是绕远从大街上走。可是骂人的家伙却换到了另一扇窗户旁，尽管他和他的灵魂所共享的房子很大，他依然能够看着渔夫经过。最近几年，他已经完全被禁锢起来，日子可真难过啊，毕竟他已经习惯了每天到室外走走，朝来往的陌生人口吐刻薄之语。他总是很准时。一个老人的身影隐隐约约地出现在楼上窗户的角落处。

星期一的早晨，田纳西州诺克斯维尔市的市场街。1951年。苏特里带着他的那包鱼，走过了一排排堆满农产品和鲜花的废旧卡车，这里感觉像是乡下集市，农副产品的臭味弥漫在空气中，渐渐让人以为有些东西腐败变质了。贱民占据了人行道，盲眼歌者、管风琴手和吹口琴的赞美诗人在街上走来走去。他又走过了五金店、肉铺和小烟草店。炎热的正午时分，这儿飘荡着一股强烈的饲料味道，仿佛是土豆泥发酵了。小贩在车厢里休息，看着外面，一言不发。戴着软帽的卖花女像一群穿斗篷的侏儒，浮木般的手按住围裙下的膝盖，下唇肿胀，沾着鼻烟。

他穿梭在小贩和乞丐之中，路上还能碰见一些狂热的街头传教士，他们正在以一种常人所不知的活力高谈阔论着一个失落的世界。苏特里望着他们炙热的眼神和折了角的《圣经》，打心眼里感到佩服。上帝的招徕者像远古预言家那样走进这个世界。他常常站在人群的边缘，打探来自远方的零星消息。

他穿过街道，脚下的水沟已经被绿油油的东西堵塞了。一个女乞丐从卡车队伍后面走了出来，伸出一只脏兮兮的手臂拦住了他的去路，颤巍巍的爪子胡乱抓向他的胸前。他侧身躲开。她的衣服散发出一股修道院的陈腐味道，包裹着里面干瘪的肉体。这老女人的眼眸里浮动着苦闷的雾团，可他除了鱼什么也没有。

他从市集建筑的影子里走过，那是一座砖砌建筑，墙面是血液干涸的颜色，屋顶上塔楼和穹顶疯狂堆叠，跋扈地耸入灼热的高空，在建筑史上绝对史无前例。鸽子在高楼上跳来跳去，或梳理羽毛，或从发黑的栏杆上往下撒屎。苏特里穿过楼下那些灰门。

他走在冰冷的地砖上，脚跟落在锯末与刨花堆中，变得悄没声息。一个侏儒坐在滑板车上，划动着皮带圈从他身旁经过。昏暗的空中，巨大的风扇缓慢转动，买卖人扛着篮子走过，眼中满是被市场里纷繁景象震惊到的神情。害羞的妇女裹着花格棉布的衣服，腋窝早已濡湿，身后拖着穿网球鞋的毛躁孩子。他们转来转去，脚步摇晃。苏特里走到一排排小摊之中，小个子的老祖母们在这里兜售鲜花、浆果和鸡蛋。憔悴的农夫簇拥在便餐柜台前。这里是食品、植物和残疾人士的检疫所。每张脸都肿大、扭曲，仿佛因为被塞进了某些块状物而局部突出。黑乎乎的牙齿上沾着腐质，空洞的眼睛滋生着分泌物。被纸包住的一捧捧花束簇拥着的阴郁小个子，沿街叫卖神秘器具的小贩，一罐罐井然摆放的古怪糖饵，还有月下阴影处熬制的灵丹妙药。他走过堆叠起来的板条箱，里面是长着红宝石眼睛的膘肥野兔。黄油浸在冰桶里，棕色或雪白的鸡蛋码得整整齐齐。沿着肉柜继续前进，苍蝇从血迹斑斑的锯末中飞了出来。托盘里搁着一颗小牛犊的头，已经被开水烫成了粉红色，屠夫们磨快了手中的屠刀。巨大的砍肉刀和骨锯悬在空中，简陋的屠宰场里挂着切好的大块牛肉，吊在旁边的火腿表面已经长出了蓝色的霉菌。鱼市上，盛着冰沙的水槽里隐约现出一些冻得硬邦邦的灰色物体。

苏特里小心翼翼地穿过那些把货品摆成双鱼座图案的玻璃冷柜，径直走到了摊位后面。

你好，特纳先生。

嗨，苏特里，老人应道，你带了什么？

两条不错的鲇鱼和几条鲤鱼。他展开纸包，把鱼摊在地上。特纳先生用拇指把其中一条鲇鱼翻了个面。鱼身上沾着一些报纸的碎屑。他按了按鱼肉，把两条鲇鱼放到秤上。

就算七磅吧。

好的。那鲤鱼怎么说？

他一脸犹豫地望着那几具盾鳞覆盖下的暗淡躯体。这样吧，他说，我可能就要一条。

好吧。

他拎起那两条鲇鱼，又挑了一条体型较小的鲤鱼。他们看着秤上的指针摆动。老鱼贩子用手搓着围裙。两磅半，他说。

好的。

他点点头，走到钱柜面前，拉开了抽屉。回来的时候，他拿着一张一美元的纸币和四美分硬币，一起递给了苏特里。

你啥时候能给我弄几条沟鲇来啊？

苏特里把钱折好，塞进口袋，开始把剩下的鱼重新包起来。他耸耸肩。我也不知道，他说，等有机会的时候吧。

特纳看着他。风铃轻轻响，那是风扇搅动着空气，连带着顶上的玻璃都跟着颤动起来。顾客们总问我，他说。

这样啊。也许这星期晚些时候吧。我得去弗伦奇布罗德河那边找找。这天气太热，真的不巧。

好的，要是有机会碰上，你赶紧给我带几条过来。

行。

他把剩下的鱼夹在一只胳膊下面，朝对方点点头。

特纳先生又擦了擦他的手。再来啊，他说。

苏特里继续往前走，穿过市集屋，出了双扇门来到华尔大道。盲眼的黑人弹着一把琴颈破损的多布罗琴，奏出一支有些年头的蓝调曲子。苏特里把四枚硬币放进用胶布粘在琴盒上的饮料罐里。给你，沃尔特，他说。

嗨，苏特，乐手说道。

他穿过街道朝莫泽商店走去，欣赏起橱窗里的靴子。一个脸色灰白的瘸子坐在人行道上，瘦骨嶙峋的膝盖中间搁着一只装满铅笔的帽子。他的头低垂在胸前，似乎想努力读到挂在脖子上的标语牌。我是个穷孩子。他像戴护目镜那样在羊毛似的斑白头发上架了一副熏黑了的眼镜。苏特里继续向前走。他跟着购物的人流穿过盖伊街，沿着巴士车站拱廊底下那条凉快的长隧道又通过了几道门。

一个鼻音浓重的声音通过扩音器在这个烟雾弥漫、沉闷乏味的洞穴里呼唤着各个南方城市的名字。苏特里整理了一下手中的鱼，穿过候车室另一侧的几道门，走下水泥台阶，沿着站台经过空转的巴士车进入了州府街。他走过消防站，墙脚的阴凉处有一排犯人歪歪斜斜地坐在藤椅上，他走下山丘，经过气氛忧郁的小酒馆和咖啡店来到了葡萄藤大道，路边是一些二手家具店，簇拥着很多黑人；沿中央大道继续前进，嘈杂商业活动的喧闹声从昏暗的店铺直冲到街上，伤痕累累的狗到处游荡。另一个市场里，他从一群黑皮肤的购物者中间挤了出来，那地方充斥着汗味以及从酒鬼嘴里喷出的呛人酒气，他们一个个露着雪白的牙齿，纵声大笑，醉眼迷离。货柜后面是一长串喝啤酒的人。一个衣衫褴褛的老妪从他身旁经过，在他的耳边叽里咕噜地说着些语无伦次的话。他靠在肉柜上等人。

柜台上方，一张满是痘痕的黑脸从货架上包装好的香肠和猪皮中间看着他。

我抓了四条新鲜的鲤子，苏特里说。

给我瞧瞧。

他把软趴趴的纸包递了上去。黑人屠夫打开纸包，检查了一遍鱼，然后把它们放到血迹斑斑的秤上。十四磅，他说。

好的。

你怎么从来抓不到鲇鱼？

下次我试试给你抓几条。

人们总在问：你家的鲇鱼呢？一条都没有，就这样。

我看看能不能给你弄几条。

一块一毛二。

苏特里伸手接过钱。

外面的街道热浪逼人，他吹着口哨，大摇大摆地往前走，口袋角落里揣着钞票。他从葡萄藤大道走到盖伊街，走在当铺橱窗前的人行道上。那里有来自上千种行当的物件。他仔细研究了一套展示的刀具，整个身影投在面前的玻璃上。请进，请进。一个圆滚滚、穿衬衫的生意人站在店门口。苏特里继续上路。午后时分，车辆在酷暑中缓慢行进，电车叮叮咣咣地驶过，在头顶的电线上隐隐约约地擦出些许火花。

他在廉价商品店清凉的木板走廊上走来走去，眼睛不停地瞄着女售货员。他转身拐进了米勒百货，这儿算得上是个庇护所，香水味四溢，空调也开得很足。底层穷人能找到的凉快地方。乘扶梯到了二楼。霍尔特正背着手，像个葬礼引座员似的站着。他的腰间别着一只鞋拔子，脸上带着一丝笑意。

他今天没有来。

谢谢，苏特里说。

他又坐扶梯下去，回到了街上。

"三角架"杰克两只手插在围裙里，拨弄着一些硬币。他朝一只钢制痰盂响亮地吐出一口深棕色的老痰，然后走到一张台球桌前，玩家们正把球从网袋里掏出来，其中一个用球杆敲击着地面。他回过头喊道，他刚走，他和"蚀骨地"。我想他们应该是去吃饭了。吉姆喝醉了。

他在卫生午餐店的最里面看见了"杰宝""蚀骨地"和"猪头"，三个模糊的人影隔着雾蒙蒙的窗户玻璃向他打着手势。他走进店里。

"希腊人"吉米把大块肉排从热气腾腾的大锅里又出来，放到厚实的白色餐盘里。他伸出大拇指整理了一下沙拉，又用围裙擦去几滴落下的肉汁。苏特里在柜台前面等待。挂在印花铁皮天花板上的风扇顶着腾起的烟雾和蒸汽吃力地转动着。

"希腊人"朝他眨眨眼。

两个汉堡，一杯巧克力牛奶，苏特里说。

他点点头，刷刷刷地在纸上记下客人的点单，苏特里往餐馆后面走去。

老伙计苏特里来了。

过来坐，苏特。

往旁边挪一点，"猪头"。

苏特里扫了他们一眼。你们都好吗？

我正试图变好，"杰宝"答道。

你感觉怎样？

我感觉需要来一杯。

苏特里看着"猪头"。"猪头"满是雀斑的脸上露出了傻乎乎的笑容。苏特里将他们挨个看过去。这仨人都喝醉了。

你们这些狗杂种压根儿没睡觉。

都怪"时代波本"，"杰宝"嚷道。

"杰宝"疯了，"猪头"说道。

"蚀骨地"的黑眼珠从一个人身上转到了另一个身上。

"希腊人"放下一杯水、一盒牛奶和一个空杯子。

吉米，再给我们拿杯可乐来，"杰宝"说。

他点点头，收走了盘子。

苏特里喝了一口水，把剩下的水倒进空杯。他打开牛奶，倒在冷杯子里抿了起来。"杰宝"在座位下面乱摸。"希腊人"回来的时候，他坐直了身子，大声清了清喉咙。"希腊人"端来两个汉堡和一杯加了冰的可乐，他把食物放下，拖拖拉拉地走了。苏特里掀开三明治面包，倒了点盐和胡椒。汉堡里的肉是调过味的，切得薄薄的，顶上浇了几勺卷心菜沙拉。

"杰宝"从座位下面拎出一个瓶子，他把杯子搁在腿上，一边将威士忌倒在冰块上，一边狡黠地四下张望。他把瓶身从皱巴巴的包装袋里抽出一截，看了下里面液体的高度，又把瓶子推了进去。

苏特，我们有好东西了。给，喝一点。

苏特里摇摇头，嘴里塞满了汉堡。

喝吧。

不用了，谢谢。

"杰宝"神志不清地看着他。他身体微微前倾，似乎想要抬起一条腿，眼睛在他头上瞄来瞄去。一个巨大的屁声响彻餐厅，凝固了午餐时间无声的杯盏交错，也震惊了满座食客，整个餐馆都陷入了寂静。"蚀骨地"立刻起身，占了柜台前的一张座凳，慌乱地回头张望。蒸汽食品台前的"希腊人"跟跄着向后退了几步，一只手扶着前额。"猪头"屏住呼吸，跌跌撞撞地跑到过道上，脸上挂着一副痛苦的表情，隔壁座位的女士站了起来，面无表情地俯视他们，然后走向收银台。

嘻嘻，"杰宝"捂嘴窃笑。

该死，苏特里一边说一边拿着盘子和杯子站了起来。

伤到自己了吧，吉姆？"蚀骨地"用手背挡着嘴嚷道。

呼，坐在柜台前的"猪头"叹道，我觉得有什么东西从你身体里爬出来死了。

"希腊人"愤怒地瞪向餐馆里面。"杰宝"一个人愁眉苦脸地坐在位置上。过了一会儿，他爬到外面的过道上。老天哪，他说，我觉得我自己都受不了了。

滚出去。

我还在吃饭呢，吉姆。

老天爷，"杰宝"说道，我觉得头发里都是屁味。

我们赶紧走吧，"蚀骨地"说。

苏特里看着那些嘻嘻哈哈的脸孔。等一下，让我吃完这些，他说。

赫德尔酒吧里又冷又暗，门半开着。他们沿着陡峭的街道走下来，两个两个地拐了进去。

这儿不允许带威士忌，"帽匠"先生指着他们说。

"杰宝"转身走了出去，拿出衬衫下藏着的那个快要见底的瓶子一饮而尽，然后将它抛向街的对面，瓶子砸在旅馆墙面上摔得粉碎。一些面孔从几扇窗户的后面探了出来，"杰宝"朝他们挥挥手，又回到酒吧里。

门上的灯光照在长长的红木吧台上。落地扇的扇叶在网罩里摇晃，天花板上铺着水管，巨大的苍蝇在那底下嗡嗡嗡地飞来飞去。妓女们懒洋洋地倚在近处的卡座里，光线穿过积满尘埃的窗台，从烟熏火燎过的昏暗栅栏处透了进来。瞎子理查德坐在酒吧角落里，面前摆着一杯啤酒，湿漉漉的烟头在他薄薄的唇间缓缓燃烧，失去神采的眼球在眯起的眼皮后转动，他歪着头倾听他们的到来。"杰宝"在他的背上重重拍了一下。

还好吗，理查德？

半明半暗中，理查德露出潮湿的绿牙齿。嗨，吉姆。我一直在找你。

"杰宝"捏了捏他那忧伤干燥的脸颊。你这狡猾的坏蛋，你找到我了，他说。

苏特里拍了拍他的胳膊肘。你要不要来一鱼缸啤酒？给我们来三缸，"帽匠"先生。

酒馆后面的一张桌子旁，一群性别不明的家伙深情地注视着他们。他们抱着胳膊，小臂向上翘起，手从腕处耷下，像凋零的百合花。他们原本骚动不安，却随着巨大的困意袭来逐渐消停。苏特里避开了那边灼热的目光。"帽匠"先生正把啤酒倒进冰冻过的大缸里。苏特里把第一杯啤酒往后面传，酒杯上挂着水珠，不住滴水，还漂浮着厚厚的泡沫。理查德吸了下鼻子。

你好吗，理查德？

理查德笑起来，手全方位地抚弄着自己的空杯。他说自己只是还行。

好吧，苏特里说，再给我们一缸，"帽匠"先生。

看啊，老苏特里请客啦，"猪头"嚷道。

给你换一杯可口可乐？

凭什么，吉姆喝光了威士忌，不是吗？

你问吉姆去啊。

给，理查德。

快看这边，吉姆说。

什么？

看，谁被放出来了。

他们一齐转过身。比利·雷·卡拉汉微笑着站在门口。嗨，"帽匠"，他说。

"帽匠"先生抬起头，满头白发，令人生畏。

"虫子"还是被禁止入内吗？

酒吧老板冷漠地点点头，表示是的。

那么怎样才能让他获准入内？

他把最后一大杯啤酒放在吧台上，擦擦双手，拿走了钱。他往门口看去，掂了掂手中钞票的分量。好吧，他说，你可以告诉他以后能进来了。

那么，"白菜"和"猎熊人"呢？

据我所知，他们没有被禁止啊。

进来吧，混蛋们。

他们眯起眼睛，嬉笑着走进昏暗的室内。

一头红毛似狗鞭，"杰宝"唱了起来。

卡拉汉用手背猛击他的肚子。嗨，吉姆，他说，你的老二怎么奉下来啦？他瞥瞥周围。妓女们紧张地抬起了头。他咧开缺了牙的嘴巴，冲她们所有人笑了。女士们，他说。他微微蹲下身，向酒馆后面窥视。嘿，他喊道，酷儿们回来啦。他开玩笑般地在"虫子"的肩上打了一拳，指着桌边那几个人。他们一个个带着做作的怒气转过身来，把麻秆似的手臂抱在胸前。这些苍白纤细的肢体动作整齐划一，宛如一群在黑暗中舞动的白鹭。卡拉汉向空中伸出一只手。你们好啊，怪人，他说。

苏特里靠在吧台上，饶有兴致地看着这一幕，觉得有些好笑。卡拉汉一看到他，就用臂弯搂住了他的头。天啊，苏特里老伙计，他说。

重新回到这条街上感觉如何？

口渴极了，你有什么喝的？

"帽匠"先生，再给我们来个鱼缸。

卡拉汉的手越过苏特里，在瞎子理查德的肩膀上重重地敲了一拳。理查德的烟从嘴里蹦了出来，掉到啤酒里熄灭了。

过得怎样，理查德，我的老朋友！卡拉汉尖叫道。

瞎子一边咳嗽一边站了起来。他用一只手指堵住耳朵。该死，"红毛"。我又不聋。他伸出黄色的长手指在吧台上摸索。

吉姆，我的烟去哪儿了？

"红毛"拿走了，理查德。

把我的烟还给我，"红毛"。

苏特里把啤酒杯从吧台上递了过来，卡拉汉一口气喝下去半杯，他打了个嗝，四下张望起来。有人往自动点唱机里投了一枚硬币，塑料面板上闪烁起柔和的灯光。"猎熊人"和"白菜"即兴跳起了一支轻快的舞。"蚀骨地"看着他们，深黑色的眼眸亮了起来。

吉姆，叫他把烟还给我。

一个大块头妓女拿着空杯来吧台拿酒。她靠着苏特里站住，用淫荡的小猪眼斜睨了他一下。

当心，苏特里，"白菜"叫道。

你的朋友本来应该和我们一起出来的，"红毛"说。

哈罗盖特？

是的。他们找不到给他穿的衣服。他说要到大城市来碰碰运气。

他简直疯了。

那个胖胖的老女人看上你了，"白菜"一边说一边敲打着点唱机上的按钮。

妓女露齿而笑，拿着装满的酒杯走回自己的座位。

"杰宝"摊开双手，转向房间。好吧，大家，谁拿了理查德的香烟？

理查德拉拉他的衣袖说，唉，吉姆，别管啦。

不，谁也不许离开。

卡拉汉朝那群妓女中的一个瘦女人靠了过去，喊道，嘿，埃塞尔，你的兔子洞还好吗？

有人跟我说你现在在捕鱼，"猎熊人"说。

对极了，"白菜"说，捕的都是丰满型的。

真想尿你一身，"白菜"。

"白菜"用一只手捂住嘴巴。老伙计苏特里，他喊道，他知道哪里有好妞。

快听听"白菜"的心声吧，"杰宝"说。

"白菜"他呀，"红毛"说，躲过了他们对他提起的道德指控。他们抓住他的时候，那女孩正一丝不挂地坐在车里，不过"白菜"老伙计吃掉了证据。

啊，该死，理查德说，谁把一根吸过的烟扔在我的啤酒里？

谁干的？"杰宝"嚷道。

一个面无表情的小个子男人找人去打保龄球比赛。这是我的搭档，"蚀骨地"一边说一边举起"杰宝"的手臂。

我喝太多了。是谁趁着理查德找香烟的时候把烟头放在他的啤酒里面的？

比尔，你和我搭档，"虫子"说。

我的搭档在这里，"红毛"说着，拥抱了一下理查德瘦削的肩膀。

埃塞尔去哪儿了？她也要玩，去把她找来。

埃塞尔在吧台的另一头，手里端着她的空酒杯。她打了个响指，又用拇指指了指自己的胯部。来啊，她说。

苏特里仔细打量她。骨瘦如柴的青灰色手臂一直裸露到肩膀，一条胳膊上文着一只垂涎的青色黑豹。他能看出一部分孔雀图案，还有一个花环，上面写着旺达的名字以及一行字：安息吧，1942年。她转身去拿啤酒时，他歪过头研究起她腿上的蓝色符文。她用一只手把裙子撩到腰间，然后跷起了一条腿。那地方文着一条狗，追着兔子从她的肚子直奔胯部。她说：看够了就张开嘴。

酒客们欢呼起来。"猪头"靠过来看。等一下，他说。

但是她已经带着轻蔑的神情把裙子放了下来，拿着啤酒大摇大摆从他身旁走过去了。

我就知道，那个苏特里，"白菜"嚷道，是个会找妞的傻帽。

埃塞尔，给我们看看兔子洞。

我倒要看看哪个大嘴巴混蛋会请我喝杯啤酒。

给她买杯啤酒吧，"虫子"。

滚吧，她喝过一杯了。

"帽匠"先生，给我们一个鱼缸。

想玩的人把硬币准备好。

我们怎么玩？

简单点，别惹麻烦。

谁拿了我的啤酒。嘿，"红毛"？

夏末的夜幕降临，酒馆里亮起了灯，啤酒瓶做的台灯和画着乡村景色的塑料钟也都亮了起来。苏特里和赢了保龄球比赛的人会合，一起坐着辆巨大的别克车离开了。

头顶的灯泡放出昏黄的光，他们沿着小巷闲逛，一路来到一堵装了隔板的墙下，一个裸着上身的男人遮遮掩掩地递给他们一个纸袋，里面装着一个一品脱容量的瓶子。继续前往其他酒馆，烟雾、喧闹和音乐使夜晚变得愈发陶醉。在 B & J 酒吧，苏特里迷上了一个黑发的成熟少女，在舞池的时候她编了一首淫诗，雪白的大腿随着身体的转动在昏暗的灯光下显得耀眼夺目。

他站起来跳舞，向旁边走了两步，又坐了下来。

他开始觉得有些反胃。

他低头看向一个铁皮水槽，里面堆满了五颜六色的高脚杯，湿漉漉的，令人作呕。铜水管里淌出扇形的苔藓。一个男人坐在马桶上睡着了，两手垂在膝盖之间。厕所里已经没有空位了，睡觉的人都快掉进污渍斑斑的陶瓷马桶座里面去了。

嘿，苏特里说。他推推男人的肩膀。

那人恼火地摇摇头，一股恶臭从白花花的大腿中间冒了上来。

嘿你。

那人睁开一只湿润的红眼睛向外看。

恶心，苏特里说。

他们怒视对方。

是呀，男人说，恶心。

苏特里叉开两腿站在他面前，身体轻微摇晃，一只手搭上了那人的肩膀。男人斜睨着他。我认识你吗？

苏特里把头转了个方向，又有两个人进来站到水槽前。他摇摇晃晃地走到角落里呕吐起来。水槽前的人都看着他。

他们开着一辆散发着霉味的老爷车穿行在幽暗的麦卡纳利住宅区内，口中唱着粗鄙的歌，手里传着一瓶酒。

苏特，醒醒，喝一口吧。

老苏特里怎么了？

苏特里没事，"杰宝"说。

他挥手让他们到旁边去，把脑壳贴在冰凉的后窗玻璃上滚来滚去。

我觉得他喝醉了。

过来喝一杯清醒一下。嘿，巴德。

苏特里呻吟了一声，伸出一只手做了个阻挡的动作。

在西部旅店门口，他们被人拦下了，对方直摇头。苏特里被朋友们架在中间。

别把他带进来。

卡拉汉钻出人堆，走进门里。

我不知道是你，"红毛"。那把他带进来吧，就放在那边的卡座里。

乐队用小提琴和吉他演奏着乡村里尔舞曲，一个醉鬼在舞池里跳起了华尔兹，活像马戏团里的熊。他有一只鞋的鞋底被从边条处切掉了，在跳曳步时有点跟不上拍子。那人大胆地做了一个单脚旋转，眼神空洞，脸上却显得心满意足。随着身体过度倾斜，他往旁边冲了过去，撞倒了一桌酒客。酒水从打翻的瓶子和杯子里洒了出来，把那些人淋成了落汤鸡，他们忙不迭地擦起膝盖来。其中一个人抓住酒鬼的领子，却看到卡拉汉朝他微笑，顿时心生疑惑，放那人走了。

苏特里被骚动惊醒，抬起头来。他的朋友正在吧台喝酒。

他从卡座里站起来，踉踉跄跄地走到舞池中央，东张西望起来。

苏特，你去哪儿？

他转过身，想看看是谁在说话。满是烟渍还渗着水的墙壁在眼前一晃而过，就像坐上了令人恶心的旋转木马。一张酒桌旁两个小偷像猫那样看着他。

"杰宝"用一只胳膊搂住他。你去哪儿呀，巴德？

想吐，恶心得想吐。

他们跌跌撞撞地走向厕所，那是房子后面的一个简易棚子，除了一个坐便器啥也没有。天花板上挂着一个被烟熏黑了的灯泡，像是拧了个茄子在上面。日渐锈蚀的管线排布得如迷宫一般。

墙上贴着旧香烟盒和废纸板，上面满是尿尿的痕迹，仿佛黑暗之中几根灯芯从地板下冒出，撒下火焰形状的污渍。苏特里低头看向马桶。陶瓷釉面上挂着一条干了的黑屎，一坨脏兮兮的纸在水里上下浮沉，释放着恶心的气味。"杰宝"扶着他的腰和额头。一团热烘烘的胆汁冲进了他的鼻孔。

扶他到处走走。

来吧，苏特。

他看过去。他们走向一间灯光暗淡的小屋。在他下身的某个地方他的双脚正到处乱转。

糟透了，他说。

老苏特，你没事。

我是个混蛋，他对着一堵墙说。他转身去找一张脸。我是个混蛋，"杰宝"。他们经过了一张黑人家庭的全家福，每个人都穿着某种仪式用的袍子。他举起一只手，抚弄起墙纸上发黄的线条。

他走进一个房间。动作特别庄严。没什么需要大惊小怪的。一些黑面孔透过烟雾望着他。必须向每个人点头示意。看上去挺有道理。

他听见声音越来越响。是"猪头"高亢的咯咯笑声。

这里，苏特。

他往下看。他正拿着个果酱瓶，里面盛着白威士忌。他举起瓶子，抿了一口。

我可太喜欢苏特里老伙计啦，约翰·克兰西说。

他正坐在一把沙发椅鼓鼓囊囊的扶手上。他们正在讨论某些事情。一个扁平身材的黑人女招待弯下腰看看他。他喝得太醉了，她说。

苏特里举起酒杯，表示默认，不过她已经走开了。

有人从椅子上站了起来。他刚才准是靠在了他们身上，因为现在他深深地跌进了他们空出来的地方，威士忌都洒在了身上。他的脸挤在藏污纳垢的家具里。

他对着发霉的弹簧喃喃自语。

有人来帮他。他从梦中升起，一张怒气冲冲的脸正朝着他尖叫。他摇摇晃晃地走向门口。在走廊里，他转了个身，开始往房子的后面走，身体在两边墙上撞来撞去。一个黑女人从一扇木门里出来，向他走来。他们假装避让了一下。她便从旁边经过了。他啪嗒啪嗒地闯进一间办公室，立刻又缩了回来，继续前进。

在走廊深处，他挣扎着穿过一张帘子，发现自己站在一个小房间里。眼前的黑暗之中，某个地方人们在交媾，发出有节奏的哼唧声。他退了出来。他又拉开了另一个门把手，他的胃撑不住了，难闻的胃液喷涌而出。他想伸手抓住这些呕吐物。

我的天，他说，在一张帘子上擦拭起来。他找到一扇门，走了进去，立刻就瘫倒在冰冷的黑暗里。那儿有一张床，他试图爬到床底下。他需要时间休息，在此之前他不能被别人发现，这很重要。

昏迷中他梦到了几场暴动。某个地方的整块玻璃被撞碎了。他觉得听到了手枪的声音。他努力想要醒来，却无能为力。他让脸颊贴到地面比较凉快的地方，又沉沉睡去。

他做了一个关于忏悔的梦。他跪倒在圣坛门前冰冷的石板上，供奉的蜡烛射出酒红色的光，在他的身后投下充满怨气的影子。他哭着躬下身，直到前额触到石头。

醒来时，他的脑袋四周散发着恶臭，舌苔上结着一层厚厚的呕吐物。在他和天花板积满灰尘的刺眼灯泡之间，一些黑脸向他弯下了身。喂，小伙子，喂，小伙子，一个声音说。他觉得自己正被人推搡。他闭上眼睛。必须挺过这糟糕的局面。

我受不了了。快把他从这儿弄出去。

人们托着他的胳肢窝将他猛地拖了起来。他低下头。黑色的手掌正撑在他的胸前。亚伯？他问，是亚伯吗？

她俯身看向他的脸。布满血丝的眼珠暗淡无光。你的那些朋友去哪儿了，嗯？

你从他那里问不出什么。

他瞅见自己的脚后跟在褪色油毡的花园图案上划过。

我看见他和那个尖脑袋的白种混蛋一起进来，我要用一把猎枪把他的屁股打得开花。

我们要去哪里？

他说什么？

你能走路吗？喂，小伙子。

他不能，该死。把他从这里弄出去。

他的脚撞上一级级台阶。他闭着眼睛。他们走在煤渣和泥土中间，他的脚后跟在一地垃圾中犁出了一道沟。一个朦胧的世界从他跷起的脚指头上方消失了，吝啬的灯光下歪歪斜斜的小屋突兀在幽蓝的阴影之中。在他的右边，一辆汽车锈迹斑斑的残骸渐渐远去。这个夏夜汇聚了各种模糊的景色，以天为纸斜侧于地的垃圾宛如浅烟淡墨，染上墨渍的船夫沉默地在月光海面撑篙。夜色中，他把头靠在一张发霉的旧汽车座椅上，周围堆满了包装箱、破鞋子和晒焦了的橡胶玩具。他的胸口有温热的东西流过。他抬手摸了一下。我在流血。我要死了。

暖烘烘的液体在他的脸上和胸前溅开。他别过头去，摆摆一只手。他湿透了，浑身发臭。他睁开眼睛。一只黑手正往回收起一根软趴趴的水管，那人给他扣上纽扣，然后转身离开。天空下一个颠倒的巨大身影朝着浅紫淡蓝的路灯光芒远去。

酒鬼的脑瓜变清楚，甜蜜的虚无降于吾。

我想给这些鞋换个鞋底，我梦见了，我梦见了。一个弯腰驼背的老鞋匠把视线从鞋楦和垫石上移了上来，眼神显得空洞黯淡。小伙子，这些可不行，这些鞋底，它们实在磨损得太厉害了。况且我也没有别的能替换的。老人摇摇头。你现在必须忘记它们，去找双新的吧。

苏特里呻吟起来。远处的调车场里，一台调车机车正调度着车辆，让它们聚拢起来，噪声越来越强，最后汇成一阵惊雷，震得整个麦卡纳利公寓的窗框都摇摇欲坠。在西半球的黑暗之外，铿锵号角的威胁凝固了眼睛歪斜、牙齿发绿的模糊身影。幕布落下，抖出一片灰尘、甲虫壳和干老鼠屎。一团团无形的恐惧化身无数夜影，女巫，矮人以及绿油油、热腾腾的海中巨怪，它们手持黑色蜡烛，一边缓慢吟唱一边从他那中毒不浅的脑袋里鬼鬼祟祟地溜了出来。看到这些熟悉的东西，他笑了。不是什么恐怖的东西，不过是同源之物罢了。它们用玻璃棺材抬着一个死去的孩子。罪过的切除，在眼前的世界里我可曾用自己萌芽期的眼睛看过他那具小小的、毫无生气的淡蓝色身躯？是谁在梦中出现，时常如成人般大小，怎么会这样？影子能助长吗？我从瞎子雾蒙蒙的眼镜片中看见自己膨胀了的孪生影像，我便是那样。

酷热的夏日黎明，各行各业都开始营业了。他抱住膝盖，将肿胀的头滚来滚去。一阵风搅动了附近孩童的堡垒。

我是畏缩在草丛里的一只老鼠。不过我能听见如钟表般的摇篮式刀盘带着咻咻声呼啸而来。

烈日当空，他睡醒了，眼睑在强光的灼烧下变得通红。他抬起头，青瓷色的天空平淡温和，中间横着几条电线。一只体型巨大的黄猫从柴火炉子上看着他。他转过头，想要更好地看看它，它却像一块热太妃糖那样沿着炉边向下拉长身子，然后悄无声息地一头栽进了地里。苏特里摊开双臂，掌心向上，虚弱地躺在地上，空气中弥漫着一股恶臭，是从他身上飘出来的。他闭上眼睛，呻吟起来。一阵热风吹过焚烧了杂草和橡胶的荒地，像战斗后腾起的硝烟。几只椋鸟队列整齐地落在头顶的一根电线上，如同一根打了结的绳子般斜挂下来。啾啾，羽翼如钩。污秽的黄色鸟粪从扇状尾羽下挤了出来。他慢慢坐起身，举起一只手遮住眼睛。鸟雀四散。伴随着一道干涩细微的声音，他的衣服撕裂开来，一片片干掉的呕吐物从身上抖落。

　　他艰难地跪起身，低头注视着两掌间的黑土，里面散落着煤渣和陶器碎片。汗水滚落头颅，顺着下巴滴落到地上。哦，上帝啊，他说。他抬起肿胀的眼睛，望向膝下的荒芜之地，臭气熏天的田野里铁锈色的荨麻和莎草像是用铁丝做的假玩意儿，在这片原始的风景里一些形状似曾相识的物件巍然耸立在成堆的垃圾之中。空地上杂草丛生，到处是玻璃，还有过路犬只很久以前留下的灰白粪便，一路延伸到河堤处，隐约还能看见几间棚屋和一些空荡荡的汽车残骸。他又低头看向自己，满身污秽，口袋都被翻了出来。他试着做了个吞咽的动作，喉咙发紧，还痛得要死。他踉跄着脚步，摇摇晃晃地走在末世般的荒野中，像《圣经》中的某位遗民存身一个无人问津的世界。

两个顶着莫西干头的黑人男孩看见他双手抱头，跌跌撞撞地从林子里出来，沿着小路走向街道。两道狂野的目光从张开的指缝间射出，落在他们身上。

嘿，小伙子们。

他们面面相觑。

哪条路是进城的？

他们撒开光脚丫，悄没声息地逃走了。他擦了擦眼睛，望着他们的后背。白炽的热浪中，只见那两人的身影飞快地消逝，最终变成了一团颤抖的烟雾中两个变形的细小人形，好像体操运动员挂在了电线上。苏特里站了一会儿，慢慢地转过身。要选出一个地标。这个悲伤花园里某样已知的东西。他掉转方向，像个十足的流浪汉那样沿着满是沙子的狭窄街道走远了。

他很快发现，这儿的房子里住的都是瞎子和聋子。庭院里的椅子上坐着黑色的身影，架在门廊的阴影里，前后摇晃。穿印花长裙的黑人老妪在他身旁冷漠地注视着远方天空的形状。只有几个大眼睛、黑脸膛的流浪儿童仔细打量着这个已然堕落、面色苍白的闯入者。

在街道的尽头，大地塌陷成一条幽长的羊肠小道，迷宫般地塞满了棚屋和鸡笼，还有沥青纸和铁皮搭建的无名建筑、纸箱板组装的住所，以及用劣质板条歪歪扭扭钉起来的茅房，周围苍蝇飞来飞去。这些陋舍聚集的街区之间并无街道，只有一些铺了黑沙的狭小过道和窄路，游荡着孩童和脏犬。他转过身，顶着高温开始摇摇摆摆地往回走，胃里一阵发紧。他走进一条细巷，跪在地上呕吐起来。只是一些淡绿色的胆汁，再无其他，到后来干脆什么也吐不出来了，他的胃里干巴巴的，随着剧烈的痉挛不住收缩，令他痛苦不堪，等痉挛停止，他早已汗流浃背，浑身发抖，虚弱无力。他抬起头。眼泪扭曲了视线。树篱的阴凉处，一个戴着鲜艳羊毛缎带的小黑孩盯着他看。她吸着鼻子，一只鼻孔下面一团黏嗒嗒的黄色鼻涕进进出出。苏特里向她点点头，又跌跌撞撞地走回街上。

他眯起一只眼，试探性地从手指缝里看了一下天上的烈日。它正好挂在头顶。他开始穿越开阔的空地，地上到处是边缘锋利的碎玻璃瓶和布满钉子的板条，他鞋子单薄，走得小心翼翼。他不时停下来休息，要么身体前倾，双手抵膝，要么手捧脑袋，蹲坐在一只脚跟上。他的衬衫已经被汗水浸透，臭气熏天。过了一会儿，他从另一条街上走了出来，一直向前直到远远看见一个陡坡，也许是条铁路。他再次走过空地，穿过小巷，翻越栅栏，尝试修改自己的目的地。他从一排后院中穿过，屋旁摆着一个个破烂不堪的泔水桶，成群的果蝇随风飞舞，嗡嗡声不绝于耳，狗没精打采地走开。一个胖胖的黑女人提着她的灯笼裤，迈出外屋大门。他看向别处。她破口大骂了几句。他继续前进。身后一个男人在喊，可他没有回头。他在小巷里抄了近路，走过一排仓库，在路的尽头看见了戴尔大道上的市场顶棚，在更远处铁路 L 线和 N 线轨道交会，向这边的院子延伸过来。他穿过铁轨，爬上对面的格兰德大道。两个男孩正朝路堑里的一排瓶子里扔石头。喂，水上游魂，其中一个高声喊道。

去你妈的，苏特里说。

一阵恶心涌上心头，他停下脚步，靠着一堵古老的挡土墙休息起来。他从手下依稀看到了三叶虫的印记、早已灭绝的双壳软体动物的石灰浮雕，以及一些精美的石帆。密密麻麻的岩缝间排列着石化了的骨架，上面曾经挂着活鱼的肉身。他蹒跚着继续前进。

他走到路中央，停在格兰德大道那座高大的木屋前。没上油漆的木板泛着淡蓝色的光。他朝坐在门廊上的女人大喊。她探出身仔细张望。

吉米在吗？

不在，他从昨晚起就没来过。你是谁？

科内流斯·苏特里。

上帝保佑，我没听过这个名字。他不在这儿，科内流斯。我不知道他在哪里。

好吧。谢谢你，夫人。

有空来看看我们。

我会的，他挥挥手。一辆警车从街角拐了进来。

他们从旁边驶过。可还没等他走到街道尽头，他们已经绕了一圈从后面赶上，在他身边停了下来。

小伙子，你要去哪里？

回家，他答道。

你住哪里？

顺着前方大道走到头就是。

一张胖脸加两只小眼睛仔细地打量他。那张脸转了过去。他们互相说了几句话。那人又把脸转了回来。你怎么了？

没啥，他说，我很好。

我觉得你有点醉了，是吧？

没有，先生。

你之前在哪里？

他看看自己结了一层污秽的鞋，深吸了一口气。我到这里来见几个人。现在正要回家。

你身上前面那些都是什么？

他低下头。等他再次抬起头来，他的目光越过巡逻车的车顶，望向一排阴冷的老房子，挂墙隔板已经裂开，窗格上糊的都是硬纸板。几棵熏黑了的树在酷热中日渐枯萎，在这未知的炼狱里，一只画眉放声歌唱。鸣禽。歌鸲。爱抒情的傻鸟。

我吐了点东西在身上，他说。

你闻起来像在屎里泡过。

两个男孩顺着破破烂烂的人行道走过来。看见巡逻车，他们赶紧掉头往回走。

车门打开了，胖脸走了出来。

也许你最好上车，他说。

别把那种臭烘烘的混蛋弄进来。叫押送车来。

好吧，那你站在那儿别动。

我哪儿也不去。

我会告诉你的，现在你哪儿也不能去。

他做梦似的听着对讲机噼啪作响。

一辆囚车沿着西大道和森林大道驶来，停在巡逻车前，两名警员走下车。他们打开车门，苏特里朝那边走了过去。

天哪，他可真是一朵奇葩，其中一人说。

一个醉汉坐在与车身等长的长凳上。苏特里坐到他对面。门砰的一声关上了。醉汉凑过来问，嘿，老伙计，你有烟吗？苏特里闭上眼睛，把头靠在车厢壁上。

他站在监狱的一扇小窗前，被命令掏空自己的口袋。他勉强挤出一丝微笑。

身旁的警察用警棍轻轻推了推他。小伙子，把口袋里的东西都拿出来。

苏特里掀起皱巴巴的衬衫。他的口袋像袜子一样挂在外面。

有任何身份证明吗？

没有，长官。

怎么会没有呢？

我被打劫了。

你叫什么名字？

杰尔姆·约翰逊。

警察一边记录一边问，我们以前打过交道，对吧，约翰逊？

没有，长官。

他抬起头。我敢打赌我们没有。把他的皮带和鞋带拿到这里来。

他们领着他沿走廊向牢房走去。

他们打开一个大笼子的门，他走了进去，他们在他身后把门关上。有人睡在一个角落里，脑袋埋在一摊凝固的虚空之中。这里没有长凳，没有地方可坐。一条水泥排水管绕着铁笼围了一圈。苏特里头痛得痉挛，整个人剧烈地发抖。他坐在地板上。地面很凉。过了一会儿，他跪下来，把头贴在地上。

他准是睡着了。他听见狱卒敲打栏杆，呼唤一个名字。声音经过的时候，苏特里叫住了他。

你能帮我叫个担保人来吗？

你叫什么名字？

约翰逊。

你来多久了？

我不知道。我睡着了。

不管怎样你都得待上六个钟头。

我知道。我就想知道你能不能帮我查一下。

狱卒不置可否。

过了一会儿，他又躺在地板上睡着了。他不时醒来，骨头被水泥硌到，需要调整一下。担保人来的时候已经是晚上了。

那是个穿网面鞋、衣冠楚楚的小个子男人。他抬起头看向关在自己面前的这个臭烘烘的神秘人。你是约翰逊？他问。

是我。

你想保释？

是的。我没有钱。你得去打个电话。

好的。我要找谁？他拿出便笺本和铅笔。

苏特里给了他号码。

好的，他说，等着。

没问题，苏特里说，听好。

什么？

告诉他们是苏特里。但是是帮约翰逊问的。

你这样会惹大麻烦的。

换个法子麻烦更多。

好的。你再说一遍。

苏特里。

担保人摇摇头，写下了这个新名字。你们这些人可真了不起，他说。

几分钟后他回来了。他不在家，他说。

她有没有说他什么时候会在？

没有。

现在几点了？

差不多七点。他撩起袖子，七点过十分。

该死。

你还认识其他人吗？

没有了。听着，一个钟头后再试一次，好吗？你确定号码是对的吗？

21505。是这个吗？

是的。

那家伙叫什么来着？

吉姆。

我知道。全名是什么？

吉姆·朗。

担保人向他投去一个滑稽的小眼神。吉姆·朗？他说。

是的。

他是不是还有个兄弟叫朱尼尔？

是他。

担保人斜眼看他。

怎么了？苏特里说。

糟透了。

到底怎么了？

唉，真见鬼，担保人说，他俩就关在你后面，八号牢房。他们从今天早上就在这里了，也是搞不到保释金。

他更加好奇地看着苏特里。苏特里的脸皱了起来，神情变得古怪。他的唇间迸出一阵马嘶般的窃笑，眼神游移不定。

你可真是疯得不轻，担保人说。

苏特里在水泥地上坐下，双手捂着肚子。他浑身颤抖地坐在那里，抱紧了自己。你真是个疯子，对吧？担保人说。

后来他隔着栏杆向他的朋友们喊话，可他们没有回答。某处传来一个声音问他为什么不闭上该死的嘴。过了一会儿走廊天花板的灯亮了。角落里的人一动也不动，苏特里不想去查看他死了没有。他又躺在地上，断断续续地睡了个糟糕的觉。他梦见一股股冰水流进自己干枯的喉管。

不知什么时候，他被骚动声惊醒了。他的半只手正含在嘴里。他抬头一看，一个男人弯下腰，拎起一桶水隔着栏杆向他泼了过来。他被激得一惊，边骂边跪起身。

水桶咣当一声掉在地上。那人在自己的牢笼里打量他。苏特里转过头去。他的狱友正站在角落里。苏特里看着他时，狱友说，闭嘴吧，再嚷嚷，看我不把你的鸡巴塞到怀表袋里去。

他闭上眼睛。身上滴落的灰水恶臭且带着酸腐味。梦中，他站在昏暗的路边，看见一只鹰被钉在谷仓门上。可赫然显现的却是一个剥了皮的人，胸脯像冷却中的牛肉那样摊开，头骨被剥掉皮变成蓝色的球体，发着淡淡的冷光，眼窝是漆黑的洞穴，血淋淋的嘴巴敞着，里面没有舌头。旅行者用嘴巴咬住手指，但这种恐惧并非他哭泣的唯一原因。被剥皮者的背后隐约出现了另一个人浅浅的身体轮廓，因为负责他的外科医生们在世间到处走动，甚至就像你我。

他在杂草中搜寻，找到一个合适的铁罐才走回大路。煤油把路面上的一块沥青弄软了，他跪在地上用一把旧菜刀挖了起来，沥青黏稠得可以拉起丝，他挖了一团又一团，终于弄够了。

沃森老爹过来的时候，他把小船翻过来放在岸上，耐心地涂抹船身的接缝。

哎呀，你还活着，老人说。

苏特里抬起头，阳光刺得他眯起了眼睛。他坐着抬起前臂擦了擦鼻子，一手拿着装沥青的罐子，一手拿着刀。你好啊，老爹，他说。

我以为你死了。

还没呢。你怎么会这么想？

一直都没看到你。你去哪儿了？

苏特里顺着一道缝抹起了难闻的黑色粘胶，又把它压实。监狱，他答道。

嗯？

我说我之前在监狱里。

之前？怎么会？

我和一群坏人混到一起了。是什么风把你吹来了？

老人把火车工程师那带条纹的鸭舌帽往后推了推，重新调整了它的位置。正要去城里。我想反正都这么近，还是来找一下你看看。还以为你肯定死了。

我还在做买卖呢。铁路上一切都好吗？

老天爷，糟透了。

苏特里等着他详细讲，可似乎并没有下文。他抬起头。老人却踮着脚，站在一旁看着他。

发生什么事了，老爹？

不过是铁路运行的问题，孩子。我坚信，它天性如此。他掏出一个铁路工人专用的大表，看了下时间，又放了回去。

老78号怎么样了？

老天爷爱她，她和我一样又老又虚弱，可这狗忠心耿耿。应该给她发块金表和金链子。

他探过身去，越过苏特里的肩膀看他补船。

是这样，他说，我希望能请你带着那玩意儿到我的院子里来。我的守车车顶有个漏洞，需要弄点东西处理一下。

苏特里弯下腰，避而不看他的脸。有个什么？他嚷道，眼睛半闭，带着笑意。

我说我的车顶漏了。守车的车顶。

苏特里摇摇头。他抬头看老人。好吧，他说，要是我还有剩的，就带点过去。

老人站直身子。你真是个好邻居，我认你这个人情，他说着，又费力地掏出了那只表。

我最好继续往城里去，得在商店关门前赶到。

老爹，现在几点了？

四点十九分。

好的。下次来多待一会儿。

会的，铁路工说，沥青要是有多余的，别忘了给我留点。

好的。

有阵子没在河上看到你，我还以为你死了。

没有。

行。

他看着老人穿着工作服，步履蹒跚地走过冒着热气的田野。等到了铁轨，他转过身，举手挥别。苏特里抬抬下巴，又回去工作了。

等把小船底下涂好沥青，他把罐子放在旁边，将小船翻了个身，慢慢地从泥地上推回水里。他拿起绳子，顺着船屋的过道走出去，将它拴在栅栏上。他把船桨从刚才他们靠船边站立的地方拿过来，放到小船里面。

他精疲力竭地靠在栏杆上，看船底的木板浸水膨胀后接缝不断闭合，周围的干淤泥也变黑了。就在他站着的当口，五点钟的货运列车驶上了下游的栈桥。像一只巨大的千足虫，穿过大跨幅的黑色钢索桥，车头的喷气孔咳出一团团烟雾，后面煤烟色的车厢咔嗒咔嗒地响个不停，它们喧声鼎沸地通过，留下的空气却出奇的宁静。

他顺着一根长绳从河里捞出一瓶橘子汽水，打开瓶盖，坐下啜饮着清凉的饮料，脚搁在栏杆上。一个黑女人出现在上游一艘船屋的甲板上，把两包叮当作响的垃圾扔到船外，又走进屋去。苏特里把头靠在滚热的木板上，望着河水从眼前流过。桥的影子开始拉长倾斜，渐渐往上游伸展，鸽子飞进桥底的水泥结构里，掠过他面前的水面，像溜冰鞋长出了蝙蝠翅膀，从河床升起，在逼近的暮色中觅食。他闭了一下眼睛，又睁开了。河流沿岸的鸽鸟猝不及防地飞出，像射击场里用铁丝做的鸟形靶子。河岸下方有一根水管，排放出一团团肥皂水和蓝色污水。天又暗了一点。通往城市的河流上方，雨燕消失在铅灰色的水面上。夜鹰驾驭着薄薄的羽翼，时而俯冲，时而盘旋，一只蝙蝠拍打着翅膀飞过，转个圈又返回了。

屋内，苏特里点起一盏灯，调整了一下灯芯。他用同一根火柴点燃了小煤油炉的炉头，昏暗中升起了两圈灰蓝色的小锯齿。他把一锅豆子放在火上加热，又拿出煎锅，切了点洋葱放了进去。他拆开一包汉堡肉。小飞蛾不停地穿过灯罩口，翅膀着火后旋转着掉进热油里。他拿做饭用的铜叉子将它们挑出来，甩到墙上。烧好饭，他把食物从锅里刮进一只盘子，连油灯一起端到窗边的小桌子上，把所有东西都放在油布上，悠闲自得地坐着吃饭。一只驳船从上游驶来，他隔着破玻璃窗看着船头灯变换、闪烁，通过桥下狭窄的水路时长长的白色扇形飞快地斜掠而过，光束以难以置信的速度穿过上游的树，如彗星般划过水面。一道白光淹没了他的船舱，接着便继续向前。苏特里眨了一下眼睛。驳船模糊的身影逐渐逼近。他看见红色的灯在黑暗中闪烁。船屋随着尾流轻轻摇晃，船底的滚筒发出沉闷的咚咚声，屋外的小艇在夜色中颠簸。苏特里用一块面包擦了擦盘子，重新坐了回去。他开始研究撞死在玻璃上的飞蛾种类，手肘搁在窗台上，下巴压在手背上。祈求光明的家伙们。这一只在毛茸茸的白肚皮和翅膀周围沾了一些复活节特有的粉色。眼睛漆黑，三角形，像强盗的面具。皱巴巴的毛脸有点像猴子，戴着一顶挡风用的白色圆筒军帽。苏特里凑过去，想要看得更加清楚。你想要什么？

　　"河中女王"号经过的时候，他已经躺在床上，随波摆动得快要睡着了。他听见窗外桨轮吃力地拨开淤泥的声音。船像是钻过了泥浆。甲板上聚会的人们在歌唱。声音里带着水声的平静，老式的尾轮船载着烈酒和丽人向上游驶去，柔和的灯光倾泻在玩 21 点纸牌的绿绒布台面上，酒保擦着酒杯，伴舞乐队的乐师倚着餐桌间的栏杆，到后来所有声音渐渐远去，最后的回声也化作了风的低语。

就到这里，随便停哪儿都行，哈罗盖特懒洋洋地指着敞开的卡车车窗说。

司机不耐烦地斜眼瞥他，混球，你总得有个地址吧。

那就烟山市场吧。

那可算不上是个地址。得是有人住的地方。

他四下看看，像个孩子似的坐在副驾驶座上。那边的教堂行吗？他问。

教堂？

是啊。

好吧，我不确定。

他们不同意去教堂吗？

司机转动方向盘，打向左边，然后把车停在了教堂前面。到了，他说，滚出去吧。

他跳下车，伸手把门砰地关上。谢谢，他朝司机挥挥手。司机看都没看他就开走了，卡车沿着街道前进，消失在正午的车流之中。

哈罗盖特飞快地穿行在河边悬崖上的葛藤丛中，他发现了一条红土沟，直通山坡的下方。他顺着那条路穿过茂密的毒藤，经过被藤蔓缠得如木乃伊般的巨树林以及河堤上沾着赭色泥土的忍冬丛，进入了一小片覆盖了煤渣的林子，里面长着黑压压的漆树灌木，还有喝饱了排污黑水的商路丛，一簇簇的果实像挂上去的廉价饰品，闪烁着预示毒性的蓝黑光芒。

小路转了个急弯，伸向废弃铁路专线上方的陡岸。他下到路基上继续前行。古老的车道躺在杂草丛中若隐若现，轨道锈迹斑斑，在腐烂的枕木和发黑的道渣间蜿蜒曲折。他穿着奇怪的装束，费力却开心地走着，薄薄的鞋底踩在铁轨上都折弯了。河水湍急且浑浊，奔流到岸边在突起的异形石灰岩上完成了自己的塑形。过了一会儿，他在一堵旧土墙下碰到两个满身是血的杀鱼佬，中间横着一条很大的鲤鱼。这个穿奇装异服的人从灌木丛中冒了出来，微笑着向他们打起了招呼。他们停下沾满血污的手，仔细打量着他，那条鱼弓起身子颤抖着。

你们好，他说。

这两人对视了一下，低下头看着他。血从鱼身上滴落下来，洒在草叶间，形成了细小的、锯齿边的朱红色圆点。一个人举起滴血的爪子向他招招手。嗨，小伙子，到这里来。

你们想干吗？

过来一下。

我得继续赶路，他跨过枕木。

就过来一下。

他侧身走开，突然跑了起来。他们面无表情地看着这一切，直到他消失在杂草丛中才继续回去处理那条鱼。

沿着铁轨走了半英里之后，他在侧线上发现了火车，老式的黑色钢铁车头，上面的金色铭文已经褪色，木制车厢在阳光下静静地腐烂。藤蔓爬过浅褐色复古车厢的破窗，车内的接缝是铆接的，围板焊接在一起，像是要防止掉到海里去。他走上过道，两边是落满灰的绿缎座椅，已经磨损得破旧不堪。一只鸟飞过。他顺着铁质台阶下到地上。一个声音响起，喂，年轻人，从车上下来。

哈罗盖特转过身来，看见一个穿工作服的铁路工正沿着铁轨朝他走来，头上戴着一顶条纹帽，是个上了年纪的，身上还挂着一条沉甸甸的黄铜表链。

这只乡下老鼠扭过头来，想看看该往哪边跑，可那人停下了脚步，朝一辆锈迹斑斑的车皮探下身去，手里拿着一只长嘴油壶。他摇着头，喃喃自语。黑色的陈年机油从捏在手里的日志上滴了下来。他挺直身子，从工装裤口袋里掏出时钟大小的表看了下时间。你的朋友们今天都去哪儿了呀？他问。

哈罗盖特往四周看看，想知道他是不是在和自己说话。火车圆顶上一只猫梦游似的看着他，塞满鸽蛋的肚皮沉甸甸的，贴在温暖的沥青涂层上。

就我一个，哈罗盖特说。

老人眯起眼看着他。你爹不是铁路工吧？

不是。

我想也许我认识他。

我可是初来乍到。

那我就不认识你。

我叫吉恩·哈罗盖特，哈罗盖特说着，往前走了几步。老人却摇了摇头，挥手示意他走开，然后吃力地爬上车厢连接处。我认识所有我想认识的人，他说。

你认识老苏特里吗？哈罗盖特在他身后喊道，可老人没有回答。

哈罗盖特继续沿着铁路前进，穿过古老的钢架桥桥底，走出断崖的阴影，走过一个锯木厂和屠宰场。浓烈的松脂与粪肥混合的味道。这条侧线到调车场就结束了，他穿过一片田野，那里有一个简陋的棚屋营地，一直延伸到远方，山坡上是汽车残骸的汪洋，到处杂草丛生。他走上一条窄路，过了一会儿来到了一扇用旧铁床架充当的大门前，上面爬满了脏兮兮的牵牛花，蜂鸟像上了发条的玩具在那里转来转去。院子里躺着一个男人，穿着沾满油污的工作服，脑袋枕在一个轮胎上。

你好，哈罗盖特说。

男人猛地坐了起来，四下张望。

我在找苏特里。

我们关门了，那人说道。他站起身，穿过院子，走向一间贴了沥青纸的棚屋，外面挂满轮毂盖，没有两只是一模一样的。保险杠都堆在墙边，水龙头滴下的水流进一只用焊枪切开一半的油箱。残破的汽车卧倒在热气腾腾的茂密植物之间，这片繁茂的荒原上到处是盛开的鲜花和浓密的灌木。

你可以随便看看，男人喊，但别来烦我。不许偷东西。他钻进棚屋，哈罗盖特推开大门，走了进去。门上的齿轮链在他身后轻轻地关上了。空气中散发着腐殖质的浓郁味道，他闻出了花香。野曼陀罗开出奇异的淡白色喇叭花，风铃草长在废墟之间。茂密细长的玫瑰丛上覆满了将要凋谢的花朵，一触即倒。煤渣砖砌成的斜墙上爬满淡紫粉红的夹竹桃，散落在草地上的汽车零件中长出了金钱草和耧斗菜。他穿行至小屋前，从敞开的门口向屋里看。那人摊开四肢，躺在一张汽车座椅里。

嗨，哈罗盖特说道。

男人将胳膊从脸上挪开。老天爷，你到底想干什么？他问。

哈罗盖特四下打量着这间昏暗的小茅屋，里面堆满了从公路灾难中抢救出来的汽车部件。地板上的汽车收音机里传来微弱的乡村音乐。轮胎像黑压压的柱子一样立着，电池摊得到处都是，已经流出了白色的干泡沫。

我在找老苏特里，他说。

他不在这儿。

你觉得我在哪里能找到他？

去网城找。

那是哪儿？

蜘蛛的屁股上。

收废品的男人又用胳膊遮住了眼睛。哈罗盖特盯着他看。小屋里异常闷热，还散发着沥青的臭味。他打量了一番那些稀

137

奇古怪的汽车零件，然后问道，你是废品商吗？

你想要什么？

没什么。

你想卖什么？

我什么也不卖。

好吧，我们来做笔买卖吧。

我以为你打烊了。

我现在开门了。我猜你偷了一堆轮毂盖。

不，我没有。

它们在哪儿？

我什么也没有。我刚从劳动救济所出来，偷了西瓜。

我才不买什么西瓜呢。

哈罗盖特换了只脚。他的衣服一动也不动。你住这里吗？他问。

嗯。

这儿挺整洁的。我敢打赌，一个人几乎不用花什么钱就能给自己弄出个这样的地方，对吗？

那人的脚趾朝向天花板，他把脚摊开又合上，摆出一副不置可否的姿态。

天啊，我要是能有个地方待就好了。

男人还躺着。

喂，哈罗盖特叫道。

男人咕哝一声，翻了个身，伸手从汽车座椅底下掏出一个装着白威士忌的一夸脱玻璃罐，然后坐起身子，笔直地朝食道灌了进去。哈罗盖特看着他。那人熟练地将两片式的盖子盖好，把剩下一半的罐子靠在身旁，又安静地睡起觉来。

喂，哈罗盖特又说。

他睁开一只眼。天啊，他说，你有毛病吗？

没事。我很好。

你想要工作吗？

干什么呢？

干什么呢，干什么呢，男人对着天花板喃喃自语。

什么样的工作？

男人坐起来，把脚放到泥地上，手里还抱着那个罐子。他摇摇汗津津的脑袋。过了一会儿，他抬头看了看哈罗盖特，我可没时间招惹那些惨到不能工作的人。

我能工作。

好的。你看见前面那辆车头撞瘪了的福特 48 型轿车了吗？就是那辆敞篷的。

我不知道是哪一辆。那儿有好多车。

像新的那一辆。我需要在它报废之前把内饰都拿出来。座椅、地毯、门板之类。我还需要把它们清理一下。

你能付我多少钱？

你能接受多少钱？

哈罗盖特盯着地面。黑乎乎的废金属板上堆满了小零件，组成了一个沾满油渍的马赛克图案。我想要两块钱，他说。

我能给你一块。

一块半。

上工吧。那边的箱子里有扳手，还有一把螺丝刀。从下面把座位松开。这些门和玻璃升降手柄都是装了弹簧的，你把它们往里推，然后用钉子把销子敲出来。把座椅扶手拧下来。等你把这些都弄出来，我去拿点肥皂，房子边上有个水龙头。

好的。

男人放下玻璃罐，起身往门边走去。他指着那辆车。它撞得只剩一半长了。去把那些遮阳板也拿过来，他说。

发生什么了？

正面撞上了一辆半挂车。速率表停在了最高时速。你一眼就能看见。

哈罗盖特若有所思地看着那辆车。车里几个人？

四五个吧。一群小伙子。大概两天后他们在一块地里找到了一个。

他们死了吗？

废品商低头看向哈罗盖特。他们什么？他问。

他们死了吗？

没有啊。我记得其中一个膝盖蹭掉了皮，就这样而已。

天啊，我真不明白，他们怎么能不死呢？

废品商疲惫地摇摇头，走回屋里。

哈罗盖特找到工具箱，走到车旁。他试着拉开一扇撞坏的车门，又朝里面看了看。他转到另一扇门边，可那上面没有把手。

嘿，他回到棚屋门口说道。

什么事？

我进不去。车门都卡住了。

你可能得把它们顶开。从上面进去，去那边拿一个千斤顶和几个木块。别一直烦我。

小学徒走回去，爬上车盖，穿过车篷横梁、支撑和破帆布进到汽车里面。全是皮革和霉菌的味道，还有一些别的东西。挡风玻璃碎了，沟槽里的玻璃锯齿上挂着一圈干了的小碎片，还有一些小块的布料。车内饰是红色的,喷溅状的血渍已经凝固，变成了黑红色。他踩在一扇门上，使劲一蹬，门开了。某种球状的物质从转向柱上挂了下来。他从车里爬出来，弯腰去找座位下的螺栓头。脚垫浸过雨水，长了少许浅蓝色的霉菌。有个小小肥肥、湿漉漉的东西躺在那里,拖着一条像脐带一样的尾巴。某种鼻涕虫。他把它捡起来。一只人类的眼睛从拇指和食指之间抬起来看着他。

他小心翼翼地将它放回原处，又向四周望了望。小院子里很热，静悄悄的。他又伸出手把它捡起来，仔细端详了一会儿才重新放了回去。他站直身子，端着那只手朝大门走去，沿着马路走向河边。

他洗了几下手，又蹲着想了点事情，便开始返回，往桥的方向走。在去河流边缘的路上有一条地势较低的小径，蜿蜒在树根和熏黑的石头之间。一簇簇被践踏的脆弱草木垂在水面上。哈罗盖特一边走一边琢磨河对岸城市的形状。

在桥的影子里，长条状的红土地光秃秃的，因为缺乏阳光而万物枯萎。岩石间有一些生锈的鱼饵罐和缠在一起的尼龙鱼线。他从杂草丛中走出来，经过了拾荒者的火坑，那里有一股石头被烟熏火燎后的难闻味道，他停下脚步注视着黑洞洞的水泥拱门。当那个衣衫褴褛的怪人从彩色岩石后面出现，哈罗盖特友好地点了点头。你好，他说。

拾荒者皱起了眉头。

我想这下面能住人，不是吗？

年迈的隐士没有回答，哈罗盖特似乎并不介意。他走近一步，查看起周围的东西。天啊，他说，你把这下面收拾得太棒啦，不是吗？

拾荒者微微抬眼，像一只被打扰了的筑巢小鸟。

我敢打赌，那张旧床睡起来一定很香，他指着那边说。

你最好小心点，一个声音从高高的拱门里传了出来，那老头卑鄙得像条蛇。

哈罗盖特伸长脖子，想看看是谁在说话。羽翼丰满的灰鸟在头顶的水泥桁架间轻声低吟。谁在那儿？他喊道，反射回来的声音空洞怪异。

你最好快跑，大家都知道他身上有手枪。

哈罗盖特看看那个拾荒者。那人来回走动，龇着牙齿。他又抬起头来。嘿，他喊道。

依然没有回答。他在哪儿？哈罗盖特问。可那个拾荒者只嘀咕了几句就从视线里消失。

哈罗盖特走得更近了，他朝暗处望去。老人坐在房间深处的一张破椅子上。又脏又臭的地板上到处是零零碎碎的家具物件，一张依稀是来自东方的地毯上，一根未经加工的粗经线正吞噬着密密麻麻的宣礼塔，油灯、偷来的路灯和破石膏雕像幽灵般地矗立在半明半暗的光线中，土罐、成箱的瓶子、小摆设和堆成山的廉价收藏品，一捆捆报纸垒得摇摇欲坠，还有许多破布。床是旧式的，装饰着华丽的王冠和铸铜材质的柱头。

小伙子，你难道不识字吗？老人阴森森的声音从他的巢穴中传了出来。

确实不太在行。

外面的牌子写着禁止入内。

老天爷，没人请我，我是不会进来的。我得说，你把这里面整得挺好呀。

拾荒的老头哼了一声。他把双脚抬起搁在椅子里，光滑纤细的小腿像两根骨头交叉在那里。

没人会来这儿打扰你吧？

我偶尔会碰到一两个傻瓜，拾荒者说。

你在这地方住了多长时间？

大概这么长，老人一边说一边用手掌随意地比画了一个长度。

哈罗盖特笑嘻嘻地接受了挑衅。你知道杂货店的苍蝇和五金店的苍蝇有什么不同吗？

拾荒者的眼神变得更冷了。

是这样，杂货店的苍蝇盯着豆角和豆子，五金店的苍蝇盯着钉子和螺丝。哈罗盖特突然弯下腰，拍打起自己的大腿来，像受惊的小鸟那样咯咯咯地笑了起来。

小伙子，你为什么不回到你刚才过来或者正要去的路上，让我他妈的一个人待着？

见鬼，我只是想来问声好。我并没有什么恶意。

老人闭上了眼睛。

听着，远处那边的下面有人吗？

拾荒者看了看。隔着河，桥底拱廊的尽头和他的庇护所遥遥相对。你为什么不自己去看看？他说。

我要是不去就见鬼了，哈罗盖特说，要是那里没人，我们就是邻居啦。他挥挥手，开始绕到桥的另一侧。我们能相处好，他回头说，我和任何人都处得来。

下午三点左右，他穿过市区，沿着大桥尾端的陡峭小路往下走，蜿蜒在一片满是长长尖刺的小槐树林里，黑黢黢的椋鸟在河面上尖叫、盘旋，又折返。他在桥底贫瘠的泥地里现身。一群黑小孩在阴凉处玩耍。他们下方是一条阴暗的窄街。一个孩子看见了他，然后所有人都抬起头来，三张柔和的黑脸蛋齐齐地盯着他看。

你们好，他说。

他们蹲着不动。停在街上的木头小卡车和小汽车被一块破瓦压扁了。他们身后是一座棕色的木板房，前院的地面是泥土和煤灰铺成的，坑坑洼洼，几只可怜巴巴的鸡蜷缩在阴影里。

门廊顶上垂下几条链子，吊着一张长凳，一个黑人男人躺在里面摇来晃去，一排洗好的褪色衣物在无风的高温中蒸腾。

你们在干吗？

年纪最大的孩子答，我们什么也没干。

你们都住在那边吗？

他们严肃地点点头，表示回答。

哈罗盖特向周围看看。他觉得即使迫不得已，也别住在这些黑鬼的隔壁。于是他爬下河岸，走到大路上，经过成排的棚屋继续往下游走。这条路凹凸不平，过了一会儿变成了沙地和干泥，再后来就没有路了。一条小径在满是废纸的杂草丛中蜿蜒。哈罗盖特向前走去。

小径穿过了几块被高温炙烤的空地和休耕的农田，从一个横跨河流的高空栈桥下通过。旧石阶上堆着流浪汉的垃圾，还有生锈的罐子和成堆的瓦砾，旁边散落着灰色的骨头。一圈烧黑的砖头和篝火的余烬。哈罗盖特四下游荡，用一根棍子戳着地上的东西。一片片烧焦的锡箔纸在阳光下闪耀着蓝色和黄色的光。灰色稀泥中挖得出烧焦的残骸。融化的玻璃在一只床垫弹簧的螺旋凹槽中重新凝固，变成像是来自南部海域的某种玻璃蛹或者带壳海螺。他把它放在袖子上掸掸，带在身边。再往前，穿越一片冒着烟的冲积地，遍地散落着垃圾，远处隐约可见铁轨和河流。

几条轨道穿过小溪，一排黑人渔夫沿着轨枕席地而坐，腿悬在渗出的污水上。他们都盯着下方溪口里斜漂着的浮子，没有人转身看他沿着铁轨摇摇晃晃地走过，他偏着头避开从轨枕之间飘上来的硫黄臭屁味。

你们好吗？他嚷道。

一张凶脸抬了起来，又看向别处。他站在那儿看了一会儿，继续顶着热气摇摇晃晃地往前走。骄阳像木桶上的孔，通向更深远的地狱。前方的小山上，他可以看到大学的砖墙和树丛之间有几所漂亮房子。他终于来到了河边的一条小街上。运动鞋从滚烫的沥青路面上抬起，发出啪啪的声音。一只狗斜着眼睛，在他前面的街道上一路小跑，朝一片丁香花丛的影子奔去，旁边是一间看上去挺容易烧起来的棚屋。哈罗盖特眺望着远处的景色。河岸上是一片黑玉米地，僵直脆弱。看到这种荒凉的田园景象，他又掉头往城市方向去了。

下午的大部分时间，他都在诺克斯维尔比较荒凉的地区转悠，流窜于各条小巷之中，查看那些旧地窖、积满灰的酒窖和阴冷潮湿的公共建筑。他穿着一套临时搭配的衣服，双眼圆睁，仿佛族群里某个名不见经传的叛徒，他停在一堵墙前，竭尽全力地读起那些模糊不清的粉笔字、匿名团体的议事日程、约会日期以及有关本地女性习惯的个人情报。有人往墙上砸了一排酒瓶，棕色、绿色和透明的碎玻璃磕散落在阳光明媚的走廊里，黄玻璃垒成的半截锥状物如火焰般从路面上垂直升起。他从巷口东倒西歪的垃圾桶旁经过，桶口周围结满顽垢，斜着张开的深渊大口处肮脏的犬只不分昼夜地进进出出。一道看不出形状的铁制楼梯栏杆，涂着粘鸟胶，像是某种从海里带来的东西，墙面上娇小的花朵绽放在石头缝隙之中。

　　他停在角落里的一堆垃圾前，一只着了杀鼠剂门道的耗子在那里扭动着。小兽的肚里满是坏消息。准是你吃了什么东西。哈罗盖特蹲下身，饶有兴致地看着它。他找来一根窗帘杆，轻轻地捅了捅它。一个瘦小邋遢的女孩站在自家门口，一动不动地看着他。像穿着破烂衣衫的简陋娃娃，乌黑的巨眼深陷在小鸟般的头颅之中，眼泪汪汪。哈罗盖特抬头一看，发现她正盯着自己，女孩开始扭动身子，双手拉着裙子的褶边，突然她的头向后仰去，他看见一只青筋暴起的爪子揪住了她的头发，那女孩猛地往里一缩，从开着的门里消失了。他又低头去看那只老鼠。它正在慢慢地旋转一条后腿，仿佛有音乐的伴奏。它准是感到了某种冰冷灵魂的经过，因为它突然颤抖起来，徐徐将双脚伸了出来，直到它们不再动弹。哈罗盖特用窗帘杆拨了它一下，可老鼠只是翻了个身，皮下都已经是软绵绵的了。几只跳蚤从那张灰色的瘦脸里跑了出来。

　　他站起身，用脚尖轻轻踢了踢老鼠，继续往小巷前面走去。他穿过一条铺着沥青的街道，路面上满是瓶盖和金属碎片，散落着黑金镶嵌的各类图案，还有一条不大真实的蛇，肋骨和脊椎已经被来往车流磨掉了，另有一部分蜷曲成一个苍白的骨头卦象，可他读不懂。头顶是一盏盏被投石打坏的柱灯。一个瘦削慵懒的黑女人斜胯扭腰地站在门框里。嘿，小鸽子，让你的小妞挣几个小钱呗？他的身后立刻传来一阵哄堂大笑，一颗金牙闪闪发光，像天狼星在臭不可闻的嘴巴里讲着荤段子。

他继续前进，所到之处尽是些懒洋洋的黑人，要么蹲在地上要么打着瞌睡，有的在门道上，有的在门廊里，还有的在街角，身子都侵入了车流。老年人仿佛雕像一般，手指交叉搁在膝盖间的拐杖头上。身上的西装是公认早已绝迹的款式，脚上穿着双色多孔鞋，袜子在他们纤细的黑色脚踝处卷了好几道。一个黑黢黢的鹰脸怪物窃窃私语地向他拉皮条，口水清楚地从长长的下唇处漏了出来。苍蝇如彗星般在空中飞过。他继续穿行。避免目光接触。楼上窗口里的黑人妇女穿着闷热的家居服，巧克力色的乳房下垂，她们是黄昏的爱好者。辅助夜幕升起的门徒。他准是从白人居住的街道走到了黑人区，途中连一个灰色的中间人种也没看见。

当他来到盖伊街，夏日的黄昏已经在西边的楼面上投下了又高又长的蓝色阴影。他像一个来错地方的偷猎者那样顺着店面前行，眼睛像松鼠般四下张望，土里土气的运动鞋破烂不堪，松松垮垮地踩在脚底。在洛基特魔术店，他停下来欣赏橱窗里江湖郎中那些落满灰尘的小道具，一盒盒小包装的喷嚏粉、混入了线状火药的雪茄以及一块沾着墨渍的压花铁皮。钉子固定的展示牌上，字迹早已被阳光漂白。一只陶瓷狗弓着背，嘴里似乎在咕哝着什么。哈罗盖特对这些东西充满了敬佩之情。他稍稍向后退了一步，记下商家的名字，继续往前走。他从"科默运动中心"的招牌底下走过，这里有一段陡峭的楼梯，头顶上传来台球碰撞的沉闷声音。是这儿了，他说，真是不同凡响。

他拐进上面的联合大道，从罗克西剧院旁走过，海报上是喜剧人"蹼脚"瓦特和"瘦子"格林以及全女性出演的活报剧。哈罗盖特四下转悠，想看看票价。玻璃间里的女孩像猫似的往下看着他。他微笑着向后退。他走上胡桃街，经过几间五金店、啤酒馆和摇摇欲坠的家禽店。他拐上华尔大道，来到市集广场。他探着小脸往金色阳光咖啡店的窗户里张望，晚餐盘子正在被浸泡除垢，业务不精的姑娘们穿着脏兮兮的白制服走来走去。

市场街的另一头，乡下人坐在遮阳篷下的藤椅里，也有把装桃子的板条箱倒过来的，还有的歇息在老式福特卡车的铅色挡泥板上，车身是用木板钉成的简易车厢。店都关门了，人们正在收拾当天的东西。几张被晒褪了色的遮阳篷收了起来。两个杂役从人行道上抓来一个乞丐，将他塞进了一辆卡车。哈罗盖特继续往前走。一个老头坐在一篮子萝卜面前招揽客人，他冲哈罗盖特嘘了几声，还动了动下巴，不过在老眼昏花的他看来，这人跟其他过来的行人一样都没有什么买东西的打算。哈罗盖特盯着阴沟，想看看有没有什么可以吃的从卡车上掉下来。抵达街道尽头的时候，他已经捡到了一小把蔫了的绿叶菜和一个碰烂了的西红柿。他走进集市，在标了"白人专用"的饮水器上洗了这些东西，一边吃着一边在散发着肉、农产品、木糠等浓烈臭味的宽敞大厅溜达。一些小贩还蹲在自己的摊位上，是几个面皮像是被鞣制过的老妇女和后颈鼓起的农夫。一个卖蜂蜜的小贩安静地坐在一尘不染的蓝色青年布上，身前的矮桌上放着他的坛子，摆得很完美，标签都朝着过道。哈罗盖特嚼着生菜，从旁边走过。一个长条玻璃棺材，几条没什么肉的鱼躺在它们的咸味冰床上，翻着冰冷的金色眼睛。风扇缓缓地转动，头顶的风铃叮当作响。他推开大厅尽头那扇厚重的门，上面是历经百年沉淀下来的蓝灰色涂料，他跨出门，走进夏夜。他站住，双手在胸口擦拭着，眼睛被晚间热情霓虹灯的神秘电路吸引住了，半明半暗的城市灯光里，夜鹰在高空啾啾鸣叫。一个扫地工推着小推车慢慢经过。哈罗盖特穿过马路，走进前面的小巷。一户拾荒者正把压扁的纸板箱装进一辆儿童拖车里，面色灰白的小孩子像老鼠一样在发臭的罐头盒中间跑来跑去。没有人说话。他们用麻绳把叠好的箱子捆起来，那堆东西晃动得吓人，男人伸出一只手将它扶稳，女人则往前拽车，孩子们目不转睛地盯着哈罗盖特，身子已经冲进了垃圾桶和地下室的大门里面。

他穿过几条巷子和昏暗的小街，终于看到了亨利街的灯光，早些时候他曾在这里的教堂前看到一片草坪。他在一簇簇压倒的福禄考和黄杨木中间给自己找了个窝，然后像狗那样蜷成一团躺在上面。他的口袋里有几样东西，他把它们拿了出来，排列在铺着木屑的草坪边缘上，又躺回草丛中。他能感觉到背后有卡车从街上隆隆驶过。他扭了扭屁股，双手交叉放在脑后。他必须把脚趾并拢，朝上撑住，否则巨大的鞋子会令他小鸟般的脚踝不堪重负。过了一会儿，他还是把鞋脱了，继续躺好。黄色的灯光映在他的睫毛上。他看见昆虫飞起，在眼前盘旋。一只前来捕食的蝙蝠穿过光柱，遭到吸食的虫子四散纷飞。慢慢地，它们重新聚拢起来。很快，又来了一只蝙蝠。在柱状的光线里，它们突然转向，撕裂平静的生命，使之归于尘土。哈罗盖特很奇怪，它们怎么就没有撞在一起。

天还没大亮，他已经在灌木丛中坐了很久，等白天就可以起身了。他看见大桥上朦胧的车灯从晨雾中透出，由他的身边驶过，进到城里。灰色的晨曦中渐渐演化出了各种形状。他原以为下面的草地还躺着一个穷汉，结果却是一张缠在灌木丛上的报纸。他站起身，伸了个懒腰，穿过草坪来到街上，朝市场走去，那地方的各种乡下生意已经开张了。

哈罗盖特小心翼翼地在路旁发臭的卡车和手推车中穿行，直到他看清了东西摆放的布局，接着他伸出一只骨瘦如柴的手从一只篮子里抓起一个桃子，塞进裤子的内袋里。下一秒他看见一个老太太抓住了他的领子，用一只饭勺敲他的头。她冲他大喊大叫，鼻息喷在他脸上。见鬼，哈罗盖特骂道，试图挣脱她的手。这时一道长长的撕裂声响了起来。

放手。你他娘的把我的衬衫都撕坏了。

梆梆梆，饭勺继续砸在他干瘦的头上。

把东西还回来，她号叫着。

该死的，给你。他把桃子扔给她，她立刻松开了手，拿起桃子，颤巍巍地走回卡车旁，将它放回了篮子里。

他摸摸头。满头都是包。他妈的，他骂道，我又不是特别想要那该死的玩意儿。一个刚醒的无腿乞丐嘲笑起他，那人躺在一块板上，像一件可怕的标本。去你的，哈罗盖特说道。乞丐发动身下带滚珠的轴承轮冲了过来，抓住哈罗盖特的腿就咬了一口。

见鬼！哈罗盖特惊叫起来。他想挣脱，可那乞丐的牙齿死死地咬住了他的小腿肚。他们手舞足蹈地转起圈来，哈罗盖特紧紧扣住了乞丐的头顶。乞丐摇了一下脑袋，用尽最后的力气猛地一拽，想要把哈罗盖特的腿肉扯下来，他松开口，慢慢地退回到墙根下自己的地盘，重新拿起了他的铅笔。哈罗盖特捂着腿一瘸一拐地沿着街道离开了。疯狗，他骂道，一路跛行在顾客之中。他快要哭了。

他穿过市集，走到广场的另一边。有东西在拽他的鞋子。他俯身去看。是块口香糖。他坐在阴沟旁，用一根棍子刮它。棍子头上卷出了一个粉红色的球……

在鲍尔体育商店门前，哈罗盖特悄悄溜向一个瞎子身边，眼睛观察着周围的人群。没人回头来看。他转过身，轻轻地弯下腰，伸出手中的棍子去戳瞎子膝盖上的雪茄盒。瞎子抬起头，用一只手压住了盒子，举目四望。哈罗盖特提着棍子沿街远去。棍子头上粘着一枚一毛钱硬币。他转个身又折了回来。瞎子小心翼翼地坐着。眼眶里深陷着两颗起皱、发霉的蓝灰葡萄。哈罗盖特使出击剑运动员的一记猛刺，又粘到了一枚五分钱。

嘿，你这混蛋，瞎子骂道。

去你妈的，哈罗盖特说，敏捷地跳开了。

他走进金色阳光咖啡馆，点了咖啡和甜甜圈，在柜台前坐下，店里弥漫着早晨煎香肠和鸡蛋的味道。他卷起裤腿，检查伤口。那个乞丐参差不齐的牙齿留下了两排小小的镰刀状印子，伤口呈蓝色，布满细小的血点。哈罗盖特把一张餐巾纸浸在水杯里打湿，擦了擦那块古怪的伤痕。狗杂种，他嘟囔着。他喝光了咖啡，把杯子往前一推，示意续杯。

回到街上，他揉了揉小肚子，向科默运动中心走去。爬楼梯。一个驼背的小个子在平台处看着他。这家伙能认出本镇所有的警察，不管他们有没有穿制服。哈罗盖特推开嵌着金属丝网的绿色玻璃门走进去。令他吃惊的是，这地方几乎空无一人。一个金发青年在第二张球台前练习三库翻袋。"三角架"在后面刷球台。他是个古怪的男人，肚子从腰里系着的零钱围裙上凸出来，下巴上结满了烟草屑。电报的纸带从哈罗盖特手臂旁的玻璃钟挂下来，几个老人依次坐在大厅前排的几张长凳上，看着全新的一天在楼下的街道上开始。

哈罗盖特走到柜台前，一个戴着眼罩的独眼男子正在数钱。你认识苏特里吗？他问。

谁？对方回答。

苏特里。

你去问杰克吧。他朝大厅的后面歪歪头，继续数钱。哈罗盖特摇摇晃晃地从桌子中间的过道走过去，球杆挂在墙上像古代兵器库里的武器。嗨，金发青年说。

干吗？

你想玩九球吗？

我不会玩。

连环赛？

我根本没玩过台球。

金发青年打量了他几下，手里轻轻地转动球杆给杆头打粉。他俯身击球。你认识苏特里吗？

他把球击了出去。一个球沿着桌子向前滚，绕过其他码好的球从一个台边转到另一个台边，又回头落进了上面角落的球袋里。哈罗盖特等着他回答，可打球的人只是把球从袋中掏出来，重新摆好，又端起杆弯下腰去，头也不抬一下。哈罗盖特继续往后面走去。

你是杰克吗？他问。

没错。

你认识苏特里吗？

他转身低头看向哈罗盖特。他朝地上的一个铁制痰盂里吐了口唾沫，然后用手背擦了擦嘴。是啊，他说，我认识他。

你知道他在哪里吗？

你能接受我用什么换你的裤子？

哈罗盖特低头看了一眼。我只有这条裤子，他说。

好吧。他不在这儿。

我想或许你知道他在哪里。

家里吧，我觉得。

那他住在哪里？

他住在河的下游。应该是那里的一艘船屋。

船屋？

没错，杰克弯下腰，围裙口袋里的零钱直晃动。他开始往角袋里掸灰。哈罗盖特已经转身离开了。

那件衬衫呢？

衬衫怎么了？

你想怎么换？

见鬼，哈罗盖特说道，你得给我一件大衣。

杰克咧开嘴笑了。回来吧，小家伙，他说。

盖伊街的尽头，他站在桥上，倚着栏杆往下面的河岸看去。那些该死的船屋在那边，他说。

从高大木屋背后那条蜿蜒陡峭的小路下来时，他好像听到了什么声音。他回过头看了看。煤烟熏黑的隔板墙头，从窗户里伸出一个怪物的半个身子，张开四肢坐在被炙热阳光晒花了的墙板上，活像个坏掉的木偶。哈，那家伙冲着下面喊，刻耳柏洛斯的狗崽子，恶魔的近亲。

哈罗盖特咬紧了下排牙齿。

一根长长的手指指了下来。黑暗之子，魔鬼的后代，给我小心点。

放屁，哈罗盖特说。

窗口的人抬起身，和别的什么人讲起话来。

快看他！那人难道不会冒犯到你吗？这种罪孽难道不是臭气冲天吗？

这个恶毒的福音派站了起来，抬起双臂，山羊般的眼睛火冒三丈，他伸出一根瘦长的指头，指着下面。去死吧，他尖叫道，你必在惨死中灭亡，肠子爆裂，屁眼淌出滚烫的黑血，愿上帝拯救你的灵魂，阿门。

见鬼，哈罗盖特骂道，他用一只手捂住头，顺着小路飞奔而去。等到了街上，他回头眺望。那个人影已经转到了另一扇窗户前，想要更好地看见男孩经过他的房子，他俯下身来，将一张僵尸脸按在窗玻璃上，把蜡黄的脸颊肉都挤扁了，一只眼睛被彻底地封在了脑袋里，他怒目圆睁，一张被仇恨扭曲了的脸。哈罗盖特继续前进。伟大全能的上帝啊，那人说。

他沿着前街经过一家快要散架的商店，黑人们懒洋洋地躺在那里，见他过来，都露出了疑惑的神情，他选了一条狗踩出来的小路，朝着船屋的方向穿越灰蒙蒙的田野，走到铁路上，沿途踩踏的杂草在他古怪的裤子上留下了斑驳的尘土印子，空气闷热得让人喘不过气来，弥漫着煤渣与木馏油的味道，还有隐约从河边飘来的油和鱼的淡淡气味。

他爬上第一艘船屋的加固甲板，敲了敲门。脚下是一个小小的漩涡，垃圾和空瓶在水里慢慢打转。门打开后，他看到了一个黑炭肤色的女人脸，一只眼窝里盛着一个玛瑙球。你有什么事吗？她问。

我还以为老苏特里也许住在这里，不过现在我可不这么想。

她没有回答。

你知道他住在哪里吗？

你在找谁？

苏特里。

你找他做什么？

他是我的一个老朋友。

她把他上下打量了一番。他可不会招惹你，她说。

瞎说，哈罗盖特说，我们是老相识了，我和苏特里。

天刚亮，苏特里就起床捕鱼了。城市暗淡的轮廓从晨雾中浮现出来，上游有一只海鸥，这种苍白的鸟在中部地区并不常见。桥上汽车的灯光像迷雾中的烛光般交错着。

他出发的时候，马吉森已经到了河上，像现代版的冥界渡神卡隆那样站在船上，在雾中划行。他用一根长杆把避孕套钩上船，然后丢进一桶肥皂水里。苏特里停下脚步盯着他，可老人连头都没抬就从他身边漂了过去，他沉默戒备地站在短促的滨流之中，一副好色之徒的警惕模样。

苏特里在不见阳光的缭绕雾气下划船而行，四周是一团团冷气和不断腾起的烟雾。桥墩时隐时现。下游有一只挖泥船。铁轨旁两个男人正在抽烟，身影在雾中浮现了一下不见了，他们的声音在引擎的突突声中显得很微弱。驾驶室里映出的红色灯光变得透白如水，渐渐淡出视线。他缓慢地摇着桨，等待雾气的消失。

就在他开始收网时，有些鱼已经死了。他把支线飞钩割掉，看着它们被水冲走然后沉没。初升的太阳晒干了他的身体，令他暖和了起来。

上午时分，他回来了，坐在栏杆上处理他的渔获。亚伯的猫来了，猫头鹰似的蹲在那里看着他。他递过去一个鱼头，它露出一排剃刀似的牙齿，小心翼翼地叼住鱼头，顺着栏杆往回走。苏特里剥了两条鲇鱼的皮，用报纸包好，在河里洗了刀和手，然后站了起来。

他沿河而上，路上遇到了两个钓鱼的男孩。

孩子们，你们好呀，他说。

他们抬起大眼睛看着他。

钓得怎样？

一无所获。

他们的浮子静悄悄地躺在浮渣之间。水面上那些泛着油光的眼睛里不断地喷出成片的气泡。浅紫和黄色的渐变光在死气沉沉的水流中滑来滑去，显得摇曳不定。

你们喜欢钓鱼？

不用非得喜欢吧。

对你们来说挺好的，苏特里说。

到了亚伯的地方，他在门口把鱼给了她，她示意他进屋。过期啤酒和香烟散发着浓烈的臭味。她把报纸重新折好，老新闻镜像般地印在带着棱纹的雪白鱼肉上。她把一只黑色的手指戳进了肉里。

那老头去哪里了？苏特里说。

他在家呢，往里走。

远处的角落里，一个巨大的模糊身影坐在黑暗之中。

进来吧，年轻人。

你好。

坐吧。老婆子，给这小伙子一杯啤酒。

不用啦，我不喝。

给他拿瓶"红顶"。

她趿着一双破破烂烂的穆勒鞋，穿过帘子走到屋子里面。肮脏的阳光短暂地落下，在每条裂缝和每个节孔下方写出细小的光之象形文字，船舱里、桌子上、地板上到处都是，连啤酒的纸标签上也是。

她走了回来，朝苏特里欠过身，把一个湿漉漉的瓶子咔嗒一声放在小石桌上。他朝她点点头，举起瓶子喝了起来。黑男人从半明半暗中现身，似乎填满了大半个房间。年轻人，你从世界的哪个地方来啊？他问。

就这里。诺克斯维尔。

诺克斯维尔，他重复道，老城诺克斯维尔。

里屋里女人吧嗒吧嗒地四下走动。过了一会儿，她从帘子后面走了出来，跷着脚在椅子上坐下。她立刻睡着了，一只瞎眼半睁着，就像是一只瞌睡的猫，嘴巴还张得大大的。脚趾像一小群黑鼠，从拖鞋里探出头来。她的宽脸上有两个相交的圆，像菌类的仙女环，或许该说是老妖婆环才对，新月形的肉痕像某位石器时代女族长身上的祭司印记。环形梅毒疹。现在可算知道他为什么倒在街头了。另一座耶拿市，换了个时间而已 [1]。

苏特里坐在摆着几张墓碑桌子的闷热小房间里，小口喝着啤酒。水不断从瓶壁滴下来。角落里的扑克桌已经打扫干净，灯也点上了。苍蝇到处飞。

小伙子，给你再拿瓶啤酒。

苏特里举起瓶子，一饮而尽。我得走了，他说。

黑人用一只大手擦擦眼睛。那里写着日日夜夜的故事，伤疤、牙齿，一只曾经在打斗中被警棍打伤的耳朵粘在剃光的脑袋一侧，长成了一个癞蛤蟆形状的疤。记得再来，他说。

下午早些时候，他卖完了鱼，到城里的"奶奶和黑兹尔"餐厅吃炖牛肉。他走上街，形单影只。在杰克逊大道，他看见了马吉森，穿着一套脏兮兮的白西装，头上戴了一只平顶草帽。透过圆圆的玻璃镜片，这位橡胶男爵的小眼睛变得扭曲。

听到有人喊他，他转过身来。小个子"猪头"亨利神气活现地从小巷里走了出来，在他前方几只鸽子警觉地扑打起翅膀，向阴沉的空中飞去，并不为"猪头"那哈克贝利式的漫不经心所迷惑。他张开手，把裤子背带下皱巴巴的亚麻衬衣展平，然后歪着嘴冲苏特里笑了笑。你什么时候出来的？

星期二。朱尼尔和他兄弟跟我一起出来的。

"猪头"咧着嘴。他们沿着街道往前走。朱尼尔老伙计，有

---

[1] 此处或指弗里德里希·尼采（1844—1900），他曾在耶拿任教，染上梅毒，倒在街上死去。

天晚上警察把他抓了，交给朗太太。他醉得很厉害了，又惹了些麻烦，具体是什么我忘了，朗太太告诉警察说，我不知道他怎么搞的。我最大的儿子吉米从不给我惹麻烦。可隔天晚上他们就把吉姆带过来了。

苏特里微微一笑，我听说那天晚上那个老太太开枪打了你。

那个黑老太婆疯了。她朝墙上开了四枪。把一幅画都打下来了。我躲到沙发后面，她又往沙发里开了一枪。约翰·克兰西说，有只像家猫那么大的老鼠从外面跑到了沙发底下，她是想杀了它。他当时躺在地板上，说老鼠就从他的胸口上跑了过去。

不管怎么说，你干吗要去那里呀？

唉，你什么都不需要做就能把那一群神经病老黑鬼搞毛了。

你知道她骂你什么吗？

她骂我什么？

她说你是一个尖头的白种混蛋。

"猪头"张开嘴笑道，有一次他们让我上了报纸，他们总是把浅色头发的人喊作"黄毛"，他们把我抓进去，我跟青少年法庭的法官说了几句俏皮话，他们就写：双头男孩说。[1]

苏特里也笑了。你去哪里？

就是过来赌几把击彩盘。跟我一起去吧。

我不去了。

好吧，那我得走了。别再进监狱了，听到了吗？

---

[1] 此处是法官将"黄毛的"（towheaded）和"双头的"（twoheaded）记录混淆。

听到了，苏特里说。

他来到前街，从霍华德·克莱文杰杂货店的门廊经过，一个老妇人正在翻一篮子甘蓝，好像在里面丢了东西似的。"海蛙"弗雷泽站在纱门前。他拍拍苏特里的胸口。最近过得怎么样啊，宝贝？

嘿，苏特里说。

他们一道把门推开。放饮品的冰箱上坐着一个看不出年龄、不男不女的黑人，身上穿着只有白痴喜欢的丝绸衣服。宽袖的紫色衬衫、紫红色条纹裤，搭配自己染色的网球鞋。蜂腰上束着一条金色的机车皮带。头上的女帽准是出自某个瘾君子帽商之手。嗨，小可爱，他说。

你好，约翰。

你好，"轻舞露间"，"海蛙"说。

嘿，宝贝。

嘿，"海蛙"，商店后面的一个黑人跟他打招呼。

什么事？

到这儿来，宝贝。我有话跟你说。

我可没时间跟你瞎搞。

苏特里在一条条面包中戳来戳去。

海蛙从冰箱里拿出一盒牛奶，打开喝了起来。

嘿，"大嘴巴"。

在，宝贝。

你听说ＢＬ的老婆来抓他的事了吗？

没有，发生什么了？

她星期天过来，正好逮到他和一个老女人在床上，就用一只鞋打他的头。老女人一丝不挂地从床上直起身，冲着对方喊了起来，她说：瞄准点，亲爱的。我自己也嫁了一个跟他一样的杂种。

坐在"海蛙"身旁的那个五颜六色的妖怪发出了一声尖厉的嘶鸣。涂了睫毛膏的眼睛瞥向旁边，黑手慵懒地抚上他人的胳膊。"海蛙"，你真是一团糟，她说。

老ＢＬ气疯了，"大嘴巴"说。

苏特里笑嘻嘻地站在后墙边一堆生锈的罐头食品中间。他从块头像猪一样的"大嘴巴"的椅子后面走过。嘿，宝贝，"大嘴巴"说，怎么啦？

嘿，苏特里一边说，一边走向肉食柜台。

一场关于负鼠交配习性的讨论接踵而至。一个外号"大个子"的黑人青年走进了杂货店。

嘿，宝贝，"大嘴巴"招呼他。

"城市"，"大个子"应道，怎会是小镇，也不算城市。[1] 他怒视"轻舞露间"，麻烦把你的娘儿们屁股从冰箱上挪开，听到没？

哦，对方回答，像一条霓虹鳗鱼似的滑到了地上。

---

[1] 这是一句歌词，来自 1956 年美国黑人歌手 Bo Diddley 发行的单曲 *Diddy Wah Diddy*。

"大嘴巴"说负鼠没有分叉的老二，"海蛙"告诉店里的人。

我可从没那样说过，"大嘴巴"说，我说的是一个公的可不会去捅一个母的的鼻子。

那它的老二为什么要分叉？

因为它是有蛋动物[1]，白痴。

"海蛙"的嗓子眼里传来一阵爆笑。墓碑似的牙齿闪闪发亮，牙龈是珊瑚粉色。

胡扯，伙计，他说，你准是脑子坏掉了。

不信你问苏特里。

我可不知道，苏特里说。

他可不想整条河的人都知道你他娘的是个大笨蛋，"海蛙"说着，举起牛奶盒猛灌了一大口。

前面的屋子里住的是哪个疯子？冲每个人都大喊大叫的。"大个子"问。

你说的是哪里，亲爱的？"前街皇后"表示关切。"大个子"没理她。从这儿往前，他一边说一边往那个方向一指。疯疯癫癫的混蛋，骂的都是我听过的最没谱的话。

那儿住的不过是个疯了的老牧师，"大嘴巴"说，成天在那儿喊：你接受过圣血的洗礼吗？

他可真扯啊。

他要是再烦我，我可要去揍他的头。

---

[1] "大嘴巴"原有意说 marsupial（有袋动物），错说成 marsuperal。

他对每个人都喊。

我可不是每个人。

他是个残废。

早晚都得残。

有人会帮他把泔水之类的东西运出去。

他是自残，"轻舞露间"说道。

什么？

自残。用一把刮胡刀。不停地割自己，亲爱的，别人是这么告诉我的。

那也不会把自己弄成残废啊。

那肯定挺疼，"海蛙"说。

他自残之前就已经残废了。

要是他再继续那样骂我，我就去把他娘的脑袋给削了，"大个子"说。

从天花板上垂下来的一条不满一米的电线上沾满了死苍蝇，苏特里避开它们，拿着要买的东西走到柜台前。

还需要别的什么吗？霍华德问。

就这些了。

他拿起铅笔在一张小纸片上慢慢地算。

四十二美分。

苏特里从牛仔裤里掏出几个硬币。

你要去哪里，苏特？

回家。

自然是回家。告诉我。想不想从这儿溜到别的地方，把你的老二放到什么里面润滑一下啊？

苏特里笑了笑。

老苏特里，"海蛙"说，他就不会回嘴。

你怎么不帮我拉拉皮条呢？

妈的。你都喝得烂醉了。

他对那些黑人妞儿不感兴趣。是吧，苏特里？

苏特里看着"大个子"，没有回答。

霍华德把最后一件杂货扔进袋子，推到了苏特里手边。他把袋子夹在腋下，朝那几个游手好闲的黑人点点头。再见，他说。

生活愉快，"海蛙"说。

纱门砰地关上了。

噢，真是个漂亮的家伙，"轻舞露间"说。

吃过晚饭，他熄了灯，坐在黑暗中眺望远方，河岸上的灯光如魔杖般长久地伫立在战栗的河水中。阵阵笑声穿过漆黑的水面从下游亚伯·琼斯的酒馆传来，宛如幽灵的声音，是老早亡故的狂欢客在黑夜里追忆往事。过了一会儿，他起身走了出去，沿着河边的小路走到了那扇门前。

他坐在角落里呷着啤酒。"海蛙"正在给一局拿了非强牌的扑克游戏坐庄，亚伯躺在里屋睡觉。苏特里走过卧室，听见黑暗里传来那人呼吸的声音，他继续往前，穿过四分五裂且污渍斑斑的塑料浴帘，来到后面的小隔间，他站在那里，稍稍屏住了呼吸，这地方又黑又臭，木板上沾满了绿幽幽的磷光，是一种不祥的霉菌在微弱地发光。一段镀锌的排水管将尿液冲到角落的一个小洞里，从那里进入流经的河流。一只身上有点湿的淡色小蜥蜴趴在一根裸露的钉子上，苏特里朝它撒尿，它扭动身体，从墙上的一道裂缝钻了出去。他扣好裤子纽扣，往便池里吐了口唾沫。想到那些细菌能像鲑鱼那样接二连三地逆流而上，他抹了抹嘴，在墙上选了块干净的地方，重新啐了一口。

他坐下，后脑勺靠在木板墙上，思绪飘忽不定。头顶上方，飞蛾从卷轴状铁制壁灯的灯口处掠过，火焰的形状稳稳地映在馅饼盘似的反光罩上。天花板上有好多黑色方块。虫影乱斗之所。玻璃灯罩的倒影像一颗微微颤动的蛋，受精卵正在分裂。巨大的孢子腐烂、脱落。在盲目的分子分裂中偏往各自的命运航行。倘若一个细胞可以是左旋的，它难道不会有意志吗？比如一个扭转的意志？

房间另一边，弗雷德·卡什正在背诵诗歌。苏特里听到了《意指的猴子》[1]最后的部分，接着是"手淫狂魔"杰克带来的歌谣，唱的是"台球室里的阴险小人，一路向北鬼混到德卢斯"。他起身又拿了一杯啤酒。多尔过来收拾酒瓶，她趿着拖鞋，一言不发地穿过烟雾和黑暗走开了。苏特里伸出一只手，描起墓碑桌子台面底下那些模糊不清的名字来。雨打风吹后的残迹。因

---

[1] 《意指的猴子》(*The Signifying Monkey*) 的故事是一段非裔口头民俗祝酒词，被认为是代表了黑人最繁盛语言天赋的祝酒词。

为筑坝，整户整户的人家被驱逐出他们位于下游的坟墓。流亡迁徙到高地，手推车上堆满了破旧的炊具和床垫，载着小孩子。父亲拉着车，家犬紧随其后。腐朽的箱子沾着泥土，绑在尾板上，里面是老者的骨头。他们的名字和生卒年份用粉笔写在被虫蛀蚀的木头上。随着路上颠簸碰撞，干燥的灰尘从木板的接缝处纷纷抖落下来……

桌上，纸牌沙沙作响，酒瓶叮当交错。地板下面传来一只木桶移动的沉闷响声。多尔晃动着摇椅，打起了呼噜，猫趴在她的腿上。小窗户外，船屋藏身于城市灯光的阴影里，沿着昏暗的河流行驶，穿梭在晦暗的星光之间。

对独一性的微妙痴迷困扰着他的每一个梦。他看见自己的兄弟躺在褓褓里，手伸在外面，有一股没药和百合的味道。可是，真正召唤他的声音来自吉恩·哈罗盖特。在这个嘈杂的中午，他躺在床上翻来覆去。哈罗盖特从一辆卡车的尾板后伸出一只手做出恳求的动作，他的脸在铁丝网后不住晃动，嘴里大喊大叫。

苏特里摇摇晃晃地坐直了身子。脑门上的头发都缠在了一起，汗水流了一脸。

嘿，苏特。

等一下。

他穿上裤子，跌跌撞撞走到门口，一下把门拉开。哈罗盖特穿着他那套行头，疯疯癫癫地站在跟前，脸庞明亮而瘦削，宛如一个脆弱的幽灵，随着白日下的热浪抖动着，显得特别不真实。

你好吗，苏特？

他靠在门框上，一只手捂住眼睛。上帝啊，他说。

你在睡觉吗？

苏特里后退了一步，缩进了阴影里。他没有把手从脸上放下。你什么时候出来的？

哈罗盖特像个没见过世面的乡巴佬，一脸崇拜地走进门，四下张望。我出来有一段时间了，他说。

你怎么找到我的？

到处打听啊。我先去了那家店。那里住的都是黑鬼。她告诉我你住哪里。他把狭小的船舱打量了一番。他们那边也在睡觉，他说，黑仔们。

等一下，苏特里说。

什么？

迎着窗户透过来的光，他让他转了个身。你穿的这是什么？他问。

哈罗盖特一边挪动脚步，一边挥动起双臂。噢，他说，就是一些旧衣服。

他们在劳动救济所里就让你这么穿吗？

是的。他们把我之前的衣服弄丢了，就是在医院里给我穿的那些。我看起来不滑稽吧？

不滑稽，你看起来像个疯子，他拉了拉哈罗盖特，这是什么？

哈罗盖特举起手臂。我不知道，他说。

苏特里又将他转了过来。我的天啊，他说。

这衬衣是用一条巨大的条纹内裤改的，他的脖子从裂开的裤裆缝里伸了出来，胳膊像棍子一样从宽大的裤腿洞里挂下来。

你穿几号的衣服？

什么几号？什么的？

随便。就先说衬衣好了。

我穿小号。

小号。

是的。

把那该死的东西脱掉。

他褪下那件衬衣，站在那里，下身穿的是一条肥大的糕点师傅穿的裤子，裤腿都快卷到膝盖了。

你他妈的干吗不把裤腿剪剪？

他叉开脚，低头看看。也许我的个子还没长完，他说。

脱掉。

他把裤子脱在地板上，赤身裸体地站在那里，只穿一双鞋。苏特里捡起裤子，用杀鱼刀把裤腿砍下一英尺多，他在衣柜里翻了半天，终于找到了一件衬衣。鞋子是我自己的，哈罗盖特说。

苏特里看着那双巨大的运动鞋。我猜你的脚还得再长四五英寸，他说。

我不喜欢鞋子太紧，哈罗盖特说。

来，试试这件衣服。把裤脚从里面翻上去，这样它们就不会露出来了。

好的。

再次穿好衣服,他看上去不那么像小丑了,倒更像一个难民。苏特里摇了摇头。

我的鞋底中了枪,哈罗盖特说着,抬起了一只脚。

吉恩,苏特里说,你有什么打算?

我不知道。给自己在城里这边找个地方吧,我想。

你为什么不回家呢?

我才不要离开这里回自己家呢。我喜欢待在居民区。

你想来的时候还是可以来啊。

算了吧,苏特,我现在可是城里老鼠了。

你要住在哪里呢?

这个嘛,我之前想,你也许会知道一些地方。

你之前想。

桥下的那个怪老头给他自己找了个好地方。待在那底下绝对没有人能找到你。

那你为什么不搬到对面去住呢?

我去看过了,那里朝着马路,你不可能有什么隐私。而且,那些黑鬼就住在隔壁。

噢,好吧,苏特里说,黑鬼们。

你知不知道还有什么地方可以住?

高架桥呢?你有没有看过那下面?

高架桥在哪儿?

从这里你就能看见它。看到了吗?

哈罗盖特顺着他伸出去的手指，从敞开的门口望向城市，一座这边河桥的小型复制品跨在一号小溪上。

你觉得那儿还有地方吗？

我不知道。也许挤满了人。你为什么不去看看呢？

哈罗盖特赶紧从他坐着的小床上站了起来。他迫不及待地要出发了。天啊，他说，要是那地方没被占掉就真的太棒了，是不是？我是说，相当于住在居民区了。

没错，苏特里应道。

高架桥跨在一片丛林般的建筑废墟之上，那里堆满了碎石和残骸，还有几座用木条箱搭成的棚屋，是一些黑人临时栖身的地方。穿过这片叽叽喳喳的荒地，一号小溪患了麻风病似的黑水在漆树和毒葛之间流淌。油污和废水在高水位留下记号，避孕套挂在树枝上像搁浅的水蛭。哈罗盖特穿过这片被遗弃的仙境，走向高架桥最后的几个水泥桥洞，那边的底下是地面。他小心翼翼地进入，眼睛向周围扫视。里面没有人。地面凉爽干燥，光秃秃的。这里有一些骨头。碎玻璃。几坨流浪狗的粪便。两个弯曲变形的计时表，根部挂着水泥块。

天啊，哈罗盖特低语道。

一个布满水管和管道的小型水泥碉堡，可以用来存放东西，外面杂草丛生，再没有比这更僻静的地方了。哈罗盖特蹲坐在脚后跟上，双手抱膝，看向外面。他盯着鸽子在高高的桥洞下飞来飞去，观察对岸乱糟糟的棚屋群，一队队若隐若现的破烂灰衣将它们连了起来。一堆锡皮和沥青屋顶之间可以看到黑压压、近乎直立的菜园，枯萎的树上爬满了大面积的葛藤。

晚上他找来几只板条箱，把它们排成一堵储物墙的样子，又用旧砖头砌了个火坑。他还留意着别的东西，但那些需要等到夜幕降临才能搞来。等到夜里，他去居民区的垃圾桶里捞出了一些罐子当炊具。从一户人家门廊的躺椅上挪走了垫子。所有的红色圆灯都来自修自来水管挖开的沟渠旁。

他把从小溪对岸园子里偷来的蔬菜煮熟吃掉，然后在火炉旁坐了好久。他的小洞穴在那些灯的照射下染上了地狱般的红色。他躺在床垫上，用黄色的长指甲搔痒、剔牙。

第二天中午，苏特里在去市场的路上过来看他，城里老鼠刚刚回来。他热情地把客人迎了进来。你觉得怎样，苏特？

苏特里打量了周围一番，摇了摇头。

我喜欢这儿，因为空间很大，你觉得呢？

你最好把这些咪表处理掉，苏特里说。

好的。今天晚上我把它们扔到水里去。

这里面是什么？他盯着那个小小的水泥地窖。

我也不知道。不过它是个放东西的好地方，不是吗？

头顶的桥洞发出啪嗒一声闷响，接着是一阵猛烈拍打翅膀的声音。

该死，哈罗盖特拍着大腿说。

一只受伤的鸽子飞了下来，落在尘土之中，摇摇晃晃地扑倒在地。它的脖子上挂着一个捕鼠器。

第三只了，哈罗盖特说着，急忙跑过去抓住那只鸟。

苏特里盯着他的背影。哈罗盖特解开捕鼠器，爬上高架桥洞的拱顶，把陷阱重新设好，又用一只手把散落的谷子拢到捕鼠器上。妈呀，他朝下面大喊，声音听上去阴森森的，这些狗娘养的可真笨啊。

你要对它们做什么？

有两只放在那边的锅里炖了，加了点土豆还有别的一些东西。要是能继续这样抓下去，我就把它们卖了。

卖给谁？

哈罗盖特跳下来，运动鞋底腾起一阵灰。他用两只手掸掸裤子。黑鬼们，他说，妈的，他们啥都买。

好吧，苏特里说，我本来想问问你要不要鱼，不过现在我觉得你这会儿吃的东西足够了。

没错，今晚跟我一起吃晚饭吧。这些足够两个人吃了。

苏特里看着那只没了生气的鸟，毛茸茸的，爪子粉红。谢了，他说，还是算了。他冲着哈罗盖特的床垫点点头。你得把床从地上抬起来，他说。

我正要和你说这件事。我看到小溪那边会有一些水流到这里，不过我一个人搬不动。

苏特里把鱼塞到胳膊下面。我晚点来，他说，我真得赶紧去城里了。

我还要想点办法让狗不要进来。

好的。

下次你来的时候我会把这儿弄得很漂亮。

好的。

住在这样的居民区，你几乎可以弄到所有你想要的。

别忘了那些咪表。

好的，没问题。

苏特里最后扫视了一遍周围，摇着头走了，他穿过杂草丛回到了外面的世界。

温暖的星期天中午，他起身去往下游，划一会儿漂一会儿。他没有放出曳钓绳。他从桥下开过，在悬崖的影子下晃荡，桨插入漆黑的河水中，就像石头掉进井里。他从最后一座桥下经过，绕过河里的弯道，在宁静的农田中穿梭，沿着倾斜山坡开垦的田地，新翻的小块沃土如黑色波浪起伏在逐渐变绿的林地周围，小型种植果园像画册里那些展现富饶的画片，突然间覆盖了他所熟悉的荒地景象，河水像一只巨大的血吸虫蜿蜒在城市外围，罹患败血症似的从北岸的漂亮房子旁奔涌而过。苏特里时不时地靠在桨上休息，从最靠岸的有利位置仔细回味童年时代的老画面，那些他知道或曾经知道的花园。

他进入河心岛的内部，狭窄的水域曾一度培养出荷兰人轻型磨机的竞争对手，而现在这里只剩长满苔藓的废墟、水泥桥墩、枕木以及生了锈的轴承。苏特里继续前进，来到了浅滩。淤泥在芦苇丛里涨涨退退，一小群一小群受到侵扰的黄铜色鲥鱼在黑暗中闪闪发光。他倚在湿漉漉的船桨上，勘察岸边的蕨类植物。色彩鲜艳的小乌龟一只跟着一只趴在一根斜插入水的木头上，就像是数数时排开的硬币。

一年夏天，埋在他心底的小孩跟着一个抓乌龟的老头走到了这里，老猎手像猫一样在草丛中穿梭，挥动左手示意小孩隐藏踪迹。他先是用手指指，然后便举起了铁和苹果木制成的长枪。枪在河面上轰鸣，回声伴随着硫黄和焦炭的灰色烟雾飘了回来。弹珠在水面上压扁，接着又升了起来，带走了乌龟的整个脑袋，连同脑髓和碎骨都飞了出来。

皱巴巴的皮肤从脖颈处挂下来，里面空荡荡的，像一只破袜子。他抓住尾巴将它提了起来，放到泥泞的河岸上。外壳布满密密麻麻的绿菌。这个疙里疙瘩的梦幻生物已经毫无生气，暗黑的血液不断滴落。

它们会沉到水里吗？

猎龟人用一只发黄的角给来复枪装填火药，又把一颗新的弹珠滑进枪膛。他重新盖好弹匣锁，把它搁在了臂弯里。

有些会，有些不会。安静，马上又要来一只了。

你要拿它们做什么？

卖了，能炖汤。随便吧。男孩看着死气沉沉的水面。如果你愿意，也可以包饺子。乌龟的肉有七种滋味。[1]

乌龟吃什么？

人的脚趾，要是他们走路不注意的话。看到没？

---

[1] 据说乌龟的肉集七种肉的滋味于一身：猪肉、鸡肉、牛肉、虾、小牛肉、鱼和山羊肉。

哪里？

看那边的柳树。

下面吗？

别拿手指指，你会吓到他的。

那你来指。

他的眼睛闭上了。嘘。

他睁开眼睛。红翼歌鸫细声叫着，从莎草丛的一处阴凉飞了出来。他又俯下身去划桨，沿狭窄的水道进入主航道，小船在河面上带出一条黏糊糊的尾流，桨的力量被缓慢的漩涡吸收。他把船掉向南岸，好让它顺利驶过弯道，迎着凉风在一片阴影中前行。黢黑陡峭的石灰岩峭壁拔地而起，点缀着洞穴，尾巴分叉的小鸟从那里朝着一尘不染的蔚蓝天空出发，迎着太阳飞去。

在前面，河水开始变宽，进入回水区。泥滩布满气口和洞眼，像是感染了寄生虫的巨大肝脏切片，一地树木残枝像搁浅了的鱿鱼，在阳光底下晒成灰扑扑的鱼干。周围一片死寂，几只乌鸦飞过，黑得发亮、耀眼，如玻璃鸟儿一般，镇定僵硬地从一块搁浅的腐肉走到另一块。苏特里把桨收进船里，顺水漂到岸边，船头蹭上泥地，他站着晃动了几下，恢复了平衡，他拿着绳子轻松地跨上岸，把小船系在树根上，简单地打了一个结。他穿过高高的草丛，用手攀着新长出来的草皮爬上山坡，等到了山顶，他转身俯瞰脚下的河流和远处的城市，朝千姿百态的世界投下忧郁一瞥，破碎的耕地、房屋，郁郁青山脚下是一座小都市的光怪陆离，平坦的弯道似蛇形沟渠，盛着一些暗淡的矿渣，只有在被风吹皱的表面才在阳光下微微发亮。他沿着悬崖上的山脊走着，穿过灌满风的莎草丛，靠近那些在虚空中展翅翱翔的小鸟。田野里，一辆玩具似的拖拉机尘土飞扬地行驶。在那下面小岛四周都是泥。河的上方，一块石板被苏特里翻了出来。翻滚、眨眼、失踪。他踩着一块杂草茂密的洼地往山下走，涉过一片纵横交错的黑莓刺丛，翻过一面山坡，经过那里一处被古老大宅占据的岬角，这是一座伟大的帝国遗迹，断壁残垣散落在河上方的树林里，腐朽破败，窗口的灯光暗淡沉闷，仿佛静思默想着那个逝去的世界。

上岸后，苏特里在高低起伏的乡间行走。两只海鸥在崖壁投下的平静阴影中，追逐着自己苍白的身影。下游远处，他看见一只冲击高空的鱼鹰，悬在远方遮天蔽日的雷暴云砧之上，翼下和胸腹洁白无瑕。他曾见过这种鸟被击退并如石头般坠落，便逗留了一会儿，直到看着它消失在视线之中。

他走的小路在山间蜿蜒，穿过草丛和荆棘，贯穿乡野，一直通往河流下游。它沿着一长排页岩斜插而下，穿过一片树林。他又来到了河边，这是一个死气沉沉、涨过水的回水地带，遍布着河湾和泥沼，泥浆和泡沫模糊了漂浮在水面上的罐子和瓶子的轮廓，缓慢起伏的河道垃圾中灯泡像一双双大而无神的眼睛向外凝望。他沿着狭窄的小路前进，经过了一些渔民、老妪、男人和男孩。水边的树桩上绑着镀锌铁皮制的小鱼桶，树荫下摆着野餐篮子。一个小女孩撩起裙子蹲在地上，扒着溅湿了的小腿看自己的小便在土里流淌。苏特里走过时，几个老人严肃地朝他点点头。你好。你好。过得怎样？

他沿着满是泥泞和坚硬石子的河岸走着，地上铺满一团团乱糟糟的东西，有细长的尼龙鱼线、缠在一起的鱼钩和晒干了的鱼饵，还有一些细碎的骨头，碾碎在石头之间。他的脚尖踢到了那些陷在地里的罐子，土层里的鼻涕虫顶着肆虐的烈日退缩着，默默地蜷起了身子。小路沿着河湾上方一堵紫色的砂岩墙向上延伸，阳光普照的浅滩上，他可以看见披着鳞甲的长条雀鳝像遭了电击似的躺在芦苇丛间。鸟影掠过，它们却一动不动。苏特里靠在表面破碎剥落的岩石上注视着它们。其中一条慢慢游来，拨开的水花在柳树间翻动。他那灰暗的一面能反射光线，看上去好似烧灼过的铜片。另外三条像狗那样躺着，贪婪原始的沉重身躯沐浴在阳光之中。苏特里继续前进。河湾的顶端，一条鼻子扁平、身体肿胀的猪鼻蛇缩成一团，睡在一条小船干涸的残骸上。

小路前方是一个平台，停着圣经夏令营的大巴，人们穿着衣服在水里挣扎。他穿过观望的人群，走下长满草的河岸，找个位置坐了下来。一个身着衬衫的牧师站在齐腰的水里，捏着一个小女孩的鼻子。他唱完赞美诗，将她向后放倒，在河里浸了一会儿，又提了上来，她浑身都在滴水，难为情极了，伸手揩掉眼睛里的水。牧师咧嘴笑了。苏特里移到前面去看。一个老头朝他点了点头。

你好。

你好。

女孩薄薄的裙子下什么也没穿，湿漉漉的衣服淫荡地贴在她的乳头之间，贴在她的腹部和大腿之间。

你被拯救了吗？老人问。

苏特里看着老人，老人也回看他，眼睛蒙眬浑浊。

没有，他说。

老人把放在腿上的一罐深棕色液体的盖子旋开，往里面吐了一口，又把盖子盖上，抹了抹嘴。你是说没有？他又问。

没有，苏特里说。他正看着女孩从河里爬出来。

老人用胳膊肘推了推旁边的另一个人。这儿有个没被拯救的。他自己说的。

那个老人越过第一个的肩膀看向苏特里。

是他吗？

没错。

受洗过吗？

你受洗过吗？

只有头上。

只有头上，他说。

那可不行。如果没有全身受洗，就不会得到救赎。以前那种洒一洒的仪式可没用，小伙子。

第一个老头推推苏特里。他会告诉你正确做法的，他说，他是个业余牧师。

洒水器，业余牧师一脸厌恶地说，那还不如继续做个异教徒。

他转身就走。他身上穿着浅蓝色的工作服，这人非常整洁。

剩下那人又看了苏特里一眼。苏特里看着河里的牧师。

要是他想被拯救，叫他下到那边的水里，第二个老人说。他把一只手放在嘴边，下巴的肌肉一动一动。

光下水可不是救赎，第一个老人说，你还得被拯救。

苏特里转身看着他。能把鞋脱了吗？他问。

第二个老人靠过来看他。耶稣从来不穿鞋，他说。

第一个老人挥挥手示意大家安静。他转向苏特里。没必要弄湿你的鞋，他说，不管是穿鞋还是光脚，人们都可以忏悔。耶稣不在乎这些。

你对教皇还有那边那些乱七八糟的事怎么看？苏特里问。

我尽量不去想它，老人说。他突然抬起一只胳膊，充满激情地做了一个敬礼的姿势，周围的人都从他身边退开。

那是我的侄孙女。刚满十四岁，她刚才像淋雨般被拯救了。主的方式真让人惊叹，对吧？你多大了，孩子？

挺大的了，苏特里说。

好吧，别担心。我七十六岁时才看见主的光，也才找到自己的路。

那你现在多大了？

七十六。我酗酒，一团糟。

我已经戒掉了。

老人又瞥了苏特里一眼。苏特里环顾四周，然后凑到他的耳朵上。你一点酒也没有藏起来吗？

老人斜着眼，从眯起的眼皮中往外张望。哦，我的天，不，他说，我已经完全戒了。主啊，我才没有那样的东西。

好吧，苏特里说。

他往外挪了挪，回过身去看那些仪式。侄孙女朝河边的人微笑。有些人向她挥了挥手。

另一个老人凑到跟前，用一根粗手指戳了戳苏特里的胸口。去啊，他说，下水。

她走了，苏特里指着水里说。

那是我的侄孙女，老人一边说一边朝着下面那姑娘刚刚浸过的水域挥手。

在他们前面的草地上，两个女人转过身来，恶狠狠地瞪了他们几眼。苏特里朝她们微笑。沿着河堤，人群开始拆三明治的包装，还有的打开了冷饮。一个胖女人躺在地上，奋拉着一个巨大的奶头，上面还挂着一个小孩。

叫他今晚来参加集会，第二个老人说。

今晚来参加集会吧，第一个老人说。

在哪里？

就在那边公路旁的福音帐篷里。你没看见吗？

没有。

老天，那个帐篷可大啦。你来参加集会。他们请了比利·拜因顿牧师，日出乐队应该也会来。

他们是谁？

真见鬼。就跟你在诺克斯维尔经典音乐广播电台里听到节目一样。

女人们又转过身来，皱着眉头。

老人拧开罐子的盖子，又往里面吐了一口，然后他把身子往前倾了倾。今晚你来吧，他说，我听说他们也许能请到梅·莫德。她会唱些老歌。

这时一个男人像梦游似的往水里走去。他把手放在身前，眼睛半闭，一遍又一遍地唱着一些不知所云的东西。牧师朝他跨了一步，他看上去抖得厉害，牧师微笑起来，慈祥而不失严肃。河岸上的朋友们似乎在和他一起摇摆。即将被拯救者晃了一下，吓得瞪大了眼睛。牧师伸出双手朝他扑了过来。那人往右一闪，又向前一扑，上衣后摆都浸到了水里。他伸手抓住了牧师，突然倒向了旁边，嘴里发出一声长长的呻吟。河岸上的观众都僵住了。他的手在空中胡乱转动，这个向主祈祷的家伙像一个喝醉了的指挥家，消失在人们的视线里。

苏特里摇摇头。老人冲他歪嘴一笑，下巴皱纹里全是黑色的唾沫。

牧师伸出一只手为正在平息的骚动祈福，另一只手不停在水里摸索。

苏特里笑出了声。两个女人一起站起来，从草地上走开了。和她们一起的一个男人转过身来咧嘴一笑。伙计们，他说，要是他没被淹死，就该得到救赎了。

牧师抓住那人的衣领把他提了起来。他结结巴巴地说着话，身子东倒西歪，看上去有点疯狂。牧师按住他的前额，吟诵洗礼的祷文。

苏特里站起身，掸掸裤子上的草。

你一定要走吗？老人问。

我确定得不得了，苏特里说。

你最好下到河里去，那是你该去的地方，穿工作服的那个说。可是苏特里已经很熟悉这条河了，他转过身，背对着那两个装病不工作的家伙，走开了。

他走上河边小路，在阳光下大摇大摆，穿过浮木桥旁的泥沼，沿着左边汇入的一条小河的回水湾前进。这是一条内陆河，越往前走越显得发绿，最后变成了一块墨玉。他坐在一根满是灰的木头上休息，看水流经过。一只捕食的麻鳽单脚站立在香蒲丛中，小水蛇在河里游动。远远地下游过来一条狗，热得直吐舌头，看它没精打采一路小跑的样子，前面应该还有一段挺累人的路要走。他对着它吹了声口哨，它看了看他又继续前进了。它逆流而上，震得水中石龙尾的茎秆瑟瑟发抖，筑巢其中的鱼都悄悄游了出去。

苏特里站起身。麻鳽飞走了。他继续往前走，来到一条乡间小道。路上很热，他并不着急。不一会儿，他来到了一座小房子前面。

他走过前廊，敲了敲门。廊上放着几只刚刷过漆的木箱，新种下的花拱开了花床的土层，黄蜂在屋檐上飞舞。门开了，一个小个子老妇人从里面探出头来。嗨，她说。

你好，玛莎阿姨。

她推开纱门。

我的老天爷，她说，巴迪，是你吗，巴迪？

您好吗？

哦，我的天，她又说。她娇小又脆弱，抓住他的那只手像鸟一样颤抖着。进来吧，她说。

克莱顿在哪儿？

他睡了。大吃了一顿睡着了。天啊，他准会很开心的。

他们走进半明半暗的前屋，房间里很凉快，她拉着他的胳膊，像是扶着一个盲人，又或者是一个盲人扶着别人。他闻出他们星期天的午餐很丰盛。她的目光从未离开过他。你吃了吗？她问。

我早饭吃得晚。

他们走进厨房，碗盘还摆在餐桌上。厨房外面是一个长满植物的阳光走廊，温暖的阳光透过玻璃，洒遍了地板和桌子。

坐吧，巴迪，她说，洋娃娃般的手不住地抚摸他。我给你热点饭吧。

别麻烦啦，玛莎阿姨。我就待一会儿。

不麻烦。你就坐在那里。你想要一杯冰牛奶吗？

好的，夫人，我很乐意来一杯。

冰茶马上就做好了。天啊，今天早上我一直在想你。

苏特里把脚伸到桌子底下。她从冰箱里拿出一罐牛奶，又拿了一个大玻璃杯，一边倒牛奶一边讲话。

我在整理一些旧东西，看到了那些旧相册和照片，我就想起了你。

他把喝了一半的牛奶杯放到桌上，呼了口气，用手背擦了擦额头。她又把杯子倒满了。我希望你能多来看看我们，巴迪。你干吗要这么无情呢？

照片在哪里？

就在这里。你想看看吗？

方便的话，只要您不介意。

为什么要介意，它们就在这里。

他喝完剩下的牛奶，看着外面的花和太阳。她拿着两本老旧的皮面相册和一只蓝色的鞋盒走了进来。她把这些东西放在桌子上，把盒子推到一边，腾出地方来打开第一本相册。你看吧，我去热饭。

他握住她的手。那手很瘦，骨架纤细，冰冰凉凉。我什么也吃不下，他说。

我希望你吃点。

他环顾四周。就给我吃块蛋糕吧，他说。

你最好吃点东西。

不了。

她提起一个带裂缝的蛋糕玻璃罩，切下一大块巧克力蛋糕，放在盘子里，端到他的手边。

他低头看画册里那些家谱里的人。这是谁？他说。

她把手放在他的肩膀上，和他一起看。上帝啊，她说，我得去拿眼镜，我看不清楚。

床上躺着一个旧时打扮的女人，干枯的双手放在身边，面容憔悴。她的头上光秃秃的，只有两鬓有几缕头发，向两旁散开，摊在枕头上像灰白色的角。

她拿了眼镜回来，对着照片弯下腰。那是利兹阿姨死前的样子。她那时快全秃了。这是罗伊婴儿时候的照片。

她从书页中挑出了一张锡版照片。穿水手服的小宝宝，真是张糟糕的卡通画，像恶魔对以前人童年的讽刺。

老太太慢悠悠地用双手整理着一包散乱发黄的褪色照片，她一点头表示肯定，眼镜就顺着鼻梁往下滑。她不得不在整理那些带图像的小卡纸、纸片和锡纸的同时，伸出手指将它推回去。照片看起来像被烧过，仿佛是在烟囱里晾干的。一双双憔悴的黑眼睛向外窥视。照片里的这些孩子看起来很邪恶，像是私通后的果实。

那是谁？

那是卡特叔叔。他可真英俊，不是吗？

那这个小男孩是谁？

那是约翰。

他又凑近了点，想看看那张脸上有没有他熟悉的蛛丝马迹。

这准是1910年那会儿的事了。

老天，我想是。不知道了。这是海伦。

卡特叔叔死了多久了？

她抬头望向厨房远处的墙，仿佛那上面写着什么。他是1926年死的。猜猜那是谁，她指着一处问。

他看着那个黑眼珠的姑娘。这是一张很老的照片。他看着玛莎阿姨，她把一只手放在嘴边，带着害羞和渴望的神情看向那张照片。苏特里说，那是您，玛莎阿姨。

她推推他的肩膀。嘘，她说，你怎么知道是我？

因为她看起来就像是您啊。

继续吧，她说。她慢慢地摇了摇头。我喜欢那条裙子。看这里，这是 EC。

他戴帽子很好看，苏特里说。

天啊，她大笑着说，你还记得？

当然，他答道。

这是卡梅隆奶奶，她去世的时候已经九十二岁了。

这是米洛叔叔。

你知道，他是商船的水手。

苏特里点点头。我记得你，米洛叔叔。一个大雾的夜晚，石灰熟化的智利海岸，运载鸟粪的驳船上全体人员都消失在魔羯座的下方。灵魂被托付给仁慈的大海。

他有十三年没回家了。

那里的夜是陌生的星空。全新的天文学体系，山案座、苍蝇座、蝘蜓座。都是北半球人不知道的南天星座。波纹泛起，身影消逝，穿过冰冷黑暗的海水。他坐着生锈的挂篮，摇摇晃晃地前往海底，身边漂浮着污秽的鸟粪。哪个家族树上没有水手？但是没有傻子，没有重犯。没有渔民。

这是谁，玛莎阿姨？

你不知道那是谁吗？

他抓住那张褪色的照片，仔细打量上面的姑娘。她斜睨着一只眼睛，望向外面的虚空，脸上露出一丝茫然的微笑。

这该不会是妈妈吧？

是的呀，为什么那么说？

他把这页翻了过去。看起来不像她，他说。

老太太把相册翻了回去，盯着那照片看。好吧，她说，这张确实不太像。她可比这漂亮多了。这是卡罗尔·贝丝。

她死的时候多大？

十九岁。老天，那是一段难过的日子。

这是一条狗。它也死了。

这座房子里住的都死了。它没了，消失了，没了。

这狗叫什么名字？

她弯下腰去看。我不记得了，她说，以前有一条名叫约翰·L. 苏利文[1]，因为它是你见过的最好斗的小东西。

我们还养过一条名叫何塞·伊图尔比[2]的狗。因为它是最擅长哗哗撒尿的狗。

哦，巴迪，她一边说一边拍他的胳膊，我会害羞的。

苏特里笑嘻嘻地翻过那一页。一些丝带和头发缓缓地落在照片上。她把手从他身前伸出去，清理掉这些碍事的东西。一

---

[1] 约翰·L. 苏利文（John L. Sullivan, 1858—1918），美国著名拳击手，被誉为"波士顿强壮男孩"。

[2] 何塞·伊图尔比（José Iturbi），西班牙指挥家、钢琴家和大键琴演奏家。

个怀抱婴儿的老人出现在眼前。像捧着祭品似的把他托在胸前，旧式的花边和裹头巾从那张光秃秃、斜着眼的小脸蛋上垂了下来。

此时一片寂静。后来她开口说，这是你。

这是我，他说。

从带兜帽的包被里，一双冷冰冰的眼睛瞪着他。先天不满。

上帝啊，你可真是个小天使，你母亲希望男孩们都能活下来。

苏特里的背上一阵发凉，脊梁骨抽搐起来。他抬头看看老太太。她正透过精致的金属框眼镜凝视着那张照片，脸上带着老年人回忆往事时特有的不自然的恬静，仅此而已。我来泡点茶，她说。

他拿起那块蛋糕，一口咬了下去，翻过了那一页。发霉的老相册里纸张早已脆弱不堪，布满了黄褐色斑点，看上去有地窖的臭味，这些死人的脸一个接一个地出现，苍白冷淡地凝视着外面旋转的世界，冰冷相机镜头前疑惑不决的面具，抑或是面对胶片不朽性的畏缩姿态，但也许这些面孔不过是受到了时间飞速流逝的惊吓。上了年纪的女性亲戚被从旋涡中吐出，纤弱、破裂、双生结构，有点多余。风景和老式背景也很冗余，重复不变，似乎它们栖居在另一种媒介，而不是背靠它们的那些干瘪的朝圣者。地球小憩时的盲目辛劳，生成和完成只在眨眼之间。是我，是我。以前那些种族的人工制品。

曾经有个爱好临终研究的古怪人士向我们声情并茂地传达了这位老人的问候，他从污浊的床罩中坐起，周身弥漫着死亡的陈腐气味，张牙舞爪，言辞尖锐，对着分开多年的亲戚抛出一连串狂热的谩骂。护士发誓说他们回嘴了。他听着，倒不是只会咆哮的傻瓜。温柔地称赞他，因为他心中积聚的怒火早已折磨了他数年。苏特里想起了他那双枯死的蓝眼睛。他和他的姐妹们一个接一个地在那张高大的老式床上过身。举起照片细看。蜡黄的皮肤布满恶心的皱纹。在这张照片中，外祖父像故事书里的耗子那样坐在发黄的床铺上，戴着眼镜和睡帽，玻璃片后的双目失明。更多照片。从前的野餐、家庭团体，戴着旧式女帽、手捧鲜花的女人们，穿靴子、带手枪的男人们。这是位爱国者，腰系萨姆·布朗皮带，脚上裹着绑腿，是那些冬日火车站台上躺在木箱里回家的无名氏之一。在冒烟的卡车旁将他轻轻放下。提单在凛冽的风中飘扬。这里签字。还有这里。我们不敢相信他在里面。天气冷冽干燥，回家的路上我们的鞋子在雪地里哭泣。穿黑衣服的人最少，像小僧那般哀悼，一群趁火打劫的家伙踩着硬邦邦的黑鞋子，手拿发霉的赞美诗集，两眼盯着地面。有人在冻住的地面上挖洞，值得感谢。枯燥地吟唱一本旧诗篇集中的圣歌。树叶木然地合上。滑轮吱嘎作响，堆成山的花朵被慢慢吸进土里。一个士兵把折好的旗子递给妈妈，可她不忍直视。她用一只手将它轻轻推开，黑手套的后面是一张悲伤的戈耳工面具。哗啦哗啦的铲土声，寂静的冬日黄昏里这人啜泣不止，这群人号啕恸哭。正当我们转身要走，墙外蓝色的街灯亮了。

她端着茶回来了，整整一大瓶，盛满了冰块，还有一圈柠檬。

他拿起长柄勺往里面舀糖。

那也是伊丽莎白，老太太说，那大概是这里面最老的一张照片了，我想。

在那个疯女巫的脸和这个年轻姑娘之间，一颗模糊的恒星在漂移，行星在它们各自的太空轨道旋转。失去灵魂的相似之处萦绕于我们脑际，无论是古老的彩色平版印刷照片，还是随着时间推移渐渐褪成棕色的锡版照片。没有血色的头颅，干枯的白发，为人母者精瘦干巴的肌肉绷在脆弱的骨头上，寒气袭人的厅堂里绸缎和百合花在烛光的映照下泛着死灰般的苦涩，锯木架上搁着黑漆灵柩，缠着黑纱。我不想哭。可姐妹们都哭了。

这是威尔叔叔。你可能不记得他了。他跟我一样，没办法转头，简直白费力气。她僵硬地转了转脖子，展示给他看。

好吧。

他是个铁匠。他们都有职业。

他是个酒鬼，一个骗子。

苏特里翻出了一张彩色照片，是一个里面垫了缎子、外面鲜花环绕的柳编棺材。棺材里是一个胖胖的死婴儿，脸上涂着鲜艳的紫红色。没问是谁家的。他合上了这本苦命人的画册。淡黄色的尘埃腾起。把这些下颚僵硬的灵长类放好，还有关于他们困顿之路和终极黑暗的编年史。痴呆王国里有什么神祇会为这些灵肉俱凄者设计一个供养之所？是用七窍生烟的恐水脑叶熬制出的狂暴神明吗？这个被爬满的蛆虫压弯了的帐幕。

怎么了，孩子？

苏特里转过身。克莱顿站在门口，一边挠着肚子一边朝他咧嘴笑。

嗨，苏特里说。

他们握了手，克莱顿拍拍他的后背。

妈妈，你知道不该让这个傻瓜进厨房。他会把我们吃空的。

住嘴吧，克莱顿。

你干吗要用那些老照片烦他？要喝一杯吗，巴迪？

我敢打赌巴迪都不会喝酒，对吧，巴迪？

哦不，克莱顿说，巴迪是不肯喝酒。

苏特里咧嘴一笑。

上帝啊，我养大了一些会喝酒的，老太太说，可我都不知道他们是从哪里弄到那玩意儿的。

亚伯·富兰克林贩卖私酒的窝点啊，克莱顿笑着说，把水倒进水池。

我是说那些家伙是从哪儿弄到的。

克莱顿拿瓶子指着那些相册。看看里面的那几个狗娘养的混账吧，告诉我你觉得他们之中有没有人喝过酒？

克莱顿，老太太说。

老兄，你确定不想喝点什么吗？

不了，谢谢。

把那些发霉的照片收起来，我们从这儿出去，到后面去。

苏特里把椅子往后挪了挪，站起身，跟着他穿过玻璃走廊到院子里去了，他把那杯冰凉的茶在前额上放了一会儿。克莱顿咧嘴笑他。

巴迪，你最好来点解酒的酒。

不用了，我没事。

克莱顿埋进一张躺椅，伸出光着的两只脚放在草坪上。该死，我昨晚喝得烂醉，他说，我记得的最后一件事是有人说，他有帽子吗？

苏特里递给他一张折好的纸币。

这是什么？

给，我欠你的二十块。

咳，没事的啦。

不，给。

见鬼，我不需要。

拿着。他把钱塞给他。

你确定你不需要这钱吗？

不用，多谢。

克莱顿接过钞票，塞进衬衣口袋。好吧，他说，看来那间旧牢房代价还挺高，不是吗？

苏特里喝了一大口冰茶。里面加了薄荷。他喜欢粗糙的叶子贴上嘴唇的感觉，它们的气味真是浓郁。确实如此，他说。

你还在捕鱼吗？

没错。

想要个工作吗？

不想。

克莱顿晃了晃杯子里的冰块。你可真是个有趣的混蛋，他说。

苏特里站在那里，目光越过房子后面的田野，望向远处的群山。他举起杯子，一饮而尽。

坐吧，克莱顿说，拍拍另一张椅子的扶手。

苏特里把一只脚撑在椅子座位上，胳膊肘搁在膝盖上，凉风吹拂着从门廊隔板上垂下的壶状藤蔓。

我看这天准是要变阴下雨，克莱顿说。

报纸上说是要这样。

你怎么过来的？

就是走过来的。

从哪里？你该不是从城里走出来的吧？

这个嘛，我在河那边抄近路了。反正我也没别的什么事做。

今天晚上你走的时候我送你回去。

没事的，苏特里说。

玛莎阿姨从厨房端来一大壶新泡的茶。

你会留下来和我们一起吃晚饭的，对吧？

我得往回走啦。

老太太把他的空杯子斟满。别这样，巴迪，她说，留下来和我们一起吃饭。

谢谢您，不过最好还是不要了。

见鬼，就跟我们一起嘛。你又没啥要做的。

老太太弯下腰，把克莱顿半满的杯子也倒满了。他坐在那里低头看着那杯茶。真该死，他说，把茶泼在了草地上。

你在干什么，克莱顿。

克莱顿站起身，一边喃喃自语一边走进屋子。

巴迪，我真的希望你和我们一起吃饭。

我很感谢您，玛莎阿姨，但是我必须要往回走了。

我再给你拿块蛋糕吧。

不了，谢谢。真的。

她还不及他的肩膀高。他几乎是俯下身才触到她。

克莱顿从门口朝他喊，你确定你不用喝一杯吗？

苏特里摇摇头。

克莱顿端着酒走了出来，一只手插在屁股口袋里。他们三个站在阴凉底下。苏特里喝完茶，把杯子递给老太太。我得走了，他说。

他们跟着他进入厨房，穿过屋子。要不是两只手都拿着东西，玛莎阿姨准会挽住他的胳膊。她急匆匆地将罐子和杯子在桌上放下，然后赶上了他。苏特里转过身，却吃惊地听见她讲起天气来。你让克莱顿送你，她说，今晚会有暴风雨，你来不及赶回城里。

我不会有事的，他说。

他走出门。克莱顿越过他的头顶往外看。

保重，老兄。

巴迪，常回来看看我们，听到了吗？

他沿着小路走到马路上。他转过身，举起一只手。老太太胆怯地摆了摆手指，克莱顿举杯敬了个礼。天气变凉了，风也刮了起来。马路上腾起了一圈圈的灰，烟雾似的旋转，西边的天空上云层开始聚积，形成一大片黑压压的积雨云。

他走到公路上时，大滴大滴的雨落了下来。它们拍打着碎石路面，发出热烈的声音。他可以看见雨水从田野里穿过，被狠狠砸倒的花朵萎靡地耷拉着头。他把双手揣在口袋里，一副乡巴佬的做派，在不断前移的瓢泼大雨中沿着湿漉漉的公路边缘没精打采地走去。

他还没走多远，一辆老式哈德逊汽车在他身旁停下，正当它趴在那里摇晃、冒烟、震动，一个男人探过身子，把车窗玻璃摇下一道缝，正好能让他的声音传出来。

上车吧，老兄。

我淋得这么湿，可不想上车。

没事的，这是辆旧车。

苏特里爬进车里，他们开走了。他看见水滴在引擎盖上跳跃，在那之后雾茫茫的绿地渐渐消失了。

伙计，冷暴风要来了，不是吗？那个男人说。

是啊。

男人趴在方向盘上看路。他朝仪表盘上发着光的收音机点点头。听那个，他说。

苏特里竖起一只耳朵。仪表盘上一个模糊的声音正在讲故事。

嗯，他从那边下来，然后说：看到天上那里的雨云了吗？他说：啥也没有。然后他又说：最好再到上面去看看，于是他又往上走了，他和邻居们重新回到下面，然后他又问了他一遍，有没有看到任何雨云的踪迹，他跟他们说没有，一点雨云的迹象都没看见，然后他说，好吧，最好再到上面去一次，他照做了，上到那边，又直接下来了，他问他，现在天上有没有雨云啊？这次他说了是，还说上面有一朵跟你的帽子差不多大，接着他说，看吧，你们最好赶紧下山，因为天就要下雨了。

司机微笑起来。他可以讲得直白一点，不是吗？

苏特里点点头。

我还是喜欢听老 J. 巴兹尔布道。他总是问，马尔太太，难道不是这样吗？是那种上了年纪的浑厚声音。然后她就会说，是这样，马尔先生。你喜欢听他的节目吗？

他很好，苏特里说。

小鸟顶着风在雨帘中穿越马路。驶上一条坡道时，雨刮器失灵了，玻璃上浇满了雨水。苏特里看不到外面。越过广播、排气管和气门振动的声音，他能听见湿漉漉的群山间雷声隆隆作响。

他们来到山顶，玻璃上的水汇成一道弧线缓缓退去。在一个拐弯处，苏特里指了一下。我在这里下车，他说。

男人看了一下。哪里？他问。

这里。随便哪里。

你不去城里吗？

不，就到这里。

司机看看四周，又看看苏特里。这里什么也没有，他说。

就这里随便哪儿都行，苏特里说，这就是我要下车的地方。

司机沿着铺了碎石的路肩往前开，然后停下。他望着苏特里。苏特里爬下车，钻进了瓢泼大雨中。

真谢谢你，苏特里说。

不用谢，那人回道。

苏特里重重地关上车门，往后退了一步。汽车发动往公路开去。透过淌着水的玻璃，他看见男人的脸又转了回来，似乎想要确定他是不是还在这里。

苏特里冒着雨穿越马路，周围弥漫着蓝色的机动车烟雾，他沿着堤岸下到田野里。他走在乡间，身旁是一些平坦的丘陵和零星出现的牧场，穿过一片黝黑的雪松林，那儿的地面几乎没有湿，他下到一条干涸狭长的石灰岩河床中，南面的石壁上挂着几株扁平的仙人掌，雨水沉闷地洗刷着岩架，在他的面前旋转而去。

他走到悬崖上，朝山上的那座房子走去。穿过草丛，步入一条人字形铺砖的走道，几乎植被丛生。他经过几只装饰着水泥花纹的破瓮，然后是宽阔的台阶，以及几根涂料斑驳且饰有凹槽的高大圆柱。巨大严峻的建筑立面似乎在他的脚步声前退却了。

就在他进入门厅时，三个男孩像被击中的蝙蝠似的从他右手边的主接待室的阳台掉了下来，悄无声息地在落满灰尘的地板上跑了起来，然后从对面墙上的一扇窗户翻了出去。

一盏枝形吊灯在地板上摔得粉碎。他绕着它走了一圈，顺着左边的楼梯往上走，慢慢地拐进楼上阴暗的房间，他一直紧贴着墙壁，因为除了几个高低不平的扶手支柱，整个栏杆已经没有了。楼梯的顶端竖立着带装饰头的中柱，完好无损却孤立无援，像一根洛可可风格的拴马桩。

他湿淋淋地在高大的房间里踱来踱去，到处是残破的石膏和塌陷的壁板，墙纸如巨大的落叶蕨类植物从墙面上耷拉下来。一小堆一小堆人的粪便，混杂着脏兮兮的报纸碎片。他从楼上的窗户望着那三个男孩淋着雨走在山脊上。破碎的窗玻璃散落在地板上，有几块是干裂的三角形状。窗户下面是长满青苔的庭院，干涸的喷泉里水泥海豚雕像已经变成锈色，走道上手工烧制的黑砖长满了苔藓和地衣。花园的墙壁上爬满了黑色的藤蔓，沉默的小鸟在里面探头探脑。河对岸是一片阴雨连绵的景象，他看见大街上往来的车辆，固定在另一个时代中，那里有某种可怕的幻象，令他感到这般孤独。

他从房子后面狭窄的楼梯井走了出来，踩着饱经风霜的拼花地板慢慢走过大厅，高大坚固的樱桃木门裂出长长的口子，露出里面的木纤维，把手和五金件都被人撬走了。起居室的吊顶装饰着石膏做的饰带和卷叶花纹。天花板已经脱落，水渍斑斑，镶板都垂了下来。他转过身，废墟中有一个空虚的身影。盲眼的石膏小天使在高处的角落往下看。

有人吗？他喊道。声音穿过一个个房间又传了回来。

神祇们、先父们，这里发生了什么？朋友啊，哪里有慈悲？

一个春日，记录骏马在跑道上近乎流体地高速奔跑的用时，尘土爆起，飞节快速地开合，晃动中不断缩短与前方的直线距离，拉长的身躯带着急促的呼吸像鸟一样奔驰而过，肋间肌上下起伏，湿漉漉的黑色皮毛下肌肉如时钟运作般滑动、收缩，长长的下巴上挂着一团白沫，接着它远去了，马蹄声也听不见了，上了年纪的裁判啪地松开了按在秒表上的大拇指，他把表塞进背心口袋，眼中空无一物，既没有看孩子，也没有看马，而是简单讲起了旋转动作之间的比较，用的是他擅长的话术，似乎他们刚才见证了一件时间无法战胜的事情。

他的原意是这事令人难以忘怀，可是他身旁靠着栏杆的叛逆青年已经开始对生命的缓慢渗出感到厌恶。他能透过老人的肌肉看出头骨的形状。听见玻璃瓶中沙子的声音。生命如同下水道里流出的污秽粪水，在黑暗中克制地滴落。时钟运转，骏马奔驰，到底是谁在计量着谁？

他沿着大厅向餐厅走去。古老镶板门上的油漆像老瓷器那样龟裂、发黄。不只是时间，别的东西也在这里逝去。就在这个宴会大厅里。古代传令官的宴席场景。苏特里默默辨认出了一些小有名气的死者。座上宾客云集。桌上装饰着一只肥硕的野猪仔。公兽的肉被切开，热气腾腾之中白森森的骨关节高高翘起。众目睽睽之下。给那些路上耽误的人下一个诅咒，现在开动。全副武装的疯狂食客趴在盘子上，金属碰撞的铿锵声，脏兮兮地滴着汁的排骨，眼睛斜视。院子里的狗和饥肠辘辘的乞丐在稻草中争抢残羹剩饭。桌上除了肉和水再没上别的东西。没有说话的声音。越过餐桌上无声的喧闹传来另一场追逐的隐

203

约回响。远处有抓捕的呼喊声，混杂着辽远的号角，迫不及待的猎犬发出痛苦的吠叫。宴席的主人抬首眺望。与此同时，山下紫色的田野之间，遭到猎捕的雄鹿嘶鸣不已。一块盾牌落在地板上，三只白鸟飞上屋椽，疑惑地歇在那里。主人把手指在头发上擦了擦，起身宣布宴席结束。外面黑夜已经降临，猎犬的叫声便是遥远的钟声，七声之后戛然而止。它们等待送水工的到来，可那人没来，一直没来。

苏特里穿过厨房和废弃的花园，走到之前的古道上。注定不幸的撒克逊家族的后裔，上帝的弃民，在一个雨天的白日梦中浮想联翩。旧指示牌上有几个以前用油漆刷的模糊字迹，写的是"禁止入内"。准是有人把它翻了个身，因为它现在指的是外面的世界。他还是继续前进。他说他只是路过而已。

晚上，他能听见头顶上方污水从挂在桥底的管道中汩汩流过。轮胎磨地声络绎不绝。微弱的街灯灯光落在漆树和黑莓组成的黑栅栏后面。他揉了揉肚子，在黄昏的孤独中打起嗝来，手边的灯已调暗，细小的火苗在玻璃灯罩中燃烧，放射出黑中透红的光线。他晚饭吃了一整只放在猪油桶里煮熟的鸡，他就是那个如烟雾般穿过一号小溪上方幽暗花园的夜间点火捕鸟人，仿佛夜幕中跑出来什么东西，挂满了死掉的母鸡，漂向令峡谷缝隙泛白的月下烟瘴，表皮粗糙的树木似乎在呼吸着冷气，他来到一扇掉在地上的卡车车门旁边，从这里废弃的小河口穿过，然后迅速地爬向远端的高架桥拱门。

苏特里来了，每天都有新的发现。他们坐在偷来的户外折叠椅上，看一只鸽子盘旋而下，小心翼翼地降落，翅膀支在背后，脖子勾起，那只鸟伸出粉色的细爪，握住一根杆子，旋即掉了下来，像多芬的品牌商标，全身包裹着蓝色的火焰，烧着的羽毛激烈地噼啪作响，那玩意儿向后倒了过去，变成黑乎乎的一团掉在地上，散发着刺鼻的烟味。

吉恩，苏特里说。

很顺利，不是吗？

吉恩。

嗯。

你把那杆子接到什么上面了？

哈罗盖特指了指远处。就是那边那些灯的电线。我做了什么呢，我拿了一些铜线，把它们接起来，一头绑到岩石上，然后把它扔到……

吉恩。

嗯。

你他娘的有没有想过要是有人摸了这根杆子会发生什么？

哈罗盖特没起身就抓住了那只鸟。他蹲坐在折叠椅中，双臂抱膝，破衣烂衫发出烟熏火燎的气味，他抬头看看那根杆子，又看看苏特里。好吧，他说，要我说，那会一下子把他们击倒。

那会杀了他们。

哈罗盖特一副若有所思的样子。你觉得会吗？他问。

还有一天，猪来了。整窝的小红猪从某个山坡上的猪圈里放了出来，穿过被黑压压的葡萄树包围的空地，沿着溪流下游往河边走。哈罗盖特看着他们，突然坐得笔直，四下张望起来。

要是那些黑鬼抓到你吃了他们一只猪，准会打得你要死，他说。

那他们得先抓到我。

他站起身，开始往山下的马路走，目标是那群猪去的溪边丛林。他一边走一边研究起头顶上方山腰处散落在林间的畜栏，用鼻烟招牌和木板搭成的各式棚屋以及篱笆碎片全都以神秘莫测的方式悬挂在雨水冲刷过的荒芜山坡上。他没有看到任何人出来抓猪。走在溪边的小路上时，他发现了那些猪的踪迹，到处都是，散落在一个个黑色的泥潭里，像极了幼鹿精致的尖尖蹄印。他从一堆旧的热水器旁走过，开始驱赶它们，伴随着一阵刺耳的哼唧声，它们冲进了藤蔓墙中。他挑中一只，朝它俯冲过去。它穿过一大片葡萄藤，越过一堆破水果罐子，在一连串痛苦的号叫声中消失了。哈罗盖特在一小块空地上停了下来。他刚刚靠在了一棵刺槐上，身上好几处都在流血。他能听见那些猪渐渐远去。

再次出现在河堤上的时候，它们停下来检查四周的气味。它们正要顺流而下，哈罗盖特从灌木丛中出现了，它们嗅来嗅去，皱起鼻子，翻着白眼，然后沿着小溪转了回来。它们踩着一条沟壑下到水里，聚集在一起，冲着沟壑抽动了一阵鼻子，又走了回去。哈罗盖特像一只长腿蜘蛛，偷偷摸摸地靠近它们。它们又一次警觉地掉转方向，吸着鼻子，继续往下走。

爸爸，快来看这些猪啊。

一个男人从刚刚坐着的高草丛中站了起来，一只手按住帽子，转过身来。猪群像鹌鹑一样炸开了锅。它们分拨从哈罗盖特的左边和右边经过，每一只都惊叫不已，他环顾一下四周，最终决定朝猪群的大致方向扑了过去，结果直挺挺地落在了地上，发出了一声呻吟。

再次遇见时，它们正在一个长满忍冬的树荫下觅食，翻开黑土，带着压抑的猪猡式的快乐吞食蠕虫、蛴螬和植物根茎。哈罗盖特躲在葡萄树中注视着它们，欣赏它们丰满的躯体，一时有些垂涎欲滴。他已经决定要猛冲过去，这些猪太谨慎了，没法偷偷摸摸行动。他径直从忍冬丛中蹿了出去，眼睛盯准了一只猪。它们尖叫起来，嗖地穿过矮树丛跑了，他看中的那只跑得最快。一转眼，猪群就不见了。他靠着一棵树站定，手捂胸口，气喘吁吁。他转过身来。身后传来一连串低沉的尖叫。他沿着原路返回，穿过那片支离破碎的空地，循着声音找到了一只脑袋卡在桶里的猪。见他走近，它跑了起来，撞在一棵树上，向后倒去，躺在地上哀号。他跑过去，抓住它的一条后腿。它踢了哈罗盖特一脚，从他的前臂上撕下了一块长长的皮。他丢开它，试着把那块皮推回去盖住伤口。该死，他说。那猪钻进灌木丛溜了。

他听见它四处碰壁，桶被撞得砰砰直响，猪也跟着尖叫。他跟着它向下俯冲。它一头扎进小溪里，在脏水里苦苦挣扎，咕哝咕哝地直嚎。哈罗盖特像鸟一样向前腾空，随着巨大的扑通一声，落在了那只小猪身上。

他在泥水里搞得又湿又脏，抓住猪的后腿把它拖过树林。想找个东西敲它的脑袋。最终他选中了一根棍子，把猪放下，一只手把猪的后腿按在地上。他开始敲打从水桶边缘露出来的猪的后脑勺，连把手都敲掉了，桶身也瘪了进去，猪的脖子满是血淋淋的伤口，猪也不住地尖叫，最后棍子打断了，他便把它丢到一边。猪突然猛地一动，他扑到猪身上，把它死死地按住。真见鬼啊，他说。

他抱着猪的腰走了过来，水桶贴着他的脸颊，猪血顺着他身前直淌，他搂着它，它屁滚尿流地被踢来踢去。他又开腿，摇摇摆摆地往溪流上游走，最后不得不停下来休息。他和猪坐在葛藤丛里，静静地等待体力恢复，像是一对精疲力竭的堕落分子。每次那头猪开始扭动，哈罗盖特就对着桶里喊，叫它别动。他的胳膊累了，撕破皮的那边阵阵作痛。他又挣扎着抱起猪，走到了热水器林立的地方，突然他的目光落到了地上一根单独裸露在外面的水管上。他拾起水管，拿在手里掂了掂，那头猪吊在他的胳膊上，前脚向前举着。他把猪放下，跪在它身上，用手稳稳地抓住了它的两条后腿，接着他举起水管，用尽全力挥了下去。鲜血从桶的边缘下喷涌而出。猪尖叫起来，身体用力往上一掀，开始斜侧向地跑圈，费力地钻进黑叶子和垃圾堆。哈罗盖特又挥起管子。水桶嗖地掉了下来，那头猪瞪着惊恐的眼睛抬头望着他。一团白花花的东西从它的脑袋里渗了出来，半只耳朵耷拉下来。管子再次落到它的脑壳上，眼珠从眼窝里迸出。猪没有停止尖叫。死吧，该死的家伙，哈罗盖特挥舞着管子，喘着粗气骂道。猪弓起了身子，变得僵硬。他又敲了它一下，脑浆飞出，溅了一地。它摊开四肢，颤抖了一会儿，终于不动了。

哈罗盖特挺直胸膛站起身，一边居高俯视他的受害者，一边骂骂咧咧。他丢开水管，抓住猪后腿将它抬起，扛到肩上，血淋淋的猪头耷拉着，又软又湿的脑浆从破脑壳的一侧凸了出来。他吃力地走到路边，把猪放在积满灰尘的灌木丛里，开始休息。横穿马路之前，他检查了一下周围是否有人。奇怪的流浪儿拽着一头死猪。一路血迹。树枝、石子被凝固的脑浆粘住。他把猪拖上小路，拖到高架桥底，放在冰凉的地面上，然后坐在那里看着它。

他在一块小石头上磨快了偷来的小折刀，跪在死猪旁边，抓起它的一条腿，握了一分钟，又放开了那条腿。他皱着眉头，蹲坐在脚跟上，把刀朝土里甩了两三下。最后他抬起猪的一条腿，把刀刃插进它的肚子。这时他有了新主意，抓住一只猪耳，把猪头揪了起来，割开了它的喉咙。鲜血喷涌而出，在泥地上流淌。

他把猪剖开，拉出内脏，他抱走了一堆又一堆的内脏，从来没见过这么多。要怎么处理它们。他沿着小路吃力地将它们拖走，扔进灌木丛，又走了回来。他没有办法烫这头猪，便决定剥了它的皮。

猪的主人赶到时，他看到一个骨瘦如柴、满身是血的白人男孩站在自己已然受损的财物上，他用刀锯着猪，使劲扯着猪皮，嘴里不住咒骂。那头剥了一半皮的猪脏兮兮的，看上去就像是从乱葬岗里挖出来的东西。

这是个喜欢沉思的黑人，并且喝得有点醉了，他倚着高架桥的桥台站着，拿出一只半品脱容量的酒瓶抿了一口，又塞回了裤子后袋里，他抹抹嘴，不安地注视着眼前这疯狂混乱的场面。

哎呀，哈罗盖特瞥见他靠在那里，说道。

猪的主人点点头。嗯嗯，他说。

你好。

他转过头，吐了一口唾沫，用一只略显惺忪的眼睛看着哈罗盖特。你有没有在这附近看见一只走丢的猪仔啊？

一只什么？

一只可怜的小猪。很小很小的猪。

哈罗盖特紧张地傻笑起来。猪？他尖声反问。

嗯，猪。

好吧，我这儿有一只。他用刀指着那猪。黑人伸长脖子望了过去。哦，他说，我还以为那是个人。

人？

是的，你说那是头猪？

是啊，哈罗盖特说，是头猪。

你不介意我看一下它吧？

不，不介意，他冲它做了个手势，随便看。

黑人男子走上前来，弯下腰仔细检查那个残缺的猪头。他抓住猪耳朵尖，轻轻转动。这猪死了，他说。

是的，先生。

我发誓，它看上去几乎和我家里养的一只一模一样。

它就在这里跑来跑去。

我能不能冒昧地问一下，你打算拿这只猪怎么办？

这个嘛，我本来想吃了它。

啊哈。

你的意思是，它是你的猪？

如果我没弄错的话。

好吧，这也来得太快了，要是它是你的，那你就把它带走。

猪的主人第一次打量了这个小小的营地。你住在这里？他问。

是的，先生。

我看到晚上这里有灯光。

我通常会留一盏灯。

我想这下面有点冷。冬天的时候。

嗯，冬天的时候我还没来这里。

这样。

你说你住在那边的山上？

是的，从这里看出去你能看到我家。

哎呀，我喜欢下边这里，你觉得呢？我的意思是你靠城里和其他地方很近。然后他们又不会打扰你。

猪的主人看看哈罗盖特，又看看那头猪。小伙子，他说，你看我要怎么处理这个烂摊子？

我不知道，哈罗盖特飞快地回道，声音里充满了紧张。

你最好想个办法。

要是你不要了，我就把它拿走。

拿走？

是的，先生。

你准备好赔偿我的这头猪了吗？

什么意思？

付我钱。

付你钱。

你说对了。

哈罗盖特还跨立在那只死去的畜生身上，他一屁股坐了下来，在裤腿边擦了擦血糊糊的手，抬头看向猪的主人。多少钱？他问。

十美元。

十美元？

它值这个价。

我可没有十美元。

那么我想你得打工挣钱。

打工挣钱？

工作。绝大多数人都是这么维持生计的。他们可不会去扒窃别人家的猪圈。

要是我不呢？

那我就去告你。

哦。

你可以从早上开始。

你要我怎么处理这个？

猪的主人已经穿过杂草丛往外走了。他转过身，回头看看哈罗盖特和那只猪。你可以随便处理它，他说，它是你的了。

我到那边要怎么找到你?

就说你找鲁弗斯·威利,你会找到我的。

那我一个小时能挣多少钱?打多久的工才能把钱还上?哈罗盖特几乎是冲着高架桥下他们俩之间的空隙大声呼喊,尽管鲁弗斯离他才不过三十英尺远。

一小时五十美分。

七十五美分我就干,哈罗盖特嚷道。

可是鲁弗斯没有回应。

那天晚上,猫发情似的在黑暗中整宿呻吟,兜着圈子,吐着口水。骨瘦如柴的狗背毛竖起,夹着尾巴从草丛中爬出来,嘴唇皱起,牙齿在路灯灯光的照耀下显得鲜红。远远地,在倾倒着猪内脏的幽暗地方,它们盘旋、撕咬、滑行,仿佛鲨群一般。

他躺在地上听外面低吼和撕咬的声音,身旁的篝火在夜露的不断侵袭中行将熄灭,天快亮的时候,这些意外获得的内脏已经被瓜分和消耗完毕,即便是最厚脸皮的野狗也决定不去红灯笼地狱冒险,虽然那中间挂着哈罗盖特的猪。这些破坏分子一个接一个地悄悄溜走,只有一声细细的猫叫从小溪那边的山中传了回来,远远地,进而更加悠远。

哈罗盖特用两只手将一桶泔水提在身前沿着小路向猪栏走去,小猪们已经被赶回了圈里,它们尖叫着,哼唧着,迎接他的到来,在篱笆前挤来挤去,苍白的锤状口鼻在格子里不停抽动。他扭过头朝背后的房子望了望,逮住一头离他最近的猪,狠狠地往它头上踢了一脚。

他把那团臭烘烘的东西倒进一个粗糙的木板斜槽，然后退了回来。猪群咕哝着、推搡着，吧嗒吧嗒地哂起泔水来，哈罗盖特连连摇头。在隔壁的猪圈里，母猪躺在泥里睡觉。他沿着篱笆走过去，弯下腰仔细打量着她。带条纹的虱子足有蜥蜴那么大，在几乎无毛的粉色猪皮中穿梭。他捡起一块煤，朝它扔了过去，在她那肥硕的身躯上砸出一声闷响。猪的耳朵抽动起来，她抬起身，朝周围嗅了嗅。这一大块煤就落在她的前腿后面，她找到了它，开始吃了起来，嘎吱嘎吱地将它磨碎，黑色的口水从她的下巴滴落。吃完后，她抬头望着哈罗盖特，想看看还有没有更多。哈罗盖特噘起嘴唇，往她的两眼中间吐了口唾沫，可她似乎并没有注意到。你这疯东西，他说。猪用鼻子试探着空气，哈罗盖特转身回屋去了。

别把泔水桶放在这里，她说，这里可不是猪圈。

哈罗盖特恶狠狠地瞪了她一眼，又走了出去。

什么时候吃晚饭？他说，脸贴在纱门上。

烧好的时候。

妈的，他说。

你说什么。

没什么。

我听见他叫你去砍点柴。

哈罗盖特吐了一口唾沫，穿过一小块支离破碎的空地，走向柴堆。小母鸡从他面前小跑而去，几只零落的小鸟正在换羽，带麻点的小家禽扭着光秃秃的尖臀在泥地中奔跑。他抄起一把劈柴用的手斧,把在松木上穿行的蚁群砍成两段。黑鬼,他骂道,狗屎。

另一方面,他吃得倒挺好。在打工还完债后的很长一段时间里,他还在附近打杂,不然就是躺在忍冬丛的一个兽窝里度过最后的温暖日子,读读偷来的漫画书,是一些关于绿色行尸和垂涎食尸鬼的滑稽图画故事。

隔壁的隔壁住着一对年轻迷人的黑人姑娘,他常常在夜里爬上她们窗外的树梢,希望看到她们脱了衣服的样子。大多数时间,她们只是脱下棉质连衣裙,穿着内衣上床睡觉。他试图用漫画书作为承诺,把年轻的那位引诱到他那忍冬丛里的阴凉处。她说,等玛尔法一回到家,我和她就下去。

晚饭后她们偷偷摸摸地过来,咯咯地笑着,抢走了他的所有存货。目光所及是年轻丰满、黑如午夜的奶头和修长黝黑的大腿。现在是九月,雨季时分。城市上空的灰白天空被黑压压的雨云洗涤,像是墨汁在乌贼的尾流中翻滚。黑人们能看到夜晚男孩点起的篝火,瞥见他那歪歪扭扭的身影,斜插在高高的正殿中央,在桥洞之间显得格外巨大。整个夜晚,从他的那些华丽的圣坛灯发出一道红宝石般的光芒,弥漫在桥下的空间。如今城市里所有的桥梁都招来了高龄的腹语术者和年轻的西瓜爱好者。烟雾从他们的篝火中升起,混入都市商业的烟尘中变得无影无踪。

晚间有时候苏特里会带来啤酒,他们坐在高架桥下畅饮。

哈罗盖特有许多关于城市生活的问题。

你有没有醉到去吻一个黑鬼的时候？

苏特里看着他。哈罗盖特眯起一只眼，示意他说实话。我以前喝得可比那多得多，他说。

我做过最糟糕的事是放火烧了阿伍德老太太的房子。

你烧了一个老太太的房子？

想要把她烧死在里面。我是被教唆去做这件事的。那时候我才十岁。

还不够大，不知道自己在做什么。

是的。——见鬼，那是说谎。我知道会发生什么，但还是做了。

它烧光了吗？

彻底烧没了。就剩烟囱竖在那里。烧了很久她才出来。

你不知道她在里面吗？

我不记得了。我也不知道自己当时在想什么。她出来后，跑到井边，提了一桶水，泼在了房子侧面，然后走到马路上去了。我从来没挨过那么大的一顿鞭打。老头子想要杀了我。

你爸爸吗？

是的。他那时还活着。治安官们到我家里的时候，我姐姐告诉他们——他们来我家是要通知她我进医院了，因为那些西瓜的事——她告诉他们我总惹麻烦是因为我爸爸没了。狗屁不通，我有爸爸的时候也很坏。那并没有什么区别。

你对这件事感到后悔吗？我是说老太太的房子。

后悔自己被抓住了。

苏特里点点头，端起啤酒瓶。他突然想起来，不只是西瓜的闹剧，他从城里老鼠那里听说的都是赤裸裸的事实。

在漫长多风的潦倒日子里，哈罗盖特加入了黑人们到河滩钓鲤鱼的行列，面带微笑又显得无能为力。一只苍白的手臂混在众多深色的手臂之中，从岸边向苏特里挥动，他正要趁着凉爽的早晨出发。

苏特里忙着用旧报纸把他那间破屋上的木板补好。变凉的天气给他带来了一种伤感情绪。夜晚的空气中弥漫着煤烟的气味。旧时代，逝去的岁月。对他而言，这类记忆是苦涩的。

"轻舞露间"有一件麝鼠皮的大衣，购于中央大道的一家二手店，他把它染成了紫色。

"妈妈希"带着袋装和罐装的当季草药从内地而来。她的小院子里积了厚厚的一层棕色干刺槐果。树丛里小型受害者苦苦挣扎，癞蛤蟆或蛞蝓被刺穿在荆棘之中，而把它们丢在那里的伯劳鸟在旁边的电线上啾啾啼叫，天又开始下雨了。

困在家中的人在讥嘲他人的窗口里观察着下面小路上闲散的行人，他紧紧地握住轮椅破旧的橡木扶手，希望所有人都下到更糟糕的地狱里去。

拾荒者匆忙赶回了家，黑夜接踵而至。他走到桥的尽头时，身后的灯亮了起来，他回头看了一会儿，弯腰绕过栏杆，沿着红泥小径走回了自己的家。蹲在篝火前，他能看到星星出现在变暗的河水中。他揉捏着自己瘦骨嶙峋的手，看着火焰在树枝间燃烧的形状，仿佛能读出什么征兆。他咂咂嘴，吐了口唾沫，双手比了个手势。那天早上，他在小巷里躲开了捡垃圾的一家人。就在那深墙的阴影下，窗户上了铁条，消防梯用铁链吊在头顶。黑洞洞的砖砌走廊充满了声音，苍老却充满权威。把他们像老鼠一样赶走。然后你也离开那里。别再回来了。苏特里从坐着的岩石上站起身，抖了抖一只僵硬了的膝盖。老人抬眼看他。眼角处可以瞥见一抹红色的火焰，在他的脑袋里熊熊燃烧。你回来发现我死了，他开始说，发现我躺在这里死了，你就往我身上倒煤油，再把我点着。你听到了吗？

苏特里移开目光，看向河流和灯光，然后又看了看拾荒者。你会比我活得更长，他说。

不，我不会的。你会那样做吗？

苏特里擦了擦嘴。

我付你钱。

付我钱？

那你要什么？我可以给你一美元。

天啊，我不需要一美元。

那你要什么？

你不会被烧着的。他打着手势说道，只在身上倒煤油是不会烧起来的。那只会弄得很臭。

天啊，那我就去弄点汽油。我去买五加仑，然后一直放在这里。

他们看到会派消防车来的。

我才不在乎他们派什么来呢。你会帮我吗？

好吧。

你不收钱吗?

不收。

现在我有你的承诺了。

只要是对的就行，苏特里说。

我可不是异教徒。别理会他们说的。

不理会。

我一直相信上帝的存在。

是的。

我只是从来都不喜欢他。

他正往盖伊街走着，"杰宝"走出一扇门抓住了他的胳膊。嘿，伙计，他说。

你好吗？

我正要过去看你。进来喝杯咖啡吧。

他们坐在赫尔姆咖啡馆的柜台前。"杰宝"不停地轻敲他的勺子。等咖啡摆在他们面前时，他转向苏特里。你老爸给我打电话了，他说，他要你给家里打个电话。

地狱里的人还想要冰水。

哎，巴德，也许有什么要紧的事呢。

苏特里把杯沿放在下唇上试了试温度，然后吹了吹。比如？他问。

好吧。家里的一些事。你知道。我觉得你应该打这个电话。

他把杯子放下。好吧，他说，是什么事？

你为什么不直接打电话给他？

你为什么不直接告诉我？

你难道不会打电话吗？

不会。

"杰宝"看看手里的勺子。他朝它吹了口气，摇摇脑袋，他那倒立在勺子上的扭曲形象消失又复现。好吧，他说。

谁死了，吉姆？

他没有抬头。你的小儿子，他说。

苏特里放下杯子，看向窗外。一小摊奶油洒在他身旁的大理石台面上，苍蝇蹲在那里，像猫儿般舔舐着。他站起身，走了出去。

火车离开车站时天已经黑了。他想要睡觉，脑袋在发霉的头枕上滚来滚去。休闲车厢和餐车都没有了。服务结束了。一个黑人老头拿着他的锌制三明治托盘和饮料冰箱走了进来。他走过半明半暗的车厢走廊，轻声叫卖商品，消失在另一端的门里。车道上传来嘈杂的车轮声，冷空气悄悄袭来。睡觉的人睡着了。城镇的背面凄凉且朦胧，渐渐从窗口下方消失。星光下，栅条、草地、贫瘠的秋野阴郁地向后滑动。他们穿过平原，驶向坎伯兰地区，老式车厢在铁轨上摇摇晃晃地前进，冰冷的窗玻璃外线杆电线像缝纫的针线在夜色中不知疲倦地穿梭。

清晨他醒了，周围是几个山区小镇，老年人提着篮子吃力地走在过道里，黑人家庭带着睡眼惺忪的孩子成群结队地从旁边经过，窃窃私语，生锈的车厢喷吐着蒸汽，发出粗重的喘息声，当它们再次驶出，铁皮车厢又开始令人心烦地嘎吱作响，慢慢变得越来越吵。夜里天变冷了，不过他早已被别处的寒意弄得麻木不仁。心中已是秋分时节，病变、厄运。苏特里用手捧住脸。

黑暗之子，熟悉小灾小难。他曾在恐惧中醒来，发现一大群不请自来的家伙聚到他的床边，变化不定的人影没精打采地站在房间的黑暗角落，形状千奇百怪，有长臂猿和滴水兽，以及巨型蛛形纲动物，一只蝙蝠形状的生物被人狡猾地吊在一个高高的角落里，白花花的牙齿磕碰出骨头风铃的声音，忽隐忽现。

当寒冷的秋日曙光爬过片片田野，他醒了过来，透过玻璃望着经过的乡村景色。细雨，抑或是雾，小水珠在窗玻璃上赛跑。他们从一座老的高架桥上穿过小溪，漆黑的防腐木材在旁边飞快掠过。灰蒙蒙的水面上两个男孩坐在小船上一动不动，看着一张张面孔如幻灯片般从他们头顶掠过。其中一个举起一只手，做了一个庄严的手势。远远地，灰暗贫瘠的平原上林立着烟雾袅袅的磨坊烟囱。在他们身后的某个地方，冰冷的雨点落在一个新挖的墓穴里。

火车一路颠簸轰鸣。它隆隆地开上一条长堤坝，湿地和沼泽在发蓝的阳光下冒着烟，一只青灰色的白鹭单脚站立在水中，投下一个更加灰暗的矮小倒影，僵硬如石膏雕像。远处是光秃秃的树林，几片树叶飘落下来。苏特里抬起肩膀擦了擦眼睛，站起身，沿着过道穿过那些陈旧的空座位。

他站在车厢中间，门的上半部分被闩住了，凉爽的晨风吹了进来。火车驶过了一些院子，车厢不住地颠簸摇晃，他抱着胳膊斜倚着。车外，断断续续的灯光留下了如同灰色饰带的影像。楼上的窗户里有一个穿着汗衫的男人，背带垂在身侧。隔着狭窄的空间，他和苏特里对视了一会儿，然后便匆忙离开了。经过一座桥梁灰色的钢制桁架,过去了,过去了。在斜照的晨光中,他看见沿着一条荒芜的长沟渠几个汽车外壳半隐没在枯萎的藤蔓之中。

到了车站,苏特里弯下腰去应付小间里的矮个子男人。优雅的蓝西装,翻领上别着徽章。十点钟,男人说。

他点点头。我想没有别的交通方式了。

小个子男人正在给一长卷车票盖章。他噘起下唇,摇了摇头。

谢谢。

除非你想打车。那要花不少钱。

谢谢,苏特里说。

他在巴士车站附近找到了一家克丽丝特尔快餐店,吃了一点炒鸡蛋和烤面包,他翻了翻报纸,没找到任何有用的消息。十点钟的时候,他上了车,靠在椅背上闭起了眼睛。悔恨像巨大咸涩的煤渣堵在他的心口。

她会说什么?

她妈妈会说什么?

她的父亲。

苏特里站了起来,摇摇摆摆地朝车门走去,可巴士已经发动了。他用一只手吊着车,身子晃来晃去。整晚他都试着在心中看清那孩子的脸,可做不到。他唯一能记得的就是他们去嘉年华游乐场时他手里握着的那只小手,还有那双精灵般的眼睛,惊奇地注视着正在旋转的广阔世界,一个转瞬即逝的画面。摩天轮在夜幕中转动,画着彩绘的姑娘们翩翩起舞,流星焰火蹿上高空，旋即爆开，在游乐园和扬起的面孔上洒下五彩缤纷的光芒。

他们在门廊处注视着他，聚在一起就像摆好姿势准备拍摄锡版照片，为人母的女子将手放在坐着的老父亲的肩上。看着他两手空空地沿着小路走来，眼睛通红。苏特里的弃妇。

她缓缓地走下台阶，一个丧子的圣母，饱受悲恸的打击，像极了永恒曙光下的一尊圣母怜子像木雕，在这庄严的气氛下鸟儿都安静下来，而那个被她认作是光之子的流浪者却火把似的在羞愧中毁灭。她像盲人一样抚摸他。在她泪如泉涌的眼底深处，枯叶纷飞。请你离开，她说。

葬礼是什么时候？

下午三点。巴德，求你了。

我不会……

请什么也别说，我受不了了。

这时她的母亲从门廊里走了出来。她穿着黑衣服，如瘟疫般无声无息地走向他们，她那痛苦扭曲的脸不断逼近，嘴似刀子，目显疯狂，充满仇恨。她想说话，却只是发出一声近乎窒息的尖叫。那姑娘被推到一边，这发狂的老妪则对他又抓又踢，气愤得嘎嘎直叫。

姑娘试图将她拉开。妈妈，她哭喊着，妈妈……

老妇人咬住了苏特里的一根手指，像个饥饿的食尸鬼似的嚼了起来。他掐住了她的喉咙。三个人一齐倒在了地上。苏特里能感到有什么东西在他的颅底砰砰作响。原来老头走了过来，拎着一只鞋抽他。他试着站起来。那姑娘不住地尖叫。都住手！上帝啊，快住手！

快叫警察，利昂，老妇人尖叫，我按住他。

苏特里挣脱出这悲惨的场景，跌跌撞撞地站了起来，熊似的呻吟着。老头已经朝后跌倒。姑娘拉着老妇人，可她用疯子般的力气抓住了他的腿，嘴里喋喋不休。你这可怕的婊子，他说着，朝她的脑袋侧面踢了一脚，她一下子飞了出去。那姑娘见状，也用同样的手段朝他扑来。他把她推开，摇摇晃晃地走开几步，喘了口气。老头从屋里出来，一边跑一边给猎枪上膛。苏特里赶紧跳进了树篱。他跑过草坪，穿过另一片树篱，沿着一条小巷经过一个臭烘烘的畜栏和几只鸡，鸡群尖叫着四散，苏特里穿过另一个院子，来到一栋房子旁，一个男人正躺在折叠椅上遐想，他抬起头来，好奇地笑了笑。苏特里朝他点点头，顺着车道走到马路上。他回头看看，并没有人追来，于是继续走到公路上，蹲在路边休息，一辆汽车从山上开了下来，他站起身，伸出拇指向它示意。

几分钟后，另一辆车驶过，停了下来。苏特里爬进车里，打了声招呼。一个男人警觉地看了他两眼。苏特里低头看看自己。他的衬衫前面被撕破了，左手沾满了血。他拉上夹克拉链，他们默默地向前驶去。

平原上的小镇。他来过这里一次，不过记不太清楚了。一股清新的微风吹拂着人行道上的树叶，小小的商店招牌晃动起来,在烟雾缭绕的空气中吱呀作响。他指指路边,那人把车停住,让他下车。太感谢了。那人点头。车开走的时候,苏特里看见他在座位上寻找血迹。

他走到台球厅,梳洗一番,看着自己的手。他的下巴上有四道明显的伤口。他拔掉伤口边缘几块被抓破的肉,用湿纸巾擦了擦这些地方。镜中注视着自己的面孔是灰色的,两眼凹陷。他穿好夹克,走到前面的柜台,说要用一下电话。一个男人朝电话点点头。那里用链子挂着一本电话簿。他翻到后面,在殡仪馆条目下面找到了两列信息,他拨了第一个号码,跟一个声音柔和的姑娘说起了话。

是你们负责苏特里的葬礼吗?

是的,先生。今天下午三点。

苏特里没在听。苏特里的葬礼这几个字让他把听筒从耳边放了下来。

在吗,姑娘说。

在,苏特里答道,下葬是在什么地方?

麦卡蒙墓园。

那是在哪儿?

姑娘一时没有回答。然后她说,葬礼结束后,送葬队伍会直接去墓地。如果您想要参加,或者您……

谢谢,苏特里说,不过要是你能给我指个路就好了。

他到城中四处走走。美洲中部一个平静的秋日,阳光明媚。

他很久没有感到过心中的这种恐惧了，上一次还是孩童时犯下错误害怕父亲的责罚。

他在药店吃了一个三明治，等到了下午就朝墓地走去。他沿着一条乡间小路前行，树叶或躺在林子里的黄色干草堆中，或在深色的碎石路面上翻滚。这条路要走一个小时，很少有汽车经过。

两根石柱标志了入口，铁链垂下，堆放在草地上。他顺着石头中间的石子路往前走，直到看见山上的绿色遮篷。两个男人坐在草地上吃午餐。苏特里经过时朝他们点点头。绿帆布的遮篷底下放着一排排折叠椅，还布置了鲜花。

他不敢问这里是不是死去的儿子将要去的地方，便继续往前走。如果这里还有别的葬礼在做准备，他会看到的。

在墓园年代久一点的地方，他看见有人在散步。年迈的绅士拄着拐杖，挽着妻子。他们没有看见他。他们在倾斜的石头和野草丛中走着，风从林中吹来，给阳光下带来一阵寒意。一个天使石像，大理石的长袍已经风化，双目低垂。老人们的声音飘过这孤独的空间，在亡者的住地上空低语。破碎石头上的地衣像一道古怪的绿光。声音消失了。远处野草轻柔地碰撞。他看见他们弯下腰来读一些稀奇古怪的铭文，而他自己停在一个被一棵生长的树拆掉一半的古老墓穴面前。里面什么也没有。没有骨头，没有灰尘。毫无疑问，死者已超越了死亡。死亡是生者所背负的东西。一种恐惧的状态，就像是提前品尝到的痛苦记忆的神秘味道。但死者并不会记忆，于是虚无便不再是诅咒。

完全不是。

他坐在光线斑驳的石头中间。一只鸟在歌唱。几片树叶落下。他坐在那里，手掌按在身旁的草地上，像是一个受伤的木偶，万念俱寂。

下午三点左右，一辆老式的帕卡德灵车领着几辆汽车从林子里缓缓驶来，绕着山上的遮篷转了一圈，然后停在了较远的一端。汽车安静地停了下来，穿丧服的人们走了出来。铁门被一扇扇地轻轻关上。送葬者朝墓地走去。四个抬棺人把小棺材从灵车上抬下来，扛到帐篷里。苏特里赶紧爬上山去为之送别。一些花掉了下来。他走到墓地上方的山头，呆呆地站立。供奉着鲜花的小型灵床被放到横跨在墓穴口上的两条带子上。一位牧师已准备就绪，站在那里。他们所在的这一小片林中空地的光线似乎非常明亮，那些人影像是燃烧起来。苏特里站在一棵树旁，没人注意到他。牧师开始主持葬礼。苏特里一个字也没听到，直到他自己的名字被人讲到。然后，一切变得很清晰。他转过身，把头贴在树干上，前所未有的悲伤令他透不过气。

等悼词结束，几个人走上前去，各自放下一朵花，那两条带子开始往下放，棺材和孩子都沉入了墓穴。一群陌生人把苏特里的儿子交于尘土。孩子的母亲大喊一声，倒在地上，被人搀扶着哭哭啼啼地走开了。《圣母悼歌》。记住早上她未别发夹的头发，乌黑、蓬乱，野性又不失可爱。仿佛她睡在永恒的暴风雨中。苏特里跪在草地上，双手捂住了耳朵。

有人碰了碰他的肩膀。他抬起头，却没有人。车队中的最后一辆正沿着车道往大门驶去，除了两个蹲在山坡上像豺狗似的司事，就只剩他一个人了。他站起身，下山到墓地去。

立于鲜花之中，周身环绕着刚刚离开的女士们的香水味和泥土淡淡的铁锈味，他俯视一个六英尺深的大墓穴，小小的棺材躺在墓底。苍白的儿子，最后还痛苦吗？你害怕吗？自己知道吗？你能感到那只夺走你生命的爪子吗？这个跪在你尸骨前、痛苦到窒息的傻子是谁？一个孩子能知道上帝的计划有多么黑暗吗？又或者，肉体是多么脆弱，就跟一场梦似的。

当他抬起头，掘墓人正从山坡上看着他。他喊他们，可对方没有回答。他们觉得他也许是悲伤得失心疯了。也许他是在和自己的上帝说话。你们俩，嘿。

他们对视了一下，过了一会儿才慢慢站起身，像古日耳曼戏剧里的法官那样，蹒跚地从草地上走下来。苏特里坐在一张折叠椅上。他粗粗地指了一下墓穴。你们现在能把这填上吗？

他们又对视了一下，然后其中一个抱起胳膊朝下看去。奥威尔正开着拖拉机过来，他说。

我们正要把这些椅子折起来堆好，另一个人说，他们要来把帐篷拆掉。

苏特里瞪着他们。那个抱着胳膊的男人踮起脚来，转头看向旁边。

奥威尔和他们马上就来，另一个说。

苏特里从椅子上站起来，把帆布罩拉了下来，扔在了土堆上。几排架子上的花倒了。见这里有一把锄头和两把铲子，他拿起一把铲子，插进松散的泥土里，挖起一大铲土块哗啦啦地倒在小棺材上。

两个男人面面相觑。

我们得把带子拿走，一个人说。

那你最好赶紧把它们拿走，苏特里说，手里摇摇晃晃地举着一铲子土。

就等一下。

个头小一点的男人下到墓穴里，把带子解开，另一个使劲把它们拽了上去。

这个花环你还要吗？墓穴底下的男人抬脸问道，只有头露了出来。他把它抖了抖。已经搞脏了，他说。

从里面出来，苏特里说。

他爬了出来，往后站站。奥威尔他们马上就到了，他说。

苏特里没有回答。他继续使劲铲土，两个男人就在旁边看着。过了一会儿，他们走动起来，把椅子折好堆在一起，靠着遮篷角落的柱子放好。苏特里停下动作，脱掉夹克，又弯下腰干活去了。

墓穴还没填到一半，一辆卡车开进了墓园大门，车后挂着一个矮拖车，上面拴着一台拖拉机。拖拉机前面装了一个铲斗。他们上了山，把车停在帐篷旁。卡车司机低头看看苏特里，下巴搁在手臂上。他吐了口唾沫，朝墓地望过去，然后打开门爬了下来。我以为你把这里停了呢，他喊道。

苏特里看了过去。另外两个人吸着烟，咧嘴笑着，脚在地上拖来拖去。他们三个都看着他。他继续铲土。矮拖车上的司机下了车，他们四个闲站着，一边聊天一边抽烟。我不知道，一个人说，他就这么跳起来，自己跑去挖了。

我觉得他是。我不知道。不，他之前是在山坡上坐着的。

嘿，新来的男人中的一个喊道。

苏特里抬起头。

要是你愿意等一下，我们有拖拉机来干这个活。

苏特里用袖子背面擦擦额头，继续铲土。那些男人把香烟踩灭在草丛里，开始解开绳索，凿出地上的木桩。他们使劲把遮篷拉下来，放在地上折了起来，苏特里就在露天继续干活。他们把用来搭帐篷框架的管子拆开，把柱子、绳子和帆布装进卡车，再把折叠椅装了进去。

我们不如把拖拉机先留在这里，一个男人说。

那明早再来处理这些草皮？

必须这样。现在过了下班时间了。

他们坐在草地上看着他。天色已晚，还阴沉沉的，没等他干完，一场冰冷的小雨缓缓地从南边的秋日天空落下。苏特里往小土堆上倒了最后一锹土，扔下铲子，拾起夹克，转身就走。

如果你愿意，可以坐我们的车一起走，一个男人说。

他抬起头。他们都蹲在卡车后面看下雨。他继续往前走。

还没走到墓园的大门，一辆车门上饰有金色纹章盾牌的灰色轿车从小石子路驶来，停在他的身边。一个穿深色华达呢外衣、大腹便便的男人抬起头看着他。

你叫苏特里？

苏特里说他是。

那人从车上下来。他系着一条压花皮带，别着手枪套，衣服熨得整整齐齐。他打开汽车后门。上车，他说。

苏特里爬进汽车后座，车门在他身后关上。一个厚重的铁丝网将他和前排座位隔开。像拖疯狗的汽车。车上没有门把手，也没有车窗摇柄。司机从后视镜里看着他，穿华达呢的男人径直看着前方。苏特里靠在椅背上，抬起一只手捂着眼睛。他们进城时，人们从街上看着他。

在这里停车，平奇，那人说。

他们在路边停下。

你去买杯可乐喝。

我不用。

你去买杯可乐喝。

司机回头看看苏特里，钻出车关好门。警长把一只胳膊搭在椅背上，透过铁丝网打量着苏特里。接着他下了车，打开后门。

到前面来，他说。

苏特里下了车，又钻进了车前座。警长绕着车走了一圈，爬上驾驶座。他看了苏特里一分钟，然后开口说，让我来告诉你一些事。

好的，苏特里应道。

他俯下身，用食指敲敲苏特里的膝盖。你，我的好伙计，是个14K镀金杂种。这就是你的问题。因为有这个问题，没有多少人会同情你。或你的遭遇。现在我要帮你一个忙。尽管这违背了我的理性判断。不过这也不会让我失去朋友。我要开车把你这混蛋送到巴士车站，给你个机会离开这里。

我没钱。

我就没想过你会有。我打算自掏腰包，给你五块钱现金让你出发。我对你去哪里不感兴趣，但我的目标是让你花了这五块钱去某个地方，然后你和我都会希望你可别再回来了。现在你想知道为什么吗？

什么为什么？

为什么我要凑这五块钱？

不想。

我想也许你会对这其中的经济学道理感兴趣。我听说你很聪明。

我不在乎。

我之所以投资五块钱让你离开是因为那个女儿生活被你毁坏的男人正好是我的一个朋友，我不仅喜欢而且尊重他。我希望他能清静一点。我知道他不会感谢我。他只想看到你被吊起来。可我知道他是一个正直的人，并且爱好和平，我知道只要把你从他的视线中移开，他的心里就会更快乐。他甚至可能忘记世界上还有你这种下等生物，尽管我对此表示怀疑。

你能从中得到什么？

什么也没有，小伙子。

你刚才说我应该会对其中的经济学道理感兴趣。

我说了，但我不信。这本来也不是什么经济学问题。用这种方法把五美元干没了，唯一可说的就是你不会染上淋病。我从不指望你能理解。

没人在乎。那不重要。

这就是你不对的地方了。每件事都很重要。一个人过日子，他就得把它变得重要。不管他是小镇里的郡警长还是总统先生。或者一个被当场擒获的无业游民。也许有一天你会明白。我不是说你一定会。也许。

警长在座位上转回身，伸手去摸汽车钥匙，将它拧了一下。不过马达已经在运转，启动器突然发出一串疯狂的尖叫声。他自言自语地嘀咕了几句，挂好挡位，然后他们沿着街道继续前进。

巴士车站在一家咖啡店的后面，他们在它前面停下时，有两辆巴士正停在小巷里。警长挪挪身子，掏出自己的皮夹，从里面拿了一张五美元的钞票递了过去。

我猜我不得不收下，苏特里说。

你猜得很对。

苏特里接过钞票，看了看。

现在，警长说，我要你坐你喜欢的任何一辆车离开这里，我希望你往那个方向坐五块钱的路程，还有，我不想看到你回来。明白了吗？

明白了。

苏特里把钱捏在手心里。警长看着他。你还好吗？他问。

嗯，我很好。

我不明白，你还有脸回来。

好吧，你不明白。

我要说的是，你让我大开眼界。我有两个女儿，大的十四岁，我宁可看她们俩下地狱，也不愿送她们去上什么鬼大学。我真不愿意。

你有几个儿子？

一个也没有。听着，苏特里。我很抱歉事情弄成这个样子。这些人确实想让我把你关进监狱。

我知道。

那就好。你可以在那里买票。别让我再看到你在街上。你就待在那里直到要坐的巴士过来。听到了吗？

苏特里打开门，下了车。他低头看看警长，关好了车门。

自己保重，警长说。

好的。

警长探出身去看他的脸。苏特里转身走进了咖啡店。

他在田纳西州的斯坦顿下了车，口袋里还有三美元。现在是夜里十点钟。他走到出租车站，从一个司机那里买了一品脱威士忌，放在自己的衬衫里，然后步行到城郊，站在马路上，冲着过往车灯竖起了大拇指。没有人停下。过了一个小时，他继续步行。天气变冷了。他能看到远处公路上的灯光，还有一个路边旅馆，或许是个咖啡店。

指示牌说这是一个卡车停靠站，一辆没有熄火的柴油大货车停在石子路上。苏特里从窗户的平板玻璃往里看。冷飕飕的大厅。塑料桌子。两个男孩在玩弹球机。司机坐在柜台边喝着咖啡。苏特里翻遍口袋，想找到一毛钱，可那里什么也没有。不过他还是进去了。

一个老态龙钟的女招待正在用短柄抹布清理咖啡壶。见苏特里进来，她立刻从脚下踩着的椅子上爬了下来，趿着鞋穿过过道走到柜台后面。苏特里靠在柜台上，紧挨着那个司机。司机看看他。

那是你的货车？苏特里问。

司机把杯子放下。是的，他说，是我的车。

我能搭个便车吗？

你去哪里？

诺克斯维尔。

我不去诺克斯维尔。

好吧，那你去哪儿？

我不去诺克斯维尔。

司机弯下腰，喝了一口咖啡，苏特里站在旁边低头看他，然后转身离开了咖啡店。他开始沿着公路返回城里。午夜时分，灯光都暗了下来，去往城里的路看着更远了。半路上，他停了下来，打开酒瓶喝了起来。

他遇到的第一幢建筑是一座教堂。院子里有一个小小的发光玻璃柜，里面的黑色塑料板上写着白色的字。昏暗的灯光打在教堂新闻上，爬满了成群结队的昆虫。苏特里转了个方向，穿过草坪，走到教堂后面，坐在草地上喝威士忌。喝了几口之后他哭了起来，并且越哭越厉害，到后来就坐在那里号啕不已，酒瓶子竖着夹在膝盖之间。

他准是睡着了。醒来时，他躺在草地上望向天空。无云的夜晚繁星满天。喉咙里是悲伤的咸味。他看见一颗星星划过天空，后面拖着一道火光，很快便无影无踪。炽热的物质碎片飞快地掠过冰冷的苍穹。奇形怪状的球状铁渣。

夜晚变得更冷了。他躺在草地上瑟瑟发抖，试图睡觉却难以入眠。过了一会儿，他站起来拿起威士忌，走到教堂后门推了一下，门开了。

他在地窖里。一面墙的墙根放着几堆旧报纸和旧杂志。他躺在这些东西上，舒展了一下身体。他又坐了起来，拿了些纸铺在身上，重新躺下。在漆黑的教堂地窖里，他躺在那些旧报纸下面，又哭了起来。

醒来时已是上午十点钟左右。一辆卡车驶出山峰，震得地窖门咔啦咔啦直响。他窸窸窣窣地抖开一堆报纸坐了起来，四下张望。光线从一扇高高的窗户射了下来。某种小鸟在草丛里啄东西。苏特里站起身，用手指梳梳头发。他的喉咙发干，头痛欲裂。酒瓶里是剩下的威士忌，放在地板上，他把酒瓶拿起来，对着灯光。大约还有三分之一，他拧开瓶盖，喝了一口，打了个冷战，他抖抖身子，又喝了一口。之后，他便走了出去。

他花了一整天时间来穿越这个州。他没有刮胡子，看上去很糟糕。傍晚时分，他来到坎伯兰山脉上一个无名的十字路口。沿着马路走了四分之一英里，暮色中站着一个跟他差不多的人影，是个流浪汉，高举着一只胳膊，倒影长时间地映在黝黑的柏油路上。苏特里继续往前走。那是一个魁梧的男孩，他站在一间乡村小店前面，想要搭个便车。苏特里从他身边经过。商店关门了，窗户都用木板封了起来，店铺前面的加油站被拆掉了，一些扭曲的管子从混凝土底座下冒了出来。

嘿，男孩说。

嘿，苏特里说。

你住附近吗？

不。

你不会正好身上有根烟吧？

男孩朝他走去，用一种似乎是漂泊者才有的诡秘又紧张的神情打量着他。没有，苏特里说。

我看见你在下面求便车。你要去哪里？

诺克斯维尔。

我要去佛罗里达。我有个姐姐住在劳德代尔堡。他转过身，吐了口唾沫。他穿着短袖衬衫，而苏特里穿着夹克已经感到冷了。天很黑，他能看到他，却不清楚。一只胳膊上满是文身。

我要继续往前走了，苏特里说。

男孩换了语气。听着，他说，为什么我们不一起搭便车呢？两个人也许会有更好的机会。

苏特里看看他。他穿着牛仔裤，头发乱糟糟的，脸上总的看来是那种危险猥琐的表情。我继续走，苏特里说，把第一个搭上车的机会让给你。

你觉得天黑之后有谁会在这儿停车吗？

我不知道。我和你想的一样。

嗯？

你从哪里来？

孩子的眼睛动了动。圣路易斯，他说。

圣路易斯，苏特里说，我去过那里。

陷在这地方真太糟糕了。

没错，祝你好运。

喂。到下一个镇子有多远？

我不知道。

苏特里已经出发了。喂，孩子又喊了一声。

什么？

你能给我二十五美分吗？

苏特里摇摇头。

孩子朝他走来。别这样，伙计，他说，我已经两天没吃东西了。该死，十五美分。随便什么都行。

我一毛钱都没有，苏特里说。

让我们来看看吧。

苏特里盯着他。他直挺挺地站着，而他看上去很饿。什么？他说。

我说让我们看看。你把口袋翻出来给我看看。

我告诉过你，我什么也没有。

孩子稍稍往左挪了挪。那是你说的，他说，我想要亲眼看看。

那是你的问题，苏特里说。他向后迈了一步，转身要走。就在这时，孩子向他扑了过去。苏特里躲开。两人一起倒在地上。苏特里可以闻到他身上的汗臭味。孩子想用自己的大拳头快速地击打他。苏特里把他的脸按在自己胸前。恐惧和恶心。孩子停止了拳击，想要抓住他的喉咙。苏特里就地一滚。他们爬了起来。那孩子揪住了他的夹克。苏特里则朝他挥了一拳。他们牢牢抓住对方，黑暗中脚都扒着废弃商店门口的石子路面。孩子松了手转而去打苏特里，后者单膝跪下，抓着孩子的小腿肚子将他拉倒，重重地摔了个屁股蹲儿。他跑向公路。身后孩子的鞋拍打着地面。他的嘴里有血的味道。脚步声渐渐消失了，苏特里回过头，能看到愈发浓重的暮色中孩子蹲伏在路边喘着粗气。

你这胆小的混蛋，公路上传来了他的声音。

苏特里把手放在心口，寂静的旷野中心脏怦怦直跳。黑暗里，他沿着马路朝前走去。

破晓刚至，"将军"从前街过来，萎靡不振地坐在运煤车厢上，名为各各他 [1] 的马拴在树中间，挪动着双重关节的两膝在寒气中跌跌绊绊地走动，马蹄跺得噔噔直响，磨亮了的套索在咔咔转动的辐条间微微泛光。插马鞭的地方放了一根弯曲的拐杖。一个轮胎的轮圈上有个缺口，滚起来咔嗒咔嗒作响，超过了马车本身毫无意义的隆隆声，像时钟般坚持不懈地报告着进度、目标和时间的流逝。他们停下时，车猛烈地颠簸了一下，好像有什么东西做出了让步。"将军"从他的座位上爬了下来，走到后面，拿起熏黑的篮子，放到了街上。他抬起灯笼的玻璃罩，吹灭小火苗，然后把煤一块一块放下去，直到篮子装满才费力地将它提起，弓着背穿过寒雾朝光线昏暗的房子走去，口中还喃喃自语，返回时总算是轻松了，可速度并没有加快，心情也不见得更好，原来的地方，马套着挽绳站着睡觉。

他们拖着沉重的步伐，啪嗒啪嗒，缓缓地走过空荡荡的街道，

---

[1] 各各他（Golgotha），即耶稣被钉死于十字架之地的名字。

穿过桥底，取道寒冷冻结的田野去往河边。灰白色的黎明之中，他们似乎在到处漂泊，隔绝在寒冷的烟雾之中，到后来"将军"的肩膀、懒洋洋的脊背和搁在衣肩的帽子，以及马脑袋上的帽子都漂浮在了冰冷的灰色虚空之上，就像一些来自极地梦境的物件，稍纵即逝。

煤和引柴

如果可以

帮我来卖

这些煤哟

现在是零下六度。苏特里爬下床，穿起大衣和裤子来。地上太冷了，他又爬上床穿衣服。他蹲坐着，把袜子从折叠床下面钩了出来，抖掉上面的灰，套在脚上，然后踩进鞋子，走到门口。雾气包围了他的全身。卖煤的黑人老翁坐在马车上，马侧着身跺着脚。

你就不能放下篮子就走吗？

我看你还没有冻僵，"将军"一边说一边下车。

苏特里从门边拿了篮子，沿着人行道走了过去。船屋和河岸之间，河水已经结冰，大块的冻土从弯曲的木板上掉了下来，砸穿了凹凸不平的薄冰层。他把空篮子扔到马车上，从老人手里接过一只满的。

今天我一定得收到点钱，"将军"说。

要多少？

你欠我八十五美分。

你怎么知道？

老人把戴手套的手合在一起。他头上裹着破布。我都记着账呢，他说，有意见的话，你也可以自己记。

你的账记在哪儿？

你别管我记在哪儿。

你愿意收多少？

依我看，有多少收多少。

苏特里把篮子放在结冰的地上，把手伸进裤兜。他只有三十五美分。他把钱递给老人，老人看了一会儿，点点头，从衣服里拉出一根绳子。一只灰色的长袜子出现了。袜筒上安了一只旧的黄铜包扣，他解开扣子，把硬币丢了进去，又把袜子放回原来的地方，爬上了马车。

快走，瞌睡虫，他说。

那匹马歪歪扭扭地向前走。苏特里看着他们穿过田野，在灰蒙蒙的雾气中跋涉，后箱板上挂着一盏熄灭的灯，马车在铁轨上起起伏伏地走着，渐渐从视线中消失了。他看见河的上游出现了一小片朦胧的蓝色冷光，是太阳正要穿透雾气冉冉升起，不过光线并不多，也没有一丝暖意。他提起一篮子煤，搬回甲板，走进屋。他甚至没顾得上关门，就把篮子提到炉子旁，拿起煤篓摇晃起来。他用一只脚挑开冷炉子的门，倾斜煤篓把煤块哗啦啦地倒进去，干燥的煤灰一下腾了起来。苏特里顺着铁质管道往里面看，手里拿着拨火棍拨弄着炉腔里的煤渣。他把一张报纸揉成团，点着火丢进炉子，双手贴近了那片刻的温暖。

报纸蜷缩起来，一堆焦灰从炉嘴冒了出来，烧黑了的版面上印着无聊的新闻和死灰般的脸孔。苏特里抱紧自己，咒骂起来。刺骨的寒风在缝隙中呼号。他把灯从桌子上拿下来，拆掉灯罩，拧开铜灯芯柱，把灯油倒进炉子里。一阵白烟升了起来。他擦了一根火柴，丢进炉子，可什么也没有发生。他抓起一片报纸点着，也塞了进去。一个火球迸了出来。他跳了几个僵硬的舞步，出去小便了。

河岸上结满了冰，脆弱的冰片向上翘起，摔碎在泥地上，冰封的干涸平原上布满了小小的冰雕公园，白茫茫一片，精美的水晶柱子长在泥沼之中。他掏出萎缩的零件，往河里撒了一泡长长的、冒着热气的尿，吐了口唾沫，扣好纽扣，走回屋里。他把门踢上，摆出一个夸张的劝诫姿势，站在了炉子前面。一个冻僵的隐士。他哆嗦着下颚，环顾四周，拿起杯子往里面看看。他把它倒过来，敲了敲，一块琥珀色的咖啡冰滑了出来，在脸盆周围滚来滚去，咔啦咔啦直响。苏特里取下煎锅，放到炉子上，用勺子舀了一些硬邦邦的灰色油脂。他从包装箱做的食品柜里挑出两个鸡蛋，拿起一只在煎锅边上利索地一磕。鸡蛋发出了石头一样的声音。他把它往墙上一砸，蛋掉在地上，闷声滚到床铺底下去了。他把锅挂回墙上，盯着窗外。结霜的蕨类植物以拱形从窗扇角落伸出，覆盖了整个玻璃，河水懒洋洋地流淌，像从大地肠子里排出的某种污水。苏特里扣上外衣，走出家门。

所有的野草都被冻成了细小的冰管子，种荚的干壳和牛蒡的外皮都像被玻璃包裹住，覆盖着老叶子的冰片和冰壳将沙砾、煤烟或炭粉的微粒封在冰凝胶之中。摇摇欲坠的冰层弥合了沟渠，荒凉苦寒的河岸边铁青色的树木结满了灰白的冰霜。苏特里穿过脆弱的田野来到马路上，往前街走去。一群黑人孩子拖着一辆玩具拖车从商店处走了过来，车上满载着从铁路支线上捡来的煤块、碎屑和尘土，他们静静地走着，几乎没有穿衣服，似乎对天气无动于衷。苏特里的下巴直打战，过了一会儿他想到了填补牙缝的好办法。他穿过街道，在走过商店门廊的时候看到墙上的温度计指在零度附近。他进了门，径直朝后面走去，都没顾上霍华德·克莱文杰彬彬有礼的清晨问候。杂货商的火炉旁倒扣着一只篮子，上面坐着一个黑皮肤的老寡妇，正透过热铁皮上的锯齿状裂口看着炉火。她好像在流泪，大颗的泪珠从通红的下眼睑处涌出。她有一只脚是畸形的，穿一双用旧地毯缝制的靴子，发青的秃头上堆着各种各样的花，一副东方人的模样，沉默不语地裹在披肩里。她揉搓着两只戴着半截式军用手套的手，絮絮叨叨地自说自话。苏特里站在那里，低头去听这些上了年纪无家可归的人在说什么，可她说的是某种外语，他能听懂的唯一词汇只有"上帝"。

"大个子"和"平房"从外面的坏天气里走了进来，他们穿着并不保暖的羊毛衫，散发着没有洗澡的恶臭和走私威士忌的酒气。他们站在炉子边，点点头，伸出手来。

够冷吧？

我都冻僵了。

你得好好喝一杯，苏特里。

来吧，那就给他一杯，一大杯。

"平房"疑惑地看着"大个子"。

来吧。苏特里才不会因为太骄傲就拒绝跟在黑鬼后面喝酒。对吧，苏特里？

老妇人把篮子挪到墙边。

不了。

酒瓶在哪儿？

"平房"撩起他的毛衣前襟，从腰带里掏出一个装了一部分透明液体的一品脱瓶子。黑人们警惕地看了看店主，"大个子"接过酒瓶，拧开瓶盖，递给了苏特里。

喝吧，兄弟。

我不能喝。

喝吧。

不了。

我记得你说老苏特里不介意接在黑人后面喝酒。

你干吗不闭上嘴？

"大个子"轻微地晃动着身子，像一条被些微打扰到的金环蛇。他郁闷地张着嘴，慢慢地摇晃酒瓶。伙计，这威士忌不错的，对我和"平房"来说够好了。

我是说我不想喝。

"大个子"把瓶子按在他的胸口。

苏特里举起手，轻轻地把酒瓶推开。商店里唯一的声音来自铁皮烟道里生锈的风门，随着气流的抽吸不停摆动，吱吱作响。

伙计，今天可是感恩节，喝点吧。

瓶子又回到了他的胸口。

你最好把这酒瓶从我面前拿开，苏特里说。

你这是请求还是命令？

我说了，把它拿开。

这里可不是盖伊街，混蛋。

我知道自己在哪条街。也许你也应该摆脱那些咳嗽药水。你们怎么不叫霍华德喝酒？

他不喝酒啊，"平房"说。

闭嘴，"平房"。来吧，苏特里老爷，请呷一口，和我们这些可怜的老黑鬼一起喝一点。

"海蛙"弗雷泽走进店里。也许是因为从外面进来的风，也许是风门扇动的方式变了，炉子旁的人们一下子感觉到了他的存在。老寡妇已经移到了角落，坐在罐头食品中喃喃自语。"海蛙"从冷的地方走向炉子，手掌做出祝福的手势，脸上挂着轻松的微笑。他看看那些黑人，又看看苏特里。"大个子"拿着酒瓶，有些摸不着头脑。

朋友们，邻居们，"海蛙"说。

老苏特里不肯喝酒，"平房"说。

闭嘴，"平房"。

"海蛙"要喝一杯，"海蛙"说。

"大个子"看看酒瓶。"海蛙"轻轻地拿过它，朝着灯光举了起来，完全不顾霍华德·克莱文杰在后面盯着。瓶子里大约有三分之二是空的。"海蛙"将它倾斜过来。气泡向上穿过液体，在玻璃瓶里剧烈地翻腾起来，酒水从瓶颈处急速流出。弗雷泽黝黑的脸颊鼓了起来。他身子前倾，对准立起的炉门像撒尿似的喷出一条长长的清澈水柱，一团蓝色的火焰立刻跳了出来。"平房"向后退去。"海蛙"伤心地望向酒瓶，他的眉毛被烤成了猫头鹰的式样，一簇簇地横在冷眼之上。

好难喝的威士忌，"大个子"，他说。

你们都在后面喝威士忌吗？

谁也没喝威士忌，霍华德。

我可不想在自己的店里听到有人在喝威士忌。

你们都不应该喝那破玩意儿，"大个子"。给你。

混蛋，我要那东西干吗？

"海蛙"耸耸肩，把瓶子扔进炉子里。"平房"又退后了几步。炉腔内一阵混乱，嘶嘶直响。你觉得呢，苏特里，"海蛙"问。

不感兴趣。你还好吗？

就还在偷偷摸摸的。

喜欢蠢货的混球，"大个子"说。

我感觉我等下会把某个人瘦不拉唧的脑袋打出一个黑包来，"海蛙"说。他看也没看"大个子"。

妈的，"大个子"骂道。他抓起夹克甩在肩上，跟跟跄跄地往门口走去。"平房"看着他的背影。走还是留？他一边想着这事，一边两脚分开，伸手靠近了暖炉。

他搞什么？苏特里问。

他觉得自己厉害。弄到了烈酒。"平房"老伙计是不喝这种垃圾的。对吧，"屁眼平"？

"平房"羞赧地盯着地面。不喝，他说。

你看上去就像被人用魔鬼叉子打了，"屁眼平"。

"平房"没有回答。他后退一步，给重新回到火炉边的老妇人让出地方，她把篮子拖过来，整整裙子坐下了。苏特里低下头看她重新折好披肩，看她稀疏的小脑袋上那顶灰白的王冠。一些灰色的虱子缩进腐臭的羊毛里。

"平房"，你该不会今天在什么地方藏了一只火鸡吧？

我倒希望这样呢。

我猜老苏特里会的。

还没有。

狗屎，"平房"说，你们知道的。

我想，有困难的时候我们可以到"平房"家去吃，苏特里说。

妈的，我家里可没有吃的。

"海蛙"转身去暖暖后背。苏特里听到一声轻轻的啜泣，他低下头，看见老妇人正在暗自落泪，用一个瘦骨嶙峋的指关节轻轻按压鼻子。

这个老苏特里啊，"海蛙"说，你得盯好他喽。他可是很能藏东西的大师。"平房"，你叫他把大衣打开，看看底下有没有藏着一只火鸡。他看看苏特里，然后低头看向脚下那堆玩偶形状的枝条。他弯下腰。嘿，他说，你怎么了，老妈妈？

她一面自言自语，一面呜咽啜泣，似乎并没有注意到有人在和她说话。

嘿，霍华德，"海蛙"喊道，这老太婆是谁？

我怎么知道。

霍华德怎么会知道？"海蛙"说。他走到冰柜前，掀起盖子，翻了一下，拿了半品脱牛奶回来，他打开牛奶，弯下腰，放到了老妇人手里。苏特里离开的时候，她还捧着它，嘴里说着话，不过人已经不哭了。

他走上街。两个小男孩走了过来。嘿，孩子们，他说。

你叫什么名字？一个男孩问道。

苏特里。你呢？

没有回答。另一个男孩说，他叫兰迪。他是我兄弟。

苏特里看着他们。他们喷着白汽，鼻孔处挂着小坨鼻涕。谁的年纪大？

兰迪的兄弟盯着地面看了一会儿，然后说道，是艾伦。

苏特里笑了。你们有几个人？

我不知道。

你快点走，兰迪说。

我们还会再见的，苏特里说。

他看着他们蹦蹦跳跳地沿着街道前进，其中一个还回头望了一眼。脸色灰白的孩子们蹒跚地走入黑暗。冬天来了，灰蒙蒙的季节，城市笼罩在烟尘污染的雾霾之中，像遭受了《圣经》提到的诅咒，在这种沉闷的介质中，世界变得模糊，像是在没有光线的海底，透过鳗鱼之眼依稀看见的亚特兰蒂斯。法院塔楼上的钟响了，似是对着某条被雾霾笼罩的水岸发出警告。空气中弥漫着一股混合了煤烟和烘焙咖啡气味的焦味。小鸟奋力穿梭在浑浊的空气之中。

他走过山顶的街道，穿过结满霜的草地走向邮局。沿着长长的大理石走廊，来到另一边。步入小巷。垂直的砖墙是冰冻碘酒的颜色。车流慢慢增加，有电车当当行驶的声音。报童在角落里跺脚，手指拨弄着脏围裙里的硬币。在市场街，准备开工的乞丐像变形的小型售货机。大批残疾人、哑巴和驼背军团在烟雾弥散的街头巷尾部署完毕。车灯的光似乎要钻出薄雾。鸽子在市集屋的窗台上咯咯直叫，张口瞪眼，在灰色的雾霭中扑扇着翅膀。他哆嗦着，朝着店铺窗口被露水打湿的霓虹灯牌走去，上面画着火腿。

苏特里摸着下巴边紫红色的月牙形疤痕，隔着玻璃研究起早饭来。里面的人他只认识一位，喝咖啡的瞎子理查德。他耸耸肩，裹好外衣，走进店里。

一些脑袋转了过来。老家伙们趴在他们的粥上。陶瓷牙咔嗒咔嗒咔响。他带着一身寒气走进门，朝柜台走去。

理查德，他说。

花白头发的脑袋像鸡一样在又瘦又干的脖子上转动，两眼圆瞪。浊似肥皂填充的眼窝。

嘿，苏特里。你还好吗？

很好。你好吗？

除非冻死，别的我可不敢抱怨，瞎子像鲨鱼似的咧嘴微笑，露出满口黑牙和早饭残渣。

你身上有钱吗？

笑容干涸了。有，空洞无光的眼珠呆呆地瞪着。

你要多少，苏特？

给我一毛钱吧。

理查德在一只灰色的口袋里摸索起来。给你。

谢了，理查德。他沿着柜台走到一张空凳子旁，点了咖啡。早上来一杯热气腾腾的通便水。笨重的杯子，缺了口还带着毛边。难喝的沥青滤液上浮着几滴油花，泛着花花绿绿的颜色。他往杯中倒满了奶油。蒸汽缭绕的窗玻璃外，歪歪扭扭的人影，裹着大衣摇摇晃晃地从旁边经过。他喝了一小口咖啡。尤利塞斯走了进来。他小心翼翼地把帽子挂好，舒舒服服地在苏特里旁边的凳子上坐下，把报纸放在一边，拿起了菜单。我算看出来了，劳动力市场还是供大于求啊，他说。

早，尤斯。

今天早上这里有人招工吗？

还没有。让我们来看看报纸。

尤利塞斯把一沓报纸分开，递给他几张。他合上菜单，把它放回架子，抬起头来。两份炒蛋加火腿，还有咖啡，他说。希腊人点点头。苏特里用拇指把杯子往前一顶，示意续杯。

天气变得有点冷了，不是吗？尤利塞斯说。

他们摊开报纸。两杯咖啡被重重地放下。他们一边传着奶油和糖，一边懒洋洋地搅拌着。

乔乔说气温一下子跌到了六度，苏特里说。

嗯，尤利塞斯说。

一个盛着鸡蛋和火腿的长方形灰色陶盘被端上了桌。

苏特里把报纸对折起来，放在尤利塞斯手边的柜台上。

你要看这张吗？尤利塞斯问。

不，谢谢。我得走了。

别急着走啊。

苏特里喝光咖啡，站起身来。"希腊人"一边翻动着烤架上的切片脑花一边抬起头来。苏特里往柜台上抛下一毛钱，扣好了外套。

"杰宝"这些日子还好吗？尤利塞斯问。

还是老样子吧。

他不再经常到这里来了。

他现在要工作。

尤利塞斯微笑起来。又一个雇佣关系的受害者，嗯？

这些好男儿们啊，苏特里说。

他从盖伊街走到城区的尽头，沿希尔大道经过安德鲁·约翰逊和布朗特[1]的府邸来到了高架桥。街道往下有一条小石阶。下面冰冷的泥土里没有任何生命迹象。

吉恩。

---

[1] 安德鲁·约翰逊是美国第十七任总统；布朗特即威廉·布朗特，美国议员，宪法署名者。

桥洞里的声音听上去有些沙哑。他四处看了看。过了一会儿，他又喊了一声。从那个存放着护套电缆与古怪的灰色电子车辆防盗系统的水泥小地窖里传来一声沉闷的回应。

是我，苏特里说。

一张清瘦的脸出现在门口。哈罗盖特爬出地窖，蹲在地上。他用双臂抱住牛仔裤筒里骨瘦如柴的腿，抬头看向苏特里。他的脸是淡蓝色的。

怎么说，苏特里问。

妈的，哈罗盖特说。

你的床怎么了？

哈罗盖特手往肩膀后面一指。我把床垫拖到那边了。我可从没听说过这么冷的天气。

好吧，起来吧，我们到住宅区去。

我刚去了一趟旅馆。有个黑鬼过来问我要什么，我只好又走了。

你有钱吗？

一毛钱也没有。

好吧，来吧，我们走。在这里你会冻僵的。

我已经冻僵了。该死。

哈罗盖特站起身，吐了口唾沫，耸起肩膀做了一个绝望的姿势，然后穿过结冰的地面朝楼梯走去。透过身上的军用夹克，你可以看到他的肩胛骨形状。他们把手插在口袋里，登上了上面的街道。

你吃东西了吗？

哈罗盖特摇摇头。吃屁。我已经饿到灵魂出窍了。

好吧。让我们去看看能不能给你空空如也的肚子找一些吃的。

你有钱？

并没有。

该死，哈罗盖特骂道。

他们在萧索寒冷的街道上步行。一阵刺骨的风刮起，小团的煤灰在人行道上滚滚停停。旧报纸哗啦哗啦地飘进小巷，一只纸杯跑得飞快。孤独的人们走过空荡荡的街道，嘴里咒骂着寒潮和别的什么东西，比如在十点钟方向上苦苦挣扎的太阳，污秽且毫无热气，任由讨厌的寒气笼罩了底下的整个城市。

他们站在莱恩连锁平价药店前向内张望。

这儿关门了。

今天是感恩节。

哈罗盖特四下看看。好吧，该死，他说。

我们去沃尔格林吧。他们一般会有火鸡晚餐。

玻璃立面上挂着巨大的海报。一盘热气腾腾的火鸡肉搭配了调味汁、土豆、豌豆和蔓越莓酱。价格是五十九美分。

那个看起来怎么样？苏特里问。

哈罗盖特只是摇摇头。

他们从门口鱼贯而入，苏特里走向收银台。一个戴眼镜的金发女孩从柜台下面站了起来，往小货架上放烟盒。嘿，帅哥，她说。

嗨，玛丽·露。

你来干什么？

我来吃饭。

她看看他背后，又看看旁边。好的，她说。

我带来了一个朋友。

好的，她说。

他微笑着，噘起嘴做了个亲吻的动作，然后就和哈罗盖特沿着柜台边爬上了高脚凳。

两份火鸡套餐，苏特里说。

她在绿票上写着。要咖啡吗？

你要咖啡吗，吉恩？

要啊。

两杯咖啡。

他们从镂空支架上拿下锥形纸杯，小口地喝起水来。

别那么紧张，吉恩。

好的好的，当然当然，哈罗盖特应承道。他盯着喷泉上方那些花花绿绿的广告牌，上面画着冰淇淋圣代和招牌三明治。他看看周围，然后靠到苏特里旁边。我记得你说你没有钱，他悄声说道。

我以为你说你有钱。

我他妈的要走了。

苏特里拉住他的袖子。我开玩笑的，他说。

你确定？

当然。

哈罗盖特解开夹克，开始略带轻松地随便看看。咖啡来了。

你昨晚睡得好吗？

他舀了一大勺糖。一点也不好，他说，你呢？

苏特里摇摇头。他旁边的凳子上坐着一个小伙子，两条白鹭般的长腿荡来荡去，身上的味道闻起来像是护裆裤被烟熏过。就连女服务员路过的时候眼神都变得有些奇怪，她自己都没有这般诱人。

看这里，哈罗盖特说。

她在他们每人面前放下一个白盘子。火鸡切片和调味汁浸在浓浓的肉汤里，热气腾腾的土豆泥、豌豆和一团深红色的蔓越莓酱，还有涂着奶油的热面包卷。哈罗盖特的眼睛睁得巨大。

你们都要添些咖啡吗？

是的，女士。

哈罗盖特把嘴里塞满了食物，眼珠都突了出来。

慢慢吃，吉恩。盘子底下又没有藏着奖励。

哈罗盖特点点头，一只手抱住盘子趴在了上面，另一只手把装得都要漫出来的勺子舀向下巴。没人说话。柜台那边一个男人坐着看报。女服务员无所事事地走来走去，手里拿着脏兮兮的洗碗布在不锈钢机器上一抹而过。苏特里一边吃一边享受这目不转睛、穷极无聊的片刻。如果不是怕惹人注目，他早就点第二盘了。

吃饱喝足之后，哈罗盖特的脸色变得可爱起来，眼睛也开始瞄向旁边。他们又喝了些咖啡。他靠向苏特里。

听着，苏特。把账单给我，然后我们溜达溜达到那边去，看看杂志，等没人注意的时候就可以轻松离开了。

我付得起。

哎呀，留着你的钱。我们也许会需要它。听着，他们很好对付。

苏特里摇摇头。他们在看着你，他说。

你什么意思，看着我？

你看上去很可疑。

我是这副样子？那你呢？

他们一看我的样子就知道没事。

一派胡言。

苏特里含着一口咖啡大笑起来。

干吧，苏特里。要是你愿意，你可以第一个出去，我跟着你。

苏特里擦擦下巴，低头看向那张轮廓分明、瘦得怪异的娃娃脸，是一副对偷窃入了迷的模样。吉恩？

嗯？

你说服我了。

耶，好的。

他们迎着风，站在街上剔牙。

你等会儿打算做什么？

我不知道。挨冻。

山上有你认识、可以去拜访的人吗？

不知道。也许我可以去鲁弗斯家。

不错。我去看看老爷子怎么样了。我们会想出办法的。

我觉得这就是世界末日了。

什么？

哈罗盖特看着人行道。他又说了一遍那句话。

看着我，苏特里说。

他抬起头。愁云密布的瘦脸上满是灰尘的印子。

你是认真的吗？

嗯，你怎么看？

苏特里哈哈大笑起来。

这并不好笑，哈罗盖特说。

你很好笑，你这疯狂的小混账。你以为世界会因为你觉得冷就毁灭吗？

不只是我。到处都冷。

鲁弗斯家的火炉旁可不冷。现在你给我到那里去。咱们回头见。

一阵寒风从上游刮来，穿过大桥。苏特里像个驼背似的匆匆走了。等他到了桥的另一边，他飞快地爬下结冰的泥岸，钻到了桥下。那里没有火。

喂，他喊道。

哦，桥拱下传来一个声音。

他走进去，到处看看。老人的床，老人的推车，还有成堆的垃圾、破布和家具。头顶污水管的钟形接头处挂着冻结的渗水。

苏特里转过身，从河岸走回街上，又过了一次桥。

他走过市场街，爬上山坡来到葡萄藤大道上的半美元廉价旅馆，深色的老砖，鱼鳞形状的瓦片搭出三角形的孟莎式屋顶。他想找到门铃，可那里只有一些电线挂在一个洞里，于是他敲了敲旁边壁灯的玻璃。铅质的灯罩内发出柔和的闷响。他又轻轻叩门。过了一会儿，他试了下门把手。门没锁，他走了进去。一个又冷又窄的门厅。他关上门，走进昏暗的屋子，说了声你好。没人在。他在楼梯栏杆的卷纹装饰头前停了下来，凝视上方冰冷黑暗的楼梯井。他听着。有吸鼻子的声音。有人在吐唾沫。他顺着门厅退了回来，打开一扇门。是一间客厅，里面堆满了垃圾。这地方似乎在酝酿着某场老年人的起义，一群被洗劫一空的人坐在摇摇欲坠的椅子上，包围着一只老式铁皮炉子。在这个阴冷的房间里，脸色灰白的老人们蜷缩在热源旁，或打着瞌睡，或自言自语，朝着炉子咳出一团团沾满灰尘和血丝的浓痰，滚烫的铁皮滋滋响，散发着阵阵恶臭。拾荒者蜷缩在炉床一角，几乎到了炉子背后。苏特里看见他抬起头来，眼睛不大看得清远处的样子。拾荒者不知道谁进来了，苏特里便报出了自己的名字。

谁在那里？他一边问，一边伸长脖子往上看。

苏特里。

啊，拾荒者说。

苏特里笑了起来。污浊的暖气味道笼罩了整个房间，还混杂着一股尿骚味。

你在干什么？

发霉。你呢。

我快冻死了。

这才刚刚开始。我希望河面能完全冻上。你最好把线收回来。冰会割断它们。然后你就永远找不到它们了。我见过这样的事。相信我。

苏特里蹲下身子，把手靠到火边。一个紫红色死人脸的男人正俯视着他们。

你来这里多久了？苏特里问。

两天前来的。

苏特里向四周看看。紫脸男人正盯着地板上的一个洞。一串口水颤巍巍地悬在下唇和鞋子的中间。

你打算待多久？

拾荒者耸了耸秃鹫似的肩膀。冷多久就待多久。我无所谓。我只希望自己死掉，那样我会更好。

苏特里没在意他说的话。他以前都听过。他们有多少人住在这里？他问。

拾荒者挥挥手。我不知道。我想都在这里。据我所知，这房子别的地方都不暖和。

房间在哪儿？楼上吗？

是的，楼上。床都撤了。

紫脸男人一直听着他们说话。塞西尔的还在，他说。

好吧。塞西尔的还在。

谁是塞西尔？

就是老塞西尔。他死了。

哦。

不过他也没死在床上。

那他死在哪儿了？

住宅区。他喝得太醉，回不来了，我想他是昏过去了。他们说他冻僵了。我不知道。

他冻死了，紫脸男人说，老塞西尔是冻死的。

塞西尔冻死了。

老塞西尔从头到脚都冻僵了。

冻得比乌龟还硬。

虽说喝了滤过的自酿酒。

还有稀释了的高度烈酒。

苏特里挥挥手，似乎要把这些话从耳朵里赶走。周围的人都在讨论塞西尔。大家都同意他死的那天很冷。而今天更冷。一个人说比挖井人的屁股还冷，另一个则说要和女巫的奶头比。修女的屁，第三个说，在耶稣受难日。

苏特里俯下身，摸摸老人的手臂。他的外套肘部已经破了。拾荒者猛地醒来，睁开一只凶狠的红眼瞪着他。

在这里订个房间要找谁？

他不在。

是五十美分吗？

到晚上是的。你可以按周租，租金会更便宜。两美元五十美分。如果你有这个钱的话。你住的地方怎么了？你还没被赶出来，是吧？

替别人订的。

好吧，你最好叫他赶紧过来。现在这种天气。每天都有人死掉，都不用特意去找。

那谁谁什么时候回来？

不好说。

我能上楼看看吗？

你可以看任何想看的地方，反正他不在这儿。

你需要什么吗？

我什么都有。

苏特里站了起来。

带点可以下锅的，拾荒者说，你可以一起。他举起用半只袜子缠住的灰手，做了个向上的手势。铁炉子的一个灶头上煨着一只猪油桶，一只馅饼盘子里压了一块石头，翘起的边缘像狭长的蛙嘴，它喷出一团蒸汽，啪的一声又合上了。

我来看看能做什么，苏特里说。他小心翼翼地绕过这些昏头昏脑、酒气冲天的老糊涂，往楼上走去。

柔和的光线从大厅尽头的一扇窗户射进来。所有门上的铰链都被取下拿走。苏特里探进一间旧闺房，里面靠墙放了几张床垫。破破烂烂的灰色军用毛毯。一个瘦小的男人蹲在窗边手淫。那人没有把视线从苏特里身上转开，手上依旧拉拽着自己那根垂头丧气、包皮松弛的玩意儿。房间里冷得要死。苏特里转过身，回头往楼下走去。

鲁弗斯太太打开了门。

你冷不冷？苏特里问。

她示意他进去。

哈罗盖特正和一群黑人坐在火炉旁，他们不是已经醉了，就是正把自己灌醉。就在哈罗盖特转身抬头之际，苏特里发现城里老鼠自己也晕乎乎的。

你怎么这么快就醉倒了？他说。

就是喝威士忌啊。苏特，来他娘的喝一杯。给他来一杯，克利奥。

一个瓢牙齿、瘦巴巴的黑人端出一个一夸脱容量的泡菜坛，里面装了半坛子的私酿酒。苏特里抬手推开它。

鲁弗斯在哪儿？

他不在这里。

我看得出。

我告诉过那白痴，不要给他喝那个威士忌，鲁弗斯太太在他背后尖声细气地说。

我又没有把酒灌到他嗓子里，炉门旁的一个矮个黑人说。

苏特里看看周围。好吧，见鬼，他说。

这货是谁？一个长着褐色雀斑的混血儿问道。小脑壳上满是一截截的铜丝。

他是个很酷的人，他很酷。哈罗盖特应道。他已经轻而易举地融入了这里。

苏特里转身走了出去。他把门在身后拉上，沿着煤渣铺成的小路往前走，经过养猪场的时候，两只猪鼻子隔着栅栏格子不停地嗅着，似乎想要探探他的风声。长耳朵耷拉着，灰白的眼珠从它们所在的冰冷泥潭边缘向外张望。他走到马路上，穿过高架桥往城里走去。一阵轻微的煤烟洒落下来，几只小鸟突然围着他飞来飞去，带着微弱刺耳的声音在苦涩的空气里移动。苏特里低头看着黑水在下面的小溪里打旋，还有一片片带波浪纹的暗灰冰层。他继续往城里走去，在这个冬日午后的无色世界里，万物都具备了老电影画面的颗粒质感，房屋建筑耸入预言般深远的朦胧之中。

他走上中央大道，猛地坐下，双手深深地揣在口袋里。一个被冻得昏头昏脑的瞎眼乞丐坐在节庆日空荡荡的街道上，向着他的永夜吟唱一支圣歌，并且伸出一只不着一物、冻僵了的爪子，想要接住任何可能落下的施舍物。苏特里咳嗽起来，朝木板封住的橱窗咳出一团黏痰，然后起身穿越街道。就在此时，他的目光落在了水沟里的一枚乘车代币上。他弯腰去捡。小小的黄铜硬币上刻着一个 K 字。他穿过街道，跳上一辆敞开车门的有轨电车，将刚才那枚硬币投进玻璃箱里，然后顺着过道往里走。司机在后视镜里盯着他看。苏特里舒舒服服地坐进冰凉的皮座椅，朝外面看去。

店铺上方的灯亮了起来，一个霓虹灯的招牌，灰蓝色的黄昏之中突然出现了微弱的闪光。在这面当铺的橱窗里陈列着一个寓言式的杂物集。车门哐当一声关上了，电车摇摇晃晃地向前驶去。映在天窗上的钟形灯的白光变得更黄了。街车前部的座位空着，两个黑人像长臂猿似的单臂吊住了头顶的镀铬栏杆，随着车速加快摇晃着身子。苏特里用手掌根部擦掉一扇小窗户上的雾气，注视着人行道上几个渐渐远去的人影。这座严冬之城的市民们。一排炽热的霓虹灯经过，洗去了玻璃上他那张忧伤的脸。他把头靠在冰冷的窗户上，看着行人在一池池的路灯光下费劲地移动，身后拖着一缕缕雾气，弯着腰的身影朝家的方向走去。他能闻到窗格上有漆过的旧木头的味道，还有五金件的黄铜味。电车慢了下来，又向前冲去。下面有汽车驶过，轮胎在砖块上发出隆隆的声音。建筑物逐渐消失。他们经过了一个冻结的泥潭，似月球表面，寸草不生，布满石化的狗脚印。广告牌的灯光下小团星云杂乱无章地蔓延。

在杆子与杆子之间，光束以浅对流的方式从他身边掠过，孤独像一颗鸡蛋在他的胃里翻滚。

铃铛声响起。这艘古老的飞船徐徐停住。人们拖着脚从折叠车门出去。伴随着一股湿漉漉的气鸣声，电车又哐当哐当地启动了。老太太，你的脸夹在一堆棕色袋子里了。等待通过马路。冲这些飞驰而过、空了一半的框架眨眨眼睛。远处一扇泛着黄色灯光的住宅窗户里，两张面对面的脸孔一成不变，永远沉浸在某些家庭妄想之中。他行进得很快，这些无辜的家伙似乎都石化了，变成了冰冷的历史。

他们晃荡着，经过了废弃的公园，路程过半，摩天轮像一个烧毁的电枢，黑黝黝、冰凉凉地站在更远处的路灯旁。电车驶进一条小巷，贴着一堵砖墙嘎吱嘎吱地艰难前进，天线噼啪作响，蓝色闪光映出墙上一连串被雨水冲刷过的粉笔涂鸦，写的都是"操"字。他们通过了一个长长的电车车库，随着逐渐暗淡的灯光缓缓停了下来。

终点站到了，老兄，司机回头喊道。

我跟你一起再坐回城里，苏特里说。

那你得过来再投一个币。

我以为一个币可以无限制地坐下去。

这辆车不可以。

苏特里站起身，顺着过道往后走，眼睛盯着地板，想要在一地的火柴棍和口香糖包装纸中间找到一枚硬币或者一个车票代币。听着，他说，能不能就让我坐回去？

车票是单程的，司机说。

我没有币了。

五个币三十美分。你也可以投一个十美分。

我没钱。

哦，好吧，司机说。他伸手抓住自己的小皮包站了起来。如果大伙都能一直一直坐下去，那么这个世界将会很美好。

他背着小挎包沿着台阶下了车，穿过终点站昏暗的灯光，向调度办公室走去。苏特里走到街上。

几盏车灯像猫头鹰似的在黑暗中出现又隐去。他站在路灯下，伸出了大拇指。他的外套单薄，不一会儿就冷得刺骨。街车从车库里驶出，在车头灯柔和的黄色光圈的吸引下缓缓从他面前经过。黑人们在各自的窗框里点头。运载玩偶或者冻死鬼的电车。

苏特里一只脚踩在阴沟里，呆呆地目送无力掌舵的司机，弹簧磨损的车厢哼唧着，有气无力地挂在它们的车钩上，一颗蓝色的彗星沿着电路咔嗒咔嗒地经过，电车渐渐驶入夜色。他把手插进破烂的口袋，捂紧自己的大腿，就这样走上了杂草丛生的人行道。向西，诺克斯维尔的灯光在半黑半明中轻微颤动，如同许多古老城市的废墟，被牧人在山间发现，或是被步履沉重的野蛮部落在途中遭遇。苏特里还有很长的路要走，在透骨的寒冷之中，他愁眉苦脸地盯着一盏孤灯下的路面，口中喃喃自语。

老铁路工人在小铁炉里生起了火，他把自己的床横着拉到炉前取暖。苏特里轻轻把门带上。一路走来的铁轨上，曾经长满夏日杂草的灰色废墟看上去起伏不平，并且日久岁深。

来火边坐，老人说，我没想到会这么冷。

我已经冷得透心凉了。你过得怎么样？

还是穷得要死。你是怎么熬过来的？

我都快冻僵了。我想最好还是过来一趟，看看你是不是还活着。

老人咯咯咯地笑了。好吧，老天，他说，一点点寒气弄不死我，我可不这么想。坐吧。

他轻轻地抬了抬身子，往旁边挪了挪，像是要腾出点地方来，可又在原来的地方坐定了。苏特里坐在床铺的边缘。太奇怪了，就像是自己的东西。那条粗糙的军用毛毯。老人本来正在读一本没有封面的书，他把书放下，摘下眼镜，捏了捏鼻梁。靠墙摆了一张小桌子，文件格里放着发黄的时刻表、运货单和载重单。远处的角落里放着一大堆旧报纸和杂志。老人的目光准是一直盯着他。我不再看报纸了，他说。

为什么？

在我读过的报纸里，没有一份不是在讲有人被谋杀或者被枪杀之类的事。我从来没见过这么野蛮的地方。

一直都这样吗？

什么？

我说一直都没变吗？

没有。我觉得没有。

好吧，这些报纸里一直都是这些玩意儿，不是吗？

是的。所以我干脆不看报了。我老了，不想听到这些事情。人们可真逗啊。他们压根儿不想知道生活有多美好。不，不想。要是报纸上没登有人被谋杀，他们的一天就算浪费了。我是不看报了。看够了。都是一样。当然还有火车失事。自然灾害。火车出事了能让你思考人生。

你见过火车失事吗？

哦，当然。

最糟糕的是哪一次？

见过还是听说过的？

都算。

我也不知道。我在亚拉巴马州的莱托哈奇曾见过一个锅炉脱落爆炸，整个火车头都被轰到了一个立交桥上，其余的车厢都趴在铁轨上。他们停下来加水，可还没加满，火箱盖就掉了。这是我亲眼所见。不过 1912 年，得克萨斯州圣安东尼奥停放火车头的车库发生过一次爆炸，整个车库都炸毁了，旁边的许多房子也遭了殃。他们在离事故现场四分之一英里的地方找到了一块重达八吨的锅炉碎片。另一块将近一千磅的碎片砸坏了半英里外一个男人的屋子。那时候我还是个年轻人，但我记得读到过这事，就像昨天发生的一样。报纸上刊登了所有的照片。印象里死了二十八个人，至于伤残人数我就不清楚了。

苏特里看着老人。一千磅的铁块飞到半英里之外？他说。

哦，是的。要不是砸中了那人的房子，还要飞得更远。

你有没有想亲眼看看呢，老爹？

老人惊恐地看着苏特里。看看？他说，从哪里看？

明白了，苏特里说。

当然，还有比那些更糟糕的事故。大约十年前，在费城，一个发动机脱轨了，轴承箱过热导致车轴断裂，一些车厢被甩到桥上，据说死了八十个人。最惨的撞车情况是车厢套叠。一个车厢被撞进另一个车厢里，所有人都被从座位上挤出来，最后压成一个大肉饼。当然，还有就是遇到桥和栈桥的时候。记得有一次在肯塔基州，两辆迎面开的火车在一座双轨栈桥上脱轨了，它们遭遇的时候两边都翘了头，所有东西都掉进河里。栈桥、火车头、车厢、人。所有东西。哗啦一下子。那时候大多数栈桥都是木头的。车厢也是，里面有炉子，就像这里的这个一样，发生事故时它们会侧翻，然后车厢就着火了，把里面的人都烧死。我告诉你，那年头坐火车之前你得先好好想想。

老人从床上重重地站起身，打开火炉的门，从煤桶里倒了些煤进去，又坐下了。他用一个指关节的背面轻轻地擦了擦鼻子。外面的天几乎全黑了，一只猫出现在天窗旁边，呜呜地叫着。

你那样可进不来，傻瓜，老人喊道。你得和其他人一样从门口进来。

我年轻的时候什么也不在乎，他继续说，我总是活得无忧无虑。看了很多这样的事以后，哪里都不愿意去了。

你为什么最后会选这里。

我还没到最后呢。以前流浪了很久。三十多岁的时候，不管什么工作都做，完全不在乎。一天晚上我正开车经过科罗拉多州的山里面。严冬腊月，寒气逼人。我有一点点烟草，差不多能抽一两支烟。我坐在一节破旧的板条车厢里，像条狗一样上蹿下跳，就想找个不漏风的地方。我干脆缩在了角落里，卷了一根烟，点着以后就把火柴摁灭了。不过地板上好像有东西，像是火绒，然后就着火了。我跳起来用脚去踩，可火苗非但没有灭，反而烧得更快了。不到两分钟，整个车厢都烧着了。我跑到门口，打开门，火车已经爬到了白雪皑皑的半山腰，月光照在山坡上，外面是一片幽蓝的死寂，两旁经过的是黑黝黝的大松树。我跳了出去，浑身是火地落在雪堆里，你也许会觉得接下来我要跟你讲的事情很奇怪，但天地良心，事实确是如此。那是1931年，即使活到一百岁我也觉得不可能看到这么漂亮的场景，那辆失火的火车沿山而上，到了转弯口，火焰一下子照亮了整片雪地、树林和夜空。

他们在雾气蒙蒙的汽车里打起了瞌睡，身子微微颤抖，车外依旧是灰暗的黎明。他们呻吟了一下，扭动几下，睡着了。夜里的某个时候，夏普被冻醒了，他没穿外衣，爬到外面，去小巷里捡了一些木箱板条和废纸。前排座位上的"杰宝"直起身子。那是什么？他说。

吉姆，现在几点了？

我没有手表。那烟是从哪里来的？

这里的火。

"杰宝"抬起身子，转身看向后排座位。夏普在汽车地板上生了一小团火，正把手覆在上面。"杰宝"越过座椅，伸出自己的手去取暖。当心，"白菜"的腿在这里，他说。

"夏普"推了一下那只瘦骨嶙峋的膝盖。

嘿，"白菜"，把你的腿从火里拿开。

"白菜"狂乱地竖了起来，然后又躺了下去。

得把窗户打开，对吧？"杰宝"问。

他们隔着烟雾和火苗相视而笑。

我的屁股都快要冻掉了。你觉得现在几点了？

我不知道。天什么时候亮？

妈的，好像我知道似的。你确定他们五点开门吗？

是啊，这么多年一直这样。

夏普注视着深蓝色的夜空，建筑物高耸挺拔，几盏街灯的灯光在雾中缠绕。

这里的烟越来越大了，"杰宝"说。

苏特里有没有手表？

没有吧，我想没有。他弯下腰去看。苏特里瘫倒在方向盘下，双手交叉放在膝间。

夏普摇下后窗。车内黑烟滚滚。

"白菜"直起身，睁开醉眼惺忪的双目盯着夏普。发生什么事了？他问。

我们在等五点钟的啤酒。

这该死的车着火了。

我们就想取取暖，"白菜"，"杰宝"说。

"白菜"的目光在他们的脸上依次扫过。你们这俩混蛋简直疯了，他说。他打开车门，跌跌撞撞地冲进小巷。

"杰宝"从另一侧下了车。来吧，夏普。我们下去走走，可别冻死了。

看看能不能再找到一些木头。

苏特里醒了，看看窗外。一辆垃圾回收车正沿着小巷远去。

他坐了起来。车里只有他一个人。他打开工具箱，伸手进去摸了摸，又将它合上。他摸了摸座位底下，转头看看后座。火堆在地板上烧剩一片焦黑的橡胶壳。他朝巷子深处望去，身子冷得直发抖。

他僵硬地从车里爬了出来，关上车门。昏暗中，路上的车开始多了起来，白茫茫的雾气中车头灯缓缓闪过。一条狗穿行在断断续续的灯光之中。苏特里把手深深地插进口袋，弓着肩膀朝街上走去。

透过信号咖啡馆淌水的窗玻璃，可以看到他们正坐在里面的一排凳子上喝着啤酒。柜台前坐着一位卖报纸的老人，蜷缩着喝咖啡。苏特里推开门，朝手心里哈了哈气，坐到了一张凳子上。

这个苏特里娘的就是个五点整的闹钟呀，夏普说。

和苏特一起过夜就是安全。

来一杯"红顶"啤酒，苏特里朝柜台服务员说。

你睡得好吗，苏特？

你们这群混账打算让我一个人独自躺在那儿冻死。

我正要出去找你，老兄。

我们没有柴火了。

你们到这里多久了？

这是我们的第一杯。他们才开始营业。

苏特里抓起面前的酒瓶喝了起来，他抬抬肩膀，又喝了一口。街道对面的霓虹灯招牌原来写着"厄尔旅馆"，现在只剩下中间的几个字母。两个工人夹着午餐盒在街角抽烟。苏特里看看他的同伴。他们的酒瓶像砝码似的上上下下。我刚才还以为五点钟永远不会来呢，"杰宝"说。

晚上九点的时候，他们已经有不下十二个人了，都是从麦卡纳利来的好心人。一个小时后，他们来到一家叫作"印第安岩石"的路边酒馆。

他们在桌子之间转来转去，女孩们去跳舞了，她们把钱包留在杯子之间，比利·雷·卡拉汉在这些地方停了下来，他喝光了杯中物，又从钱包里拿了钱走开了，一边微笑一边向朋友和陌生人都点点头。他经过了一张桌子，那儿坐着一个大男孩，卡拉汉朝他迷人地微笑。

想什么呢，大小伙子？

大男孩看向了别处。

他们把桌子拼到一起，点了可乐，又拿出了几品脱威士忌。烟雾斜斜地升起，跳舞的人们不停旋转，莺歌燕舞之下暴力正在集结，欢快的乡村节奏就像是它的序曲，炽热的空气中一些微妙的交流正在发生。苏特里和"杰宝"朝男厕所走去。"白菜"已经在地板上卖力地舞动起来，他的女伴哈哈大笑。肯尼思·蒂普顿从旁边的桌子伸出手来。

我们得拿下这些姑娘，"杰宝"说。

咱可别喝得太醉了。

回到座位上的时候，他们的桌子已经不见了。水泥地板上湿漉漉的，酒水洒在一堆玻璃和冰块之间，角落里是他们坍塌的桌子。苏特里看见某个人的手里握着一条桌腿。这地方很快变得空旷起来，人们贴着墙壁走动。苏特里看见"猪头"悄无声息地在一个战斗方阵的后方移动，他后退几步，击中一个男孩的耳后，然后又继续前进。厄尔·所罗门跟跄着从队伍里退了出来，重重地撞在了墙上。保罗·麦卡利孤身一人在女厕所门口跟三个男孩互殴，厕所门不停地开开关关，姑娘们轮流向外张望。

我们最好把一些人从赫利宝贝儿身边弄开，"杰宝"说。

他们开始往房间里面走，可还没走远就有人撞到"杰宝"身上。"杰宝"推了他一下，那人转身挥了一拳，他们避开了。苏特里走到保罗旁边，抓住一个男孩的手腕，用力一拉将他扔到一张摆满半杯饮料的桌子上。他朝苏特里咒骂了几句，可声音淹没在混战之中。保罗击中了另一个男孩，他倒下去，爬起来走开了。第三个男孩打到了苏特里脑袋外侧。苏特里摆好架势，蹲下身子，那男孩定睛一看，发现麦卡利也走了过来，便说，我可不想打你们两个。

什么呀，你这个狗娘养的小爬虫，麦卡利说，要是你们两个打我一个你可不会介意呢。他把男孩推到墙上，可那人转身逃走了。

"红毛"，快去抓住那个小混蛋，麦卡利嚷道。

卡拉汉满头是血地站在一堆倒下的躯体中间，四下张望。他伸出手，几乎没使什么劲就捏住了男孩的肩膀。抓到你了，他说。苏特里转过头去。麦卡利用胳膊搂住他，一边拥抱一边哈哈大笑，直接将他拉进了战斗前线。

咱们他妈的到底在跟谁打？苏特里问。

谁又他妈的在乎？只要不是从麦卡纳利来的就打爆他。

他们沉浸在黑暗的暴乱之中，烟雾腾腾的大厅成了一个无人区，到处都是凶神恶煞的酒鬼瞪着流血的眼睛四处踉跄，嘴里散发着自制威士忌的臭味。腿脚扭在一起，拳头砰砰作响。砸玻璃、摔椅子的响声不绝于耳，头顶上不时有威士忌酒瓶呼啸而过的声音，仿佛迫击炮在砌块墙上爆炸。一波躯体从苏特里身上扫过。他挣扎着爬起来。在这激战之中，他发现肯尼思·蒂普顿似乎被静静地包围了，他抓着自己的手腕，试着把手掌握起又打开。我的手受伤了，他说。然后他就被人扫开了。

地板沾了血和威士忌，变得滑溜溜的。有人打中了他的眼睛下面。他试着想找到"杰宝"，发现无能为力。他看见卡拉汉经过，一只瘀青的眼睛闪闪发亮，脸上还挂着微笑，牙齿周围全是血。他那布满斑点的拳头忙着把旁人送进梦乡。他看见混乱中一只拳头握起一个酒瓶，在一个无名氏的脑袋上砸得粉碎。

战斗延续到女厕所的墙边，整个建筑摇摇晃晃地发出呻吟。苏特里看到一个脑袋突然缩了回来，在墙板上砸出一个破盘子形状的印子。角落里有人在用手帕给一个大男孩的耳朵止血，男孩想推开那人，重新投入战斗。他把那只给他治疗的手拍开，半截耳朵耷拉了下来。酒馆的门卫像收割机似的从墙边的人群中穿过，用一根板子压制他们。当他走到麦卡利身边，麦卡利重重地打在他的下巴上。门卫后退了几步,晃晃脑袋又走了过来,手里挥舞着板子。板子在麦卡利脑袋一侧发出了一种难听的声音。他又抡起一拳,打中了门卫的脸。鲜血飞溅。门卫倒了下去,又爬了起来。两个人都准备好要一起出拳,突然麦卡利的膝盖软了下去,整个人跪倒在玻璃碴和血泊之中。门卫继续朝卡拉汉走去。他的背后出现了一个拖着楼板减震器的男人。

这机器很重,他使出全身的力气将它举了起来。当他用这玩意儿打中门卫,对方消失了。

苏特里想朝墙边爬去,可一只沉重的胳膊从他眼前伸了过来。他旋转起来。现在周围都是陌生人。拿楼板减震器的男人在旁边突然出现。减震器颤巍巍地立在人群上方,然后不偏不倚地落到了苏特里头上。

他觉得脖子上的椎骨裂开了。整个房间和里面的一切都白如正午。他的眼睛向上翻了过去,肠胃翻涌。他能清楚地听到母亲呼唤他的名字。

他站在那里,膝盖锁紧,双手悬垂,鲜血涌进了他的眼睛。他什么也看不见。他说:千万不要倒下。

身体晃动不止。他挣扎着,僵硬地跨出一小步。等待他的并不是眼前一黑,而是一个丑陋肮脏的老太婆,露出光秃秃的牙龈冲他微笑,黑色的雨帘下几盏灯照着夜幕,既没有什么欲望圣母,也没有永恒守护之母,涂了粉的双乳微微分开,华丽的天鹅绒礼服领口露出纤细光滑的锁骨。可怕的老太婆摇晃着身子,似乎是在嘲笑他。什么样的男人会这么胆小啊?宁愿一直跌跌撞撞也不肯摔倒一次。

在一片喧嚣和打斗声中他像僵尸一般栽倒在地，脸庞毫无血色，眼睛睁得像盘子一样，透出后面巨大的疼痛。当他在地板上爬的时候，有人踩住了他的手。等他想再站起来，房间已经变成了一条地道，他不住地往下坠落。他不知道发生了什么，眼睛里总是浸满了鲜血。他觉得自己废了，可还是一直告诉自己只要不再碰上别的事情，这伤害是可以修复的，亲爱的上帝，请让他永远离开这个地方吧。

他靠着一堵摇摇晃晃的墙将自己拉起来，想看看究竟发生了什么。面前一切疯狂混乱似乎都已经放慢了速度，每一张旋转的脸都在完美的视差中游走，仿佛勇士都和他们的师傅结成了对，满屋子都是充满敌意和狂躁的暹罗人。啊啊，苏特里叫了起来。朝门口走去的时候，他的心头轻轻涌出一种童年幻想中仙境般的感觉，他突然意识到在刚刚路过的一张翻倒的桌子旁那副睁大眼睛的脸孔属于一个死人。跟他并行的人也看见了这情况。妈的，太糟糕了，这个人说。苏特里的耳朵在流血，听不太清楚，不过他也是这么想的。他们跌跌撞撞地走着，像被诅咒的蛾摩拉城民从平原上逃走。就在他们快要到达门口时，有人用瓶子敲中了他的头。

他后来准是又遭遇了其他人的毒手，因为当他在医院醒来时手指断了一根，肋骨断了三根，满嘴的牙齿都松了，有一颗干脆不见了。他想动一下，可锯齿般的骨头断面像剪刀刺痛着胸口。他的头嗡嗡直响，眼睛有点斜视，对于自己还活着这件事感觉有些惊讶，但不确定这样是否值得。他抬起眼睛，感到额头上干涸的血迹裂开了。灯光一盏一盏在眼前升起，过了一会儿他才意识到那是走廊天花板上的灯泡，而那周期性的吱嘎吱嘎声来自推他的小车的脚轮。急救室里全是头破血流的人。脑袋变形的斗士们聚在一起。所有人都被成群的警察看守起来。他们推着苏特里往前走。运送肉体的小船托起了他满身痛苦的骨头。去往黑暗中死神的马车等待的地方。也许这便是上帝的终极愤怒。

朋友们排成行看他经过，伸出手指向他挥手示意，彼此间窃窃私语。有人讲起了灵魂的错乱和夜晚的消息。当你说要去找懂治心脏的医师时，我们还以为你疯了。后来我们看到你被带去脑外科医生的堡垒，就在街道底下的地窖深处。锯子在烘干的脑壳中歌唱，潮湿的骨粉从巷子里的通风井里吹出。蓝色的月光下，一具灰色的女尸被装上卡车，驶向夜色。装饰着角的卖唱艺人，还有穿着小丑服装的跳舞小狗磕磕绊绊地跟在后面。

寒夜更甚，一团雾气在街道上令人生畏地飘移。脚下的邪恶在涌动，带孔的窨井盖里升起一股几乎有形的恶臭气味。洒水车像夜兽般驶过，圆鼓状的刷头咣啷咣啷地响。街头漆黑的水井里立杆灯的倒影在水波中滑动，边缘泛着浮华的圆形花状光晕，就像午夜海面上漂浮着的放射虫，在磷光的渲染下显得苍白。清洁工沿着淹水的阴沟清扫垃圾，黄雨衣因为潮湿而变得反光。他们跳上卡车，高举着扫帚驶离，像是漆蜡做的塑像，比如劝人向善的矮人地精。旅馆夜灯的灯光从垂下的威尼斯软帘后射出，给路旁的汽车投上了条纹状的影子，看上去就像鱼鳞外板的小船停靠在那里。冬天的街道上，几个苍白的人类在飘落的烟尘里奔跑。他们的头顶上是城市的轮廓，一大堆曲颈瓶和升华锅浩浩荡荡地排列在没有星星的天空中。心神不宁的睡眠者，你将活着看见自己出生的城市瓦解到片石不留。

苏特里听见人们在讨论他的脑袋。但他只能看到自己。头发剃了一半，露出青灰色的头皮，还打了奴佛卡因麻醉着。一位上了年纪的医生正用一把蚊嘴夹和一根针缝合他的头皮。苏特里还穿着上街时的衣服，一只袖子被剪掉了，其余部位沾着臭烘烘的血污、啤酒和粪便。一名护士坐在旁边，将他的胳膊肘放在自己的大腿上，用一把镊子将碎玻璃片夹出，放进一个钢制托盘里。

他在一个白色的小房间里醒来。墙上有鸟的斜影。他抬起头，向四周看了看。窗台上两只鸽子竖起了羽毛。房间朝西，能照到寒冷的冬日阳光。街上除了一直能听到车来车往的声音，还有海浪缓慢翻滚的轰鸣声。他的头上缠了绷带，手掌也受伤了。他举起那只手。一根包扎好的手指用铝质支架托着。这只手突然分成了两只并排摆放的伤手。他眨了眨眼睛，它们又合并起来。卡拉汉，你这混蛋，他说。他躺回去睡觉了。

再次醒来时，他发现自己不是在一个房间里，而是一间病房。床前的屏风已经移走，他能看见长条形的大厅里许多人和他一样躺在病床上。现在是晚上，天花板上亮着黄色的灯泡。一名护士正推着车在病房里收餐盘。他必须不停地眨眼，以免看到的东西混乱模糊。他像是来到了一个老人院。铁床上躺的都是头发花白的八旬老人，他们穿着睡衣撑起上半身坐在那里，拱着驼背咳着嗓子眼里的痰，斜着眼睛警惕地互相盯着，像是一群偏执狂。

苏特里试着用一只胳膊肘撑起自己，可胸口实在太疼了。他的绷带一直缠到了腋下，置身于这个到处是将死之人的房间，他的脑海里映出了被包裹下葬的画面。他想让眼睛聚焦。结果看到病房里有个人似乎只有几天好活的样子。他吓出了一身冷汗。他摸了摸脑袋。毛巾下是不是永久性脑损伤？他试着背起乘法口诀表来，可是这让他充满了有关性的回忆，他微笑着仰面躺下。他睡着了，梦中又看见了他的朋友们，他们在泥泞的洪水中顺流而下，有"猪头""城里老鼠""杰宝""猎熊人""提桶""蚀骨地"，还有J. D. 戴维斯和厄尔·所罗门，大家都看着他，而他独自站在岸上。他们在橡胶浅舟里轻轻转身，随着黏稠的水流在甲板上微微摇摆，他们的脚踩在那玩意儿的地板上，留下了薄膜状的黄色痕迹。他们忧心忡忡地滑走，渐渐远离暗淡的黎明，经过苍白的晨星。迷雾变得更加朦胧，遮蔽了这些人远去的身影，他们走了一条更加凄惨的路，取道灵海穿越阿刻戎冥河最宽阔的水域。他站在河中的一块岩石上向他们挥手告别，可谁也没有挥手回应。

早上，第一束光照进来时，老人们淌着口水坐了起来。两名护士端着早餐托盘往病房走。名叫奥尔德里奇小姐的那位微笑着向他俯下身，然后走开。那是一个搪瓷做的姓名胸针。她身上那套浆过的白色连衣裙会像铁皮一样噼啪作响，绉胶底的鞋子走起路来如老鼠般悄无声息。

苏特里已经脱下了之前那套血糊糊的衣服，他洗了个澡，换上干净的粗麻布衣服。奥尔德里奇小姐扶着他走过长长的走廊，病房两侧床上的老年男性都愤怒地盯着他。她那柔软的胸脯贴着他的臂弯，他们穿行在晨光之中，先是整片的阳光，然后隔着窗户栅栏变成一道一道的。他站在一个刷成白色的水泥房间里，往一个老式的小便池里痛苦地尿了几滴便出去了。她在等他。你办完事了吗？她笑着问。

一点点。

一号还是二号？

苏特里记不得它们分别代表什么意思。尿尿，他说。觉得自己蠢透了。

她抓住他的胳膊扶他回到病床上。

我自己可以，他说。

我知道。

哦。

你感到羞愧吗？

为什么呢？

打了一场这么可怕的架。你有没有看过镜子里的自己？

苏特里没有回答。我的头怎么了？他问。

你的头打破了。

打破了？

是的。

严重吗？

不严重。应该是不太好。骨折了。

我总是看到重影。

慢慢地就没有了。给。

苏特里试着不经疼痛就能爬上床。该死，他说。他小心地坐着。几根肋骨？

三根。

还有谁在这儿？

你是说你的那些小朋友吗？

是的。

没了。大多数人治疗后就带到监狱里去了。有几个逃了，我想是的。你准备好来点早饭了吗？

我想是的。我可以吗？

为什么不呢？

她给他端来了一碗燕麦粥和牛奶，还有一杯掺了水的咖啡。

这就是早饭吗？他问。

是的。

她把他的枕头抖松，扶他坐好。她的发丝带着肥皂的味道，乳房贴着他的眼睛扫过。

我猜这里是诺克斯维尔总医院？他闻着粥问。

她笑了。所以你不知道自己在哪儿？

到底是不是？

你凭什么觉得自己是在诺克斯维尔呢？

告诉我吧。

对的。在圣玛丽医院你会吃到荷包蛋。不过你得先做祷告。

她把手放在嘴边。哦，她说，你不是天主教徒，对吧？

我已经被解除神职了。这玩意儿吃起来就像受潮的床垫填充物。

但你喜欢吗？

一般般。听着，这是什么病房？看上去他们在这里关了很多危险的绝症病人。

就是普通病房。不过我们大多数病人年纪比较大。

比较大？这儿都没有九十岁以下的。他们会做什么呢？把他们丢在这里等死？

没错。

我懂了。

他们都是穷人。有些人是在病重的时候被从养老院带到这里的。这是一种体验。

我猜也是。

你可引起了不小的轰动。

什么？在这些精神病中吗？

不，傻瓜，是在我们护士当中。

她拿来了早上的报纸，可他没办法看清那些铅字。她把那张旧金属床摇了起来，一边四处走动，一边跟他调情，身上散发着好闻的味道。她跟他讲自己在护士之家的生活，宽脸庞上满是幽默感。她和其他受训的护士一道住在过去的太平间。他们的床有两条腿下面都垫了砖头，因为水泥地板往排水沟的方向有倾斜。晚餐时候，她带来自己的朋友，一个身材矮胖的护士，后者将按照嘱咐接替照顾他。

记住，他是我先看到的，她说着，朝苏特里眨眨眼睛，明天见。

可他还是计划趁着夜幕降临逃走。他穿着睡衣，蹒跚地走过过道，经过鼾声如雷的老人们，从尽头的那扇门走了出去。是个小门厅。透过夹丝玻璃，他能够看到外面的大厅，夜班护士正坐在桌边。苏特里转身回去，穿过病房来到另一头的几扇门前。又是一个走廊，光线昏暗。他找到一间盥洗室和一个壁橱，拖把桶和化学品罐子上方的晾衣架上挂着几件整洁的白色外套和夹克。他赶紧换上手边的第一套衣服，然后对着镜子照了照。一个受伤的农场劳工。

他找到了一扇通往医院正厅的门，迎着入口的灯光走进了夜色之中。他顺着街道往中央大道走去，来到对面的街角烧烤店。之前找到的这双旧的黑鞋十分挤脚，他几乎无法走路。

安静的星期六晚上，奇怪的幽灵进入了昏暗的小酒馆。"大冰箱"站起身，热情又小心地扶他走到一个座位上，他和克兰西兄弟都以为苏特里是疯人院起义与冰淇淋叛变事件的唯一幸存者，直到他们听他本人讲起自己遭的那些罪。

他从商店里买了一夸脱牛奶，把牛奶瓶夹在腋下，在冬天的黄昏里穿过满是垃圾的河滩走向岸边的家园。他睡了一小会儿，听见有人敲他的门。

谁啊？

你没死在里面吧？

没有。

一直没在附近看到你。还以为你死了。

我没事。

他躺在黑暗中，听疯疯癫癫的铁路工在门外喘气。老人嘀咕了几句，可苏特里没有听清。

什么？他嚷道。

他在擤鼻子。

苏特里起了床，在桌上扒拉到一根火柴，点着了灯，然后穿着睡觉时的短裤和毛衣走到门口。

你好，老人说。

进来吧。

你是在睡觉吗？

没事，进来吧。

老人穿着条纹外套僵硬地进了门，他身后的影子不安地晃动着。家里好冷，他说。

苏特里把灯放在桌上，走到炉前将火拨旺。

你的头怎么了？

我被一个楼板减震器砸中了。

你说什么？

现在几点了？

你难道听不到它砸过来的声音吗？

没听见。现在几点了？

他吃力地拉着表链，同时到处看了看这间昏暗的小屋。

你忙什么呢？

我正好路过。想着最好还是来看一下你们，好久没看到你和其他人了。我还以为你会死在我前面呢。

你和老胡珀简直一模一样。你俩张口闭口都是死。你们都做什么呢？坐在一起互相安慰吗？

哦不，我见他的次数越来越少了。男人到了我这个年纪总是要想想死亡的。这很自然。

什么很自然，死亡还是惦记着死亡？

你问我什么来着？

我以为你会告诉我现在几点。老人把怀表斜着拿在手里，伸到灯下。这里我看不清，他说。

你要来杯牛奶吗？

不用了，谢谢。

苏特里给自己的玻璃杯里倒满，一边喝一边注视着老人。我觉得是 8 点 46 分，老人说。

苏特里揉揉眼睛。

总有一天我们都要走的。

他看着老人。

我说我们总有一天都要走的。像你这样的年轻人啊，年纪越大就越会想这事。

老人伸手在空中做了个手势，说不出那是什么意思。他坐在桌边椅上，掌心里仍然攥着那只表。

要喝杯咖啡吗？

不，不了。我只是顺道过来。

苏特里靠在墙上，小口地喝着牛奶。他能感到墙缝里有空气进来，就像是冰冷的电线。老人坐在那里，像一只被灯火吓呆了的胖猫。过了一会儿他耸耸肩膀，叹了口气，收起了手表。他站起身，整了整帽子。好吧，他说，要今晚过河的话，我最好现在就出发。

你多保重。

他又打量了这小屋一番。好的，他说，不管怎么说，我很庆幸你没有死。我会在河面上找你的。

好。

苏特里没有从床上起来，老人举着一只手走进夜幕。几分钟后他听见前街上的狗出动了，后来当他擦掉玻璃上的水向外看时，他看见老人还站在桥上，更确切地说他看见一个模糊的人影慢慢地扰动一个个灯球，最后被浓重的黑夜吞噬。

清晨他再次顺流而下去收鱼线。两个男孩刚巧从滨河区来到十五街的下边。苏特里经过时，他们正拉上来一串湿漉漉的黄鲤鱼，富有弹性的嘴不住地做着吮吸的动作。男孩中的一个用一把旧自行车锁把船拴好，跟另一个一起踩着廉价的黑鞋往河岸上走去，不时停住脚步把冬荨麻从裤腿上拔下来。苏特里抬起手，他们点点头，像暴躁的小马那样摇头晃脑地穿过铁轨。

　　他自己的线上坠了许多死鱼。他一个接一个地将支线飞钩割断，看着那些灰白色的躯体闪闪烁烁地在水中翻滚，最后在视线中沉没。他把新的带饵钩线系好，划动船桨将水流恢复流向。他看向灰色的天空，那里并无变化，而这条河也总是一成不变。

刚到春天，养山羊的人就过桥而来，是个胖老头，穿着工装裤，长长的花白头发和胡子。这是星期天的早上，周围还没有别的人。细小的偶蹄踩在水泥地上发出咔嗒咔嗒的声音，山羊套着自制挽具，拉着一串用旧招牌和引火柴做的货车，上面盖着破帆布，载着带角的山羊头骨和《圣经》信息，椭圆形的车轮滚动，整个玩意儿吱嘎吱嘎直响，像给孩子们拖着玩的古怪玩具。羊群乱哄哄地挤在那人和车的周围。后面的车轴上挂着一盏灯，车尾挡板露出一张小山羊的脸，这羊太小，累得只能坐车。牧羊人穿着笨重的鞋，迈开大步向前走，不时抬起鼻子在空气里试探一下，货车的铁轮子在咣当声中缓缓行进，他们进了城。

　　羊群在美因街邮局前的草坪上散开，羊儿开始吃草，牧羊人走在这奇特的马戏团前头，像父亲一般看着它们。一位执法警察对他说：

　　快把这些该死的羊从草坪上赶走。

　　牧羊人眯起眼睛锁定了声音的来源。

我们走，老家伙。

这些羊有时很固执，牧羊人说。

滚开，执法的指着羊群说。

你，苏齐，离开那块草坪。那不是给你吃的。你们都走。

山羊继续啃草，身上的铃铛轻轻响起，羊耳朵耷拉着。

这些羊需要一个领头的，或者你找点东西把它们引到这边来。

你对它们做什么都没用。

这里可没有给这群蠢羊待的地方。

我们只是经过这里，牧羊人说。

一只羊在人行道上拉了一大泡屎。干燥的羊屎蛋像铅弹在滚动。她迈着山羊最慢的步伐优雅地走到绿地上，饱胀的乳头在四条腿间时隐时现。警察又看看牧羊人。

我希望这些羊从这里出去。

它们会走的。

这里可不是塞维尔维尔或别的什么鬼地方，不是你想就可以把一大群羊带到城里，它们还到处拉屎。

我从那里过来，可从未在那停留。

哎呀，你们还是赶紧从这儿走吧，不要在这儿待了。

来吧，亲爱的，牧羊人对带着挽绳、站在那里睡觉的母山羊说。她睁开一只眼，似一颗裂开的玛瑙，充满了山羊的狡黠。牧羊人拍拍她的屁股，臀骨从羊皮下隆起，你都可以挂顶帽子上去。一阵尘土扬起。她移动起来。它们不慌不忙地从警察身旁慢慢走过。小山羊从车上探出头。牧羊人吆喝起来。呼嗬。星期天，寂静的早晨响起了山羊蹄子轻轻的咔嗒声，羊群、货车和牧羊人在时隐时现的阳光下行进，一个车轮卡在了电车轨道上，发出刺耳的吱吱声，牧羊人只得弯下腰将它抬起。矮胖的男人手里捏着一顶奇怪的帽子，他的同伙摇摇摆摆地沿着市场街往河边走，羊群聚成了一个半圆，侧身而行，它们走走停停，沿着陡峭的山坡从牧羊人身边飞快地往下跑，牧羊人则用自己的背顶住货车，防止它冲下去。

晌午，当阳光洒满小屋，苏特里醒了，光线轻拍远端的墙面，映出水的波纹，有轻微的山羊咩咩叫的声音传来。他站起身，穿着短裤走到外面的甲板上，对着安息日的正午阳光伸了个懒腰，梦幻般的宁静。河里没有船只，对岸锯木厂的小天窗嵌着屈光玻璃，在光线的照射下闪闪烁烁。他靠在栏杆上四下张望。铁路和河流之间的田野里到处是吃草的山羊，还有一辆奇怪的小篷车，明亮的天空中没有风，一股烟笔直地螺旋上升。

是山羊，他抓了抓下巴，说。

他朝上游看去，那里有琼斯的酒馆船和大理石公司，河道拐了个弯朝艾兰霍姆流去。那地方斜斜地长着一些植物茎秆，穿工装裤和褪色花衬衣的黑人们正在钓鱼。他又看向田间。

他数出了二十四头羊。有一只小的被拴在车轮上，屈腿站着。一个穿工装裤的大胡子男人走到马车后面，拿了一些东西出来，又不见了。苏特里走回屋子，穿好衣服。

牧羊人抬头看见他走过来。他戴着小金丝眼镜，正在读《圣经）。他又低头读书了，苏特里蹲在火边注视着他，老人的手指在书页上移动，嘴唇嗫动拼读着单词。过了几分钟，他把书放下，脱下眼镜，将它折叠起来放进了工装裤的围兜里。他抬头看向苏特里，一只眼睛轻轻地眯了起来。

早上好，苏特里说。

祝你今天过得愉快，牧羊人说，我想你不是警察吧？

不，我住在那边的船屋里。

牧羊人点点头。

苏特里抬头看着那辆货车。上面有个蓝色的大招牌，写着：

耶稣落泪 [1]

天气真好，是吧？牧羊人说。

是的。你有几只羊？

三十四只。

三十四只。

萨莉死了。

哦。

她从来都不算肥胖。

我猜你很喜欢山羊。

嗯，我已经习惯和它们在一起了。我们在路上走了十四年。

---

[1] 此句见于《约翰福音》第十一章第 35 节，是詹姆士王版本《圣经》中最短的诗句。

你怎么能有这么多羊？

跟我没啥关系。山羊还是山羊。我过去比现在拥有的羊还要多。今年春天就下了一个崽。我觉得那边的公羊年纪太大，已经力不从心了。

苏特里看向田野里吃草的羊。三个黑人小男孩从马路那边穿了过来，犹犹豫豫地站在牧羊人的营地外，瞪大眼睛打量着他。

过来，孩子们，他说。

他们朝货车车头走去，那儿拴着一只体型巨大的老公羊。他们站成一圈围着它看。

你敢摸它吗？一个问。

当然。去吧，揉揉它的脑袋。

它会咬人吗？

不。抓抓它的脑袋这里。它喜欢这样。

一个男孩试探性地伸出手，开始揉搓山羊的鼻子。山羊闻了闻男孩的袖子，啃了起来。

他在吃你的毛衣，洛夫蒂斯。

没关系。

他抚摸那两只带螺纹的巨大犄角。

你带着这些山羊要去哪里？

沿着这条路一直走，牧羊人说。

你到底想用这些羊做什么？

没什么。上好的新鲜羊奶。上帝最好的奶酪。

你还养了什么动物吗？苏特里问，狗或者别的什么？

没有。只有山羊。我想要是一个家伙最初是和山羊打交道，那他多少会执着于山羊的。

我想也是，苏特里说。他蹲到草丛里。牧羊人生的火在石头中间噼啪作响。柔和的午后，河边响起了羊铃轻轻的叮当声。

你说你就住在那边？牧羊人问。

是的。

是吗，就你一个人住，对吗？

是的。

好吧，那可值得大力推荐。从没结过婚？

结过一次，苏特里说。

我结过三次，三次太多了。他眯起眼睛，捏捏鼻梁。《圣经》上说每个男人能分到七个女人。我剩下的四个可以送给别人。你怎么看？

苏特里笑了起来，不置可否地摇了摇头。他用野草的茎秆做了一个小套索。黑人男孩中的一个走到货车后面，那头拴着的小羊用后腿站了起来，用力地拽起绳子。

他还没有习惯见人，牧羊人说。

那他什么时候能习惯？

我也不知道。到那里跟他说说话。他会过来的。

过来，山羊，黑人男孩说。

另外两个走到火堆边缘，俯视蹲在那里的两个男人。牧羊人挑剔地看着他们。你叫什么名字？他问。

朗尼。

朗尼，你需要搞点山羊奶来才能把那些肋骨中间的缝填上，你觉得呢？

我从来没喝过。

管好你的胳膊肘，当心别刺到别人。你那边的朋友都是谁啊？

他不是我的朋友，他是我的兄弟。

我觉得他不怎么说话。

他什么都不说，除非他认识你。

你认识这个家伙吗？他冲苏特里一点头。

他是个渔夫，朗尼的兄弟说。

我记得你说他不说话。

朗尼看着他的兄弟，他的兄弟盯着地面。

对吗？牧羊人转向苏特里问，你是个渔夫？

苏特里点点头。

靠这个过日子，是不是？

穷日子。

这可是个光荣的职业。你想捕什么鱼？

鲤鱼、鲇鱼。

那你能捕到什么鱼？

苏特里笑了。鲤鱼和鲇鱼，他说，也会抓到一两条石首鱼。或者雀鳝。

人们不总是捕到他想要的鱼。

是的。

你今天还没捕到鲑鱼，对吗？

也许会。你要来几条吗？

我可不介意给自己多来几条。

那我看看有没有办法。就今晚好了。我通常会在星期天晚些时候放线。

牧羊人扭过脸看他。在安息日？

鱼又不知道有啥区别。

牧羊人摇摇头。这我可不敢苟同。

他们静静地坐了一会儿。老人闻到了山羊和木头冒烟的味道。男孩们沿着河边的田野逗弄每一只山羊。

耶稣为什么要哭？苏特里问。

嗯？

他指着车上的招牌。耶稣为什么要哭？

没看过《圣经》？

一点点。

他为那些在星期天工作的人哭。

苏特里笑了。

耶稣是为了拉撒路哭的，牧羊人说，虽然书里面没说，但我想拉撒路在安全死去四天后看到自己又回到泪谷时，也许也会哭泣。他准是去过了天堂。耶稣总不会把一个人从地狱带回来吧？我可不想去了天堂还被召回，你呢？

我想也是。

你可以猜一猜要是我见到他会问他什么。

问谁?

耶稣啊。

你要问耶稣关于拉撒路的事情?

是啊,你难道不会吗?哦,我想问他好几个问题。总有一天我要和他说话,就像现在我和你说话一样。我最好有话可说。

苏特里站起身,拍拍屁股,往河下游看去。好吧,他说,要是弄到鲇鱼,我给你带一条来。

我不需要大鱼。

不大。星期天抓的可以吗?

不告诉我就行。

好的。

我可不想教唆你。

不会。又有一些追随者来了呢。

一群人正小心翼翼地穿过坑坑洼洼的空地向牧羊人的营地走来。

我四点钟布道,牧羊人说,那时候应该会有很多人。

布道?

我每个星期天下午四点布道,不管刮风下雨。就只是纯粹地布道,不做教化,也不预言。人们总问我耶稣基督第二次降临的事。可他们大多数连第一次都没听说过。你来吗?

苏特里低头看看牧羊人。这样吧,他说,要是我没来,你就直接开始,不要等我。

他沿着河边的小路朝亚伯·琼斯家走去。三个黑人男孩抓

301

住一只山羊的角，围着它绕来绕去，其中一个想趁机爬到它的背上。

一个外号"烟熏室"的白人流浪汉打开了门。透过醉眼惺忪的眼睛，他模模糊糊地想起了苏特里，站到一旁让他进去。

汤姆怎么样了？苏特里问。

汤姆很好，流浪汉说。

苏特里走进灰暗的房间，室内充斥着变质啤酒的怪味，从里屋还飘来了烧猪肠的尿骚味。流浪汉关上门，迈着两条不听使唤的腿一瘸一拐地走到墙边，他刚才把扫帚放在了那里。

亚伯去哪里了？苏特里问。

我没看见他。

多尔呢？

她回来了，在后面。

你的头怎么了？

你的头又是怎么了？

苏特里笑了，揉了揉脑袋后面那片几乎被剃光的头发。流浪汉整个额头左边都缠满了绷带。

我让一个地板减震器给打了，苏特里说。

我是被巴士车撞的。

又撞了？

"烟熏室"点点头，两眼盯着地板，胡乱扫着地上的垃圾。

疼不疼？苏特里又问。

有点。

有点？

我当时已经醉了。

哦。

要是没醉我才不会干这种事。我还是有点理性的。

好吧，你是怎么在喝醉了的情况下做到不被撞死的呢？

那可不简单。就是因为我喝得太醉了，巴士车才轧到了我的腿。你得始终保持清醒。

这次能赔给你多少？

我不知道。他们不想和解。我也许得重新请个律师。

拿到钱你想做什么？

"烟熏室"抬起头来。他看上去对这个问题感到吃惊。这个吗，他说，我想应该是去把自己灌醉吧。至少我不用给黑鬼扫地了。

暂时而已。

流浪汉把垃圾往前扫。他说，太阳不会天天照在同一条狗的屁股上。

希望如此，苏特里说。

当白人不得不问黑鬼找工作，事情就变得不幸了。

世事艰难啊，苏特里表示同意。

你身上有没有藏着一点酒啊？

苏特里没有。"烟熏室"开始打扫另一条通道，帘子突然拉开了，多尔穿着蓬乱的外套出现了，手上还拿着一枚五十美分的硬币。

快去给我买两包好彩烟来，她吩咐道。

他小心地把扫帚靠在墙上，接过硬币，从椅背上抓起自己的帽子，拖着脚往门口走去，受伤的身体仿佛被喝醉了的外科医生拆开又组装回去，胳膊肘往外支着，脚也弯曲变形了。多尔睁着一只湿漉漉的眼睛看着他。早上好，她说。

早上好，苏特里应道，老人家怎么样了？

不知道。他一直躺在床上。到后面来吧。

我不想打扰他。

他没在睡觉，来吧。她替他把帘子打开。

苏特里进入了一间更加昏暗的房间，临河的窗户挂着一种厚重材料做的帘子，散发出难以名状的刺鼻气味。收音机播放的声音很低，他勉强能够听见。

床尾的栏杆一直抵到了门，琼斯像一棵树那样躺在床上。是谁？他问。

苏特里。

年轻人，请进。

你没睡？

没有，只是休息而已。进来吧。

他稍微抬起身子靠在床上，苏特里听到他喘气的声音。

我正好经过。

坐吧。你的啤酒呢？

我不想喝。

嘿，老太婆。他在近乎漆黑中摸索着什么东西，终于他找到了一个瓶子，拧开盖子喝了一口，又放了回去。他用手掌根擦了擦嘴。嘿，他朝外面大喊。

她出现在挂帘子的门口。

给这男人一瓶啤酒。坐吧，年轻人。

苏特里稍微能看清他一点了。他移动了一下那巨大的身躯，疼痛那么明显，就连坐在床尾的渔夫都忍不住问他怎么了。

什么也别对她说。

发生什么事了？

还是一样的破事。你的那些警察小朋友们。嘘。她走到帘子旁，递了一瓶啤酒进来。苏特里接过酒，谢了她，她一言不发地走了出去。

他们把你关进监狱了吗？

是啊。我今天早上八点才出来。交了保释金。她还以为我去嫖了。

苏特里笑了起来。难道不是吗？他说。

疤痕累累的黑脸看上去很伤心。不，伙计。我太老了，搞不动了。不过别让她知道真相。

你还好吗？

没什么事。我必须得穿着衬衣，不然她会看到绷带。

谁给你包的？

我自己。

你知道怎么弄吗？

我之前弄过几次。

我猜也是。

黑鬼的生活很有趣的。

是你自己把它过成这样的。

也许吧。

苏特里喝了一口啤酒。屋里真的太安静了。

他们不喜欢黑鬼人模人样地到处走，琼斯说。他把瓶子拿到面前，拧开盖子，喝了起来。

你能起来走动吗？

可以。我没倒下，只是在休息。

如果你想要什么，我可以帮你去拿。要是你想喝点威士忌。

我知道你会的。我没事。

好吧。

你有一颗善良的心，年轻人。照顾好自己。

我可没有。

不，你有。

其他人去哪里了？

琼斯抹了抹嘴。让我给你讲讲某些人的事吧，他说，有些人不管有钱没钱，都狗屁不值，这就是你对他们的全部评价。我从没见过有人拥有一切，可还记得自己的出身。我不知道为什么会这样。我在城里有个朋友，他结婚的时候我很支持他。在他还是孩子的时候，经常带他去看摔跤比赛。他现在是个大人物了。开个凯迪拉克。他不搭理我了。对于一个会往朋友身上撒尿的人，我没什么用处了。

苏特里坐在床尾。他喝了一口啤酒，两只手握住瓶子。

你看，一个男人，他费尽心思想要出头。想着一旦出头了，事情就都好办了。可是你不会总成功。别管你是谁。某个早上抬头一看，你已经是个老头子了。你跟兄弟没话说。也不比当初多懂点道理。

微光中，苏特里能看见那双青筋突起的大手，黑色的、人体模特似的手，一块可以用来给手套商的大码产品打广告的乌木。它们上下移动，似乎要把黑暗塑造成某种目标模样。

我以前在河上工作。先是切罗基号邮船。接着又上了休·马丁号和 H.C. 穆里号。那儿的店比住宅区的要好。一战以后邮船交易就没了。我是 1900 年生人。整晚你都能听见那些船像游魂般在河面号叫。老马丁号有个蒸汽号角，经常把人家的窗户玻璃从窗框里震出来。我十二岁到了河上。我那时有一百八十磅。有个白人朝我开了枪，因为我抽了他。我知道情况不妙。我那时大了一点，准是有十四岁了。笨得要死。我回到家，养好伤，准备看到他就杀掉他，可有人已经抢先了一步。砍下了他的头。不是我的朋友。可我被扔进了牢里。接下来往我脑袋旁招呼的都是大棒之类的东西。我躺在黑暗中，他们也不给我东西吃。这是我第一次见识到"狂人之怒"。那已经是四十年前了，并不能说明什么。这里的一些人可能觉得激怒警察很了不起。他们觉得那可真是厉害啊。狗屁。你什么也得不到，除了脑袋开花。你拿那些狗娘养的根本没办法。但凡能够躲开，我绝不会去跟他们斗。

苏特里弯腰去看他的脸。琼斯眨眨眼，眼珠像鸡蛋似的陷在巨型黑色头颅之中。他准是看懂了这位白皮肤朋友的表情，因为他几乎自言自语般地说了一句：这是真的。

你是怎么出来的？

他们发现了他的头。凶手把它藏在鞋盒里了。

他旋开瓶盖，喝了一口。昏暗的光线中，他慢慢张开了紧闭的双眼。这人是个赌徒，还拉皮条。他从不喝酒也不抽烟。在前街开了家妓院，那年头很出名。船一进来，所有的船员都上他那儿去。街上到处是妓女，以及各种肤色的怪人。还有小偷。一旦你进到码头里，他们就像蟑螂一样冒出来。然后那个人就砍下了他的头，装在鞋盒里，随身带着到处走。有一天，他在中央大道醉倒了，开始展示那颗头颅。人们尖叫着向周围的街道逃窜。第二天我就被放出来了。

他疯了吗？

谁？

凶手。

我不知道。他杀人不是为了抢劫。我猜他有点疯吧。

你想手刃仇人吗？

我不知道。我想是吧，如果那就是他想要的。

苏特里抿了一口啤酒。他听见"烟熏室"回到了外面的房间，他漫不经心地干着活，到处是玻璃碰撞的声音。他看着琼斯。你杀过人吗？他问。

没有故意杀过，琼斯说。

等他放线回来，天已经黑了。船头的行进牵出一大堆漂浮在黑水上的垃圾，也串联起海滩上的一束束灯光。前街一间小棚屋里传来收音机播放的音乐，清楚地飘荡在夜幕中的水面之上。门砰的一声关上了。他看得见亚伯·琼斯那边的灯光，也能看到下游地区牧羊人营地的篝火，还有那辆货车的剪影，以及在光线前面来回移动的山羊的黑影。他划着桨，小船挨着船屋侧面的外轮胎停住，他在艇上站直，把锚拴紧。

他有一个三角铁和铁丝做的鱼篓，用绳子吊在了河里，他费力地将它提上来，打开盖子，把船上的鱼倒进去，又把篓子沉进河里。然后，他从船底捡起一条小鲇鱼，抓着它的鱼鳃，翻过栏杆，沿着人行道走到河边的小路，一直走到牧羊人的营地。

篝火旁聚集着一些人。苏特里走过去，牧羊人转过身来，仿佛早已感知到他的到来，他微笑着点了点头。

我还以为你忘了我。

我把鱼给你带来了。

我看见了。

你吃过晚饭了吗？

没呢。你呢？

苏特里耸耸肩。

不介意的话，欢迎与我一起。

我不太喜欢吃鱼。

这条不错的。

苏特里把鱼递了过去，牧羊人接过鱼，拿到火边看了看。

我要给你多少钱？

我也不知道，苏特里说，如果你愿意，我们也可以实物交易。

拿东西换啊，牧羊人说，我也不知道我可以拿什么换。我啥也没有，除了自己卖的一些明信片。

那也行啊。

明信片？

没错，为什么不可以？

牧羊人看着苏特里，然后站起来，转身走向货车。火边的访客们目光一直追随着他。他翻了翻自己的尼龙袋，然后冲苏特里喊道，你要多少？

我不知道。你卖多少钱一张？

十美分。

好吧，六张怎么样？

他拿着明信片走了回来。火光中鱼弯着身子，微微颤抖。

拿着，他说。

苏特里接过明信片。它们有点旧了，不过图片上的牧羊人跟现在火边的那位比并没有太大变化。

好的，苏特里说。

没必要急着走。

你怎么知道我急着要走？

我不知道，不过欢迎你留下来。

我还是得走了。

牧羊人看着他。他耷拉着下巴，费力地穿行在田野里。他的样子在篝火的映照下就像是一个无头幽灵，转身离开了人们温暖的聚会。

嘿，牧羊人喊道。

苏特里又转回了身。

你知道，要是你在那儿养一两只山羊，它们会是很好的伴侣。你绝不会感到孤独。

你怎么知道我孤独？苏特里说。

牧羊人笑了。我不知道，他说，但我从不看走眼。

这事最早是"海蛙"弗雷泽在商店讲给二流子们听的。说的是一个城里来的疯子如何穿过河道上方那些陡峭空旷的坡地。弗雷泽看见他醉醺醺地猛冲过去，毫无顾忌地扎进荆棘丛里，然后又穿过铺着石头的庭院，最后撞翻在一根晾衣绳上。

他杀了人，"海蛙"说。

摔倒的人像个孩子似的捶着地，却没有伸手摸摸差点被铁丝绞断的喉咙。他手脚并用，挣扎着摆脱了地上的尘土，很快又跑了起来。他拼命奔跑，撞在底部装着倒刺的铁丝栅栏上。

他很疯狂，"海蛙"说。他走到门口喊住了那人。

他转过身来。衣服都撕破了，衬衫前襟处的碎布条迎着微风像五彩纸屑般飘在他身上，浑身是血。

你在干什么？"海蛙"嚷道。

男人尖叫起来。像一只发情的公猫发出高亢燥热的呜呜声。接着，他转身又跑了，顺着篱笆跑出了空地，撞开简陋的栏杆门，穿过马路，消失在河边的田野里。

街上出现了几只死了或将死的蝙蝠。成群结队的流浪狗被赶去了毒气室。哈罗盖特佯装镇定，不知怎的，他担心自己会是下一个。一天，在苏特里家外，他说自己看见了一只蝙蝠。

死的吗？

是的，就在那里。

你最好去把它捡来，苏特里说，那可值一美元。

值多少钱？

一美元。你得把它带到卫生局。报纸上写了。

你在糊弄我。

不，它真的值一美元。

怎么会有人愿意为一只死蝙蝠付一美元？

他们认为蝙蝠有狂犬病。报纸上说不要碰它们，只要把它们铲起来，放进袋子里就可以了。

哈罗盖特已经往门外去了。

嘿，吉恩。

嗯。

你知道把它拿到哪儿去吗？

不知道，我要去哪里？

总医院，中央大道往外走就到了。

好的，我知道它在哪里。他们之前就把我关在里面。

这事是真的。可用于所有公共和私人债务的合法货币。在科默运动中心，他把钞票漫不经心地丢到了玻璃柜台上，让人换成了零钱。他拿着零钱到楼下的赫尔姆咖啡馆换成了一美元，又到"干净午餐"店把一美元找开了，谁也没有注意到他在干吗。

他的脑海中已经浮现出各种计划。他买了一杯巧克力牛奶，陷在科默运动中心的一排剧院椅里酝酿起一场涉及两美元的支票游戏，他一边想一边小口地喝着牛奶。

该死的老鼠药，他说着，突然睁大眼睛，抬起头，穿过烟雾和喧嚣看着远处的一面墙。

人们转过身去看他。台球桌旁的科基停下打了一半的球，球杆随着颤抖的手不住抖动。哈罗盖特站起身，喝光牛奶，将纸盒丢进痰盂，走了出去。

他像老鼠一样，安静地待在廉价商品店的过道里。一小盒弹丸从衬衣最底下的纽扣中间滑了进去，贴在皮肤上。还有好些事情要做。他扛着一只福特车的引擎盖沿着河岸边的小路往上游走，引得小鸡崽都过来避雨。他经常需要停下来休息。夜里下起雨来，矮树丛中他的衣服全湿了。

小房子上垂满了猩红色的喇叭花，扭曲的钢筋结构中盛开着野花，也不知道是什么奇迹让油脂和煤渣都变成了沃土，废品商的空地变成了一座花园，并且因为是从幻觉中涌现而显得更加可爱。到了篱笆跟前，哈罗盖特停下脚步，把引擎盖靠放在那里。他推开沉重的门，一只蜂鸟从院子里的花丛中飞了出来。雨水还在顺着沥青纸做的屋檐往下滴，落在明亮的水洼里，洒在汽车冒烟的灰色后盖上，那些车趴在青草和蕨叶上，像是人工饲养的牛群。他敞敞开着的门。棚屋角落里的手杖在风中轻轻作响。在这个古朴离奇的河畔花园，万物都安静地沐浴在阳光里。

你要什么？废品商问。

哈罗盖特退后一步，循声而去。对方正半醉半醒地靠在一扇小窗户底下。

你还记得我吗？哈罗盖特说。

不。

好吧，听着。我需要一个车引擎盖。

等一下。

他移到门口。张开五指攻击遮蔽双目的东西。

什么样子的？他问。

福特那种。

具体哪一年？

我不知道。我把它放在外面了，你能帮我配一下吗？

废品商吐了口唾沫，看了看他，绕过此人往门廊外走去。

在哪里？他站在院子里，手掌放在后腰上，眯缝着眼睛四下张望。

就在那边，靠在篱笆上。

那人顺着他的手指看了过去。但愿它不要靠得太紧，他说道。他信步走到篱笆前，俯身往下看，然后用力一推，引擎盖砰的一声悲催地倒在了尘土里。废品商仔细检查了引擎盖，然后看看哈罗盖特。哎，伙计，他说，这个有什么问题吗？

我希望它没啥问题。我只是还需要一个。

对方看了他几分钟，然后穿过院子走了回去，又进到了棚屋里面。

哈罗盖特往里张望，那人躺在小床上，抬起一只胳膊遮住了眼睛。

喂，哈罗盖特说。

我可没时间和你胡闹，废品商喃喃道。

听着，哈罗盖特说，我需要两个差不多的来搭条船。

废品商把胳膊从脸上移开，瞪着天花板。

我想把它们焊在一起，然后把这些洞补上，这样我就能有条船了。

船？

是的，先生。

你们这群狗娘养的是怎么找到我的？

不是，只有我一个。

你们这群神经病。我正希望能够抓到那个一直把你们派到这儿的家伙。

我是自己找来的。

是啊，是啊。

你难道没有能和这个配成对的引擎盖吗？

我有一辆四六年的，除了没有镀铬，跟那个完全一样，想要的话你可以付六美元买走。

好的，我想和你谈谈那东西。

他往河边走去，看上去像一只巨大的乌龟，焊接过的引擎盖压得他东倒西歪，尾部的那块拖在夏日的尘土地上，留下一道痕迹。他还没有想到任何办法来捎上这锅沥青，便把它绑在一只脚踝上，拽着它在身后跑。他来到包装工厂的上方，让船滑过草地和泥泞的河堤。渗进来的水看上去像一连串墨水珠子附在涂了沥青的船底。他弯下腰，打开沥青锅，放进船内，然后小心翼翼地迈腿跨了进去。钢架的某个地方弯了起来，轻轻发出一种沉闷的塌陷声。他紧紧抓住两边，跪着往前挪动。船的尾部从淤泥中翘了起来，他终于漂进了河里。

妈的，吓死人了，哈罗盖特激动起来，但还是有点儿紧张。他脱下衬衫，挤掉水，好看清楚哪里破了。过了包装工厂之后就是木料场。

这是什么？岸上有位观众问。

船，哈罗盖特喊道。

等到了桥下，他坐到了船的中间，两只脚岔开伸在前面，享受着阳光和河面微风的滋润。他用手指划水，驶进了古斯溪。在窄小的河口处，他仰面躺倒，一只手扶着墙轻松地推着自己前进，上方是铁路的矮桥，泥蜂在头顶筑窝，爪尖有小吸盘的蜥蜴从他的脸上滑过。等到了溪水上游的苏格兰峰脚下，他站在了新船的尾部，用一根捡来的棍子撑起船来，圆圆的船头在回水区厚厚的波纹状淤泥中掠过。

他把船像独木舟那样倒过来，用木棍撑好，他整夜都待在底下，面前生着一小堆火。韦斯特尔地区的男孩们都过来围观，羡慕极了。年纪较小的那群男孩中的一个被派去他母亲的院子抓了一只鸡，大家把它拔了毛，串在一根铁丝上烤熟，他们互相传着喝了一罐热皇冠可乐，当中还撒了几句谎。

第二天早上，他用狗链改的桨锁在船身固定了一块木板和一只裂开的桨，然后划着船从小溪驶入河流。这个古怪的幽灵吱呀吱呀地游荡在雾中。没走多远，他就被刚刚从下游出发的沙子公司的挖泥船撞上了。空中一张脸从雾中掠过，甚至没有从漂浮的驾驶室中往下看一眼。哈罗盖特站在自己的船里，举起一只拳头，可是第一波擘浪就差点把他甩进河里，他赶紧坐回去，骂了几句直白的脏话。

他背对升起的朝阳往上游划去，想象着自己经过的桥梁拱门中有一间豪华大平层和一副可伸缩的软梯，他把船泊在一根桥柱子旁，让所有大吃一惊的市民感到有点恐怖。他驶进苏特里家，用指节轻轻敲了敲甲板。嘿，苏特，他喊道。

苏特里从铺上坐起身，往外看去。他看见河里伸出一只手抓住了船屋的甲板。他滚下床，走到门口，穿着短裤绕了一圈，最后他站住，低下头，看见了城里老鼠。

挺顺滑的，是不是？哈罗盖特说。

你会游泳吗？

明天的这个时候跟你说话的就是一个有钱人啦。

或者一个溺死鬼。你从哪里弄来的这破玩意儿？

自己做的。我和酒鬼哈维。

老天爷，苏特里说。

你觉得怎样？

我觉得你他娘的疯了。

你想不想上来坐坐?

不。

来吧，我带你。

吉恩，除非是在干的地上否则我绝不会坐到那玩意儿里面去。

好吧，我得走了。

哈罗盖特把船往后一推，拿起拖在船尾的桨。我有好多事要做，他说。

苏特里看着他往上游划去，那只连龙骨都没有的古怪装置一路颠簸，轻快地在水面上掠过。行驶状况居然很棒。

哈罗盖特来到一号小溪，他从铁路栈桥下划过，继续向前直到抵达一个由废弃机器与堆了几层的高大矿渣堆组成的峡谷。他把船系在一棵小树上，退到河堤上欣赏起自己的杰作来。

他想打个盹，可是躺在高架桥底下很热，头顶又是车流涌动，他开始幻想富裕的生活，脚上都情不自禁地做出了小跑的动作。下午晚些时候，他起了床，到处转悠，拉了拉换了崭新红色胶皮的弹弓，朝着光线射出了几块扁平的石头，它们撞击在一起然后弹开，如音符般在初现宁静的夜空里异常清晰地奏出七弦琴的琴声。

他从溪口出来，从一群好奇的黑人渔夫面前经过，他一边慢慢地划桨，一边抬头研究天空。他缓缓地驶向上游，经过最后一间棚屋，一直走到大理石公司。平静的夜晚里风向变了，他按住桨，轻轻放回船尾两侧，拿起了他的弹弓。他用手指捏起弹弓的皮筋，放进弹珠。飞出一颗，落在那边。一只夜鹰转着圈子，聒噪地叫着。他把弹弓皮带向后拉到快到地面，然后松开手。再来一次。在夏日树木的枝叶间南岸人家的灯光随意地照了过来。霓虹灯下城市夜景绽放，它们的水中倒影像褪了色的疮疤。蝙蝠在波光闪烁的空中时飞时停，它们纵横交错，摇曳生辉。夜幕降临，却也仅此而已。他在桥下漂了一会儿，然后放下弹弓，拿起桨，回去了。

这是一个适合沉思的炎热夜晚。他把双手放在胸前，静静地躺着。在弧形的桥洞上方萤火虫在夜色中忽明忽暗地飘动，晚风吹来了令人陶醉的忍冬香气。

那是个白发苍苍、面容慈祥的药剂师，他友善地从个人专属的高讲坛上俯下身子。巨大的风扇在头顶转动，令秘方和泻药的臭味飘来荡去。柜台后面放着大玻璃瓶、陶罐和彩色玻璃瓮，里面盛着化学药剂，还有一些瓶口塞了棉花的瓶子，冷冰冰的，里面装满了各种颜色的药丸。哈罗盖特的下巴紧贴在冰凉的石头搁板上，注视着这仿佛要施展炼金术的场景，目光中有一种因似曾相识而引起的刺痛，可他自己也说不清是什么原因。

请问你要买什么？科学达人紧握双手问。

我需要一些马钱子碱。

你要一些什么？

马钱子碱。你知道这东西，是吧？

当然，药剂师说。

我想我需要满满一大杯。

你是打算在这儿喝掉还是带走？

见鬼，我可不会喝它。这玩意儿可是毒药。

那么是要给你奶奶喝吗？

不，哈罗盖特狐疑地伸长了脖子，她已经死了。

药剂师从便签本上撕下一张纸，拿着笔站了起来。告诉我每一个你想毒死的人的名字吧，他说，我们有规定，要做记录。

我怀疑你在讲笑话，哈罗盖特咧开嘴，不自然地笑了笑。听着，他说，你知道这里的那些蝙蝠吗？

是的，当然。

好的，药就是用来干这个的。告诉你无所谓，因为除了我谁也没法搞定剩下的所有蝙蝠。

我相信这是真的，药剂师说。

我没有带东西来装它。你有坛子之类的东西吗？

你多大了？药剂师问。

我二十一岁了。

不，你没有。

那你为什么要问我？

药剂师摘下眼镜，闭上眼睛，用拇指和食指捏了捏鼻梁。他重新戴上眼镜，低头看着哈罗盖特。他还在那儿。我不能把马钱子碱卖给未成年人，他说，也不能给脑子不正常的。这些都是违法的。

好吧，哈罗盖特说，你说了算。

嗯，药剂师说。

哈罗盖特沿着药房雪白的过道侧身离开，身旁是井然有序的几排药罐和坛子。头顶的旋翼缓慢匀速地划破充满消毒剂味道的空气。他用一只手推开门。铃响了。一根细杆伸了出来，吸走一个小活塞。药剂师压根儿没动。

你这老东西，哈罗盖特骂骂咧咧地跑开了。

苏特里摇了摇头。他卷起裤子坐在河边，赤裸的双脚伸在水里。

喂，苏特。

吉恩。

嗯。

我才不会去那该死的药店买马钱子碱。不为你，也不为别人。

该死，苏特，他们会卖给你的。要是我告诉你我想拿它干什么，你会帮我吗？

不会。

他们坐在那里，盯着苏特里泡在水里的脚趾。

听好，苏特……

苏特里把食指塞进耳朵里。

哈罗盖特贴得更近了。听着，他说。

他在"恶臭角"等着，用一只眼睛测量太阳落下的情况，另一只则望眼欲穿地盼着他朋友的到来。他拿着一只馅饼盘，里面放了一块厚厚的、爬满蛆虫的猪肝，他正用小刀把它切成小块。苏特里从杂草丛的另一头过来了，热得汗流浃背，他蹲到河堤上，从牛仔裤屁股口袋里掏出了一小包东西。给，你这疯子，他说。

哈罗盖特乌黑的老鼠眼睛露出了欣喜若狂的神情。他解开绳子，从纸包里面拿起一个小玻璃瓶，仔细看了看。白色的标签上画着绿色的骷髅头图案。臭老鼠，他说。谢了，苏特。感谢屎了。

你欠我两美元。

老伙计，这点钱现在不算什么了。你明天早上就能拿到。

苏特里看着他继续往草丛深处走，一直走到河边，他的船用一截铁丝拴在一块煤渣砖上。他转过身笑了笑，便抬脚踏进了船舱，一只手握着那个瓶子，另一只则拿着那罐猪肝。他小心翼翼地坐下，把东西铺在面前，然后身体微微前倾，从口袋里掏出用枝杈做成的小弹弓。他把船从陆地解开，抓起暂时凑合用的桨，轻轻地放进水流，驾船离去。

站在船屋的甲板上，苏特里略带厌恶地看着这个半疯癫少年的滑稽动作。哈罗盖特站在船体中间，拐来拐去地乱划。安静的晚上，河面变得清澈。苏特里自言自语起来。他还没说多久，一只没精打采的蝙蝠歪着身子疯了似的飞入空中，扑通一声落在河面上，拍了几下翅膀就不动了。苏特里从折叠椅中坐直了身子。蝙蝠开始从空中的各个地方掉落。长着翅膀的小生物在河里挣扎。哈罗盖特划船行驶在它们中间。其中一只落在了苏特里的铁皮屋顶上，发出温柔的砰的一声。另一只则掉进了附近的水里。它躺在漆黑的水流中，看上去既惊讶又可怜。

哈罗盖特乘着他的铁皮筏子，用自己设计的抄网把它们捞上船。一只美洲夜鹰弯着翅膀倒下了。接着是一只雨燕和一只燕子。沿着遍地破篱笆和碎石的昏暗河堤，一个新的诅咒降临到稀稀疏疏栖居于此的几个俗物群落，一场蝙蝠引发的瘟疫，一群塌鼻子的小型蛇怪，眼睛长着内眦赘皮，向上竖起的狗耳朵长满毛发，肚子里则充斥着痛苦。在烟雾弥漫的酒红色黄昏中，它们像旅鼠似的撞开水面。[1] 两个黑人小男孩把找到的蝙蝠装进一个半加仑的泡菜坛子，然后拧紧盖子，想要把它们先养起来以备不时之需。哈罗盖特的船底毛茸茸的棕色东西堆得越来越多，奇怪的货物，这些恶魔的小化身挂着邪恶的笑容，露出剃刀般的牙齿。天黑时分，他已经装了半船，借着仓库的灯光，他回到陆地，恰好是在小溪的下方。他把船在停泊处拴好，坐在河岸上，边喝酒边享受傍晚的宁静和醉人的忍冬香气，他在等那堆爬动的蝙蝠全部死光。等它们真的死完了，他把尸体装进麻袋，摇摇晃晃地爬上河岸回家了。

第二天早上他带着货物出发了。怀着轻松的心情和对财富的深深喜悦，他觉得身上的担子减轻了，不过他还是得不时在路边休息一下。就这么走走停停，他吃力地走出了中央大道，弯腰驼背地缩着身子，神态狂野。

---

[1]　许多人认为旅鼠会从悬崖上跳下自杀。

袋子里装的什么呀,孩子?

他从重物底下往外看去,一辆巡逻车停在旁边,问话那人正懒洋洋地倚在打开的车窗上。他把肩上的东西往上抬了抬。蝙蝠,他说。

蝙蝠。

是的,长官。

什么玩意儿,球拍[1]吗?

不,是小动物。那种会飞的老鼠。

警察的脸上保持着一种宽容且饶有兴趣的表情。放下麻袋,让我们来看看你都装了些什么在里面。

哈罗盖特把麻袋从肩头甩下来,放到人行道上,伸出拇指撑开用束带收起的袋口。一股麝香味冒了出来。他把袋子稍微往警察的方向歪了一下。警官把警帽往后拉了拉,弯腰看向袋内。地狱深渊。承蒙恩赐,是一麻袋阴曹地府的景象,麻袋底部堆满了毛茸茸的鬼东西,龇着獠牙朝远方被上帝忽视的城市无声地尖叫。他抬起头,看看等在一旁的哈罗盖特,又看看诺克斯维尔明亮的天空,然后转向司机。

你猜他的袋子里装着什么?

什么呀?

死蝙蝠。

死蝙蝠。

---

[1] "蝙蝠"和"球拍"的英文都是 bat。

好吧。

嗯。

你有什么想法？

我不知道。问问他带着这些东西要去哪里。

你带着这些东西要去哪里？

前面的医院。

警官把下巴贴在肩上。面无表情。狂犬病，他转过头，跟司机说了几句，然后就开走了。哈罗盖特扛起蝙蝠，继续出发。

他爬上大理石台阶，经过门廊里的旧柱子，走到大厅里的一张桌子前。你好，他说。

一个护士抬起头来。

我又拿来了一些。

什么？

还有一些。蝙蝠。

我不知道你在说什么。

蝙蝠。我他娘的抓了整整……我抓了整整一麻袋。

她警惕地看着他。

看这里，他指着袋子说。

她站起身，俯下身子向里看去。哈罗盖特笨手笨脚地提起麻袋，顺便想看看她的乳头。她把手压在锁骨上。他展开麻袋，她立刻往后跳了一下。

乱糟糟的，是吧。

把这些东西拿出去，她低声说。

我要把它们拿到哪里去？

可她已经踩着白布鞋走出了大厅。她带了一个穿白色束腰上衣的男人回来。是他吗？男人问。

哈罗盖特镇定地站着。

让我看看你这里面有什么。

他打开了麻袋口。

男人脸色发白。他朝护士做了个手势。打电话给急诊室，他说，告诉他们我们这儿有一大堆死蝙蝠。

她开始拨号。

你从哪里弄来的这些？他问。

就这里那里，哈罗盖特说。

一个女人来到了大厅。男人走过去，把她领回了门口。

豪泽医生说把它们带过来，护士一只手蒙在电话话筒上说。

告诉他们我们这就来。

我猜你们还不习惯一次性收到这么多，哈罗盖特说。

他们让他坐在一间白色的小房间里，给了他一盒香草冰淇淋。他心满意足地看着墙上的阳光，感觉跟做梦一般。过了一会儿，护士给他带来了一个小餐盘，里面是热腾腾的午饭。

你可以把这个从你们欠我的钱里扣掉，哈罗盖特跟她说。

等到下午，他开始无聊了。他走到门口，向外张望。空荡荡的走廊。他又坐了一会儿。房间里变得更暖和了。他躺在瓷砖地板上，用手轻轻地抱住头。他的思绪飞到了商店的橱窗里。

他看见自己穿着熨过的华达呢风衣和拉链鞋，沿着科默运动中心的楼梯往上爬，嘴里叼着一支细长的雪茄烟，口袋里揣了一把乌木柄、镶银边的意大利弹簧折刀，休闲裤的褶皱下垂着一根金表链。所有人都跟他打招呼，而他正从口袋里掏出一卷钞票。他转身下楼，换了套衣服又走了上来，这次是一件类似于菲泽尔牌的套头衫。深蓝色。浅灰色的裤子和蓝色的麂皮鞋。搭配了皮带。门开了。他坐了起来。

哈罗盖特先生。

是的，女士。

豪泽医生想要见你。

他们走过了三道门。医生正站在一条长桌前，上面摆满了瓶瓶罐罐。护士把他身后的门关上。哈罗盖特站在那里，两手下垂揣在肥大的裤子口袋里。医生转过身，板着脸从眼镜框的上面看着他。

哈罗盖特先生。

是的先生。

嗯。你能跟我过来待一分钟吗？

哈罗盖特跟着他走进一个小办公室。这是一个白色的小隔间，天花板上镶着玻璃砖。头顶偶尔有人走过，脚步悄无声息，还有阳光照射下来。挂在天花板上的管道也被刷成了白色。他把所有东西都查看了一遍。

你收集的蝙蝠可真不少啊，医生说。

一共四十二只。

是的。一只也没有狂犬病。我们很好奇。在它们身上找不到任何记号。

哈罗盖特咧嘴笑了。我猜你们也许以为它们是被射下来的，诸如此类。大多数都完好无损。

是的。我们仔细检查了一只。

嗯嗯。

马钱子碱。

哈罗盖特的脸滑稽地轻轻抽搐了一下。什么？他说。

你是怎么做到的？

做什么？

你是怎么做到的？毒死四十二只蝙蝠。它们只用翅膀进食。

我什么也不知道。它死了。听着。我之前有抓来一只，谁也没说什么。他们没说在捕捉手法上还有限制。

哈罗盖特先生，本市给所有在街道上发现死蝙蝠的人发放奖励。因为我们这里可能因为狂犬病变得危急。这是奖励的目的。我们从未授权大规模捕杀蝙蝠。

我到底能不能拿到钱？

你不能。

妈的。

很抱歉。

好吧。

我很想知道你是怎么毒死它们的。

哈罗盖特舔舔黑乎乎的门牙。你能给我什么？他问。

医生靠在椅背上，重新仔细打量了他一番。好吧，他这才恍然大悟，你要什么？

我想要两美元。

这也太多了。我给你一美元。

一美元再加二十五美分。

好的。

包含晚饭和冰淇淋。

好。

我用的是一只弹弓。

弹弓？

是的，先生。

医生看着天花板。啊，他说，我明白了。怎么说呢？你是不是在碎肉里下毒，然后投到空中？

对。这些狗娘养的东西掉个不停。

太机智了。真他妈的机智。

我能解决任何问题。

好吧，很抱歉你的努力白费了。

也许一美元二十五美分对你来说不算什么，可对我很重要。

苏特里来看他的时候发现一个缩成团的精灵正趴在一只苹果箱子上，用一截咬过的铅笔头画出地图上标识的一条城市地下通道。看上去挺乐观，旁边放着一盏血红的施工照明灯。看到苏特里靠近，一只鲜红色的猫从灯前站了起来，径直走进了黑暗。哈罗盖特抬起头，收拢双脚，露出灿烂的笑容，形同魔鬼，一只飞蛾的影子从他面前掠过又回来，像是某种兆头。

进展如何？

坐吧，苏特。不值一文。

他们不肯付钱？

不是。我给他们了。他们很聪明。

好吧。

我很高兴你能过来。看看这张地图。

苏特里匆匆扫了一下。

它显示了所有建筑的位置，你还可以在上面测量，看到这里的比例尺了吗？

嗯？

好吧，该死，我的意思是，这下面有洞穴，里面都是空的。

然后呢？

老天爷，苏特，这简直就是量身定做的。它们根本是自找的。

苏特里站起身。吉恩，他说，你疯了。

坐下，苏特。看这里。这该死的银行只有……

我不想看。也不想听。

哈罗盖特看着他从血红的灯光里退入黑暗之中。

这就没法推进了，苏特，他喊道，我需要你的帮助。

远处，城市的黑暗中有车经过。

苏特？

一条被链子拴着的狗乱吠着，从搭着许多棚屋的山坡上冲了下来，穿过小溪。

我需要你帮我，他喊道。

那年夏天的头几个月，河面上新来了一个渔夫。苏特里看见他费力地划桨，身下的小船是用各种废物拼凑起来的，有浮木、旧箱子、印着文字和图案的板条箱、用商店招牌补起来的家具部件，还有破帆布，上面胡乱地抹了沥青。这条疯狂的组装船穿行在稀薄的雾气中，划船的是个郁闷的桨手，完全不看左右两边。

苏特里站在特纳先生的摊位前，盯着长条玻璃柜台的里面看。细小的水珠顺着厚重的玻璃斜面滚入镀镍的陶瓷榫眼里。柜里光线昏暗，铺了一层碎冰，还稍微点缀了些欧芹，冰面上躺着一条大鲇鱼，嘴里叼着一个九英寸的餐盘。老人们不断从旁边经过，他们看着里面，议论纷纷。柜台宽阔的黄色侧面贴着一张小卡片，上面写着：1952 年 6 月 9 日捕于田纳西河，重87 磅。

早上好，苏特里，鱼贩子说。

你从哪儿弄来的这个？

今天早上某个印第安人带来的。是条大鱼吧？

这是我见过的最大的鲇鱼。

刚刚老伯特·文森特来过，他也说这是他个人见过的最大的鲇鱼。

我想今天早上你都不需要鱼了。

今早不用了。

苏特里从市场走了出去，打算继续往前到黑人街区去卖鱼。

晚上，他看见铁路栈桥下那个印第安人又出发去钓鱼了。过了一会儿他回来了，把船开进峭壁下的蓝色阴影里，从视线里消失了。八十七磅，苏特里喃喃自语。

早晨他往下游跑去，四处寻找印第安人的小船。他看见它在南岸陡峭的岩石下方随意摇摆。藤蔓沿着悬崖向下延伸，藤上挂满垃圾，一条细细的断裂线先是倾斜向上，然后又折返回头，最终在距离河面一百英寸的一个山洞边停了下来。渔夫就在那上面观望。苏特里举起手。悬崖上的人也朝他举起手。苏特里把桨伸进河里，继续前进。

等他从上游回来时，印第安人正在悬崖脚下的岩石上杀鱼。他看到苏特里就站了起来，看看上面的洞穴，把手放在牛仔裤的两侧擦了擦。

苏特里驾着小船慢慢靠近岩石，然后把靠里的桨放回原处。岩石间有个浅浅的水洼，底下有无数的鱼头透过满是淤泥的积水向上凝望着来自致命世界的道道阳光。盘绕卷曲的内脏在黑暗中逐渐消失，几只铁罐反射出邪恶的光。你好，他说。

嗨，印第安人说。

战况如何?

还行。

我在特纳那里看到那条鲇鱼了。不知道你是怎么把它放进船里的。

是吧,印第安人说。

苏特里的目光飘过水面望向远处,他又抬起头打量那个印第安人。这是个身材高大、皮肤赭红的陌生人,穿着一双快要散架的短靴,衣服破烂,膝盖和肘部没有打补丁,只是简单地用粗线缝了起来。他的衬衣上别着一副用配重鱼线连接的瓷眼珠,它们原本是在一个玩具娃娃的脑袋里晃动的。

我住在上游,苏特里说,就在大桥过去的第一座船屋。

印第安人点点头。我见过你,他说。阳光下,他自己剪的头发看上去泛着蓝光,眼睛乌黑。苏特里不知道他是在看他,还是看着自己脚下的鞋子。

我抓的鱼是这个尺寸,苏特里从船里拿出最小的鲇鱼。

你想要一些钓饵吗?

钓饵?

是的。

你的是什么样的?

等一下,我去给你拿一些。

苏特里注视着他,划动双桨让水重新流动起来。那人向山羊似的爬上悬崖。

回来的时候,他递给苏特里一只罐子。苏特里接过罐子,瞅了瞅里面，又把它转个身朝向太阳，他拧开盖子，闻了一下。该死，他说。

印第安人蹲在岩石上，更近距离地看着他，此刻他正拍着大腿放声大笑。

妈的，苏特里说着，啪的一声把盖子合上了。

别闻呀，印第安人边笑边说。

现在你告诉我，他伸直手臂，斜拎着罐子举得远远的，它不会脱钩吗？

当然不会。

好吧，谢谢。也许我也会抓到一条那种大家伙。

肯定会的，印第安人说。

苏特里把罐子放在座位上，然后从岩石驶出。再次感谢，他说，有空来看我。

印第安人站着，手放在口袋里，微微扬起下巴。好的，他说。

接下来的一个星期，他都没有看见他。那艘疯狂的船不见了。苏特里试了试那种钓饵，可他实在是受不了那种臭味，是恶心的呕吐物的气味。在把它挂到鱼钩上后，他会一遍遍地洗手。第三天早上他捉到了两只乌龟，他把罐子放进深褐色的水中，沉到最后一个喇叭形钓钩后面，然后又换回了自制的钓饵和面团。

星期一的早上，有人轻敲他的门，他顶着黎明的寒冷出来开门，发现是那个印第安人。他还是穿着那套衣服和鞋子，口袋上依旧并排别着那两只眼球。嘿，他说。

进来吧，苏特里说。

钓饵用得怎么样啦？

还行。一直抓到乌龟。

嘿，乌龟。啮龟，是吗？

对。当心头。

印第安人弯腰进了屋，转过身来。

坐吧，苏特里随手指了下光线昏暗的室内。

它们很好吃，印第安人说，这里最好的肉。

是的，好吧。就是处理起来有点麻烦。

你拿给我。我来教你怎么处理。

你想要喝杯咖啡吗？

好的。

那等一会儿。去坐吧。

印第安人交叉着双腿，坐在床铺边上。

我有几天没看到你了。

是的。

苏特里从一个猪油桶里舀了水，倒进咖啡壶里，点上了煤气灶。他估摸着放了一些咖啡。我以前认识一个老头，他会射杀河里的乌龟。可我从没看到有人卖乌龟肉。

哦，好吧。我有时会卖。

苏特里把壶放到灶上，盖上盖子，调大火力。他取下一只闲置的杯子。已经有死蜘蛛蜷缩在了里面，他把蜘蛛扔进垃圾桶，冲洗了两只杯子。等咖啡泡好，他倒了满满两杯，转身递了一杯给印第安人。

他一本正经地拿起杯子，吹了吹。他的身上散发着一股混合了木头烟尘、油脂以及鱼味的浓郁酸味。细腻的皮肤上稀稀疏疏地长着几根胡须。他的手臂瘦削，肌肉纤长，青筋分明。

我一只也没吃过，苏特里说。

一只什么？

乌龟。

你什么时候上我那儿去，我教你处理。

好的，苏特里说。

印第安人抿了一小口咖啡，睁着一双严肃的黑眼睛从杯子边缘的上方注视着他。我被关进了监狱，他说。

什么时候？

上星期。刚放出来。

他们为什么抓你？

游民嘛。你懂的。他们之前就抓过我一次。

你是怎么出来的？

他们让我打扫卫生。他们让我做清洁，然后才放我出去。今天早上我过来的时候发现我的船没了。

你把它停在哪里了？

就在这下边。我想有男孩把它开走了。

你到处找过了吗？

是的。

苏特里看着他。好吧，他说，为什么我们不坐我的船去看看能不能找到它呢?

我会付钱给你的。

没事的。

他拿上鞋和袜子。只要没有拴牢,这群河里的老鼠什么都偷。

他们也许弄沉了它。

它会沉吗?

放上足够多的石头就会。

苏特里摇了摇头。

他们往下游驶去,苏特里划船,印第安人舀水,各自俯身忙着自己的事。

他们那里有好多黑鬼,印第安人说。

哪里?

监狱里。他们抓了一个大块头黑鬼。他们打遍了整个牢房。他们冲进去,用棍子敲他的头。他昏迷了一会儿,醒来又开始咒骂他们。

苏特里停住桨。

他在几个狱卒身上砸出了包,印第安人说。

他出来了吗?

嗯,昨天有人来把他弄了出去。

苏特里继续划起船来。

他们走过最后一座桥,下到了河道转弯处。他们盯着岸边看。

那个不是它,对吧? 苏特里指着一处问。

印第安人垂下眼睛。不是,他说,那只不过是垃圾。

苏特里耸了下肩，把眼睛在肩头轻轻按了一下，然后继续前进。

需要我来划一会儿吗？

不用，没事的。

他们发现他的小船漂在岛屿头部附近的浅水中。苏特里把船慢慢靠过去，放下双桨。印第安人站了起来。

那是个炉子吗？苏特里问。

不，我觉得不是。

他们准是还在岛上。

印第安人扫视着冒着热气的芦苇丛和柳树林。一只如画中鸟似的鸻穿过淤泥地带。苏特里拿着绳子走了出来，他们一起把小船拖上了岸。

野草丛中有一条小路通往前面的小岛。他们走得很小心。红翼歌鸫一边啼叫一边在空中盘旋。

他们进入了一块空地，烧焦的树枝和熏黑的石头说明这里曾经有一堆火。还有几个空了的豆子罐头。他们在这片林中空地上走了个遍。

看来他们匆匆离开了，苏特里说。

是的。

他们不可能走远。

让他们走吧，印第安人说。

嗯？

嗯。

好的。

他们转身离开了那里，苏特里跟在印第安人后面。芦苇顶端不断有蜻蜓飞出，就像是中国小风筝。

你叫什么名字？苏特里问。

印第安人回头看看。迈克尔，他答道。

别人是这么喊你的吗？

他又转过身。不，他说，他们会喊我托托、瓦胡或者酋长。可我的名字是迈克尔。

我的名字叫苏特里。

印第安人笑了。苏特里想也许他会停下脚步跟他握手，可他并没有这样做。

他们把船里的水舀掉，让它漂浮起来，苏特里把它推到灰褐色的河水里。印第安人拿起桨，掉转方向朝上游划去。我要怎么报答你？他问。

什么也不用。

好吧，有空来看我，我教你处理乌龟。

苏特里举起手。好的，他说，小心警察。

印第安人把桨伸进河里，渐渐驶远了。

苏特里跨上自己的小船，走到船尾，伸出一只桨将船身推离了水岸。印第安人那艘东拼西凑出来的船很快就驶入了上游，船上的灯光闪烁不定，时而被绵延弯曲的河道裁断，时而又借助水上漂浮的扁罐头连接回去。他把双桨下到水里，朝岛内划去。他沿着河岸寻找小偷们的踪迹，看见柳树林中一只麝鼠露出了鼻子，芦苇丛底下一群苍鹭在巢里发呆，它们有着小穗状的鸟喙和纤细的食道，肉和羽毛都是粉红色，柔若无骨的腿划着圈子。他又往河岸靠了靠，想看得更加清楚。真是奇怪的小动物。当他把船划到它们旁边，一块石头呼啸着从他耳边经过。他弯腰躲开，朝岸边的蕨草丛中望去，可还没等他回过神来，又有一块石头嗖地从柳林中飞出，砸中他的前额，他顿时向后摔进船里。天空一片血红，旋转升高，像巨型拇指的指腹，牙齿后面涌起一股麻木的感觉。一只桨从船上松脱下来，被水冲走了。

小船顺流而下，驶过码头，一直漂到小岛的尽头。苏特里摊开四肢躺在船底，鲜血流进眼睛里。一根树枝从空中垂下。他撑起身，抓住船舷。他觉得喉咙里有铁锈味，便往水里吐了一口带血的黏液。他靠着船边跪倒，往脸上泼了点水，沾血的脸庞变得滑溜溜的，水里也漂起了一条条凝结的血丝。他轻轻地摸了摸鸡蛋大小的肿块。整个脑袋都抽搐起来，甚至眼睛也发疼了。他望着上游的小岛，破口大骂起来。丢了的那只桨漂在几码开外的下游地方，他划船追赶起来。湍急的水流依然闪闪烁烁地泛着光，鲜血止不住地从前额淌下，他感觉有点恶心。他拿回那支漂走的桨，沿着主河道重新往上游划去。他注视着小岛的河岸，却什么也看不见。过了一会儿，他头上的血止住了。

在亚伯的酒馆，多尔开了门，将他从头到脚地打量了一番。唔，她说，你是怎么回事？

不知道哪个混蛋用石头砸了我。

呃，好吧，她摇着头说，进来吧。

亚伯怎么样了？

等他进门，她关上了门。

在那间陈旧昏暗的房间里，苏特里转过身来。你为什么不告诉我他出事了？

没有他我活不下去。

他在哪里？后面吗？

她举起一只手给他指了方向，他掀开帘子。起初他看不清对方，渐渐地黑人半闭着的肿胀双眼显现出来，然后是那张反光变形的脸。破掉的嘴唇痛苦地嚅动起来。嗨，年轻人，他说。

寂静中，苏特里听见他吸气的声音。嘿，亚伯，他说，你好吗？

我很好。刚才小睡了一下。天这么热你来做什么呀？你打到鱼了吗？

一无所获。你去看医生了吗？

一阵沙哑的笑声震得塌陷的床垫弹簧吱吱作响。他躺在枕头上转过头来，似乎想要找到一个更暗的地方来安放它。我干吗要找医生？

我想你需要一些帮助。

也许吧。不过我还没到要找人修的地步，也不用别人替我祷告。

需要我给你带点什么来吗？

啊，年轻人，我什么也不需要。

有人告诉我你想要打遍城中的监牢。

对付那些白人你没有别的办法。他们需要把自己的假发系得更紧一点。

我记得他们上一次逮捕伯德·斯拉瑟和山姆·斯拉瑟时，诺克斯维尔的街头巷尾都是警察，一连好几周，你能看到他们缠着绷带，黑着眼圈，瘸着腿走来走去。

琼斯咯咯咯地笑了起来。

我想，照那种情况，我们这星期或许也能碰到几个。

啊，琼斯说，我只希望有一个这样。

谁，奎因吗？

琼斯没有回答。你的小朋友呢？他问，他没把自己淹死在那条船里吧？

目前还没有。

有一天他上这里来，想要把什么东西卖给老太婆，他叫它们小鸽宝。

小鸽宝？

他是这么说的。我看倒像是老鸽子。不过他给它们都穿上了衣服什么的。他有点古怪，不是吗？

他是个疯子，就像掉进了奶罐里的老鼠一样。

琼斯笑出了声。

我去住宅区啦。你要我给你带点什么吗？

算了。

你确定没事吗？

他转过伤痕累累的脸。替我做件事，年轻人。

说吧。

帮我去找一下"妈妈希"女士。告诉她我想见她。

多尔不能替你去吗?

多尔不希望我和她扯上关系。她来这里,才不会被她赶跑。你去跟她讲吧。

还有别的事吗?

没有了。很感谢你。

好的。保重,回头我再来看你。

好的,黑人说。

他穿过田野,走上前方大道,然后拐进一条陡峭的煤渣小路,沿途经过了一群鸡和一条熟睡的狗。这条路上有一片刺槐树林,巨大的豆荚挂得到处都是,黑压压的树枝上贴着被风吹起的纸张,弄得林子里光影斑驳,朦朦胧胧,报纸和垃圾如帐篷般支起,风筝的残骸被雨淋得破破烂烂,穿在刺槐的刺上。他跨过一根半露在地面上的铁质污水总管,下到一个有些年头的石灰岩水池,许多年前这个水池被当作本市的垃圾场给回填压平了。现在它是林间的一小块空地,中央位置有一座木板搭建的棚屋。苏特里沿着小路过去,走出了最后一片树林。一只伯劳飞了起来。几只俏丽的郊区小鸟探出头来看他,是很华丽的长尾鸟,但他不知道是什么品种。它们换下来的羽毛散落在院子的尘灰之中。他走到门口,用指节敲了敲门。

开门的是一个穿着寡妇的黑纱裙、黑炭色的女矮人,戴着细小的金丝眼镜,用一根链子挂在脖子上。她还不到四英尺高,握着门把手的手已经举到了耳边，像个孩童，抑或训练有素的家养猿猴。她抬头望着苏特里说，我看你不是为了自己来的。

是的，夫人，他说。她转动脑袋，稍微歪了一下。他说，我是为了亚伯·琼斯来的。他想知道您是否可以去他那里一下。

进来吧，她退后一步说。

他异常顺从地走进屋里。她把门关上，里面几乎全黑。她领着他走过大厅，穿过一扇挂着帘子的门。窗框上钉着黑色的窗帘。他能够辨认出一张桌子、几把椅子和一张小折叠床。

请坐，她说。

他坐在桌前，四下张望。她走出了房间。昏暗中奇怪的感觉愈发强烈，仿佛置身梦境。桌上放着各式各样的银质花瓶、烛台、小碟子和碗，全都蒙着黄色的玻璃纸。壁炉的煤闸门已经坏了，靠放在砖头上，壁炉架上方斜挂着一面镜子。壁炉架上面则摆着一盏台灯、一个花瓶和一只大理石座钟。看上去似乎是标本鸟。还有一些更小的东西藏匿在黑暗之中。桌上的电扇一直在摇头，隔一段时间便用一阵阵恶臭的气流洗涤他的周身。带花纹的墙纸直接糊在了搭棚屋的板条上，接缝处的墙纸皱皱巴巴，还开裂了。到处都挂着黑人的画像，古怪全家福上几副面孔目光凝重地看向画外。它们悬在黑暗中，像为死刑犯开设的画廊。穿的都是自制的衣服。

他听见地窖门吱嘎一响。壁炉前的蓝色煤桶里，带枝的鲜花颤动起来。

他能听见她从外面过来，有门闩转动和软底鞋摩擦地面的声音。她走进来，关好门。趁着门关上的瞬间，苏特里看见衣帽架上用铁丝挂着几只游乐场的小鸟玩具，随着风摇摆转动。她走到他面前，一只手捧住他的头，另一只手里举起一个奇形怪状的小东西，包在一只旧袜子的脚指头位置。苏特里伸手挡住那玩意儿。等等，他说，这是什么？

待着别动，她说。

他往后退了退。他抓住她的前臂，像是握着一根细柴火。

当个傻瓜不好吗？她说，这是冰，孩子。坐着别动。

他缩进椅子里，她把冰冷潮湿的布片敷在他前额的肿块上，然后牵起了他的一只手，那种微妙的感觉让你想起和栏杆后的猴子手碰手的情形，又或是养过一只浣熊当宠物的经历。她拉着他的手放到冰上，让他自己按住那里。一小股水流沿着他的鼻子淌下。他的额头开始发麻，感觉舒服多了。

你最好也带一些这个给琼斯，他说。

他怎么了？

上星期在监狱里被人打惨了。我想这就是他想见你的原因。

他才不会在乎这种事呢。杀掉敌人才是他想要的。

杀掉敌人？苏特里低头让水淌下来。

嗯哼。

哪些敌人？

她站在他坐着的椅子旁边，眼睛正好和他的齐平。她看着他。一张饱经风霜却又无动于衷的脸。一副用冰冷黑蜡削出的面孔。她做了个手势，伸出一只胳膊，暗示这面薄木板墙以及刺槐树林之外的世界，这动作庄严且透着慈悲，标定了无数冥顽不化的白色军团。就是那些。她把一根手指放进嘴里调整起牙齿来。

苏特里站起身，说他要走了。

她掀开帘子让他通过，苏特里走向门口。他握住门把手，突然停在那里。我该怎么跟琼斯说？他问。

我不能去他那里。

他真的希望你去。

嗯嗯。

他需要你去。

我知道。

我能把他带到这里吗？

他知道我在哪里。

好吧。

他拉开门。白花花的阳光刺得他睁不开眼。谢谢你的冰块，他说。

嗯嗯，她应道。

等他回到街上的时候，冰已经全化了。他便到霍华德·克莱文杰的杂货店又拿了一块。掀开饮料箱生锈的盖子，在冰水中翻找大小合适的一块，光溜溜的冰块形状各异，连带着细小的纸片和剥落的油漆碎片在瓶颈之间滑来滑去。"大嘴巴"坐在摇椅里看着他，等他从盖子后面站起来把一块冰拍在额头上时，他大笑起来，喘着粗气，身子前仰后合，脑袋晃个不停。

哦嗬，苏特里说。

谁动了你的脑瓜这边，宝贝？

苏特里向后仰去。硬纸板做的天花板上钉着奇形怪状的纸片。

苏特，谁招惹你啦？

我撞在门上了。

嘻嘻，"大嘴巴"轻笑。

你的那些疯疯癫癫的朋友今天都去哪里了？

都出去了。

很好，苏特里说。他把冰块按在头上，走了出去。克莱文杰懒洋洋地坐在椅子里，双臂交叉，在他经过柜台的时候睁开一只眼，然后又闭上了。苏特里爬上山坡往城里走去。

等他回来时已经是傍晚。他坐在门廊上，看着河流淌过。不等夜幕降临，他站起身，沿着河往亚伯·琼斯的酒馆走去。

两个白人男子在角落里喝着啤酒，多尔在厨房的小火炉上煎着汉堡包。他穿过房间，拉开帘子。床是空的。他又拉开另一侧的塑料浴帘。琼斯正站在小便池前，一手扶墙撑着身子。他穿着一条卡其色的内裤，即使只是借着临河小窗里透过来的微光，苏特里也能看见他身上银河般密密麻麻的疤痕，很多修补过的陈旧伤口，还有平滑的青灰色缝合痕迹，看得他倒吸了一口凉气。他看起来就像电影里的暗黑怪物，被一只冷漠的手用墓地里的散件拼凑缝合而成。苏特里松开手让帘子落下。

她怎么说，年轻人？

她说让你过去。

他看着地板，等待答案。琼斯却什么也没说。

我告诉她你需要她过来，可她不愿意参与其中。

好吧。

你要我再去试试吗？

不，到外面去喝杯啤酒吧。

你觉得你能过去吗？

总有一天我会去的。

苏特里回到前面的房间。

要来个汉堡吗？多尔问。

苏特里说要。

他从冰箱里拿出一瓶啤酒，走到远处的角落坐下。两个男人盯着他看。苏特里对着瓶子灌了一大口酒，然后把它放到身旁的大理石上。她穿着家居鞋拖着脚走了过来，把一个厚盘子放在了他的面前，里面有一个汉堡和一些泡菜，然后她便走回去了。

嘿，两个男人中的一个说。

苏特里看着他们。

为什么他先吃上了？他在我们后面来的。

她从胶合板做的柜台后面抬起头来，一只眼睛眨了眨。她看上去特别疲劳。他在这里工作，她说。

他们看看苏特里。他拿起汉堡，啃了一大口。胡椒味很重。油脂丰富，蛋黄酱滴到了盘子里。

嘿，伙计，你在这儿工作？

苏特里看着那两人。他们的脸色不太好。

再给我们拿点啤酒来，怎么样，好伙计？

他指着多尔。跟她说，他说。

见鬼，她说你在这里工作。你难道不是服务员吗？

妈的，我们或许会付很多小费，可你并不知道。

苏特里放下啤酒，坐在椅子里向前倾了倾身子。我要告诉你们这些傻瓜一件事，他说，你们要是惹毛了里面那个大混蛋，他可是会出来把你们弄死在自己的座位上。

他们朝他指的后面看去。其中一个转过头对另一个说，他回来了吗？

妈的，我怎么知道。

我以为他在牢里。

苏特里看着多尔。她正在给一个个肉饼翻面，阴沉的脸上油光锃亮，还冒着水汽。

我们外面见，混账，坐在桌边的那个人说。

没问题，苏特里说。他吃完了汉堡，喝光瓶中酒，然后站起身来。他把盘子和酒放在柜台上，用袖子擦了擦嘴。

多少钱？

你不用付钱。

谢了，多尔。

你不能把那个女巫带到这儿来吗？

苏特里咧嘴一笑。她不肯来，他说。

嗯哼。她拿着盘子从柜台后面走出来，苏特里走到门口。

他想听听那些男人还要说些什么，可他们什么也没有说。

他连灯都没点就爬上了床，天刚亮他又起来了，跑到外面去放鱼线。

当他带着渔获回来时，印第安人的小船正泊在悬崖下的岩石旁，印第安人在山顶用一声尖锐的口哨跟他打招呼。

苏特里挥挥手。

印第安人把手拢在嘴边，叫他把船靠边。苏特里把左桨横着放平，驶入岩石的阴影之中。印第安人沿着小路往下走。苏特里搁好桨等他过来。

我给咱弄了只乌龟，印第安人说。他弯下腰看看苏特里，你怎么了？

什么怎么了？

他指着苏特里的脑袋。苏特里把一根手指轻轻地放在伤口处。我昨天弄伤了。你的那些哥们儿干的。

我的哥们儿？

昨天你走了以后我又回去看了下，结果有人用弹弓打了我。

他可真准啊。

苏特里抬起头，想看看他是不是在笑，可他并没有。他直起身，走下岩石。来吧，他说，我给你看你的晚餐。

苏特里顺着绳从小船里爬出来，快步跟上。印第安人从岩石中间捡起一根绳子，两手交替着用力往外拖。一个庞大的身影赫然显现又下潜消失了。它钻进了岩间水洼的暗处，在沉陷的鱼头之中缓慢穿行。苏特里遮了一下眼睛。它升了上来，头被紧紧拽住，一个青绿色的身形逐渐显现，头颅被粗糙的皮革裹覆。印第安人站稳双脚，手往上一甩，便将它湿淋淋地从水里拎了起来，摔在岩石上。它卧在那里，眨巴着一对猪眼睛恶毒地盯着他们。它的下颚被一段铁丝扎住了，印第安人抓住铁丝猛地一拉。乌龟低下头，发出嘶嘶的声音，下巴都撕裂了。印第安人摸出折叠刀打开，他拉紧乌龟猥琐的脖子，刀口迅速向上一挥就把它的脑袋砍了下来。苏特里不由自主地往后退了一步。嶙峋的乌龟脑袋挂在铁丝上摇摆不定，两只撑地前爪的中间像母狗黑乎乎皱巴巴的阴部，慢慢地涌出近乎黑色的血水。血顺着石头流下去，滴进水里，那只乌龟在岩石上缓缓移动，朝河边挪去。

印第安人解开铁丝，把乌龟的头扔进河里，他揪住乌龟尾巴将它提起，准备把这血淋淋的玩意儿甩给苏特里，让他去掂掂重量。

苏特里伸手接住它的一只后腿，可他刚碰到那只腿，它便立刻缩进了鳞片纹路的龟壳下。

你可以这样抓它的尾巴。

他越过印第安人紧握住的手，接过了无头的乌龟。血一直往下滴，溅开在岩石上。

你感觉它有多重？

我不知道，苏特里说，真是个大家伙。也许有三十磅？

也许吧。把它放在这里，我们来处理它。

苏特里把乌龟放在岩石上，印第安人四处搜寻，终于找到了一块大石头。

看着，他说。

苏特里往后退了退。

印第安人举起石头，重重地砸在乌龟背上。龟壳嘎吱一声塌陷下去。

我从没看人杀过乌龟，苏特里说。可印第安人已经跪在地上，用折叠刀割下破碎的甲片，丢进河里。他把乌龟肉从腹甲上剥下来，用拇指抠出不算多的肠子，然后剥去了乌龟爪子上的皮。他又把乌龟拎了起来，手里吊着的没头玩意儿是一团湿答答的类似胎儿的灰色东西，这个暗淡的返祖者没有生气地滴着水。

这里有很多肉，印第安人说。他把它放在岩石上，弯下腰把刀浸在水里漂了漂。

你要怎么做它？苏特里问。

放在锅里慢慢炖。多放点蔬菜。多放点洋葱。我放了些我自己的东西。过来，我弄给你看。

我得到城里去卖鱼了。它需要炖多久？

三四个小时。

好的，要不我晚上再来？

好的。

苏特里看看印第安人手里那只滴水的乌龟，剥掉壳后是个囊袋的形状。

你可一定要来啊，印第安人说。

我会来的。

他把船推离岸边，拿起双桨。印第安人举起乌龟，像捧着一个香炉似的在胸前摇晃。

就在他离开市集屋的时候，天开始下雨。商人们纷纷拿起长杆从外面拉下雨篷。小贩们在卡车中间跑来跑去，忙着把商品收进车里，一位胸前身后都挂着《圣经》广告牌的疯先知跌跌撞撞地走过，对着天空阴郁地喃喃自语。苏特里走进巷子，走上了科默运动中心的后楼梯。

一群哑巴在后面的桌子上打赌弹珠的台球游戏，一些人举起手来跟他打招呼。苏特里也抬了抬手，走到洗脸池旁拿纸巾。一个哑巴朝他做了个手势，用右手在烟雾缭绕的空中写字。苏特里把脸擦干。他以为自己领会了要点，便点点头，用手指拼出几个词，却有些迷惑，就擦掉重写了一遍。他们点点头，以示鼓励。他比画出对他们说的话，哑巴们沙哑地大笑起来，互相用肘推推别人。苏特里咧嘴一笑，向午餐柜台走去。

靠墙的地方，埃迪·泰勒正在单手跟一个陌生人玩灌球，他让了对方两球。苏特里坐在柜台边，转过凳子去看比赛。球在毛毡上滚来滚去，狠狠地砸进球袋里，泰勒哈哈大笑，一边调侃一边往球杆头上打粉。弯腰，推杆。那颗球一骑绝尘，从库边弹回，哗啦一声落入袋中。

"诺克斯维尔大熊"，"大马"哈利一边往收银台走一边大声呼叫。

"种马"擦着苏特里手肘周围的台面。你要什么，苏特，他问。

给我一杯巧克力牛奶。

嘿，伙计，杰克说。

嘿，杰克。

杰克朝不锈钢痰盂里吐了口唾沫，擦擦嘴巴。"大熊"这家伙能把球遛到随便哪个袋子里，不是吗？

是啊，苏特里说。

就在他喝牛奶的时候，小个子怪家伙伦纳德坐到了他旁边。他先是俯身去看比赛，然后又往后仰去。嘿，苏特？

嘿，伦纳德。

耶格是什么？

耶格？

一个 Y，一个 E，两个 G。

苏特里看着伦纳德。谁那么喊你？

那是什么？

好吧。我也不清楚。耶格呢……我猜是指小强盗。

小强盗吗？

差不多吧。

哦，好吧。

我从没听过这个词，只在这傻帽报纸上看到过。

哦，好吧。伦纳德神经兮兮地四下张望了一下，便站起身。回头见，苏特。

苏特里看着他往外走到前门的楼梯处。"种马"，他说，给我一张报纸。

他在第二页找到了那个故事。昨晚耶格们登上了诺克斯维尔的著名游船"河中女王"号，不过他们的抢劫计划显然不太成功。他微笑着喝完牛奶，在柜台上放下一枚十美分硬币，将报纸推了回去。

"瑞士卷小子"在前边的球桌上玩赌弹珠，苏特里刚找了一把有点歪的剧院椅坐下，他便侧身来到他跟前，翻过拱起的手掌让苏特里看他抽到的弹珠。是1和12。苏特里面无表情地记住了它们。你是要和这些高手过招吗？他问。

就玩一块钱。那小子盯着球台。他已经开球了，12号球挂在了角落的球袋里。弗洛普把他的架杆摆在桌上，又把球杆搭了上去，他慢慢地推杆，一条腿压紧架杆，他击出了球，随后便叹了口气。他把8号球打落了腰袋，主球挨个碰撞了靠着围栏的那些球，最后将1号球撞了出来，又把另一只球推向上方的12号。12号球落进了袋子里。

中了，"瑞士卷小子"嚷了起来，从口袋里掏出那颗弹珠，把它塞进了球台前头的轨道底下。弗洛普抬头看了他一眼，继续给球杆头打粉，他收起架杆，把球杆搭在围栏上，开始推拉球杆瞄准目标。"瑞士卷"移开目光向大厅里看去。杰尔姆·杰尼根厌恶地翻了个白眼。弗洛普把1号球打落在角落的球袋。

双中，"瑞士卷"说，把另一颗弹珠扔到台子上。

妈的，杰尔姆骂道。

摆球，"瑞士卷"又说。

"瑞士卷小子"，杰克一边说，一边把球从球袋里掏出来，用三角框把它们摆好。

"瑞士卷"往台子上扔了二十五美分，收走了从其他玩家那里赢来的钱，他把弹珠重新倒回皮革瓶子里，摇了摇，交给苏特里。苏特里把瓶子倒过来，两颗弹珠落进了他的手心，他把瓶子还给弗洛普。

这狗东西也太走运了，弗洛普说。

"瑞士卷"在台上开了球。苏特里翻过弹珠看了下。是 1 和 15。

苏特，我该往哪边打？

苏特里看看球台。8 号球已经落袋了。

你想往哪边打就往哪边打。

我甚至都不想知道自己摸到了几号，"瑞士卷"说。他把 15 号打进桌角的球袋，开始给自己的球杆打粉。

中了，苏特里说着，站起身，把 15 号弹珠放到了轨道下面。

14 号看起来怎样，苏特？

小子，那也太难打了吧。

"瑞士卷"围着球台走了一圈，瞄准 1 号球，将它撞到对面的球袋里。

又中了，苏特里说。

我去，真的吗？"瑞士卷"直起身咧嘴笑起来。

摆球，杰尔姆说。

弗洛普摇摇头。另一个男人站起身，把自己的弹珠扔到台上，拿过瓶子，将所有的弹珠都倒在了毛毡台面上。让这混蛋自己抽，他说。

好呀，"瑞士卷"说，我还没抽到过黑八呢。

多可爱的"瑞士卷小子"啊，杰克一边说一边把球都摆好。

陌生男人数清了弹珠之后将它们倒回瓶里。"瑞士卷"咧嘴一笑，朝苏特里眨眨眼睛。肯尼思·提普敦告诉我上星期他在这儿和四个高中生玩了一次这个游戏。他是最后一个抽的，轮到他的时候里面只剩一个珠子了。他把瓶子拿起来，问能不能从谁那里借一个来。

苏特里笑了起来。吉米·朗有一次和一个骗子玩翻袋游戏，他们斗了有差不多一个小时，最后骗子说，我们用左手比一场吧，一场算十场。老"杰宝"说好啊，可结果人家是个左撇子。

"瑞士卷"大笑，他弯腰开球，然后伸手去拿抽签的瓶子。苏特里站起身。

你要去哪里，苏特？

我得走了。

妈的，不要现在走。等会儿我们一起喝杯啤酒。

回头再见吧。

"瑞士卷"看看自己抽的号。一起喝喝啤酒，说说废话吧，他大声喊。

苏特里从柜台前走过。嘿，弗雷德，他说。

你好，伙计，弗雷德说。

他推开门，朝站在楼梯口望风的人点点头，便沿着台阶走到下面的街道去了。

晚上，他划着船回到对岸，座位上放着六瓶冰啤酒。南边的河岸完全笼罩在悬崖的阴影里，感觉凉飕飕的。他把船划到印第安人那艘打着补丁的小艇旁，然后系好拴绳，把装啤酒的袋子夹在腋下，开始往悬崖上爬。

上山的蜿蜒小路陡峭且狭窄，靠近山顶的岩石中出现了一个天然的平台和洞穴。印第安人似乎不在附近。岩板上搁着一只皂煮锅，地上的小片灰烬一踩就碎，露出了柴火中间燃烧着的橙色芯子。

嘿，迈克尔，他喊道。

一只蜥蜴穿过石头地板，溜进了草丛。

苏特里用一根棍子挑开了锅盖。一股芳香的蒸汽味道飘了出来。锅子在用文火慢炖。他放下锅盖，走到洞口向里张望。岩石间是天然形成的红色黏土地面。右边有一张桌子，是用木板架在石头上做成的。他弯腰从低矮的石灰岩架下进到洞里，把啤酒放在地上。借着最后一缕日光，他辨认出一张旧铁床的床尾。洞里很潮湿，有泥土和林烟的味道。苏特里回到洞外。他又喊了几声，可依然没人回答。他走到悬崖边，向外看去。夕阳下的城市宁静且纯真。河流下游越往远处河道就变得越窄，块状的田地被雾气笼罩，白茫茫一片，水面很平静，就像画家奥杜邦安放他那些小鸟的多雾风景。他坐在一张破旧的躺椅上，看桥下穿梭的车流。四周一片寂静，只有一只鸟用呜呜嘎嘎的混合调召唤着禁忌的丛林。苏特里看见它从悬崖上飞出，在半空中拍了几下翅膀，又折了回去。他把头向后仰去。一只嫩绿色的纤小蜉蝣从眼前飘过。迷路的蜉蝣目昆虫，肯定是从某个高地田园飞出来的。那只鹬鸟从崖壁的树荫下飞了出来，拍动翅膀，一把抓住蜉蝣，飞了回去。过了一会儿，它又鸣叫起来。咕噜，呼喂，呃啊。苏特里站起身，走进山洞，拿出一瓶啤酒。他掉转椅子坐下，用拇指擦擦瓶口，冲着下面的城市举起酒瓶，默默地敬了个酒，便喝了起来。

印第安人回来的时候天几乎全黑了。他从洞口上方的斜坡下来，落到石头地面上，走到苏特里坐着的地方。

嘿，苏特里说。

你还好吗？

好着呢。去那边拿瓶啤酒吧。我把它们放在里面的桌子上了。

你要一瓶吗？

好的。

印第安人穿过小平台，掀开锅盖闻了闻。炖得怎么样了？

挺好。

他用一根削了皮的木棍搅搅锅里的混合物，然后重新盖好锅盖，往火里填了更多的柴火。他拿着啤酒从洞里出来，递给苏特里一瓶，然后蹲坐在悬崖边上。"约翰·阿吉"号正顺流而来，尾桨在褐色的水流中缓慢划动。他们呷了一口啤酒。河对岸城市的灯光亮了起来。桥上的路灯闪闪烁烁地被点亮。夜之幕墙上，霓虹灯光绽放着神秘的形状，随着一盏盏灯的亮起城市在平原上延伸，夜之国度，万家灯火的浮光掠影撑起了漆黑的天空，星辰退回了自己的位置。蝙蝠从烟道和地窖中升起，在水面上飞舞，像一团团千奇百怪的灰烬在风中翻滚，雨后的空气清新干净。

你不是从诺克斯维尔来的，苏特里说。

不是。

你在这儿多久了？

就今年夏天。

苏特里越过城市的灯光向远处眺望。到了冬天怎么办？

我不知道。

在这里你会冻掉屁股的。

这地方会有多冷？

去年冬天零度以下。

印第安人转过头，把下巴搁在肩上，吐了口唾沫，转回身望着河水。

我在那船屋里差点冻僵。虽说也有炉子之类的东西。

印第安人点点头。

这些代表什么？

印第安人低下头。他摸摸玩偶的眼珠。这些吗？我不知道。好运气吧。

我想它们挺管用。看那条大鲇鱼就知道了。

你什么也没有吗？

护身符吗？

是啊。

没有。我想没有。

印第安人站起身。等一会儿，他说，我拿点东西给你。

他从洞里回来，递给苏特里一片泛黄的菱形骨头。苏特里拿起它端详了一会儿，有一头打了个眼，他把它拿在手里翻来覆去地把玩，想摸摸上面有没有刻着什么，不过并没有找到。只有几道发丝般的裂缝。是牙吗？他摸着打磨过的表面。

这是什么？

印第安人耸耸肩。

你从哪儿弄来的？

我捡的。

我需要把它戴起来吗？还是放在口袋里随身携带就行了？

你想用的话随身带着就行。

好的。

别忘了它。

不会的。他把它举了起来。

你不能把它收起来，然后就忘记了，印第安人说。他喝干了瓶中酒，站起身，穿过平台走到篝火旁。他用勺子把炖菜舀进沉重的白瓷碗里，走回来递给苏特里一碗。苏特里用双手接过碗，端平后开始搅动里面的东西。他舀了一块肉，用嘴含住等它冷却。他嚼了嚼。鲜美多汁，和别的肉的味道不一样。

印第安人又从洞里拿来了两瓶啤酒和一盏点亮的灯，他把啤酒放下，又把灯搁在岩石上，然后像圣像般蹲在地上，开始把炖肉往嘴里舀。苏特里注视着他吃东西的样子，那人眼珠乌黑，在柔和的橘色灯光下似乎有些恍惚，他的下颚缓慢地旋转着，太阳穴的青筋直跳。庄严、沉默、高雅。粗陋的衣服上打着粗糙的补丁，露出一双外乡人的眼睛，还有写了各种威士忌名称的小铅章。坐姿庄重却古里古怪。他伸手拿起啤酒喝了一口，然后晃动酒瓶，隔着褐色的玻璃观察里面的泡沫。我在鱼肚子里找到的，他说。

那对眼珠？

是啊。

那我的呢？

那边的山洞里。你喜欢乌龟肉吗？

棒极了。

印第安人放下酒瓶，拿起勺子。你在河上住多久了？他问。

今年是第二年了。

印第安人摇摇头。你不会一直住下去的。

也许吧。

怎么想起来捕鱼的？

我也不知道。算是继承了另一个人的衣钵。苏特里伸手从地上拿起啤酒喝了起来。岩石边缘的枯草在风中沙沙作响。

那个人怎么了？

不知道，苏特里说。他只说别去找他回来。

赫德尔酒吧里除了几名妓女，就只有古怪的伦纳德。他是个脸色苍白、满脸粉刺的兼职娈童。他们坐在黑色的桌子前，一边喝啤酒，一边交流荤段子，都是些有关嫖客和嫖资的热门故事，半真半假。他看见苏特里进了酒吧，便站起身向他走去。

嘿，伦纳德，苏特里说。

听着，苏特。我有些事情要问你。

我也有些事情要问你。

他朝四周看看。到后面来，他说，给你拿杯啤酒。"帽匠"先生，给这边来个鱼缸。

财大气粗啊，苏特里说，哪里来的钱？

今天早上我跟那个老疯子拉里出去走了走。来吧，到后面去。

他们慢慢走进卡座，苏特里跷起脚，喝了一口啤酒，向后靠去。伦纳德也做了同样的动作。过了一会儿，苏特里问，怎么了？

唉。

讲下去。

要不你先问吧。

你知道我要问什么。

不，我不知道。是什么？

我想听到事情的真相。报纸上说你最后跳下船了。

什么鬼，苏特。你在讲什么？

"河中女王"号啊。

伦纳德环视了一下四周。见鬼，他压低嗓子轻声说，那可不是我。

那你为什么要这么小声嘀咕？

我可没干，否则天打雷劈……

苏特里抓住那只高高举起的手。坐这么近，别牵连了我。

伦纳德笑了起来。

你是不是真的游走的？

苏特，我对此一无所知。我讲了好多遍了。

好吧。你想问我的是什么。

这个嘛。

说吧。

该死，我不知道从何说起。

从头说起呗。

好吧，你知道我爸病了很久吧。

嗯。

我妈一直在领救济金。

嗯。

是这样，她给家里每个人都领。我是说她不让苏搬出去就是怕领的钱变少，她给老头子买药，因为他还有失业金，总之她能拿到不少钱。

好吧。

所以如果老头子死了，她只能拿到差不多现在一半的钱了。

苏特里从他的碗里喝了口啤酒，点了点头。

然后……

说下去。

然后他死了。

苏特里抬起头。听到这个消息我很抱歉，他说，什么时候的事情？

伦纳德举起一只握紧的拳头，在额头上一抹，不安地环顾起四周来。这正是我要跟你说的。

好吧，继续。

好的。该死。

见鬼，伦纳德，说呀。

好吧。他死了，你知道的吧？

我知道了。

妈妈可能会失去一半的收入。

好吧，可她也不用负担他的开销了。

他才没有什么开销呢。她攒了钱都给自己买东西。她买了一个蒸汽熨斗。

好吧。伦纳德，如果他死了，就是死了。你不能把他一直放在里屋，假装……

伦纳德用手指拨弄着桌面上从冰凉的马克杯上淌下来的水渍。他没有抬头。

我的意思是说天这么热可没法存放。苏特里微笑着说，他的笑容慢慢消退了。伦纳德丢给他一个滑稽的眼神，继续用手指蘸水涂画起来。

伦纳德。

嗯。

他什么时候死的？

好吧。他坐直身子，转动了一下肩膀。这个嘛，他死……

嗯，你说过了。什么时候？

去年十二月。

他们静静地坐着，盯着各自的啤酒杯。苏特里用手捂住了脸。过了一会儿，他说，你把她的冰箱弄回来了吗？

没有。她重新买了一个。

你干了啥，在报纸上打广告吗？

你是说给她那个旧的吗？

对，她那个旧的。

没有。见鬼，苏特。我从没想过要卖掉它。那个老家伙在街上拦住我问我知不知道有人要卖冰箱。我告诉他没有，可心里一直想着这件事。后来我和"猪头"他们一起去喝威士忌，我们的酒喝完了，我知道那老头住在哪里，就过去了。我们一起回了家，因为她去上班了。他出十五块钱买那个冰箱，我说二十，他说好。我还没反应过来，他就已经把它装上小车，运出了门，然后搬上车走了。要不是喝了酒我才不会这么干。

伦纳德？

嗯？

你到底要把你爸爸怎么办？

所以我想和你谈谈。要是我们能神不知鬼不觉地把他弄出屋，我们还能继续利用他。

你真是疯了。

听着，苏特。不管怎样我们已经被逼到死角了。我的意思是能不能打个电话说他死了？我是说，该死，你根本骗不了那些家伙。他们可是医生啊。他们看一眼就知道他已经死了半年了。

那里闻起来什么味道？

糟透了。

伦纳德拿起苏特里的空碗走到吧台，又将它装满。等他回来，他们又沉默地坐了一会儿。伦纳德看着苏特里。苏特里耸耸肩膀。唉，他说。他也想不出有什么话好说。

伦纳德凑到他跟前。听着，他说，我只需要有人帮我处理一下。我能弄辆车来……

苏特里抬起一双冰冷的灰眼睛望着他。不行，他说。

我只需要你帮我把他搬上车，苏特。该死，对你来说根本没风险。

隔着桌子，苏特里盯着对面那张认真的小脸，金黄色的头发，一颗颗粉刺，双眼靠得太近。他的脑海里闪过一些奇怪的画面，午夜时分的秘密行动，火把下裹成木乃伊的尸体，都是以前看过的恐怖电影的画面。听着，伦纳德，他说。

我听着呢。

你妈妈是怎么想的？我的意思是，我可没见过她这么疯狂。

她没得选。你看，事情现在就是变得没法控制了，苏特。我们当初把他放在那里是只想等那周结束。你懂的，这样我们就能借他的身份领一周的钱。结果一周之后，我又说，妈的，再多放几天也不会有什么事嘛。你懂的。然后继续领钱。唉，事情就是这样开始的。

可不就是这样吗，苏特里说。

苏特，这不是任何人的错，纯粹就是失控了。

苏特里端起啤酒抿了一口，然后把酒杯放下，看着伦纳德。你该不会是在糊弄我吧？他说。

哪里糊弄你？

整件事情。你说的是实话吗？

该死，苏特。你觉得我会拿这种事开玩笑吗？妈的，洛里纳都不知道他死了。

她觉得后面的卧室里发生了什么？

她就以为他病了，不能见她。就这样。

她多大了？

不清楚。六岁吧，我猜。她今年开始上学。也许七岁。听着，苏特，我们可以趁她晚上睡觉的时候把他弄出去。我妈会帮我们。我们只要把他搬出去，放进行李箱里。我有一些轮圈和链条可以用。

你他妈的在说什么啊？

一些旧轮圈之类的东西。用来给他加重量。

给他加重量？

是啊。我们要把这混蛋重重地压下去，这样他就没法出现在审判日了。

你他妈的到底要把他放在哪里？

伦纳德坐直身子，察看了一下周围。我们得把他藏在下面，他低声说。

嗯。

我们自然是要把他抛进那条该死的河里。你有更好的主意吗？

当然。

行，我愿意洗耳恭听。

忘了这个愚蠢的主意吧，叫警察来或者别的什么人，告诉他们过来处理这个烂摊子。

伦纳德看着苏特里。他摇摇头。你不懂，他说。

我只知道我不能掺和在里面。

听着……

让哈罗盖特帮你。疯子们应该疯在一起。

他又没有船。听着，苏特……

胡说，他有船。

你准是在耍我。我可不想踏进那鬼东西里。

苏特里把杯中酒一饮而尽，站了起来。我得走了，他说，随便你想做什么，但是别把我牵扯进去。

凉爽的早晨，趁着太阳刚刚在雾蒙蒙的河面上升起，他已经放下了鱼线。到了午后，他在城市漫步，但很少跟人打招呼。他在住宅区遇到了"烟熏室"，这老流浪汉抓住他，索要一个硬币。苏特里用一只手托住口袋，另一只手伸进去翻找，然后他看了看"烟熏室"，说没有钱。他从这老瘫子身边经过，发现他拖着两条变形的腿跌跌撞撞地跟了上来，像个残损的门徒。嘿，一英尺外的"烟熏室"大声嚷道。

嘿，苏特里说。

见鬼，随便给我点什么吧。一毛钱也行。该死，伙计，你有一毛钱的，是吧？

我的钱有更重要的用途，苏特里说。

这话让老头突然停住了。他目送苏特里走上市场街，又嚷了起来，可苏特里没有回头。好吧，流浪汉大喊，这就是你对待一个老瘫子的态度，不闻不问，只顾自己方便。

他沿着葡萄藤大道往前走，路上又一群肤色更深的乞丐，不过他把硬币留给了自己，就好像他有似的。一个上了年纪、衣衫褴褛的黑女人被挤到了人类家具公司楼下的人行道上，像一片可怕的、黑乎乎的植被，她把一条瘦腿伸在前面的人行道上，欢迎人们随意践踏。那条腿摆在那儿，像是烧焦的树枝。无论是谁，只要微微一笑，把脸转开，她便祈求一个饱受折磨的上帝对他们降下至暗诅咒。她的眼睛因为酗酒而变得通红，她的位置永恒不变。灵活的人总是被多变命运左右，不知道新的一天会在哪里，可她被永久地固定下来，稳如磐石，她是遭厌弃黑人的范式，像中世纪的重犯那样被钉在了城市的地面上。

苏特里从这里经过，这些天来他一直像一条逍遥法外的狗在这些街道走来走去。很奇怪，这里的老物件给人的感觉却很新鲜，是解除蒙蔽的眼睛看到的城市。那些关于它的图像反反复复出现，冲刷掉了它的本来面貌，将其夷为平地，他看见在形状各异、弥漫着死亡气息的冲积平原上俨然矗立着那座记忆之中臭名昭著的城市，和他一样都像个幽灵，他自己在这片废墟里不过是个影子，在那些倒塌家园的骨头堆中戳弄干涸了的人类物件，看上去像个身形模糊、没有灵魂的原始人，对过去的事情沉默不语。一个油嘴滑舌、黑猩猩般的男人对着人行道上一个走路的年轻黑人姑娘做出猥琐的动作，她转过身两眼冒火地瞪着他，他笑着逃走了。一群懒汉躲在垃圾桶和路边石后指指点点，压着嗓子说话。找你妈去，她冲着他们喊道，那个动手动脚的黑人又开始对着她表演手淫，两只手假装握着一个路灯杆那么粗的阳具，看热闹的人们哄笑起来，用手拍着膝盖。苏特里经过时，他们表现得更加邪恶了，举止寓含着愤怒和绝望，他们朝各家各户的大门号出一大堆没道理和不宽容的咒骂，朝本来需要虔诚或委婉求情的上帝大声疾呼，要求纠正他们遭遇的天谴。有些人认识他，朝他点了点头，可他那只跟他们打招呼的手看上去却像在诉说恐惧。他在浓重的暮色中继续前行。

晚上他和"提桶""杰宝"一道去了 B & J 酒吧，他和一个年轻姑娘跳了舞，她毫不羞涩地在他身上转来转去。黑头发、薄裙下的大腿上全是一道道的污渍，舞姿抒情且下流。她嘴里缺了一颗牙，每每微笑时就伸出舌头抵住缺口。打烊之后，他们坐着出租车穿过街道，他用手掌捧住她的乳房，她把舌头伸进了他的嘴里。他用一只手分开她那湿漉漉、光溜溜的大腿，丝绸般的缝隙中指腹触摸到的一切都包裹在湿润温暖之中。他先把她带到了亚伯·琼斯的酒馆。这地方开得挺晚，他告诉她。一看到他自己那座黑漆漆的船屋，他就带着她跳下车。他们在角落里喝酒，他带她进了屋，点上灯，把玻璃罩里的灯芯调低。

她穿着浅蓝色的内裤坐在折叠床上，他伸出舌头在她的耳内搅动。她正喝着啤酒，身子微颤。耳屎的苦涩味道，年轻丰满的奶子直接压在了他的掌心。她躺在床上，趁着她的头还没有完全隐没在墙壁的阴影中，他能看见她那张沉闷的、发育不全的娃娃脸，还有十足无趣的表情。他趴在她身上睡着了。

不知睡了多久，一盏灯突然在某处亮了起来，棚屋墙壁的接缝处像珠帘似的透出光来。他本以为是哪只驳船的灯光扫过，不想却听到门外传来马达的声音。他想到了警察。马达声停了，灯光也渐渐暗了下去。他听到关车门的声音。他从折叠床上坐了起来。

怎么了？她问。

不知道。

狭窄的走道上传来脚步声，然后是一阵敲门声。

是谁？苏特里问。

我。

谁？

我，伦纳德。

老天爷，苏特里说。

是谁？女孩问。

苏特里从床上起身，摸索着找他的短裤。他穿好裤子，走到桌前，拨亮灯罩里的灯芯。女孩坐在床上，双手交叉抱在胸前。是谁啊？她问。她把床单拉到身上。

苏特里打开门。伦纳德没说谎。确实是他本人，巨大的眼睛透着真诚。他激动地低声说起话来。我搞定他了，他说。

你什么？

我搞定他了。他就在后备厢里。

苏特里想要关上门。

你压到我的脚了，苏特。

那你把它从这该死的门口弄走。

听着，苏特……

我说了不行，真见鬼。

太晚了，苏特。我跟你说，我已经把他弄到这里了。

你疯了，伦纳德。你听到我说的话了吗？

我会付你钱的，苏特。

滚。滚去找你那些基佬朋友帮忙。

你可没办法让那群狗娘养的干活。听着，我妈让我告诉你，她不会忘了你的恩情。听着……

你让他嘴里放干净点，女孩喊道，他可能不知道这里有女士在。

操，那是谁？伦纳德问。

苏特里瘫在门框上。他身后桌上的灯正在冒烟，他站得离门远了点，调整了一下灯芯。你这个狗娘养的，他说。

伦纳德进了屋，合上门，靠在上面。他身上有股奇怪的味道。哎呀，他说，我还以为你不在家呢。

老天爷，要是不在就好了，苏特里说着，把椅子往后拉了拉，疲惫地瘫坐在桌前。

你为什么不告诉我家里有人？伦纳德说。他冲床上的女孩殷勤地点点头。你好，他说。

你干吗不走开？苏特里说。

听着，到外面来，这样我们能说说话。

不。

他不耐烦地瞥了女孩一眼。我们不能在这儿讲话，他嘶哑地低声说。

我想回家，女孩说。

苏特里把头埋在桌子上。伦纳德拽了拽他的胳膊。苏特？他说，嘿，苏特。

他站起身，拿了鞋穿好，套上了衬衫。

你去哪里？女孩不想蒙在鼓里。

我马上回来。

我想回家。

就等一会儿，好吗？

他们走下木板，穿过草丛，苏特里坐了下来。这是个温暖的夜晚，身后的城市在夜幕上投下了霓虹灯的几何形状，不知怎的反倒比白天时候看到的样子更真实。河对岸的灯光在水中重新组合起来，像一根根火把在水下神秘莫测地闪烁着。

伦纳德。

在，苏特。

坐下。

他坐下了。我们最好马上动手，他说。

伦纳德，你是真的把你爸爸放在那辆汽车的后备厢里了吧？

见鬼，苏特里。你觉得我会拿这样的事情来忽悠你吗？

苏特里忧郁地摇摇头。他四下摸索着，拔了一把野草，又松手让它们掉下来。过了一会儿，他问，车是谁的？

谁的车？

嗯。

我不知道。该死，苏特，谁的车根本没区别。

这车是偷来的。

这个吗，妈的。我又不会卖它。我就是借来一用。唉，苏特，他们会拿回自己的车的。关于这该死的车，不会走漏一点风声的。

我知道了。

根本没必要担心。

嗯，当然没必要。

他们静静地坐着。伦纳德不安地扭动起来。过了一会儿，他问，你准备好了吗？

我准备好了吗？

是啊。

不，我没有。

好吧，听着，苏特……

我他娘的很肯定，我没有准备好。

好吧，这事急不了。

我永远也准备不好。

那我们总不能把他一直留在那该死的车里吧。你知道的，苏特。

我知道什么？

好吧，管他呢。

你这个疯狂的混蛋。为什么是我？

你有一条……

船。我知道。老天爷。

见鬼，苏特。我已经把最糟糕的部分做了。上车，拿上链条。这也花不了多少时间。

可苏特里已经从草丛里站了起来。别再说话了，他说，安静。

她怎么办？

你到车里去，一直开到那棵树的后面去。那里有个码头。我去开船。

他回去的时候，她已经穿好了衣服。我想回家，她说，我说真的。

苏特里从桌上拿起灯。你可以等或者走回去，他说，这完全取决于你。

我都不知道自己在哪儿，她急躁地说。

我知道，苏特里说，你也不是孤身一人。

你不会把我留在这黑灯瞎火的地方吧？她喊道，可苏特里已经走了。

他找到船，划到码头，靠边停好。他们抬起车盖，一股可怕的恶臭涌了出来。他往后退了几步，有点反胃。老天爷，他说。

挺糟的，是吧？

糟？苏特里看着星星，这是我闻过最臭的味道。

所以我们才要把他从房子里弄出去。

上帝啊，你这混蛋真的有病。

好吧，帮我把他搬出来。

等一下。

苏特里脱下身上的棉衬衣，把自己的下半张脸包了起来。

好吧，伦纳德说。

伦纳德的父亲被包在几个月前他死时躺着的床单里。伦纳德拿出几只轮圈和一堆链条。他抓住尸体，把一部分从汽车保险杠上拽过去。苏特里提着灯。

抓住他那里的脚，苏特，我来拉他的胳膊。

你是怎么把他弄到这里的？

什么？

苏特里把嘴巴从衬衣里露出来。我说你是怎么把他弄到这里的?

我和老妈一起干的。他也不是那么重。

苏特里厌恶地抓住床单下的四肢。他们把尸体拖到外面,它用一种令人作呕的柔软姿态狠狠地砸向地面。伦纳德的爸爸躺在地上,像一个死掉的3K党。借着灯光,他们看见光秃秃的地面上有奇怪的棕色污渍透过床单渗了出来。苏特里转过身,到河岸上坐了一会儿。

他们把剩下的部分拖下船,苏特里头上包着薄棉布站在坐板上,他把那东西抱在裸露的胸前用力往船上拽。伦纳德拿着灯在后面托,手里的链条叮当作响。

他们朝下游划了很远。伦纳德说,该死,苏特,有适合的地方吗?苏特里继续往前划。他们看起来像从前提着诱捕灯的偷猎者,脸庞在夜里被染成了黄色。尸体趴在船底。船尾的座位上放着灯,细细的灯嘴处聚集着虫子,光线捕捉到船桨划动的潮湿轨迹,水珠像液态玻璃在桨板上滚动,船桨划出涟漪,一圈接着一圈荡过固定在水面上的城市之光,在那周围星辰和星系的深邃倒影也稳定地倒映在寂静的河流中。

到了铁路桥下,苏特里把桨收进船里。伦纳德忙不迭地用锁链将他的父亲捆扎起来,他用从廉价商品店买来的锁将它们扣好,再穿过中间的孔将轮圈拴上。老头子的一条腿别扭地搁在船底,苏特里看见了他身上脏兮兮的法兰绒睡衣。

我觉得这样就可以了,苏特,伦纳德说。

觉得？

是的。妈的，这会让他像火箭一样沉到水底的。

你要不要说点什么？

要干吗？

说点什么。

伦纳德挤出一个神经兮兮的微笑。说点什么？

难道不要吗？我是说你总不能什么都不做就把你父亲埋了吧。

我可不是在埋他。

见鬼，你是没有。

我只是把他放进河里。

这是一回事。就跟海葬一样。

好吧，该死，苏特里。

嗯？

这老混蛋一辈子都没去过教堂。

这就更有理由了。

好吧，我什么该死的仪式都不懂。你告诉我。

我只会念天主教的祷文。

天主教？

天主教。

伦纳德看着船底他那裹着头、戴着锁链的父亲。见鬼。他肯定不是天主教徒。那段穿越死谷阴影的部分[1]怎么样？你知道吗？

苏特里站在小船里。周围的河水漆黑且平静，桥上的灯光倒映在上游的水面上，一动不动。

帮我抬一下他。

伦纳德抬起头，手边的灯光柔和地照亮了身体的一侧，他的影子在黑夜中显得无比巨大。他靠过来，抓住死尸，两人一道将他抬了起来。他们把他横放在座位上，尸体的一条腿已经越过船舷浸到了河里，显得老爷子有些迫不及待。苏特里用脚顶住那东西，用力一蹬。沉闷的扑通声响起，它落入了水中，白床单在灯光下闪闪发光，然后它就沉了下去。船尾的伦纳德又坐了下去。呼，他说。

苏特里在河里洗干净手，放在裤子上擦干，又拾起船桨。回去的路上，伦纳德试着变换话题和他聊天，可苏特里只是划船，一言不发。

---

[1] 指《圣经·诗篇》第 23 篇，亦称"牧者诗篇"，原文是穿越死荫的幽谷（the valley of the shadow of death），这里伦纳德说错了。

苏特里喝醉了，以酒鬼特有的谨慎步伐迈过了圣母无玷始胎教堂门前宽大的石阶。在他身上，纯洁出生者的美德还没有丢掉，对，没有丢掉。黑夜中，月钩艰难地飘浮在教堂的尖塔旁。另一个年纪稍大的酒鬼在外面的街道晃荡，像嘉年华上的机械鸭子沿着一堵墙跌跌撞撞地行走。苏特里走进前厅，停在一个装满圣水的水泥贝壳前。他站在敞开的门口。他进去了。

他小心翼翼地走在铺着油毡的长廊里，一次踉跄都没有。空气中弥漫着一股发霉的熏香余味。他在这间悲伤的小教堂里待了上千个钟头。虚伪的辅祭，毫不悔悟的梦想家。他来到礼拜堂前，智慧绝伦且至高无上的上帝正在金杯里安睡。

他放松自己，在最前面的长椅上坐下。在他的膝头、长椅的靠背上有一个带弹簧的小铜扣，是用来扣住帽檐的。一个小支架上托着文献。脚下是带皮革垫子的长条跪拜凳。每到晚上一排排得了痔疮的侏儒就会聚集于此。

他看了看周围。圣坛门后方矗立着三座华丽的祭坛，就像大理石雕刻的哥特风婚礼蛋糕。装饰着卷叶花纹和滴水兽的尖塔上还装点着一排排大理石青蛙，越往上越多。这里有一个蜡黄色的石膏基督像。荆棘王冠下是痛苦的表情。钉住的手掌和裂开的腹部，嶙峋的肋骨下是边缘整齐的矛形伤口。凹陷的胯部松松地束着带子，两脚交叉，被一根钉子钉住。左边是他的母亲。炼金术之母身着天蓝色长袍，伤痕累累的赤足踩住一条蛇。在她面前的祭坛水槽上，两团小火苗在暗红色的小油灯里跳动。雕刻家的作品里总有些话藏着没说，有东西蓄势待发。这座雕像将会消失。这个恐惧和灰烬的王国。就像坐在一堆一模一样骨头中的那个孩子，那么多黑色星期五，他为自己的罪行感到害怕。罪孽深重的孩子，心脏在恐惧中腐烂。在忏悔室里倾听窗口滑动的声音，等待轮到他。光线穿透进来，从西墙窗户镶着铅条的玻璃窗格中照射下来，倾斜的光束里没有微尘，混合着酒红、玫紫、钴蓝、朱砂、淡柠黄等颜色。彩色玻璃上的圣徒们四分五裂地躺倒在长椅间的光格里，夏日午后的寂静中弥漫着一股陈旧清漆的味道，远处的操场上传来孩童叫喊的声音。有关五月圣母敬礼游行的记忆 [1]，一位头戴黑色四角帽的牧师从雕花橡木折凳上起身，迈着沉重的步子穿过过道，身边跟着一群粗鲁无礼、满脸粉刺的年轻小伙。链条上的香炉来回摆动，叮当作响，每个弧形的炉顶快速喷出一阵烟雾。牧师把洒水器浸到一只金桶里。他朝左右两边的会众洒去圣水。他们走出门外，

---

[1]　5月31日的敬礼后通常会有一场游行，圣母玛利亚的雕像或画像会被重新送入教堂。有些地方的五月敬礼会在森林或者专门的特殊地点举行。

两个衣着脏污的浣衣修女鞠躬站在那里。后面是一群穿着白色定制长袍的小基督徒。他们端着蜡烛。他们歌唱。科内流斯把丹尼·耶埃克的头发点着了。刺鼻的恶臭。一个吸血鬼似的修女拍打起那男孩的脑袋。他的头骨底部留下了一小块烧黑了的发茬。男孩们都哈哈大笑起来。女孩戴着白纱，脚下是雪白的系带漆皮皮鞋。她们窃笑着，用祈祷的手势紧握玫瑰。假装虔诚的小精灵们。台阶底下一个脸色苍白的孩子倒下了。她的玫瑰在石头上凋零。其他一些孩子得到提示，纷纷在她身边倒下。她们躺在人行道上像一片片融化的雪。人们跑向这些有气无力的孩子，用折起来的《星期日信使报》给她们扇风。

他本可以在寒冷的早上做完弥撒，跟着"杰宝"一起走进市场午餐店。在柜台前喝喝咖啡。浓郁的脑花和煎蛋的气味。穿着烟熏外套和破靴子的老头们趴在盘子上。塑料蛋糕罩下躺着一只死蟑螂。被放逐的生命和囤积中的厄运，烟雾缭绕的香炉里显出灾祸的预兆，礼拜堂的大门发出轻微的吱嘎声，没有味道的面包，躲在角落里从调味瓶里喝光最后一滴酒，再数数盒子里的钱。这是一场闯入活力四射者世界的冒险，这些不愿意去教堂的人往自己的杯子里舀着冰淇淋，欣赏城市的黎明，享受着远离看守者的缓刑时光，那些人一身黑，穿着整洁的小靴子，戴着眼镜，身上是熨得有些焦了的黑棉布衣服，臭得要命。他们的矫正说教冷酷而不知疲倦。充斥着罪孽和死不悔改的传说、地狱的幻象、漂浮与附身的故事以及闪米特人为受难圣灵降下诅咒的教义。八年过去了，他们照管的人当中有一些能够初步读写，仅此而已。

苏特里抬头看着天花板，一位身着长袍、蓄着胡须的父神在开裂的石膏板中蹒跚而行。他的身边环绕着惊雷，还有从肩骨长出鸽子翅膀的胖婴儿。他把头垂到胸前，睡着了。

一位牧师将他轻轻摇醒。他抬头看见一张温和、香喷喷的脸。

你在等着忏悔吗？

不。

牧师看着他。我们认识吗？他问。

苏特里把一只手放在身前的长椅上。一位老妇人正顺着祭坛栏杆往前走，手里拿着一块抹布。他挣扎着站起身。不，你不认识我。

牧师退后一步，打量了一下他的衣服和沾着鱼渍的鞋。

我眯了一小会儿。我在休息。

牧师微微一笑，带着些许责备的神情温和地劝诫起来。上帝之家可不是睡觉的地方，他说。

这可不是上帝之家。

你说什么？

这里不是上帝之家。

哦？

苏特里心不在焉地挥挥手，沿着过道从牧师身边走开了。牧师注视着他，忧伤地笑了，不过也确实是个微笑。

拾荒者从一堆难闻的被褥下吃力地钻了出来，之前他把自己埋在里面睡觉，看上去像一根熔化了的蜡烛。他头戴风帽，坐着怒视崭新一天的开始。湿冷的空气穿过光滑的下巴胡须，一股淡淡的瘴气从他的身上升了起来，仿佛是夏天路上的热气。

　　现在他穿着破破烂烂的内衣，颤颤巍巍地走来走去，干瘪的小腿抖得快要散架了，他用一只手拿衣服，另一只手在废纸堆里翻找干纸片，好用来生火。清晨桥上车流喧嚣，他的洞里也响起一种梦境般的沉闷回声，拾荒者应该会希望自己能有一个更智慧的灵魂，好从它们无休止的到来中读懂未来事物的征兆、机器扩散的阴霾和牵涉甚广的衰退。两个渔夫沿着河边的小路走了过去，模糊的身影无声无息地走着，只有他们的手杖发出清脆的哒哒声，他们朝他站着的方向举起了手，他则两手摊开放在一缕稀薄、没有热气的烟雾上方，桥下的贫瘠泥地混合了清晨的湿气，散发着难闻的土壤味道，雾霭蒙蒙的河流无声淌过，头顶的桥拱中断断续续地传来鸽子振翅飞入白天的空洞声音。

他嘟囔着，在火上揉搓双手。他把水壶拿到河边，装满水便折返回来。薄雾袅袅，在河面上流动，舔舐着漩涡地带，东方昏暗，在那之外的某个地方有希望出现阳光。

他拖着柴火车，绝望地穿行在人群混杂的城市，在暗无天日的过道里发出一种类似内脏蠕动的声音。

整个早上，他都在一个大到可以打牌的垃圾铁桶肚子里挑选纪念品。被闲散富人们丢弃的可回收瓶子，每个可以兑换两美分。用来包东西的报纸。没有用的骨头。一只死老鼠、一把破扫帚、半支钢笔。坏掉的培根一面长满了蛆。一个水果箱的残骸，在他看来可是柴火，值得抢救，可以出售。一辆卡车驶过，盖掉了"干净午餐"餐厅后厨小伙的脚步声。老人感到头顶暗了下来，他抬起头，正看到一个倾倒下来的泔水桶的圆口，他吓了一跳，赶紧跳开几步，却被一只趴着的箱子绊倒。一堆生菜和过期面包，真是太糟糕了。那桶咣啷咣啷直响。一辆有轨电车与之遥相呼应。老头从垃圾桶盖口里露出头来，像某个古怪的亡灵，以不会腾云驾雾的永生者姿态从垃圾堆中升起，朝世界发出一连串恶毒的诅咒，可后厨小伙压根儿没有回头看一眼。

我是在秋天的时候跟着嘉年华活动顺流而下的，别问我为啥要这么做。我跟了两年。我看见街头传道士在初夏时节离开巡回路线，和队伍中几个最出色的家伙一道吵吵闹闹地坑蒙拐骗，到了秋天他们又回来布道。我们去了佛罗里达的塔拉哈西。

遇到一群从查塔努加河上过来的伐木工，跟我们一起进城喝得烂醉，我们不得不守着他们等火车。他们用捆木头的链条把火车头拴在了铁轨上。我们等到早上五点才得以离开。嘉年华用的旧零件装了满满两车厢。在佐治亚州的罗马，我们看到一个汉子被直挺挺地吊起，站在一辆带弹簧的马车后部。他嚷嚷自己没做错什么，叫大家都下地狱。他们把马车从他身下赶开，他的脸一下变黑了，跟黑鬼一样。

苏特里笑了起来。你是在那里学会口技的吗？

你说哪里？

嘉年华。

不是。

这样，苏特里说。

我一生见过许多奇怪的事情。我看到龙卷风从这里经过，进入河里，沉下去，让它干涸，你可以看见河底的泥土和石块都露了出来，好多鱼躺在那里。它卷走人们的房子，把他们搬到从来没想过要住的地方。有寄往诺克斯维尔的信，却被扔到了佐治亚州林戈尔德的街上。想看的我都看过了，想知道的我也都知道了。我只期待见到死神。

他也许能听见你，苏特里说。

我倒希望他能，拾荒者说。他的眼圈通红，瞪着河对岸即将被黄昏笼罩的城镇，仿佛死神有可能藏身于那个区域。

谁都不想死。

胡说，拾荒者说，这儿就有一个活够了的。

你会献出自己的所有吗？

拾荒者狐疑地看看他，不过他没有笑。时间不会太久，他说，老头子的时日是按小时算的。

然后会发生什么呢？

什么时候？

你死了以后。

什么也不会发生。你已经死了。

你有一次跟我说你信上帝。

老人摆摆手。也许吧，他说，我没理由相信他也会信任我。哦，要是可能的话，我还挺想见他一面的。

你会跟他说什么？

这个嘛，我想我应该会告诉他，我会说，等一分钟。等一分钟再对我下手。在你说话之前，我只想知道一件事。他就会说：是什么呀？然后我打算问他：你把我弄到下面那堆垃圾游戏里到底是为了什么？我根本没法把任何一部分组合起来。

苏特里笑了起来。你觉得他会怎么说？

拾荒者吐了口唾沫，擦擦嘴巴。我才不信他能答得上来，他说，我才不信这种问题会有答案。

哈罗盖特入住本市的第二年夏天，他开始挖掘通往各个地下保险库的地道，那里存放着整座城市的财富。白天，在滴水的黑暗洞穴和城市筑基的石头地洞中，一个周身被照得通红的穴居人提着灯、猫着腰走在脏兮兮的通道里，他一边喃喃自语，一边用偷来的童子军罗盘在满是煤层和矿脉的地下区域探测各条莫名迂回的路线。一天劳作流下的口水已经变成灰乎乎的黏液，接触了外面的空气开始凝结、剥落，在皮肤和衣服上留下了一层尘灰，令他看上去像被烟熏过，他的眼睛被污垢包围着，红眼圈伤口般地肿了起来。

盛夏的夜很热。晚上睡在高架桥下就像躺在热糖浆里，周围是蚊子和夜虫持续的哀鸣。一天早上，他来到亨利街，惊讶地看到一辆卡车掉下了路面。它停在一块裂开的巨大沥青板上，离地面大约五英尺，周围聚集了一圈观众，司机从洞里爬出来，边骂边笑。

我觉得，人一旦进到下面去，无论他在底下怎么突发奇想，他能去任何想到的地方，不是吗？

我不知道，吉恩。下面有很多洞。苏特里正用一根长绳从河底拉起一个金属丝编的小鱼桶。他把滴水的桶挂到栏杆上，打开盖子，拿出两瓶啤酒，又把笼子放回水里。他打开啤酒，递了一瓶给哈罗盖特，然后靠在船屋的墙上。

那该死的卡车一下子就不见了。

我看见了。

要是一整栋该死的楼一下子沉了会怎样？

如果是两三栋楼一起呢？

万一是整个街区呢？哈罗盖特拿着酒瓶挥来挥去。老天爷，他说，要是整个城市都他娘的塌下去呢？

你继续，苏特里说。

夜晚，当忍冬在溪谷盛开时，他坐在自己那盏红色提灯的灯光下。一个樱桃色的巨怪或恶魔制图师蹲在地狱般的光线里绘制地下黑暗中灵魂的行进方向，他仔细地研究过时的城市地图，用难以理解的符文和奇怪的记号在纸上潦草地勾出一条路线。当苏特里沿着草丛里的小路走过来时，城里老鼠的猫站了起来，伸了个懒腰，从另一边出去了。哈罗盖特放下手中的工作，抬起头来。

事情进行得怎么样了？苏特里问。

嘿，苏特。快过来。

他走到近处，并非没有一丝警惕，弥天大罪在此酝酿。哈罗盖特拉过一把旧椅子，掸了掸上面的灰，让苏特里坐下。苏特里弯下腰去看摊在苹果箱上的那些图纸。

看起来如何？哈罗盖特问。

什么看起来如何？

我的计划呀，他用一根手指着那些地图。

苏特里低头看着那张红色灯光下的粉红窄脸，还有那些发红发黑的牙齿。他摇摇头，坐在椅子里，跷起二郎腿。哈罗盖特从桌上拿起一张图纸看了起来。我没办法知道自己的深度，他说。

你没办法知道自己的疯度。

我会需要一些帮助。

你肯定需要。

我需要借助一些人或者东西。在他们认为我在的地方。

在他们认为你在的地方。

对。

苏特里闭上了眼睛。他捏了捏鼻梁，轻轻地摇摇头。哈罗盖特又俯身去工作了。他拿着一个塑料量角器，舌头伸在嘴角边，重新发明平面几何。很快，苏特里发现自己正越过城里老鼠的肩头看他忙碌。等那只猫回来的时候，他坐在那只小板条箱前，讲解角度和公式，身旁的重犯学徒仰着小脸点着头。

在潮气深重、齿槽般的城市地下深处，他举着偷来的手电筒进行探测，估算从一块石头到另一块之间的路径，对照那只疯狂的罗盘在地图上修改一连串复杂的错误。陈旧的洞穴里，炭黑色的水从头顶渗出，黏稠的污水发出嘶嘶声。穿过一个布满破管道和旧排水管的区域，进入一个阴暗的石砌下水道，里面贯穿着一根接缝污水管。到处都有液体往下滴，仿佛地球的器官出了什么毛病，缓慢的流血揭示了一场不断被回避的厄运的逼近速度。

一天下午，他进入了一个超大地库，地面到穹顶之间落下一道微微倾斜的细长冷白光。哈罗盖特向后退去。头顶传来一阵摸索的声音，灰尘簌簌落下。一片阴影覆上了光线中石头地面上的小小身影，然后又迅速离去。他小心翼翼地往前走了几步，用手电光照了照竖井里面，看着光线被割开又重新连接起来。照到的就只有光，一根凉飕飕的光柱矗立在黑暗中，不掺杂一点微尘，像漆黑深海中一条绷紧的、发着磷光的绳子。他把手电筒平放在手掌上。通过屋顶的一个小洞，他看到了天空。

哈罗盖特叼着手电筒，踩着断层和岩架往上爬。他用指甲抠住岩石上的一道缝，用一只眼睛小心翼翼地往外看。一把松针在蔚蓝的平面中摇晃。一只蜥蜴跑走了，一只鸟。他侧耳倾听。除了昆虫的嗡嗡声和风声，他感觉听到了远处的车流声，不过并不能完全确定。他回到地面，蹲在那里用手指敲击自己的膝盖，那束光停在他的头顶，没有明显的痛感，也没让人觉得有灵感。

他从口袋里掏出那张湿漉漉、沾了黑色拇指印的城市地图，在那上面他用杂货商的蜡笔描出了用航位推算法估出的范围、修正过的切线以及有关距离的注释。他把灯举过头顶，用手指按住一个记号。

该死，要是我知道自己的位置就好了，寂静中他说道。

位置就好了，石洞中响起一个轻轻的回声。

他折好图纸，站起身。他仔细查看了那道来自外部世界的细白光束，最后爬到顶上，用卷起来的地图堵住了洞口。

他没能从外面找到这个洞。四处游荡了几天后，他拿着地图回到下面。他从亨利街一个加油站的罐子里偷来一些沾了油的布，在地洞里点起火来，然后便出去了。他沿着城市边缘和河道搜寻了一整天，查看任何能看到或有希望找到一棵松树的地方。他开始怀疑在这些去往地下世界的通道中是否发生了某种空间错位，某种横亘在地上和地下之间难以解释的不对等。他撕了自己的图，重新开始做计划。

那一年蝗灾爆发。它们像黑豹般在绿树丛中怒嚎、挣扎，数以百计地落到河面上。

他变得无精打采，组织胞浆菌病令他虚弱无力。

在暗无天日的洞穴深处，他害怕歪牙齿、秃尾巴的大耗子，恐惧多毛、没毛、带小绒毛或部分无毛的蜘蛛，畏惧长绳形状、长着毒牙和分叉舌头的爬行动物。都是独一无二的简约设计。蝙蝠一簇簇地挂在那里，像一串串毛茸茸的黑色水果，滴个不停的水珠在黑暗的洞穴里到处回响，像沉闷的钟声。水池里趴着几只冰冷的蝾螈，像陶俑般一动不动。

他不时划根火柴来测试空气，火柴燃烧发出蓝色的火焰，他看着火苗顺着火柴杆往下烧直到熄灭，几乎能听见黑暗将他笼罩住。他坐在那里倾听，拇指按在手电筒底部，恐惧在喉咙里升起，他按下按钮，又映出了他身下那座肮脏的巴西利卡式大教堂，蝙蝠聚集的拱门，高大的异形螺旋状石灰岩上有浮渣掉落。污浊的废水往下流，在断层和沉积面中得到过滤。来自城市地下的黑色滤出物和从某种恶心泥浆中长出来的石笋在黑暗中静静地散发着臭味。

哈罗盖特钻进一个隧道，在一摊摊蓝色污泥中走过，他的手电筒照到了人类劳动的痕迹。几根腐烂发黑的老木头、一只桶和一根骨头。他把那根骨头拿在手里转动，检查着上面细小的老鼠齿印、蠕虫状刻痕以及骨髓腔中类似珊瑚质地的褐色凹槽。里面躺着一只滑溜溜的千足虫。咣的一声，它掉在了岩石上。千足虫像火车一样跑走了。他重新拿起骨头，仔细查看，在自己身体的各个部位比了比大小。我敢打赌，他轻轻地说，有人在这里被谋杀了。

他把它装进后兜，继续往前，一只手提灯，另一只手拿着羊角锤。通道变窄了，还转了个弯。这个区域堆放着带粉笔记号的旧木材，洞穴潮湿的红土地上铺着木板。

他被一堵墙挡住了去路，通道在此戛然而止。哈罗盖特举起手电筒检查了一下这道路障，又看了看潮湿的石头天花板和石墙。他用锤子撬开一块泡水的木头，把整块板子掀了起来。他扔下锤子，用双手捧住它，夹在腋下的手电筒照亮了头顶上一些古怪的地方。木板慢慢地释放出弹性的感觉，掉落在他的脚边。他用手电光慢慢扫过这个地方。那些木板的后面是一堵结实的水泥墙。砖石之中有一些疙里疙瘩的颗粒和使用圆锯的痕迹。他用羊角锤的爪子钩住下一块木板的底部，将它撬了起来然后扯掉，又用锤子敲打路障的表面，倾听里面的声音。敲打声传到密室顶头又折返回来。他坐在一堆矿渣里，想着该怎么办才好。它们究竟是要堵住里面还是要围住外面？他用锤子敲了敲脚下那双偏大的运动鞋空荡荡的橡胶鞋头。过了一会儿，他抬起了头。炸药，他说。

现在，每回苏特里来找他，都发现他在更深入地谋划行动，皱着眉头查看自己绘制的地图，策划方案来诱捕那些困扰他的幽灵。

你准备得怎样了？他问。

还行。

你打开银行的金库了吗？

没有。不过你到这里来看看。

哈罗盖特从桌边站了起来，朝后面更暗的桥拱走去，来到一个小型水泥地堡。他朝苏特里勾勾手指。

那是什么？

过来看呀。

苏特里走过去往里看。

看这里，城里老鼠说。

那是什么？

苏特里跪了下去。他伸出手，在黑暗中摸到了一只木盒，里面放着类似蜡烛的东西，冷冰冰的，封了蜡。他取出一支，拿到灯光下看。

吉恩，你疯了吧。

这可是厉害玩意儿。伙计，它可不像布鲁顿鼻烟，这东西能把事搞定。

你没法引爆它。你又没有雷管。

我能用猎枪子弹让它爆炸。

我表示怀疑。

你就认真瞧好了。

吉恩，这鬼东西会把你炸飞的。

我记得你刚才说我没办法引爆它。

苏特里忧伤地摇摇头。

炎炎夏日，夜晚的河畔，酗酒和关于暴力的传说。夜深人静时的脚步声，像马蹄嘚嘚地踏在棚屋门廊的木地板上，苏特里正静静地躺在屋内，黑暗中传来了他呼吸的声音。他听见有人叫他的名字。

他点起灯，将它举起，看见废品商正站在窗口，像个喝醉了的小偷。他从折叠床上站了起来，带他进了屋，那人跟在他后面摇摇晃晃地走在地板上，像是在这小屋子里上了一堂奇怪的午夜舞蹈课。

废品商坐下，抬头望着他。你在睡觉吗？

没有。

他重重地点起头，抬头低头的幅度足足有一英尺多。我也觉得你没睡。我知道你是个夜猫子。你有烟吗？我的抽完了。

我没有。

废品商拍拍自己的口袋。

你一直走到这里不会就为了一根烟吧？

不是。

烟山市场打烊了？

我不清楚。你这儿就没有随便什么喝的吗？

我也许还有瓶啤酒，不是冰的。你要吗？

总比没有好。

苏特里站起来，走到外面，提起鱼桶，从里面拿了一瓶啤酒。他把它拿回小屋，找到开瓶器打开啤酒盖，递给了废品商。哈维转动手腕，圈住瓶子，接过它，一边喝还一边眨着眼睛。

你在哪里踩的泥？

他低下头。他显然是穿了绑腿，可泥浆都没到膝盖了。我陷到泥坑里了，他说，好像从来没注意你这里这么黑。然后就掉进那该死的……他停下来打了个嗝，该死的河里。

需要我划船送你回去吗？

哈维喝了一口啤酒，睡眼惺忪地看着苏特里。他的脸色很白，布满褶皱的眼袋看上去是透明的。还要去看杜比第，他说，没用的杂种。

晚上这个点你就不用去看他啦。干吗不让我送你回去？

废品商不耐烦地摇摇头。得去看看我那没用的混蛋兄弟。

要是你现在过桥，警察会逮住你的。

他们从来没抓到我过来。

你最好等到明天。

哈维握着酒瓶放在膝间。我去给自己弄支该死的手枪来，他点着头说。

手枪？

没错。

你要打死你兄弟吗？

不是啊，见鬼。打死那些该死的小偷。

什么？在你那片空地上的吗？

没错。

见鬼，他们只不过是些孩子。

他们是该死的小偷。拿到什么就偷什么。

你把他们赶跑就算了吧。

不如现在就把他们打死。免得等他们长大。

他喝了一口啤酒，用手掌擦擦嘴。就像女孩子，他说，她们中的一些，长大到差不多十三四岁的时候就开始和城里的每个人瞎搞。就是你们说的妓女。这跟她们年不年轻没关系。所有的妓女都曾经是年轻的，就像所有的小偷一样。你不会等到老了才开始卖屁股，或者偷东西。阻止他们，他停顿了一下，扼杀在摇篮里。

你为什么不养条看家狗？

我养过一条。

它怎么了？

我也不知道。我想他们把它也偷走了。

你最好让我送你到对岸去。

你可以把我送到古斯溪去。他仰起头，眯起一只眼，在昏暗的灯光下打量苏特里的脸。

你不用去那里。

去他妈的不用。

你可以明天再去看他。

你知道他问我什么吗？

什么？

他问我为什么总是在清醒的时候买进破烂，却因为喝得太醉卖不出去。

嗯？

嗯什么？

好吧，你怎么回答？

废品商瞪了苏特里一会儿，然后摇晃着空酒瓶问，没有第二瓶了吗？

恐怕没有了。

你觉得这个时间老琼斯还能不能赏我杯酒喝啊？

我觉得要是灯灭之后还有人去敲门，老琼斯会赏给他的脑袋一记爆栗吃吃。

早晚会有人杀了那黑鬼。

是的，会的。

不知道吉米·史密斯怎么样了？

吉米·史密斯会杀了你。

废品商摇了摇头，对这一板上钉钉的事实表示难过。他跟跟跄跄地站起身，微笑起来。好吧，他说，老杜比第也许会有些喝的。

如果你愿意可以待在这里。

收破烂的摆摆手。谢谢你，他说，不过我最好去找喝的了。我觉得现在小酌一番比我能想到的什么都好。

苏特里看着他在黄光下跌跌撞撞地走下木板。他转了个方向，用一只脚站了一会儿，又继续前进了。等他到了岸边，他举起一只手。

回来，苏特里喊。

废品商又举起了手，继续前进。

出了布朗特大道，到他兄弟的垃圾场足足有两英里，废品商披着路灯光摇摇晃晃地穿过一个漂浮的世界，那里有忍冬花蜜、夜鸟歌唱，还有几条远处的狗，朝他们停泊的地方吠叫。

他穿过小木桥，经过几辆黢黑的小轿车，最后停在了一辆拖车前。

杜比第。

黑漆漆的院子最里面摆放着车轮外胎和车身嵌板，古斯溪在旁边潺潺流过。

出来吧，你这个老鬼。

他磕磕绊绊地走在同种营生物件之间。破车厢里有凝固成黑色的血液。还有一只鞋。

杜比第！出来，该死的。

他停止了呼唤，坐进一辆卡车里，就在这时拖车里亮起了一盏灯。车门打开，光线穿过院子落在杂乱的黑影之中，克利福德站在门口向外张望。你找谁？他问。

找杜比第。哈维对着方向盘说，把头搁在了那上面。

谁？克利福德说。

他抬起头。克利福德贴在碎成白色蛛网的挡风玻璃上。我想找杜比第，他说。

他不在这里。

那他在哪儿？

他不在这里。他现在不住这里。

只是老酒鬼哈维叔叔，是不是呀？

这可是你说的，我可从没说过。

没有，从来没有。你这个自以为是的混蛋。

什么？

我说你是个自以为是的混蛋。

门框内，克利福德脑袋的影子转了过来，似乎要转身吐唾沫。他不在这里，哈维。回家吧。

他不在这里，哈维。回家吧，哈维。他现在在哪儿？

你没法去那里。太远了。

远不远我自己会判断。他住在哪里？

你为什么不进来，我给你倒杯咖啡。

哈维摇摇头。你可真行啊，他说。

什么？

我说你可真行啊。克利福德老伙计。你真是可以。给他来点咖啡。克利福德，你很爱你老爸，你自己知道吗？

你要喝咖啡的话，我给你倒一点。不然我就要上床睡觉了。

老天爷，克利福德，可别让我妨碍了你睡觉。无论如何我都不能这么干。

靠在门口的那个人动了一下。如果你愿意，你可以睡在棚子里。我可以给你钥匙。

你这里没有酒喝，是吧？

没有。

那么你这里就没有我想要的了。

光线沿着小路退去，然后从门上的小窗口消失了。哈维笑了笑，坐在卡车里向后靠去。

克利福德！

一直在睡觉的狗醒了过来，叫声充斥了整条小溪。

克利福德！

灯啪地又亮了。门开了。

又怎么了？该死。

你没在睡觉，是吧？

我明天还要工作，哈维。我们这种人得靠工作来谋生。

他现在付你钱吗，克利福德？还是说只能拿生活用品？

他付我钱。

像个大小伙了。

如果你不需要什么，那我要上床了。

如果你告诉我你的工作是干什么，我就告诉你我要做什么。

你屁事不干。因为你什么也不做，只会喝高了躺在地上。

你是干什么的，你是干什么的，哈维心不在焉地说。

你不需要知道。

不需要知道，不需要知道。你确定这里没有一点喝的吗？

我说过了，你想喝的话，我可以给你倒点咖啡。

让我来告诉你关于你的咖啡的事吧，克利福德。你想听关于你的咖啡的事吗？

克利福德不想听。他又把门关上了，接着灯熄灭了。

那你爸爸的事呢？哈维喊道，想听听关于那个偷东西的杂种的事吗？想听听他是怎么闭着眼睛打劫自己亲兄弟的吗，克利福德？

凌晨时分，苏特里躺在自己的小床上，半梦半醒之中听到城市某处发出一阵沉闷的震荡声。他睁开眼睛，透过小窗望向外面苍白的星辰，桥上的灯光似珠宝般零星地点缀着河面上方。也许是地震，地球深处板块缝隙的移动，永恒黑暗中沙砾被数英里的断层盲目筛选。它没有再发生，过了一会儿他又睡着了。

炎热的中午，他逆流而上，沿着南岸行驶，先从桥下经过，又驶过了家具公司和包装厂，最后把小船停在了通往废品站和远处马路的小径底下。早上下了夏季阵雨，雨落在河滩，树林里升起一片臭味，还雾蒙蒙的，就像进了温室。在狭窄的小路上他遇见了一群恭敬的黑人，他们侧身从他旁边经过，眼珠来回转动，就跟马一样。鱼饵桶发出轻微的叮当声，玉米秆林立。哈维废品站的空地里，汽车趴在烈日下晒得黢黑，肉眼可见的热气从车身冒出，升入波动着的空气中。苏特里穿行在臭烘烘的马利筋草、机油和热铁皮中间，朝床架做的小门走去。

他发现他早已不省人事，半个身子挂在破破烂烂的折叠床外。这个小棚子闻起来油腻污秽，还带着沥青纸的味道。苏特里抓住废品商的胳膊和手肘，将他重新抬回到床上，他虽然关心他，却也有点不愿意碰那像得了麻风病似的破烂衣服。哈维翻了个白眼，喃喃自语了几句，向后倒去。苏特里环视了一下小屋。地板上散落着齿轮、车轴和电池。轮胎摞在一起，摇摇欲坠。碗橱里乱糟糟地摆放着一些会砰砰作响的轮毂盖，像古怪的银器，带着粗陋的新大陆纹章，有的是画上去的，有的则是印上去的。

他站在门口，注视着外面的空地。沉重的大门旁边长着高大的蜀葵，残留的破篱笆上盛开着酸模花和秋海棠。空地的一角种了向日葵，像孩童花园里的某种巨型花团。苏特里坐在煤渣砖砌的台阶上。繁花在风中摇曳。他看不见河流，不过有一艘驳船正穿过树林往上游开，像一列巨大的货车开在河谷底部，沿着不知名的路线悄无声息地向上驶去。河对岸堆着大理石的防冲堤。粗糙的铁质品在阳光下渐渐生锈。昏暗的棚屋里，废品商呻吟着翻了个身。这一堆奇形怪状河畔废品中的一个。苏特里转过身，见他伸出胳膊挡着某个幽灵，是敬畏的姿势，比如那疯狂的表情，他的痛苦显而易见。苏特里站起身，从门口走了出去，咔嗒一声，门在身后轻轻关上了。

哈罗盖特用一只手捂住耳朵，拉动了自制雷管上的引线。爆炸将他沿着隧道推出二十英尺，重重地撞在一堵墙上，他坐在黑暗里，周围到处是哗哗落下的碎石，他发现这儿的噪音令人震惊，不由瞪大了双目。紧接着，伴随着一阵呼啸的气流，他又被吸了回去，衣服被蹭飞了，皮肤也剥落，最后他发现自己脸朝下躺在通道里，耳朵里啸叫不止。还没等他爬起来，气流就又折返了回来，抓住他在满是烟尘、灰烬和碎片的地面往回拖，他流血不止，半裸着身体，呛得透不过气，暗中摸索可以抓住的东西。别再来了，他朝嗡嗡作响的地库大喊，我受够了。透过破墙，他听到远处传来爆炸的回声，一浪接着一浪地在山洞里荡漾，最后归于无声。

他异常安静地躺着，遍体鳞伤，血流不止，还周身麻木，他放声大哭起来。头嗡嗡作响，耳朵也快聋了，不过还是能够听到在可怕的黑暗中有人影从臭气和缝隙中冒出，五官沾满了骨炭，下颚耷拉着。他能听到血液在体内流动，器官在运作，肺叶张张合合。穿着花裙子的小女孩蹦蹦跳跳地走出阳光的阶梯，她们的目的地是黑暗，跟所有灵魂一样。一团近乎无声的柔软东西朝他袭来，吮吸着石头，搜寻他的所在。他撑起身子倾听着。沿着隧道过来。夜里有东西在靠近。一个迟钝的怪物从这座城市底下数个世纪前的坚固石牢中解放出来。它那腐臭的气息喷洒在他全身。他试图爬走。黑暗中，他毫无头绪地在石头中摸索。先是双脚陷入了一道缓慢流动的污水，跟着粪水、肥皂沫和厕纸从一条破裂的主管道中喷涌而出。

苏特里看到报纸上有篇名为《是地震吗？》的报道，他读了读，了解了情况。他叠好报纸，站起身，走到门外，下了台阶。

哈罗盖特不在家，猫也不在。他戳了戳火坑里的冷灰，翻起了城里老鼠的家当。

下午，他到有认识这家伙的人的地方转了转，可谁也不知道他去了哪里。

晚上，他在前街遇到了鲁弗斯。他正坐在商店前昏暗的灯光里，像是在等它开门。他看清来人，便站了起来。嘿，苏特，他说，你怎么来了？

随便晃晃，苏特里说，你在干什么？

哦，坐坐。他用拇指把帽子往后推了推，又揉了揉脑袋，笑了起来。

苏特里在他旁边窄小的石头路肩上坐了下来。

要喝一杯吗？他把手里抓着的酒瓶歪向一边，让光线照着标签。两人默默地看着酒瓶。给你尝一口。口感不错。

苏特里接过酒瓶，转动小小的塑料瓶盖，仰头大喝了一口。

他的鼻孔里冒出了烟。

啊，给，给，他说。

哦，这就对了，鲁弗斯深沉地摇摇头说，它会跟你对话。

伟大的上帝啊。

鲁弗斯从他手中轻轻拿过酒瓶，美美地喝了一口，然后小心翼翼地把它放在面前的马路上。苏特里用指腹揉揉眼睛。酒气似乎已经上头了。就连弥漫了整个空气和夏夜记忆的那股热辣醉人的忍冬香气也被烧酒味盖了过去。他眼泪汪汪地看着鲁弗斯。你见过哈罗盖特吗？他问。

哈罗盖特？鲁弗斯转过身，将头扭过肩膀，面朝苏特里皱起了眉头，那只城里老鼠？没有。他没在附近。你找他做什么？

我想他在什么地方闯了祸。

他不管在哪儿都会闯祸。这不是什么新闻。

你听到昨晚的地震了吗？

嗯，我的窗玻璃都哗啦哗啦响了。吵醒了我家老婆子。你听到了吗？

苏特里点点头。

你自己拿酒喝啊，苏特。

我觉得有点承受不了。

怎么会，多棒的小酒啊。

威士忌酒瓶竖在马路上。

有条老狗钻进了我的泔水桶里，鲁弗斯说。

苏特里点点头。他的嘴唇动了动，仿佛对着自己重复这句话。

我没办法靠近把它弄出来。它总想咬我。

它是怎么进去的？

我想是掉进去的。吃我的泔水的时候。我可不会为了一条蠢狗把我的泔水都倒掉。

没必要。

记得小时候住在劳登郡的时候，我有个叔叔一直在酿威士忌。有天晚上，我们去了他的蒸馏室，他在地上摆了五桶麦芽浆，我们去了那里，每个桶里都有一只老猎犬。它们的脖子以下都淹没在了麦芽浆桶里，喝得醉醺醺的，歌声比得过一支乐队。再没有比那更滑稽的场面了。我们就坐在地上，大笑，我们笑得越厉害，它们就唱得越大声，它们唱得越欢，我们就笑得越响。

你们后来怎么把它们弄出来的？

我们砍了一根嫩山核桃枝，穿过它们的项圈，两头各抓住一只，把它们一起拖了出来。有几只已经醉得走不动路了。

好吧，那我们为什么不用同样的方法把这只从你的桶里弄出来呢？

它的脖子上没有项圈。

我明白了。好吧，我们为什么不先去找根绳子来拴住它，然后再把它拖出来？

我们也许能试试。可我太讨厌到上面去了。

为什么呀？

老婆子生我的气。

好吧，你总归是要去的。

我知道。但有些时候我就是讨厌这样。

来吧，你不能整晚坐在这儿。

苏特里站了起来，鲁弗斯也站起身来，伸出两只手掸掸裤裆上的灰，他弯腰前倾，等身子稳了便抓住酒瓶，重新站直。最好滴酒不沾，是不是呀？他对着瓶子说。

他们沿着野葛丛中的迂回小道费劲地走到一条昏暗的小巷里。这是个晴朗的夜晚，他们慢慢地走着，黑人老头在回到屋子前又停下一次喝了口酒，他把酒瓶塞进了宽大的裤子口袋。苏特里能够闻到忍冬丛的上方飘出猪圈的酸臭气息，像呕吐物的味道。藤蔓中透出一缕窗口的灯光。鲁弗斯竖起一根手指，他们停下来商量了一番。

我去拿哼（灯）。

好的。

苏特里蹲在巷子里。他听见一扇门开了又关，不一会儿又听到一个尖锐的嗓音，似乎在用一种他不懂的语言说话。门开了。鲁弗斯走出门廊，他手上提着灯，正在调节灯芯。

他们走过棚子，鲁弗斯抬起烟熏室大门搭扣锁里的一根钉子，走了进去，回来时手里拿着一捆麻绳。他们沿着一道用碎木板和铁皮修补过的篱笆往前走。草丛中有什么东西一晃而过。一只猪猡在黑暗中哼唧。鲁弗斯举起灯，光线下苏特里看见了那对狗眼。

它在那里。

苏特里接过灯，向那条狗靠过去。这是只浑身湿透的猎狗，脑袋上盖着吸了水的面包，泔水没到了狗脖子。它用前爪扒住泔水桶的边缘，苏特里靠近的时候它朝着灯光露出了牙齿。

它自己出不来吗？苏特里问。

看上去不行。我看它有一两次直起了身子，可还是没办法挣脱泔水跳出去。

好吧，把绳子递给我。

注意别靠得太近。它会朝你咆哮，攻击你。

你拿好灯。

你小心点。

苏特里拿来一只空桶，倒扣着放在那条狗旁边，然后站在上面。狗转过脸正对着他。他做了个绳圈，把它套在狗头上，狗对着空气咬了一口，湿漉漉的嘴巴里传来牙齿碰撞的沉闷声音。等感觉到脖子附近的绳子收紧时，它呻吟起来。

苏特里把攥在手里的绳子对折，开始拽那条狗。狗的眼睛都快翻上了天，爪子在桶里乱扒。

老天爷，这狗娘养的可真重啊。

被勒住脖子的狗全身滴水地从桶里吊了出来，接着滑向一边，瘫倒在地上，缩成一团又脏又湿的东西。

他们站在那里看它，苏特里还提着灯站在桶上。它看起来像是某种奇怪的中世纪野兽，臭烘烘地躺在地上，喘着粗气。苏特里把绳子从猎犬脖子上扯下来，过了一会儿它站了起来，抖抖身子，迈着沉重的步子摇摇晃晃地走进忍冬丛。

苏特里把绳子盘了起来，唯独把那弄脏了的套索部分拖在后面，他们沿着小路走回去，坐在门廊上。鲁弗斯闻了闻提灯，便向后靠在廊柱上，闭起了眼睛。不久他又睁开眼，拍了拍放酒瓶的口袋，才又把眼睛合上了。你现在看不见他的灯光，不像原来那样亮着，他说。

谁的灯光？

城里老鼠呀。不过灯亮的时候，你从这个方向是看不到的。所以我不知道他是不是在那边。

我不相信他昨晚在那里。

他也许跟克利奥他们一起喝醉了。他们一直在给他威士忌。

苏特里点点头。水道对岸，城市的灯光在夜色中摇摆。你知道这附近有什么洞穴吗？他问。

鲁弗斯睁开了眼睛。洞穴？他说。

你知道吗？

河对岸有个大洞。切罗基人的洞穴。

我是说河这边。

洞穴都在诺克斯维尔的地下。

你知道怎么进去吗？

你不会想到这些洞里去晃悠的。你为什么想要到地底下去折腾啊？

如果你不告诉我怎么进到那些洞里，我就去把那条狗抓回来，放回你的泔水桶。

鲁弗斯咧嘴笑了。他把一条腿伸直，伸手到口袋里去掏酒瓶。降（见）鬼，他说。

也可能抓两条。

哈罗盖特受了伤，还沾了一身屎，他在口袋里找到一盒火柴和一截蜡烛，便点了起来。细长的火焰歪歪扭扭地飘动着。他沿着过道来回摸索，在下水道里寻找手电筒。找到之后，他拾起摇了摇，按了几下按钮，可它就是不亮。他跪在那里，环视四周的石墙。滚烫的蜡油滴到他的手上，他心不在焉地挠了几下，然后开始顺着隧道往高处爬。

他在一个漆黑的水池里洗了把澡，蜡烛越烧越短。检查了自己的伤口。拆开手电筒，再装回去试一下。拧开固定玻璃片的边框，取出灯泡，拿到蜡烛光下，可看不到电线，或者根本就没有电线。他盯着蜡烛看了一会儿。没有蜡淌下。看上去像是被石头吸了进去。

他把还在烧的蜡烛留在那里，走到光线范围的边缘，他的小影子最终被远处更大的黑暗吞噬了。他转身走了回来，蹲在地上看火焰摇晃。潮湿的石室似乎在变小，在他周围收缩。他蜷伏在小小的光圈里，双手合在一起护在火焰背后，似乎要把它聚集到自己身上。热蜡油在石头上流淌。随着微弱的嘶嘶声，灯芯彻底倒了下去，黑暗完全笼罩了他，他似乎变得没有边际，大可比拟整个宇宙，小到无异世间万物。

苏特里顺着井绳下到一个干涸的砖砌蓄水池。土壤和苔藓的气味，深色的旧砖有些破碎。蓄水池底已经凹了进去，他顺着破砖碎石的痕迹进到地下的一个洞里。他打开手里的手电筒，下到了黑暗之中。

他沿着一条狭窄的通道往里走，地面都是泥，还撒着以前的酒瓶玻璃。墙壁松软潮湿的石头上刻着各种名字和日期。走道变得更窄了，漆黑一片中有风透出，他的手电光由近及远地扫过一面面墙，一只巨大的盛矿渣的盖碗，内有管道贯穿。一节节下水道管连接成一长条，电缆管又冷又湿。他小心翼翼地往里走。万籁俱寂，只有远远地传来滴水的声音。他竖起耳朵，想要找到些许街道车流的声音，可上面的那个世界似乎完全消失了。这地穴像一个海蚀洞，平滑弯曲，形状能承受风，可这里并没有风。他转过身，灯光扫过墙壁、泥泞的流石以及高高的圆形穹顶，那里挂着石头牙齿和湿矿渣的黑舌头。他穿过石室，地面上有一块块黑色的污泥，就像一摊摊沥青。远处那头的岩石中有一条圆形隧道，苏特里便弯下腰走了进去。

他在地底搜寻了半天，感觉夜晚已经降临，等重新回到蓄水池底，惊讶地发现白天还未过半。他回头望望蓄水池底下，再没有勇气进去了。

那天晚上他去了哈罗盖特在桥下挖的地洞，可没有迹象表明他去过那里。破晓之前他去放了鱼线，然后又出去找他。

他察看了狭窄的侧廊，又在洞穴的石头地面上仔细地搜寻足印，可那里似乎几年都未有人造访了。石头上的名字和日期都旧了。黑暗国居民的传承无须子嗣。或缺乏新人的冒险精神，或渴望获得黑暗的垂青。他的灯光照在天花板上，龙骨状的圆顶、扇贝式的石头以及随意悬挂的钟乳石。这是一只酣睡中的石头怪兽的上颚，巨大的小舌上挂着锈水。仿造的枪晶石刀片。

带铁矿线的深紫色赤铁矿凝聚成石头内脏的形状。又或是粪便形状的绿孔雀石，像沾染了铜绿的小石头粪球。

他发现了一些长着巨眼的白色蝾螈，便用手掌将它们捧起，冰冰凉，还一副畏缩的样子，小小的心脏在细如顶针的蓝色胸骨下跳动。它们像孩童般用细小的匙形触须握住了他的手指。

那天快结束的时候，他在隧道一处的顶壁看到几道亮光，他蹲下来仔细听，觉得自己听到了遥远而微弱的孩子哭声。他关了灯，坐在暗处。他坐在那里等了一阵。孩子们的哭声不见了。洞穴底部三个不同形状的光斑开始往远端的墙上爬去。过了一会儿，他站起身，拿着自己的手电回到来时的路。

第四天他在一块灰色的壤土上发现了脚印。是网球鞋的印子，很大。他把自己的一只鞋放在了里面。再往前走了一点，他发现了一张新鲜的糖纸。他穿过一个巨大的洞穴，洞顶排列着一群睡觉的蝙蝠，膜翼相互推挤，不停地发出尖厉的吱吱声，大主教哈托在被老鼠吃掉之前从自己的塔楼里听到的也准是这种无尽的哭声[1]。苏特里继续前进，深入城市朽烂的底面，穿行在肮脏的漆黑洞穴中，里面有恶臭的液体渗出。他以前不知道这城市会是这般中空。

空气变得越来越污浊，污水中升起了硫黄的味道。在气味最浓稠的地方，他发现城里老鼠蹲在那里。他靠在一堵墙上，

---

[1] 德国莱茵河畔的宾根地区（Bingen am Rhein）流传着一个"老鼠塔"的传说，据传美因茨大主教哈托（Bishop Hatto）在此地被老鼠活活吞噬。

回头看着隧道里那束光线的靠近。他看上去就像那种会一跃而起从洞里冲过来的东西。苏特里蹲在他面前，仔细打量他。

能不能把那盏灯从我眼前拿开？哈罗盖特说。

苏特里放下手电。他们的脸黑得就像矿工或者卖唱艺人，城里老鼠衣衫褴褛，身上粘着干掉的污水垃圾。这下面真的有人，他低头看着地上的灯光。

我还以为自己要死了。我还以为会死在这里。

你还好吗？

这底下有人。

什么？

这底下有人。

你看到的是一些东西。

我和他们说话来着。

我们走吧。

我不想让任何人看到我这样。

苏特里摇摇头。

我愿意出十美元买一杯冰水，城里老鼠说，现金结账。

世界开始运作前的黎明时分，苏特里会在街上看到她。驼背干瘪的老太婆穿着一件死气沉沉又没有型的黑色粗布裙，弯腰走在黑暗之中，手里拿着洋苏木片和黄颜木的媒染剂。蜘蛛般的手抓着一条病羊羊毛做的披肩。昏暗之中，跛脚老妇人拄着满是节疤的拐杖蹒跚而行。在夜晚的最后几个小时过桥到河流南岸的悬崖上采集草药。

最近几个夏日夜晚，他总能看见琼斯。和一群朋友坐在飞机螺旋桨那么大、带网罩的风扇底下，在呼啸的风声中畅饮啤酒，看衣衫湿透的牌友们自语、抽烟、发牌。琼斯再也没有提起那个女巫。接着，有一天晚上他靠向苏特里坐着的大理石小桌。她不来吗？他说。

谁？

他抽抽鼻子，转过眼睛，似乎是在看着牌桌。那个黑鬼老巫婆，他说。

啊，苏特里说，她是那么说的。

黑人点点头。

你为什么不过去见她呢?

他耸耸肩。

她说你想见她不是为了你自己。

他看着苏特里,又回头看看牌桌。那她说我见她为了谁?

你的敌人。

哦,琼斯说。

夜里,他们走进了刺槐树林,在这绿意盎然的地方同名的昆虫 [1] 不住尖叫,他们从一大堆报纸底下穿过,走进冒着气的水池。

她正弯着腰,拿着一把锄头打理花园,身形如孩童一般。自家染色的黑布长袍背后和肩膀部分被太阳照得褪了色。她看到他们,站了起来,走进屋子。他们穿过院子。经过一排排矮小的番茄苗和晚季红花菜豆。苏特里敲敲门,他们站在那里望着外面的小空地。过了一会儿,他又敲了敲。

她来开门的时候头上没有帽子,戴着眼镜。她挪到旁边让他们进屋,似乎早就料到他们要来。

他们跟着她穿过黑乎乎的小客厅,朝一扇开着的门走去,门内有一张桌子和一盏点着的灯。琼斯弯腰进去,苏特里跟在后面。他们站的地方是厨房。苏特里到处张望。墙上挂着几幅照片,相框玻璃蒙着油,灰乎乎的。他弯腰去看一个三十多口人的黑人家族,年迈的族长、男男女女和小孩正儿八经地排成

---

[1] 指蝗虫(locust),在英语中也有"刺槐"的意思。

一队，齐刷刷地看着外面，正中间坐着的那位裹着围巾，看上去像一只被烤焦了的恒河猴。

她站在房间的另一边，光线很暗，她不可能知道他在看那许多照片中的哪一张，可她还是开口说道，她出生在1787年。

她是谁？

我的奶奶。她死的时候一百零二岁。

她看上去和照片里的那位差不多大。

拍照的时候她已经死了。

苏特里看着她。金丝相框反射着灯光，小小的相框玻璃是圆形的。他又凑近了看那张照片。老祖母背后有人托着她的头，而她的眼睛呆滞无光。苏特里目不转睛地看着这张充满传奇色彩、覆着涂层的破旧照片。放在那个生物脖子上的双手似乎在强迫她看一些她根本不愿意看的东西。六十多年后，这不就是苏特里自己的情况吗？

你在照片里吗？他问。

我不在。这是在肯塔基州的费耶特郡拍的。他们把她放在地窖里，然后找了个人过来拍照。她的孩子们点起蜡烛，和她一起在下面待了一晚上。

是在你出生之前吗？

不，我也在那里。可是没有被照片拍出来。拍的时候我就在那里，却没有拍出来。

你在照片的什么位置？

就在那边的死角里。

他弯下腰去看。在照片的最右边有一片灰色的影子，像一个幽灵混在她那些有糙皮病的祖先中间。这里吗？他问。

她点点头，小眼镜片在灯光里闪闪发光。坐吧，她说。

苏特里坐在那张照片底下。琼斯依旧站在小房间靠正中的地方，他突然变得漫不经心起来，像个跌跌撞撞的僵尸，虽然他以前也来过这里，可她还是得抓住他的一只胳膊，把他带到桌子旁边。她像对待猎犬那样用地毯线把他的伤口缝好，黑色皮肉的褶皱里滚出细小鲜亮的血珠，她又用蛛网作为敷剂给更小的洞止血，然后用床单把他裹了起来。两天后，他醉醺醺地出现在门口，要求将他解开，并把缝线拆松一点，因为他没法弯腰。他的眼睛里布满血丝，浑身散发着走私威士忌的臭味。

他坐了下来。锯齿状的火舌在玻璃灯罩里移动、变形。她脖子上的项链闪闪发光，是一条麻花辫，上面挂了几个铁皮护身符、一块蟾蜍石和一块乌木巴力神像。她摊开双手。黑色暗沉的皮肤底下可以看见手指是如何连接在一起，还有那些瘦削的关节骨头。她说，我说不出你们这两个灵魂哪个麻烦更多。让我看看你们的手吧。

琼斯把一只手放在桌子上。他的手指像是老香蕉，粗粗的，还是棕色。她慢慢坐下，用小小的黑爪子捧起他的手掌，闭上眼睛。她又低下头看了看。她弯腰凑得更近了。那是什么？她说。

琼斯看了看。什么也不是。就是有个白痴用刀划了我一下。

她用指尖按住那只脏兮兮的手掌，靠在椅背上。苏特里正在看他右边桌子上方的一张照片。一个穿制服的男孩正看向镜头,对自己的牺牲精神有些怀疑。老妇人说,你要他到这里来吗?

这小伙子吗? 他可以待着不动。

她俯身向前,眼睛睁得大大的,嘴巴里发出细小的、乌龟似的噗噗声。给我五块钱,她说。

琼斯抬起一边屁股,把手伸进口袋。他拿出一大卷用橡皮筋扎好的纸币,抽出一张五美元放在了桌面上。她拿起钱,叠好,然后它就消失在了她身上的某处,她又抓起了他的手。她开始讲述他过去的方方面面。这些故事里有暴力冲突、涉警斗殴、水泥房间里的流血事件以及黑暗里不知名者的咳嗽、呻吟与发疯。

琼斯抬起头。我对这些都没兴趣,他说,我只是不想自己走了,奎因还活着。

你可没法买到这个。

我是没法用五美元买到这个。

她那蓝黑色的脸上闪过不耐烦的神色。她讲了一个复仇的故事,银钱可用于封印却买不来那样的力量。

她在树干上挖了一个洞,将自己死敌的粪便藏在了里面,又用一截橡树木桩将它塞住。她很自信地向他们走去:他的肚子像吹了气的狗那样肿胀。他将得不到解脱。他的粪便会堵住他的喉咙,把他噎住,他的脸会变黑,内脏爆裂,最后随着一声尖叫,他重重地倒下,惨死在混乱之中。

琼斯点了点头。他说这很适合他。苏特里冲着他的手背笑了笑,可那女妖朝他们竖起一根手指摇了摇。她站起身,走到灶台上方的碗橱前，出奇敏捷地踩着一张椅子爬到炉子顶上，伸手从上面取下一只发霉的小皮囊。她将它带到桌前，往光溜溜的木板上铺了一块黑锦缎布，用同样是黑色且更加皱巴巴的手抚平上面的折痕。她交叉双手坐下，对着他俩转动起浑浊的眼珠。她拿出那个小袋子，抓在手里，闭上眼睛。她用手指解开袋口，绳子松开的时候她紧紧攥住了小包的脖子，仿佛蜷缩在里面的东西会跑出来。她开始轻轻地前后晃动，头一直僵硬地仰着，喉咙的黑色褶皱里有什么东西在移动，像是反反复复做着吞咽动作。突然，她睁开了眼睛，向四周看看，然后猛地举起皮袋子，将它朝着桌子倒了过来。哗啦啦掉出来的东西里有癞蛤蟆和鸟的骨头、黄色的牙齿、奇怪或不知名的象牙色易碎玩意儿，以及一颗干硬如石头的黑色小心脏。一截蛇的脊椎，肋骨弯曲如同爪子。一只蝙蝠的头骨，咧开的嘴里长满细针般的牙齿，翼龙般的细小翼骨。河里捞上来的、磨得锃亮的小石杵。这些东西最终在黑锦缎布上静止、定型，召集出此种组合的黑皮肤传福音者立即要求否决那古老的谎言，即观看者和被观看对象永远不止一个，这个逃避了火刑的晦暗地下交易者迅速打量了眼前的人们，然后转开了视线，看向别处，最后闭上了阴森森的眼睛。他们一言不发地坐着。

琼斯开口了。他说，怎么说？

没说跟你相关的。

那奎因呢？

也没说。不是关于你或者奎因的。而是他。

苏特里感觉头皮发麻。

为什么不是我？琼斯问。

我没办法改变它。

再试一次。

不行。

琼斯重重地眨了眨眼睛。

你应该独自来，她说。她仍然闭着眼睛，苏特里以为她在跟琼斯说话，可当她睁开眼时，看的却是自己。

他没有再去。夏季快结束时的一天夜里，他在街上从她身边走过，不过也有可能是别的黑人老太婆，弯着腰，披着围巾，安安静静，只听见阴沟里有拖沓的脚步声。她没有抬头，也没有说话，借着晚风他能闻到她的味道，瘦巴巴的老巫婆，一股子陈腐的霉味，似干燥的灰尘。她从旁边走过，骨头轻轻地吱嘎作响，枯干的关节头令人烦躁地磨耗着关节窝。更奇怪的是，那年他最后一次看见她是在阳光明媚的正午时分，在住宅区的街道上，而她确确实实看了他一眼。苏特里避开那双毒蛇般的眼珠，里面躺着四分五裂的太阳。她扛着一个猫皮包，里面装着她的东西，穿过一道道砖砌巷道和铺着沥青纸的小路。她的嘴动了一下，很像是在微笑。上了年纪的牙齿像玉米种子。一股不得安宁的坟墓气味。她的小影子像鸟一样落在他身上，然后便过去了。他站住偷瞄她，五根手指按在一块玻璃上，似和五个倒影指尖相对。他扭身继续前进。停下，老母猫，路上有骑兵，举着火把，扛着树枝做的十字架上的基督像。他在人群中奔跑，时而躲闪，时而转向。双脚落在人行道上，震得店门上的风扇都不转了。

十月底的一天，他收回了鱼线。树叶飘落在河里，那些弥漫着林烟、风雨交加的日子将他带回了那些本不喜欢的时光。他用旧麻袋给自己做了一个包裹，卷上毯子，拿了一些大米、干果和一条鱼线，登上了去加特林堡的巴士。

　　他去徒步登山。秋天已经过去，一些树秃了，没有一棵还绿着。他在岩架过了夜，整晚都能听见伐木火车幽灵般驶过，液体滴答落下，调度汽笛悠长鸣响，车轮切嚓切嚓，还有属于生锈的老式车厢的行业术语，早就在铁路上销声匿迹。

　　头几个早上他感到有点恶心，已经好久没有像现在这样一个人完全清醒着。他坐在冰冷灰暗的光线中，裹紧毯子，举目远眺。一阵微风刮过。东边的天空飘来一排云，逐渐变成紫红和黄色，太阳没精打采地升了起来。他被眼前的绝对寂静感动了。他把背转向温暖的方向。枯黄的叶子落满整座森林，也铺满了河面，它们飞舞、闪烁，金灿灿的，在下游穿梭，就像倾注进水里的硬币。是一种易腐的货币，永远在更新。在老祖父的年代，这儿曾有一首民谣传出，某类爱恋出了问题，一个身着丧服的女孩溺死在冷翠的池子里，被人发现时，她的头发如墨水般晕开在冰冷的鹅卵石河床上。她的束缚逐渐消减，松弛懈怠如同在海中做梦。水把她的眼睛泡得巨大，瞪着鳟鱼的肚皮，望向外面泛着阵阵波纹的世界。

苏特里躺在河面一块温暖的岩石上，看鳟鱼在冰冷的灰色石头上方漂流、觅食。他在小鱼钩上挂了米粒作饵。鳟鱼在倾泻而下的落叶间时而驻留，时而侧身，时而回转。鱼嘴内翘的公牛鳟鱼周身银白，长着天鹅绒般的鱼鳍。它们并不咬人。

他先是离开了马路，接着又离开小径。晚秋时节，雨水已经退去，小溪都半干涸了。循着一个个水塘，他爬上了一条狭长的岩架，看见一只黑乎乎的水貂，弓着背跛行在岩石上。页岩上，尖细的深色粪便冒着热气，到处都是骨头、鳞片和贝壳碎片。夜里，一阵凛冽的冷风把他身旁的火吸进了黑暗之眼。接着是一股轻风，空气稀薄，呼吸困难，寒冷刺骨。

第二天早上，他翻开结霜的石头寻找饵料，却发现了一条蛇。昏睡的滑溜溜的毒蛇，突起的下颚关节。真是命运缠身的蛇，这林子里有这么多石头而它独独睡在了这一块下面。苏特里不知道这位死神的小老弟是否正用它石英般的山羊眼睛看着他。他小心翼翼地把石头放了回去。

那天下午，他跨过分水岭，穿过一片黑压压的云杉林往山下走去。乌鸦在广阔的高地上空飞翔，石楠和灰蒙蒙的老树都顺着山坡滑入底下的云层之中。他在一块岩架下生了火，看着暴风雨逼近山谷，奇形怪状的闪电在黄昏中颤抖，就像疯子化学家房间里的高压电流。雨落下了，叶子也落下了，倾斜着、狂暴地，银色的风暴吹倒了世界的屋檐。他找到了几颗野栗子，看着它们在炭火中烤黑。他把它们砸开冷却。那里面包含了一棵树的全部，叶和根。他吃了，没有别的食物。他以为饥饿会让他保持清醒，可事实并非如此。他裹着毯子躺下，眼睛瞪着天空，高林里能听见狂风的长啸。冰凉冷漠的黑暗、串联在轨道上的晦暗星辰、斜接的卫星、使用大小齿轮传动的行星，都在漆黑的宇宙中摇摇欲坠。

早上，高海拔地区下了雪，山峰上白雪皑皑宛如仙境。他早已用麻袋布包好了脚，现在干脆把毯子裹在肩头，顺着山脊往下走，一副形神闭塞的样子，他瘦得眼珠都凹了进去，胡子也有一个星期没刮了。他围着毯子走过被寒冷的灰色薄雾笼罩着的森林，天气阴暗，日头寒冷，苔藓是石头的颜色。刺骨的寒风钻进他的鼻孔。再往下便进入了白桦林，他走在光秃秃的白色枝干之间，被脚踩到的爪状树叶上托着细小的冰花。

在他下方，乌鸦驾着上升气流盘旋而上，就像铁丝和绉布的造物，没有重量。它们摇摇晃晃地飞，不停转向，向高处的广袤长空滑去，发出被风吞噬的呱呱声。

苏特里很惊讶地发现林子里依然绽放着一些小花。他默默地打量着青苔丛里巧夺天工的精美图案。鲜绿的环形地衣燎原般在石头之间蔓延，就像微型玉石火山。扇贝状的真菌包裹住腐烂的老原木，通过乳腺式向外扩张变得形同内脏，一摊摊惨白的锡杖花铺在腐殖质的残骸和丰富的腐烂物之中，蘑菇的伞盖下有波浪形薄膜，癞蛤蟆想来是在底下午休。或许是精灵，他说。金斯科迪牌的短裤，丝绸碎片拼接成的衬衫，跟别的部分颜色都不同。树林里有一道奇异的光。他裹着毯子，蹲在肥沃污浊的泥地里。他想，你能吃这些蘑菇吗？你会死吗？你在乎吗？他用手掰开一只，很脆弱，紫褐色，肾脏的颜色。他都忘了自己还饿着。

他走下一条以前伐木用的路，经过了一处民间环保公司的营地旧址，摇晃着穿过树林，朝这片枯萎、凋零树木后面的石桥走去。道路从上方穿过。河畔小径通过低矮的石头桥拱，旁边是一条淤泥带，里面堆积着发黑的粪便和揉成团的白色湿纸巾。

他们修建穿山公路时，一个人骑着马沿河而来，马蹄扬起的沙砾洒在水面上，那瘦马没精打采地往前走，骑手则瞪大了眼睛，攥紧缰绳。两个在桥上钓鱼的男孩看着他咯噔咯噔地走进桥底，在下面穿行。他们走到桥的另一边去看他出来，可是马在下游出现了，马镫松了，马背上空无一人，它跑到沙砾带上，冲进了河里，搅起一大团水汽。一大块浅色鹿皮在冰冷的绿水潭中打着转。

骑手没有现身。他们找到他时，他正悬在桥底，脑袋扎在一根从新砌体里伸出来的钢筋上，身体微微摆动，双手垂在两侧，两眼有些斜视，似乎想看看穿进他脑子的东西到底是什么。

苏特里爬上狭窄的山谷，往山脉更深处去了。树林地上铺着来自干涸的古老河床的水蚀石子。他的胡子长长了，衣服像树叶一样挂在身上。高海拔地区的树木都是矮小黝黑的虬枝云杉，万物静止，唯有他、风和乌鸦除外。高处沟壑的阴影里黑压压地站着许多形态模糊的云杉树，它们朝着天空列队行进，像修女们在暮色中上升。

他变得更加嗜睡，走路令他头晕。他会一连好几个小时地盯着火堆，看向那个奇妙的、由余烬组成的白炽世界，那儿有小小的橙色洞窟，木头似乎是被熔化了，或者说是半透明的样子。他开始找到伴儿了。

先是流连梦中，然后进入半清醒状态。有一天，在秋日正午的阳光下，他看见一个精灵模样的幽灵从树林里走出来，在他前面的小径上慢吞吞地走着，满面愁容。苏特里坐在苔藓丛中休息。对于现在这个季节，这林子看起来太绿了。接下来的两天，他不知道自己是不是在做梦。他躺在一条沙砾带上，指尖浸在冰冷的水里，他能看见自己的脸浮现在铺满沙子的溪床之上，而那张晃动的面孔在他本人影子的映衬下变得僵硬起来。他伸了个懒腰，噘着嘴吮吸经过的水流。铁和苔藓的味道，还有一个丝滑的东西压在他的舌头上。一只带斑点的绿色小蝾螈离开了岩石的底部，箭一样地滑向绿幽幽、泛着泡沫的池水深处。溪水化为美酒，在脑海中吟唱。他坐了起来。一面摇曳着的翠绿色月桂墙，还有些光秃秃的高大树木。林间起了微风，吟诵起某种沉默的树语。近乎蓝色的光针从石头上落下。苏特里感到一种沁入骨髓的冰凉倦意从肩颈处掠过。他瘫倒在地上，手腕交叉放在腿上。他看见一个难以置信的可爱世界。脑后腔里流淌着古代凯尔特人的母系血缘，他开始和桦树、橡树交谈起来。林子里一堆凉飕飕的绿火不停地爆裂，他能听到死人的脚步。他已经一无所有。他几乎不知道自身的存在会在哪里终结，也不知道世界在哪里开始，不过他也不在乎。他仰面躺在石子路上，地核吮吸着他的骨头，在头昏目眩的瞬间他幻想自己穿过大风刮过的蔚蓝天空，向外坠落，越过行星的外侧，在又高又薄的卷云间飞驰。他伸出手指，在光带中抓到一把湿漉漉的东西，光溜溜的菱形石板，细小冰冷的花岗岩泪珠。他让它们从指缝间哗啦啦地掉下去。他能感觉到脚下的大地迟滞地转动，他胃里的那杯水还像刚喝下去时那样凉飕飕的。

那天晚上，他经过了一个建在山坡上的儿童墓地，那里除了杂草，一片荒芜。几处石头地基构成了旁边教堂的全部，树叶缓缓地零星落下，这里和这里，他读着那些名字，裸露的坟头被过往的风霜摧毁，石碑东倒西歪，或者干脆倒地，蛮横地占据了小块的土地。暴风雨已经跟随了他好几天。他在蒙蒙暮色中转过身来，贴着被风播下的野草穿过早已凋零的花园。荨麻丛里的褐色茉莉。在一只破玻璃瓶底里他看见一些灰尘和光线组成的小雕像在转动，蜘蛛大小的提线木偶被细细的蛛丝轻轻串起，在紫色的玻璃上跳起某种微型芭蕾。一滴雨在石头上歌唱。寂静的野外钟声大作。在黑暗多风的田野上，这个苦恼沉默的新教徒看着一群紫红色的僧侣身着蛛网兜帽、脚蹬破靴改成的凉鞋，波澜不惊地走在鹅卵石小道上，拖着脚笨拙地走进一座古老的石城。预知风暴的鸟儿冲出黑暗，叽叽喳喳地叫着，然后如灰烬般逃走了，老鼠们则沿着沟向地下的家跑，仿佛身后有子弹在追赶。

　　暮色中他穿过一片郁郁葱葱的树林，那里到处是黑压压的羊齿蕨，还有冒着热气的难闻植物。一只猫头鹰无声地飞了起来，弓着翅膀。他碰见了一匹马的骨头，锃亮的肋骨立在泛着浅绿色磷光的羊齿蕨中，楔形头骨在草丛中咧嘴大笑。在这没有阳光的寂静长廊里，他渐渐感到前面有另一个人在走，他进入的每一个林地似乎都刚空出来，一个身影之前一直坐在那里，适才站起、离开。某个行走的二重身，另一个苏特里在这些林子里躲着他，他担心要是那个影子没法站起来偷偷走掉，要是他因此在这幽暗的树林里苏醒过来，他将无法得到修补，也不能恢复完整，只能一天到晚盲目地跟着那个幽灵般的克隆体，永远拖着口水蹒跚地穿过充满敌意的半球。

　　那天夜里他甚至没有生火。黑暗中他像猿猴似的蹲在悬崖突出的石板下，注视着天上的闪电。底下的林子里，桦树树干白得发亮，数个幽灵骑士团在愤怒的天空中交锋，古老的亡灵装备着锈迹斑斑的战争武器，在视差的作用下彼此碰撞，就像是从集体坟墓出来的鬼影，剃光毛发，绑上腰带，满怀恐惧穿过铿锵作响的夜晚，沿着远方的山坡，在昏暗和即将到来的黑暗之间行进。闪电和烟雾中的景象，比扭曲的骨头、石板或者覆有腐物的肩胛更加伸手可触。

　　暴风雨移向了北方。苏特里听到大笑和狂欢的声音。他像疯子一样清楚地看到自己的肉体会腐烂。夜里，蠢笨的娼妓在小门廊里招呼客人，她们穿着艳俗的破衣烂衫，像来自肮脏梦境的漂亮玩偶。一队邋遢猥琐的寻欢作乐者抬着一只关在笼中的双脚飞龙，顶着闪电暴雨沿小路走来，还有别的炼金游戏，猪牙矛上穿着喀迈拉和巨脑魔，巨怪搬运的支架上装饰着关于地狱调味料的药典，一个年长的地精充当了旗手，嘴巴洞里吐出响亮恶毒的咒骂，吹笛人吹奏一根白骨，屁股上挂着的小玻璃瓶里装着冒烟的黏质燃料，不住晃动，像水银一样。再往后，空中有根绳子牵着一条中龙，形如雀鳝但长着四条腿，还充上了氢气。一面现已绝迹的破烂旌旗，上面绣着不少星星。林木茂密的魔界居民，身着小丑彩色服装的身影，一个恶心的蓝黑色胎儿穿着拷花皮鞋和宽袍，步履沉重地走着。有侍从陪同。苏特里目睹这些调皮的狂欢者带着一丝怀疑的狞笑从他身旁经过。黑暗笼罩了他。闪电消失了，他能听见草在风中飘落的声音。他把树叶拢到面前，用僵硬且笨拙的手指划燃了一根火柴。它们的边缘噼啪作响，炽热的小火苗顺着风呼啸而去。他又试了一次，最后放弃了。他蜷缩进毯子，躺在冰冷的高地上，他知道自己会冷，却没想到会冷这么多天。

在这种情况下，第二天早上他经过一个鹿站，一个穿工装裤的小个子男人拿着弩蹲在那里。像对待其他幽灵那样，苏特里并没有太在意他，可就在他准备继续前进时，那个男人和他搭话了。嘿，他说。

嘿，苏特里说。

猎人用弩指着苏特里的去路，他歪着脑袋问，你是干吗的？

苏特里笑了起来。他把毯子从肩膀上抖下来，弯下腰大笑不止。

猎人似乎被眼前这人搞得很紧张。嘘，他说，别笑。

好的。

男人吐了口唾沫。算了，也没啥意义了，他说，你已经把所有东西都吓跑了。

你是真实的吗？苏特里说。

我也不想这样拒你于千里之外，弩手压下箭头。他仔细打量了这旅者一番。倒不是说我觉得拿着武器很光荣，而是有你这么一个疯狂的家伙在林子里乱跑。

你在这林子里转悠多久了？

我不知道。

你迷路了？

我觉得我知道自己在哪个州。我想你没法帮我走出去。

你不是迷路了，就是疯了，或者两者都是。

正是如此。

你不会告发一个偷猎一点鹿肉的人吧？

我又上不了国王的餐桌，苏特里说。

猎人向旁边啐了一口唾沫，朝苏特里摇摇头。你这鸟人是个傻子，他说。

至少我存在，漫游者说。他撩起毯子边，朝猎人做了个手势。滚开，他说。

猎人往后缩了一下，又把弩抬了起来。

我叫你滚开，苏特里说着，对着他扯开破毯子。

你这该死的傻子，就算有人要滚，那也是你，我要射穿你那皮包骨头的屁股。

苏特里眨眨眼睛。你是真实的吗？他又问。

你要不是找了条诡异的路从那边的弯道上来，那可就见鬼了。你从哪里过来的？

从山的那边。

你是什么人，北方佬吗？

我来告诉你我不是什么。

不是什么？

虚构之物。我可不是虚构之物。

什么玩意儿？

虚构之物。一个他娘的虚构出来的东西。他冷哼一声，古怪地笑了起来。猎人盯着他。

你拿的那是什么？苏特里问。

一点理智。

那是弩吗？

我听有人这么叫过。

你用它杀过多少杂种？

比你想象的多，怕你不能承受。

射一下。

射什么？

我想看看。你射一下。

我想我会一直端着它，拉紧弦。

苏特里从蹲着的地方站起来。眼前冒出了一些白色的斑点。林子变暗了。

下雪了，他说。

一颗脆弱的雪珠消逝在他肮脏的袖口。他把毯子拉得更严实了。他低头看看自己，看看那麻袋布做的破衣服和袜子改的编织鞋罩，他的斜纹裤子被木灰弄得乌黑，两个鼓鼓囊囊的绿色膝盖垂在腿上。他的胡子有一英寸长，头发蓬乱，和树叶缠在一起，被猎人盯着的黑眼珠透着疯狂，像是要冒出火来。

我要怎么从这里出去？他问。

你要往哪里去？

反正是从这山里出去。

好吧，你离切罗基城大约九英里。

哪条路？

就你走的这条路。差不多再走两英里就到马路上了。

谢谢你。

你经常这么疯疯癫癫地在林子里跑？

不，苏特里说，这是第一次。

他没有去马路上，而是沿着一条石径走过了数个树木葱郁、几乎没有光线的石窟。石窟地上落满石头，还有被风吹倒的树，都默默无名地躺在成片的青苔之下。他看见两个骏马模样的白影目标明确地穿过了矮树丛生的峡谷：一个、下一个，双双消失在漆黑的林子深处。苏特里跌跌撞撞地走出林子，走上一条马道。淡淡的马厩气味。发绿的碎马粪在冰冷的腐殖土中蒸腾。他顺着这条路，一直走到开始转入山中的地方，接着他又钻进了树林。

那天晚上他一直没走出来。雪还在不停地飘落，他坐在下着鹅毛大雪的夜里，听雪花落进树林，发出轻微的扑簌声。他昏昏欲睡，即便醒来又会很快打起盹。他坐在一棵香胶树下，看积雪蚕食脚趾，想着自己会不会就这么冻僵。他头上的树枝和针叶发出浓郁的气味，令他想起了以前过圣诞节的场景，都是些悲伤的季节。他做了忧伤的梦，醒来时悲伤痛苦。雪停了，树木在愈发苍白的天空的映衬下显得无比凄凉。破晓时分，他站了起来，继续往前走。

一整天，这个快要发疯的流浪汉在雪地里蹒跚而行，他的内心充满恶意，却对他而言无比珍贵。下午三点左右，他遇到了一股山洪，便决定顺流而下，呼吸立刻急促起来。他能闻到水的味道。穿越雪地，树枝上挂满冰凌，树下灰绿色的潭水里倒映着它们的复制品，像侏罗纪时代食肉猛兽的利齿。直到天黑，他才从雪地里走出来，穿过一片湿软的宽阔洼地。在他那愈发黑暗的内心深处，一个来自地狱的自我缓慢移动在一组毒鼠药瓶之上，手里拿着一本快要散架的魔导书，准备用抓捕俘虏的方式向犯下过错的世界复仇。苏特里心不在焉地喃喃自语着，仿佛奇迹行当里的一个古怪匠人。

他漫步在一片沼泽遍布的树林里，周围到处是藤蔓和桤木，弥漫着灰暗的臭气。烟雾中同类的影子促使他疾步前进，置身于这凄凉的幽谷之中和暗淡的阳光之下，他觉得自己是不可能得到什么救助了，于是开始奔跑。他一头扎进蕨草和荆棘之中，碾压形成的草印子里留下了他身上衣物的小块碎片。最后他在一小块林间空地现了身，跪在地上大口喘气。远处的云朵静静地横卧在黄昏的天空之中，像一团团鱼卵，淹没在这颗行星的海洋死水里，一只白色的丘鹬从他面前的羊齿蕨中飞出，消失在烟雾之中。

为了我的理智，稍稍蜷缩在这绿光的包围之中。虚幻沉默的小鸟在太阳和我破碎的心灵间转白，一路顺风。

大白天里，他在路边醒来。一辆卡车从身边经过。树叶在他周围晃动。他挣扎着起身。毯子躺在阴沟里。他的头脑异常清醒。

他来到的城镇是北卡罗来纳州的布赖森城。他路过一个破旧的汽车旅馆，仍裹着毯子沿着人行道往前走，发现自己突然陷入了一种俗气的浮华之中，不由得仔细端详起来。迷宫般的小城镇，雇佣兵传说，落满灰尘的商店橱窗，气泵的玻璃灯泡。汽车放慢速度从他身边驶过。他走进第一间遇到的咖啡馆，在一个卡座里慢慢坐了下来。一些留着深色胡须的粗糙面孔从发亮的黑胶木桌面转了过来，盯着他看。在那些篆刻的名字、戒指和别人饭菜洒下的污渍中间夹杂了一个身为异乡人的苏特里。

你要什么？一个疑虑的女人问。

菜单。我没有菜单。

这老鸟的目光从他身上扫过，一直到扫到墙上，曾经被不公正打磨过的双眼闪烁着介于怀疑和愤怒之间的正义之光。

在那边。

他看了看。一块木板上写着些粉笔字。乡村牛排，他说，土豆泥和豆子。玉米面包。再给我一杯咖啡。

你可以点三份蔬菜。

他又看了看。再来点苹果，他说。

她记下点单，踏着白色的坡跟鞋，轻快地走到屋后。就在厨房门关上的时候，他看到一只黑手正在油腻的牛仔裤屁股上挠着。门楣上方深色的木头时钟显示现在是两点二十分。苏特里抓起她放下的玻璃杯喝了起来。一大杯带氯气味的冷饮。他的脑袋晕乎乎的。房间里浮着一层炸东西的油烟。他从卡座里站起来，走到柜台拿了份报纸，又走了回来。他在上端的角落里找日期，可是没找到。

有谁听说过没有日期的报纸吗？他大声说，撕掉了那些纸。这里，12月3日，这是多久以前了？

空荡荡的餐厅里，他茫然地望着对面。柜台上方的一块木板上搁着一条身体弯曲发黑的巨大鳟鱼，无法理解。还有那只镶着玻璃眼球的裸皮松鼠也是如此。一阵沉闷呆板的咔嗒声，他想到了自己额叶上长长的卷曲部分，连同褪色的彩色照片和逐渐远去的恐怖分子，一起进入了一个从咖啡馆玻璃前走过的干瘪印第安人里，门上的苹果木钟发出枯燥的嘀嗒声。他转向报纸。一连串难以理解的事件。他根本没办法把它们联系起来。

厨房的门被推开了，她端着咖啡走了出来。一只深褐色镶边陶杯。杯中，细小的油滴在墨水般液体的圆形凸面上旋转。他从铁皮罐里倒出一大堆奶油，又加入糖搅拌起来。咖啡的气味充盈了他的大脑，他抿了一口，感觉这玩意儿喝起来很奇怪。他又抿了一口。女服务员站在杯沿之后。他向后靠去。一盘玉米松饼落在了他的面前。还有一个长方形的小盘子，上面有厚厚的粉状肉汁，里面躺着一块华夫饼状的牛排和蔬菜。苏特里几乎举不起叉子。他在一块松饼上涂了黄油，然后咬了一口。嘴里塞满了干巴巴、软绵绵的碎屑。他试着嚼了嚼。那团东西在下颚里缓缓地移动。他想把它吐出来，可又做不到。他把手伸进嘴里，用手指将一个个厚面团掏了出来，刮在盘子的边上。他用叉子切了一块牛排，慢慢地送过牙齿。他闭上了眼睛，却尝不出任何味道。他的喉管似乎闭合了。

他像嚼橡皮糖那样咬那块肉，发出干巴巴的吧唧声。女服务员在房间里走来走去，一边添盐一边盯着他看。他抓到她正站在餐具柜旁看他。他往盘子里吐了口唾沫。

我哪里不对劲吗？他问。

她看向了别处。

这是什么鬼东西？

别人都吃，她说。

他用叉子戳戳那些土豆。意象可不吃东西，他对着盘子喃喃道，去他妈的。他任由叉子滑落，抬起头看着女服务员。

你能把这个拿走，给我拿点汤来吗？

你得先付钱。

苏特里瞪着两只冒火的眼睛看着她。

如果你不想吃，就不应该点，她说。

请问你能不能照我说的给我拿点该死的汤来？

她转过身，大步走向厨房。他推开盘子，把头贴在桌子上。

一只手推了推他的胳膊肘。苏特里猛地立了起来。

这里出了什么事？一个穿白色厨师服的男人问。女服务员在他身后徘徊。

什么叫这里出了什么事？

你有没有骂她？

没有。

他是个该死的撒谎精。他真的有。

我叫她给我拿点汤来。

他骂我，骂饭，还有别的所有一切。

我们这里不允许骂人，我们不想有麻烦。现在请跟我走吧。

他退后一步，让苏特里起身走出去。他照做了。他和他的毯子。他气得浑身发抖。

他还没付钱，女服务员说。

苏特里怒视着她。

出去吧，男人说，我不需要你的钱。

他站在街上。他能听见脑海里每一扇门都关上了，就像一条走廊里巨大的多米诺骨牌轰然倒下。他披着毯子往前走。路过一个黑人时，对方瞥了他一眼，回头叫住了他。苏特里转过身。

这儿他们会抓你，黑人说。

苏特里没有回答。

我就是告诉你一声。你做你想做的。

他走了。有点快活，寒气袭人却没穿外套。苏特里看看太阳，它正疲惫地挂在阴冷的天空之上，冷淡惨白。他拖着沉重的步子前进。膝盖一直像蚂蚱那样从侧面伸向前方。他经过一个商店橱窗，往后退了退。玻璃上印着字母表的前三个字母，大厅里摆了一个长柜台，柜台后面是摆满瓶子的货架。

他由旋转门进入屋内，一边走一边调整身上的毯子。柜台边的两个男人看着他进来。一个转过身来，想找点事做，另一个则站了起来，做好了应对的架势。

我不能服务你，他说。

苏特里的嘴巴还张着。他先是合拢了一下，随后又张开了。他看着那些瓶子。他看着站柜台的男人。

你最好走吧，男人说。

巴士车站在哪里？苏特里问。

我想就在你离开的地方。

苏特里突然开始号啕大哭。他不知道自己要去哪儿，并且感到羞愧。柜台后的男人移开了目光。苏特里转身走了出去。街上的冷风吹在他湿漉漉的脸上，令他回想起从前冬天里的悲伤往事，他哭得更凶了。他走在狭窄的街道里，衣衫褴褛，抽泣得浑身发抖，无可名状也无能为力的悲伤令他几乎目不能视。

在巴士站，他买了票，在柜台上抚平皱巴巴的纸币，解放者扬起严肃的脸庞从钞票上回望他。他用找回的零钱买了一根棒棒糖，独自坐在空无一人的候车室的长凳上，裹着毯子一边小口吃糖一边读着他从宣传册架子上找到的一本包着黑色人造革的《摩尔门经》。他把糖啃了下来，可书里的字却诡异地从书页上飘了出来，他觉得自己从来没有读过比这更奇怪的故事。

售票口上方，指针在毫无装饰的白色钟面上断断续续地走着。三点五十分，他站起身，走了出去，手里拿着书放在胸口，他还裹着那条毯子，像个巡回圣职者。行李员警惕地盯着他，目送这个后期圣徒般[1]的疯子脚步拖拉地走了出去。

穿着亮蓝色制服的司机上下打量着他。

是去诺克斯维尔的巴士吗？苏特里问。

他说是的。苏特里递上车票，司机从腰间的皮套里拿出打孔机，在车票上打了孔，又将它递了回去。苏特里踩着阶梯上了巴士。

车上的每张脸原先都向着窗外张望，可当他走过时，他们都转过身来，用目光追随着他。一群老太太。一个穿印花斜纹衫的年轻人。走到车厢后面，苏特里回过身来，大家又都把脸转了回去。他躺倒在后排座位上。醒来时，他们正摇摇晃晃地穿行在山间，他正随着车厢后部在座位上前后移动。他坐直身子。毯子掉在了地上，他拾起毯子裹在身上。车厢里弥漫着陈腐的香烟烟雾，窗户上淌着水。过道上方的几盏小圆顶灯照在杂志上。

---

[1] 后期圣徒通常指美国基督教新教摩门教徒。

挡风玻璃外面，一对红色的尾灯一晃而过，再次出现时它们向后一摆又越过了巴士的车头。苏特里坐在位置上，随着车身的颠簸入睡了。

抵达诺克斯维尔时已经过了九点。他挪动着两条发颤的腿，吃力地爬下车，又登上了通往终点站台的楼梯。在男厕所里，他仔细地端详着自己。一个留着大黑胡子、毛发蓬乱的鬼魂从玻璃里回望着他，两只眼睛跟老火炉的烟道似的。他把毯子从肩上扯下来，卷好后夹在胳膊下面。穗带从他的夹克里挂了出来。他摸了摸自己脸上突出的嶙峋瘦骨，抬手把头发往后梳。他低头看看自己的鞋子，地面的瓷砖似乎在起伏，就像某种冰冷大鱼身上的鳞片。一扇半开着的厕所门后露出一只眼睛。他摇摇晃晃地走了出去。脚步在空荡荡的拱廊里没有发出半点声音，他朝着街灯的方向似乎走了好几英里。

夜里，在格兰德大道那座老木屋的高床上，他听到了院子里发动机转动的声音，仓库墙根下联轴器在黑暗中运行，发出钢铁碰撞的长久的声音，直到灯光照亮的夜空到处回荡着它们的沉重撞击，那里就像是有一座庞大的锻造厂，迎着升起的太阳锤炼巨人比武用的专门武器，在飞驰的火车头投下的光线里，树影和电线杆的影子在翘起的窗框里赛跑，穿过剥落的墙壁投入一片漆黑之中。他睡了又睡。一整天房子里都是空的。她会在中午时分来给他煮汤、做三明治，让他觉得自己像一个得了冬季病的孩子。在山上做的梦重现又消失，第二天晚上，他从不踏实的睡眠中醒来，孤身一人躺在这个世界上。一只黑手从他的胸腔挖出了灵魂，冷风在空穴中盘旋。他坐了起来。即使是死人堆也已经化为灰烬，那些影子在地壳中旋转，穿过一片无名的天空，那里没有多少人，就跟其他任何存在过事物的废墟一样。苏特里感到恐惧从墙壁里传来。他突然想通了一件从前未知之事，猛地理解了有关死亡的数学必然性。他觉得心脏在掌心下怦怦直跳。是谁这么说的？一个完整的人难道不能在一念之间主宰自己的死亡吗？像闭眼那样关闭心室？

他下床走到窗前向外眺望。铁路站场上方的房屋注定朴素，它们矗立在灰蒙蒙的仲冬天空下，看似被锁在一条凄凉的水平檐壁上。每个烟囱里都吐出一条煤烟，像一块破布盘旋在空中。铁轨的另一边是市场的仓库，再往后是麦卡纳利的大杂院，与之相辅相成的是无数的贱民和无尽的贫穷。

昏暗的中午，他醒了，发现瞎子理查德摸索着从门口向他走来。

巴德？他站在空荡荡的房间地板上喊道，像江湖上表演卖膏药的小丑，带着僵硬的笑容在死气沉沉的空气中摇来晃去。

你好，理查德。

瞎子坐在床上，点起一支烟，用小手指的指尖玩弄着烟灰。是这样，他说，我听说你病了。

我没事。

你得的是什么？

苏特里让自己舒服地躺在沾满煤烟的被单间。我不知道，他说，随便什么吧。

朗太太照顾得周到吗？

噢，是的。她很好。

世上最好的女人。随便问问谁都知道。别光信我说的。

你过得怎么样？

我希望麦卡纳利都是她这样的人。我吗？我可不能吹牛吹过头。

好吧。

瞎子到处看看。深色的插座被淡蓝色的木栓堵着。烟顺着他那细长的鼻子往上走。他把发黄的手指交叉在一起，摆出一副焦虑的样子，然后向苏特里靠了过去。你有没有藏着一些酒？他问。

我没有。

你也没什么机会。

苏特里看着他。理查德，你瞎了多久了？

什么？

我说你瞎了多久了？你是从一开始就瞎了吗？

瞎子羞怯地咧嘴一笑，用手指摸着下巴。噢，他说，不，我记不得了。我忘记了。

你那个肿块是从哪儿来的？

他摸了摸眼睛上面的一个淡黄色肿块。是"红毛"干的，他说。

"红毛"吗？

是啊。你知道的，他会过来。上我那地方。他把所有的门都半关了。我赶时间呢，否则绝不可能撞在上面。我知道是他。

赫德尔酒吧还好吧?

跟你离开的时候差不多。

他们静静地坐在床上。吊窗外是死气沉沉的铅灰色天空。隔着结了灰的玻璃显得凹凸不平。一场阴沉的小雨来了。

好吧,理查德说,我得走了。

别太匆忙。

我得回家了。

再过来。

你好好地休息,瞎子说,按朗太太说的去做。

我会的。

他扶着墙走下楼梯井。苏特里听见关门的声音。电线上几只悲伤的小鸟看雨水落下。脏兮兮的水从一段腐烂的排水管里渗漏出来。他躺在那里的时候,水变白了,雨点也变得十分清澈,院子里那棵老玉兰树光滑的叶子上,水珠明亮又干净。

星期六的晚上和星期天全天都有醉鬼前来，他们坐在床上聊天，偷偷给他威士忌喝。没有人问他钓到了什么。朗太太踩着鸭子形状的鞋来到楼梯口尖声抱怨，烂醉如泥的家伙摇摇晃晃地攀住纺锤状的立柱栏杆，与此同时从这座腐朽房屋空荡荡的楼上房间传来震耳欲聋的大笑声。

　　他下楼吃饭，都是些简单可口的饭菜，盛放在一堆乱七八糟、简单修补过的家具上，都是这些年来在酒后斗殴中毁坏的。又过了一个星期，他重新走上街头。

　　回到住宅区的第一天，他在伍德拉夫大楼前的免费秤上称了体重。他看了看映在玻璃里的那张脸。

　　他走到米勒百货的附属楼里，找到"杰宝"。

　　起来走走？还是他们把你从房子里赶出去了？

　　没有。你妈妈回去工作之后我就溜出来了。

　　感觉如何？

　　感觉很好。我感觉相当棒。

　　接下来你要去哪里？

我不知道。我打算去科默运动中心。

你觉得你的身体能喝杯啤酒吗？

也许可以强身健体。

"杰宝"咧嘴笑了起来。老苏特里，他说，他身体好的时候坏透了。

你什么时候下班？五点半吗？

是啊。

到时候见。

好的，巴德。

他走进科默运动中心的大门时，迪克朝他眨眨眼睛，举起手来。嘿，巴迪，他说，有你的信。

苏特里靠在柜台上。

你瘦了一点，是吗？

有一点。

你去哪儿了？

我在北卡罗来纳州待了一阵子。

迪克把手里的信翻了个面，看了看就递了过去。它在这里已经差不多两个星期了，他说。

苏特里拿着信在柜台上轻轻拍了拍。谢谢，迪克，他说。

他坐在墙边的观众中间，像老男人那样跷起二郎腿，然后打开信封。邮戳上写着诺克斯维尔，里面是他母亲寄来的一封信，以及一张来自刚去世的本叔叔的支票。他看了看那张支票。三百美元。他拿着它在手心里敲了敲，站起身，走到饮水机旁喝了杯水，又走了回来。他把信揉成一团，扔进了痰盂里。

巴迪老兄，你去哪儿了啊？"大马"哈利嚷道。

嘿，哈利，苏特里说。

哈利穿着衬衫，系着零钱围裙，站在收银机旁，整个人乱糟糟的。比尔·蒂尔森用慢动作做了几个柔道的假动作，然后在哈利耳边斜斜地比画了一个手刀。啊，哈利说，打在骨头上了。

打在骨头上了，蒂尔森一边发狂似的大喊，一边从一排排桌子中间走开了。

苏特里从支票上抬起头，看向摆放在靠墙架子上的球杆，那里有台球选手的老照片。安静的人影置身于嘈杂喧嚣之中，身边环绕着台球碰撞、叫喊以及打电话的声音，还有发报机在播送体育新闻。去他妈的，他说。他站起身，走到前边的柜台。

你能帮我兑一张支票吗，迪克？

当然，巴迪。他把支票放在收银机的边上，随着一声铃响打开了抽屉。他看了看支票。有钱啊，他说，你要怎么兑？

两张一百，再来点二十的。

他把钱折好，放进胸前的口袋，走下楼梯来到街上。

他去米勒百货买了内衣和袜子，然后穿过附属楼离开，又走过了市集屋。老利普纳两手叉腰站在自己的屠宰场里。瞎子沃尔特站在侧门旁，抱着他的冬不拉睡觉，苏特里碰了碰他的袖子。瞎子睁开眼睛，翻身坐起。苏特里往他的掌心里塞了一张折好的纸币。

你是我见过的唯一一个能站着睡觉的人。

一副巨大的牙齿出现了，一只强壮的黑手抓住了他的前臂。嘿，渔夫。不，你搞错了。是黑人把这本领教给骡子的。

你觉得我能学会吗？

也许吧，只要他们哪儿都不让你坐。

苏特里笑了起来，回头见。

瞎子把钱放进口袋。但愿你能把整条河捕空，他说。

苏特里走到街道对面的沃森商店。他在地下室一排放运动服的货架上找到了自己的尺码，挑了一件浅色驼毛衣服，试穿了起来。肩膀和衣架接触的部分，沿着接缝有少许污迹。他看着镜子里的自己，从口袋里拿出一把梳子，梳了梳头。

他找到一条黑色马海毛裤子，后袋上有个三角形的破口子。穿上夹克就看不见了。裤子和夹克一共是十三块九毛，他付了钱，上了楼，又买了一件黄色的衬衫，领子和口袋都是手工缝制的。

市场街上方，老裁缝站在一扇窗户里，透过贴着字的玻璃凝视着外面，橱窗里摊着几匹布，落满灰尘，还躺着些死苍蝇和死蟑螂。苏特里走上黑暗发霉的木楼梯，拿着他的包裹走进门里。

很不错的裤子，老人一边说一边用一条破旧的黄带子量着裤腿内缝。他抓住裤腰，用力往两边拉。他伸出胳膊搂住苏特里的腰，把带子系在他的肚脐附近。老人的个头还不到苏特里的肩膀。

你要不要把臀部也改小一点？

我觉得没关系，布兰南姆先生。我之前掉了些体重。

老裁缝扯了扯苏特里这条新裤子的臀部，表情显得有些怀疑。你要把午饭装在这里吗？

苏特里笑了起来。这真的是我的尺码，他说，我会长回去的。

你打算长多少回去？

差不多二十磅吧。

老裁缝又拉了一下苏特里的腰，然后摇了摇头。

没关系的，我们就改一下裤脚。

要是你没长胖，记得拿回来，好吗？

好的。这后面撕了一个小口子。

我看到它了，老裁缝说，用粉笔画着记号。

苏特里坐在一张折叠木椅上等待改裤子，之后他付了钱，谢过老人，重新走下楼梯。

他又在托姆·麦克安专卖店买了一双血红色、侧面带拉链的鞋。他提着大包小包爬上楼梯，回到了科默运动中心，在房子后面脱光衣服，洗干净身子，换上了新买的衣服。他把旧衣服用纸包起来，留给了午餐柜台的"种马"。"种马"接过包裹，回头看了看，吹了声口哨。杰克抓住他的肩膀，将他转了个身，他先是仔细打量着他，然后在他的脸颊上嗅了嗅，似乎想要吻他。

滚开，苏特里说。

尤利塞斯走上前来看他，脸上带着平静又愤世嫉俗的微笑。嗯，他说，巴迪，你看起来挺有钱。他伸出拇指和食指揉了揉苏特里的袖子。噢，他说，资（质）量上层。

苏特里穿过盖伊街来到法拉格特咖啡店，又往楼下的理发店走去。在楼梯上，他与正好上来的泰山·奎因擦肩而过，对方刚扑了粉，一只巨手提着警棍顶上的皮带来回挥舞。

一个上了年纪的黑人接过他的新外套，他爬进了一张座椅。

好的先生，理发师一边说一边抖开条纹棉布的围布盖在他身上。

刮脸、剪头，还有擦鞋……你们修指甲吗？

不，理发师说，我们这儿没有修甲师。

好的。刮脸、剪头、擦鞋。别舍不得用香的。

理发师拿来一块热气腾腾的毛巾，包在他的脸上，然后把椅背向后放倒。苏特里欣喜若狂地躺着，双脚交叉叠在一起，他的新鞋轻轻地搁在镀了镍的脚踏板格栅上。他如痴如醉地听着剃刀在磨具上刮擦的声音。

他躺在椅子上几乎睡着，这时理发师把他的脸转了过来，用剃刀把热烘烘的薰衣草味泡沫刮掉。平静渗透到苏特里的骨子里。理发师将他扶起，开始用剪刀修剪他的头发。那黑人已经把装着鞋油的木箱放在了他的脚边，开始用力擦鞋。店里的第二个理发师在看报纸。没有人说话。苏特里的深色头发无声地落到瓷砖上。手法温柔的理发师。他飘了起来。

理发师给他的后颈打上滑石粉，然后拉开围布，向后退了一步。苏特里睁开眼睛。他把两只鞋分别举起来看了看。他从椅子上爬下来，看着镜子里的自己。

老黑人拿着他的外套，等他付完钱便帮他穿上，又用一把小扫帚掸掸肩膀上的灰尘。苏特里在他的手心里放下半个美元，那老人鞠了个躬，说谢谢先生，理发师则说了句下次再来。

街上，风吹在剃过的后颈上感觉更冷了。博比约翰和"提桶""猪头"以及另外两个他不认识的男孩站在街角。他们非常高兴地拉住了他。博比约翰挥舞着钱，出价两美元要买他的外套。

你的棍子呢？"猪头"说，你穿成这样到处走，可不能没有棍子赶跑女人们。

老苏特里说不定在什么地方已经给自己钓了条美人鱼。

他和"杰宝"在雷加斯餐厅吃了饭。博比笑嘻嘻地给他们拿来了菜单。

你想吃什么，巴迪？

我想我要一个大份的菲力牛排。

相信我，我会选煎小牛排。

见鬼，要菲力。

小牛排很好，巴德。

把这儿最他妈大的牛排拿来。

用铁盘端上来的牛排在流出的汁水里吱吱作响，热气腾腾、外酥里嫩的烤土豆融化了黄油，边上还配有撒了细香葱的酸奶油、热面包卷和咖啡。苏特里把一大块牛排塞进嘴里，他靠在椅背上，闭起眼睛，细细咀嚼。

很棒，不是吗，巴德？

"杰宝"拿起一个面包卷在盘子里蘸了蘸，然后将它举起塞进嘴里，深色的肉汁从上面滴了下来。老天爷，他说。

我们今晚去哪儿？

任何适合我的地方。嘉年华俱乐部怎么样？

今天是星期四吗？

没错，"杰宝"说，那地方一定爬满了可爱的小女人们。

我同意，苏特里说。

　　他在伍德朗的死人墓碑中醒来，用一只胳膊撑起身子，仰望着外面整齐有序的景色，抛光的石头、灰白的冬日草坪，还有黢黑的树木。他把干草从袖子上拂去。新鞋子里一摊深红色的污迹正从白袜子里渗出来。他摇摇晃晃地站起来，擦了擦身子。裤子的膝盖处沾着大块泥土，他又湿又冷。突然之间，他把两个拳头塞进了口袋。他的眼珠在脑袋上游走，试图回忆起前一晚的朦胧历史。模糊的记忆。一个脆弱的疯子在石头间跌跌撞撞地寻找一个早已死去、长眠于此的朋友。他从上衣口袋里掏出一小张折好的湿纸。是不知怎的存放起来的两张百元美钞中的一张。苏特里穿过结满蜘蛛网的公墓草坪，朝着篱笆和马路走去。

　　太阳还不是很高，他无法靠它来判断自己的方位，便朝着自己认为是城镇的方向出发了。一辆巴士裹挟在一团难闻的蓝色柴油烟雾中驶过，车窗上都是人脸。他把头发往后梳，朝乘客们做了个鬼脸。他冲着他们的背影伸出一只瘦骨嶙峋的手，在空中画出一个符咒。

　　半英里外有一家路边商店。苏特里从饮料箱里拿出一个橘色瓶子，打开就喝了起来。看店的女人从布满皱纹的眼皮下盯着他看。

我可不是从马戏团跑出来的，他说。

什么？

我说你有阿司匹林吗？

她转过身，伸手从柜台后面的货架上拿出一个小铁盒。苏特里打开铁盒，把里面的东西都倒进手里，然后像吃花生那样将它们统统丢进嘴里，他喝了一大口饮料把药咽了下去。

我要给你多少钱？

十五美分，她说。衰老的紧张的双眼。

他的裤子上挂着墓地的草。他从口袋里掏出一百美元，展开放在柜台上。她看看钱，又看看他。她说，我找不开。

这是我所有的身家。

好吧，我没有那么多零钱。

那我只好先赊账了。

他把钞票拿起来，放回口袋里。

你得付钱，她说，我不认识你。

我给你写张支票。

她呆呆地站在那里。

你这柜台上有支票吗？

我没有支票。

你有纸袋吗？

什么？

一只袋子。

你想要多大的？她在柜台下面翻找。

随便什么尺寸，苏特里说。

她拿着一只袋子直起了身。这是我这里最大的了。

好的。你有笔吗？

她拿出一支笔。

苏特里在袋子正面写了I、O、U（我欠你）三个字母，签上了自己的大名，他把袋子转了个身，这样她就能看见那些字。她从围裙里拿出一副无框眼镜，朝袋子俯下身。苏特里放下笔就走了。

他避开了所有公路，从遛狗道走过铁路沿线的流浪汉营地。一个调度员从守车车厢的吊窗里看着他，一只手里拿着一个被咬过的三明治，下颚慢慢地蠕动着。他从 L & N 小站出来，走上一条铺砖的街道，他先是经过了豪斯·哈森五金店的仓库，又扶着冰冷粗糙的水管扶手走过一座小小的水泥桥。桥下远处，小水流在高架桥菱形桥墩的根基处蜿蜒。一堵水泥墙上长满了明亮的绿毛。苏特里朝泛着波光的太阳爬去。

他从西大道高架桥下穿过，沿着格兰德大道往前走。一只狗眨巴着眼睛绕来绕去地在他前面小跑。他脱下外套抖了抖，又重新穿上。希腊爱奥尼克式秩序在这些老街上表现得十分明显。风化开裂的柱子，石膏柱头被油漆涂抹得不成样子。一块撒满了碎砖和焦木的无人空地。人行道用的是风化大理石和人字形铺设的砖头。1504 号的人行道上，每块砖上都写着早已倒闭的诺克斯维尔砖厂的名字。苏特里从那棵灰色的玉兰树下走过，登上台阶来到那座高大的灰色房子的门廊里，然后走了进去。

晚上，他倚在八角形的窗台上，眺望外面的调车场和仓库，就像一个孩子站在漆黑空旷的教堂讲坛里。他能听见街上传来格兰德大道布道团歌唱的声音，纵酒狂欢的人们在胶合板的窗户后面挨家挨户地歌颂也许偏执的神秘神灵。

第二天晚上他搭乘巴士出了木兰大道，站在曾经上学的那栋旧砖房前。窗格里的玻璃显得不大真实，上面被石头砸出了黑洞洞的星星，风长驱直入地灌进去，发出尖锐的呼啸声，间或夹杂着漆黑空地里啃噬野草的声音。他从后门进入，那里曾经是自助餐厅。脚下的地板嘎吱作响，小生命挣扎着离开了。他把手搭在楼梯起柱上，然后往楼上去。

旧教室里杂乱地摆放着积满灰尘的桌子。黑板上潦草地写着下流的话。一所被废弃的给好色之徒的学校。苏特里在他的旧桌子前坐了好一会儿，才注意到门口站着的人影。

在这座老房子的这间旧卧室里，他学过一种基督教的巫术。这里有两扇门，苏特里站起身，从另一扇门走了出去。他走下前面的楼梯，来到火炉旁，打开铁炉门，单膝跪地，然后伸手到烟囱喉咙里掏出一个用软木头雕刻、儿童蜡笔涂画的小福神像。

他从楼梯间走过时，牧师像一尊雕塑似的被安在了一、二层楼之间的平台上。一个紧张过头的萨满，一句话也不说。苏特里从他进来的那条路出去，穿过草地向着街灯走去。当他回头的时候，他看见牧师的身影出现在吊窗里，就像是讲坛上供奉的纸牧师，又或者封在玻璃里的先知。

住在河上的第三年春天，大雨连绵。整个三月下旬连着四月都在下雨，他在涨水的河里只放了一根线，每天都麻木厌恶地守着它，而灰蒙蒙的小雨一下就是数英里，全都落在他身上。棚屋里又冷又湿，阴冷的下午他在小炉子里升起火，坐在窗边点了灯的桌子前，注视着涨了水的河流波涛汹涌地从荒芜的内陆顺流而下，发出隆隆的低吟。

污物和漂流的垃圾中浮着一些被太阳暴晒的玻璃瓶，淡紫金黄的花冠呈爆炸状躺在里面，橘子皮随着岁月的流逝呈现琥珀的颜色。一只周身粉红肿胀的死母猪、瓶瓶罐罐、板条箱以及形状各异的木头都被冲刷成类似脏腑的坚硬物质，空油罐被圆形黏液牢牢地裹在中间，五颜六色的光线负疚般地闪烁。

一天，河里漂来一个死婴儿。球状的头骨里盛着肿胀腐烂的眼珠，小块碎肉拖在水中，像纸巾一样。

他冒着雨，在这些珍品中轻装而行，他觉得自己不过是另一件被从泥土中浸析出的工具，不断被冲刷，然后被从城市里排出，雨帘后是一个冰冷粗粝的身影，无论怎样的雨水也不能将它洗干净。在这堆残渣中，苏特里仿佛烧杯底部的一粒微尘，到了夏天就变成一块无法动弹的物质，在凝固的泥浆中干涸，是用这座城市失传的炼金术造出的被诅咒之地。在这个季节，就连被他从洪水里捞起来的鱼看上去都自觉惊讶。

他拼命划桨，想要逆流返回。穿过桥底立柱，水泥上出现了难看的裂纹，船形的迎水面在一条起伏的泡沫带上浮沉。沿河岸前行，褐色的水流强韧地拍打、拖拽那里的黏土。

漕渠沟壑之中，河水或后退或回旋，激起片片浪花，撇出一层咖啡颜色的泡沫，这团凝块覆盖了各种各样的漂浮物，裹住它们不停地旋转，浮木、瓶子、浮子、死鱼的白肚皮，都被河水吸住缓缓地转动，水流挣脱束缚滚滚向前，沉默地翻腾着，把淤泥、她的物产和她的死物统统填进大海。

一天早晨，他正站在走廊上，借着朦胧的晨光眺望河面，这时他看见一只无人小艇从面前经过。接下来，黄色雾气之中隐隐约约出现了一座用旧木板、沥青纸和铁皮鼻烟招牌拼凑而成的棚屋，乱糟糟地搭在一艘废弃的驳船上，像一只醉熊失了主心骨似的不停旋转，变换着方向顺流而下，最终笨拙地在一个码头处沉了下去，倾斜、暂停，侧着身子断断续续地前进，小屋的另一面墙迎风转向，沿着墙面在一根受到震动的横木上四个女人和两个男人像石膏雕像般挂在汹涌的水面上，脸色发白，身体僵硬，却还没死，缓慢旋转着离开桥底，消失在雾气之中。

苏特里波澜不惊地看着这个朦胧的幽灵经过。两天后，他在下游看见船屋停在了南岸的柳树底下，就在沙砾公司的下方。

外面挂着一根绳，晾着洗好的衣物，一只小艇在系泊区晃来晃去。墙上平铺着一些浣熊皮，已经被漂白成淡奶油的颜色。你会以为它们是货物，可皮是干的，也没有毛，似乎被人们遗忘了。

苏特里划船经过，几张宽脸从一扇窗户里盯着他。等他下午回来的时候，棚屋屋顶上出现了一把椅子，一个男人坐着睡觉。洗好的衣物已经被取下，一缕烟从一面墙上的炉子弯管中升起。小艇不见了。

到桥底的时候，苏特里看见小艇正朝他驶来。一个瘦小的男孩在划船。苏特里放下一支桨，举起一只手招呼他。男孩闭着一只又青又肿的眼睛朝他点点头，然后就继续前进了。

早晨，他很早就出去。经过船屋的时候，他看见一个年轻女孩顺着小露台走了出来，转身蹲了下来，裙子抱在胳膊肘里。雾气中，苏特里眼前出现了一个都是骨头的尖尖屁股。她大声地往河里撒尿，完事后就起身回去了。

中午之前他带着渔获回来。他驶向岸边，把船靠上了那间船屋。一个有着铁石般下巴的女人低头看着他，显然是个有孕在身的邋遢婆娘，她把肚子放在洗衣盆的边上，透过纠结的乱发打量着他。

你好，他说。

她点点头。

那天早上我看见你们从上游过来。我就住在河对岸。他用胳膊肘压住一支船桨，指了指方向。

她说，嗯哼。

苏特里笑了起来。他说，我想我们也算邻居，不管怎样我应该过来打声招呼。

她把手伸进洗衣盆里，从底部摸了一些东西上来。他在睡觉，她说。

你先生吗？

是的。

他把桨插进水里，抵住水流。你们是个大家庭，不是吗？

她低头望着盆里。她的脸在那圈幽蓝的洗衣水里看起来得是什么样啊，晃动着，吞噬一切形状。我们有四个孩子，她说，三个女孩。她停顿了一下，抬起手臂捂住鼻子擤了起来。一个男孩，她又说。

我想那天我见过他。

不会是你打了他的眼睛吧？

没有，太太。

有人打了他的眼睛，她说。她用一块被肥皂软化的木板，制服了在锅里炖着的那些灰乎乎的破布。她从里面捞出了什么东西拧干，放在一条长凳上。

你们从哪里来？

我们是从马斯科特附近来的。

这样啊，他应道。

她低头看了他一眼，又继续洗起了衣服。过了一会儿，她说，看起来你抓到了一些鱼。

是的，太太。你们喜欢吃鲇鱼吗？

我们有时候会吃。

我可有不少呢，你们晚饭想来一条吗？

她看向他的小船底部。一条怎么卖？她问。

他开始挑鱼。我送你一条，他告诉她。

我想还是付钱给你。

给，他站在船上，递来一条滑溜溜、约四磅重的家伙。

她熟练地捏着鱼鳃后面将它提起，仔细看了看。我要给你多少钱？

不必了。

不，让我付钱吧。

我什么也不想要。

好吧，她说。

我朝一个方向放了一条鱼线。

这样。

我钓到了许多。

好吧，我最好把它放在这里。

他坐下，趴在船桨上，看她提着鲇鱼进屋去了。他还没往上游划几码，她就又出来了。他以为她是回来洗衣服的，可她在河面上喊起他来。嘿，她说。

在的，太太。

他醒了，你想见他吗？

我可不想打扰他。

他说谢谢你送的鱼。

不客气。告诉他我过一两天再来拜访。

好的，她说，有空过来。

第二天，周围一个人也没有，又过了一天，那个男人又坐在那张椅子里了，他在看报纸。苏特里经过时跟他打了个招呼，男人叠起报纸，眯起眼睛，看着底下的人。

嘿，他说。

你好吗？

还算可以。那天就是你送鱼来的吗？

我就是钓多了。

那我得谢谢你。我老婆把它炸了，然后我们晚饭吃了，确实好吃。

那就好，苏特里说。

他转过头，对着屋顶伸出的通风管说话。嘿，老婆子，他说。

一阵低吼传来。

你有咖啡吗？

他准备朝苏特里转回身，脸上闪过一丝恼怒。他又凑到管道前说起话来。弄点咖啡，他说。然后他看向苏特里坐着的小艇。上来吧，他说，和我们一起喝点咖啡。

我可不想给你添麻烦。

不麻烦。她已经泡好了一些咖啡。系在这里就好。当心那些绳子。我在外面拉了几条牵引线。就从低的那头开进来吧。来，把绳子甩上来。

他从屋顶上爬下来，沿着走道，一边说话一边挥舞着折起的报纸。苏特里把小船停靠好，将绳子抛了出去。

请进，苏特里爬上船时那人说，他推开一面用打了结的麻绳做的帘子，大刺刺地将他领了进去。

苏特里一进来，三个女孩就飞快地跑到屋子那头的墙边，像山羊一样嘶嘶憨笑，抱成一团倒在那儿的一张床上。苏特里向那女人点点头，她平静地跟他打了个招呼，给他指了张椅子。他环顾四周。所有的床都贴着墙放，房间的正中是一张桌子，铺着一块褪色的油布，摆放着各式各样的白色陶器，里面还剩着些早饭。

请坐，男人说，随便找张椅子。孩子们等着听我们的故事呢。

苏特里能够想象得出。他又朝床上瞥了一眼，瞅见了年轻的大腿和脏兮兮的内裤。她们仨挤在一起看一本杂志，不时用狂热的目光从杂志的边缘偷瞄他。他靠着一把低矮的藤椅坐下，椅背抵住了身后的床铺，他微笑着看着男人。

你认识多伦·洛克哈特吗？

不。

哎，就是这个人，星期天下午我打牌赢了他四十美元。他好像是那里的大赌棍。我知道他疯了。我彻底赢了他。他试着再来几局赚些钱回来，可那时我和吉恩·埃德蒙兹已经带着钱离开了。老吉恩和我们在一起。女人，咖啡在哪里？

我可没办法让它过滤得更快。

总之，我们喝了些威士忌和别的玩意儿，然后我就上床睡觉了。我是几点上床的？

他顿了一会儿，又继续说。

大概十点钟。当然，我总是睡得很死。

女孩们哄堂大笑，然后又不作声了。

等我醒来，天已经快亮了，我们正经过艾兰霍姆。我向窗外望去，看见树木从旁边掠过，于是我说了一句，老天爷，我们正在漂流呀。邻居啊，真是这样。我从那里上来，走到外面，就在那时有架飞机刚好在岛上起飞，我朝下游望了一眼，发现快到诺克斯维尔了，就明白了自己在哪里。那个狗娘养的晚上爬上来，把我们的绳子锯断了。

他俯身向前，双手放在膝盖上，用犀利的目光斜视着苏特里，仿佛想要看看他的同情心在哪里。这算什么呀，他说。

嗯，苏特里说。

女人在他面前放了一杯咖啡。需要加牛奶和糖吗？

不了，太太，这样就可以了。

给他拿些蛋糕来吧。

你有什么办法回去吗？苏特里问。

当然没有，该死。找人拖要不少钱呢，前提是你还得找到能干这事的人。你觉得什么样的杂种会这么做啊？

苏特里从杯子的边缘上方打量着他。他放下杯子，用双手捧着。嗯，他说，我觉得我至少会说他是输不起的人。

你说得对，他确实是，男人说着，往后一靠。

你打算怎么办？

老天爷，我也不知道。我想应该在这里给自己找份活干。你知不知道哪里缺人？

我不知道。你或许可以找找。出了那边的布朗特大道，有个毛纺厂和化肥厂。这地方还有个沙砾公司。你可以到处问问。

非常感谢。我只需要回到上游，这样夏天就能去捞贻贝了。

女人在桌子上放下一盘曲奇饼干。

捞什么？苏特里问。

男人看着他。他又看看他背后的女人和床上的女孩子们。然后他凑到苏特里面前。贻贝，他说。

贻贝？

是的。

苏特里看着他。那是什么？他问。

男人向后靠去，跷起了二郎腿。用抄网抄贻贝，他说。仲夏到夏末的时候，河水渐渐低了，我们就到弗伦奇布罗德河的浅滩上，搭起捞贝营地。我万事俱备。我准备了一条船，还有工具。

你用它们做什么？

卖贝壳。女的会把它们擦干净，我和男孩到河里拉网。

他们要那些做什么？

壳吗？

是啊。

各种事情。最主要是做纽扣。还有一些我想是用来磨粉做养鸡用的沙土。

它们能卖什么价格？

每吨能卖四十美元左右。

四十美元一吨？

没错。

看起来也不是很多。

男人笑了起来。那些小家伙比你想象的要重得多。除此之外，它们还有别的值钱的地方。

女人过来给他添咖啡。那个男人似乎没有注意到，坐在那里等她移开胳膊。她走后，男人向前倾了倾身子说，它们可不仅仅是贝壳，老兄。他狡黠地四下看看。里面大有文章。

他一直待到了晚饭时间。那时老头已经把珍珠的事告诉了他，甚至给他看了一些。他从身上某个秘密的地方拿出一个用狐狸阴囊做的小钱包，把珍珠倒在油布上。苏特里拾起一颗拿在手上转动，对着光将它举起。

要是再有个帮手，我们就能开两条船，老人说。

你干这个能赚到钱吗？

老人面带讥讽地转过身去。钱？狗屎，孩子。哎呀呀呀……

苏特里瞪着那些珍珠。狭小的船舱里充满了煮饭的热气。盘子哗啦啦地响，女人和大女儿在火炉边窃窃私语。

你有兴趣入伙吗？老人问。

苏特里抬起头。他环视了一下小屋。入伙是吗？他问。

我们有六个人。大家都参与工作。

让她摆桌子，里斯，那女人说。

里斯抬起手肘，目光却始终没有离开苏特里。你提五分之一，怎样？不会拿走你船上的任何东西。

苏特里把珍珠捧在手心，然后将它们塞回钱包。他的声音听起来很遥远。我更倾向于四分之一，他说。

一只年轻柔软的乳房擦过他的后颈。女孩俯下身子，从托盘里拿出不配套的旧银质餐具。

男人接过钱包，放在手里掂了掂，两眼盯着苏特里。这是个苦差事，他说。

苏特里点点头。

老人笑了起来。祝你今晚睡个好觉。

苏特里还想问个问题，老人却突然把手从桌子对面伸了过来。搭档，他说，你入伙了。

吃饭时大家坐得很挤，苏特里环视了一下餐桌，忍不住笑了起来。他们刚坐下，眼睛被打肿的男孩走了进来，他兴味索然地打量着苏特里。两个年纪小点的女孩根本不知道该往哪里看。最大的那个鼓足勇气，挺起肩膀，把头发甩到脑后，然后递给苏特里一盘饼干。她五官搭配得尤其好，黑色的大眼睛和乌黑的头发。一家之主站起来，想要更好地抓住面前的烤猪肉。男孩正用勺把一大堆豆子舀到盘子里。苏特里在一块看上去挺有食欲的苏打饼干上涂了黄油，看着刀口切出灰白的猪肉片，男人把烤肉翻过来，最后用手将它抓了起来，随着啵的一声，雪白的骨关节被从关节窝里拔了出来，像一颗巨大的珍珠从热气腾腾的肉中脱离开来。

他把油腻腻的肉片叉进所有自己能够到的盘子里，叫坐在桌子另一头的女人把盘子递给他。苏特里把浓稠的肉汁浇到他的猪肉和饼干上，伸手去拿胡椒粉。豆子不停地从桌上滚下，红薯饱满结实，咖啡斟来斟去。他用最优雅的乡村礼仪握紧叉子，开始用餐。

别不好意思，老人大声说，多吃点。

苏特里点点头，举起叉子挥了挥。

星期天早上，哈罗盖特看见他们走在布朗特大道上，穿的衣服都是用同一匹布料裁剪的。当他们六个一字排开站在教堂长椅前，那场面像是用一截花哨的墙纸剪出了一串连在一起的玩偶，就是那些时尚疯子打发时间玩的那种。人们都目不转睛地盯着他们。牧师在礼拜结束后离开了他的工作站，所以没有人和这些惊人的教区新居民握手。小男孩们聚集在外面嬉笑，可当这一小群人出现时，他们却显得毫无准备并且行动迟缓。这个身着相同印花棉布衣服的六人团先从父亲开始，按照从高到矮的顺序鱼贯而出，穿过阳光照射下的教堂大门，走到街上，年纪稍长的还面带微笑。他们穿过人群，仍然是排成一列，沿着马路朝河边走去，仪态端庄、面无表情地将一大群目瞪口呆的会众抛在身后。

他划船出来串门，坐着焊接的小艇来到船屋的尾部，对着坐在门廊上剥豆子的女人喊叫。

你好，他嚷道。

她像头受伤的驼鹿那样弹了起来，一头撞在走道远端角落的栏杆上。她闭紧了眼睛，下垂的胸部在破衬衫下起起伏伏。他似乎没有注意到，依然带着冷漠的微笑坐在那艘自杀式的小船中央，船头上带着福特车品牌的标识，几个镀铬的字母上下颠倒，自制的船桨滴着水搁在他的膝盖上。天气好极了，对吗？他说。

老天爷，她说，就知道天意弄人。不许再那样突然冒出来，听见了吗？

好的，太太，他说，温暖的阳光下他的脸就像一朵花。

她低下头瞧他。他就坐在那里一直笑。她在空出来的箱子上重新坐了下来，又开始剥豆子。

我就住在对面那里，他说，星期天的时候我在教堂看见你们了。

她点了点头。

我想我应该过来打个招呼。

她用深陷的眼睛看着他。

所以，他一边说一边玩着船桨，所以，你好。

你好，她说。

家里其他人今天到哪里去了？

进城去了。

把你一个人留下了？

她没有回答。

他环顾四周，又看了看太阳的轨迹。我说，看上去又是温暖的一天。

她好像没有听见。

你不觉得吗？他问。

她低头看着他，满脸通红，长头发缠在汗津津的脸上。我想是的，她说。

这条船有个最大的特点。它会变热，就像公羊长了两根……我是说它会变得非常热。然后它就得一直泡在水里，你要给它降温。

是的，她说。

我有一次差点淹死在里面。

嗯哼。

它根本浮不起来。

他用桨在水里划了一下，让水重新流动起来。

你觉得他们什么时候会回来？

我不知道。

那个男孩上学吗？

有时上。现在不上。

我就是鄙视学校。那是什么皮？

浣熊皮。或者说，它们曾经是。

哈罗盖特俯身往河里吐了一口唾沫，又站了起来。你家那个男孩多大了？

她看着他。她看了看他坐着的那个奇怪玩意儿。她说，他还小，不能坐那个。

什么，这个吗？见鬼。为什么？炸药都弄不沉它。

她把剥下的豆荚皮包在一张纸里，扔出了船外。哈罗盖特看着它们渐渐漂远。

老苏特里是我的朋友。你认识他，对不对？

不认识。

前几天晚上他跟你们在这里吃过饭。放鱼线的。他说他认识你。

她点点头，把豆子倒进平底锅，站起身，把藏在裙子褶皱里的碎屑倒了出来。

他坐过这条船，哈罗盖特说，就在这条船上。苏特里坐过。

他们在铁轨上走着，跨着大步越过每一根枕木，城里老鼠贴着苏特里，他的双手紧紧地插在裤兜里，抓住皮包骨头的臀瓣。他盯着地面，摇摇头。

你会对她们说什么？

说什么？

嗯。说。

好吧，什么都说。没关系，她们不会听的。

好吧，你总得说点什么。你会说什么？

试试最直接的方式。

那是什么？

这样说吧，就像我的一个朋友。直接走到女孩面前说，我很想要搞只小野猫。

少胡扯。她是怎么说的？

她说我也是。我这里和你的帽子一样大。

噢，该死，苏特。来吧，你会对她们说什么？伙计，有一大群老傻瓜正围着她转呢。

没错。你不觉得她对你来说年纪太大了吗？

她和我一样大。

好吧。

你怎么让她们脱下衣服。那才是我真正想知道的。

你帮她们脱。

嗯？你这么做的时候，她在干什么？我的意思是，该死，她难道就看着窗外？我完全不明白，苏特。对我来说，整件事都不简单。

他们往右拐，走上一条遛狗道，苏特里咧着嘴笑。告诉她肯定有一大群老傻瓜正围着她转呢，他说。

狗屁，哈罗盖特说，她可能会一巴掌打晕我。

他们还没回到上游，就已经是仲夏时节了。他们离开了诺克斯维尔那间看起来很疯狂的棚屋，带着打包好的床上用品和家居用品，坐巴士去了。苏特里送别了他们，同时许下了令他悔恨很久的诺言。

一周后，他被拖到了河流的分汊口，然后开始往弗伦奇布罗德河划去。挥桨九个小时后，他在河岸边停下，拿着毯子爬出来，像个死人似的睡着了。他不由得想起了克林奇河上的老比勒达，他常常把小船浸在洪水里，睡在水底下，以防蚊虫叮咬。

他带着沾满污渍的小船疲惫不堪地在荒野里露宿，等在烟雾缭绕的黎明中醒来，他感到如在异星，身心都受到污染。这座城市似乎给他烙下了印记。这样就没有古怪的精灵在林子里向他吐露秘密。他坐在河岸上，吃了两个打包的三明治，喝了一杯葡萄饮料，看见一只林鸳鸯漂在河面上，像一块被涂了颜色的诱饵，衔接着平静的白蜡色水面上它的分身。

他溯河而上，来到了博伊德溪的渡口。双手都肿了，没法伸直，他真希望小船能沉到河底。他走进店里，喝完两杯冷饮又要了一杯，小口抿着。回到耀眼的阳光下，他看见店门上挂着一个止咳糖浆的铁皮招牌，上面还有一支温度计。玻璃柱里的红线从底下升到了顶端，都看不见尽头了。他用充血的眼睛凶狠地盯着它，然后转过身朝烹饪世界吐出一团葡萄色的黏液。连一只苍蝇都没有动。

赶上他们的时候已经是午后时分了。他先是经过了南岸一大排臭气熏天的贝壳，然后艰难地逆流而上，穿过湍急的水流，靠着肩上的一根绳子把船拖上了浅滩，他紧紧地抓住绳子，在岸边的蕨草中奋力挣扎，水很冷，也很清。他们像吉卜赛人那样在石崖下扎营，有烟从林中升起。岸上的小艇配有奇怪的索具，是由立柱、十字桅杆和一根长横杆组成，上面挂着一些绳子和钩子。男孩蹲在一个树桩上看着他。女人们在一只镀锌大桶里煮着洗好的衣物，老人则在树下睡觉。女人看见苏特里在拴船，便高声喊了起来，里斯，里斯。是他这辈子听到过的两下干巴巴、没有起伏的鸟叫。他一动不动。

苏特里来到河岸上。你好，他说。

他们都点点头。这些人被水汽笼罩着，看上去瘫软无力，就快要昏过去。老妇人又白又长的山羊乳头半露在大桶的上方，她把牛仔裤里的水拧出来时上臂的肉来回甩动。大女儿向他微笑，看上去有些挫败。

爸爸，她喊道。

树底下的里斯迟疑地睁开一只眼睛。那是我的合伙人，他喊了出来。

嘿，苏特里说。

来，坐下。孩子，我们真的很喜欢这里。看那边。

苏特里看了过去。河岸上有一堆被劈开的黑色贝类残骸，冒着绿色的蒸汽，轻轻颤抖，招来许多苍蝇。

看这里。

捞贝人掏出那只狐狸阴囊做的小钱包，往手掌里倒出一颗珍珠。

苏特里捏起它看了看。有些疙疙瘩瘩。值多少钱？他问。

不好说。判断价值的标准有很多。他接过它，放在手心里滚动，然后将它放回了钱包。他们也不说它可能值多少钱，他说。

你找到了多少？

这个嘛，那是唯一真正好的。我还有一些别的。

苏特里愁眉苦脸地盯着那一堤岸的贝壳。

不过现在开始我们要真正认真起来了，用那两条船和所有工具。

苏特里转身低头看着老人。他蹲坐在脚后跟上，已经抬起身子做出了欢迎的姿态。面带微笑。态度乐观。一只苍白肿胀的虱子挂在他的头皮上，就像悬着的一颗会动的皮脂囊肿。

我们得给你的船装上索具。我已经找到了一些杆子之类的东西。

你有钉子和锤子吗？

我从那边的木板上拔出了一些钉子，就在我要烧掉它们的时候。我们得再去弄一些来。还有很多旧木板，里面都有钉子。

苏特里揉着肿胀的手掌。那你要怎么钉这些钉子呢？他问。

直接拿石头敲就行了。

苏特里看着河水。你可以上自己的船，伸个懒腰睡一觉，避开所有麻烦，然后某天醒来就已经回到了诺克斯维尔，像从未离开过一样。

我想我们能应付，他说。

当然啦，老人说。

苏特里溜达回小船去拿自己的毯子和装备。他拿出藏在后座底下的两罐啤酒，系上绳之后顺着小船的一侧放下水去。

这家人在崖壁上搭了一间简陋的披棚。老旧的铁皮屋顶、杂乱的木板，还有一块胶合板的公路指示牌，上面写着"前方施工，减速慢行"。它们都像是涨潮时被冲上岸的。石崖凸出部分的底下放着自己缝制的薄褥子、棉被和军用毯子。苏特里不觉得很快会下雨，便拿着自己的装备继续往前走，越过营地来到一座小土堆前，那里能俯瞰河流，长着几棵小松树，还通风，可以挡住虫子。他在地上找了一块平整的地方，拨开松针，铺上一条毯子，坐了下来。他躺到地上，伸展四肢。河水从营地下方的石灰浅滩潺潺而过，流动中带着怨气。树木纷纷朝着有些多云的夏日天空倒下。

里斯踢踢他的脚将他弄醒。嘿，他说。

苏特里翻了个身，遮住了眼睛。

你在做什么？

我在睡觉。

老人蹲下身子，目光穿过树林望向河流。今天下午我们就可以给你安装索具，他说。

苏特里猛地坐了起来。他热得浑身是汗，整个人疲惫不堪。

你是打算睡在这里吗？

如果不下雨的话。

你可以和我们一起睡在营地里。

我打呼，苏特里说。

老人站了起来。打呼，他说，见鬼，孩子，你可能从来没听到过真正的呼噜声。我建议让我家老太婆和三个人或者一只驼鹿较量较量。

苏特里继续往岸上走。

他仔细研究了老人小船上的抄网索，然后走到林子里去找合适的树苗来做立柱。他让小男孩拿着一块石头把钉子敲直。老人不知道晃到什么地方去了。

他坐在船尾，修剪砍下来的杆子，做成叉子形状，并把下端刮平，钉在船的两侧。在他的刀下，白蜡质的刨花干净利落地卷成一团，他看着它们在水中打转，然后漂走。他用刀尖在平整的下端头上扎出几个凹洞，这样钉钉子的时候木头就不会裂开。老人已经走下河岸，蹲坐着看苏特里干活，还频频点头，说些鼓励的话。他总觉得大家会垂头丧气。

到了晚上，他们给小船安上了一套摇摇欲坠的索具，粗暴地仿制了抄网船的装备。苏特里把抄网搬上甲板，堆在一排立杆中间，里斯看看太阳。

你今晚想跑一趟船吗？

我可不想。

你和男孩也许可以试一小段路，看它运作得如何。

苏特里从船上站起来，抬脚上了岸。我们可不要，他说。

好吧。那我们明天早上早点出发。

苏特里没有回答。他一直走到营地，晚餐的炊烟袅袅升起。

你好，女孩故作大胆地说。

嘿，苏特里说。她脸色苍白，面粉一直没到了肘部。她弯着腰在切面包板上揉饼干面团。两个年纪小一点的女孩站在她背后，老太太则靠着火。两个女孩中的一个扭过头来，说了些什么，年长的女孩拍了她一下，她们尖叫着逃走了，一路咯咯笑着。

噢，你们都⋯⋯妈妈，让她走。

你们都走，女人说。她正在生大火，把铁板铺在岩石上固定好。底下的火焰舔舐着铁板的边缘。板上放了一把水壶和一个铁锅，它们太重了，压得铁板严重凹陷。

还有咖啡吗？苏特里说。

还有咖啡吗，妈妈？

你知道没有咖啡了。

我不知道没有，女孩说。

我们什么时候能吃饭？

差不多再过一个小时。不会太久了。

苏特里挠挠下巴，看向四周。披棚里有张旧床垫，一只包装箱上摆了一盏油灯，沿着里屋深色的石墙存放着杂七杂八的垃圾。他又来到河边，躺在树荫下一块凉爽的岩石上舒展身体，顺便低头朝水里望去。漩涡处的波纹状淤泥中，一只小乌龟杂乱无章地摆动着罗圈腿。小块木头、树枝被淤泥包裹，一条弓鳍鱼懒洋洋地躺在那里，肮脏的鱼鳃像枝杈伸出，如鲜艳的菌类。苏特里的脸动了起来，凹了进去。一只水蜘蛛迈动着马鬃似的多节腿在过河，河水散发出一种冷冽的金属味道。他朝水中自己颤抖的脸啐了一口，坐起身，脱下鞋袜，把脚伸进水里。

他们在一个看起来像厕所的地方吃饭。几根杆子上撑着一个饱经风霜的支架。苏特里不敢靠在上面。他们坐在木板和煤渣砖上，小女儿的下巴刚好越过桌面。苏特里饿得头晕眼花。

铁锅、水壶和饼干一起上桌了。水壶里有一些他以前从未见过的蔬菜，毛茸茸的，有些粗糙。锅里是菜豆。他搅了搅锅里的东西，却连一丝肥肉的痕迹也没找到。他看着对面的男孩，开始飞快地吃东西。

晚饭后，他们围坐在火炉旁，女孩们去洗碗了。老人从披棚里拿来一本油腻的软皮《圣经》，将它放在膝上打开。洗好碗碟后，女孩们也围了过来，老人开始大声朗读经书。苏特里去河边，取来了那两罐啤酒。他在桌上将它们打开，带到火炉旁，递给老人一罐。他看着炉火，眼睛在火光映射下愈发明亮。上帝啊，发发慈悲，看看这里吧，他说。

苏特里拿着罐子做了个手势，然后喝了起来。啤酒很凉，有点苦，但味道不错。老人也举起罐子喝了起来。

你不该读了《圣经》再喝那个。女人说。

什么？

你听见我说话了，你不该读了《圣经》再喝那个。

见鬼，里斯说。

别乱骂人。要么忍着，要么一口气把啤酒喝完。

他想看看旁边有没有人跟他站在一边，可苏特里已经离开走到河流上方他自己的小土墩去了。

他们像狗一样睡去，蜷缩在铺在地上的被窝里，就像是悬崖下散落的一堆看不出形状的黑色土堆。火已经熄灭了。苏特里脱去鞋和裤子，躺在毯子里。河水整夜在浅滩上潺潺流动。远处不知哪里，几条狗制造出一片喧闹，可它们离得很远，并且叫声因为被河水盖过而变得无踪可循，在他听来像做梦一般。

当早晨的第一缕阳光出现时，他们已经到处活动了。他们用了早餐，是浇上糖浆的煎玉米薄饼。还是没有咖啡。

老人带着大女儿去了上游，留下苏特里和男孩在家。苏特里把船里的水舀出来，将啤酒罐塞回座位底下，朝下游望去。灰蒙蒙的河面上冒出了上千缕烟。过了一会儿，男孩边扣裤子纽扣边从林子里面出来，他走下河岸，爬进了小船。

准备好了吗？他问。

苏特里看着他。他坐在船头，双手放在膝盖上。

不如帮我们解缆开船吧。

做什么？

把我们的绳子解了。

他又爬了出来，从树桩上解下绳子，抛进小船，然后跪在船头前，将它们推下河。苏特里把桨伸进水里。

小船穿过朦胧的水汽向下游缓缓驶去。一只小苍鹭从芦苇丛中哗啦哗啦地跃起。男孩用一支假想的枪朝它挥去。砰，他说。

我看到河上的鸭子游过来了，苏特里说。

老兄，我敢打赌，要是我有枪，我准会杀了这里所有的东西。

他望着下游，心不在焉地抠起了下巴上一个令他疼痛不已的黄色脓疮。过了一会儿，他说，你为什么会进劳动救济所？

苏特里倚在船桨上，看着他的身后。他们正处在激流之中，河中央有一些杂草丛生的小岛。我和几个家伙在闯入一家药店时被抓住了。

你们为什么要擅闯药店？

他们想弄到一些药物。药片。他们搞到了一些香烟之类的东西。我当时在外面的车里。

我猜你的任务是保持发动机转动，望望风什么的。

我喝醉了。

男孩看着他，可苏特里已经转过身研究起水里的东西来。河对岸，一辆拖拉机正在黑黢黢的休耕洼地里犁地。翻过的土地整个儿笼罩在一片蜿蜒的雾气之中，路线和形状都与河流如出一辙，仿佛一条幽灵河漂在那里。太阳姗姗来迟。灰绿色的阳光下，盛夏的玉米被风一吹就摇曳起来，乡村的景色悲伤且凄凉。

你上过大学吗？男孩问。

问这个干吗？

我就是好奇。吉恩说你挺聪明。

谁？哈罗盖特吗？

是的。

好吧。有些人比另一些人聪明些。

你的意思是吉恩不聪明？

不是，他真的很聪明。你必须自己聪明才能知道谁聪明，谁不聪明。

我从没想过你会特别聪明。

说得很对，苏特里说。

他看上去很困惑。老吉恩之前总是围着旺达转，他说，妈妈把他赶走了。你有女朋友吗？

没有。有过一个，不过我忘记在哪儿上的她了。

男孩呆呆地看了他一会儿，突然拍着膝盖，哈哈大笑起来。

老兄，他说，这笑话真不错。

我们要往下走多久？

我们先去跑马滩，再往前去野牛浅滩。

跑马滩？

就是下一个浅滩。你说你以前从来没有捞过贻贝？

没有。

那没什么难的。那里有一只麝鼠。

苏特里转过身。一个小小的深色身影在晨光中渡河，黑色的鼻子劈开河面。

等它们皮毛一长好，我要带些捕鼠器回这里来。

苏特里点点头，轻快地划着船往前走，船桨吱吱嘎嘎地响着，抄网像一块珠帘，在男孩的脑袋后面晃动。太阳出来了。伴随着一道发绿的金光，从树林上方钻了出来，照得水面上苏特里的身影又长又窄，混在抄网的影子之中，就像一个在划船的牵线木偶。

他把船向更靠近岸边的方向驶去。男孩弯下腰往水里看。清澈的浅滩上，白色边缘的吸盘在岩石上留下了移动痕迹，像柔软的三角旗在飘扬。

男孩从臀部口袋掏出一只中空的橡胶手电筒，把镜片浸入了河里，然后从圆筒里往下俯瞰水底鱼儿们的世界。

你看见贻贝了吗？苏特里问。

我们还没开始呢，男孩说，那真是条大鲇鱼。

水有多深。

那边过去了一只老泥龟。

苏特里趴在桨上。让我看看怎么样？他说。

男孩抬起了头。

我说让我看看怎么样。

好的。当然。

苏特里收起桨，从男孩手中接过了手电筒，然后拿着它从船舷一侧弯下身去。一块高大陡峭的岩石在泡沫中蜿蜒而过。蒙着浮尘的镜片旋转着潜入黑碧玉般的水底深处，隐约中有鱼群结队，鳞片闪闪发光，顺水漂回冰冷的石板河床。岩石间有一根编织的缆绳，拖着水流中一条条软软的绿色黏液。

我一个贻贝都没有看到，他说。

男孩向下游望去。仔细看看，他说，马上就会直接出现。

他又弯下身去。河底躺着一整棵树，深埋在一个水潭里，深色树干上长满了飘动的苔藓，一条大黑鲈鱼等在那下面。滑坡的沙地。肥大的吸盘划着水。一团泡沫在玻璃中涌起，然后便消失了，一小片冰冷光滑的绿色湿印在浅色岩石、圆形石子和稍加雕琢的岩架上显现。底下露出了黑色贝壳的壳缝。

这里来了一些。

他听见头顶上抄网从甲板落入水中的哗啦声。船摇晃起来，但随着男孩站起来又恢复了平静，苏特里的脸仍浸在水里。他抬起头，把水从玻璃上甩掉，又弯腰下去看。长长的绿褐色杂草在水流中摇曳，透过流动的水他模模糊糊地看见了几个满是贻贝的地方，一条狭长的黑色贻贝带在岩石间颤动，苍白的裂口一边呼吸，一边如扇子般慢慢闭合、对折，胚珠壳里是分瓣的肉块。小船投下的阴影像夜幕从它们上方扫过，引得贝壳纷纷关闭。

多吗？

有一些。

水底变成了深绿色，没有光。船缓缓地旋转着。

苏特里直起身子，拿上桨，把船划正。

那里很深，男孩说。

是的。

那我们就继续往前划。

好的。

再让我看看好吗？

当然。

他们又往下游划了四分之一英里，男孩观察河底，苏特里盯着船桨。他们突然别扭地朝前滑出了好远，接着又开始颠簸，顺着一条沟槽进入湍急区。男孩抬起头，额发滴着水。我们现在可以捞贝了，他嚷道。

苏特里用桨稳住船身。

他们在漂浮物和无声泡沫中航行，顺着脚下这股沉滞的河水向外荡去，最终并入其中，男孩站在横木上，把抄网拖上甲板，湿答答地挂在立柱上，网绳上挂着一打黑黢黢的贻贝。它们晃动、打转，晄晄相撞，男孩拿出一个烧饭用的黄铜大勺子开始撬贝壳。不出几分钟，它们就像石头一样躺在了小船船底，男孩又把抄网扔下甲板。他转过头，苏特里正倒着划桨，让小船停在水流之中。他的脸涨得通红，呼吸急促。我们就这么干，他喘着粗气说。

这个出货量还可以吗？

还达不到平均水平。我见过他们拉上来满满一网。捞完后，我和爸爸都提不动。

另一个抄网是干什么用的？

换着用的。你把装满的网提上来，把另一个扔下去。

好吧，那你刚才为什么不把另一个扔下去？

男孩又一次盯着河底看。他举起一只手向空中挥了挥，终结了这个话题。我只想告诉你要怎么把贝壳从绳子上弄下来，他说。

苏特里驾船从河中的一个漩涡边缘驶开，他们沿着浅滩颠簸前进，太阳已经完全升了起来，天气也暖和起来。他握着桨的手像两只爪子。

他们被缓慢的流水冲了出去，一条沙砾带几乎伸进了河中央，男孩又拉起了抄网，将它湿答答地吊了起来，贝壳咔嗒咔嗒地撞着树干。他和苏特里对视了一下。

这里面有些很棒，男孩说。

苏特里点点头，有些和你的手一样大。

我们摇上去，再到那片地方捞一下。

苏特里狐疑地看向上游。

你在这里找不到比这些更好的。

他掉转小船，站稳双脚，在河面上搜索起来。他们沿着靠里面的河岸往上划。等来到刚才滑下来的水道口，他先把船停在水流中，然后摆过船尾斜在航道里，男孩把空的抄网抛入水里。

有一次抛网的时候，一个钩子挂在了我的耳朵上，感觉就像要把我也带走。

我们要走多远？苏特里问。

你说今晚吗？

是啊。

我们要继续走到野牛浅滩。爸爸说的。

那么谁他娘的负责往回划？

男孩眯起眼睛，望着阳光下的他，小勺停在了手中握着的贻贝上方，船底的贝壳被太阳晒干，变成了灰灰的石板色。你不会不划了吧？他问。

我已经划这该死的东西两天了。你觉得呢？

妈的，回去的时候我和你换着划。其实没有那么远的。

下午早些时候，他们抵达了那些浅滩。男孩把最后一网贝壳拉上了船，将它们从钩子上湿漉漉地剥下来，哗啦啦地堆进船底，苏特里撑起一只桨，将他们转向岸边。船装满了货物，吃水很深，几乎动弹不得。

船里只有一把铲子，老旧的手工木柄约一英尺长，没有其他把手。苏特里让男孩把贻贝从船里铲到岸上，他自己则穿过林子，找了一棵树荫茂密的树。他仰面躺在树下，很快就睡着了。

他被河边的哭声惊醒了。苏特里突然想到，他和这个男孩连彼此的名字都还不知道。他起身穿过林子往回跑。

嘿，男孩喊道。

没事了，没事了。

见鬼，你去哪里了。我没法一个人把这些都铲完。

苏特里接过铲子，跨进船里。

我还以为你会直接跑掉呢，男孩说。

我的名字是苏特里。

嗯，我知道。

你的呢？

威拉德。

威拉德。好的，威拉德。

好什么。

苏特里举起一铲子贻贝，看着那男孩。太阳底下很热。男孩穿着臭烘烘的工装裤站在那里，脸色苍白，可怜兮兮，还有一点凶狠。没事，威拉德，他说。

黄昏时分，他们划着船回到了营地，两人并排坐在小船的座位上，手里各拿着一把扫帚。苏特里拿着绳子踉踉跄跄地爬上河岸，把船拴好，走到火边，坐下来盯着火看。里斯穿着内衣从披棚里出来。是你们吗？他问。

是的。

你们去哪儿了？

苏特里没问。男孩上了岸，到处张望。你们都去哪儿了，男人问他。

大家都在哪里？

他们去参加联欢会了。你们都去哪儿了？

有东西吃吗？苏特里问。

锅里还有些白豆和玉米面包。

有洋葱吗？男孩问。

没有，里斯说。他走到苏特里面前，他正坐在一块木板上，两只脚伸在前面。你们遇到什么好事了吗？他问。

你问他，苏特里说。

你们做得怎么样？

我们做得很好。有牛奶吗？

没有。

妈的，男孩骂道。

什么。

我说，霉的。

你最好是这么说的。

你们有没有捞到一大堆？

我们把船都装满了。你们干得怎么样？

我们干得可以。

苏特里拿着一个盘子，伸出勺子到锅里舀豆子。有咖啡吗？他问。

没有。

他阴郁地盯着火看。又没有。他说。

其他人回来的时候，他正盖着毯子躺在土堆上。她们提着灯笼，唱着颂歌，从河边的林子里走来。他躺在那里，听歌声越来越近，看着月亮从树林里升起来。他饥肠辘辘，肩膀酸痛。眼皮就像安了弹簧，他没办法让它们一直闭着。过了一会儿，他站了起来。

一个女孩朝河边走去，他喊住了她。嘿，他说，那里有什么吃的吗？

那边沉默了一会儿。火被重新生起，岩石下边的火焰看上去充满了希望。没有，她说。

他们在晨雾中起床，穿上去教堂的那套稀奇古怪的印花衣服。他们没有喊醒他。他掀起毯子一边，向外面看看。借着岩板缝隙投下的光线，他看见来自白色肉身的微弱闪光，飞舞如鸟儿一般。女孩们穿着一模一样的裙子出现了，男孩也从林子里走了出来，身子僵硬，看上去粗野愠怒，古怪得像个小变态。他们穿过树林向上游出发，苏特里裹着毯子坐起来，想要更好地看看这眼前的奇观。

他们出去了一整天。他爬起来，在厨房里找东西，又去披棚里扒拉一堆乱七八糟的玩意儿，可除了一些玉米面和一把还没泡过的白豆，什么吃的也没找到。他生起一堆火，把豆子放上去，然后走到河边看那些船。他蹲下身，朝在水波荡漾的河面上滑行的水蜘蛛扔石子。

下午，他坐在石崖下的阴凉处。夏日的雷暴正从南边过来。他向后靠在石头崖面上。岩板锋利的锯齿和竖立的卵石像土壤里的石头工具。有老鼠或地松鼠的踪迹，还有一些吃完的干坚果壳。一个深色的石头圆盘。他伸手将它捡起。手中是一个带雕刻的颈甲。他用拇指把泥土从它的表面刮下来，看到了两个嚣张的神像，涂着颜料的眼睛，头盔上装饰着羽毛，他们的脚镯随着舞姿弹起，闪闪发光。每个神像都高举着鸟头权杖。

苏特里往圆盘里吐了口唾沫，把它放在牛仔裤屁股上擦了擦，又仔细研究起来。一个消失了的种族的神秘象征。一个冰冷的瞬间，旧秩序的灵魂在阴雨连绵中移动。他用一根小树枝擦干净上面的每根线条和沟槽，然后抓着这块冰凉的晶状体放进舌头的凹槽里，借助唾液和衬衫下摆他把整块石头擦亮，小心翼翼地将它弄干。一种前所未见的灰色怪石。

他脱下腰带，用小折刀割下一根细长的皮条，穿过颈甲上的洞，将它系在了脖子上。这冰凉光滑的东西贴着他的胸膛，这是黎明的造物，晨光正笼罩着微红的大地。

他坐在一根圆木上，用柳木做一只哨子，就在这时那一家人从教堂回来了。他看着他们从林子里鱼贯而出。等他们从这里经过往营地里走去时，他站起身，收好刀，跟了上去。

他来了。里斯大喊。

是啊，苏特里说。

我们早上离开的时候看见你在睡觉。我们不想打扰你。

女人们去小屋里换衣服，里斯穿着西装在树下坐了下来。苏特里单膝跪在他面前，睁着饥饿的眼睛瞪着他。

听着，他说，我也不想麻烦任何人，但是我们到底什么时候能吃上东西？

我很高兴你问了我，里斯说，得有人去趟商店，我在想也许你能带上我儿子去外面跑一趟。

你们刚从外面回来。

没错。可要是我去了那里，结果发现身上没带钱，那我可就危险了。就在我们快到教堂的时候我想起了这点。我本来想……

好吧，苏特里说。他伸出一只手，给我点钱。

里斯稍微放松了一下，往前靠了靠。他开始压低嗓门说话。我正要和你谈谈这事，他说。

苏特里盯着他看了一会儿，然后站起身眺望他们身后更加明亮的景色。听着，里斯还在说。他拉了拉苏特里的裤腿。苏特里往边上走了一步。

听着。是这样，我们花了很多钱来搭这个营地，还把一切都准备好了，你知道的。我们已经在这儿两个星期了，可除了开支还没有收入，手头肯定会有些紧，作为合伙人，正规合伙人，你知道的，我觉得在卖出一船货之前，我们可以分摊一些费用，我可以和你算账。你明白的。

要是当时我没有来，你他妈的要怎么办？

唉，该来的总是要来。听着……

苏特里把口袋翻了个底朝天，把所有的钱凑在一起。有几个美元，还有一些零钱。他把钱丢在里斯面前。你认为靠这些我们能吃多久？他问。

我们能买到些东西。他看着地上皱巴巴的钱，伸手戳了戳，仿佛那是摊死了的东西。不是很多，对吗？他问。

不多，苏特里说。这他妈的显然没几个钱。

这是你所有的钱了？里斯眯起眼睛，抬头看着苏特里。

都在这里了。

他挠挠头。好吧，他说，听着……

我听着呢。

你为什么不带上男孩到外面给我们买点面包和午餐肉来呢。这里有些玉米面和豆子。问下老太婆她急需什么。可以的话买一夸脱牛奶回来。你懂的。

苏特里大步流星走开去找那个男孩。

我刚从外面回来，男孩说。

妈的，快站起来，你又要去了。

没必要为此骂人，男孩说，今天可是星期天。

他们沿着树林中的小路走了出去。她潦草地在一只纸袋上给他写了张清单。可他把它揉成一团，扔进了草丛里。

他们在树林里走了半英里，来到一条柏油碎石老路，路的后半段长着一丛丛草和小树苗。他们沿着这条铺着歪斜石板的路往前走，穿过一片在腾腾热气中变得扭曲和模糊的乡村。他们经过了一座旧汽车旅馆的废墟、一个油漆磨损的破招牌，还有一堆在松林里静静腐烂的小木屋。当他们走上公路，苏特里看见了山顶上那个位于十字路口的小小社区。有几幢房子，还有一间刚刚粉刷过、带加油站的路边杂货店。

他走过砾石砌成的贮水池，进入商店。熟悉的老味道。他从冰箱里拿了一品脱巧克力奶喝了起来。

你打算给我搞点这刺激玩意儿吗？男孩问。

拿一瓶。

再来几个蛋糕吧，我什么也不会说。

苏特里看着他。他正在饮料箱里翻那些瓶子。这些皇冠可乐是冰的吗？他喊道。苏特里继续朝出售肉的柜台走去。

要什么？店主从柜台后面出现，从一颗钉子上取下了一条围裙。

给我切几磅大香肠，苏特里说。

他把围裙挂了回去。

切薄一点，苏特里说。

他拿了些奶酪、面包，还有一桶燕麦、两夸脱牛奶和一些洋葱。等店家合计完这些商品，就只剩四十美分了。苏特里看着店主头顶上那几排袋装咖啡。店主转过身和他一起看。

你这儿最便宜的咖啡是什么？

这个吗，让我看看。我这儿最便宜的是"瘦子吉姆"。

"瘦子吉姆"？

"瘦子吉姆"。

多少钱？

三十九美分。

那就这个。

店家伸手从货架上拿下一包咖啡。上面积满了灰尘，他吹了口气，又轻轻拍打了一下，然后把它放进了购物袋。

好的，苏特里说。他从柜台上抓起那个包，递给男孩，然后他们就走了。

他们回来时已经到了晚上。苏特里走到河边，坐在黑暗里，一直待到晚饭做好，在他背后，炉子的火光在高高的崖壁上勾勒了一出原始生活的影子戏。他往河里扔小圆石头，就像在喂它似的。

他们吃了煎香肠三明治和几碗白豆。苏特里端着杯子走到火边，伸出手来。老夫人掀开壶盖闻了闻。苏特里看着她。花白瘦削的脑壳后面编着粗麻花辫。她拿着围裙，把咖啡壶斜了过来，倒出了里面滚烫的黑咖啡。苏特里回到他刚才坐着的箱子前，他搅了搅咖啡，把勺子放在袖口里妥善保管，然后端起杯子抿了一口。

他坐着一动不动，然后转身把咖啡吐在地上。我的上帝啊，他说。

怎么了，里斯问。

这杯咖啡怎么了？

我一口也喝不下。

苏特里把鼻子凑在杯子边缘上一闻，便把整杯咖啡倒在地上，继续吃饭去了。

里斯把嘴在膝盖上擦擦，站起了身。他也端了杯咖啡回来，站在苏特里旁边往杯中吹了吹，然后喝了一小口。

这是什么狗屎玩意儿？他说。

该死，我怎么知道。"瘦子吉姆"，它的名字。

里斯又喝了一小口，然后把咖啡倒在了地上。我不知道那是什么，他说，但绝不是咖啡。

女孩坐在炉火的另一边。她甩甩黑头发。妈妈，你对咖啡做了什么？她叫道。

里斯回到了火边。他们把包装拿起来，试着读一读。里斯把咖啡倒在地上。一场争执接踵而至。

苏特里，这是什么狗屎玩意儿？

我不知道。我当咖啡买的。

它闻起来也不像咖啡啊。

他们把咖啡都倒了出来，然后把袋子里装满了老树叶或者别的什么，女人一边说一边点头，四下张望。

给我拿一杯来，威拉德，女孩喊道。

里斯收回东看西看的目光。也许是毒药，他说。

妈妈，把蛋壳放进去，女孩喊道，那可以改变它。

她要到哪里去找蛋壳呢，笨蛋？这儿没有鸡蛋。

女人伸手猛地拍了一下男孩的头顶。

噢，他说。

注意跟姐姐说话的态度。

凌晨时分，他被吵醒了。黑暗中有东西在移动。他抓起手电，沿着树林来回照了照，光线到下游黑压压的田野就消失不见了。他拿手电往树林一扫，又回头照照。黑暗中有十来只火辣辣的眼睛在注视着他，一对一对，认不出是什么。他把灯举过头，想要看看远处的影子，可除了眼睛什么也没显现。一眨一眨，或者说随着头部转动一会儿被遮住一会儿又重新出现。它们高矮不一，他试着在记忆中寻找类似这些随机尺寸的东西。然后，一对眼睛垂直上升了约五英尺，而另一对则缓缓地降到了地面。黑暗之中，黑朦眼珠的古怪小矮人侧坐在跷跷板上。其他眼睛开始升升降降。

奶牛。他同意自己的想法：是奶牛。他关掉手电筒，躺了回去。现在他能够从来自上游的凉风中闻到它们，青草和牛奶的芳香。潮湿的空气弥漫着各种各样的香气。你可以从一只狗的眼里看见这种情状，当它测试风向的时候，它在整理这类事物，苏特里能够闻出河水、草叶上的露珠，还有悬崖上潮湿的页岩。天阴了下来，再没有星星用神秘的时空来困扰他了。他闭上了眼睛。

早上，他们带着家里的女人们到下游去剥贻贝，女孩们一直咯咯笑着，老妇人紧张地抓着船舷，用头巾下的双眼望着不断经过的河岸。那天晚饭之后，他拿着块肥皂来到河边，脱光衣服，坐在从沙砾带流过来的水里。他洗了衣服，洗了身子，把衣服挂在一棵树上，拿起毛巾擦干身体，然后坐在几张毯子之间。过了一会儿，里斯踮着脚尖从林子里走了过来，轻轻喊了他一声。

到这里来，苏特里说。

他蹲在苏特里面前。他回头看了看营地。

怎么了？苏特里问。

我们得去城里。

好的。

我觉得我们应该赶在天亮前完成这事，然后继续前进。

苏特里点点头。

我最初让妈妈和旺达去的，但是你不能指望女人做生意。你觉得呢？

这太他妈的适合我了。

里斯看向火里，又看了回来。这也太他妈的适合我了，他嘶嘶说道。假如我不是总喝得烂醉如泥，德州怕是连一头牛都没有了。你去过科克郡的纽波特吗？

最近没去过。

天哪，他们居然把所有最疯狂的小东西都运到了那里。真是世间的一道风景线。

真的吗？

废话。老人又检查了一遍营地，凑到苏特里耳朵上。我们去那里，苏特，我们去寻一两个妞，找点乐子。他用力眨眨眼睛，放了一根手指在嘴唇上。

两天后，他们一大早就离开了。雨下了一整夜，汽车像摩托艇般沿着长长的黑色道路往前开，从他们身边驶过，逐渐消失在氤氲水汽之中。过了一会儿，一个开福特 A 型汽车的老头停了下来，他们一起驶入了丹德里奇。老头一路无话。他们三个像木偶一样蜷缩在前排座椅，注视着夏日晨曦掠过起伏的乡间。

他们搭卡车从丹德里奇到了纽波特。卡车车斗里有一辆拖拉机，链条不停地转动，旅客们都贴着木栏杆站着，任凭头发在风中凌乱，唯恐那东西挣脱开来。中午时分，他们抵达了纽波特，眨巴着眼睛下了车，衣衫不整地走上闷热的街道。

珠宝商坐在商店前部的铁笼子里，眼睛里塞了一个看起来好像鼻烟壶的东西。他们两个站在窗前等着。嗯，珠宝商头都不抬地说。

里斯把一颗珍珠放在柜台上。

珠宝商抬起头，闻了闻，把放大镜片从眼睛上取了下来，戴上了一副普通眼镜。他伸出手，捡起那颗珍珠。他把它拿在拇指和食指之间转动，看了看，然后放了回去。他摘下眼镜，又把放大镜片装回眼睛上，埋头继续工作。我不能用它，他说。

里斯紧张地朝苏特里眨了一下眼。他从他的小零钱包里又抠出一件珠宝来，放在第一件旁边。更大更圆。看啊，他说。

珠宝商把手上的一把小镊子放下，他正用它在一只盒盖里分拣东西。他看了看面前的两颗珍珠，又看了看里斯。我不能用它。

就在这时，里斯把他最好的珍珠掏了出来，用一只脏兮兮的手拿着。我想你能用这个，他得意洋洋地说。

珠宝商取下放大镜片，重新戴上眼镜。他没有伸手去拿珍珠。他似乎只想好好看看眼前这两个人。

去吧，里斯说，他咧着嘴笑，拿着那颗珍珠打着手势。

小伙子，珠宝商说，这些东西一文不值。

它们是珍珠，苏特里说。

田纳西珍珠。

该死，它们总该值点什么吧。

好吧，我也不想这么说，但是它们连五分钱都不值。噢，你也许会找到有人想要它们。当作纪念品或是别的什么。我认识一些人，他们会愿意花三到四个美元买一颗非常漂亮的，回去做个别针之类，你也许有满满一鞋盒这样的东西，但我连一毛钱都不愿意出。

里斯手还伸在那里，捏着那颗珍珠。他转向苏特里。我想，他觉得我们以前没有卖出去过。

珠宝商已经摘下了眼镜，准备再换上放大镜片。

我们也许看上去很乡下，但我们并非无知，里斯跟他说。

我们走吧，里斯。

你再也不会看到比这更好的了。

珠宝商戴上单片眼镜，又俯下身工作去了。

苏特里挽着老人的胳膊，领他出了门。里斯正在检查那颗宝贝珍珠，想找出某个未被察觉的瑕疵。在街上，苏特里将他拉得转过身来，又抓住了他的肩膀。到底是怎么回事？我记得你不是说这颗大珍珠值十美元吗？

闭嘴，苏特，别听他的，他根本不懂珍珠。

苏特里指着窗户玻璃。该死，他可是个珠宝商。你看不见招牌吗？你说他不懂到底是什么意思？

他这样不过是耍花招。他想让我们把这些见鬼的珍珠送给他。我以前和这些可爱的狗杂种打过交道，苏特，我就是知道。

让我看看那些东西。

里斯把那些珍珠递给他。苏特里对着正午的阳光仔细查看它们。它们看上去像珍珠，有点灰，有点畸形。好吧，它们准还是能有点价值的，他说。

里斯从他手里拿过珍珠。当然值钱，他说，老天爷，你难道觉得我什么也不懂吗？

你卖过几颗？

好吧，我卖了多少，我卖了一些。

多少？

这个嘛，我去年卖了一颗，四美元。

卖给谁？

就是某个人。

苏特里站在那里看着地面，他摇摇头。过了一会儿，他抬起头来。那我们到别的地方试试吧，他说。

他们游说了三家珠宝店和两间当铺，然后又回到街上。斜影落在人行道上，天气变凉了。

现在怎么办？苏特里问。

让我想想，里斯说。

这正是我们需要的。

我们还没试过台球厅呢。

台球厅？

是啊。

苏特里转身沿着街道走掉了。里斯赶上他，带着计划和解释凑到他的身边。

苏特里转过身，你身上带了多少钱？

他停住了脚步。

说吧，多少钱？

唉，苏特，你知道我没有钱。

一个子儿也没有吗？

嗯，没有。

好吧，我有十五美分，我待会儿要去那边喝咖啡吃甜甜圈。如果你愿意，你可以坐下来看我吃。然后我们最好在天黑下来之前回到那条该死的马路上，试着搭个车离开。

见鬼，苏特，我们不能空手而归。

然而苏特里已经跨进了街道。苏特里看着他过了街，走进了对面的咖啡店。

进门时，苏特里在收银台旁边的一堆报纸里借了一张，他坐在柜台前。一个胖子问他想要什么。

咖啡。

他记在了单子上。

你们还有甜甜圈吗？

原味的还是巧克力的？

巧克力。

他又记下了。苏特里伸长脖子去看价格。

胖子沿着柜台走开了，苏特里打开了报纸。

他喝了三杯咖啡，把报纸从头到尾读了一遍。最后，他折起报纸，走到前面付账，又把报纸放回原处，走了出去。他站在街上，一边剔牙，一边上看下看。他在这附近等了大半个小时。商店都要关门了。他凝视着落日。狗杂种，他说。

他走过一家小咖啡馆时，里面有个人影拦住了他。他后退一步，透过玻璃往里看。小餐厅的一张卡座上坐着里斯。他正在给大块的玉米面包涂黄油。他的面前摆着一盘牛排，浇着肉汁，配了土豆泥和豆子。女服务员端着一大杯咖啡，拖着脚从走廊向他走来。里斯抬起头来说了几句俏皮话。他的目光从她身上移到了窗外那张愁云密布的脸上，他从座位上微微弹起，然后咧嘴笑了，朝他挥挥手。

苏特里拉开门，走进过道。

嘿，苏特。你他妈的去哪了儿？我到处找你。

嗯，是啊。你从哪儿弄来的钱？我以为你破产了。

坐下，坐下。亲爱的。他举起一只手，指了指苏特里的头。他要什么就给他什么。伙计，我很高兴能找到你。来吧，告诉她你想点什么。

我什么鬼东西都不想要。听着。

没必要骂骂咧咧，女服务员说。

苏特里不理她。他靠向里斯，他正用叉子把一块牛排填进下颚。你快把我逼疯了，他说。

亲爱的，给他拿杯咖啡来。

我不想要他妈的咖啡。喂，里斯……

里斯低下头，像小丑那样朝苏特里古怪地眨眨眼睛。卖掉了，他小声说，看这里。

看什么？

下面。看这里。

苏特里不得不向后靠去，朝桌子底下看，这个咧着嘴笑的傻瓜手里正捏着一张钞票，从露出的一角能看出是二十美元。

那你为什么偷偷摸摸的？这是假币吗？

嘘。见鬼，当然不是，孩子。真金白银。

你敲了谁的头？

老伙计，我们拿这个去打牌，然后拿些大钱走人。

我们最好赶紧动身去巴士站，这才是我们该做的。

亲爱的，给他拿杯咖啡来。

他说他不想喝。

苏特里瘫倒在卡座里。

给他拿一些来，里斯挥舞着一片玉米面包说，他会喝的。

他们站在街上的小灯下。城里笼罩着死一般的寂静。

我希望现在不是夏天，不然我们就可以去看斗鸡了，里斯说。他哑哑嘴，对着街道上看下看。得给我们找辆该死的出租。他拍拍小肚子，打了个嗝，眯起眼睛四处张望。

给我五分钱，我去叫一辆。

里斯大方地抛出了硬币。苏特里一副很有耐心的冰冷表情。他走进街道，叫了辆出租。

车到的时候，里斯打开前门跳了上去，他和司机大声耳语。苏特里爬上后座，关好了车门。

我带你们去绿房间吧，司机说，那里你可以得到任何想要的东西。

你说呢，苏特里。

苏特里看着里斯的后脑勺，然后别过脸去看窗外。

当然，你也可以去任何你想去的地方，司机说。

当然可以，里斯说，当你有钱做这个事的时候。他转过身，抛给苏特里一个贼兮兮的笑容。

你们想喝哪种威士忌？陈年的还是真正品质好的私酿月光酒？

品质好是足够好吗？

陈年的，苏特里从后座上说。

晚饭时分，他们穿行在小镇狭窄的后街里，窗帘后的灯光下一家人正围坐在一起。苏特里摇下车窗，呼吸着满是花香的空气。

司机载着他们驶上一条砾石铺的车道，一直开到一间老房子后面。他们的头顶上悬着一颗黄色的灯泡，在空荡荡的夜幕里燃烧。司机下了车，一个男人从门口出来，他们俩穿过院子，走到了一间车库后面。等他们回来的时候，司机腿边拎着一品脱威士忌。

他钻进车里，把威士忌交给了里斯。里斯拿起瓶子对着光，一边专业地研究瓶子上的标签，一边拧开瓶盖。他们沿着车道往回开，里斯的头向后仰起，瓶底直立在空中。

给你也弄点喝喝，他喘着气，越过座位把瓶子戳在苏特里面前。

苏特里喝了一口，又把酒递了回去。

里斯举起酒瓶，看了看，把它放到了司机的下巴底下。老兄，你也喝一点，他说。

司机说他当班的时候不喝酒。

他们开车穿过一条条小街，最后驶上了公路，里斯和苏特里来来回回地递着酒瓶，里斯给司机讲了自己的经历，里面没有一句话是真的。

你们从来没去过绿房间吗？司机问。

我们好久没来这里了，里斯说。

那地方有几个姐们儿，什么事都愿意干。

黑暗的车厢里，里斯激动地甩着胳膊肘。你听到了吗，苏特？他说。

他们在公路上开了几英里，然后转到一条曾经是公路的支路上。山顶有一座煤渣砖砌成的矮房子，屋顶上装着霓虹灯。窗户漆成了黑色，其中一扇已经破了，暂时用一些木块和炉用螺栓把洞口补了起来。车道上立着一根铁柱，几根横杆上挂着一块啤酒招牌，沙地上停了差不多有五十辆车。出租车司机打开顶灯，看着里斯。

我们要给你多少钱，老兄？

给我五块。包括威士忌和其他一切。

里斯付了钱，他们下车走上沙地。出租车掉头回到公路上，一路飞沙走石。里斯把衬衫塞好，提好裤子，抓住门把手，准

507

备进去，可门是锁着的。

按门铃，苏特里说。

他按下按钮，门立刻就开了，一个男人看了看他们，退了回去，两人走了进去。

水泥地面，马蹄形的吧台包着黑色绗缝塑料软垫，一台花里胡哨的自动点唱机播放着乡村音乐。几个画着舞台妆的年轻妓女瞪着乌黑的大眼，身上难以置信地穿着戏服、舞厅长裙、泳衣和绸缎睡衣。她们中的一部分人懒洋洋地凑在吧台前，有些则坐在靠墙的卡座里，还有的在自动点唱机的灯光下和穿着像农民的小丑跳着僵硬滑稽的舞蹈。穿过一扇通往后面的门，苏特里看见了更加浓重的烟雾和铺着绿色呢子的赌台。

上帝啊，真该死，里斯恭敬地说，看看这地方吧。

苏特里看过去。他来过类似这里的地方，可次数不多。一种全新的风格似乎在这里寻求表达的方式。他们从吧台旁走过，立即遭到了妓女们的围攻。一个黑头发的姑娘抓住了苏特里的胳膊肘，她穿了一件雪纺连衣裙，身后的裙摆把地板上的烟头扫来扫去。你好啊，帅哥，她说，为什么不请我喝一杯呢？苏特里低头看着一对画着烟熏妆的巨大眼睛，里面似乎往外滴着某种黏稠物。一对雪白滚圆的乳房堆在长裙前襟。等会儿你就得对这个男人刮目相看了，他说，再没有人会像他那样挥霍金钱。

她立刻松开了苏特里，转而去抓里斯的胳膊，尽管那儿已经围了其他两个女孩。你好啊，帅哥，她说，为什么不请我喝一杯呢？

等我打完牌，就请你们每人喝杯酒，里斯喊道。

酒保正蓄势待发地站着，苏特里举起一只手，招呼他看过来。他扬起下巴，示意苏特里点单。

波旁威士忌加姜汁汽水，苏特里说。

亲爱的，你们从哪里来？一个从烟雾中出现的金发女郎问。

苏特里看着她。网城，他说。

你真是个聪明的狗杂种，不是吗？

他在牌桌旁看里斯玩牌，直到厌烦了才回到酒吧。妓女的人数更多了，他喝了一杯酒又回到了赌场。里斯似乎赢了一些钱，苏特里轻轻地拍拍他的肩膀，想要几个二十五美分和十美分的硬币去玩老虎机。发牌人站起身来，仔细打量着他，并告诉他不打牌就离桌子远一点。里斯从肩头递给他两美元，苏特里接过钱，走进了另一间房，从门边一张牌桌前的一位女士那里换了些零钱。墙边有八到十台老虎机，几个穿着深色华达呢衬衫、头几乎剃光的年轻男人正在给操作机器的妓女喂钱。苏特里赢了大约七美元，又到外面酒吧喝了一杯。他开始感觉有点醉了。他请黑发女孩喝了杯酒，她抓住他的胳膊，两人坐进靠里面墙的一张卡座，她立刻又从穿着泳装和黑色渔网袜的女服务员那里点了两杯酒。黑发女孩把手放在苏特里腿上，抓住他的脖子，把舌头伸进了他的喉咙。接着，她又把舌头伸到了他的耳朵里，问他要不要到后面去。

里斯摇摇晃晃地从烟雾和喧闹声中走了过来，胳膊上挂着一个涂脂抹粉的雏妓。她掉了一颗犬齿，微笑时用嘴里叼着的香烟来遮掩空隙。

看这里，苏特。

你好。

这小东西不漂亮吗？

苏特里笑了。

里斯握住她的手。他靠向苏特里。听着，他说，你不会告诉别人，对吧？

也许不会。威士忌在哪儿？

这里。妈的，给你喝。他把酒瓶从工装裤里掏出来，递了过去。

你也是种烟草的？女孩问道。

当然，苏特里说。

里斯做了几个鬼脸，朝苏特里耸耸肩。苏特里把瓶盖重新旋好，从卡座上滑了下去。我得和我的搭档谈一谈，他跟女孩说。

他们在离桌子几英尺的地方交谈。跟我说说坏消息吧，苏特里说。

坏消息个屁。看看这里。

他把手弯成杯状拢在口袋边上，一卷钞票像宠物老鼠似的卧在里面。老伙计，刚才在那边我真的是一不小心说漏嘴了，他说。

挽着他胳膊的那个妓女探过身来，对着苏特里耳语。你应该和那边的多琳在一起，她一边说一边朝酒吧里一个胖乎乎的金发女郎点点头，她是真的甜。

我们得再买一瓶威士忌，里斯说。她和里斯开始在旁边沙哑低语，自动点唱机里传来电吉他的号叫，苏特里不得不低下头来听他们说话。就在这时，老人按住了他的头，把他拖到身边，嘶啦嘶啦地朝他耳朵说话：去吧，苏特，搞定她。我们要长驱直入到底。

当他醒来时，小屋里的灯亮着，一个男人和一个女孩站在门口。那个该死的多琳总是把她这些该死的约会对象留在小屋里，那女孩说。苏特里呻吟着，试着把头埋在枕头下面。

嘿，女孩说，你不能待在这里。

他把头靠在薄薄的床垫边缘，低头看向地板。那里铺着带绿色和黄色花图案的粉红色油毡。地上有一只玻璃杯和一个半品脱容量的瓶子，瓶底还剩一口酒。他伸手去拿瓶子，把它贴在自己赤裸的胸膛上。

嘿，女孩说。

好的，苏特里说，让我穿上衣服。

黑暗中，他在杂草丛中漫步。外面的公路上嘎吱嘎吱的卡车轮胎声音逐渐消失在远处。他跌进了一条沟里，爬出来后又继续前进。

等他醒来，天已经亮了。他躺在一片田野里。他站起身，越过草丛向外眺望。两个小女孩带着一条狗走在土路上。在她们身后，被太阳晒得满目疮痍的大地躲避着一个颤不成形的地狱。一个低矮的灰色谷仓，一条篱笆。乳草丛中停着一架田间马车。再那边是城镇。他摇摇晃晃地站起来，眼睛剧痛，脑壳上似有来自深海的压力。他蹒跚地穿过田野向路边旅馆走去。

他发现里斯在几间小屋后的一辆破车里睡觉。苏特里将他轻轻摇醒，令他进入了一个自己不愿涉足的世界。老人与之搏斗。他推推搡搡，贴着布满灰尘的破座位把头埋进了一条胳膊下面。尽管头很痛，苏特里还是忍不住笑了。

来吧，他说，我们走。

老人呻吟着。

你说什么？苏特里说。

你先走，我随后就来，跟他们说。

好的，你感觉好吗？

我没事。

那我走啦，你要喝一小口冰柠檬水吗？

一只眼睛睁开了。发霉的汽车内部散发着霉菌、汗渍和廉价威士忌的味道。黄蜂不断从光秃秃的后窗飞进来，穿过上方圆形吸顶灯的缝隙消失了。

你说什么？里斯问。

我说你要不要喝一口这个冰柠檬水？

老人试着不动脑袋看一下，但他最终还是放弃了。狗屁，他说，你根本没有柠檬汁。

苏特里拽着他的一只胳膊将他拉起来。来吧，他说，快起来，我们走吧。

一张浮肿的脸出现了。啊，上帝啊。就让我在这里死去吧。

我们走，里斯。

我们在哪里？

我们走。

他挣扎着站起来，四下张望。

你感觉如何，老搭档？苏特里问。

里斯抬头看着苏特里那张笑嘻嘻的脸。他用双手遮住眼睛。你去哪儿了？他问。

来吧。

里斯摇摇头。孩子，我们是一对好兄弟，不是吗？

你有没有藏一点酒啊？

妈的。

给。

他放下手。苏特里拿着几乎空掉的酒瓶指着他。哎，该死，苏特，他说。他伸出双手去拿那只瓶子，然后拧开瓶盖喝了起来。

给我留一点点，苏特里说。

里斯闭上眼睛，五官皱到了一起，伴随着浑身颤抖，他把那一口咽了下去。他吹了一口气，把酒瓶举了起来。该死，他说，我可不记得昨晚它有这么凶。

苏特里从他的手中接过酒瓶，让里面的一点点酒汇聚到一个角落，然后他把瓶子倾斜过来一饮而尽，他把空瓶子从敞开的车窗扔到杂草丛中。好吧，他说，你觉得现在能走了吗？

我们试试看吧。

他痛苦地把自己从没有门的汽车里拽了出来，眯着眼睛蹲在热浪之中，一点也不满意眼前的景象。你猜他们星期天在哪里卖啤酒？

也许就在那里，苏特里朝路边旅馆点点头。

他们穿行在小屋之间，在尘土飞扬的废弃碎石和垃圾中跌跌撞撞地走着，舌头像狗一样吐在外面。苏特里在房子后面的一扇门上轻轻敲了几下。他们等待着。

再敲敲，苏特。

他照做了。

房子一侧响起了东西滑动的声音，一个男人向外张望。伙计们，你们想要什么？他问。

你有冰啤酒吗？

都是冰的，哪一种？

哪一种？苏特里重复道。

随便他妈的哪一种，里斯说。

有米勒牌的吗？

你要多少，六罐装？

苏特里看看里斯。里斯无动于衷地看着他。苏特里说，你有钱吗？

没有，你没钱吗？

他把周身摸了一遍。操，一个子儿也没有。他说。

私酒贩子看看这个，又看看那个。

那颗珍珠在哪儿？苏特里问。

老人抬起脚，然后又放了下去。他靠在房子上，抬起脚，伸手探进袜子里。他举起了钱包。

你怎么还会有这个，苏特里说，昨晚你没有和女人爽吗？

你他娘的说对了，我有，可我从来不脱鞋。他打开钱包，把珍珠倒了出来，拿在手里。看这个，他说。

这是什么？私酒贩子问。

一颗珍珠。来吧，好好看看。

滚蛋，你们这些狗杂种，私酒贩子边说边把小窗重重地关上了。

他们面面相觑了一会儿，然后苏特里在地上的尘土中蹲下了，脚边到处是踩扁了的罐子。

妈的，里斯说。

苏特里抱着膝盖直摇头，我们真是糟糕的生意人，他说。

孩子，我讨厌那样的白痴杂种，他对价值一无所知。

我们赶紧离开这儿。回家还要走很远的路。

一辆郡警的巡逻车从皮金里弗大桥过来，经过他们两人，驶向纽波特。老人看见了他们。快挥手，就像他们认识你，他说。

去你妈的，苏特里说。

巡逻车经过时，里斯用力挥了挥手。车在桥边掉了个头回来，靠路边停下了。一个胖胖的警官打量了他们一番。你在朝谁招手，伙计？

苏特里叹了口气。

里斯却笑了。我还以为你是我认识的人呢，他说。

是这样吗？也许你应该去住宅区，跟我更好地认识一下。

警官，他没有什么恶意。

警察上下打量苏特里，看上去不太高兴。我自会判断，他说，你们俩要去哪里？

两个人都觉得，再答错一个问题恐怕就要触犯法律了。他们互相看看。苏特里能听见脚下河水流动的声音。他看见自己张开双臂奋不顾身地做了一个燕式跳水，随即无影无踪。在灰色的漩涡底下，他能听见巡逻车马达上的高大轮轴在粗暴地空转。回家，他说。

司机跟副警长说了些什么。副警长把他俩又打量了一遍。好了，他说，你们最好赶快走。

好的，长官，苏特里说。

非常感谢，我的警官，老人说。

他们开车走了，在桥的尽头转了个弯又回来了。经过他们的时候，司机瞥了他们一眼，可两人都低头看着地面。

混蛋，苏特里说，有一瞬间我觉得我们完蛋了。

我知道该怎么应付这种情况，里斯说。

我叫你不要挥手，该死。还有，你说我的警官到底是什么意思？

他捂着头跌跌撞撞向前走。苏特里厌恶地看着他。我们最好赶紧离开这里，他说。

我们最好不要从城里走。

别担心，苏特里说，我们不走。

他们掉头沿着河走，苏特里根据太阳判断了一下方位，然后规划了一条横穿乡村的路线，应该能把他们带到镇子另一边的公路上。他们郁闷地穿行在田间的小土路上，途经一个沿着支流边缘排布的棚户区，小溪周围长满了野草和其他正在生长的东西，营房不见了，泥地上满是垃圾，还有鸡和邋遢的狗。一群形容枯槁、眼睛发黑的人们默不作声地站在门口注视着他们，鬼鬼祟祟，身形模糊。这些肮脏的家伙连杂草都不如。里斯点点头，向他们问好，可对方就只是盯着两人看。

他们穿过一座牧场，椋鸟翻开干燥的牛粪，寻找底下的蠕虫，它们的身躯在阳光下闪耀着蓝色的金属光泽。他们继续往前走，从一座垃圾场的背面路过，火辣辣的太阳照在他们身上，也照在零件棚子的沥青屋顶上，无边无际的汽车挡泥板和报废汽车车盖趴在热腾腾、臭烘烘的杂草丛中，它们表面的涂料在暴晒下干裂、剥落。

最后他们在一块广阔的苜蓿地里迷路了。这里三面都是树林，还有一面是他们刚刚进来的地方。

哪条路？里斯问。

苏特里原地蹲下，抱住了头。能不能来个杂种告诉我现在该做什么？

我得在我这上了年纪的脑袋爆炸前离开阳光底下，里斯说。他看着地下。苏特里身子前倾，双膝跪地。他们看上去像荒岛落难者。别躺下，里斯说，不然你会永远站不起来。

苏特里抬起头看着他。你绝对可以把教皇拉下水，他说。

他也许都不喝酒。你觉得是哪条路？

苏特里挣扎着站起来，向四周看了看，又找起路来。

他们穿过密密的森林，开始往上爬。地面上不时有石灰岩出现，还有容易跌落的坑洞。

苏特，你怕毒葛吗？

不。你呢？

我也不。谢天谢地，我想这些一定是人工栽培的。

他们继续前进。往山脊上去的路上，他们休息的次数更多了，就坐在矮树丛里，像猿猴一样互相看着，没有丝毫期待，呼吸困难。他们爬到山顶，向外望去，看见下方两英里外一条黑色的公路从树林中穿过。

我觉得不喝口水，我们没法撑到那里，苏特里说。

别喝水，苏特。那会让你又喝醉的。

苏特里瞪了他一眼。

到达公路的时候，他们已经步履蹒跚，神色疯癫。举目四望，一块广告牌都看不到。苏特里摊开双脚坐在路边，开始捡碎石、稻草和别的东西。

苏特，来了一辆车。

伸出你的大拇指。

好吧，站起来。有人坐着的话，他可不会停下。

他们注视着司机的眼睛。他转动眼睛的样子看上去像一匹受惊的马，汽车突然朝外打了方向，似乎司机不想被这些路边的捕食者扑住，他们或许会在某些偏僻的地方吃掉开车人的肉。

又过了一个钟头，他们还站在原地。三辆小汽车和一辆卡车过去了。他们互相瞅瞅，又看看自己。老人开始用手梳理头发。

我们最好开始走吧，苏特里说。

你觉得我们离家还有多远？

我不知道。二十英里。也许三十。苏特里的眼睛都要冒出火来了，他的嘴唇上起了一块硬皮。

你觉得现在几点？

苏特里抬头看看，天空微微颤动像一桶熔化的钴。午后了吧。也许两点。我们走到下一个拐弯处去。那里也许会有个商店什么的。

老人遮住眼睛，看向前面这条被晒得冒烟的公路，似乎再远处已消失在烟霭之中。接下来的景色似乎发生了变化，他眨了眨眼，做了几个小手势，仿佛要把所有东西重新摆正。我想我们可以试一试，他说。

他们出发了，脚步蹒跚地走在路上，眼睛看向下面。如果你长时间不抬头看，会讶异自己竟然走了那么远。苏特里开始在尘土飞扬的路边碎石中数瓶盖。接着他开始把它们分为正面朝上和背面朝上两类。还没到弯道，他突然叫他们停下脚步。

里斯看着他的时候像是快要哭了。我们都快到弯道了，苏特，他说。

我知道。我只是想休息一分钟，这样要是我们到了下一段路却发现什么也没有，我就不会晕倒了。

你觉得一个人像这样汗流浃背，还没有水喝，能挨多久不被干死？

苏特里没有回答。他回头看看被热气晒花了的沥青碎石路面，逐渐平整的表面产生了静水样子的海市蜃楼。一辆卡车开了过来。一辆在沸腾的热浪中逐渐现身的幻影卡车，是辆黑色的老款卡车，从一面哈哈镜中驶了出来，在距离他们还有一半路程的地方慢慢合体，最后停在了他们身边。

厕所老鼠，里斯一边喊一边摇摇晃晃地朝卡车走去。

苏特里觉得，要是他伸手去够那辆车，它准会立马解体，回到自己热得生烟的脑叶里，那是它出来的地方。可老人已经往车上爬了，心不在焉地和司机聊天。苏特里紧随其后。他把门随手关上，可它又弹开了。

把它往上抬一下，司机说。

他把车门往上抬了一下，门关好，他们开走了。两个人看起来很糟糕，也很难闻，不过这位圣人似乎并没有意识到。

你要去哪里？苏特里问。

塞维尔维尔，你们呢？

这是个年轻小伙子，可头发几乎全白了，下巴和下颚的侧面有一道光照了下来。如果你不介意，我们搭你的车也到那里去。苏特里说。

非常欢迎。

呼，里斯说，我们快要精疲力竭了。

道路转弯处有一间商店。一台橘黄色的加油机歪歪斜斜地立在那里。苏特里想请求停一小会儿车，可话到嘴边嗓子却哑了，里斯更为忧伤地看着那座建筑从他们身边经过。

你们从哪儿来？小伙子问。

南边的诺克斯维尔附近。你是从北面来的吗？

不是，小伙子说，我是从南边的塞维尔维尔来的。他打量了他们一下。我就是昨天晚上到这里来玩玩，他说。

他们静静地注视着路面。里斯看了看司机。他穿着干净的背带裤，正趴在方向盘上嚼烟草。你去过那里的绿房间吗？里斯问。

男孩狡黠地斜睨着他。见鬼，他说，那难道不是最危险的地方吗？

你昨晚不在那里，对吗？

我们今天凌晨三点左右到的那里。

里斯又看了看他。他摇摇头。好吧，他说，没有早点去那里，你该为自己感到骄傲。第一轮完全就是地狱。对吧，苏特？

当他们跌跌撞撞地回到河边营地时，四个女的和那个男孩正等着他们，言辞严厉冷漠。

伙计们，你们真不是东西，她说，你们买的杂货呢？

我可以解释，里斯说。

东西在哪里？伙计们，你们真不是东西。

里斯转向苏特里，我告诉过你她肯定会这么说的。我是怎么跟你讲的？

她双手叉腰站在那里，披头散发，脸上满是痛苦的表情，看上去很吓人，苏特里转过身去。里斯想要留他给各种谎言作证，可他已经往披棚去了，拿上他的被褥，无精打采地朝河边走去。他能听见背后的争吵不断升级。苏特里会告诉你的。你要是信不过我，你问他啊。

他裹着毯子躺下。天色渐渐暗了下来，仲夏的黄昏降临到树林里。他想去河边洗个澡，可感觉很不舒服。他翻过身来，望着臂弯里的那一小块地面。我的生活太恶心了，他对小草说。

女孩摇着他的肩膀把他叫醒了。他听到有人在喊他的名字，于是站起来找。男孩从昏暗的下游过来，手里拿了一堆发白变形的浮木，就像圣人手推车里洗刷过的骨头。炉火旁妇人弯下腰，把熏黑了的锅子放在旁边，老人蹲在地上卷着一支受潮变软的烟，灵巧地用一块煤点燃，注视着它。这一切都带着一种黑暗仪式的性质。苏特里跟着女孩走到火旁。一个小一点的女孩从河边走来，咖啡壶上滴着河水，她把壶放在了石头堆上。她斜着眼慢慢瞄了他一眼，照着家庭生活的讲究方式把壶仔细摆好，在这个古怪的环境里，这动作逗笑了苏特里。

他们近乎安静地吃着猪排，眼睛在油灯灯光下偷偷地瞟来瞟去。这顿饭还包括了白豆、玉米面包和煮菊苣咖啡。他们被某些压抑的东西笼罩着，显得异常沉默，仿佛这些食物是外面强加给他们的。妇人像对待逃犯一样，不时地赏给那张阴沉的圆脸一副严肃担忧的神情。苏特里吃完饭，向她道了谢，从桌边站了起来，她点了点头，他便向河边走去了。

夜里讲话的声音吵醒了他，是一种微弱的哀鸣，也许是乘风而来的猎犬吠叫，可对他而言，他正躺着看远处河对岸公路上灯光如信徒的蜡烛般缓缓移动，那哀鸣便更像是某个同伴僭越梦境弄出的微弱喧嚣，抑或是死去的孩童在黑暗中提着灯，一边哭一边离开人世。

原来是那个男孩碰到了毒葛。首先是手指之间，然后是胳膊和脸。他会用泥巴或者任何东西蹭自己。我见过狗这么做，老人说，并没有什么用。

他的眼睛已经肿得睁不开了，第二天早上妇人说。男孩梦游似的来到火边。他的胳膊膨胀得像蝰蛇。他把头歪向一边，让还能用的那只眼睛舒服一点。他上臂的皮肤开裂了，从一道道小缝隙里渗出一种清澈的黄色液体。

老人厌恶地摇摇头。我从来没见过哪个男人碰了毒葛会肿成这样。你觉得他到底是怎么了？

让他离我远一点就好，苏特里说。

我还以为你不怕毒葛呢，苏特。

我觉得他是找到了新品种。

嘘，旺达说，你简直一团糟。

他朝她走来，僵硬地挥舞着手臂，像在用哑剧的方式表演魔王，她尖叫着跑开了。

好吧，老人说，跟他坐一条船是不会被传染的。

我可不上船，男孩说。

你不愿意，是吗？

我的胳膊都没法弯。

里斯拿起一把刀和勺子，像拿蜡烛那样握着它们，等待食物端上来。男孩僵直地站在桌子的另一端。你什么，里斯问。

胳膊弯不了，男孩理直气壮地说。

老人静静地放下手中的银器。好吧，晴天霹雳。他看着苏特里，我想今天你得和旺达一起去了。

我有个更好的主意，苏特里说。

是什么呢？

你和旺达。

这个吗，我是想自己去下游跑船。我觉得应该让你和旺达到上游去，她对那边熟。

女人把一桶燕麦粥甩到桌上，老人抓起长勺装满了自己的碗。苏特里看着桌子那头的男孩。他还站在那里，张开胳膊伸在身体两侧。旺达坐在他的对面。她没有抬头。似乎还挺高兴。苏特里拿起勺子，把燕麦粥舀了出来。里斯双手捧粥，一边往里面吹气，一边从碗的边缘注视着苏特里的一举一动。把牛奶递给我，苏特里说。

他划桨的时候，她面对着他，合拢双膝坐在船尾，手放在大腿上，拉网从她身后的杆子上挂下，摇摇摆摆。苏特里见自己没来过这片乡野，便问起了沿岸的事物，想着该走岛的哪一边。她在小船里转来转去，满怀着孩童般的热情，伸手指指点点，年轻的乳房在浅色裙子里晃动，雪白的大腿一闪而过又藏了起来。她把一只光脚放在另一只上，踩着船底泥泞的木板。

她说，你要是累了就喊我，我跟你换。

没关系。

我总是帮爸爸划船。我划船划得很好。

好的。

你喜欢和威拉德共事吗？

他人很好。

我不喜欢。去年夏天，我和他一起干过几次活。他很自作聪明。

我想和他一起干活，你得提高划船水平。

狗屁。那不算什么。你知道他想让我们在清理贝壳时把找到的珍珠藏起来，然后偷偷溜出去卖掉，把钱留给自己。

苏特里咧嘴笑了。这样啊，他说，我觉得老威拉德也许是没有找到珍珠的运气。我想说，别的人找到五颗，他恐怕才找到一颗。

狗屁，我敢打赌，他会把找到的好东西藏在什么地方。看，那边有条大蛇。

一条水蛇正顺着岸边的芦苇往上游游去，光滑的下颚浮在水面上。

我就是鄙视这些玩意儿，她说。

它们并不会伤害你。

狗屁，要是有一条咬了你呢？

它们不咬人。再说了，它们也没有毒。

她盯着那条蛇，牙齿咬着拇指。

我们划到那边把它抓来，我给你看，苏特里说着，用左舷的船桨猛地打了个方向。

她尖叫着跳了起来，紧紧地抓住了船桨。苏特里能从裙子领口一直看到她的肚子，皮肤十分光滑，乳头滚圆饱满。老兄，她喊了起来，气喘吁吁又大笑不止。她几乎坐在了他的腿上。你离那东西远一点。

小船颠簸。她把一只手放在他的肩头稳住自己，她摸了摸船缘，坐了下来，腼腆地微笑着。他们向岸边张望，想找到那条蛇，可它已经不见了。阳光温暖地照在苏特里的背上。他把一支桨拖在水里，把手浸在河里打湿，然后放在了脖子后面。你把蛇吓走了，他说。

你吓到我了。

也许我们会再看到一条。

你离那些东西远一点。要是有一条爬到船上来怎么办？

我猜你会爬出去。苏特里突然沿着船边往下看。哎呀，它在这里，他说，就在船边上。

她尖叫着站了起来，手腕在胸前合拢，两手捂住了嘴巴。

苏特里摇摇桨，猛地往前一推。它顺着桨爬上来了，他说。

老兄！她哭号着爬到船尾横梁的座位上。她往水里看。在哪里？她问。

苏特里已经松开了桨，像个傻子似的笑了起来。

你别这样，她说，你听见了吗？老兄？

嗯？他说。

你向我保证。听到了吗？别再这样干了。

好吧，他说，你最好坐下，不然就要掉下去了。

她迈下横梁，抓着两侧的船缘坐好，似乎准备好了应付汹涌的波涛。他用脚抵住船上的支杆，把船开进了激流里。

他们在河流上方一个长满草的小丘上吃午饭。一阵凉风带来了水面上的湿苔藓气味。里斯在商店里赊了账，买来了白面包和蛋黄酱做的熏火腿三明治以及小小的燕麦蛋糕。她把光着的脚塞在屁股下坐着，把吃的东西从杂货店的纸袋里取了出来，摆在面前。吃完后，他仰面躺在草地上，双手放在脑后。他看着云彩，闭上了眼睛。

回去的时候，她拿起了船桨，苏特里把住了拉网的横杆。她会帮他把装满货的拉网拖进船里，到时候她会浑身散发着肥皂和汗水的气味，柔软赤裸的肉体隔着裙子触碰着他，贻贝在绳索上滴水摇晃，像响板那样咔啦咔啦地响。

他们靠着船，踩着砾石河床往前走，把满载货物的小船拉过浅滩。苏特里抓着船头的铁环，将它抬了起来，让水流到船尾，然后把船头搁在一块岩石上。他们各自趴在船的两侧，用舀水的铁罐把水往外舀，头几乎碰在了一起。

在宜人的黄昏中顺流而下，河水潺潺作响，蝙蝠在渐黑的水面来来回回。颠簸着驶下滑坡和湿地，砾石带向后退去，沿途还有岩石和杂草丛生的小岛。

回到营地时，附近一个人都没有。苏特里拿了把斧子去砍柴，她忙着把火重新生起来。

他拖着一些枯死的树桩走了过来，发现她在火前铺了一块油布，坐在那里。她迅速地抬起头，微笑起来。他把一截树桩扔进火焰里。炽热的火花升起，在黑暗中随风飘舞。人都去哪儿了？他问。

我想他们去教堂了。

你觉得威拉德有没有和他们一起去？

妈妈会逼他去的。要是他想躺着，她就会派他去工作。

苏特里靠着她坐在油布上。

他们能听见河水在黑暗中奔流。他听见她在身旁呼吸，她的胸脯起伏，双眸盯着火堆。苏特里跪在那里，直起上半身，伸手越过火焰，把树桩向前推到一个更好的地方。他回过头看看她。她弓起膝盖，双臂抱膝。丰满的大腿在篝火的照耀下闪闪发光，缝隙处撅起了一小片楔形的粉色人造丝织物。他靠向她，用手捧起她的脸吻她，孩子的气息，一股生牛奶的味道。她张开嘴。他用手掌握住了她的一只乳房，她的眼珠微微颤动，整个人倒在了他身上。当他伸手撩起她的衣服，她的两腿像没有骨头似的张开了。

这只会带来麻烦，他说。

我不在乎。

她的裙子堆在腰间。令人难以置信的大片肌肤裸露在火光之中。她身上温暖又潮湿，还有点毛茸茸的。她似乎有些神志不清。而他感到眩晕。他扯下她的内裤，心头是淫荡的喜悦，可也并非对悲伤无动于衷。挣扎着用单手解着纽扣。她的大腿上沾满了黏液。她伸出手臂环住了他的脖子，弓起背，深深地吸了一口气。

一个放纵情欲的故事。他让她说出了一切。从来都不是一个活人。当他从她的两腿间抬起身时，火已经几乎灭了。她坐起来，抚平裙子，把头发往后梳去。她站起身，捡起掉在地上的内衣，走到披棚里。苏特里看见她拿着盆朝河边走去，回来时她已经洗过澡，换过裙子，而他也把火重新生好。她走过来坐在他身边，他拉起了她的手。

那天夜里，他睡在河流上方，她又来了，用放在他身上的手和温暖的呼吸把他弄醒。她想和他睡觉，可他把她赶走了。快到天亮的时候，她又回来了，苏特里正曲着膝盖，面对一天的开始。他看见她提着一桶水，微笑着从河里走出来。她走到火堆前，发现里斯蹲在那里，双臂交叉放在膝头。

炎热的夜晚充满了夏日的雷声。高温闪电遥远细长，午夜的天空在极度疯狂后修复如初。苏特里走到河面的沙砾带上，将毯子铺在薄纱般的星光下，然后赤身裸体地躺在地上，后背紧紧地贴着旋转的大地。河水从他的身旁潺潺流过。炉火中的煤都变成了灰烬，在那之后他依旧睁着眼躺了很久，天鹅绒般的冷水浸没了他的裸体，他像个水獭一样沉下去，再浮上来呼气，在他蜷起的脚趾底下石子如大理石般光滑，黑黢黢的水流从他的眼前淌过。他仰面躺在浅滩上，这些夜晚他看见滚烫的星辰漂浮在苍穹之上，继而渐渐消逝。宇宙之浩瀚令他满怀一种陌生的甜蜜悲伤。

她总能找到他。她会从树林里走到水中，脸色苍白，一丝不挂，就像是梦境里停泊在港口的老囚犯，或是海上的水手。时而在他睡觉的地方摸摸他的脸颊，喊喊他的名字。时而像孩子那样把胳膊举得高高的，让他顺着它们把她穿着的睡衣拉起来，然后光着身子凉快地靠着他。

她坐在船头，船往上游驶去。她用冰冷的指尖抚摸他的后颈，他转过身来眯起眼睛看着她。阳光洒在水面上。你这样可是要搞出事情来的，他说。她跪下来，用天鹅绒般的舌头舔着他的嘴唇。她的身上有一股肥皂和林烟的味道，尝起来咸咸的。

他把小船驶向岸边，把她一丝不挂地摊在草地上，满地乌黑的头发中露着那张严肃却略带微笑的脸，牙齿完美，皮肤无瑕，连一颗痣都没有。她饱满的乳头是郁金香形状的，肚脐不过是扁平小腹上的一道缝。她的大腿光滑，浑身散发着孩子气的无耻之情，她的小手插进了他的臀瓣间。她像小狗那样呜咽。

他们在河里游泳，在阳光下睡觉。他们在炎热的上午醒来，嘲笑自己工作匆忙。黑暗中里斯下来了，帮他们把装满东西的小船拴好，用手电光扫过成堆的贝壳，然后三个人穿过树林来到上边的火旁。

她坐在他对面，看着他，她给他端来了咖啡，在取走空盘的时候把一片年轻柔软的胸脯贴在他的耳朵上。

我觉得这姑娘的厨艺比她妈好，里斯说，你觉得呢？

苏特里停止了咀嚼，斜睨了里斯一眼，又继续嚼了起来。

大女儿对我来说很特别，里斯说，她能做男人的工作。

苏特里朝黑暗中吐出一块烧不化的软骨。女人们正在吃力地爬着斜坡，彼此之间隔着一脸盆水，女孩大笑着，盆中的水舔舐着内壁两侧。

要再来点咖啡吗，苏特？喊她把壶拿来。

她那双炽热的眼睛隔着炉火望向他，她要做的事似乎令她有些喘不过气来。他拿着手电筒下到河边，沿着小路走去，用光线在岸边的死水里照来照去，带吸盘的家伙正躺在河底，旧瓶子上裹满淤泥，夜盲症的银白色河鲱紧张兮兮。他关了手电，坐在令人放松的黑暗里，听某处岩石满布的浅滩里河水哗啦哗啦地流动，河流淌过的芦苇丛中响起轻柔的低语声。一个人影从火边走出来，蹲在草地上，站起来又走了回去。远处岸边的柳树浮现在夜幕之上，深色的远山映衬着苍白的天空。耀眼的半个月亮镶嵌在黑色的银河锁槽之中，锁住了旋转的天空。北边唯一一颗苍白永恒的星星，是古老流浪者的灯塔，像一根熔化了的滚烫长钉，将小熊座牢牢地拴在旋转的苍穹之上。他闭上眼睛，再睁开。他震撼于自己居住的这颗地球的忠贞，他突然爱上了它。

早上，男孩帮他们卸下贻贝，阴沉的脸上满是狐疑，一个潜在的间谍。女人和其他几位年纪较小的女孩拿着剥贝壳的工具，沿着河畔小路走了过来，那妇人脸上依旧是那副刚毅的神情，女孩们紧随其后。那天吃晚饭的时候，里斯说他认为男孩已经恢复了，可以去工作了，男孩隔着桌子瞪着苏特里。

两个早晨之后，他就看见威拉德坐在小船后面。他戴着一顶不知从什么地方弄到手的深蓝色帽子，材质是仿毛毡的，也有可能是纸做的。苏特里划着船，把头扭过去看向岸边。一整天他们几乎没有说话。当他们把下游的贻贝卸下船时，天已经快黑了。

爸爸在这下面弄了个放诱饵的洞，男孩说，他说让我们来收线。

苏特里靠在他的铲子上。你去收，他说。

威拉德爬上岸，吹着口哨消失在河畔小路上。他走了大半个钟头，回来时拖着一条非常大的扁头鲇鱼，泥盆纪遗留下来的海洋生物，这玩意儿没有鳞片，体表似皮革般强韧，长着鸭嘴，小眼睛里面永夜常驻。苏特里摇摇头。一些类似精灵的生物加入了野兽和捕手的游戏。看这里，男孩嚷道。苏特里双手抱头坐在船上。他们划船回营地去，还没到半路，夜幕就降临了。

他们往上游又划了一个钟头，男孩坐在船头用一根杆子敲出声音，他们驶入浅滩，船桨刺耳地刮擦砾石河底，甲板下的石头缓慢沉闷地经过，船体不停地扭转，树枝不时登陆船上，他们摸黑与之搏斗。

黎明前的某时，她下来找他，躺在他旁边。她把头靠在他的胸前。

我们不能再这样了，他说。

为什么？

我们会被抓住的。

我不在乎。

你会怀孕。

她没有回答。过了一会儿，她说，我们可以小心一点。

我们一点也不小心。

我们要怎么办？

苏特里躺在那里，透过树林凝视天空。

你不想我再来了吗？

他没有回答。

巴迪？

不想，他说。他的声音听起来很奇怪。

她躺了很久。两人都没有说话。然后她爬起来，走回了山上。

他以为第二天晚上不管怎样她还会来，可并没有。他醒了一次，听见一阵沙沙声，夜晚有风，黑暗中还有一条狗。女孩中的一个去了河边又回来了。他起身走到小路上，涉水而行，然后蹲在地上，越过昏暗的水流，眺望对岸黑压压的树林和模模糊糊、雾气缭绕的浅滩。

八月的第三周开始下雨了。他和男孩正漂在河面上，就在这时变天了，雨水很冷，他们缩起脖子朝岸边靠去。不是雨滴，而是整团的甘油状水的凝块掉进了河里，掀起了酷似膀胱的大水泡，不停发出嘶嘶的落水声。男孩的帽子悄悄往下滑，慢慢盖住了脸，像一朵插在墨水瓶里的花，他弓着背，满是疑虑地从湿透的兜帽底下往外瞧，眼珠转来转去。苏特里坐在船桨旁，咧嘴一笑。男孩也扯扯嘴角冲他笑了一下。他的整个脑袋都被褪色的帽子染成了淡蓝色。我从没见过这么大的雨,你呢? 他问。

什么?

我说你见过吗?

没有。

他们将船靠向岸边,苏特里把桨收进船舱,手拿绳子向岸上跳去。他摔了个倒栽葱,脚下一滑又回到了河里,两手抓了一大把泥。等他浮出水面,已经是齐胸深的水域了。他首先看到那个男孩疯了似的抱紧了自己。他吃力地走到船边,把胳膊肘搁在船上。你他妈的笑什么呢? 他说。

哎呀,男孩上气不接下气地说,你刚才看起来就像一只大蜥蜴滑到河里去了。

你就胡扯吧。去拿船桨来,把我们推进去。

男孩摇摇晃晃地站直身子,摇摇头,拿起了船桨。他们已经漂到了柳树下,苏特里用一只胳膊肘把住船的方向,继续将他们往前拽。雨很大,打在身上很疼。他把船系好,从柳树林爬上了河岸。河上方不远处有一丛茂密的雪松,他打算往那边走。他在树底爬行,把小鸟赶进了极端天气。在树林里天变得更阴沉了,不过他脚下那堆厚厚的褐色堆肥几乎还是干的,他脱下鞋子,倒出里面的水,取出已经全部卷到脚趾位置的袜子,用力拧干。他脱下衬衣,拧掉上面的水,又穿了回去。他听到河边有人喊他的名字。他听见树林里有人喊他的名字。水沿着雪松滚落下来,滴在他的周围。他拨开树枝,看见那男孩顺着河边小路走了上来,帽子挂在耳朵上,脸上全是蓝色的斑点,他挥舞着双臂，就像一个从隔离病院里跑出来的傻子。

　　雨下了三天三夜，他们坐在悬崖脚下一条狭长干燥的地面上打牌、缝补衣服，里斯采来水生植物的茎秆，先是做了一支笛子，又做了一条蛇，用芥子珠充当眼睛，最后他给年纪最小的女孩做了一只椴木材质的熊，表面涂上了黑鞋油。

　　第四天，天稍微放晴了，他们试着在咆哮的浑浊洪水中开船，接着便很高兴地放弃了。那天晚上，雨又开始下个不停。他们在营地里躺了两个星期，眼看着河水不断大涨，最后呼啸着冲过了悬崖下面的树林，也淹没了对岸的田地，目之所及无一幸免。

　　这些日子的第一天起，里斯就往船上派了一名哨兵，一旦有什么值钱的东西被冲下来就出动，可很快河水变得异常凶险，不再适合这类勾当。他们收集了一大堆奇怪的货物，依据神秘的资产估值规则，他对它们进行了整理分类。他连着几个小时蹲在那里，看水流经过，悲伤地指着那些像火车一样飞驰而过的贵重物品。他会浑身湿淋淋地回来，坐在火边直摇头。

　　他们花了三天时间铲走上游的贻贝，因为河水正从边缘侵蚀这座贝壳山，把贝壳带回河里。他们走到下游去看看那里的东西，却发现一部分河岸已经被冲垮了，堆放的货物上出现了一个巨大的新月形缺口。

　　晚上，她盯着他看，眼睛里全是疑惑。暴雨把所有人都带进了亲密且持续的交融之中，以至于整个家庭的格局似乎都发生了变化。这些日子，一个结构脆弱的母系社会显现出来，苏特里觉得也许事实一直如此。蜷缩在岩架下的背风处，小堆篝火的火焰击退了黑暗，雨铺天盖地下个不停，他们待在树林里，仿佛是一群石器时代的原始人，被从远古的梦境中冲到了这里。

在陈旧的山顶汽车旅馆办公室里，苏特里找到了一堆发霉的书，他毫不在意地将它们一本接着一本地读完了。靠着岩石躺下，把毯子围在腿上。他读了《汤姆·斯威夫特和他的摩托车》，读了《黑人兄弟会》，还读了《家中的米尔德里德》。大约有十几本书，全部读完后他又从头开始。她读了《家中的米尔德里德》和一个关于护士的故事。她说她想做一名护士。他看着她。她浅浅地笑着。

当所有人在各自的地盘上睡着后，她裹着毯子站了起来，离开披棚，走下悬崖，朝林子走去。苏特里看着她。等她消失了，他站起身，环顾四周。然后甩掉毯子，跟在她后面。

他正好在林子边缘赶上了她。她对他热情极了。天上下着小雨，他们都淋湿了。毯子下面她一丝不挂。它落在她脚边的一个漆黑的水洼里。他跪在那里，雨水从她的乳头上滴落下来，聚成细流在苍白的腹部流淌。他的耳朵贴着这个孩子的子宫，他能听见陨石嘶嘶地穿过黑暗深邃的星空。她呻吟着，踮起脚尖，双手捧着他的头。

这对恋人瘫倒在滴着水的树林里，心贴心地听雨水落下的声音。她的湿发像黑色的海藻，披在他脸上。她喊他的名字。他动了动，似乎想站起来，可她紧紧抱住了他。

你会着凉的，他说。

我不在乎。

在河面上的最后一个星期，两个负鼠猎人来到了他们的营地。他们听见猎犬在后面的山脊上奔跑，猎人们在他们过来之前放狗去追赶猎物了。这两个夜间蹒跚而至的身影，就跟坏消息一样，拎着一盏点亮的灯，还有一支缠着胶带的猎枪。他们像秃鹫似的并排蹲着，冲着周围微笑。苏特里看着他们。他看了看其中一个，又看了看另一个。两人的嘴里都是褐色的牙齿，污渍斑斑，跟那些恶棍一模一样。他们的眼睛周围都是皱纹，鸟颈般的枯槁脖子上布满褶皱。他们蹲在那里，飞快地点头，微笑，往火里吐口唾沫，连声说"你好"。

坐吧，暖暖身子，里斯说，嘿，老婆子，这里需要一些咖啡杯。

你好，你好，负鼠猎人说。

我们刚才听到你们的狗叫了。它们不会爬树吗？

不会。福农有条小母狗，一直在追一只上了树的小飞鼠。它老是踢她，最后她倒在了一边，可还是不想放弃。

等会儿我要是看到一只，我就把它打下来拴在她的脖子上，让她一直戴到它烂掉。这总是会让她们崩溃。你们的狗都放出去了？

不。我们只不过在这儿扎营捞贻贝。要是你们俩不能像我遇到的那些人那样互相帮助，就太危险了。

负鼠猎人们面面相觑，然后哈哈大笑起来。他们的下巴猛地往前一伸，像是一起被绑在了一根电线上，两人往火里吐了

537

口唾沫。我们是双胞胎，其中一人说。

我就觉得你们可能是。

很多人分不清我们俩。

小子，要是你们长得跟我和弗农一样相似，你们就可以耍耍别人了。

里斯从女人手里接过杯子，把它们放在火堆旁的一块平坦的岩石上，然后他拿起了那只旧的蓝色搪瓷咖啡壶。你们不会连名字都一样吧？他问。

猎人们又哈哈大笑起来，拿着猎枪的那位用胳膊肘推推另一个的胸口。哦不，他说，我是弗农，他是福农。

里斯也咧嘴笑了。苏特里向后靠在石头崖壁上，注视着眼前这两人。他们都又瘦又长，蹲着时膝盖几乎碰到耳朵，他们双手按在身前的地面上，一副猿猴模样。

很多人以为我们连名字都一样，提灯的那个说，它们听起来差不多。咖啡闻起来好香，不是吗？

你们想喝多少就喝多少，里斯说着，小心翼翼地倒着咖啡。

他们把瘦削的脸埋进杯中，目光越过杯沿注视着其他人。里斯满心钦佩，不停地从一个人身上看到另一个，头摇个不停，又看看周围自己的家庭成员，想知道他们作何感想。

我们并不真正知道谁是谁，拿猎枪的那个说，妈妈从来分不清我们。他们只是好心猜猜。等我们长到四五岁，就能说自己的名字了。在那之前，他们说不清或许已经把我们交换过好多次了。

我们有一些旧的小手镯，上面有我们的名字，可我们一开始就把它们踢掉了。我不能忍受戴那样的玩意儿，弗农也是。我就是鄙视腕表。

我们八岁的时候，有一次我从树上摔了下来，弄断了胳膊，弗农在爷爷家。他们不让我去，因为我干了坏事。我从后院的黑胡桃树上掉了下来，躺在那里号，直到妈妈出来找到了我。她跑到马路上，拦了辆车，他们把我塞进车里，带去看哈里森医生，我们走到他办公室的台阶上，结果发现弗农坐在那里，胳膊也断了。

拿着猎枪的那个笑了，点点头。我们俩相距八英里，但同时从黑胡桃树上摔了下来。我摔断了右胳膊，福农摔断了左胳膊，他是左撇子，我是右撇子。

啐，里斯说。

你不必问我们。报纸上有登。你可以自己去查。

我们有那篇文章，很久以前的了。

我们可以知道彼此在想什么，拿猎枪的人说。他朝弟弟点点头。我和他可以。

里斯看了看他，又看了看提灯的那一个。

他想一个单词，我可以告诉你是什么。或者他猜我想的，都可以。

不可能，里斯说。

猎人们对视一眼，笑了起来。

你赌什么？

好吧，我不想打赌，不过我想眼见为实。

他们又对望一眼。他们相互间扭头的方式很奇怪，就像机械玩偶。你去那边，福农，我转过去。

拿着猎枪的双胞胎迅速地转过身去。他看见苏特里靠在岩石边，便朝他眨眨眼睛，用手捂住耳朵，低下了头。另一个起身走到里斯旁，蹲在他身边。告诉我一个单词，他说。

什么样的单词？

一个单词。随便。嘘。在我耳边说。

里斯靠了过去，把手拢在负鼠猎人的耳边，然后又坐了回去。猎人抬起眼睛，对着自己念那个单词。下游传来了猎犬的微弱叫声，在被洪水淹没的田野的另一边，一只狗遥远地吠叫着。

拿着猎枪的男人抬起头，把手从耳朵上放下。男孩来到火堆旁，蹲在里斯和老妇人身边，女孩们则盯着拿枪的猎人。你想好了吗，福农，他高声喊道。

好了，福农说。

猎人睁开眼睛。他蹲在那里一动不动。折起的人影被猎枪刺穿，斜落在石板上。他看着苏特里。兄弟，他说。

苏特里站了起来。猎人猛地转身，直面笼罩在火堆之上他那手无寸铁的形象，他那有血有肉、罪孽深重的异构体。他们像山魈那样啼叫，伸出相反的手指着里斯。里斯往后缩了缩，捂住了喉咙。苏特里拿起他的铺盖，顺着崖壁往下走，越过火光，穿过树林，来到河边。

清晨他冒雨来到公路上，望着前面那条又长又黑的直路。

夜里刮起了大风，潮湿的沥青碎石路面覆上了一层树叶。他本可以沿着这条路直接离开。

大约四点钟的时候，老妇人和女孩们拿着一些从上游农场买来的鸡蛋等东西过来了，老妇人一边用阴沉的眼睛扫视四周一边干活，她揉捏出一个个小饼干，把它们放进铁皮荷兰烤锅，小心翼翼地在锅盖上堆放煤炭。里斯和男孩进来的时候，天已经黑了。他们默默地吃着晚饭。整个上午雨都很细小，现在已经停了。苏特里把他的被褥搬到下面的河边，然后躺下，双手放在胸前，仰望没有星辰的黑夜。闪电映出树木巍然耸立的模糊轮廓。远处雷声隆隆。河水的声音。每一阵风都带来树上的雨水，轻轻地洒落在树叶上，洒落在他的脸上。他已经受够了下雨。火熄灭了，他慢慢地进入梦乡。下一刻，一切都永远地改变了。

苏特里跳了起来。黑暗中营地上方的石墙倒了下来，整座参差不齐的岩架往下坍塌，巨大的石板在冷酷的尖叫声中分崩离析，伴随着一声咆哮砸向地面，沉闷的轰鸣声回荡在河面上，接着是小石块簌簌落下，薄薄的页岩层在黑暗中咔啦咔啦断裂。苏特里穿上裤子，开始穿过树林往上面跑。他听见母亲在呼喊。哦，上帝啊，她哭了。苏特里听见这呼唤，心里一沉。哭声继续，她想要上帝的回答。

里斯！他喊道。没有灯光。地上的人抓了他一下，他差点绊倒。黑暗中一阵哭泣声。雨正落在他们身上。他不知道天上在下雨。一片闪电划过，映出一幅巴洛克风格的圣母怜子像，女人跪倒在雨中，语无伦次，手里抓着被切断的肢体，石板间还有块块碎肉。年纪较小女孩中的一个正在拽她。男孩拿着手电筒赶来了。

别过去，苏特里说。

我的上帝啊，男孩说。

他一把抓住那男孩的手。把那该死的光从她身上移走。

妈妈，妈妈。

哦，上帝啊，里斯说。

苏特里转过身，看见里斯抓着一个膝盖，一瘸一拐地朝他们走来。他跪在那女人身边。光去哪儿了？他说，我觉得有看到灯光。

苏特里跪在里斯旁边。神秘的闪电令地面上显出了一张蒙着雨水、僵硬发蓝的脸。他抓住一只苍白的手臂，摸着脉搏。可那胳膊软弱无力，在他的手里不自然地转了方向，没有脉搏。里斯胡乱抓着石头，女人一边呻吟一边用手敲打它们，似乎它们是某种能被驱散的不说话的东西。苏特里把手电筒从男孩手中夺了过来，往四周照了照。一地被压碎的旧招牌和木料。一口锅，一个坏了的灯。在滑坡远处的边缘，年纪最小的女孩一言不发地坐在雨中看着他们，浑身是血。他伸手抓住最上面的一块石板，将它抬了起来，向后滑去。

他们一言不发地干活，等石头全部被移开，老人把女孩残破的身体抱在怀里，开始带着她蹒跚而行。手电筒斜插在地上，它的光束朝着终极夜幕射去，小雨微斜，他似乎是要带她去河边，可松软的沙地让他失了足，双双摔倒在地，他伏在她身上，冒着雨跪在那里，两只拳头压在胸口，对着黑暗为他们所有人哭泣。哦，上帝，我再也受不了了。请把这副重担从我身上卸下，我再也无法承受了。

趁着夜色他离开了下游，船桨放在甲板上，任小船随着水流慢慢流转，冲撞着沿途的浅滩。棉白杨像一排排骨头在旁边经过。日出时分，他正漂在一条高水位的泥泞河流上，穿行在平静的农田之间。他从吃草的奶牛旁经过，牛群啃草的声音盖过了叮叮当当的牛铃。它们抬起头，看见他在那里都吃了一惊。田野上铺着一片片淤泥，岸边的灌木长出了林木的形状，树枝间全是碎纸片。他从一座水泥桥下经过，钓鱼的男孩向他喊话，可他没有抬头。他坐在小船里，双手放在腿上，摊开的朝上的手掌里有黑色的血块。他的眼睛看见了自己正在穿越的乡村，却没有予以关注。他不打算从来时的路回去，也不打算告诉任何人自己的全部见闻。

他在自己的折叠床上躺了几天，没有人来。一个角落底下的滚轮被压断了，整个棚屋歪在水里，他不得不用砖头把一侧床腿垫起来。他还没有重新放出他的线。棚屋的窗户大多破了，但他没有修。河里落满了叶子。漫长的秋日。小阳春。一天夜里他漫山遍野地寻找哈罗盖特，可没能找到他。高架桥拱门下那个发霉的地堡里并没有城里老鼠的各种家具，倒是有一条死了很久的狗躺在那里，黄色的肋骨像牙齿一样透过带霉斑的兽皮斜刺出来。

他走过河上的铁桥，走下对面陡峭的河岸，来到铁路上。枕木间全是干枯的杂草，还有乳草死掉的种皮、漆树和含羞草。老火车头有一半都被葛藤覆盖了，巨大的蜥蜴趴在铺了沥青的车厢顶上晒太阳。

他走过结了蛛网的高大铁质车轮、扣留下来的日志、传动杆和盘绕起来的大捆弹簧，又经过了煤水车和腐朽的二等车厢，油漆被晒花、缺少窗玻璃的车厢装饰一直延伸到守车。

周围一个人也没有。他爬上台阶，推开车门。地上扔着垃圾，司闸员的小铁炉子被踢翻在地，生锈的烟囱部件躺在灰烬和煤渣之中。古怪小飘窗里的桌子上留着一摊黄色的蜡油和两根烧过的火柴。老人的床垫一半在床外，没有一丝迹象表明他曾经住在这里。苏特里踢着那些垃圾、罐头、废纸和破布，一路走了出去。他沿着旧铁路往下游走去，到了桥边，他大声呼唤拾荒者。

是谁啊？

苏特里。

你进来吧。

你出来吧。

老头在巨大的地窖里注视着外面。他不情愿地走了出来。两人坐在地上，拾荒者用失去光泽的眼睛看着他。不修边幅的男爵阁下，他既不征收关税也不征收通行费。你去哪儿了？他问。

我在弗伦奇布罗德河上待了一段时间。沃森老爹怎么样了？

我不知道。我没看见他。

好吧，他已经不住在那里了。你对他一无所知吗？

拾荒者摇了摇头。今天来，明天走，他说。他含糊地指了指地面，似乎它要对此负责。

他死了吗？

我不知道。我想他们过来抓走了他。

谁过来抓走了他？

我不知道。

见鬼，苏特里说。

也许是见鬼吧，拾荒者说，我从来没有联系过他。

是警察吗？

也许是吧。我想我是下一个。你也不安全。

我同意这一点。

你的船屋怎么了？

它有点漏水了。

我看见它每天都往下沉一点。我等着它彻底沉下去。

他有亲属吗？

谁？

老爹。

我不知道。即便有，谁又会认他呢？我自己也许也有些亲属，可你看不到他们跑来跑去大声张扬。

是没有。

你的也许也不会。

苏特里笑了。

不是吗？

是的。

拾荒者点点头。

你总是对的。

我也有不对的时候。

哈维呢？他还活着吗？

你拿根棍子可杀不死他。

哈维也是对的。

酗酒的狗杂种。

你不是唯一对的人。

拾荒者警惕地抬起头来。

我们都是对的，苏特里说。

我们都完蛋了，拾荒者说。

狂野的夜晚，他走进下游黑漆漆的苹果园，暴风雨袭来，闪电照亮了他和他的空口袋。周围的树木在风中像马一样直立着，果实就像凌乱的马蹄重重地砸向地面。

苏特里站在嘎吱嘎吱的树叶中间，祈求闪电落下。它噼啪作响，发出隆隆声，他指了指内心那颗黑暗的心脏，哭喊着索要光明。什么要是地球上的天气有艺术可言。或者是，把这些骨头都烧成焦炭。如果你可以，如果你可以。可雨中只有一块燎黑的幕布。

他背靠一棵树坐着，看暴风雨侵袭了整个城市。我是不是怪物，我的体内是不是寄居着怪物？

他开始漫无目地在城市里闲逛。科默运动中心，他凑在温热的盘子前吃烤牛肉或烤猪肉，搭配着蔬菜、肉汁，还有几轮炸玉米面包。"种马"随意地记着每天的账，却从不问他要一分钱。

一天，他在街上遇见了一个路过的绅士，那人衣衫褴褛、心事重重。街道洒满了初冬的阳光。苏特里看见他就笑了，他

547

假装头上戴着帽子，做出抬帽子的动作。早上好，尼尔博士，他说。

衣着破烂的律师停住脚步，从弯弯的眉毛下注视着苏特里。他曾经是斯科普斯的首席律师、达罗和门肯的朋友，一辈子跟倒霉被告为伍，在上百个法庭里输掉官司，孤军奋战、众叛亲离。他拉了拉畸形的鼻子，摇了摇一根手指。苏特里，他说。

科内流斯。您认识我父亲。

认识好多年了，非常荣幸。在他之前还认识他的父亲。他还好吗？

他很好。我几乎见不着他。

当然。你自己现在是做哪一行呢？

我是个渔夫。

商业性质的吗？

是的，先生。

哦，这真有意思。是的，确实。我想说，一个小伙子要是有你的头脑和他的肩膀，应该可以想出点做这行赚钱的好办法。

生意还行，苏特里说。他稍稍晃动了一下身体，想要摆脱面前这个臭气熏天的人。他琢磨起老律师衬衫与领带上肉汁和食物的图案组合，还有他用捆绳做成的腰带。有一天在 S & W 咖啡馆排队的时候这玩意儿突然断了，他站在那里端着托盘，脚下被旧裤子绊住，老头子瘦削的小腿像他的白衬衫一样脏污，都是皱巴巴的。

我总是热衷于户外生活，他说，也许是因为总是坐着不动。

我常常希望自己能够出海。有个兄弟在海军，住在菲律宾。他搔了搔没刮胡子的脸颊，抬起头来望着苏特里。你要坚持立场，他说，做你喜欢的行当，这样当你老了就不会有遗憾。

苏特里想知道老律师有什么遗憾，不过他没有问。

他拐了个弯，穿过了火车车场。他想看看带壁炉的车站和壁炉架上摘自彭斯的铭文，记忆中他的祖父沿着台阶下到车厢林立的月台，蒸汽弥漫，还有戴着红帽子、面带微笑的黑人搬运工。老人的面颊刚刚刮过，细细的红色纹理就像纸钞上的线条。他的帽子。他的皮靴。但当苏特里到达那个车站时，车站已经关闭了，早就这样了。漂亮的等候室里有成堆的盒子和纸箱，还有存储货物的大木箱。岔线上停着几节废弃的车厢和一辆卧铺车，布告栏上挂着褪色的无字旧传单。远处的院子里闲置着几辆冷藏车、平板车和破损的漏斗车，板条做的运畜车厢侧面印着浪漫的文字，拉克万纳、利哈伊山谷、巴尔的摩和俄亥俄州，酋长们的路线。他转身沿着轨道往麦卡纳利走去。

在那里，有一天他和一个坐在摇椅上的老人说话。老人在自家摇摇欲坠的门廊里眺望格兰德大街，他享受着阳光，腿上放了一只小狗。除了人很瘦、狗很胖以外，他们看上去很像。那条狗是灰褐色的，就像屎的颜色，它似乎被人用气筒打过气，眼珠凸出，龇牙咧嘴。老人抱着那只狗，摇动椅子。他声称它曾救他性命于哮喘晚期。苏特里满心怀疑地看着这只臃肿的狗。

要不是这只狗，我拿不到战争抚恤金，老人说。

狗越过肩头往两旁看看，然后对着苏特里咆哮起来。

我死的时候，它会来陪我一起长眠。我们会葬在一起。我已经安排好了。

妥妥地。

我想要它这样。老人把狗抱在怀里。

要是狗先死了怎么办？

什么？

我说要是狗先死了呢？

老人警惕地打量着他。

我的意思是，如果狗先死了，他们会让你也长眠吗？

哎呀，当然不行，这太疯狂了。

我想也许你可以把它冻起来，留着它直到时机来临。

老人紧紧地搂着这看上去很疯狂的东西。当然可以，他说。

　

暮色渐浓，苏特里身旁的那个瞎子迈着盲人特有的小碎步紧紧跟随，他的双手在空中编织着各种图像，以证明他所说的事。他们沿着陡峭的小街往前走，挑了一条人来人往的小路穿过冬日的田野。瞎子穿着小山羊皮的老头皮靴，用薄薄的鞋底探路，他用苍鹭般的姿势在碎石铺就的枕木之间行走，走下窄窄的堤岸。

琼斯酒馆的棚屋里，他站在柔和的复古灯光之下，在烟雾的萦绕中点头微笑。一个滨河地区的老式小酒馆，刽子手的眼睛在黑暗中摇晃，似乎被自身的堕落深深吸引。理查德摇摇晃晃地在这陌生的环境中笨拙前行，两只手向外伸着。在他们身后，多尔把门关上了，她看了看瞎子，拖着脚走了。苏特里将他领到一把椅子旁，又走到冷藏箱前，掀开盖子，从水里捞出两个瓶子打开，回到桌边。玩牌的人们目光闪烁，有些则一本正经地点着头。"海蛙"发了最后一张牌，把手里剩下的码整齐，放到桌子上，他朝这边看看，挤挤眼睛。在头顶灯黄色的光柱下，皱巴巴的钞票像树叶一样飘落下来。

酒瓶砰一声撞上了脏兮兮的石头，理查德微笑着抬起了头，伸出手，非常精准地拿起了他的啤酒。苏特里舒舒服服地坐进那把木折叠椅，椅背上的清漆已经起了黑色的小气泡，这是几年前从河边一个被烧毁的基督教复兴聚会的帐篷里抢救出来的。太阳照在他们身后的水面上，薄薄的光刃穿透了远处的墙壁，将烟雾劈成了碎片，把牌桌的影子投射到脆弱发亮的栏杆后面。理查德感到酒馆小屋斜在河上，就直说了。他像兔子一样用鼻子试探空气。"烟熏室"喊了他的名字，手里攥着空瓶子，从旁边走到后面去了，理查德笑着举起酒瓶喝了起来。

你能把桌子底下的名字读出来吗，理查德？

理查德看着苏特里，或者说几乎是看着他。名字吗？他说。

在桌子底下。他用指关节敲了敲桌面。

理查德伸出一只蜡黄的手，探到大理石石板下面，沿着那些用来支撑的木料中间往上摸。这是块墓碑，他说。

上面写了什么？

理查德紧张地笑了笑，眼窝里的淡蓝色软体在无用的眼睑下晃动，他的耳朵像狐狸那样倾听着世界，仿佛他能够听见。

他的一只手掌在桌下滑动，另一只手从衬衣口袋掏出一支香烟。1848，他说，1907。

两个玩牌的人抬起埋在兜帽下的眼睛看了看瞎子，可瞎子并不介意。威廉姆斯，他说。

上面有没有写这个威廉姆斯的名字啊？

没有，苏特。上面没有。

就这些吗？

理查德顺着桌子底继续摸索。就这些，他说。他点燃了香烟，从鼻孔里喷出两道无声的烟雾。

我们换一张桌子吧。

他们站了起来，摸索着走到旁边的桌子坐了下来。苏特里用胳膊肘推着他绕过那些椅子。

他们是谁？理查德说。

它们就是石头。洪水泛滥之前它们脱离了小岛跑到下游去了。

理查德摇摇头。这块没有说是谁。

但它肯定说了些什么。

他又读了这块石头，摇了摇头。它已经磨坏了，他说，几乎光了。他的脸皱了起来。

这是什么？

该死的口香糖。

我们再试一张桌子。

我们不应该继续这样。在别人的墓碑上喝酒。

为什么不呢？

我也不知道。

你会在乎吗？

要是有我的亲戚，我会的。

要是这上面是你呢？

我还没死。

假如你死了，我和卡拉汉在上面干杯。你的石碑。

我不知道。我愿意死，也愿意在比利·雷的墓碑上喝酒。

我也愿意，苏特里说。

我会在一分钟之内干掉。

苏特里笑了。

当然，也许如果你是死者，你会有不同的想法。我的意思是，如果你真死了，我猜你会变得特别虔诚。

我一定要敬你一杯。玩得开心。

理查德有气无力地笑了笑。嗯，他说，我和别的家伙一样喜欢开心。

我去给咱们再拿瓶啤酒。

可理查德已经在他的口袋里摸索起来，他伸手拦住苏特里。我来付钱，伙计，他说，他们这里一瓶啤酒多少钱？

三十五。

理查德皱皱眉头。有点贵，不是吗？我想是因为这儿有赌场。

他没有执照。

开赌场吗？

什么都没有。为了谋生。

我从没在住宅区见过他，他不跟人打招呼，理查德说，这些不会让他们变白。

他把零钱塞进苏特里的手里，苏特里又去冷藏箱拿了两瓶啤酒回来，找了张新桌子。他拉着瞎子的手，领他过去。多尔抬起了一只眼，她睡在一张散架的椅子上，沉重的双臂交叉放在胸前。一个玩扑克的人把椅子往后一推，伸手去拉炉门，打开后往里看了一眼。她重重地站了起来，穿过屋子走向煤斗。等她照料完炉子回来，她把他们读过的桌子都擦了一遍，好奇地盯着他们。理查德闭上了眼睛，香烟的烟雾顺着他细长的鼻子升了起来。河面上有什么东西消失了，棚屋在涌浪中颠簸。理查德突然把手平放在桌面上。之后他又把它们拿了起来，仿佛那里很热。他用两只手拿起啤酒瓶，就那么端着。我再也读不下去了，他说。

是谁？苏特里问。

瞎子吸了一口烟，摇摇头。脖子上纵横交错的灰色皮肤细纹颤抖不止。

是谁？苏特里又问。

桌子上方的墙上钉着一盏油灯，瞎子坐在灯下，被照得很清晰。苏特里看着他那双没有生气的眼睛，却没有办法读懂它们。是谁？他继续问。

你知道是谁，对不对？

不，我不知道。

你这样做不卑鄙吗？

我发誓我不知道上面写的是什么。他的手在桌子底下摸来摸去，却无法读石头上的字。

你能保守秘密吗？理查德问。

能啊。那上面说什么？

在你我之间？

好的。

那上面写着威廉·卡拉汉。

他很早就被冻醒，蜷缩着身子，裹着毯子坐在小床上，望着窗外。太阳点燃了雾霭，把它变成一块鲑鱼色的幕布，那些脆弱的树在它们的映衬下像是烧焦的蕾丝。焦炭色的麻雀在栏杆上叽叽喳喳地嬉闹。苏特里拉开粗布窗帘，想更清楚地看到下游，那些鸟被惊走了。他还坐在那里，这时有人上了船，敲起了他的门。他斜着身子，伸手把衬衫从地板上捡起来。敲门声又响了起来，有人轻轻地喊着他的名字，听上去很虚弱。

他走到门口，里斯正站在那里。他手里拿着一顶新帽子，淡淡一笑。

进来吧，苏特里说。

我只有一分钟时间。我是来给你分红的。

进来吧。

他抓着帽子站在小房间里，两腿分开一脚宽，支撑着自己在倾斜的地板上站稳。苏特里在床下找到了鞋子，袜子也不穿踩了进去，转身坐在长椅上。坐下，里斯，他说，坐下。

里斯坐在小桌旁，从工作服的围兜里拿出了他的皮夹子打开。他拿出一捆用脏绳子扎着的钞票，放到桌上，又把皮夹子折好，收了起来。

这是什么？

你的分红。我们直到上周才卖出了货。我们惹了一大堆可怕的麻烦。

我不想要，苏特里说，把它放回你的口袋里吧。

里斯双唇紧闭，摇了摇头。这是你的，他说。

好吧，让我把它给你。

不用了。

苏特里看了看钱，也摇了摇头。你们现在住在哪里？他问。

我们回到了杰斐逊郡。威拉德逃走了。

你还好吗？

我还行。我一直都不能理解那个男孩。我从来就弄不清自己在什么地方能和他对上话，但这次他太突然了，还做这种讨厌的事情，在这个世界上根本没用。

苏特里用手捋了捋头发。老人看起来又小又老，但仍是坐在那里。

我不怪你突然离开。我们倒霉极了，我想要是一开始没和我们扯上关系你准能干得更好。你见过运气这么差的人吗？

苏特里说他见过。他说事情会变好的。

老人怀疑地摇摇头，用手指扯了扯帽带。我很满意事情没有变得更糟，他说。

然而，人类的不幸从来没有绝对性，事情总会变得更糟。不过苏特里没有这样说。

下午他去了住宅区。在鲍尔体育商店买了一件厚实的军用毛衣，跟"种马"结了二十美元的午餐账单，然后去雷加斯吃了一顿牛排晚餐。回家前，他还剩下四十美元。就在他进家门的时候，他觉得自己听到有人在某个地方喊他，就像那些讲述我们的梦想却没有源头的声音。他走进屋，关上门，点亮灯，坐在折叠床上。脱鞋的时候他又听见了那个声音。轻细缥缈，在夜里的某个地方。他坐着倾听，手上抓着一只鞋。

他把鞋重新穿了回去，走到外面。瞎子理查德正从桥上招呼他。

怎么了，渔夫喊道。

桥上的瞎子朝着路灯光举起瘦弱的胳膊，就像祈祷者向着上帝的圣杯祈求光明和仁慈。幽灵的声音沉了下来。

苏特里听不清那声音说的，但他还是把手拢到了嘴边。不，他喊道。

他的名字从悬挂在夜幕上的钢筋结构上飘了下来。

回家吧，理查德，夜深了。

瞎子又喊了一声，他找不到去下面河边的路，苏特里转过身背对他，不理会他的呼喊，他走回屋，关上了门。

比利·雷·卡拉汉当过一段时间瓦工，后来因为酗酒遭到解雇。施工队的头儿在午餐休息时拦下了他，并对他展开了质问。

　　你不能在上班的时候喝酒，还把那计入一天的工作量里。既然你想喝酒，现在你有时间了。

　　队长的名字叫希克斯。卡拉汉冲他咧嘴一笑。嘿，希克斯，他说，如果我是你，除非我的口气里有威士忌的味道，不然我不会被抓到。

　　希克斯显得有些怀疑。你这是什么意思？他问。

　　哎，这样人们就会觉得我是喝醉了，而不仅仅是他妈的无知。

　　他去亚特兰大找工作，可什么也没找到。他和两个来自俄亥俄州斯托本维尔的男孩在巴士站后面的巷子里打了一架，其中一个失去知觉掉进了地下室的窗户，他走进男厕所，用冷水洗了洗肿了的拳头，穿过车站大厅来到门口，坐上了回诺克斯维尔的巴士。

　　他能找到什么活就在哪里工作，还未入夜就在街道和酒馆留下施暴的行迹。苏特里看见他鞭打一个来自韦斯特尔、名叫乔治·霍尔姆斯的男孩，这个高个子男孩以前喜欢开枪打人。来自麦卡纳利和韦斯特尔的俩人都贴着靠近B＆J酒吧的那堵墙，危险地站在一起，苏特里看见手塞进口袋握住手枪，然后将它们掏了出来。卡拉汉击中了霍尔姆斯两次，将他打翻在地。他本来可以就此罢手，可是围观人群却高声催他继续。

踩他，红毛。踩他的屁股。

他踢了霍尔姆斯几下，可对方只是弓起身子走到人行道上。当警察的巡逻车转过街角向山上驶来，卡拉汉沿着商业街逃走了，之后他躺在了停车场内朱尼尔·朗的汽车底下。巡逻车下山的时候带走了霍尔姆斯，他坐在后排座位上哭喊、咒骂，人群已经逐渐散开。此前不久，霍尔姆斯在韦斯特尔射杀了一名牙医，而不久之后他又在亚伯·富兰克林的餐厅开枪打死了牌桌对面的一名男子，并因此被送进了监狱。几年后他出狱回到了富兰克林餐厅，在同一张桌子前被人开枪射死。

卡拉汉的最后一份工作是在艾洛大道上一个名叫科顿的男人经营的一家非法小酒馆。苏特里在科默运动中心遇见了他，他看上去很沮丧。

上回我看见你了，你没认出我，他说。

放屁，苏特里说，我根本没看见过你。在哪儿？

卡拉汉伸出胳膊搂住苏特里的肩膀，轻轻地拍了拍他的肚子。夏天的老兔子，他说，你就算坐到它们身上，它们也几乎不会尖叫。

他们在麦卡纳利的柴棚里买了威士忌，摸黑从小巷的尽头离开，一路上把装在棕色纸袋里的酒瓶递来递去。他们驱车驶上盖伊街，科默运动中心就快要关门了，皮条客们站在楼梯间里，卡拉汉从车窗里探出身将他们轰走，两人又开车经过几间小咖啡馆和餐厅，洗碗工在昏暗的背光处洗餐具，他们遇到了刚看完电影出来的人群，这些人看上去被自己看到的或正在看到的东西搞得几近精神错乱。

在西部旅店，卡拉汉送走了一个外来剧团。你们来的地方难道没有喝啤酒的路边摊吗？下车的时候别让那扇门砸到你的屁股。苏特里微醺地站在洗手间里，他读起了渗水墙面上的传奇故事。有人告诉他他尿在鞋上了。假话。想做交易，两只瞎了眼的虱子换一只没牙的。他抬头盯着头顶积了灰的灯泡，扣上裤子，推开胶合板做的门，走了出去。

旅程的终点是克林顿公路上的月光餐厅，乐队演奏乡村音乐的时候比利·雷面带微笑地穿行在餐桌之间。酒保质问起他，他把双手插在口袋里。小个子、凶巴巴、话不多。他说，"红毛"，你偷了那些女孩钱包里的钱。

卡拉汉踮着脚，流里流气地笑着，低头看着他的暗杀者。他的口袋里装满了那人提到的偷来的零钱，他还喝了她们的酒。你是个该死的骗子，他和气地说。内在的人和被看的人在行动中统一了起来。被枪打中的时候，他的双手还插在口袋里。最后说出的话是谎言。手枪对着他的脸发出一声怒吼，将它削了下来，随之而来的是巨大的寂静。比利·雷站在那里，受伤的鼻子旁边有一个变了色的小洞。一股细细的鲜血从他的脸上滚了下来。乐队中止了他们的演出，走向餐桌的人们停下脚步，齐齐看向吧台，一小团苍白的烟雾在比利·雷蓬乱的头上飘动。他们眼见他摇摇晃晃地倒下了。

这些无足轻重的次要命运太奇怪了，它们共同作用，将一个人引到这里。上千次的斗殴和被击碎的下巴，不知从何而来的棍棒、碎酒瓶和小刀。对他而言，这一切也许都是在无声无息中完成的，或者说射出那颗子弹的一枪早已埋在了他的脑子里，这听起来怎样？这些关于时间、空间和死亡的小小谜团。

他仰面躺倒，一只脚折在身体下面。耳朵、鼻子和脸上的洞都在往外冒血，他有规律地深呼吸着，抬眼看向天花板。凶手已经把枪放回了口袋，像其他旁观者一样站在那里看着。许多人向门口走去，苏特里过来的时候加里正蹲在比利·雷面前，似乎并不知道他为什么会那样躺在地上。

哦，我的天啊，苏特里说。卡拉汉的眼睛慢慢闭上了。他的整张脸都是蓝色的，他合上了眼睛，这样你就看不见死亡像窗前的一张脸爬上了它们。苏特里挤过人群，跑向后面的墙去拿电话。

他们把一条毯子盖在他身上，苏特里把它从他的脸上拉了下来。

把他盖好，救护人员说。

他还没死。

他们看了苏特里一眼，似乎是耸了耸肩，把轮床抬到救护车的后面。苏特里爬了进去，坐在靠边的长椅上，门在他身后关上了。

红色的圆顶灯尖叫着穿过诺克斯维尔的大街小巷，掠过狭窄处的墙壁、窗户以及汽车里的面孔。比利·雷转了一次头，拱了拱脖子。他身下沾血的垫子已经变黑了。今晚整座城市都有人奄奄一息地躺着。城里的警报声像暗棕鸮的尖叫。

他们将他推进了急救室的大门，进入了一个白色的小房间。天花板上有一盏钢质的灯，灯下是一张钢质的台子，沿着一面墙有一排钢质的橱柜。护理员把卡拉汉搬上台子，又把轮床推了出去。一个护士看他躺在那里，胸部起起伏伏。有人用一块纱布盖住了他头上的破洞，他耳朵周围的血已经凝固发黑。一个头发蓬乱的大块头躺在那里，两只沉重的手放在身旁。她摇了摇头，关上了门。

后来一个勤杂工进来了，看了他一眼又走了出去。他带回来一位医生。医生的胳膊下夹着一个写字板，他走进房间，拉开卡拉汉脸上的纱布看了看那个枪眼。他翻起卡拉汉的眼皮，往里瞧了瞧，又捧起那颗头发蓬乱的脑袋，最后把它放了回去。勤杂工注视着医生。医生噘起嘴唇，伸出一只手做了个随意的小手势。他摸了摸比利·雷的脉搏，看了下表，扬起了眉毛。他对勤杂工说了几句话，便走了出去，勤杂工跟在后面，随手把门关了。

苏特里和卡拉汉的哥哥查理从椅子上站了起来。

那个人，我们无能为力了，医生说。

他还没死，苏特里说。

是的，医生说，他还没有死。

最后的来访者是一个上了年纪的黑人勤杂工，他是个温和的人，负责清洗伤员和死者。他拉开纱布，拧开一瓶酒精，把它慢慢地倒进比利·雷脑子上的那个洞里。

他又活了五个小时，最后在无人看管的黎明死去。他们甚至没有把他的鞋子脱下来。查理回家了，苏特里和他的母亲坐在狭小的等候室里。医生出来告诉他们比利·雷死了，他的母亲开始极为安静地哭了起来。她坐在那里，下巴颤抖，对着她那死去的战士慢慢地来回摇头。苏特里碰了碰她的肩膀，可她挥手让他走开，头也不抬。

他走出医院，穿过湿漉漉的草地向马路走去。城市之光非常缓慢地熄灭了，同样情况的还有广告牌和路灯。他从高高的铁桥上过了河，走过黑暗的果园，上游的河面有光，天空逐渐变白，夜晚带着它的规矩不断流走，留下光秃秃的树木像铁一般黑，一座纸做的城市伴随着黎明的到来正在崛起。万籁俱寂。他走过死气沉沉的阴暗街道。街角一个卖报的正在解开一捆报纸。清扫街道的环卫工从他身旁走过，柱灯发出的灯光像馅饼烤盘似的躺在漆黑的水沟里，四周是霓虹灯的深色血泊。

他靠在高架桥的栏杆上，麻木地朝底下的铁轨吐着唾沫，唾弃那隐含在无尽延伸的钢材中的梦想。护路工们正没精打采地前往调车场上班。惨白的黎明中一个沃特金斯公司的男人弯腰驼背地推着装满江湖秘方的小手推车过了桥。到了桥头，苏特里从狭窄的小路走下去。他从疯子的房子下面走过，不过这个时间他并不在那里。苏特里弯下腰，胡乱抓起半块砖头，砸向屋檐下方高处的弧形护墙板。一张流着口水的灰褐色疯脸贴在玻璃上，露出一只狂暴的歪眼。苏特里转过身，继续沿着小路往河边走去。

他白天一直待在城里的贫民窟，寻找有蒸汽供暖的地方，这样就能便宜地度过冬天。这个季节变得越来越冷，没有阳光，街上刮着刺骨的寒风。终于，他在麦卡纳利的深处找到了一个房间。脸色灰白的女人透过纱门满脸不高兴地看着他。

我来看看房间，他说。

她从围裙口袋里一堆揉成团的纸巾中找出了一把钥匙，打开了纱门，把钥匙递了出去。

房间在后面。

多少钱？

一周五美元。

他谢过她，沿着砖砌的人行道绕着房子走了一圈，经过落满树叶、灰蒙蒙的老灌木丛，走下台阶来到一个没有任何铺装的小巷。门开了，他走了进去，站在阴暗发霉的地窖里。炉膛里升起的管道系统就像一个肥胖生锈的美杜莎，炉门格栅上的铁条像是露着僵硬的笑容。他走到一扇漆成蓝色的大门前，往里面瞧了瞧。这是个水泥地面的小隔间，摆了一张小铁床。他回头看了看带炉子的房间。往里更昏暗的地方出现了几节楼梯台阶，他走过去，爬到了上面的一扇门前。早就被钉起来了。一根斑斑点点的电线上挂着一个不亮的灯泡。他在黑暗的楼梯平台转过身，走了回来。磨损腐烂的楼梯地毯上长满了淡蓝色的霉斑。

地窖角落里放着一个镀锌的洗衣盆。他试了试水龙头。一股褐色液体喷出，积在了水池里。他又走回了房间。两扇小窗户通向沿墙的一排高井，玻璃被雨水溅出的沙子覆盖了，上面还挂着蜘蛛网。苏特里望着外面荆棘丛生的树篱，那里有一些白色茎秆的草，也许是野葱。井里落满树叶和废纸。一辆饱经风吹雨打的木头消防车。

他坐在小床上向四周张望，可这里没什么可看的，过了一会儿，他走了出去，绕着房子回到前门。

她站在纱门后面，面目模糊，伸手去接钥匙。

我要了，他说。

就你自己吗？

是的，太太。

那就是五美元。

他掏出钱。让这抹枯萎的绿色越过拢起的手心。

东西都在那儿了吗？我的意思是你有没有额外的毯子或者别的东西？

我去看看有没有。她把钞票折好放进围裙口袋，从昏暗的门厅消失了。

他带来了自己的毯子以及煮咖啡的东西。他在黑暗的小房间里躺了很久，听各种嘈杂的噪音，街上过往的汽车吵得他整晚都醒着。灰蒙蒙的黎明时分，他觉得自己很陌生，但并没有不高兴，仰面盯着天花板上挂在钩子上的水管，身上裹着粗麻布或者帆布一类的东西，漏出也许是木棉的石膏状白色物质。他被外面房间里铁器的咣当声吵醒了。走到门口往外看，壁炉门口站着一个小个子驼背黑人，一口巨大的橘黄色牙齿，在火光中闪闪发光。

嘿，苏特里说。

那黑人看见他，转过身来，开始鞠躬、微笑、舞动、做鬼脸，苏特里觉得他在跟一个走失的白痴打交道。

你是负责照看壁炉的吗？

呀是呀是呀是，黑人一边说一边脱下了柳编马车夫帽，上面的黑色孔隙都喷了漆。

见鬼，苏特里说。

呀是。

现在是几点？你叫什么？

炉子工从裤袋里拽出一只巨大的表。十点钟，叫纳尔逊，他一边说一边把表面转向苏特里，以免再有任何问题。

好的，纳尔逊，谢谢。

呀是呀是，纳尔逊说。

苏特里把门合上。他把手放在头顶的通风机上。那里有微弱的空气流动。他点燃了自己的小煤油炉，拿着水壶走到水池前。

纳尔逊正把煤一铲子一铲子地由铁门送进壁炉，一股硫黄味的烟冒了出来。他转过身，贡献了一副猿猴般的鬼脸，满口满眼都闭上了，苏特里朝他点点头，打开了水龙头。水断断续续地喷了出来，许多铁屑溅进水池，逐渐变清，成了淤泥质地的暗褐色，倒也不是不像河水，苏特里装满水壶，光脚穿鞋，嘚嘚地走过有沙子的水泥地面，再次回到了自己的房间。

小床以外的唯一家具是一张带线轴的小桌子，连着一只抽屉。桌子被漆成了蓝色，抽屉里面某张去年某天的报纸已经发黄，字迹难辨。几只蠹虫四散逃开。苏特里把他的小炉子放在桌子上，然后坐在床上，看那张边缘不齐的报纸碎片，这时水开了。屋里很黑，需要点灯，可天花板上没有灯泡。他听见炉子工咣地关上门走了，他倒了杯咖啡，倒入一罐牛奶搅拌，抿了一口，又吹了吹，越过杯沿阅读那些狂野暴力的故事。过去是这样，现在是这样，将来也永远是这样。十一点钟的时候，他穿好衣服走到外面，感觉自己是这座城市的市民了，这让他冲自己笑了起来，哈罗盖特也许就会这样。在这个清新的十一月早晨，他的脑子里一直在想他。

他从餐厅的男厕所拿来了去污粉、肥皂和刷子，从后门廊拿来了扫帚和抹布。他把桶也拿走了。他又是扫又是擦，下午则进城，在廉价商品店买来了做窗帘的便宜棉布和一盏壁灯。

那天晚上，他把所有的东西从棚屋搬了出来，带着他的箱子上了欧几里得大道上的巴士，他把这些东西踢到驾驶座后面的空隙，在口袋里翻找一个十美分硬币。他并入人群中，穿过寒气袭人的老街，走在昏暗的灯光下。他从艾洛大道走到共生共荣杂货店，为一顿深夜的早餐买了鸡蛋、香肠和面包。

整个冬天他都在凄惨的城市边缘走来走去，看见他的人也许已经在想他是做什么行当的了，这个暂时远离了河流和鱼群的难民穿着捡来的呢大衣在街上游荡，混迹于小餐厅的老年人当中，听人们讨论生活中的各种奇思遐想，在那里事物永远不同于以往。市场街上的花已经凋谢，冰冷的钟声寂寞地鸣响，上了年纪的摊贩频频点头，大家都觉得这些日子的快乐已经一去不复返，也不知道去了哪里。他们的脸上是一副灵魂出窍的模样。苏特里感觉到了他们即将到来的厄运，电线嗡嗡作响，一点好消息都没有。

在街上他遇到了一些老朋友，有些刚从狱中出来，有些则开始做起生意。厄尔·所罗门说他在学习成为一个蒸汽管道工。他们在寒风中翻看他的书和手册，厄尔似乎有些信心不足，冲着这一切悲哀地笑着。

他坐在科默运动中心的前排长椅上，透过窗户看底下街道的商业景象，雨夜之中一对对情侣走向电影院的售票处，遮檐下的灯光闪闪烁烁，照着潮湿的街道。

他收到了一封信，邮票被一道恶毒的粘鸟胶弄没了。借着窗口的灯光，他倒着看了几行，把它揉成一团，扔进了垃圾桶。

有一天，他走在市场街上，看见人群当中有一个疯狂的神人，从弥漫着碳酸的雾气之中电光火石般出现了。这个牧师只有正常人三分之二的身高，体形肥硕，周身通红，谢顶的脑袋后面长着红色的卷发，整个头看上去像被煮过，皮肤是淡红色的，布满了巨大的血色雀斑。他说话的方式叫人很难欣赏，就连这条街上年纪最大、早就厌倦人事的福音狂热分子们都这么觉得。小贩们离开了他们的手推车和货车。卖铅笔的小贩原本蜷缩在自己的角落里，现在正咆哮着穿过人群一路爬来。红通通的牧师还没来得及开始。他脱下外套，卷起袖子。

这可不行啊，他说，不行。他伸手在市场街一扫，指向市集屋。不行，这可不行啊。朋友们，不是这个地方啊。

运水车已经驶过了联合大道，一道黑乎乎的细流顺着排水沟蜿蜒而来，却遭到了垃圾堆的拦截。牧师从漫出的水中捞出一个上下浮动的萝卜，将它高高举起。他的赐予，他说着，跪倒在地，对一切视而不见，捧着那个萝卜，水在他的大腿周围涌动，然后被吸入雨水管。他像浣熊那样清洗完萝卜，咬了一大口。这就是它的位置所在，他一边说，一边吐出嚼过的萝卜。跪在街上吧，这就是它的位置所在。

一个老头中邪了，他跪在旁边。牧师把萝卜递给他。耶稣把饼和鱼分给世人，他喊道，所以不必问我该拿出什么。

萝卜在一只只手中传递，寻找领受圣餐的人。那老头爬进了泛滥的排水沟，在污水中接受洗礼。然而，牧师已经举着两只红手站了起来，他开始跳一种驱魔舞，双手在发光的头顶疯狂地结印。他在市场里尖叫。无关买卖。他开始张开双臂旋转，迈着碎步的小脚绞在一起，就像对耶稣受难的旋转式模仿。他的眼睛往后一翻，嘴唇狂热地翕动着。他的动作更快了。老头湿淋淋地站了起来，他想要效仿这位新来的红脸预言家，但他身子歪了一下摔倒了，牧师开始飞快地旋转，惊得观众们纷纷向后退去，有些人伸着两只手却忘记了鼓掌。

苏特里继续前进。一个不成人形的哑巴流浪汉从军大衣的宽袖中伸出一只肿胀的手拦住了他。靛青色的文身，是一颗褪色的心，里面的那个名字被污垢盖住了一半。苏特里凝视着那双饱经摧残的眼珠，它们在灾难的隧道中燃烧。下半张脸上挂着垂肉，像巨大的阴囊。几个含糊不清的乞讨字眼。它们让你的心更加凄凉。

晚上他沿着葡萄藤大道往家走，路上经过了婴童时期上过的老学校，破破烂烂的档案室就像太平间，然后是教堂，当铺式样的奶白色玻璃球上装饰着织网状的煤烟，还有一些砖砌的旧公寓，上层窗户的角落里也许会有一只白手在擦拭玻璃，窗框里的玻璃上也许会出现一张涂脂抹粉的脸，某个干瘪的卖淫小丑，上来玩吗，你有种吗？他从来不去。也许有过一次。走在西部大道的高架桥上，他停下了脚步，靠在水泥栏杆上，裂缝里躺着一些打磨过的河里的石头，他注视着桥下车场里向四面八方延伸的轨道和顶上涂了沥青的轨道车。这个孤独的身影映衬在由城市边缘划出的灰白天幕之上，冬日的天空脏兮兮的，烟囱矗立在边界线上就像哥特风格的管风琴，漆黑的煤烟成片成片地飘扬在风中，没有章法。

一天晚上，他来到一座着了火的房子前，找了一个远离危险的位置坐下观看。人们像蚂蚁一样来到熊熊燃烧的木屋前门。

他们拿着各自的财物。一个人在和一个头戴睡帽的老头搏斗，那老头似乎决意要被烧死，摇摇晃晃地到处走，嘴上念念有词，朝屋里咒骂那些熟烂于心的命运。

街前街后亮起了灯。穿着法兰绒长袍的邻居们都出来围观。楼上一扇窗户松动、变形，然后砸了下来。火舌蹿上了护墙板，高温下它们起了泡，蜷曲起来。伴随着噼啪声一道炽热的蓝光射穿橘黄色的烟雾。

怎么起火的？

苏特里往下看去。一个小个子男人靠着他问道。

我不知道这一切是怎么开始的，苏特里说。

他站起身，继续往前走。

巡逻的警察执意要问他的名字，以及他要去哪里。苏特里抑制住心中的厌恶，得体文雅地回答了他们。他继续走。进到小巷深处，那儿有成双成对的猫，还有一排排垃圾桶和昏暗的矮门。一扇蒙着灰尘的窗玻璃上透着光。

苏特里站在厨房里，身边全是逃犯和遭到无效审判的重刑犯。一个矮胖的女人一边从便携式冷藏箱里往外拿啤酒，一边在围裙口袋里找零钱，口袋里还有别的东西，是小型自动手枪的形状。从他进门起，一个瘦骨嶙峋的妓女就盯上了他。这是个高瘦的女人，长着一对杏眼，戴着假牙，薄薄的裙子下骨盆向外刺出。华莱士·汉弗莱半闭着眼睛站在角落里，双手垂下。他穿着老式西装，看起来就像那些被拍了照挂在谷仓里或摆放在布满枪眼的橱窗里的西部坏蛋。

给我来瓶"红顶"啤酒。

她递给他一个酒瓶，伸出湿漉漉的红手。苏特里往里面放了半个美元，拿上找给他的零钱，从那个妓女身边走往起居室。

嘿，甜心，她说。

嘿，苏特里说。

透过烟雾，他看见酒徒中有些老朋友，他朝他们走去。

老苏特里来了，"猪头"叫了起来。

欢迎来到布法罗包间，"提桶"说。

"杰宝"呢，苏特？

他还在克利夫兰。

那他什么时候回来？

我不知道。我收到了一封他写的信，说他在做装配工。他说每天早上都在一个角落里干他妈的装配工作，看八个小时的流水线。

老理查德·哈珀从芝加哥回来了，他和小理查德·哈珀本打算一直待在那边，可小理查德说他这是要他们被绑上火刑柱烧死。

小理查德说，风城还没有准备好接纳哈珀一家。他说，他们已经受够了那里的风。

来这里喝点东西，苏特。

"提桶"从身后拿出一个一品脱容量的酒瓶，递给了苏特里，他拧开盖子喝了起来。

博比约翰那个发疯的老叔叔刚刚来过这里，伙计，他一直在说禁酒令时期怎么走私威士忌。说他们会赶早拖一车酒到诺克斯维尔，那时候天还没亮呢。老蒂普说他当时在前排座位上睡觉，有辆车回火爆鸣，他直起身，开枪打死了一个等巴士的妇女。他说他看见她的脚从树篱中伸了出来。

苏特里咧开嘴笑了，喝了一口啤酒。人影像幽灵般在烟雾中没精打采地走着，房间里有一种大案发生时特有的诡异肃然气氛。他一直待到喝干最后一杯酒。凌晨时分他倚在门口，看一个胖妓女乱搞，床上有许多旅行者留下的黑鞋印。他和最后一批客人一起沿着小巷往街上走。笑声和嘘声。妓女的塑料钱包在淡蓝色的街灯灯光下划出耀眼的曲线。路面坑洞里的圆形冰片碎了。一只黑色的小猫头鹰在路灯杆上唧唧啾啾地叫，苏特里往那边看去，看见它朝空中抖了抖羽毛。它又叫了，叫得很轻柔。苏特里在有些年头的石头路肩上坐了下来，背靠着那根灯柱，就像是会唱歌的树林里一个安静的栖居者。报童们拖着小推车穿行在昏暗之中，如远古时期的野人祖先在更为古老的黎明的浪花中跋涉，把他们涂了沥青的小船推下某片黑暗艰苦的浅滩。

黎明的风吹来，一个空啤酒罐沿着街道滚了起来，发出轻微的铁皮碰地的吭当声。冷风灌进他的鼻孔。他注视着正在变灰的东方，那儿有一道尘土飞扬的曙光。这座城市传说中的棱角正从雾中冉冉升起。

星期天的早上，苏特里穿着睡觉的衣服拖拖拉拉地走下昏暗的楼梯。街对面的市集屋在细雨中显得阴暗破败。他嘬着牙花子，弯腰驼背地站在旅馆面前，出奇地沉默。旧雨篷遮盖了光秃秃的卡车车厢和手推车。你可以听到一个闲荡的妓女鞋跟点地的声音，沿着街道渐渐远去。建筑的隐蔽性景观直面天空。高跟鞋发出了刺耳的一声响。苏特里向上看去。巴洛克风格酒店的正面，豆绿色油漆剥落了。教堂的钟鸣响起来。鸽子随着隆隆声打转、振翅。在令人丧气的房间里，悲伤的酒鬼们哆嗦着醒了过来，意识到自己在星期天的早晨喝了酒。

整个冬天似乎都在下雨。为数不多的几场雪很快变成了灰色的泥浆，但当这种短暂的白色寂静出现在圣诞彩旗与柔和的商店橱窗灯光中间时，童年时代关于这个季节的梦想似乎是实现了，轻柔的雪花簌簌飘落，唤起了城市中近乎沉寂的静态感觉。几个迷路的人一言不发地走进赫德尔酒吧，掸掸肩膀，又拢拢头发，把这个冬夜的祝福从头发上拭去，苏特里站在窗边，透过结冰的窗户注视着他们。落雪在啤酒招牌柔和的霓虹灯光下呈现出樱桃红的颜色，像缓缓滴落的鲜血。几个办事员和好奇者今晚都不在。瞎子理查德和妻子坐在一起。废品商喝得醉醺醺的，嘴巴无声地翕动，歪着脖子像个吊死鬼。一个年轻的同性恋独自在角落里哭泣。苏特里混在其他人当中，他们都是悲哀的命运之子，四海为家，却短暂地聚在这里，为的是避免到世间去。

他花了很多时间在图书馆里看杂志。之前有一群瞪着圆眼的怪人经常光顾楼上的阅览室，他们鬼鬼祟祟地东张西望，生殖器露在裤子外面挂在桌子底下，眼睛不停地偷瞄那些男学生。一天晚上，他从梅咖啡馆出来，往B＆J酒吧走去，迎面遇到了两个往反方向走得起劲的女人。他转身跟着她们回到了咖啡馆里。她们讲话有北方佬的口音，聊起天来欢快活泼，他觉得想听一听，于是便坐进她们身后的卡座，点了一杯啤酒。他还没来得及喝上一口，两个女人中的一个转过身来，厚着脸皮将他上下打量了一番。城里有什么活动吗？她问。

苏特里把胳膊搭在卡座靠背上，看着她们。没什么活动，他说，你们从哪里来？

芝加哥。

在这里多久了？

断断续续有几个月了吧。

确实是断断续续，亲爱的，年纪较大的那个说。另一个女人冲着苏特里微笑。

我们是骗子，她说，但我们不会骗你。

苏特里喜欢她。

好吧，他说，一般在印第安岩石酒馆会有些活动。

你想不想和我们一起去？

他揉了揉下巴。挂在天花板上的钟在镀金的链条上转动。11:20。

我是乔伊丝，这是玛吉，亲切的女人说。

嗨，乔伊丝。嗨，玛吉。

你怎么看？

好的，他说，我觉得可以。

他们上了一辆出租车。三个人挤在后座，他坐在中间。他们都有点醉了。

她掏出一把钱准备付车费，可他把钱推了回去，自己付了钱。出租车司机冲他嘶了几声，叫他俯身过去听他说话。

那两个女人是骗子。

苏特里拍了拍他的胳膊。

他和她跳舞，她把大腿挤进了他的两腿之间，对着他的脖子呼气。她的耻骨令人印象深刻。她闻起来很香。年纪较大的那个总是打断他们，苏特里只好换去和她跳舞。他没有看见一个熟人，只有鼓手鲁普冲他不停地眨着精灵般的大眼睛。

你从没告诉过我你的名字，她说。

巴德。

巴德。

是的。

好吧，巴德。

他们一直在喝威士忌，他发现地板有些不受控制，而她似乎没有注意到。她卷起嘴唇一点点地咬着苏特里的喉头。我喜欢你，巴德，她说。

你怎么知道。

我就是知道。

你能在骨髓里感受到它吗？

那不是准确的位置。

你会在这里待多久？

我也不知道。一阵子吧。我回不了芝加哥了。

为什么。

有个小案子。

啊。

我到处旅行。在诺克斯维尔进进出出。

进来出去，时而在时而不在。

她咬起了他的脖子。

你想再来一杯吗？

我想再来一杯。我去拿。

我已经拿来了。

他把她送回桌子，喊了服务员。

刚才这里的女孩让我告诉你们，她得走了，女服务员说。

他们面面相觑。苏特里点了冰和喝的，女服务员走到旁边，在写字板上记录，她的嘴唇动来动去。

你什么也没告诉她，是吗？苏特里问。

没有。你知道我没有。

他们隔着半满的杯子注视着对方，然后开始咯咯大笑。

他们在巷口停下来的时候，她把手放在他的腿上，像个少女似的忧心忡忡。

没事的，他说。

这是哪里？

我住在这里。

这里没有灯。

没关系。

为什么不去我住的旅馆呢？

苏特里已经下车了。他伸出一只手来帮她，另一只手搭在出租车冰冷的钢铁车顶上。他抬头看了看麦卡纳利上空，午夜时分的影子世界，朦胧之中有形态万千，是电线和烟囱构成的黑夜景象。他伸手握住她的手。看，他说，我不是开膛手杰克。我就住在这里面。虽然不大，但很干净。我还有些喝的东西，几瓶啤酒之类，一瓶威士忌还剩了个底。来吧。

她小心翼翼地从车里出来，苏特里一边牵着她的手一边给司机付钱。他砰的一声关上车门，出租车开走了，他带着她走上一条煤渣巷道，从口袋里掏出钥匙，给她指了路。

他打开门，开了灯。她站在地窖里。开了槽的壁炉口里有火在燃烧，管道杂乱无章地从天花板上蜿蜒下来，它们的影子随着电线底下灯泡的微微摆动而一沉一沉。很重的霉味。她转过身来看着他。我准是疯了，她说，有人能告诉我我要在这里做什么吗？

他走到他的房间门口。

那是什么，煤桶吗？

他把小隔间的灯打开，领她进去。她靠在门上，一只手搭在他的肩膀上。好吧，她说。

进去吧。

他关上门。他们坐在床上接吻，互相抚摸。唔，她说。她俯身去舔他的耳朵，对着那里低语。要是你有什么事做得不对，她说，你就得重做。

冬日的阳光被上面的墙挡住，只能从一扇高高的窗户照到他们身上。他在窄小的床上醒来，一只手搭在地板上。他转过身看着她，把盖在身上的东西从她下巴处拉开。她恶心吗？她可怕吗？她老吗？

她嘴唇微张，躺着睡觉，并不算难看。他把脸贴在她丰满的乳房上，又睡着了。

他醒来的时候，她正坐在床边，穿着他的一件衬衫，朝他微笑，淡褐色的头发披在脸上。她端着一杯给他的咖啡。

嗨，他说。

你好，爱人。准备好来点液体了吗？

呃啊。

是啊，我懂。坐直一点。她用一只手抖松枕头，把杯子送到了他的唇边。

现在是几点？

中午了。

你一定要走吗？

是啊，她把他的头发往后梳。

他喝完了咖啡。

我拿了一件你的衬衫，她说。

你该不会把双峰留在里面吧？

不会，她说着，拿起了杯子。她向他俯下身去。我不会弄糟任何东西，也不会留下任何印记，除非是在你身上。她吻了他，有股薄荷味。她把手伸到他的肚子下面。哦，我的天，她说。

你想干什么？苏特里咧着嘴笑。

再次醒来时，她已经穿好了衣服，坐在桌边梳头。他看着她。她把梳子放进钱包，咔嗒合上，转身走到床边。

我真得走了，宝贝。

好吧。

那个洗衣池就是你洗澡的地方吗？

是的。虽然不太好。

我刚才扒光了在那里洗屁股的时候，进来了一个黑鬼。是个老家伙。他差点晕倒。

好奇怪啊，苏特里说，他说了什么？

哦，他戴了一顶古怪的帽子，他把帽子脱了下来，开始鞠躬然后退到门口，不停地说，对不起，妈妈，对不起，妈妈。

老天爷帮帮他吧。他会变得更奇怪的。

她又帮他把头发往后梳。我什么时候能再见你？

我不知道。

你今晚做什么？

什么也不做。你是在约我吗？

你介意吗？

不。

今天晚上我能见到你吗？

那得是个便宜点的地方。

我有点钱。宝贝，别。我真的得走了。宝贝。

她在下午三点左右离开了。他躺在床上，身无分文，感觉好极了。

仲冬的残阳无力地低垂在背风处的鱼形云团底下，已经变成了椭圆形。紫色的黄昏逐渐侵袭，太阳耷拉着脸，沉了下去。在这条狭窄的街道里，中文招牌发出绿色的光。她等在一个高大的电话亭里。一位意气相投的东方人前来，道了声晚安。远远地从一个街角，苏特里看见了她的微笑。

不，和那位年轻女士一起。

女服务员笑了。

你好，宝贝。

你好。

他滑进了对面的座位，可她抓住了他的手。过来坐我旁边。

他又站了起来。到这里来，他说，这样我们就不会撞到手了。

你是个左撇子。

是的。

她贴着他走过去。不错，她说。

她穿着一件浅黄色的针织连衣裙，非常合身，看上去很漂亮。他们坐着，看着对方，她靠过去吻了他。

你到这里多久了？他问。

我不知道，半个小时吧。

我不知道我会这么晚。

我不在乎。只要你来，我无所谓等不等。

你淋到雨了吗？

没有。我叫了出租车。外面还下雨吗？

不。我们吃点什么？

你想要我的建议吗？她笑着看他，用双手抓住了他的胳膊。

不，他说。

他们靠着坐在卡座里，仔细研究起那张报纸大小的菜单。

蝴蝶虾不错。

你来点菜吧。

好的。拼盘怎么样？

听起来不错。里面包含了咕咾肉吗？

有啊。我们再吃点鸡蛋卷。

要芥末酱。

你喜欢芥末酱吗？

是啊，你呢？

我超爱它。他们这里有一种芥末酱，冲到你的鼻窦都掉了。

万岁。

餐厅里没有其他人。窗外天渐渐黑了，她挽着他的胳膊，他们喝着茶，等着上菜。

他们去看了电影。他被勾起了一些回忆，于是笑了起来。僵硬惊恐地坐在某个小女孩身边，试图鼓起勇气牵起她的手。

两个人冲着对方的耳朵小声编排起了演员的性事，争着设计出最离谱的变态行为。他们在法拉格特咖啡店喝了咖啡，然后冒着小雨在街上穿行，灯光静静地落在他们身上，他们裹紧大衣挤在一起浏览商店橱窗，她的身上有好闻的香水，头发也很香。那天晚上她像只快乐的猫笑个不停，挽着他的胳膊从盖伊街走到她的旅馆，穿过满是水汽的玻璃门走进大厅，雪白的旧瓷砖，各种盆栽，还有擦得锃亮的铜器。她信步走到前台，拿了钥匙又走了回来，重新挽起他的胳膊。他们和一个黄皮肤的矮小侍者一起走进电梯，那人刚才一直在大厅里的一张桌子旁看报纸。

有些年头的格栅门咔嗒一声关上了，他们开始往上升。电梯发出微弱的嗡嗡声，缆绳在陡峭的砖砌井道里滑动。

你摸到白种女人的屁股了吗，詹姆斯？她问。

詹姆斯摇摇头，表示没有。

她抓住苏特里的胳膊。他们在五楼出去了，走下一条长长的走廊，地上铺着黑色橡胶地毯。他们走过一扇又一扇类似的门，上面钉着金属的房间号码，有些不见了，有些歪斜了。她把钥匙插进门里，打开门，伸出手请他进去。

你先进去吧，他说。

他跟着她进了房间，她关上门，脱掉大衣挂在门背后，转过身来解他的呢大衣。房间里很整洁，东西井然有序，梳妆台和写字台上摆满了化妆品，墙上挂着便携式吹风机、卷发器，还有几件看起来挺贵的衣服。床头有一只巨大的毛绒玩具猿猴，长长的手臂，橘色的头发。

那是欧吉，她说。

谁给它起的名字，你吗？

我的女朋友。这是她送给我的。

玛吉？

不是。芝加哥的小妞。天哪，这玩意儿可真重。

让我来拿吧。

没事。你没淋湿吧？你的脑袋湿了。

没关系。

她拿来一块毛巾，把他的头发擦了擦。你看起来像个小男孩，她说。来，坐下，让我看看收音机里有什么音乐。

苏特里解开鞋子的拉链，将它们踢掉，溜回床上，交叠双脚坐着，他抓起猿猴的一只胳膊，又放开手让它落下。

你喜欢乡村音乐吗？

随便。

我以前很讨厌这种。

那找点别的。

门口响起了敲门声，她去开了门。电梯员拿着一铁皮桶的冰块和放在纸袋里的一品脱威士忌。

宝贝，她说，你想喝可乐还是别的什么？我刚才没有想到问你。

我什么也不需要。

她给面无表情的黄脸詹姆斯付了钱，又塞了一些零钱给他，然后用胳膊肘推上了门。她把铁皮桶和打包的威士忌放在床头柜上，又从水槽上方的架子上取下两只平底玻璃杯，拿过来装满了冰。她坐在床沿上，开始撕玻璃瓶上的封条，最后还是苏特里从她手里接过瓶子，用牙齿拧松了盖子。他倒好了酒，两人面对面地坐在床上，注视着对方小口喝酒，脸上带着笑意。

我想我是不是又饿了，也许是别的原因。她说。

人家说这就是华人女孩的问题。

什么？

才过了一个小时，你就又变得饥渴了。

她笑了起来，端起玻璃杯喝了一口。她瘫坐在床上，露出大片穿轻薄长袜和袜带的大腿，苍白的肌肤被挤了出来，她乳房丰满，眼睑画着黑色的线条，扑了华丽的绀青色闪粉，就像是有天蓝色的飞蛾振动翅膀，将她从某个古怪的梦里拍醒。苏特里逐渐被她那完全肆无忌惮的感觉冲昏了头脑。他们的杯子眈地落在了桌上。热情火辣的舌头占据了他的口腔，双手摸上了他的全身，就像是专擅亲热的女巫。

深夜他独自一人在床上醒来。她坐在梳妆台前，用面霜和乳液举行炼金术的仪式，她正在梳理头发。黑乎乎的窗户里映出一束被水浇过的红光，忽明忽暗，窗户的一部分被旧花边窗帘遮住。他平躺在床单底下，听着外面淅淅沥沥的雨声和车辆在潮湿的街道上运行，觉得周身舒服。她从玻璃上盯着他。她眨了眨眼睛。嗨，爱人，她说。

你好，宝贝。什么时间了？

她低头去看手表。差一刻一点。你睡得好吗？

嗯。

想要喝一杯吗？

好的。我能拿到。

我来拿。

她起身走到床边。她穿着一件淡蓝色的长睡衣，下摆在身后轻轻飘动。她走过去，弯下腰吻住他，他轻轻抚弄起她的乳房，她把两个枕头都拿了过来，然后扶他起来，倒好了酒，在床上坐了一会儿。

刚才那些吵闹声是怎么回事？

该死的拉尔夫过来要房租。你不会相信的。他说你应该开情侣房间。

你怎么打发他的？

她笑了。我跟他说我们才不是他妈的情侣。我想我骂他是黑鬼基佬来着。

他什么反应？

他什么也没说。那个该死的詹姆斯也是个大嘴巴。

玛吉也住这里吗？

是啊，她嫉妒死了。

怎么会，嫉妒你还是我？

傻瓜。我想她之前的男人把她甩了。她当然是嫉妒我，可老天爷，那妞都快五十岁了。

我不知道她要怎么撑下去。

这妞是一晚上一百块的价格。

她吗？

没错。她要做的就是降到五十块。这不光彩，是不是？

你为什么到这里来？

钱啊，还能有什么。不过暂时我也回不了芝加哥。

你说你被起诉了。什么原因？

卖淫。

她调皮地笑了，眼睛注视着他。他抿了一口威士忌。欧吉去哪儿了？他问。

哦，他在那边的地板上。我猜他的鼻子也掉下来了。她帮苏特里把被子掖好，盖住裸露的胸口，走回到梳妆台前。他喝完了酒，半躺半坐地靠在那张凹陷的床上，昏昏沉沉地睡着了，她关了灯，爬到他身边，用温暖柔软且带着芳香的身子贴紧了他的身体，一边朝他的耳朵里呼气，一边呢喃着亲昵惹火的悄悄话。

凌晨的汽笛声惊醒了他，他躺在陌生的房间里，旅馆招牌上的红色霓虹灯静静地映在窗户里。街上一片寂静。她像个孩子般摊开四肢，一只手放在熟睡的脸庞边，微微握起。

早上，天还在下雨，或许是又开始下雨了。他独自待在房间里，蜷缩在柔软的弹簧床上，听着窗下车来车往的声音，轮胎在湿地上静静地碾过。他抬头望向天花板，几片墙纸挂了下来，复古且华丽的煤气灯上装饰着黄铜做的小天使。他轻松地坐起来。窗外斜斜地掠过灰暗的雨水。热水管道上有的地方出现了可怕的喷泉，暖气片上的一个小锥阀水壶似的嘶嘶作响。他弓起脚，踩着又冷又皱的油毡走到窗前，光着身子站在那里，俯瞰街道上星期一早晨的车水马龙。这里有一种不同的生活态度。带着褪色标签的旧威士忌酒瓶躺在湿漉漉的沥青屋顶上。玻璃天窗上覆着铁丝网。寒冷的冬雨洒遍了整座城市。

他穿好衣服，顺着过道去找厕所。一扇门上印着"男"的字样。这房间狭长的门厅里贴满多米诺骨牌式样的瓷砖。一个发黄、带脚爪的浴缸，一个水池和一个马桶。苏特里撒了一泡又长又响的尿，一边尿一边透过花窗看着外面的冬日景象。

回房间时，那儿仍然空无一人。他拿了一条毛巾和一块肥皂，顺着过道走回去洗了个热水澡。再次回到房间，他试着用她的电动剃须刀刮自己的脸。他翻遍了她的东西，小心翼翼地让每样东西保持原样。一堆花里胡哨的东西，好的次的混在一起，讲述折中主张的故事。他借了她的牙膏，用手指刷了牙。

她笑嘻嘻地拿着大包小包走了进来，身上带着香水和雨水的味道。她脱下头上戴着的塑料头巾，甩了甩头发，走到他跟前解开系腰带的雨衣，看上去像电影里的妓女。她吻了他，然后说了句你好。

你吃了吗？我给你带了咖啡和报纸。

几点了？

差不多十一点。我们为什么不去雷加斯吃午餐呢？

好的。

我饿死了，你呢。

我快晕过去了。你今天早上几点出去的？

我不知道。九点吧。给。小心，很烫。

谢谢。

她脱下雨衣，抖了抖，放在床上，走到梳妆台前补妆。她穿着尖头高跟鞋和粗花呢套装，看上去像个干练的贵妇。苏特里坐在床上，小口地喝着咖啡，翻看报纸。她从镜子里盯着他看，朝他抛了一个大大的媚眼。

他们和一个年轻的黑人一起坐电梯下楼，那个黑人把眼睛转向别处，于是她在他整洁的小脑袋后面做起了下流手势。他们像一对蜜月中的夫妇那样手挽着手走过大堂，她一边快活地跟懒洋洋的看门人说话，一边竖起衣领，他们穿过湿漉漉的街道，钻进了雷加斯。

第二天他们被赶出了旅馆。苏特里还没有回过他在麦卡纳利的房间，他们为他买了新衣服，她挑了一个猪皮做的盥洗包，往里面装了各种各样的东西，而他几乎不知道它们该怎么用，什么粉末、古龙水、乳液，还有护理指甲的镀铬小工具。两人收拾好所有东西，坐进一辆出租车，去往盖伊街的另一头，在那里她和前台的黑人行李员谈笑风生，他则坐在出租车后排，快要被裙子和盒子埋住了。

她在招手让你进去，司机说。

苏特里下了车，走进脏兮兮的小门厅，他曾经上百次从这儿经过。面色惨白的看门人在对面的赫德尔酒吧认出了他。他朝他点点头，向行李员走去。

巴德，这是杰西，她说。

你好，杰西。

杰西很轻地晃了晃头。

听着，宝贝，你想待在这儿吗？

你这话是什么意思？

我的意思是离开那个地窖，住到这里。听着，杰西是我的老朋友了。他了解我，他知道我跟他这里的那些破产妓女可不一样，我对降价五块钱的把戏不感兴趣。他在顶楼有个房间，如果你愿意我们可以租下它。我想我明天要去阿森斯了。

阿森斯？

是啊。今天早上我和那边的人谈过了。他说我可以去至少两个星期。宝贝，要是有人能替我打理房间，我能去那儿挣到一千美元。

苏特里对她说的并不十分明白，但他还是说他会的。

她一副做生意的样子。她给了他五块钱，他走到外面，和出租车司机一起把他们的东西搬了进去，堆在椅子和前台，衣服都搭在楼梯扶手上。司机摸索着找零，可她挥挥手让他走了，他们抱着一大堆各式各样的精美服饰走上楼梯。

这地方可真是又脏又破，她气喘吁吁地说着，在三楼楼梯平台上回头看着他，不过他们不会烦你。

苏特里对着一堆香喷喷的衣物嘟囔着。他们往上走，楼梯间的墙壁上有拳头砸出的洞，栏杆有些地方被拉开了，用一些粗糙的木条补了一下。他们顺着光线昏暗的狭窄过道走到一扇门前，她靠在门上，拿出钥匙等他去接。

这地方看上去跟他们离开的那个房间很像，小了一点，破了一点。他们把东西堆在床上，走到楼下去拿剩余的部分。他们在房间一角拉起了一根电线，把衣服挂在上面，一头系在门铰链上，另一头系在窗户上方窗帘杆的托架上。苏特里望着下面的街道。

阴冷黑暗的早晨，她把他叫醒了，周围有管道当当响的声音，还有一群醉醺醺的妓女从走廊里走过，发出刺耳的噪音，她恐惧地呜咽着。他抚摸着她裸露的后背，她对着黑暗吐露出一个梦境。我们在车里，他们把你拖了出去，然后带走，这太可怕了。

你有没有什么我应该认识的小朋友？

她轻抚他的脸。这只是一场梦，宝贝。

早上，他送她上了巴士，在台阶上亲吻她，司机拿着车票和打孔器也站在那里，柴油的烟雾在寒气中盘旋，苏特里笑自己像卷入了某种模拟家庭的实验，抑或是在模仿因命运而被迫分开的恋人，他们还会再见面吗？她拿着过夜用的包往过道里面走，在窗边坐下，然后隔着玻璃朝他做了几个精心设计的手势，就像一个哑巴妓女，又像是基督徒到了外国港口，什么话都和她没关系。后来他给了她一个吻，耸耸肩说了句天很冷，便走回了台阶上。

现在每天中午，他都会在灰色的光线中醒来，那是从灰蒙蒙的破蕾丝窗帘里漏进来的，与此同时水渍斑斑、带花朵图案的墙壁里传来了乡村音乐的声音。墙上胡乱点缀着几只被压扁的蟑螂，周围装饰了一圈油渍做的花冠，有些还有鞋底印子作的相框。在这些房间里，房客们都挤在暖气片前，用拖把柄和烧饭勺子不停地敲。他们闷闷不乐，发出嘶嘶声。寒气舔舐着窗户。他穿着她买的浴袍和拖鞋，拿着猪皮盥洗包，像幽灵穿过废墟般地走在过道里，不时朝沿途房间里偶然瞧见的农场男孩或老年隐士点头，这些约会中的人纷纷露出受惊的目光。他去了过道尽头的厕所，那里只有他一个人在用，发黄的马桶里面布满裂纹，浴盆沾满了油漆，窗户里的菱形玻璃向外打开，窗台上鸽子蜷缩在羽毛底下躲避冷风。砾石屋顶上有一个正在烂掉的橡皮球。冬天的中午，这座城市矗立在深灰色的天空下，像是由一个个冰冷的立方体组装而成。

沿着半损毁的楼梯下到大堂，他会在一个架子上拿到早上的报纸，跟白天的职员点头问候，再竖起外套领子，步入忙碌的街头，任冷风吹在刮得光洁的脸庞上，一直走到田纳西咖啡馆，在那里花三十美分你就能得到一堆热腾腾的煎饼和可以续杯的咖啡。

"杰宝"还在克利夫兰。其他人则去了麦卡纳利北边的工厂。老朋友们各奔东西，也许没有人或很少有人会再回来，他们都变了。田纳西州的湿背客们为了打工挣钱会乘着歪歪扭扭、浓烟滚滚的汽车北上漂泊。于是谣言从底特律、芝加哥传了过来。有一小时挣两块二的工作。

霓虹灯带早早地挂了起来，苍白的装饰品点缀着暗淡的午后。他从旅馆的窗口注视着来往的车辆，能够越过几近损毁的坎伯兰旅馆剥落的砖墙看到街道的对面，雨水正落在一号小溪沿岸的黑人社区。漫长而沉闷的下午，工厂的汽笛声听起来似乎是说不出的悲伤。苏特里坐在窗前，白内障似的玻璃后是一张不真实的脸，布满尘埃或煤灰的阴影，眼神空洞。他看着这座朦胧的棱柱形城市在被黑暗吞噬之后变成了惨白的、由电力支撑的上层建筑。突然亮起的灯使得道路、高架、桥梁凸现在幽暗之中，长长的建筑和车辆的前灯穿透了成片的雨帘和晚间的夜幕。

深夜时分，半醉半醒地从赫德尔酒吧或者其他更糟糕的地方回到旅馆，悬浮式地躺在这幢失去了乐趣的房子里，隔着纸板做的房间门与另外半个夜晚交流，无趣的黑暗中昙花一现的车轮声有气无力，唯一关乎欲望的声音来自黎明前的几个小时，是交易完成时缠绵缱绻的女同性恋者时而发出的哭泣。

一周过半的时候，迪克交给他一个信封，上面盖着阿森斯的邮戳，里面有一封她写的情书，还有两张百元美钞。他在收银机后面摸到了系着钥匙的扫帚柄，走到厕所掏出钞票看了看，脆弱的外来物上用绿色粗体字印着面值。他把钱叠好，放进口袋。星期二，她又寄来三张。他把五张钞票铺在床上，和那只玩具猿猴一道看着它们，有些难以置信。

星期天早上天还没亮，她坐着一辆出租车从阿森斯回来了。她穿着成套的法兰绒睡衣和一件风衣，装过夜用品的塑料包里塞满了钱。她有点喝醉了。她推开门，抵着门框站在充满橘色光线的过道里，摆了一个妓女的经典姿势，说道，嘿，大男孩。苏特里在床上翻了个身，想看看发生了什么事，这时她说，你想用什么方式跟我上床？

今晚不行，亲爱的。我在等她回来。

她走进房间，一边走一边脱下雨衣。你这个狗杂种，她笑着说。

当心，你会弄弯帐子支柱的。

等我办完你再去想帐子支柱吧。

小姐，麻烦克制一下自己。

你好，宝贝。

嗨。

他们聊了一早上的天。她把一切都告诉了他。她来自肯塔基州，这让他大吃一惊。她喜欢女孩子，可她们不喜欢。她讲了所有经历过的城镇、廉价旅馆、几间禁闭室、一些虐待成性的皮条客、各种阴谋诡计，还有警察、监狱和黑人侍者，说话之间窗外的城市天际由灰变白，越来越亮，黎明降临了。

他们趁着天还没有大亮出去吃早饭，穿过浓雾煤烟、迎着烘焙咖啡的香气走到街角去打车，苏特里梳洗得干干净净，香气袭人，他又累又饿，可心情很好，她则搂着他的胳膊。

我拿着这些钱要干些什么？他问。

这个嘛，你可以给我买早饭。

严肃一点。我觉得城里的每一个抢劫艺术家都在看着我。

你有多少钱？

就你寄来的那五张。

我没说不让你花一分钱。

我自己有点钱。

那就放在银行里。我还有差不多三张。我想，也许，我不知道……搞个公寓。你觉得呢？

你说了算。

不，不是。

好吧。

他们打车去了加特林堡，在一个加油站停了下来，给轮胎加了防滑链。苏特里拿了两纸杯的冰块，又把冰块从纸杯倒进她带来的玻璃杯里，再把威士忌浇在冰块上，他们把毯子盖在大腿上，重新坐回车里，驱车进入了冬季的山区。

司机一言不发地载着他们穿过一片寂静的白色森林，沿途崖壁上的洞穴挂着一根根冰棱，加了链条的轮胎在路面的干雪中跋涉，这是唯一能听到的声音。苏特里端着热托地酒，搂紧他的女人，她用孩童般的眼睛望着外面的仙境。真他妈的美，她说。

他们停下来用冰柱给酒降温。苏特里爬过一堵低矮的石墙，掉进了厚厚的积雪里。山坡上，针叶丛生的枞树银装素裹，遮天蔽日地矗立在一起，林间飘动着一片薄薄的雪雾，发出流沙般微弱的嘶嘶声。他单手拿酒，站着往地上尿了一朵泥泞的黄花，举目远眺，白茫茫的荒山野林古老如世间万物，和百万年前的样子并无不同。正当他想说在这天寒地冻的高海拔上不会有生物居住，两只小小的灰鸟飞了出来。它们来自下面一处被冰雪覆盖的石楠丛，像嘉年华上走钢丝的小鸟，一溜烟地飞越山坡，消失在森林里。

他走在马路上，鞋子咯吱咯吱地踩在压实了的雪地里。在一块冰封的悬石下，不透明的晶体如笔直的栅栏将上方黑压压的森林围了起来，他听得见风在林间呼啸。伸手去摘岩石上的小冰柱，用它们装满了整个杯子。

回到车里，她给他盖上毯子，又搓起了他的手。你冻得跟冰一样，她说。

纽芬德隘口处有人在滑雪，停泊的车辆周围一群精力旺盛的家伙正挥舞着他们的滑雪板和滑雪杖。他们把车靠过去看那些人，伴随着一团团扬起的雪沫，戴护目镜的疯子们用足以摔断脖子的速度在枞树林中速降。她紧紧抓住了他的手臂，两人站在那里，喝着酒，呼出的寒气在空中打起了旋儿。

黄昏初上，他们在蓝色的暮光中走了回去，幽灵般走下山，雪原林地的景象倒映在玻璃杯里。他们盖着毯子在后座做爱，就像两个小学生，后来她坐了起来，朝沉默的司机耳中说了几句话，让他保证不告诉别人他们做了什么，他说他保证。

早上，她带他去买东西。苏特里穿着灰色花呢衣服正合身。

我喜欢，她说。

什么？买东西吗？

买男士的东西。太性感了。

他们挑了衬衫、领带和袖扣，又研究起玻璃柜台里的鞋子。一个衣着时髦的售货员在旁边徘徊。

星期三的中午，他在科默运动中心现身，脚蹬鳄鱼皮皮鞋，身披驼毛大衣。华达呢的宽松长裤，两侧有小拉链，没有腰带，搭配酒红色的衬衫，开襟设计很别致，不需要扣扣子。

该死的苏特里抢了男装店，杰克说。

"种马"咧嘴一笑，擦了擦面前的柜面。你要吃什么，苏特？

我想要牛排，配肉汁。

尤利塞斯靠在柜台上打量他。他嘴里叼着一根牙签，用拇指和食指夹起苏特里的翻领，又轻轻掀开大衣，看了看标签，故作聪明地点着头。看来渔业生意有了点起色啊，是吗？他说。

怕不是惹得一身腥的生意吧，塞克斯顿说。他穿着飞行服，在墙上挂着的自己的照片底下凹了个造型，一边用木制三角框轻轻地拍大腿，一边注视着大厅的另一头。

给我来杯巧克力奶，苏特里说。

她去阿什维尔待了十天。现在，他的房间里有了一台收音机，床边的地上铺了一小块地毯，可以踩在上面。下午的时候，他会浏览报纸上公寓出租的广告，在冰冷沉闷的走廊里心不在焉地听阴郁的房东喋喋不休半天，那些人穿着家居鞋，身上挂了一大串钥匙，像现在的监狱长，嘴里叽里咕噜地讲着话。她回来的时候，他还住在旅馆里。

他把存折给她看。户头是她的名字，账户里有一千一百美元。她把存折还给他，微笑着推了推他的鼻子。

她坐在镜子前，擦干头发梳了个发型，他空虚无力地陷在床榻之中，注视着她从一个罐子里掐出大坨面霜，厚厚地涂在手臂和乳房上，镜子里她把目光转向了他，他正躺在床上小口喝酒。她往脸上胡乱地抹了一大片白粉，就像画上了雪白的小丑脸谱，一笑就顺着皱纹轻轻碎裂了，白粉末从缝隙中簌簌落下。她带着如此戏剧的妆，只着内裤，走到床前，像朵莲花似的坐下，用一块石头磨起脚后跟来，她把整条大腿弓起，专心致志地弯着腰。

他洗了个澡，换上新衣服和鞋子，系上叠得整整齐齐的丝质领带。苏特里和他脏兮兮的心肝宝贝走下破旧的楼梯，跨上路边的一辆出租车去吃晚饭。后来，他们去了美国退伍军人协会，她在牌桌上赢了一百美元，把它塞进了长筒袜口，就在客人们惊讶地瞪着那一大片肌肤时，她像妓女那样用力朝他挤挤眼睛。她喝得有点醉了，他们跳起舞来，她附在他耳边，轻声说她现在就想在地板上做爱，还用下身蹭起了他的大腿，他只好把她带回了家。

早上她拿着报纸上来了，依然是在睡衣外罩了件雨衣，她还拿来了一罐冰橙汁和一瓶阿司匹林。他们一起坐在床上看报纸，拿着一支铅笔浏览上面的租房信息。那天下午，他们搬了家。

苏特里拖着东西下了出租车，又爬上冷飕飕的高楼梯，来到了二楼的公寓，他在厨房里翻来翻去，看了看空荡荡的冰箱和碗柜。月桂大道的上方，他坐在通风的前屋里，超然地凝视着太空，一个流离失所的灵魂思考着自己和那个在这些住所搬来搬去的苏特里之间的裂隙。

出租车司机站在那里，用手指抚弄着皮带上零钱袋的铜扣。

苏特里抬起头来。

都拿上来了，是吧？

但愿如此。

好的。

我要给你多少钱？

两美元四十美分。

苏特里给了他三美元，把他送下楼梯。她正往衣柜里挂东西。他站在门口看着她。

想象有一个衣柜，她说。

想象。

他从冰箱里拿出冰块，给两人调了喝的，端着酒走进了卧室。

五点了吗？她问。

显然，苏特里一边说一边拿杯子碰了一下。

她走进浴室，他站在窗前望着外面，手里端着酒。他看见一个老人在水槽边洗漱，苍白的手臂，小肚子垂在内衣底下。苏特里抬抬酒杯，默默地向他祝酒，这是一个冷漠且近乎愤世嫉俗的手势，当他这么做的时候一种几乎是羞愧的感觉油然而生。

快到二月中的时候，天气变得更冷了。她去了芝加哥，他有十天没有收到她的消息，他以为她已经回到她的女朋友身边去了。水管冻住了。他在床上躺了很久，脑袋挂在被子边缘的外面，看毛被磨平的粗糙地毯镶边上蝎子图案如何头尾相连。

暗淡的蓝玫瑰被灰尘玷污，深奥且模糊的中心花纹。也许是经历了一场关于化学的梦境，又或者是接触了某位东方行家的脱了水的干手。

一天早上，在埃利斯和欧内斯特餐厅，他心情沮丧地混在一群擦洗干净的大学生中间，坐在长长的粉红色大理石柜台前点咖啡，然后打开报纸。上面有"猪头"的照片。他死了。在报纸上"猪头"死了。

苏特里放下报纸，瞪着店外坎伯兰大道上这个寒冷萧瑟的上午的车流。过了一会儿，他细读了那篇报道。他的名字是詹姆斯·亨利。在由黑白灰三色圆点组成的学生照里，他显得孩子气，很调皮。和成年的他多像啊。他被一支点32口径的手枪击穿了头部，永远留在了二十一岁。

当天晚上下了雪。雪花在冰冷的蓝色灯光下轻轻飘落。积雪似白蛇趴在森林大道沿途的黑色树梢上，街道的雪层上压着一段段的树杈和枝条，没有被雪盖满的地方是一条条黑色的裂缝。他带着淡淡的酒气艰难地往回走。这时，远处响起了微弱的铃声，他停下脚步聆听。有东西在飞。不知名的鸟。苏特里把脸转向夜空。雪花躲躲闪闪地从路灯上方的黑夜中洒下，落在他的睫毛上。雪落在诺克斯维尔，簌簌地覆盖了整个麦卡纳利，藏匿了屋顶的破洞，遮住了窗饰，还把狭小前院里的煤堆冻了个结实。它盖住了排水沟里的血迹、污物和稀泥，在下水道的盖子上铺上了白色的栅格。雪在发黑的忍冬丛里搭出了冷飕飕的亭榭，它藏匿起流浪汉营地里的包装箱，并在卡车轮胎上弄出了巨大的酥皮蛋糕圈。小溪流淌，吞噬着沿途的垃圾，变得腐坏。在它的表面，雪花轻轻撞击后便消失得无影无踪。苏特里竖起衣领。院子里，一台调车机车正在工作，前灯发出的白光照进一排排铁灰色的仓库，在这个泛着磷光的铁青色隧道里雪忘乎所以地飘落，未被灼烧。

印第安人的旧鞋在干雪地里像踩到了白土那样嘎吱嘎吱直响。他的肩头披着一块油乎乎的防水布，是从某个工地上的小汽机上偷来的，皮肤冻得发灰。他停下脚步，敲敲鞋子，上面的雪裂开了，掉在走廊的地板上，留下两个鞋跟的印记完好无损，还有鞋底的那些洞。渗出的盐水纹在鞋帮上慢慢结了霜。他耸耸肩，把防水布往上顶了顶，爬上了昏暗的楼梯，带花纹的墙上映出了类似蝙蝠的影子，一阵轻微的吱嘎声和脚步声，还有微弱的牙齿打战的声音。到了门口，他朝指关节哈了口气，然后轻轻地叩门，猫着腰听里面的动静。他又敲了一次门。

苏特里在吗？他问。

他的声音太怯弱了，而里面的人睡得很熟。过了一会儿，他走下楼梯，在这个冬夜离开了。

那年的春天来得比较早。阳光明媚的早晨他坐在小厨房里喝咖啡，看报纸。前院开满了花，黄水仙在煤渣和土壤中摇摇摆摆。五月初，她在新奥尔良被捕了，他不得不给她汇去五百美元。她回来时变得胖胖的，却毫无悔意。她说要是她开始在比诺克斯维尔大的地方工作，请他务必踢烂她的屁股。尽管他不喜欢承诺，可这次他说了句好的。

他在不同的时段醒来，一会儿发现她不在，一会儿是正要走，也可能刚回来。天气炎热，她摊开四肢，粗壮的大腿分开，额头上渗出细细的汗珠，就像是燥热梦境中的露珠。手腕内侧有淡淡的剃刀割伤的旧疤痕。伤痕累累的肚子和一缕缕鬈曲如孩子般的黑发。他用手掌掂了掂她那微微翘起、如玫瑰花蕾般的奶头，她无精打采地挪了挪身子，一只脚缠在了卷起的床单里。

他仰面躺着，看白天的影子在房间里拉长，百叶窗被拉下了，楼下街道隐约传来车辆喧闹的声音，但又渐渐消失。他从床上爬起来，像个逃犯似的坐在窗边，透过积灰的叶片看暮色渐浓，魔杖似的彩灯亮了起来。他刮了胡子，穿戴整齐，到楼下拿报纸，在街上散步。他会回来躺在床上，因为房间里更凉快。漫不经心地读报纸，听收音机里空洞的广播。她似乎到哪儿都带着她的阴道灌洗包，里面的水管恶心地甩来甩去，而那个包鼓得像个大膀胱。她洗个没完。头戴亮闪闪的金属卷发棒就像是在接受诡异的人脑实验。她越长越胖。她说，要是你住妓院里会怎样？你也会一直吃的。

于是，他会出去散步，一去就是几个小时，回来的时候迎上的是噙满泪水的大眼睛，有时闪烁着怒火。

接下来的日子里充斥着酗酒和小闹剧，廉价的眼泪和指责，还有重新许下的半真半假的爱的誓言。

混迹于小城市的二等餐厅，流连于昏暗的啤酒馆，浓烈的麝香味道让人想起啤酒厂的酒窖。在这些地方，别人都随心所欲，只要不是发生了骚乱，就别想他们抬起眉毛。

他仔细打量镜子里的那张脸，下巴松弛了，眼神空洞。他死后会是什么样子？有段日子，这男人渴望事情能有个了结，他宁愿与死人为伍，和所有永恒的灵魂一样，让眼睛被黑夜束缚。

再次爬上这些钉着长条形旧地毯的楼梯台阶，深色的漆面护墙板上有细密的纹理，就像古老的绘画，带花卉图案的墙纸，从三十英尺高的天花板上挂下来的灯像在深坑里看到的暗淡星云。镀金画框里镶着一幅令人费解的画，用真羽毛拼出的两只鸟被染上了怪异的颜色，看上去像帽子，永远违背了分类学的认定。走廊尽头就是他住的公寓的大门，没有名字。

他来回城里，几乎每天都要经过那辆汽车。它停在本·克拉克二手车店的空地上，看上去凶恶又野蛮，像只猫似的卧在一堆家用轿车中间。天气温暖的时候，他们会把顶棚放下，倚在木头门框上，你可以把头靠在驾驶座上，闻着令人兴奋的浓郁皮革味道饮酒，欣赏仪表盘上一簇黑色的表盘，仿佛坐在飞机舱里，精致的红地毯与真皮座椅搭配得相得益彰，抛光的带瘤状花纹的胡桃木，方向盘的正中是一个咆哮状的银色豹头。

今天让我给你介绍一下这辆车，销售员微笑着说。

苏特里站起身，往后退了几步，目光顺着那玩意儿光滑的乳白色侧翼扫视了一遍。这是哪一年的？他问。

1950 年。才跑了两万两千英里。备胎都没碰过地。

苏特里觉得自己被慢慢麻醉了。明媚的春日阳光下车轮银光闪闪。

看这里，销售员说着，掀起了后备厢盖。

里面是全新的轮胎，跟他说的一样。还有一些装在定制箱里的小工具。

接着他把长长的引擎盖抬了起来，他们围着车头走了一圈，查看里面锃亮的铝质凸轮轴盖和几个干干净净、安装着化油器减震装置的小罐子。

你去把它发动起来，销售员扶着打开的小车门嚷道。

苏特里深陷在真皮驾驶座里，转动钥匙，燃油泵滴答作响。他把变速杆挂到空挡，拉起启动杆。汽车发出了摩托艇般的声音。

他抬起头来。你卖多少钱？

两张大钞，你就能把这小车开走，销售员靠在车门上自信满满地答道。

苏特里踩了几下油门，熄了火。销售员站直身子。如果你愿意，可以试驾一下，他正说着，苏特里已经在往外爬了。他关上车门，又转过身，朝车里看了看。

顶棚设计也很完美，推销员一边说一边解开关起来的帆布敞篷。

好的，别麻烦了。我要把我女人带来看看。

朋友，它可不会在这里待很久。

你也许是对的，苏特里说。

她从亨茨维尔带回来六百美元。他把她塞进一辆出租车，两人进城去了。有件东西想让你看看，他说。

她围着它走了一圈，看了看车，又抬头看着苏特里。好吧，她说，它很漂亮。

我们有足够的钱买它。

乱说。

我是认真的。

她看看他，再看看车，然后又看了看他。好吧，她说，那我们就买下这该死的玩意儿吧。

他去找那个推销员，她则仔细检查了那辆车。他在一个木头搭的小办公间里找到了那人，一盏风扇搅动着室内潮湿的空气。推销员一边翻找文件，一边打着电话。他冲苏特里点点头，竖起一根指头。苏特里靠在门上。

好的，推销员说着，挂上了电话。好了，你是准备今天来开走那辆小车吗？

苏特里慢悠悠地坐进一张椅子。是这样，他说，我手头是一千八百美元出点头。我们能做交易吗？

出点头是多少呢？

差不多一千八百五十美元的样子。

一千八百五十美元。

是的。

你想要那辆车吗？

是的。

朋友，那辆车是你的了。

他们开车去了北卡罗来纳州的阿什维尔，在格罗夫公园酒店度过了四天，那是一个凉爽的高层房间，周围是一堆有些年头的粗糙岩石，每天中午他们沐浴着明媚阳光，在贴着瓷砖的露台上吃午饭，俯瞰底下的高尔夫球场和远方笼罩在朦胧蓝色薄雾中的山脉。这两个见习骗子在酒店里悠闲地走来走去，他们有时会坐在泳池边，她向其他客人扯起弥天大谎。凉爽的夜晚，他们开着敞篷车在山里兜风，然后回到酒廊喝酒，那地方有一支小型管弦乐队，演奏着另一个时代的音乐，上了年纪的夫妇们在灯光昏暗的舞池里静静地跳着两步舞。

夏天日复一日地单调度过。公寓里很热，密不通风。他成了巨大惰性的牺牲品，一直躺在潮湿的被单上，任汗水在油腻的皮肤皱褶里冰冷流淌。她一丝不挂地穿过房间，手里端着两杯冰茶，百叶窗紧闭，他们坐在密闭温热的昏暗中，小口啜饮，把冰凉的杯子贴到脸上。她脸色苍白地躺着，汗渍斑斑，表情像猫在做梦，下流地弓起一条腿，腹部下方的黑色卷毛凌乱地缠结在一起，上面挂着露珠。她把一只凉手搭在他的后颈上。楼下的街道上，一辆汽车突然发动，开走了。远处有广播的声音。他们像倒下的雕塑那样躺着。苏特里用一块冰抵住了自己的舌头，直到它冻得麻木，然后他靠过去舔起她的乳头来。

你这狗杂种，她一边说，一边笑嘻嘻地低头看他。

星期天，他们开车去了康科德，在湖边散步，攀爬褐色水面上的石板。他们遇到了一个渔夫，他给他们展示了自己捕到的小鲥鲈。他面前的水里漂着一片片不规则的龙涎香，就在他刚吐口水的地方。他们谈论了鱼和天气，那老头打量了他们一遍，然后狡黠地拿出一个威士忌酒瓶递给他们。苏特里用袖口擦了擦瓶口，喝了起来。渔夫看看她，轻轻指了下酒瓶，可她笑着拒绝了。他严肃地点点头，啐了口唾沫，把嘴里嚼着的烟草换了个边，自己也喝一口，然后便把酒瓶藏回了雨衣底下。

我喜欢喝一杯，他说，不过我不是酒鬼。

苏特里点点头。

我以前娶的那位会把瓶子喝个底朝天。你们看。

他给他们看了一张软趴趴的照片，拍的是一个廉价房间里的一个柜子，里面立着五个空酒瓶。我每天都带着它，他说，每当我希望她回来的时候我就把它拿出来看看。你会为自己学着渴望的东西而感到惊讶。

他转向自己的鱼线，不再说话。浮子在他们半明半暗的影子里平静地漂浮着。一只鱼鹰往湖的下游飞去。他们祝老人好运。

他给她看了从淤泥里伸出来的燧石的内核，又找到从同一块黑石头上砸出来的箭头，递给了她。远处的一个泥坑里聚集了白色的海鸥。沉默的小树桩姿态扭曲地站在岸边，根部的土壤已经被水冲刷掉了，树干暗地里被划上了凹痕，还遭到了水流的劈砍，球状的根茎上长着丑陋的节疤。这些树奇形怪状的影子长时间地落在河湾的泥水面上，沿着河滩，每一块岩石和卵石都躺在自己的阴影之中，于是整个河岸看上去像是被泼了墨水。

我以前从没见过这个，她说着，手里转动着那个箭头。

它们到处都是。等冬天水退了，你就能找到它们。

最后一天，他们走到了沙坑上，鞋子陷进了干燥的壤土里。他在白森森的浮木和水草中间找到一个巨大的蓝色蚌壳，薄如废纸。她小心翼翼地拿着它，里面放着那枚箭头，还有一个她自己找到的纹路奇怪的鹅卵石，从背面看像一只眼睛。海鸥都飞了起来，或接二连三，或成双成对，它们猛地冲上天空，在人们头顶盘旋，弓起的翅膀承受着炽烈阳光的照射，羽毛在它们乘驭的微风中沙沙作响。它们去了湖的下游，下坠的翅膀用来保持平衡，脖子则伸得长长的。

苏特里跪在沙地里，拾起一块石头打起了水漂。沿着曲线轨迹出现了一串环形涟漪。远处的河岸笼罩在深深的阴影里。泥沙带与码头贼的行迹巧妙地接合在一起。她跪在他身边，轻轻咬起他的耳朵。柔软的乳房贴着他的胳膊。可是这时候为什么会有孤独的感觉？

他们站在锡姆斯山看底下城市的灯光。黑暗中，星星在周围飞舞，莎草在脚边翻滚。一座奁蒿的灯塔闪闪烁烁地浮现在黝黑的沉睡山丘之上。远远地，能看见游乐场的灯光，摩天轮像小型时钟齿轮般转动着。苏特里想知道，孩童时代的她是否曾经在集市上被璀璨的彩灯弄得头晕目眩，还有旋转木马欢快的手摇风琴音乐以及小贩们沙哑刺耳的揽客声。在这个粗制滥造的世界里，人们看到的是孩子们的烂漫想象，而不是臭汗、烂牙、锯末中的莫名污渍、苍蝇、陈腐的谵妄，以及孤独者的茫然神情，他们在这些花哨的物件中走来走去，寻找一件自己也说不上来是什么的东西。

午夜时分放起了烟火。透明的花火在爆炸中绽放。在空中满满地划出一道彩色痕迹，就像弥散在海洋中的斑斑点点，炽热的珊瑚虫在海底消失了。看完烟火，他问她要不要走。他能感觉到她身上毛衣下的呼吸。他觉得她很冷。她转过身，把脸贴上他的胸膛，他抱住了她。她在哭，而他不知道为什么。山下的城市仿佛冻结在一片蓝色的虚空之中。毫无意义的图案像滑梯上动物的足迹。过了一会儿，她说了声好，便拉起他的手，两人开始下山，朝着诺克斯维尔去了。

寒冷天气到来之前，一切都结束了。她已经有两个月没有出城，接着第三个月又过去了。储蓄账簿上的数字开始变少。她说要去找工作。她喝了酒。他们争执起来。

一个星期天的早上，在弗洛伊德·福克斯——一间开在废弃的紫荆大道上的非法酒肆，她喝得酩酊大醉，似乎发起了癫痫。她接连不断地朝他尖叫，还对着空气做出各种古怪的手势，有些带着威胁意味，有些则荒诞可笑。他试着把她弄上车。天刚下过雨，两人在滑溜溜的红土地面上直打滑，来自麦卡纳利或韦斯特尔的酒客坐在板条箱和生锈的金属椅子上围观他们。

我都不知道在紫荆酒肆人们是跳着舞出来的，人群中一位幽默的看客嚷道。

他扶她上了车，脚上沾满了泥。他们碾过一条很厚的泥路，从车道开了出来，驶上了沾满泥水的沥青马路。她安静郁闷地坐着，嘴角偶尔掠过一丝怪异的微笑。

汽车开上艾兰霍姆的山头，朝城里开去，她一把抓住变速杆，试图强行倒车。发动机呜咽起来，伴随着微弱的嘎吱声，变速箱挡位松脱了。苏特里一把抓住她的手腕，她抬起一只脚，把收音机的旋钮踢了下来。

你这疯婊子，他说。

就在这时，她猛地陷进座位，顺势抬起双脚往外踢了出去。右手边的挡风玻璃变成了白花花的。她又踢了一次，它掉在引擎盖上，滑到了街上。

他把车开到路边。她还在冲他毫无意义地尖叫。

你这娘儿们昏头了，他说。

她静静地看着他。这只不过是一辆车而已，她说，可以修。

街对面的窗口有些老面孔在看热闹。苏特里盯着挂在仪表盘上的雨刮器。还有收音机旋钮的断口。他又看看她。你这讨厌鬼，他说。

她又抬起了一只脚，像个脾气暴躁的大孩子，然后把后视镜踢歪了。

他抓住她的脚踝。打住，他说。

她醉醺醺地啜泣着。你这狗杂种，她说，你就不能说：没关系，亲爱的，或者说，或者说……不论发生了什么，我都觉得你他妈的太完美了。

一辆警车无声地停了下来。两名警官下了车，从车的两侧分别走了过来。

警察靠近的时候，苏特里正在自言自语，这到底是怎么了？他多希望地下能有一道口子，把他俩都吞下去。

警官低下头打量起苏特里和他的妓女。

这里是怎么回事？

苏特里无助地打了个手势。她疯了，把挡风玻璃踢掉了，他说。

一个警官俯身靠在车篷上，苏特里看见头顶的帆布敞篷上出现了一个手肘的印子。另一个警官抱着胳膊站着。他们什么也没说。苏特里也是。似乎所有人都在等待另一群人的到来。

最后靠在顶棚上的那位开口了，车上有证件吗？

苏特里弯下腰，打开木质手套箱的小门。他从一堆文件里翻出汽车的产权证，递给了警察。那人说，让我看看你的驾照。

他掏出皮夹，找到那张小卡片递了上去。警官仔细检查了这些文件，把它们还了回来，站直身子。那边就是你的挡风玻璃吗？

苏特里把头从车窗里伸出去。是的，长官，他说。

行，把它从街上弄出去。然后你们就可以走了。

好的，长官，我会的。

他们又瞥了汽车一眼，摇摇头，回到巡逻车里开走了。苏特里走到街上，把地上和散落在阴沟里的玻璃捡了出来，放进后备厢，然后他上了车，发动引擎，开车离开了。他们正要驶出坎伯兰，就在这时她开始撕钱。他听到了一把钱被撕碎的声音，并且立刻看到绿色的纸屑顺着气流从车尾飘走了。

妈的，他骂了一句，握住方向盘，让车滑进了一座加油站。星期天的早上，无聊的老人们正透过平板玻璃望着外面，等着看有什么事情发生。一辆充满异国情调的汽车驶了进来，大把大把的碎钞票从车窗里涌出来，在路面上飘动，谁知道是什么面值。

她坐在那里撕钱，一边哭一边说这些钱不会给任何人带来好处。上了年纪的面孔贴在窗玻璃上，鼻子都被压扁了，并且毫无血色。两个小男孩飞快地穿街而来。苏特里下了车，从铺路石上捡起十块、二十块的钞票碎片。她从车里爬下来，披头散发地站着，身体有些摇晃，脸上带着微笑。男孩们在阴沟里胡乱捞了起来，像小猫似的盯着他。苏特里转了一圈，把钥匙从车里拿下来，准备关车门，他突然停了下来，把钥匙放回了车里，穿过铺了沥青的碎石路走回外面的街道。她飙着醉话咒骂着他，他只能听出自己的名字。他似乎早就听过这些，只是继续往前走。

天还早，他沿着一堵废弃旧墙旁的陡峭小路往坡下走。一座古老的城市在这里蔓延。荒芜的田野里，被风撕扯的破衣服从一个扣着帽子的十字架上垂了下来。里面的钢筋生了锈，戳在外面。他甚至在这里的草丛中看见掺了贝壳的旧石砖。他走下水泥台阶，铁栏杆已经损坏，从前的砖砌水槽里满是碎石。他从河面上一座建造较早的石桥桥台处路过，又经过了最前面的那栋摇摇欲坠的破房子，曾经排列在美因街两边的棕色路边石，连同经年累月的鹅卵石、铺路砖，还有木条和榫眼都被烧黑了的横梁，所有城市的断壁残垣都滑落到了山坡上。

他肆无忌惮地走过疯子的房子，老头准是放松了警惕，因为他几乎是到了街上才听见他的哭声。

啊，他回来了。上帝宽恕他黑暗的灵魂，又一个摆脱了妓女们纠缠回到家乡的英雄。快把他的脚后跟浸到河里，用剩下的污水凉快凉快。星期天对他来说毫无意义。异教徒。回来钓鱼了，是不是啊？上帝自己也不想贴得太近去看河底的东西。太适合你这样的人了。唉，他知道今天是星期天，因为他比平时喝得更醉了。要想把你从即将入住的地狱拯救出来，光帮助老瞎子们过马路可是不够的。苏特里用手指塞住耳朵，继续朝街上走去。

看到他在店里露面，霍华德·克莱文杰扬起了一边眉毛。还以为你出城了呢，他说。

我回来了。

随着塔夫绸的沙沙声，一只芬芳的手臂垂在了苏特里的肩膀上，一颗用自行车反光片做成的袖扣。一张华丽的丑角式的非洲面具，象牙色的牙齿镶了金。嘿，宝贝，你去哪里去了这么久？

你好，约翰。就在附近。

我自己也出了趟城。

你去哪里了？

我在列克星敦。我见到了詹姆斯·赫恩登。外号"甜美晚风"。她真美，就她的年龄而言。

谁年纪更大？

什么年纪更大？

你还是她。他。或者它。

嘘。那家伙已经六十了。

你多大，约翰？

"轻舞露间"无视了这个问题。他说，你知道她死的时候报纸上会写什么吗？大大的标题。

写什么？

他们都已经酝酿好了。《"甜美晚风"不再来》。

苏特里笑了。这个倒错的人深深地弯下腰抱紧自己，面孔皱成一团，像匹母马那样嘶鸣起来。

他们以后会怎么说你，约翰？

胡说八道。我又没有要死。

可能不会，苏特里说。

船屋的一角有大半没在了水里，窗户被石头砸开，前门也不见了。他进入一个杂糅了往昔记忆和今日萧索的场景。撕碎的扑克牌和半品脱容量的威士忌酒瓶散落在地板上，炉子里塞满了垃圾。他走过倾斜的地面，把正面朝下倒在碎玻璃和破布头中间的食品柜扶了起来。

下午的时候，他已经把这地方扫了一遍，还把床垫搬到屋顶上透气，之后他坐在走廊的阳光底下，拿着一把划玻璃的刀，把从无人仓库里偷来的旧窗玻璃改了形状，安在自己房子空荡荡的窗框里。接下来的几天，他在屋顶的接缝涂上沥青，又从一号小溪那边的平地背回一扇门，锯到合适尺寸后挂了起来。

最后，在十月一个温暖的早晨，他驾着小艇离开了岸边，避开挖泥船直立的船体外壳，伸手去接别人递给他的太平斧。他拆下船底的圆桶，它们被河水充满，发出呼哧呼哧、哗啦呼啦的声音，缓缓地下沉，消失在视线里。他把一批新的装到位，朝领航室喊了起来。绞盘吱嘎作响，船屋的那个角摆正，苏特里见那里已经能够浮起来，便松开缆绳，他晃晃悠悠地往甲板上去了。

我要付你多少钱？他嚷嚷着，把斧子递到上面。

甲板上的人伸出大拇指，朝领航室一指，船长正从高高的窗口注视着外面。

我要付你多少钱？

船长吐了口唾沫。我不知道，他说，该值多少钱？

我不知道。不过我可不想让你生气。

你觉得五美元怎么样？

我觉得非常公道。

他把钱递给甲板上的水手。挖泥船开始后退。泥水剧烈翻腾，继而四下溅开。苏特里举起一只手，上了年纪的领航员摇起了一只小铃铛。稻草堆忽上忽下，岸边的老鼠洞吞吐着水流，挖泥船往外开去，甲板上的水手靠在栏杆上抽烟，眼睛望着岸边。

他买了三卷五百码长的尼龙滚钓线，花了两天时间将它们与钓组、铅坠和鱼钩连接起来。第三天，他放下了鱼线，那天晚上在棚屋里，他点上油灯，吃了晚饭，坐在椅子里听河水的声音，报纸打开摊在腿上，他感到全身被一种不安的平静所笼罩，是一种奇怪的满足感。灰色的小飞蛾绕着他面前滚烫的玻璃圆锥飞来飞去。他把盘子和廉价商店买来的银器放了回去，两手交叠放在桌上。一只甲虫不停地冲撞纱窗，每每跌倒在甲板上就嗡嗡地飞起来，继续去撞。

诺克斯维尔南方的上空是晴朗的夜晚。桥上的灯光与遥远星座暗淡粗糙的细小异构体混杂在一起，在河面上浮动。他向后靠在椅子里，拟了几个问题，让天花板上晃动的椭圆形灯光向他发问：

假如有人能听到，而你今晚死了。

他们就将聆听我的死亡。

没有遗言？

遗言不过是些话。

你可以告诉我，通过玻璃灯罩里的火焰领会出的关于自身邪恶起源的范式。

我会说我并非不快乐。

你一无所有。

也许是好酒沉瓮。

你自己相信吗？

不信。

那你相信什么？

我相信早晚都是一样遭罪。同矣。[1]

同样的吗？

在死之黑暗里，所有的灵魂都是一个灵魂，这并不罕见。

你会有所后悔吗？

完全不会。

完全不会？

有一件事。我曾满腹牢骚地说起自己的生活，我说我会自己站出来反对关于遭到遗忘的诽谤，反对这其中骇人的无面状态，然后我会站上虚空中的一块石头，让所有人念出我的大名。我公开宣布放弃此种虚荣心。

黑漆漆的玻璃上，苏特里浮雕般的面孔越过他那被灯光照亮的肩头注视着自己。他俯身向前，吹灭了火焰，也吹走了他的分身和头顶上的图像。昏暗的河水静悄悄地蜿蜒流过。一辆卡车隆隆地驶在桥面上。

整个在河上的季节，他有理由在劳碌的工作中回忆起过去雨水打在窗户上的日子，想起床上的温暖和她的肉体，她是如何像土耳其乞丐那样翻白眼，睁开一道缝的眼皮底下只看到泛着青光的眼白，她会吐出舌头，同时抓住膝盖，大叫一声，往后倒去，躺在湿淋淋的床单上像寻了短见。等她能够颤巍巍地

---

[1] 原文是拉丁语，Pari passu.

活过来，她便会把甜蜜的谎言灌进他的耳朵里，或是用冰冰凉的手指抚摸他背上的脊椎骨。

在高潮的疲劳中——她说，据她所说——她会被一片温暖的绿色海洋包围，在被黑暗弄得麻木之际穿行于海水中，经过一连串的小太阳，它们就像是旋转舞台上的脚灯，像绿色天空里转动的电动旋转木马。嫉妒的绿色是她释放快乐的颜色，那悲伤色又是什么呢？是他们说的黑色吗？愤怒总是红色的吗？忧郁的无聊色调被称为"蓝色"，它确实是蓝色，却并非天空或大海的蓝，而是一种苦涩的蓝，带有一丝懊悔，靠近边缘已经看不出颜色。瞎子的正午色是白色，那么他的夜晚也是白色吗？他会像鱼那样用皮肤感知颜色吗？他知道蓝色吗？是像新娘般恬静，还是像太阳或尿液似的黄色，他还记得吗？神经上的色彩就像梦境般转瞬即逝。生命的颜色是水。

早上，他出发到下游去收鱼线。这是个凉爽的清晨，雾气还在升起。河对岸屠宰场的围栏里传来杀猪的声音，仿佛麻风病人在门外哭泣。他坐在小船后部，慢慢地划到桥下。从底下经过时，他抬起头，对着高耸的黑色大厅一声怒吼，桥拱门上的鸽子展开扇形的翅膀，扑棱扑棱地朝太阳飞去。

死亡和暴力泛滥的季节。克拉伦斯·雷比被警察开枪打死在法院的草坪上，洛纳斯·雷·考霍恩伴着碎石、沥青和夜鹰的老巢，在郡监狱的屋顶上躺了三天三夜，最后搜查人员认定，他已经逃离了这座城市。关于凯瑟琳夫人，他做了怎样的梦？一天晚上在赫德尔酒吧，他看见她和"虫子"黑兹尔伍德在一起。她没有必要走遍全国去实施抢劫。然后是报纸上的新闻。有个小女孩的尸体被发现埋在一号小溪旁的垃圾堆里。斯普劳特·扬，也就是"响尾蛇老爹"，被指控谋杀。

　　苏特里发现户外的人们都想赶快回家待着。一个黑人家庭摸黑坐在家具当中，全都上了年纪，全部沉默不语。这些身影裹着旧被子抵御寒冷，老人的烟头起起落落，划出红色的弧线。当他早上从那里经过时，他们都出去寻求帮助了，除了一个老妇人坐在人行道的一把椅子上，身边堆满了脏兮兮的家居用品。她盯着街上的行人，可没有一个人回头看。一只椋鸟落在破旧的黄色冰箱上，她挣扎着站起身将它赶走。

　　废品商正和一堆酒鬼在丛林里酣睡，就连小偷从黑漆漆的货车厢里跳下来走到他们中间也没有被发觉。一个烟雾组成的原始人像翻袜子那样把人们的口袋全部掏了出来，顺走了其中的零钱和半包半包的香烟。穿过忍冬树荫下昏暗的小径，地上的报纸像幽灵般蜷缩着，有烟瘾的家伙们烂醉如泥地躺着，任由苍蝇在他们的耳洞里产卵。停下来拎走几双鞋。从丛林中出来，又消失在车厢的黑暗之中，火车又开动起来，似乎一直在等他。一只狗穿过铁轨，驻足闻了闻老人的脚，便继续往前走了。

黎明时分，河畔一辆废弃车辆的后座上，一个女傻瓜赤身裸体地从一场轮奸中醒来。她翻动了一下，甜蜜的白昼已经破晓。馊啤酒和干精液的恶臭，眼睛糊满眼屎，用过的橡胶套挂在仪表盘的旋钮上，意义不明地摇晃着。她的衣服被人踩在地上。上面有泥脚印和狗屎，她的私处看起来就像是从下水道阀门处捞出来的毛发团。她一起身，就看到两个黑人男孩蹲在汽车的挡泥板上。她把双手交叉抱在胸前，他们跳到地上，一边噉噉大叫一边在杂草丛中狂奔。远远地，汽车在公路上疾驰，她呻吟着，弯下腰在衣服堆里摸了起来。

一天晚上，苏特里在住宅区的赫德尔街发现刚从劳动救济所放出来的伦纳德。伦纳德找了个洗碗工的工作，他得了结肠淋病，除此之外全身长满了痈疽。他一瘸一拐地走到苏特里的桌旁，紧张地坐了下来。他讲了自己是如何看到谎言从律师的嘴里被炮制出来，含混不清却言之凿凿，像老鼠似的出来，张望了一会儿便溜掉了。律师朝伦纳德俯下身，摇起一根长手指，你试图掩盖你父亲的死亡，好从政府那里非法骗取钱财，这件事是不是真的？那人瞪着怒火中烧的眼睛，把汗津津的脸怼到伦纳德的小脸上，带着胜利的神情注视着他，伦纳德从椅子上半抬起身，伸出两只手抓住律师冰冷的脑壳，把他的脸往下拉，用一个带烟草味的吻分开两片薄薄的唇。

他漂上来了，苏特。拖着所有的锁链。

父亲们是会这样做的，苏特里说。

我到处找你。

苏特里没有问为什么。

这个娈童把椅子往前拉了拉，自信满满地凑了过来。我要问你点事情，苏特。

可以。

要是你买了东西不付钱，他们能把它收回去吗？

肯定啊。他们当然可以。

我的意思是不管什么东西吗？

这个嘛，我不知道。我猜有些东西很难再收回了。是什么呀？

唉，这家伙一直来我家……

好吧。

唉，你知道的，他们找到我爸以后，我们在法律上遇到了许多麻烦。

好吧。

所以呢，我妈就去伍德朗买了一块空地，这样他们就不能把他随便埋在这里了，她买了整块地，那人上门来，卖了地给她，紧挨着这块空地还有一块是给她自己留的，这墓地还带那个永……

永久养护。

对，永什么护，还让她签字了，她不用付定金，或者说头六十天不用付钱，我是这么理解的，可现在她已经欠了三个月的钱了，总共欠他们六千二百五十块……

伦纳德。

嗯。

你是不是想问他们会不会收回你老爸的墓地？

他们可以吗，苏特？

我不知道。

好吧，我认识一个人，有一次他们来拔了他的牙，他就再也没还过钱。

我帮你查一下。他们真的有说过要收回墓地吗？

他们是这么跟我说的，苏特，如果她在十号前不付钱，他就会过来。

苏特里看着那张认真却憔悴的脸。他吃惊地摇了摇头。

日子变得比老农民还艰难，伦纳德说，在我们家是这样。

哈罗盖特怎么样了？苏特里问。

伦纳德咧嘴一笑。我不清楚。大约一个月前我在住宅区见过他，当时他正挽着一个年纪有点大的乡下姑娘，还比他高一个头。我冲他大喊了一句，问他有没有从那长条老东西身上捞到好处，可他不认识我。

也许是他的姐姐。

也许。她有点喜欢他。

苏特里闭上眼睛，仿佛在努力想象有这么一个人。他睁开眼睛，发现伦纳德正盯着他。他环顾四周，似乎有些搞不清自己是怎么到这里来的。

然后哈罗盖特就来了。他站在苏特里小屋的门口，嘴里叼着根雪茄。他把那颗黑牙涂白了，还留了一小撮胡子。他戴着一顶比头大得多的灯芯绒帽子，身着黑色华达呢衬衫，还有与之相配的休闲裤。他的鞋子是黑色尖头的，袜子是黄色的。苏特里穿着短裤靠在门上，仔细打量着来客，城里老鼠觉得这算是无言的赞美。

怎么样，苏特？你这只大老鼠还好吗？

我很好。进来吧。

哈罗盖特捏着帽檐往上一抬，将它拿在胸前，走进门里。尽管门框横梁离他的头还有两英尺高，他还是微微低下了身子。他把帽子放在桌上，提了提裤子，用瘦骨嶙峋的小手把衬衫塞了进去。他吸了一口雪茄，咧嘴一笑，环顾四周。我的老天，苏特里说。

我听老鲁弗斯说你回来了。

苏特里关上门。坐吧，他说。

我在科默运动中心找了你半天。他们说你发财了。

是啊，不过，市场崩了。坐吧，坐吧。

哈罗盖特把他的帽子推到一边，腾出地方放胳膊，他坐下了。你又开始打鱼了？他问。

苏特里仰面靠在小床上。又开始打鱼了，他说。

我还以为你放弃这行了。

我确实曾经放弃了。

我来过一两次。你的船屋都快沉到水里了。

你在干什么，吉恩？

什么？

我说你在干什么。

哈罗盖特笑了。我给自己找了几条生财的小门路，他说。他把雪茄叼在嘴里转了个身，丢给苏特里一个狡猾的眼神。给自己找了几条生财的小门路。

苏特里静待下文。他必须小心翼翼地引出这个故事。城市老鼠的路子是跟公用电话相关的。他从廉价商店买来小块海绵，在里面穿上金属线圈。他捞钱的方法是把一个特制的钩子粘在食指上，然后顺着公用电话的退币口把海绵块放下去，当海绵块被拉回来的时候，一些分币就会哗啦啦地从退币槽里掉出来。

我不觉得这回报能有多高，苏特里说。

哈罗盖特狡黠地笑了。

你弄了多少部电话？

他把雪茄从嘴里拿出来。二百八十六部，他说。

什么？

星期六我搞到了二十六美元。就因为口袋里装着那些该死的五分钱，我快走不动路了。

我的老天，苏特里说，你把诺克斯维尔一半的电话都堵上了。

哈罗盖特嘿嘿笑着。我花了一整天时间才弄好。每天我都再塞几个新的。一旦离开了住宅区，电话和电话之间就有很多硬马路。我已经走坏了两双从托姆·麦克安买来的新鞋了。

苏特里摇了摇头。

哈罗盖特把烟灰掸在手心里，抬头望天。听着，他说，你要是打电话的时候搞丢了钱，告诉我就行了。我会还给你的。你听到了吗？

好的，苏特里说。

或者任何你认识的人。跟我讲一声就行。

好的。

在这世上我只会告诉你这一个狗杂种。我是说但凡人们知道这事，随便谁都能占了我的门路，自己发财。我根本没办法保护自己。

是没有。

我还想了一些别的行当。我会给你安排个适合的，如果你想加入的话，苏特。你对我一直很好，也很重要。在出人头地的路上我不介意带上个朋友。

吉恩。

嗯。

你这出人头地的路可是会把你带进监狱的。

狗屎，哈罗盖特说，要是再有一天的收获像星期六那么好，我要买下这该死的监狱。

那地方可不像劳动救济所。他们会送你去煤矿工作。

哈罗盖特笑嘻嘻地摇了摇头。苏特里看着他，挤出一个悲伤的微笑。

我那天看见伦纳德了，他说看见你在住宅区挽着一个姑娘。

妈的，哈罗盖特轻松地说，男人只要身上有点钱，就能搞到一堆女人。

苏特里轻轻敲了敲廉价旅馆的门。看门人拖着脚步走过大厅，拉开门闩向外张望。他闭起一只眼，摇了摇头。拾荒者不在这里。苏特里谢过他，走回街上。

天下着灰蒙蒙的冷雨，他小心翼翼地走下大桥南端的狭窄小路，穿过岩石堆走向拾荒者的家。就在他绕过桥台，走进黑乎乎的桥底，三个男孩从另一头冲了出来，他们爬上岩石，消失在河边的树林里。苏特里下到桥拱底下昏暗的地窖。水在一条排水瓦管里流动，沿着一条石头沟渠往下淌。有条管道破了，水从里面喷了出来，顺着近墙的墙面流了下来，在头顶黑咕隆咚的地方不断地滴落，溅得到处都是。

有人吗，苏特里喊道。一个回声在空旷的地窖里响起。他遮住眼睛仔细瞧了瞧。嘿，他大喊。一片阴冷潮湿之中，他依稀辨认出老人的床的形状。

他站在拾荒者的床尾，低头看他。老人闭着眼睛，躺在床上，嘴巴紧闭，双手握紧放在身体两侧。他看上去像是强迫自己死去的。苏特里环顾四周，看到了一摞摞发霉的破布和一堆堆引火柴，几排放满瓶瓶罐罐的架子，还有许多不知名的垃圾以及坏掉的厨具和灯具，成百上千的房屋被拆解，这些破烂不堪的生活财产就如同他自己的生命一样惨遭遗弃。

他沿着床边移动。老人还穿着鞋，他看见了被褥下它们的形状。苏特里拉过一把椅子，坐下看着他。他伸手盖住了他的脸，又朝前坐着，握住了他的指关节。唉，他说，你现在是怎么想的？老天，你真可悲。你自己清楚吗？可悲吗？

苏特里看看周围。

这些男孩一直在觊觎你的东西。我猜你忘了汽油的事了。从没顾得上处理吧。你真的记得我吗？我都记不得我的小熊玩具的名字了。它的脚是灯芯绒做的。我妈妈以前总要缝补它。她给你三明治和苹果。吉卜赛人过去常常到门口来。我们很怕他们。我姐姐的小熊叫米沙和布鲁因。我记不得我的了。我试过，可就是想不起来。

老人躺在铜床上，身形昏暗，轮廓模糊。苏特里仰身靠在椅子上，用手背按住眼睛。天黑了，雨停了。头顶的鸽子拍拍翅膀，梳理羽毛，低声吟唱。临时的守夜人说他已经猜出了翅膀、绳索、沙袋和照明开关背后的工作原理。隐约听见从世界的彩绘幕布外传来了一阵脚步和咳嗽的声音。

你问过吗？垃圾游戏的事？你穿着鞋在床上做什么？

他伸手捋了捋自己的头发，俯下身子望着老人。你没有权利用这样的方式代表别人，他说，一个人就是所有人。你没有权利遭受这样的悲惨。

他用手掌根擦擦眼睛。

没有人可以问，对吧？没有……他低头看着拾荒者，他举起他的手，又让它掉落下来，然后他站起身，经过老人的彩绘岩画，步入了外面的雨中。

她把一个木质的球形织补架顺着螺纹拧成两半，从里面取出一块淡棕色的骨头。她的手紧紧地握住它，就像一只烧焦的蜘蛛，她慢慢地转向坐在桌旁的苏特里。万物的幽灵在它们自己的灰烬中歌唱。可谁的耳朵能听见呢？她闭紧核桃壳似的眼皮。两支胖乎乎的黑蜡烛上淌着变成灰色油脂的蜡油，继而凝结在它们站立的茶托里。她的小手长着黄色指甲，看上去像木乃伊的手，这让他想起在一家二手家具店的后面曾经看到一辆被虫蛀过的手推车，里面躺着一具奴隶的尸体，交叉放在胸前的就是一双那样的手。她的面前放着一个随着岁月的流逝而发黑的硬皮箱子，现在她打开箱子，开始摆放她的财产。很像牧师摆弄他的临终关怀装备。蜡烛的火焰在她手底的阴影里摇曳，它们自己的身影也在墙上晃动。

他们说梅瑟赛琳·埃赛里再也不能在地上走路了，那些男医生们，于是她来找了我，三天之内我让她重新能够走路。她是去年十月去世的，她一直走动到那一天。

我能走路，苏特里说。

你能走路，她说，但你看不见要去哪里。

你能吗？

知道将要发生的事情和让它发生是一样的。

苏特里笑了起来。屋子里的某处，时钟的齿轮发出了咔嗒声。

她从皮箱子里拿出一个铸铁罐子，放到桌上的一个小架子上。她又拿出一个小酒精炉，用一个瓶子倒满它，点起火，放在罐子底下。她展开一块黑布，往上面放了一些东西，对着它们似乎是苦苦思索起来。一颗带着细小洞眼的沾血玛瑙、一颗似乎是野猪獠牙的破裂黄牙，还有一个装不下任何基督教用具的小铁皮盒。她依次触摸了这些东西。她看了看苏特里。他松松垮垮地坐在椅子里，手放在大腿内侧。他感到一种放松的平静爬上了自己的脊梁。检查这些物件的摆放情况以领会隐藏系统的意义，等待她把钱包里的骨头取出，看看它们会为他排出怎样的结构，它们有类似罗夏克墨迹的文本，像地毯上的图案。一个人影从洞穴的地面升起，在那里古老的化石时代错乱地结合成分类的谬误和秩序的敌人。不过她已经拿出了一只手工吹制的旧瓶子，里面装着一种油乎乎的软膏，似乎现在要制作媚药了，她从铁皮罐里舀了一些可怕的粉末，倒进之前的罐子，油开始冒烟，带着一股恶臭，噼啪作响，像是在油炸大便。

苏特里看上去毫无防备。她展开那只拿着骨头的手，把骨头放到舌头底下，然后她用小小的手掌按住苏特里的眼睛，一只眼睛，另一只眼睛。他感到后颈一阵轻微的刺痛，眼睛失去了焦点。他懒洋洋地往后一靠，注视着天花板上烛火的形状。

她忙着研磨东西。用勺子把一只斑点蛞蝓弄死在金属托盘里，那玩意儿有豹猫般的花纹，黏糊糊的。一团发白的糊糊。为自己精明的生意轻声哼唱一首低音挽歌。她说，普通的火可对付不了火蜥蜴。她把冒烟的东西从酒精炉上取下来，拿勺子搅拌了一下，然后吹灭了蓝色的小火苗，又把罐子放回架子上。她的手一点不怕烫。动作又快又稳。她通过一块环骨朝表面皿里吐了口唾沫，用手指混合成一种难看的糊状物质，然后用大拇指将它抹在了他的眼皮上。接着她又拿起罐子，用勺子舀出里面的东西，向他甩了过去。

张开嘴巴，她说。

烫。

他手下握着的那条胳膊像一块黑色的海泡石。不含液体的骨头，鸟的骨髓腔。去读懂你心中的天气。

看我这里，她说。

冰冷的眼球里布满血丝。沉重的黑眼皮上挂着一排皮脂囊肿。

张开嘴巴。

他照着做了。她把勺子顶在他的喉咙深处，倒转勺子把里面的东西全部倒进了他的食道。带着粗糙颗粒的无味黏液。他吞了下去。她坐下注视着他，点点头。苏特里觉得自己要吐了。他盯着她的眼睛和嘴巴，可那些话看上去毫不连贯。她说起了一只野猫，通体漆黑。找到不会燃烧的骨头。苏特里几乎忘记了眼皮上的药膏，他伸手想要看看什么东西糊住了眼睛，可她制止了他的手。他猛地打了个冷战。蝎子碎屑、泡在母猪奶里的青蛙粉末。三十步外，你将会往针眼里拉屎。梦的碎片散落在他的大脑背部。他撑起身子，看着老太婆。她盯着他，就像他是坛子里的某个东西。

然后呢？他问。

她没有说话，暗淡的眼睛里也没有任何消息。

我要做什么？

你什么也不用做。你将被告知。

你会告诉我？

不是。

一阵恶心席卷了他的全身。他本想对此发表评论，可它却消失了。接着这感觉又出现了。令人颤抖的病症让他的胃紧紧地抵住了横膈膜。

我不舒服，他说。

不许吐。

我觉得我也许会。

她用蜘蛛般的手抓住他的手腕，平视着他。不许吐，她说。

我需要躺下来。

她一声不响地把椅子往后推开，站起身抓住了他的胳膊。他头昏眼花地站着。太想吐了。

她领着他穿过房间来到一张小床前。他看起来像个跟在黑色小矮人身后的中世纪英雄。他坐上小床，躺倒，脚还放在地板上。她取下一盏灯点着，把玻璃罩放回去，转过身看着他。

壁炉架上放着一只小小的黄铜双耳瓶，里面插了一只绉纱制的黑玫瑰，旁边是一只镶着死气沉沉的玻璃眼珠的鹦哥标本，还有就是些小物件，一只盒子和一个针垫。一面镜子把刚才的那些东西都翻了倍，灯光下它的玻璃呈现出莱茵干白的颜色，上面有淡紫和金属蓝颜色的条纹，花瓣装饰上泛着彩色光带。她从壁炉边过来，穿过房间走了出去。墙角立着一个树状衣架，挂着绿色和黄色的赛璐珞小鸟，当门关闭的时候，它们随着风静静地转动起来，旧煤斗里的黑色花朵像纸做的眼镜蛇那样摇摆着。苏特里盯着尖头铁栅栏后面的炉火。她走了好长时间。回来的时候，她俯下身来看他。他还是像刚才那样躺着。恶心的感觉过去了，他感觉自己离眼前的一切越来越远。他说，我该回家了吗？

你去哪里并不会有所区别。

他想从床上爬起来，可半坐半躺的时候，却突然不确定该不该四处走动。似乎没什么意义。他又躺下了。过了一会儿，他把脚收到床上，伸展双腿。煤炉里跳动的火光绽放在墙上，就像是远处闪电的脉冲。突然之间，火焰似乎离他远去，他好像置身另一个房间。他好像来到了别的地方。他看看那个黑老婆子。她闭着双眼，可当他看过来时她却睁开了眼睛。她像个祷告者那样无声地自言自语，可说的并不是祷告词。

那是什么？

她没有回答。她转过侧脸，一个雌雄同体的黑色轮廓。

他感觉内心空虚，似乎有一阵凉风在他身上吹过，就像街上的风。一扇门将他过去的一切都关在了外面。看看我吧，他说。

安静，孩子。我不需要看你。

突然，他意识到这一幕似曾相识，他就像在另一个房间里的观察者那样看着现实慢慢消失。他在观察观察者。他意识到房间里有灯光，铁床上他的手压在大腿底下，可他不能确定自己身在何方。然后他去了别的地方。

他已经在移动了。他沿着一个巨大的棕色圆圈旋转，螺旋式地向外移动，每隔几分钟就会经过刚才待过的地方。壁炉里的炉火形状从眼前掠过，还有桌角黑蜡烛发出的两团火光和老妖婆干瘪萎缩的脸。又经过了。

他感觉有人把手放在他的身上，干燥的爪子剥着他的衣服。一种黏糊糊的恐惧堵住了他的心。也不知道他的眼睛看见了没有。它们似乎没了眼皮，不管睁着还是闭着，看到的东西都是一样的。他伸出了手来拯救自己，可双手似乎陷进了无名的黏液里，他像一只躺在蛛网上的飞蛾。灰尘从她身上落下来，她的眼睛在壁炉红光的映照下湿答答地转动着。一个干瘪无毛、黑乎乎的身影从落下的破衣烂衫里升了起来，皱缩的黑奶头像空钱包似的垂着，瘦削锋利的肋骨上挂着一颗更黑的心，羊皮似的皮肤贴在骨头上，看得见细长的腿骨和圆形的关节。黑皮老妖，地狱之门的女看门人。没有人像她那样万事俱备。扁平的长乳头在他的头顶摇晃。脖子上的皮肤又黑又皱，讨厌的嘴巴落在他身上。手工缝合的灰色伤口在灯光下闪烁。在那里她躲过了一场谋杀。铁皮雕像挂坠和蟾蜍石从她脖子上挂着的马毛编绳上垂了下来，在他的胸口拖动。他听到院子里有只鸟在尖叫。它们不是那些冬日里黑曜石般的树上的白嘴鸦，而是更为奇怪的禽鸟，苍白瘦弱、似蝼蠕般的鸟类，它们在夜间活动，未被月亮的蓝色坩埚烧焦。苏特里伸长脖子想要呼吸。老年女性陈腐干枯的肉体散发着死亡的臭味。干瘪下垂的阴唇从污迹斑斑的破内裤一侧露了出来。她张开大腿，发出韧带撕裂的声音，拉动骨窝里枯干的骨头。皱缩的阴户像发呆时张开的嘴巴。他像是没有了骨头，在一个可怕的黑人魅魔的掌控下动来动去，他干巴巴地尖叫起来，却发不出声音。苍白的火光在天花板上延伸，蜘蛛朝房间高处角落的裂缝爬去，他的脊椎被从血肉中吸走，咔啦咔啦地掉落在地板上，像一条带活动关节的陶瓷蛇。

房间里的火熄灭了，蜡烛在盘子里烧成了一摊油。苏特里十分清晰地看到了一场他曾经在人群的腿缝间窥到的一场游行，好像什么东西从森林里经过，有五颜六色的绉纱花车，还有敲着鼓、吹着号角的乐队，服装是光滑的酒红色宽幅面料，饰有金色的穗带，团长戴着污迹斑斑的步兵筒状军帽，挥舞着一根警棍，像酿酒厂的马那样边跳跃边放屁。他看见了当时的场景，一队插着三角旗的汽车蜿蜒在阴沉的雨天里，身着灯芯绒短裤、头戴飞行帽的克莱顿和他的姐妹们一起在一个天花板很高、画着镶板门的房间里游行，一个穿白色制服的护士喊出了"紧密队形演习"的口号，并敲击一根手杖来计时，他还记得伞架上印着黄铜葡萄花纹，舌头舔起来冰冰凉，泛着金属味道，他知道在这所房子里某个灵魂正在死去。

他看见钢质鼓皮上有一摊油，随着机械的撞击颤动起来。他看见夏日的中午自己躺在田野里，眼皮里有血，他看见小男孩们露着白花花的屁股在池塘里嬉戏，小型南极鳕鱼随着寒气枯萎，他看见院子里有个穿皮革吊带的白痴被挂在了晾衣绳上，他斜着身子，摇来晃去，流着口水，用哺育着最原始大脑的眼睛看着外面的小巷，却似乎掌握了被宇宙否决了正确形式的消息，也许就像是乌贼的眼睛，类似人猿的感知深度似乎隐藏着某种可怕的智慧。树篱那头传来模糊不清的鸣叫声，像沙哑的蛙叫，说的大约是已知原始的东西，尚未被痴迷于形式的头脑构造所形塑。

他看见白天鹅飞到了儿时熟悉的房子上空，庞大的身躯在烟囱顶上不辞辛劳，像农场的家畜在梦境中飞翔，这些优雅轻盈的幻影乘着冬季的风，伸长脖子朝向大海，身子顶着稀薄刺骨的空气。一间维多利亚风格的浴室、手摇机械留声机、开裂清漆的苦味、暗淡无光的小块瓷砖、带支脚的铸铁浴缸，还有牙膏和排泄物的气味，慵懒的淡褐色海带在冰冷灰暗的海水中起伏。

他还看见了别的以前的场景，百合花贴在大厅的玻璃和关闭的门上，蜡烛的火焰抖动了一下又直立起来，他能够闻到百合花的香味，还有一些别的发霉的气味，他能够感觉到穿着短裤的大腿下被铁丝般的长毛绒刺痛，就是他坐着的那把椅子，他的手肘翘得老高，好让耳朵贴在深色的橡木扶手上。他看见一个断了条胳膊的小男孩在学校操场上尖叫，其他孩子像动物似的在旁边围观。

他看见一座木桥的桩子上粘着贝壳，还有一条双向流淌的盐河。几个浮筒号钟围着一块礁石，在那里，纵帆船的骨架击碎了退潮时的浅浪，可以听见来自带有大理石纹路的危险海域的声音，海中泡沫翻腾，鹅卵石被裹挟在其中咣当咣当碰撞个不停。他看见花园里有只坛子，里面是老鼠的骨头，柴棚下堆放着棉绒和旧饰带，重得像铸锭，榫卯结构的马车轮毂是橡木制的，辐条已经剥落，历经风吹雨打开始发白，显得神秘莫测。他看见街上有一条死掉的狮子狗，像个玩具，红色的衣领和法兰绒的舌头。

他看见了那个时候他的姐妹们穿着黑色漆皮鞋走下台阶的样子，他坐在车里，嘴巴贴着后窗的边框，冰冷的金属尝起来是那种咸咸的味道，在嘴唇上嗡嗡振动，他还记得舌尖上有玫瑰精油和蜡的味道，玻璃门把手的表面冰冷且光滑。

他还看见了当时那个端坐在又脏又破照片里的老妇人像一只凶猛的鸟，冰冷庄严地躺着，白色的缎子将她卷起，又或者说被罩在了里面，焦黑干枯的爪子从殓服的黑色衣料下伸出来，看上去像有个凶残的人用皮包骨头的手掐住了她的喉咙。涂了黑漆的棺材架支在通风的大厅里，他看见了雨水在抬棺人帽檐上晃动的样子。

炉子里的煤块已经熄灭了，只剩一丁点动静，他躺在近乎漆黑的房间里，凝视着天花板。他侧耳倾听房子里有什么声音，可什么也没有。他能听到某个地方留声机里一张黑色的旧唱片播放起受压抑的管风琴音乐，打过蜡的地板上有缓慢的脚步声，他能看见风是如何从开着的门吹进来，把门厅里几何图案的长条地毯掀了起来，他被父亲抱在怀里，看死者安静躺着的模样。突然之间，苏特里坐直了身子。他看见花丛中的小壁龛里有一个睡觉的娃娃，白帽子、花边，还有烛光。这是他们在巨大殡仪馆里游荡时遇见的。小女孩把那东西从摇篮里拿了出来，抱在怀里摇晃，克莱顿说你最好把它放回去。她哼起摇篮曲，带着它穿过大厅，蕾丝丧服的长裙摆拖在身后的地上，苏特里跟在后面，一个女人看见他们从大厅经过，柔声呼唤起上帝，然后跑出了房间，有人大喊：你把那东西带到这里来。他们跑过大厅，小女孩连同娃娃都摔倒在地，它在地板上滚了几下，一个男人走了过来将它拿走，小女孩哭了起来，她说那东西本就是自己躺在那里的，小男孩很害怕。

苏特里从小床上站了起来，跌跌撞撞地离开了房间。他摸黑穿过了客厅，拉开尽头的门闩，走到了外面。一轮弯月竖立在天空，整个世界看起来又冷又蓝。他能看见院子里死掉的酸模花的茎秆，它们后面是讨厌的光秃秃的槐树，树枝间的废纸和报纸像各种各样的鸟，苍白病态，在风中焦躁不安。他在树林中漫步，似乎有意阅读钉在这里的褪色的老新闻，毫无技术含量的重大刑事案件，譬如街头的谋杀。嘴巴里舌头肿了，脑壳箍紧了大脑。他看见树林里有人影移动，发出绿莹莹的磷光。他感觉听到了歌声，于是站在黑夜里听了好久，可并没有什么声音，甚至连狗叫声都没有。他找了条路，穿过虚幻的世界，穿过黑暗城市的堤道，一束灰色的光线在东方移动，越过黑色的砖墙和带钢铁栅栏的窗户，窗玻璃被煤烟弄得不再透明。夜色之中，他在河边和冰冷潮湿的枯草丛中游荡，远处岸上的灯光组成了他从未见过的指令。

他半梦半醒地躺在自家的床上。他知道将发生什么，提琴手小罗伯特会杀死泰山·奎因。河道里一艘驳船驶过。他两脚并拢躺在床上，双臂放在身体两侧，就像祭坛上一位死去的国王。他随着波涛摇摆，像生命的第一个胚芽漂浮在地球冰凉的海洋上，无形态的细胞质斑点被困在一滴蒸汽的水珠里，接着所有的造物都将诞生。

疯人院的墙壁散发着几百年来不断吸收污秽和绝症的恶臭，生锈水管上的污渍、闹脾气的低能儿们扔下的粪便，所有这些都穿透消毒液的味道往上回蹿。

寒冷脆弱的一天。铁门打开了，树木像光秃秃的黑色化石，从草地的枯叶堆中升起。走在长长的车道上，山上深色的砖砌建筑在冬日天空的映衬下显得阴森可怖。

冷冰冰的白色长廊，大理石地板上有旧时的划痕。一个房间里坐满了工作中的疯子。对于苏特里，他们就像是梦里出现的人物、以前的东西，这些被人遗弃的老家伙淌着口水趴在各自的篮子上，画着手指画或是织着毛衣。他从来没有和认证过的疯子们待在一起过，于是惊讶地发现，大家都被赋予了一种古怪的权威，就像那些与死亡打过交道又回来了的人，有去过某个领域幸存下来的亲身体验，而去那地方是每个人早晚要忧心苦思的。

房间中央的桌子前坐了一个护士。她在看早报，上面的新闻比这里更疯狂。

麦凯勒，苏特里说。

她摘下眼镜，揉了揉眼睛，把报纸往后推了推。她打开一个账簿，拿起了一支铅笔。你的名字，她说。

苏特里，科内流斯·苏特里。

你是……什么？

请再说一遍好吗？

护士抬起头看着他。唔，她说，外甥？

是的。外甥。

那你以前来过这里。

最近几年没来。

她又戴上了眼镜，放下铅笔，在椅子上转过身。她在那儿，和另一位女士坐在那堵墙边。就她们两个人。

谢谢。

一双双眼睛盯着他走过房间。一个戴着奇怪针织帽的独行者停了下来，警惕地竖起一根手指。苏特里点点头，赞成他确实需要照料。老妇人们穿着粗毛呢斗篷，像布施女似的坐在地上。他跪在她们面前，她们则温柔地打量他。他觉得自己也许在某种程度上了解她，可年龄和疯癫已经超过了以往所有的相似之处，他想象不出。爱丽丝阿姨？他说。

年纪较大的老妇人移动了一下。她轻轻地将裙边拢起，然后不动神色地看着他。我是，她说。

我是巴迪。

哦，是啊。你最近过得好吗？

你认出我了？

你是巴迪吗？

是啊。

格蕾丝的儿子。

苏特里微笑起来，格蕾丝的儿子，我没想到你还认识我。

她伸出手握住了他的手腕。她的手掌冰凉紧实。他用自己的手盖住了她的手。她目不转睛地看着他，不肯看向别处。她的眼睛是纯粹的冷灰色，带着某种野性，却没有恶意。他低头看着他们的手。她的手在颤抖，但并不严重。坐在旁边的老妇人伸出手来，与他们的手握在一起，还严肃地点了点头。他们三个蹲在地上，像一群密谋者在宣誓。

爱丽丝阿姨，你过得好吗？

透风的娱乐室里响起了一个空洞沙哑的声音。他清了清嗓子，转过来看自己是否引起了注意。墙边有个老头，蜷缩在轮椅里看着他们，自言自语地默念一些赞美诗。

我很好，老妇人说。

他们对你好吗？

哦，一副躯体不应该抱怨。

妈妈来过吗？

没，她二七年就死了。

格蕾丝会来看你吗？海伦呢？

这个嘛，她摇了摇头笑了，她们不经常来。

玛莎呢？

不。约翰像其他人一样来。他会带我出去。他开着他的车载我出去。

跟他们在一起的另一个老妇人点点头。他确实会，她说，她的约翰会的。开车来接她。

阿姨偷偷地凑近苏特里。他喝了些酒。不过我倒情愿他来的时候喝得酩酊大醉，也不要大家都清醒着。

苏特里笑了。他们像教堂里的人那样小声说话。房间里一片寂静。他能听到急促的呼吸声，柳条在编篮子的人们手中发出沙沙的声音。大厅某处传来了一只桶迅速远去的咣当声。他环视陈旧的房间，仲冬时节惨白的灯光在对面墙壁上投射出窗户高高的斜影，板条框架之间抹着灰泥。

我从没想过会在这种地方结束一生，她说，要是艾伦还活着，他绝不会让这种事情发生。他对我一直很好。我几乎就像是他的小女孩。爸爸死的时候我还很小。

他叫什么名字？你的父亲。我从没听过他的名字。

他叫杰弗里。我的哥哥杰弗里是小杰弗里。我出生的时候爸爸已经老了。我知道他年纪太大不能再参加内战了。他很……他很狂野。特别狂野。他们总是谈论他。他在一场打斗中中了枪。那是在结婚之前很早的时候。差点死掉。于是，我总是想，要是他那时死了，就不会有我们这些人，我也永远不会……唉，这么想很有趣。也许我们变成了其他人。但是他们说他遇到了麻烦。我不知道。我想是这样的，杰弗里准是学的他。我从来搞不懂杰弗里。我还是个婴儿，他……他就死了。

1884 年 7 月 18 日，他在肯塔基州岩堡郡被绞死。

她没有说话。她说，艾伦总是说罗伯特喜欢他。当然，罗伯特再也没有从战争中回来。老天爷，他才十八岁，可怜的孩子。艾伦一直没能释怀。他们说他死于癌症，也许吧，但自从他们把罗伯特运回来，他就没过过一天开心日子。我敢肯定这对他来说才是致命的。我们兄弟姐妹一共九个人，你知道的。我和伊丽莎白比所有的男人活得都长，现在她走了，我被关进了疯人院。有时候我不知道人活着到底是为了什么。她看着苏特里。眼珠动了动，然后笑了。

爸爸开了一间商店，你知道的，我们家有匹马名叫船长，专门负责拉货车和运送货物，它是我的宠物。它总是跟着我到处去，像狗那样一直跟着。那时我们住在斯威特沃特。当时家里境况很差，我们不得不卖掉商店，爸爸也不得不卖掉"船长"。他们把我送到了奶奶家，因为别人要来牵走它。我那时还是个小家伙。几年后我长成了大姑娘，某个星期六我去了诺克斯维尔，我看见一匹马站在一家饲料店的前面，拴在一辆马车上，它就是"船长"。我跑过去搂住它，吻了吻它，我想每个人都觉得我疯了，我已经亭亭玉立，在街上抱着一匹老马，号啕大哭，声音比一支乐队还响。

她用手掌按住一边脸颊。她抬起头，微笑着看向苏特里，又看了看身边正在哭泣的女人，她用胳膊肘狠狠地推了她一下。仁慈的主啊，她说，你是这里最傻的家伙。

那个女人摇摇头，抽了几下鼻子。苏特里的阿姨朝他笑了笑。我要你好好看看这个疯癫的老家伙，她说，她甚至搞不清自己在哭什么。

一起哭吧，那女人说。

那不是她说的第一句话，却是苏特里听到的第一句话。她用手捂住前额，不停地揉搓着，仿佛要把皮肤剥下来。她的唇上有一撮淡淡的小胡子，灰白的头发像被电过似的竖在头上。爱丽丝阿姨有点好笑地低头看她。她又摸了摸她的脸颊，转向苏特里。她的眼睛变得明亮，表情也很激动。你长得真不赖，她说，我觉得你长得像EC。你没有车，对吗？

苏特里说他没有。他觉得自己被拽入了既无天赋也无志向的几种模式。那两人都看着他。眼泪干了。她们的眼睛里似乎充满了期待，可他什么也给不了。他是来索取的。他往后退了退，她们又朝他靠了靠，用上了年纪且满是青筋的手在虚无中摸索。他站起身，把目光投向这片废墟。是什么变态的本能让人们把疯子聚在一起？还这么多。他是房间里唯一站着的人，现在他们都盯着他看，目光或茫然或敏锐，带着疑惑或初露仇恨。又或者完全背叛了真诚。房间里有一种即将要发生暴动的气氛，只要一个提示这些可怜的人就能把爪子伸向他们的看守者。他低头看向脚边的两个老妇人。她们都用手捂着嘴，动作一模一样。我得走了，他说，我不能留下。他把视线从她们脸上移开，匆匆穿过房间。一个带着条纹铁路工帽子的老头拿着一块巨大的表，目送苏特里离开，似乎在给他计时。他们的目光在娱乐室的另一头相遇了，看见那老头，苏特里的脸色变得很糟糕，他几乎说出了他的名字，可他没有，而是赶紧走了出去。

他探了帕克国家银行柜台的每一部公用电话，就在他对着自己吹口哨时，一只沉重的手搭在了他的肩膀上。他停下动作，低头看了看，最靠近的是一只黑色翼尖式牛津鞋。他跳了起来，用脚后跟猛踩那只鞋，膝盖紧锁。皮面下的小骨头裂开。那只手挪开了。哈罗盖特甚至都没有看清楚那个男人。他踩着低速运行汽车的车顶和引擎盖穿过了盖伊街的午间车流，玻璃后面都是苍白的脸，金属板弯曲的声音此起彼伏。

苏特里在高架桥下的废墟里找到了他。吉恩？他喊道。没有火，也没有生火的迹象。头顶远远地传来汽车的隆隆声。嘿，吉恩。

哈罗盖特爬出水泥碉堡，蹲在泥地里。他衣衫褴褛，冻得直哆嗦，胡子已经剃掉了。

苏特里蹲在他身边。话说，他说，你的计划是什么？

城里老鼠耸起肩膀。他受了挫败，看上去虚弱憔悴。

你不能待在下面，你会冻僵的。

他缓缓地左右摇头，盯着地面。我不知道，他说，我在里面待了一整天。我想，事到如今法律绝不会放过我。

苏特里用食指拨弄灰尘。是的，他说，可这里不是藏身之处。

我知道。你是怎么找到我的？

也没有别的地方可以找了。鲁弗斯告诉我你去过那里。

是的。你不能无理由地信任一个黑鬼。我不知道还能去哪儿。那些狗杂种。有好多次我和他们一起喝威士忌。他们根本不认我。

苏特里笑了。逃犯的日子不好过，他说，你的胡子怎么了？

哈罗盖特摸摸嘴唇。剃了，他说，也许这样他们就认不出我了。我不知道，妈的。

好吧，你打算接下来怎么办？

我不知道。我不好意思来找你。

也许你该出城躲一阵。

去哪里呢？

随便哪个地方。只要出了城。

哈罗盖特茫然地抬起头看着他。出城？他说。

只要你留在这里，他们就会抓住你。

见鬼，苏特。我可从没有出过城。我不知道去哪里。我不知道走哪条路。

随便搭辆巴士走吧。有什么区别呢？你在这城里打了三年架，你可以到别的地方继续这样。

我在别的地方没有朋友。

你在这里也没有。

哈罗盖特摇摇头。狗屁，他说，巴士？我可从来没坐过什么该死的巴士。

你要做的就是买张票，然后上车。

是啊是啊，当然当然。我肯定会坐错车什么的。

对你来说，不存在坐错车。

好吧，那我要怎么知道在哪里下车呢？下了车我会在哪里呢？

他们会告诉你的。

他看着地面。算了，他说，我永远也做不到。我会迷路，再也回不了家。他摇了摇头。我不知道，苏特。似乎我想要的每样东西，不管它是什么，没什么区别，只要是我碰过的东西都变成了狗屎。

你有钱吗？

一毛钱都没有。

你挣的那些钱都到哪儿去了？

自然是花了。

你可以搭火车。

他们不收钱吗？

你可以偷偷溜上去。到车场里找辆空的车厢。我可以给你几美元。

火车，哈罗盖特念念有词，眼睛盯着小溪的方向。

你可以到南方去过冬。找个不是他妈的这么冷的地方。该死，吉恩。你得做点什么。你不能就这么坐着。

城里老鼠打了个寒战，缩了缩脚，没有回答。

盯上你的是谁？

妈的，我怎么会知道。

是侦探，还是便衣？

我也不知道，苏特。除了他的脚，我什么也没看见。我想是电话发热的缘故。他们告诉我一旦那些狗杂种盯上你，你就彻底完了。不抓到你，他们绝不罢休。

电话发热？

哈罗盖特警惕地抬起头来。他娘的，唉，他说，这些混蛋把这当作个人恩怨。他盯着地面。我就知道，他说，我就知道，可我还是去做了。

黑暗降临到小溪之上，一阵冷风刮过干枯的野草。在山上的棚屋之间一条狗开始吠叫。寒气越来越重，他们静静地坐在高架桥下。过了一会儿，哈罗盖特说，那地方的人我肯定一个都不认识。我敢打赌。

哪里？

劳动救济所。

上回你在那里没有认识任何人吗？

是的。

不管怎么说，你还没到那一步。

我和老疯子博丁以前在厨房赛蝎子，可开心了。那是在你离开之后。

蝎子？

我想你可以叫它们蜥蜴。

蜥蜴？

是的。院子里的人帮我们弄来的。我们在厨房的地板上让它们赛跑，下个赌注。娘的。我有一只名叫"钻石腿"的蜥蜴，那个狗杂种能够用两条老腿直立起来，不停转动，一拉它就会跑得很快，像只带条纹的猿猴。前爪从不着地。

城里老鼠摇着头，沉浸在对往事的快乐回忆之中，他像个古怪的小老头坐在桥底，身上笼罩着冬日黄昏的蓝色暮光。他想起了擦过的地面上洒着阳光，扫帚柄摊开，还有粉笔的记号。他们像孩子般躺在凉爽的地上，手里捧着各自脆弱的爬行动物，小小的心脏在掌心跳动。捏住它们晃动的小腰，一有信号就将它们释放。蜥蜴用后腿站了起来，脚在打过蜡、光溜溜的水泥地上打滑，奇怪的小型蜥蜴类动物。哈罗盖特用糖浆处理过它的后腿脚趾，它从探照灯光中迅速跑过，奔向无声的胜利。

后来，老疯子雷瑟尔·金去了厨房工作。我觉得他是劳动救济所里最大的蠢货。娘的，我都厌倦了从他身上拿走东西，他太蠢了。我和他赛过蜥蜴，我会让他先挑，我们在一个水壶里养了六只。我在自己手上擦一些辣椒粉，等拿到自己的蜥蜴，就给它的屁股上擦一点。它跑起来像是着了火。雷瑟尔想抓它们，却不知道怎么拿，有一半的时间他会拉断它们的尾巴。有一次，他拿了一只比赛，那狗杂种站直了身子，立马开始倒着跑，脚步乱成一团。

他俩坐在黑暗之中。灯光亮了起来，穿过河堤豁口，落在光秃秃的藤蔓之间，像冬天的萤火虫。

来吧，苏特里说，你可以在我家待到自己想好要做什么。

我不想给任何人添麻烦。

见鬼。走吧。

他犹犹豫豫地站了起来。

你的猫呢？苏特里问。

见鬼，我压根儿不知道。好像一遇上麻烦大家就都跑了。连那只该死的猫都是。

苏特里一直没有锁门，城里老鼠会依据他不可告人的目的，在方便的时间来来去去。他像黑暗中的豺狼那样穿过荒野，游荡在旧仓库的围墙里，徘徊于破败建筑物的寂静中。他迷上了黑夜，还有城市中心边缘那些静悄悄的地方，它们过于凄凉，不宜居住。沿着烟灰色砖石砌成的小巷往里走。穿过一扇没有安装铰链的门，进入一座昏暗的花园。

黎明时分，冷冰冰的卡车隆隆地慢行过铺着鹅卵石的地面，为国效力的黑人男性穿着磨得有些破的大衣，围着燃烧的空垃圾桶站着，他们吐口水，一边猜测一边点头，一个面色苍白的流浪汉被推到他们中间，他把小手伸向火焰，一句话也没有说。

到了晚上，有时候他会坐在铁路旁，铁轨在弦月暗淡的光线下极其精确地延伸。拐弯到某个更好的地方去，在那里陌生人可以自由地坐下，不必被盘问。混在忍冬丛中那些奇形怪状的东西之间，他看见火车噗噗地经过，吭当吭当穿过高河堤中间的豁口，伴随着烟雾的喷发和叶子的涡旋留下绝对的孤独，而他会从藏身之处走出来看它离去，跪倒在枕木上抽泣，周围树叶发出轻轻的碰撞声，喉咙里是一股又热又咸的哀伤，他的双手悬空，污迹斑斑的脸可怜巴巴，望着火车尾部水锈红的客车厢缓缓地驶出视线，转入弯道。

他在第一次抢劫的时候就被抓住了。白光像决斗的宝剑在小杂货店里穿来穿去，他把饱受折磨的身子蜷缩得小小的，眼睛眨巴个不停，好像被火燎到了。他一头撞向玻璃窗，却头破血流地倒在一个警察脚边，顿时目瞪口呆，警察拿着一把上了膛的左轮手枪，指着他的脑袋说：但愿你能逃跑。我希望你逃跑。

他戴着手铐、坐着火车穿过冬日的大地来到纳什维尔。世界真是广阔。在那里，玉米地开阔的两端像旋转栅门般旋转而过。枯死的作物茎秆之间是黑色的土地。交叉路口的铁轨以流体碰撞的方式转向，接着又静静地闪烁起长长的 V 字形光芒。他把前额贴在冰冷的玻璃上，注视着外面的一切。

他们在漫长的黄昏中继续赶路，旧车厢不停摇晃，发出咔嗒咔嗒的声音，北方飘来的雨在满是灰尘的窗户上划出长长的泪痕。荒芜萧索的田野渐渐远去，几小群无名小鸟展翅飞过大地，在逐渐变暗的天空下，冬日树木矗立在冬日天空中的形状像黑铁皮上压出的海扇图案。

他们经过了一所房子，一个女人从门口走了出来，往院子里泼了一盆洗碗水，在围裙上擦擦手。他把脸贴在窗户上，看她在暮色中悄然离去。火车拉响了通过路口的汽笛，他们经过了车场外一个被埋在焦炭和尘埃中的小商店，他们经过了一排空荡荡的车厢，死气沉沉的窗户上远方的风景匆匆掠过并被切分成碎片，火车头的长啸笼罩住整个乡间，仿佛一个被诅咒的东西即将得到彻底解放。哈罗盖特松了松手腕上的钢手环，靠着粗糙的短绒毛座椅睡着了。

夜里他醒了，火车正在减速。一股臭烘烘的烟味，陈年的木头车厢散发出古老的霉味。跟他铐在一起的那个人睡着了，嘴巴微微张开。他向窗外看去。山上有一排亮着灯的鸡舍，像一列火车驶过，一排排黄色的窗户倒退着遁入夜幕，消失在黑暗之中。他们穿过了一个位于群山之间的小镇，遇到一家午夜咖啡馆，空荡荡的凳子，墙上挂着一只停了的钟。当他们再次进入乡间，窗户变成了黑乎乎的镜子，城里老鼠可以看到自己那张清瘦的脸在冰冷的玻璃里回望着他，并且夹在电线和挨冻的树之间疾驰，于是他闭上了眼睛。

困倦的城市被雨水淋得凄冷，街灯像在滴血。穿过商业街外的小巷，他看见一个人蜷缩在垃圾堆里，他跪下来查看他的情况。那张脸露了出来，双目紧闭。一张涂了油的黑色面具贴在砖头上。

苏特里抓住他的一只胳膊。亚伯，他说。

你能送我回家吗？一个来自虚无的声音说，死气沉沉，毫无顿挫，被剥夺了全部的骄傲。苏特里抬起那人一只粗壮的胳膊，把它搭到自己的肩膀上，然后绷紧双脚准备起身。他的额头上冒出了汗珠。亚伯，他说，走吧。

他睁开眼睛，四下张望。他们在追我吗？他问。

我不知道。走吧。

他歪歪扭扭地站起来，不住地摇晃，苏特里抓住他的一条胳膊将他稳住。路灯将两人的影子投在小巷尽头，在黑暗中显得又长又窄。就在他们蹒跚走出巷口时，一辆警车驶过。亚伯身子一沉，往后靠去，重重地撞在了房子上。

该死，亚伯。站起来，亚伯。

巡逻车已经停了下来，开始缓缓倒车。聚光灯照了过来，划破四周的黑暗，把他们逼到了墙边。

走吧，年轻人。

不。

我走不掉了。

你马上就会没事的。

他们在我走不了。去吧。

不，该死，亚伯。我去跟他们谈谈。

可黑人已经开始在绝对没有意义的情况下千方百计地以一种有力、优雅的姿势直立起来。苏特里说，亚伯。黑人说，走。

好吧，警官说，这里什么情况？

我正要送他回家，苏特里说，他没事。

是吗？我看他不怎么好。你和他在一起干吗？他是你爸？

去你妈的，亚伯骂道。

你说什么？

这下两个警察都来了。空旷的街道上，苏特里能听见巡逻车的排气管突突地响个不停。

你说什么？警官又问。

黑人转向苏特里。现在走吧，他说，趁你还能走。

长官，这人病了，苏特里说。

他会病得更严重，警察说。他拿着警棍做了个手势，说，把他弄到车里。

乱说，另一个警察说，我来叫辆货车。那是个大块头的狗

657

杂种……

琼斯突然跟踉着挣脱了，往巷子的拐弯处拼命跑去。两个警察从苏特里旁边冲了出去，跟着他跑到看不见的地方去了。他们鞋底啪嗒啪嗒的声音此起彼伏地响起，渐渐消失在巷子深处，只剩下路边那辆空转的巡逻车还在低沉地嗡嗡作响。苏特里走向那辆车，在方向盘前放松了一下，关上了车门。他在那里坐了一会儿，挂上挡把车开走了。

他开到了盖伊街，往南拐上了桥。收音机沙沙作响，一个声音说道：七号车。他在桥的尽头左转，经过了废弃的旱冰场，那是一个腐朽的木头场地，像个旧粮仓那样倾斜着。他沿着艾兰霍姆的山路往河边开。收音机发出了嘶嘶和噼啪声。呼叫 B区任意车辆。B区。请回答。

我们收到报告，在商业街和市场街发生了一些骚乱。

苏特里行驶在被路灯照亮的街道上。现在没有别的车。在他的左侧，罗斯锯木厂的灯亮了起来，包装公司的灯也亮了。收音机里继续说：九号车。九号车。苏特里拐进了一条旧的轮渡路，慢慢往前开，汽车在地面上颠簸摇晃，它穿过了一片田野，车头灯照到了两只兔子，像草坪上的石膏人像那样僵住了。死气沉沉的河流徐徐蜿蜒在草地上。上方是被稀疏灯光映照着的城市轮廓。行到水面上方的某处，车头灯上起了一层薄薄的油污，失灵了。他把车停下来，挂到空挡，踏入车外的湿草地。他拉下仪表盘下的引擎盖锁扣，走到车头，抬起了引擎盖。他走回车里，坐在椅子上，解开了鞋带。他望着窗外的河流和城市。

一只兔子开始穿过地面的薄雾，慢慢地朝漆黑的树林里奔去。

收音机突然响了起来。瓦格纳在吗？发生什么事了？

苏特里下了车，走到车头，朝发动机室弯下腰，拉起油门拉杆。发动机发出一声怒吼，他用鞋带把拉杆重新系到了燃油管上，让它回到油泵里。排气管末端喷出了火苗。他爬进车里，将离合踩到底，又把变速杆扳到二挡，齿轮发出一阵吱吱嘎嘎的声音。兔子都不见了。他小心翼翼地离开座位，一只脚踩在地上，另一只踩着离合器。然后他向后一跳，砰的一声关上了门。

有那么一会儿车没有动。轮胎刺耳地摩擦草地，冒着烟的土块飞入黑暗之中。之后车身歪了歪，稍稍往下沉了点，又抬了起来，伴随着飞溅的泥土和草叶驶出了那片田地。车头压低，开得很快，车头灯光僵直倾斜。它驶过田野，在河岸的柳树林中横冲直撞，在水面上掀起两个展开的巨大浪花翅膀，洁白的浪花朝空中铺开，足有二十英尺高。等水落下时，车已经到了河中很远的地方。车头灯开始旋转着往下游去。接着它们熄灭了。过了好一会儿，他还能看见河中那个黑色的突起，接着它慢慢地沉了下去，最终消失了。他蹲在潮湿的草地上往远处看。沿着河一点声音也没有。过了一会儿，他起身回家去了。

琼斯已经走投无路，警察走近的时候，他背对着一堵墙，岔开脚站着，气喘吁吁。一场血腥的哑剧上演了，一句话也没有。第一个警察拿着警棍朝琼斯挥去，琼斯拍开它，掌心发出一记闷响。他又挥了过来，这次黑人的手握住了警棍。警棍的皮绳缠在了警察手腕，琼斯便把他甩到一旁，砸在砖墙上。接着他把他猛地拉到膝盖上，想要勒死他，这时另一名警官扑了过来，强迫他松手。琼斯将他们踹飞，第一个警官跌跌撞撞地走到巷子中央，呻吟着跌倒在地。街道上响起了警笛声，越来越近。那位还有余力的警察惊慌地朝后退了几步，可琼斯像个巨大的黑色变态抓住了他。他挣扎着去摸他的左轮手枪。这时，一辆巡逻车驶进小巷，射出了刺眼的光。被抓住的警官放弃了解开手枪的努力，用他的警棍不停敲击上方那颗留着平头的脑袋，手和胳膊上都沾满了鲜血。

一群人在小巷里奔跑。琼斯转过身，开始吃力地移动，他的身影在光线的照射下显得巨大，像电影里的怪物。狭小的空间里，数支左轮手枪像迫击炮似的轰鸣，子弹呼啸而过，四处碰撞。他们还没来得及瞄准他，他就摔倒了，瘫倒在巷口的垃圾桶中乱踢乱踹。

打开囚车的警官立刻闭上了眼睛。他来不及闪避和躲藏。琼斯的靴子抵住了他的喉咙，他一声不吭地走到人行道上。其他的警察拿出了警棍准备招呼他，而他瞪着一双疯狂的巨眼，夹克浸满了血，像个挣脱了锁链的野人冲向警察，将他们扳倒在地。

他们顺着走廊将他拖到水池边上，他流着血，毫无知觉，两条腿拖在后面。拖他的人也流了血，浑身是伤，每走一步都要骂骂咧咧。他们把他拖进一个空的铁笼子，让他脸朝下趴在水泥地上。泰山·奎因端着一杯咖啡从休息室里走了出来。狱卒正把大厅的门反锁起来，他身上的铁链系着一大串钥匙。

达克，泰山说。

狱卒转过身来。是，他说。

等这狗杂种醒了，报告我。

好的，一定，泰山。

泰山点点头，抿了一口咖啡。他打开右拳又合上，把手掌放在裤子侧面擦了擦。

她过了很长时间才出来，不过一看是他，她立刻就打开了门，偏偏头示意他进来。她手里拿着一盏灯，穿着一件旧雪尼尔长袍，头上戴着一顶隐约像是骨科手术帽的睡帽。她脚步疲倦地走向一把椅子，伸出一只手捂住了脸。

他关好门，靠在上面望着她。过了一会儿，她抬起头来，擦擦眼睛和嘴巴。她盯着那盏灯的火焰。

他没死吧，是吗？她问。

没有。我原以为他有机会逃走，但他现在肯定在监狱里。

好的。

你想做什么？

什么也不做。明早之前去那里都没什么用。

我想也是。

她摇摇头，没办法，完全没办法。

你有钱吗？

有一些。我不清楚。担保人把钱都拿走了。我得找找看。

需要的话，我有差不多三十美元。

那也不够弄他出来。

他们会起诉他什么罪名？

他们不会的。两年前，他们试图以蓄意谋杀的罪名逮捕他。我花了一千四百美元捞的他。

我不能和你一起过去。

你不需要过去。

他们也许在找我。

别让他们盯上你，她说，他们永远不会放过你的。

透过炉门的通气口可以看到煤块发出暗淡的红光，可屋子里还是很冷。她准是猜到了他的心思。到炉子旁边来暖和暖和，她说，你要啤酒吗？

不，我得走了。我得想想要做点什么。

她摇摇脑袋，抬起头来。发亮的黑脸庞上皱起了半月形的皮肉，一只眼睛不停眨巴。

他五十六岁了，你知道吗？她说。

我大概知道。

他不能再这样下去了。他们会杀了他。你说了他又不听。

苏特里看着地面。

唉，她说，谢谢你能来。

需要我帮你联系"海蛙"吗？

不了，我会碰到他的。

好的。那我明天再过来。

她从椅子里站了起来，把两只手放到桌上。接着她又坐下了。苏特里打开门走了出去。

他踩着冰冷的白色瓷砖走过大厅，靠在前台桌子上。周围一个人也没有。他拍了一下桌上的小铃铛。黄铜片叮地撞上了镍板。过了一会儿，杰西从后面走了出来，带着竭力压制的轻蔑表情点了点头，在他看来生命的形式可绝不会是五彩斑斓的午夜。

他马上过来。

接待员走了出来，穿过小门，站在苏特里面前。

你们有空房间吗？苏特里说。

他伸手从一个槽里抽出一张卡，从大理石柜面上滑了过去，又在卡上放了一支笔。

苏特里写了自己的名字，把卡推了回去。接待员看都没看。就你一个人吗？他问。

就我一个人。

住多久？

我也不知道。几个星期吧。

他掏出一把带着纤维板挂件的钥匙。十二块，他说。

一周吗？

没错。

我之前住两周才十四块。我上次刚来住过。

十二块。

苏特里数了数钱，拿上钥匙，穿过大厅来到楼梯口，他爬上楼梯，走进黑暗之中。他找到了房间，准备把钥匙插进门里，可门是半开的。他推开门。门闩已经被砸坏了，废五金件挂在螺丝上。这扇门整个儿从中间裂开，一推就虚弱地摇晃起来。他下楼走回去，又拍了一次铃。

接待员给他换了个房间，他又上去了。它位于旅馆后部，能够俯瞰整个小巷。墙上有许多巨大的洞，用纸板和胶带修补过。一张小铁床。橡木饰面的梳妆台，长长的铸铁桌脚。他重重地躺进柔软的床垫，眼睛盯着天花板。过了一会儿他站起身，关了灯，踢掉鞋子，又伸展了一下身子。楼下，汽车从街道上驶过。朝着东面的窗户里已经照进了一缕来自黎明的微弱灰光。他睡着了。

醒来时已经是傍晚时分。他拖着脚穿过过道去了趟洗手间。周围似乎没人。他到楼下大厅拿了份报纸，穿过街道，来到了药店，坐在后面的卡座里喝咖啡，吃甜甜圈。他翻遍了报纸寻找前一天晚上的新闻，可什么消息也没有。

等天黑下来，他往街的尽头走去，然后去了河边。多尔家没有灯光，他敲门也没有人应声。亚伯的猫从屋顶下来，蹭起了他的腿，可他没有东西喂它。

河面上很黑，唯一能听见的声音是船桨的滴水声和船闸轻微的摩擦声。他拿着手电筒钻进了岸边的灌木丛，最终找到了系鱼线的木桩子，他把线从艉横板的桨架处钩了过来，又拿起了桨，将手电筒支在座位上，鱼线从黑水里出来的时候非常的白。鱼钩浮上来的时候，他把鱼饵取了下来，当他抵达对岸，他割断了鱼线。它嗖的一声蹿进了河里，消失在视野中。接着他开始往下游划船，拉起另一条线，也将它割断了。等他带着甲板上的渔获重新回到岸上时，已经过了午夜。他点亮灯，坐在甲板上杀鱼，不时地停下来，在灯罩上暖暖污迹斑斑的手。他把鱼用报纸包好，放进一个盒子里，然后下到岸边把小船拖上岸，翻了个身。他走到底下，拿了几件自己的衣服和私人物品，吹灭灯，拿着这些东西穿过田野往市里走去，装鱼的箱子堆在最上面。

他每晚都去，可家里没有人。白天他不敢上街。报纸上什么消息也没有。他在霍华德·克莱文杰店里询问她的去向，可没人知道她在哪儿。就在他转身离开之际，他看见"海蛙"沿着街走了过来。

嘿，宝贝，"海蛙"说。

出什么事了，苏特里说，亚伯在哪儿？

他人在医院里。

情况糟糕吗？

我不知道。我还没去过那里。

多尔去哪儿了？

她去陪他了。弗雷泽竖起衣领，朝街上望去。他又转过身来朝着苏特里。你要去那里吗？他问。

我也不知道。

他们派了个警察守门。

好吧，苏特里说。

"海蛙"斜着眼睛瞧了他一会儿，然后笑了起来。他又拉了拉衣领，后退一步，准备继续沿着街往前走。我觉得你得知道情况，他说。

他们去过我住的地方了吗？

去了，宝贝。放松点。

他迈着轻快的大步走了，苏特里看着河面，用比之前更简单的动作试了一下空气，风和周围的景色都依然保持着凉爽，没有丝毫动静。

晚上的时候他会走到桥的尽头，靠在铁栏杆上凝望河水和桥底污秽的生活场景。他能听到从卡罗尔·金经营的夜总会的老木屋楼上传出音乐。保罗·琼斯灌了一肚子杜松子酒，坐在钢琴前弹奏老掉牙的低俗歌曲。那儿还有一个名叫普丽西拉的黑人女孩，她白天在洗衣店打工。

几个晚上之后，他看见琼斯家后面的河面上出现了微弱的灯光，便摸黑沿小路往下走去。

他等了一会儿，以为她不会来开门。就在他准备离开时，门突然打开了。

她脑袋四周的头发已经结成了油腻的黑团，像是被水蛭包围了，那只独眼又亮又红。她静静地转过身来看他。她交叉起双臂，抱住了肩膀，呼吸在寒夜中凝成了白气。

他怎么样了？苏特里问，他在家吗？

她摇了摇头。

他没出院吗？

不，他出院了。上帝安排他出去了。她穿着家居服和拖鞋站在那里，抱着自己的肩膀哭了起来。眼泪从她满是皱纹的面颊上滚下，就像墨水。她闭上眼睛，可空眼窝的眼皮不听使唤，它陷在洞里，努力想要抬起来，空洞似乎在以一种可怕的平静注视着他，仿佛另一种具有视力的眼睛，像返祖的爬行动物的松果体眼睛，能看透时间，穿过空间和物质的结合处看到生死合一的静止中心。

那年春天，他没有去河边。建筑的阴影仍然被阴冷的寒气笼罩着，城市上空的某处，愠怒的太阳被烟雾缭绕，充满敌意，在城市边缘植被稀疏的黏土荒原上，第一批花醉醺醺地从玻璃和煤渣中冒出来，慢慢地开了出来。天气渐渐暖和起来，鹩哥回来了，成群的蓝鸟压在尖叫的树上。低温保存的小小尸体开始变软腐烂，一张绷紧、晒干的无毛猫皮，裂口一直开到没有肉的肋骨，往上翻的眼窝里满是雨水，失去了嘴唇的脸上不管刮风下雨都绽放着笑容，露出那些脱色的牙齿。

　　他更少出门了，钱一点一点地花光。白天越来越长，他在小床上躺了一个小时。接待员过来敲了敲门，又走了。一天，驱逐令来了。

　　然后他就病了。先是鼻子开始流血，怎么也止不住。地板上散落着一团团沾了血迹的湿厕纸。接待员又过来敲了敲门。借着门槛底下的灯光能看到那人鞋子的影子。他又离开了。事情开始变得古怪。脑子里有水下唱歌的粗粝声音。他躺在小床上，看天花板裂缝里光秃秃的藤蔓。窗户上挂着带花边的破布。

到了中午，钟楼学校的孩子们在操场上大喊大叫。苏特里发着烧，光溜溜地躺着。他连眼睛都发烫了。他睡了一个下午，醒来前梦里一直充满了一条早就被遗忘了的毯子的味道，毯子的边上有蓝色的鸭子图案。他父亲的身躯把床压歪了，你感觉怎样，儿子，我感觉不太好。就在倾斜的天花板下，靠近屋檐。

他睁开眼睛。房间看起来是变形的。他看着奥秘在粗糙的灰泥中展开。某种看不见的东西控制了泥瓦匠的手。做着鬼脸的身影出现在石灰水粉刷的月球表面。也许是早就死去的老石匠的记录。他又闭上了眼睛。一个有脉搏的巨大拇指螺纹在他肿胀的眼皮上盘旋。他像个醉汉似的伸出一只手扶好了墙。

伴随着玫瑰和烟灰色的光线，白昼消失了。蓝色的黄昏在房间里冷却。

他躺在黑暗之中。

过了好长一段时间，他跌跌撞撞地走到墙边，打开了电灯开关。简陋的灯泡光线下，他摸索着找到一条毛巾裹住腰，又摇摇晃晃地沿着走廊走到厕所。他跪在冰冷的白瓷砖上，把血吐进了马桶里。回房间后，他坐在床上，看着自己的脚趾。

好吧，他说，你病了。

午夜过后不久，一个名叫托马斯·E·沃伦的鞋商发现了他。这人还以为他喝醉了，便跪下来，推了推他的肩膀。嘿，伙计，他说。

苏特里光着身子躺在厕所地板上，他本来是想降降温。沃伦扶他起来，苏特里茫然地瞪着他，没料到这么快就会有现世的人来。在他那冒烟的脑底，恶心的感觉正在退去。他挣脱了活人托马斯的手，蹒跚地走到马桶旁，坐了下去。

你还好吗，老兄？

我没事，苏特里说。

他独自一人待在狭窄的空间里。水顺着一条黑色的管子从他耳边流过。他的头垂在前面，手按在胃部。他拉了一泡带血的稀屎。

他在水池边往头上泼冷水。啊啊，他对着排水口喊。

我就知道你在里面，接待员在门外说。

苏特里睁开了眼睛。他正躺在自己的小床上，天已经亮了。敲门声渐渐消失。走廊里响起了脚步声。他看向窗户。街上有游行吗？什么东西在怒吼？另外这具躯体是谁？我可不是另外的躯体。

他坐起来。房间在旋转。他向后倒去，埋在发霉的床单里大笑。

他在离奇的高烧世界躺了一整天，房间里除了太阳和他自己什么也没有，他便按照传到他耳边的声音想象各种各样的构造，修理屋顶的工人的榔头声，街上卡车的气闸放出长长的屁，纱窗门砰砰地开关着，孩子们在喊叫。空白的墙，他可以在上面表演哑剧。一种这病不那么致命的念头占据了他的脑海，中午时分有那么一段时间他希望自己能够康复。可他听见的声音开始汇聚，并且迅速蔓延，他再也不知道自己是在做梦还是已经醒了。

漫长的下午，他成了古怪肉欲的受害者。棕色太妃糖做的玩具风车旁边，他的美杜莎在向他招手。一个恶心的舞者，腆着皱巴巴的小腹，双手拢着长满青苔颜色的毛发的阴部，在一片翠绿色的假阴毛中她那湿漉漉的紫色花瓣微笑着，露出一排排细小的橡胶牙齿，就像是海螺壳聚拢的下颚。

苏特里在睡梦中呻吟起来。他躺在一个性交的噩梦里，一个下垂的巨大屁股慢慢往他的头上坐了下去，中间有一只结了痂的棕色干瘪猪眼，挂着两片松弛的、又青又肿的肉。一条白色的黏液溢了出来。他把脸贴在冰凉的墙上。这位从灰白和蓝绿色气体中升起来的骨头先生是谁？他顺着一条轨道蹒跚着走了过来，僵硬得像个木乃伊，经过时微微一笑，鞠了个躬。灯光掠过他看似湿漉漉的骨头，小型啮齿类动物的脚爪握起，从眼窝的倒角里伸了出来，淡蓝色的牙齿中填充着银质的牙髓，已经发了黑。在车轮和滑轮的咣咣当当声中，先祖骨头先生斜着身子从酒馆门里钻了出来，转而消失，不过是游乐场里一具有些年头的涂漆骷髅。睡梦中的苏特里冲着这类孩童的幻想微笑。他的嘴角翘起了一块灰色的死皮。他猛地睁开眼睛，坐了起来，伸手去摸毛巾。毛巾从他身上滑下去了，他一丝不挂地走了出去，穿过大厅。

血块把马桶里的水弄脏了。粉色、洋红和勃艮第红的混合。

他摊开四肢，躺在瓷砖上。那里有淡淡的尿骚味。白花花的窗玻璃上有鸟的身影。水槽滴着水。旧梦中我看见了更早以前的她，在麝香的气息中移动，一股不太新鲜的玫瑰气味。她慵懒的双手像苍白的鸟儿一样晃荡着，雪白的脸庞和粉色的嘴唇，她拿起玳瑁梳子，把深蓝色的头发束好，然后在一片烟雾的笼罩中，走出了那间萦绕在我未曾愈合记忆中的房间。

嘿，巴德。嘿。

这不是我的老伙计"杰宝"嘛，没有其他人啊。

你他妈的在干吗？

病得恶心，詹姆斯。

见鬼，你到底对自己做了什么？你能站起来吗？

我彻底完蛋了，詹姆斯。

我能看出来。什么情况？

亲爱的朋友，是退房的时候了。

"杰宝"拍了拍他的肩膀。等一下。我马上回来。

苏特里睁开眼睛。一分钟后我要去喝点水。他舔了舔嘴唇。

"杰宝"叫来了一辆宽大的出租车。他们抓着苏特里的手臂，将他拖起来，给他穿上衬衫。

要是我就让他睡一觉，出租车司机说。

我不能让他一直躺在这里。

苏特里的胳膊垂了下来，手指关节磕在了地板上。

他没病吧？

抱住他一下，我把这些扣好。他只是需要擦干身子。

停下，长官。我会自己平静地过去的。

他最好没病。你听到了吗？

我见过他更糟糕的时候。现在我们让他躺下就好。

他有鞋子吗？

我给他找了一双。帮我把他抬到这里。

这是什么？

什么？

见鬼，他的屁股在流血。

也许他有痔疮。

痔疮个鬼。看看这儿吧。

一片红晕正在苏特里苍白的光屁股上渲染开来。他躺着，身上套了一件衬衫，裤子堆在膝盖上。出租车司机朝门口退去。"杰宝"像个刺客似的跪在那里。出租车司机转过身，沿着走廊逃走了。

走吧，你这个狗杂种，"杰宝"嚷道。

狗杂种，地上的苏特里说。

"杰宝"把他从血泊中拉出来，用力把裤子往上拽。他拿了鞋给他套上，托着他的胳肢窝将他抬了起来，然后一路把他拖过走廊。他站在苏特里的床上，把他拉了上去。

水，吉姆。喝了点老酒。

十分钟后，"杰宝"带着另一个出租车司机回来了。

他自己能走路吗？

不能，帮我扛他一下。

该死，我从来没见过这么糟糕的人。

弄到这种田地。

苏特里的脚指头在满是皮屑的走廊地毯上留下了一条淡淡

的痕迹。他的鞋子像玩具般掉下了楼梯。他看见刺眼的眼光从楼梯间升了起来。他的头砰地撞上了什么东西。

你和他一起走，是不是？

是的。等会儿我再坐回来。走吧。

这是我见过醉得最厉害的酒鬼了，司机说。

这是谁的房子？苏特里问。

放松，巴德。

嗨，我没事。

他们和他搏斗起来。我没事，他说。

腐蚀剂和药品的刺鼻味道。站在一个白色的房间里。他悄悄地贴近一只耳朵。我现在很好，他撒谎。有人从他的护膝铰链上偷去了销子。他重重地靠在一张钢质桌子上。墙上张贴着规章制度的布告。房间中央是那张铺着挺括亚麻白布的急救台。一个勤杂工打开门，看着他。

真希望躺在这里，拥有兴许被国王们所热爱的幻觉，苏特里说。

勤杂工关上了门。

另一扇门关上了，在他的脑壳里门一扇接着一扇轻轻地关上。淡玫瑰和柠檬绿的颜色。他沿着一条长长的隧道往外走，隧道里有越来越低的人声，还有一种沙哑的嗡嗡声。他越走越快，路过了一些散落成锯齿状拼图片的灰色图像。他顺着面前一条不断展开的长廊继续走，消失在一片漆黑之中。死人们驾着凋零的花车经过，褪色的花环里夹着的卡片上，墨水写下的名字在雨水中化开了。卡拉汉和"猪头"龇着乱糟糟的牙齿，斜眼看他，他们脑壳上的洞用小塞子堵住了，波比·戴维斯躺在一块厚板上，躯干像天花病人似的布满伤痕，吉米·史密斯的脖子断了，比阿特丽丝阿姨过来了，她面容安详、镇定，身穿灰黑色的格子布衣服，白如蜡烛的手里抱着一枝玫瑰，躺在一口玻璃棺材里。她把一只扑了粉的眼睛睁开一道缝，使劲眨了眨，然后走了。苏特里说，我要离开这个世界了，悠长的无声呐喊飘荡在铁轨上，顺着坡下到北半球幽暗的冥府，这是死亡的前奏。陪伴而来的是一群彩色气体组成的人物，他们笨重且善变，慢慢地撕碎自己的身体，淡绿色、樱桃色和深天蓝色的傻瓜们垫着橡胶下巴，轻快地奔跑，嘴里高喊着"嘭——""啪——"，他们噘着没有骨头的卡通嘴巴，穿着滑稽的灯笼裤，兴高采烈地进入前方的窟窿，笨拙永恒地走向万物的边缘。

一轮弦月躺在遥远的虚空之中，颜色近似一把折断的锉刀。差不多颜色的人影穿过了它。他不再关心自己是不是要死了。他正在被一个猪肝色的巨大阴户排泄着，裹住他的阴唇像某种东方双壳贝那样轻轻地抽动。进入一个没有时间、空间并且一切都在运动的冰冷维度。

护士给苏特里量了体温。

谢谢你，护士。嗯，没事。

你的人可以从另一边过来。好的。从那边的门进来。谢谢。

苏特里睁开眼睛。年轻的男人们穿着手术服，一脸严肃地站在他的床边注视着他。他躺倒回去，大笑起来，又晕了过去。

坐着摩托车的挎斗沿摆线向下，穿过有毒的万花筒之眼展开了一场流线型的梦幻之行，划出一条螺旋形的路线，以抽干脸庞的速度歪歪扭扭地向墙上驶去，飞快地在炽热的乙醚里搜索，耳朵嗡嗡作响。陪同人员反反复复地出现，脸和身影，一个头发是棕色火焰的凶恶老太婆旋转着过去又回来，如此重复，一支首尾循环的队列正中贯穿一道狞笑的气体马赛克，来回穿梭，那图形轻微地变异、慢慢地改变，直到逐渐被颜色和形状的抽象物所取代，这些东西在弹性视差中被切割，像一次印刷中的色板幽灵，最终永远分离。在那之上，新的形状出现了，一刻不停地转动，简直是疯了的旋转木马。苏特里带着些许兴致从他那乳白色的导尿袋中观测着这些现象。一个高大的白人医生从他的视线中掠过，然后走开，迅速地缩小到望远镜的窄端。苏特里意识到他已经睁开了眼睛。他正处在难以置信的高度，从意识最原始的乌青色边缘看着这些秃顶的两脚变异人在前面绞尽脑汁。他对天文学的偏见将他置于红移现象之外，他想知道这些空间的地理位置，又或者这世界如何与它以外的世界相契合？一扇门关上了。他被气流带得打起了旋儿，猛地转身吸了口气，便又昏了过去。

一个并脑独眼的畸形黑人将他抬了起来，抽了一碗他肠子里的血，用亚麻布盖好端了出去。

一辆装着橡胶轮胎的诊断台被推了进来，发出硫黄和酒精的刺鼻味道。一根针扎进了他的屁股。他蜷起了身子。他想他看到了窗外院子里的树枝。那里满是等待他的小身影。长须猫眼的小矮人干瘪枯槁、弯腰驼背，装饰着猩红色的小片遮阴布。谁能看见他们？邻床躺着一位头发花白的老人，用裸露松弛的灰色嘴巴无力地吸着空气。像我这样，像我这样。他们有没有把我的骨头放在冰冷的石板上？他们是不是在磨快小刀，准备肢解我？

这群气喘吁吁、大腹便便的橡胶人蠢蛋，在漂浮的蒸汽中一个接着一个笨拙地走下坡道。每个人都在往前走。

当他们开始把苏特里包在冰块里时，他感到一阵巨大的悲伤和悔恨交织在一起。他听见有人在说时间，却听不懂。他被注射了吗啡，迷迷糊糊地睡着了。

走在一条潮湿的街道上，清风拂面，夹杂着丝丝细雨。人行道散发着原始的麝香气味。他惹上了一点麻烦。钟表店。钟形玻璃罩里有一只四足座钟，底下吊着一只三叉钩，挂在上面的金球缓慢旋转着。渐渐停止。钟的指针也停了。他看着玻璃里自己脸庞的倒影。远处的墙上其他钟也停了。我吗？这店关门了。想发问的念头。不过，他才不会问。钟需要上发条，也需要有人来做这件事。应该告诉某个人。

请被告起立。

你已经听到了对你的指控。

是。

是的，先生。和往常一样，我是八点钟左右来的。然后就看见这家伙往窗户里张望，我也没多想。我进去了，看到了那个钟，我觉得它不太对劲，我走过去给它上发条，可它不走。

它上过发条了，但就是不走。于是我开始环顾四周，各种稀奇古怪的事正在发生。

你能给我们简单描述一下这些事情吗？

好的，先生。是这样，我有点讨厌……

你可以畅所欲言。被告已经被牢牢地铐住了。被告有戴脚镣吗？啊，是的。

好的，先生。于是我开始四处张望，然后立马就发现这个地方的钟都不见了，也不知道现在是几点。再然后我看见"小鸟崔弟"死了。

你看见"小鸟崔弟"死了。死亡了。

是的，先生。

请记录显示"小鸟崔弟"已死亡。

遭了某个或某些姓名不详者的毒手。

是他干的，就是坐在那边、戴着脚镣的那个家伙。

你能辨认这些遗骸吗？

哦，上帝，不，我无法忍受，我痛不欲生。

是你的鸟吗，先生？

都一样。

请记录显示鸟是同一种鸟。

鸟当然是同一种鸟，苏特里喊道，他瘦削、苍白，软绵绵地躺在一盘冰块里，古怪的四足动物正在冷却。

苏特里先生，你叔祖父杰弗里是哪一年去世的？

1884 年。

他是自然死亡的吗？

不是，先生。

那么他的死因是什么？

他当时正在参加一场公共活动，突然平台塌了。

我们得到的消息是他因为谋杀而被处以绞刑。

是的，先生。

你知不知道被判变身狼人罪会受到怎样的惩罚？

苏特里在冰块里呻吟。不是我干的，他嚷道。

他轻盈地游走，像一条鳗鱼，从沼泽地带游到林中小路，经过了密林中的若干漆黑小湖，阳光照不进来，芦苇丛变得黑压压一片，鱼类丧失了视力。最后他被一个卖乌龟的小贩拦了下来，他背着一麻袋乌龟，提着一支来复枪。这人裹着粗麻布，胡子拉碴，脚趾露在破短靴外，而这时天气很冷。

喂，陌生人，这人喊道，买只乌龟回去做汤。

陌生人，让我过去，我累了。

只要五十美分，你可以挑最好的，买不到比这更便宜的了。

我在外面，什么东西都没带。

很难想象你到这儿来还有别的原因。

这不是我选择的路。

也不是我的。

随意点，轻松点，夜晚就要来了。

乌龟贩子拿着麻袋递到前面，上好的乌龟，肥美的乌龟。适合做炖菜的乌龟。

做梦的人想过去，可那人却用长长的深紫色铁枪管拦住了去路。一个散发着林烟和臭沼泽味道的非法收费员，正试图在黑暗的保障下收取比走一条小路更昂贵的森林过路费。或者随便什么小路。

这些是特殊的乌龟。不好好考虑一下就不要过去。

旅行者同意了。小贩的表情变得狡猾起来。他把湿麻袋往地上哗啦一倒，然后把麻袋口翻了过来。

这些可不是乌龟。哦，老天，它们不是乌龟。

苏特里从床上半坐起来，他的舌头肿胀，哽住了他的哭泣。他往后倒下。有声音在墙外说话。他冷不丁地看到门前停着一辆灵车，用人们推了一辆板车进来，吃力地把他还在哭泣的躯体拖走，显然未经忏悔赎罪的死者身上的臭气是可怕的恶臭，它直冲上帝的鼻孔。不知悔改的人们患着麻风也要狂欢，他们中途被抓出来，接受严厉的审判。苏特里看见"将军"坐着他的运煤车经过，缰绳拴着一匹更加苍白的马。他举起了一只手。手套里空空如也，他的灵车静悄悄。他们逐渐隐没在雾气之中，只有后箱板上挂着的那盏灯，还在摇摇晃晃地放出橘色的光。

前街上，街灯用一圈圈克制的铬蓝色灯光标明了道路。沉睡的棚屋静静地腐烂，里面睡着皮肤黝黑的人们。庭院里的花朵在灯光下半睡半醒，城市的霓虹灯群显现在夜色之中，粉笔彩画似的朝霞中，拆迁留下的尘土从坎伯兰旅馆和抒情剧院高低不平的废墟中升起。

赫德尔酒吧门口聚集了一群从扭曲变形的麦卡纳利出来的

人。他们中的第一个是个没有胡子的凯尔特人，皮肤上斑斑点点，牙齿上有缺口。他的脑袋上有三只眼睛，浑身上下长满橙色的毛发，活像一只中国猿猴。在他的旁边是一个小伙子，看似狡猾的小脸嵌在圆滚滚的脑袋下部。他的头发是淡黄色的，剪得很短，一撮一撮地直立着，从后面看几乎像一株巨大的蒲公英。苏特里看到这些朋友，不由得微笑起来。被谋杀的是第一个上来拥抱他的。卡拉汉用沉重的胳膊搂住他的肩膀，摩挲着他的肩胛骨。他透过无骨鼻子上的喇叭形气孔，对着参议院模样的银发酒吧招待说话。

嘿，"帽匠"先生。告诉"猪头"、唐纳德、伯德、波比、休和康拉德，告诉他们所有人，他们没有被关起来。

他们死了。

门口看热闹的人们发出阵阵哄笑。

那么，你不会把一个死人关起来的，对吧？

酒馆老板叠好毛巾，擦了擦长长的红木吧台。他说他不会。苏特里混在一群乌合之众里走了进来。只有废品商还孤零零地站在外面。

现世硬通货，现世硬通货，"帽匠"先生喃喃自语，并没有被变来变去的血统激怒。

硬通货，"大冰箱"喊了起来，你有吗，卖挡泥板的？

哈维拖着脚走上前去，手里扒拉着自己的零钱包。几块丹佛造的银币。公开宣称对耳聋神明的盲目信仰。他在吧台前的一张凳子上坐下。啤酒，来个鱼缸。他点单了。

"大冰箱"轻轻推了推废品商,凑到跟前冲他使劲眨眨眼睛。鱼味淡一点。

瞎子理查德也在酒吧,在啤酒光泽的反射下他的眼睛眨巴着,眼窝里的凝块闪耀着淡蓝色的光泽,他身体前倾,双手握住杯子。耳朵在无边的虚空中听到各种各样的声音。爱丽丝正轻蔑地打量整个房间。当月亮照耀我的沃巴什,你就能认出你的印第安纳老家。椭圆形桌子旁的妓女们纷纷举起了大啤酒杯。那边黑色的硬塑料板上刻着上千个罪犯和忧郁者的名字。费伊往她的吊带袜里塞了一个玻璃注射器。为了嗨,我愿意给猪舔屁眼,她说。已经有人干过了,雪莉说。在电影里,罗茜搭腔。

角落卡座里的酷儿们面面相觑,一脸震惊却又觉得好笑。他们的眼镜闪烁着小小的信号。这群人的头顶有一个被掏空了的电扇笼子,里面困着骂人的那个人,被烟雾缭绕的灯光照着,他蜷缩着身子,流着口水,来回翻动。

我没有做,他们只是说我做了。夜里来了个小个子犹太医生,拿着裁缝的剪刀。

哦,闭嘴吧,一个疲倦的同性恋向上瞥了一眼,然后说道。

各种各样的恶心变态。穿俗气的丝绸,舔各种兽鞭。满世界转悠。用精液填满他们可怕的胃口。哦,我才不会不乐意告诉你们。我要把他们整个部落汇报给全能的上帝,他会把我们的所作所为记录在皮面的日记簿里。据说,衬页还是大理石花纹的。

身穿晨衣的哈罗盖特轻松地站在装饰着彩旗的吧台前。他在翻领上别了一面小旗。朋友们，他说，我出身卑微，靠自己的努力在这个世界崛起。假如我将要在时间的流沙中留下自己的脚印，也请让我穿着工作鞋。

有人扯了扯苏特里的袖子。是一个脸上伤痕累累的小个子修女，一股黑色细布被烧焦的味道，死掉的乳房卷在她穿的针织背心里。她用小小的、鼩鼱般的爪子拉着苏特里胳膊肘的骨头。

科内流斯，你马上离开这里。

苏特里先生，我们认为，在法律明确规定的宵禁时间，在夜晚结束、新的一天开始前，你做了与身份不相符合的行为，将自己带到了麦卡纳利的各种低端场所，并且确确实实浪费了接下来几年的时间，与小偷、社会弃儿、歹徒、贱民、胆小鬼、地痞流氓、吝啬鬼、笨蛋、杀人犯、赌徒、老鸨、妓女、娼妇、强盗、醉汉、酒徒、大大小小的酒鬼、粗人、臭劳工、逃犯、花花公子，还有其他各种各样罪大恶极的浪荡子。

我喝醉了，苏特里喊道。沉溺在一个典型的族长幻象中，他用巨大的钥匙打开了哈迪斯的大门。一大波尖叫的恶魔、刺客、小偷和满身是毛的坏蛋拥进了宇宙，令它在银河轴线上稍稍倾斜。于是，星辰如炽热的玻璃弹子般滚了下来。这些在小火中煎熬的罪人们，披着斗篷，冒着烟把逻各斯从礼拜堂中带了出来，携着它穿过大街小巷，而西方世界蛮荒前的绝对数学将它们轰了下来，遮住了它们遭世人遗忘的破烂不堪的圣经形象。

一个勤杂工拿着拖把和水桶在外面的走廊上走动。他不时停下脚步让别人过去。走廊回荡着咔嗒咔嗒的声音。有人在说话。

被诅咒者喋喋不休、胡言乱语,而除了这些还有一片无声的嘈杂,不是正常的声音。苏特里的手攥紧了印花的床单。

你刚才听到他说话了吗?

嘘。我可从没听见那种东西。

他丧失理智了。

你的理智,深渊之中的苏特里说。

老天,他醒着吗?

没有。帮我给他翻个身。我们得给他量体温。

一个深褐色皮肤的老太婆从他右眼的下眼角处冒了出来,她咯咯直笑,缩了回去。苏特里笑了起来。别把我裹起来,我还没走呢。

好多毛,是吧?

哦,嘘,万尼塔。我都要害羞了。

娘们儿,苏特里换到一个新的地方说,湿娘们儿。甜甜的傻笑声响了起来。他的阴茎伟岸地从两腿之间竖了起来,一阵美妙的痉挛,然后从它的尽头伸出了一面插在木杆上的小彩旗,谁知道是哪个国家的。

淡淡的酒精味,房间里洒满阳光。碗里有水滴落。他能听见在另一个王国的院子里,网球鞋沿着墙外的人行道平地爆炸。

下午晚些时候他起了床,在房间里摇摇晃晃地走来走去,光着两条瘦骨嶙峋的腿,粗糙的直筒式棉布衣只盖住了小腿部分,几根细绳垂着。他在房间角落里找到一个水槽,便趴在水龙头底下,把脸埋在池子里,任冷水从冒烟的脑壳上淌过。血涌上头，带来了一些坏消息。他湿漉漉地站了起来，往水槽里痛苦地尿了几滴。他环顾了一下房间。还有两张床，都空着。一辆装着搪瓷便盆的钢质手推车。他提起睡衣，用手掌舀了水擦在干瘪的肚子上，这时一个护士走进了房间。他转过身。他们向对方走去，伸开双臂摇摇摆摆地穿过房间。

总算见到你了，苏特里说。

你刚才在干什么？

冷却肚子。我认识你吗？

小心一点。

听着，苏特里说，从未有人对我们承诺说，我们的肉体，我们的肉体……

别说话。来吧。

我有事要告诉你。我知道所有的灵魂都一样，所有的灵魂都是孤零零的。

我们走吧。

他停住了，单膝跪在铁床上。他抬起头来，看见一张模糊的脸。它不清不楚地粉碎、消散，是个沾满灰尘的巫婆面具。他躺了回去。床单被单都黏糊糊的，带着盐渍。它们像线圈似的缠在他身上。护士把床单拉紧，而他则用衣服下摆扇着肚子。

别这样，她说。

马上就不了，他说。

她给他盖好就走了。他半梦半醒地躺在高温之中，像漂浮在热带海洋中的巨型美杜莎，而他的耳边有时会听见与他相关的奇怪请求，二百毫克，胸膜内大量液体……

他的梦是关于房子的，有地下室和阁楼。不过最终是关于海里的这座城市。

某片东部的海域，沉重地沐浴在晨曦之中。在它更远的边缘矗立着一个冒烟的尖塔，塔顶有一道地狱之光，底下的海水已经分开。炽热的熔岩喷涌而出，巨大的陆地板块竖立起来，小石子如雨点般嘶嘶地往下落，在海面上绵延数英里。在我们的注视中，一个古代骨头组成的城市从冒烟的咸水中孕育而生，隆隆地从海底升起，苍白的阁楼是用精致如贝壳的骨头搭建的，呈现融化中的状态，白垩色的废墟长满珊瑚，扭曲成了寺庙、圆柱、底座和飞檐的形状，到处是弓箭手、武士和雪白胸脯的少女的塑像，它们全部向西倾斜，慢慢地移动着石头做的四肢。随着这些人影开始冷却并且具有了生命，观众之中的苏特里发话了，这一次我们有目击者，因为生命降临得并不慢。它在一次大规模的变异中出现，然后所有的一切都彻底、永远地改变了。今天我们目睹了这一事件，它预示了一直以来历史的秩序是以何种方式进行的。有些人说，昨天晚上在花园的石头水池里清洗肿起的肚子的女孩是他们参与的这场奇迹的创造者。一个捧着盛水的大理石罐子的少女从活了的浮雕上走了下来，朝做梦者走来，她的眼睛重新找回了黑色的核心，虹膜被染上了明亮典雅的蓝色，她微笑着向他走去。

苏特里在这些炽热的深渊中漂浮，听到床边有个伤感的声音吟诵着拉丁语，也许是某种中世纪鬼魂来篡夺他堕落的肉体。

一个涂了油的大拇指散发着酸橙和鼠尾草的芳香，他闭着眼睛沉思着。

求主垂怜……[1]

他的耳朵涂了油，他的嘴唇……全身恶性紊乱……他抹着喷香的圣油，无力地躺着，身体冰冷却极度兴奋。雅弗[2]，当你离开父亲家时，鸟都飞走了。你对这样的天气没有准备。你把你父亲心中的冬天讲得太轻描淡写了。我们在街上见过你。难过。

牧师那张久经灯晒、棱角分明的脸俯视着他。房间里点着蜡烛，烟雾呛人。他闭上眼睛。一个蘸了油膏的冰凉拇指在他的脚底画十字。他躺着接受临终涂油礼。就像被强奸的受害者。

我熟悉无名氏和无人认领者的葬礼仪式。

什么声音？牧师问。

可能他不明白，娈童神的执行官。

牧师用小块面包擦了擦手指，站起身来。借着灯光，他把所有东西都装进一个小巧的箱子里，然后拿着蜡烛离开了，身后跟着一个修女，漆黑的房间里只留下苏特里一人静候死亡，有谁会来一个化名的坟墓前哭泣，或者放下一朵花呢？

他梦见了极地的一个民族，人们驾着用海象皮、带褶皱的兽角和象牙做的狗拉雪橇外出，车上随处可见长矛和鱼叉枪，猎人们都裹着毛皮，他们的商队迎着冬日的夕阳在世界的边缘

---

[1] 原文是拉丁语，"Miserere mei, Deus..."。

[2] 雅弗（Japheth），《圣经》创世纪中的人物，是诺亚的第三个儿子。

徐徐而行，他们在蓝色的雪层上窃窃私语，雪橇装载着成堆的肉、兽皮和内脏。浑身血污的小个子猎人们像孢子般漂浮在含氯的冰冻虚空之上，在整片广袤的北方平原上一朵接着一朵绽放出鲜红血花。

在他那饥饿心灵的黑夜世界深处，冰凉的鱼群转向游动，扬起盐粒以柱状轨迹向头顶冰层的裂缝处抛去。沉入冰冷的碧海，泡沫朝极地的太阳飞去。一群群红点鲑闪闪发光地绵延在水里，海洋随着地球的转动而起伏，在被风吹过的冰面之上他能看见太阳变得模糊暗淡。在一片比月亮表面更加寂静的荒原底下，雪白的北极熊在冰绿色的咸水深处巡游。

他醒来时，房间里有脚步声。光线和薄薄的眼皮之间有一些影子晃过。他又走进了一条走廊，穿行在永无止境的房间之中，旁边的墙壁没有形状、没有秩序，也没有装饰，有点潮湿和温暖，他穿过几扇柔软的门，门的框缘带有阀门，还在滴水，这些区域湿答答的，带点蓝色，就像某种巨大生物的内脏部分。一个渺小的灵魂往前走。在泛光灯的照射下穿过宇宙的肾脏部位。苍白的吞噬细胞漂移着，它们的影子和形状穿过诸多管道，就像是一滴水中的各种杂质。玻璃尽头的那只眼睛准是上帝的。

苏特里看到了活人弯曲的面孔。他闭上了眼睛。灰乎乎、带几何形图案的蜥蜴怒气冲冲地躺在坑里。远处矗立着一座金色的宝塔，有一只小型颤振叶片在风中旋转。他知道自己不回去那里。他已经好几天没有睡觉了。没有人知道。他碰了碰一只正在照料他的手，见它缩了回去，便微微一笑。怪物和幽灵在冰冷的白色石膏天花板后悄悄离去。一只神秘莫测的猫在游乐场的长廊上无休止地奔跑。他会在死去的那天再次见到它们。

一天早晨，牧师又来了。床头抬了起来。苏特里的身体靠在上面，像囊状的无脊椎动物，软弱无力的身体部件在床单上冷却。

你要忏悔吗？牧师问。

我忏悔过了，苏特里说。

一抹转瞬即逝的微笑。

我想要些红酒。

哦，你不能喝红酒，护士的声音响了起来。

牧师弯下腰，打开他的小皮箱子，拿出了一个调料瓶。你死里逃生了，他说。

这就是我的整个人生。是的。

他顺着细长的瓶口把红酒斜斜地滴进苏特里的喉咙。苏特里闭上眼睛细细品味。

你还有吗？

只有一滴了。不多，我觉得。

这很有效，苏特里说。

你感觉好点了吗？

嗯。

上帝准是一直在守护你。你差点就死了。

说到有谁在看，你肯定不会相信。

哦？

那可不是个东西。从来没有东西会停止移动。

那就是你了解到的吗？

我了解到的是苏特里是独一无二的。

我明白了，牧师说。

苏特里摇摇头。不，他说，你没有。

日子长且寂寞，没有人来。

他望着窗外树上的鸟儿来来去去，就像儿时记忆中的场景，可当时想做什么却记不清楚。

没有人给他食物。只有一种奇怪的酸味药水可以喝。一个负责导尿的护士。他一连躺了几个小时，生殖器挂在一只破铁皮罐子冰凉的脖子处。

导尿娜，他说。

我的名字是凯西。

我们不能再这样见面了。

嘘。你能抬起来一点吗？抬起来一点。

你自己试着控制一下吧。该死。

你都没有发烧，所以我知道这些都是装的。

我听见水流声了。

嘘。

我从没见过比这更可爱的屁股了。

我从没见过任何人在导尿的时候会变得性感。

你会嫁给我吗？

当然。

一天夜里，他躺在床上，突然感觉自己变强壮了，可以起来了。他以为是在做梦。他把脚轻轻地从床沿放了下去，站在了地上。他摇摇晃晃地走过房间,倚着墙休息了一下又走了回来。再来一遍。他觉得头晕了。

次日晚上，他沿着长廊往前走。我觉得自己像个天使，他从一位提着水桶的老妇人身边经过时对她如是说。周围一个人也没有。前台有个搬运工朝他点点头。苏特里走出了大门。

他穿着睡衣走在街上，直到来到了一个电话亭。没有硬币堵在里面。他的胸前别着一个名签，上面的名字写的是"约翰逊"，他把它取下来，放在电话底下的那个小金属架上，然后他掰直了别针，把听筒从挂钩上取下来。他把别针刺进了电线的绝缘层，然后将它的末端抵在了投币槽的金属部分。试了几次之后，他听见了拨号音，于是拨打了21505。

汽车灯光大剌剌地照着玻璃屋里这个穿着睡衣、蹲在地上的人。他跌坐在电话亭的地上。一股陈旧的尿骚味。号码拨通了。苏特里想知道现在是几点了。电话响了一阵。

喂。

"杰宝"。

巴德？是你吗？

你能来接我吗？

当他们到达麦卡纳利时，苏特里把头靠在发霉的旧长毛绒汽车座椅上。

要来点威士忌吗，巴德？我们可以买一点。

不了，谢谢。

你还好吗？

嗯。我就想喝杯水。

约翰逊先生想要离开我们，是吗，约翰逊先生？

他们是这么说的。谁给我找的牧师？

他们说你快死了。我上周去过那儿，可你什么也不知道。我把一丁点酒也藏了起来。

苏特里闭着眼睛，拍了拍"杰宝"的膝盖。"杰宝"老伙计，他说。

你也不给我们带一件这个，我觉得你是个卑鄙的狗杂种，弟弟朱尼尔说。

他睁开一只眼睛。一件什么？

这种光滑的小睡衣。

我尿你一身。

老苏特里比"蚀骨地"还瘦了，"杰宝"说。

老苏特里没事，苏特里说。

他们似乎走了很长时间。沿途的街道坑坑洼洼、破破烂烂，路灯有的亮有的不亮，杂乱无章，破口锋利的蓝色圆形灯罩上沾着扑火的死飞蛾，用模糊的电线牵着，绕在上方的窗沿上。发白的水泥桥墩倾斜了，裸露的四阶柱体上覆盖着红色的钢条。麦卡纳利的废墟之上正在铺设新的道路，外皮剥落的立面和墙壁以疯狂的形状竖立着，坏损的消防楼梯摇摇欲坠，房屋只剩下半截，打开供世人观看。裸露的三角拱肩以某种方式贴在垂直的墙纸之上，不断向上攀升，直到终结在虚无和黑夜之中，就像巴别塔的那些建筑工事。

他们把什么都拆了，苏特里说。

是啊。建高速。

暗淡的紫色灯光下，悲伤的动产矗立在满是煤渣的草坪上。老旧的沙发被雨水泡得肿胀，静静地崩开，干裂的桌子上纸贴面脱落了。一排钢筋铁骨的推土机巍然耸立在漫天焦土的天空下。

新的马路会穿过麦卡纳利，"杰宝"说。

苏特里闭着眼睛点点头。他知道有另一个麦卡纳利能历经千年不倒。而那里不会有新的马路。

晚上，在格兰德大道的那所房子里，他躺在高高的铁床上无法入睡，听空旷的街道传来汽笛的声音，是城市里的孤独声音。他躺在自己暗无天日的蛹里，一声不响，跟公路旁躺在自己血泊里、倒在撒满碎玻璃的酒馆地板上又或是被铐在监狱里的人均等地分享着痛苦。他说，即使是地狱里被诅咒的人也有属于他们的苦难共同体，他想他也已经猜到生者同样也有一种名义上的不幸，好似一座农庄的灾难和毁灭是按照公平法则摊派的，这过程太过微妙，难以预测。

麦卡纳利公寓的毁坏引起了他的兴趣。他骨瘦如柴，悠闲地走过那些大规模拆迁的现场，一排排街区被彻底夷平为尘土和瓦砾。黄色机器在大地上呻吟，九头蛇似的生锈管道之下，泥土被压得翘曲，几棵沾满煤灰的老树被挖了上来，成堆成堆的熔渣，地洞里蹲着大缸熔炉，灰尘覆盖的田野被修剪、推平，亡者被从自己的坟墓里翻了出来。

他看着起重机驾驶室里的那个面无表情的工人推拉操纵杆。长绳拴着的大铁球从墙的一侧荡了过去，小男孩们纷纷拍手叫好。伴随着一团灰尘泥土，荷兰式砌法的暗血色砖墙分崩离析。墙体上的碎屑令人不适，是一种叫不出名字的渣滓。偏爱簇生的白色海绵状生物出现在了更为潮湿的河段沿岸，满身泥垢的打捞者拿着短柄小斧终日忙着从成堆的黑砖上剥下废灰泥。信奉诺斯替教的工匠们热衷于撕下这种破烂的外表，暴露出被其掩盖的更高形式的世界。建筑物的外立面被切开，露出一个个小小的隔间伸向太空，还有一张铁床架和一座不知通往何处的楼梯井留在黄昏之中。皮毛蓬乱的猫在玻璃上磕磕绊绊地走着，铁路支线旁的房屋前院里黑鬼们的狗在睡梦中抽搐。最终一切化为平地，除了几排房门，有些上面还钉着门牌号码。再远处就是一片瓦砾了，地上林立着扭曲的钢筋、管道和旧管线，在破碎的砖石楼板之间组成一个个痛苦的神经节。在那里，小小的黑色人形匆匆跑过垃圾堆，一张张报纸随风升起，然后又消失不见。

一天早晨，他去了河边，发现船屋的门是开着的，有人睡在他的床上。他顶着一团腐败的迷雾走了进去。一股热腾腾的强烈恶臭从颤动的铁皮底下散发出来。多么温暖的一个上午。

他用袖子挡住了鼻孔。

苏特里用脚趾踢了踢那个睡觉的人，可他没有醒。两只老鼠像毛茸茸的巨型甲虫从床上跑了出来，它们飞快流畅地逃走，或者说是一鼓作气地蹿上了墙，像烟雾一样无声无息地穿过一扇没有玻璃的窗户。

他走了出来，坐在栏杆上。他看着河面，望着岸边的钓鱼竿在阳光下冲这里眨眼。竿子上下晃动，这是他所熟悉的古老双鱼座仪式。鸽子在桥拱下飞来飞去，他能听见河对岸罗斯锯木厂里带锯发出的吱嘎声。上游处，他看到亚伯的家没有一丝生命迹象。过了一会儿，他深吸了一口气，又回到了船屋里。他踢开了被子。一群低声怒吼的苍蝇飞了起来。苏特里后退一步。凹陷的脸颊和满口黄牙的笑容。一个恶心的死人头，秃顶、腐烂、满是苍蝇，还没有眼睛。

他贴着墙，站了好一会儿，知道自己能够屏住呼吸。一大团黄色的蛆在那人的一只耳朵里蠕动，几只苍蝇在肉里嗡嗡作响，像猫似的躲着他。他转身走了出去。

一个女人默默地穿过田野，朝他的船屋走来。她伸出脚在轨道远端的洼地里试探了一下，又站了起来，穿过轨道，沿着荒凉的小路朝河边走来。她弯腰驼背，耷拉着头，漫不经心走路的样子就像马戏团里的熊。苏特里候着她，从身后把门拉上了。

她到了河边，抬头看着他，用一只手遮住了眼睛上方。苏特里先生吗？她问。

是我。

她犹豫地看着那块上船的木板，脚下又动了起来，缓慢沉重地上到甲板上。她满头大汗，把头发从眼前吹开，又扭头在肩膀上擦了擦眼睛，一只，另一只，仿佛她已经习惯手上拿着东西，并且多少忘记了使用它们。

我在那边的店里见过你，她说，他们告诉我你会到这里来。我本来都打算放弃找你了。

你是谁？苏特里问。

乔茜·哈罗盖特。我想见见你，是关于吉恩的。

苏特里看着她。这是一个骨瘦如柴的高个子女人，头发都蒙在脸上。她的棉布衣服的腋下已经被汗水打湿了。你是吉恩的姐姐吗？

是的，先生。他是我同父异母的兄弟。

我明白了。

我爸爸在吉恩出生前就死了。

苏特里伸手梳了梳头发。你去看过他了吗？他问。

没有。我想也许你知道他在哪里。

你不知道他在哪里吗？

不知道，先生。

苏特里移开视线看向河里。

妈妈去年冬天死了。我想他不知道这事。

好吧。我真不想告诉你。他在监狱里。

好的先生。具体在哪里呢？

佩特罗斯。

她的嘴唇做了一个字形，却没有说出来。能再说一遍吗？是什么？她说。

佩特罗斯。是座州立监狱。它的名称是灌木山。

灌木山。那地方在哪儿？

唔，从这边往西。我想大约五十英里。也许你可以坐巴士去那里。在终点站他们会告诉你怎么走过去。

他是因为什么罪名进去的？

抢劫。

她死死地盯住他的眼睛，想知道他是不是或者有没有撒谎，最后她说，他们不会让他上电椅的，对吗？

不，他要在里面待三到五年。快的话十八个月之后就能出来了。

好吧，他已经在里面待多久了？

两三个月吧。

好的，她说，太谢谢你了。我知道你是吉恩的朋友。

吉恩是个好孩子，苏特里说。

她没有回答，转身准备离开，不过在轨道旁她又转了回来。那地方叫什么名字来着？她问。

你说灌木山吗？

不。你说的另一个地名。

佩特罗斯。

佩特罗斯，她念叨着，然后又重复了一遍，空洞地仰望天空。她走上了狭窄的人行通道。准是有什么地方的板子松了，她走着走着就摔倒了，脚往前一伸，坐在了地上。木板深深地凹了下去，又弹了回来，抬起了这个手忙脚乱的人。她设法抓住了什么，将身子稳住，然后小心翼翼地站直，一路蹒跚地继续前进，直到抵达岸边。

你没事吧？苏特里问。

她没有回头，而是抬起一只手挥了挥，继续弯着腰，迈着沉重的步子往前走，穿过田野和铁轨往城里走去。

苏特里沿着河边的小路，穿过码头的花丛和野洋葱来到漂浮的老式路边旅馆，满怀悲伤地最后一次敲起了那扇绿门。他靠在栏杆上休息了一会儿，又敲了敲门，可没有人。过了一会儿，他顺着木板走道往下走，经过田野和轨道去了商店。

她搬出去了，霍华德·克莱文杰说。

哦，苏特里说。

她在马斯科特市有个兄弟，我想她搬去和他们住了。那个到处打听你的女人找到你了吗？

找到了。

我看到你们在那边的。

苏特里回到外面，走到河边，坐在一块石头上，久久地望着河水流过。

刚到黄昏。漆黑的山壁上，葛藤和积满灰尘的藤蔓之间挂着几盏惨白的窗灯。吉米·史密斯的酒吧门廊打着黄色的灯，带扶手的木围栏上方酒徒的面孔若隐若现。这是一个破碎的带柱子的门廊，就像麦卡纳利被削去的残骸，唯一不同的是上面贴着许多向外张望的疯狂小脸。越过肮脏的岸边，是垃圾成堆的河流以及远方世界的无尽空虚。一个花枝招展的人影走了过来，是个顽皮的姑娘，她从尚未撤掉的路灯的锥形光线中冲了出来，沿着整条前街翩翩起舞。那是穿着花色晚装的"轻舞露间"。他们转了半圈，彼此打量。

咦，我看你还在这附近转悠嘛，苏特里说。

亲爱的，我一直在这里。他们没我不行。他拘谨且腼腆地微微一笑。

今晚你的帽子去哪儿了？

哦，亲爱的，帽子已经过时了。就是这样。不过我一直觉得它们很俗气。当然我自己的除外。他绞着手，扭动肩膀，一阵轻快的少女般的吃吃笑声从灰色的小棚屋之间传了出来，沿着暮色下寂静的河边飘去。他突然清醒过来，歪过头来。你去哪儿了？他问。

我在医院。伤寒发热。

老天爷，亲爱的，我觉得你看起来很憔悴。让我看看你吧。他把苏特里转向路灯，真诚关切地盯着他的眼睛。

我没事，苏特里说。

甜心，你都瘦到皮包骨头了。

我之前掉了差不多二十磅体重。已经长回来一些了。

你需要休息，好好照顾自己。听见了吗？

苏特里伸出手来。跟我说再见吧，他说。

你要去哪里？

我不知道。不过我要离开诺克斯维尔。

胡说，他拍了一下苏特里伸出的手。你哪里都不去。什么时间？你什么时候走？

现在。我走了。

黑人忧伤地伸出手，面孔皱了起来。他们握着手站在那条小街的中央。你什么时候回来？

我想我不会再回来了。

别说这种话。

好吧。也许某个时间。保重。

亲爱的，给我写信，让我知道你过得怎么样。

好。

只要一张明信片。

好的。

你需要钱吗？

不，我自己有一些。

你确定？

我没事的。

"轻舞露间"捏了捏他的手，退后一步，略带疯狂地做了一个敬礼的小手势。愿你拥有世上最好的运气，宝贝，他说。

谢谢，约翰。你也是。

他抬起一只手，转过身，继续往前走。他把身上那个披着斗篷的小神像和其他的护身符一起脱了下来，放在了一个在他有生之年谁都不会找到的地方，因为他已经把自己体内纯朴的人类之心当作了辟邪法宝。他最后一次走在这条小街上，感到一切都离自己远去。最终，他再也没有什么可以舍弃的了。一切都消失了。人和车的踪迹都不见了。再往前，野兽的足迹也在前街渐渐消失，这里有一些他所不熟悉的东西，像剪纸的影子，越来越少。然后便什么也没有了。一些流言蜚语。随风而来的只言片语。多年旅行中的旧闻，你不能把它们放在心上。

他沿着屋后的小路抄近路走，避免在街上再有任何碰到人的机会。风烛残年的特耳西特斯[1]本该从高高的窗口往下叫骂，但这些天来他身体不大好。房子旁的灌木丛上一些玻璃丝吊着干燥的蓝矾，苏特里甚至觉得听见了楼上房间里有人在无声地发牢骚。他抬起一只眼睛，目光顺着变形的墙板往上，望向这个尖头老巨怪的房间，但是没有人回望他。这阍人在椅子上睡着了，身子摇晃着，断断续续地咕哝着，仿佛渔夫离去的脚步令他的梦境枯竭，不过他并没有醒来。

市里的救护车摇摇晃晃地从前街开了下来，磕磕绊绊地驶过地面、穿过铁轨，开上了河边的小径，最终来到了船屋。人们簇拥在门廊上看热闹，还有些人站在商店前面，表情严肃。两个男人拿着帆布担架和毛毯走了进去，过了几分钟他们抬着尸体出来了，迅速将它转移到救护车的后面。倒车时，救护车

---

[1] 特耳西特斯（Thersites），《伊利亚特》中喜欢骂人的希腊士兵的名字。

陷在了泥里。一个车轮把一大堆结成团的泥浆甩到了河里。车上的人下来看了看。其中一个开始推车。救护车还在往下沉，直至没到了差速器的壳体。

过了一会儿三个穿着跑鞋的高个子有色人种男孩，帮忙把救护车推了出去。

谁生病了？其中一个问。

有个男人死在里面了，司机答道。

他们相互看了一眼。他死了多久了？

几个星期。

哦，一个男孩皱起宽大的鼻子说，原来是这样。

你知道他是谁吗？

不知道唉。

那你知道谁住在这里吗？

不知道唉。

来吧，拉姆齐，我们得走了。

听见了，伙计。

司机关上了门，他手上一动，救护车就开走了。男孩们看着他们离开。该死，其中一个说，老苏特里才没有死。

他有一个硬纸板做的小行李箱，他从草丛中出来后把它放在了路边，然后直起身子，开始梳头发。他检查了一下自己的外表，伸出一只脚踩在箱子上，弯下腰用拇指指甲刮掉挂在裤子上的草籽。那是一条全新的棕色丝光卡其布裤子。上面是一件新衬衫，领口敞着。他的脸和胳膊被晒得黝黑，头发粗粗剪平，脚上穿的是一双廉价的棕色皮鞋，两个皮鞋头被他依次别到裤管后面擦过了。他看上去像是刚从军队或者监狱里出来的人。一辆车从公路上开了过来，他朝它伸出了大拇指，可车径直开走了。

路上的车很少，他在那里站了很久。天气非常热。你能透过新衬衫看见他的皮肤。路对面有一帮建筑工人在干活，他看着他们。一台反铲挖土机在地上开凿沟渠，一辆履带拖拉机沿着河岸开动，倾斜的刀头上全是一堆堆的白黏土。木匠们正挥舞锤子搭建结构，一辆水泥卡车等在旁边，罐体缓缓转动，发出哐当哐当的声音。苏特里看着这工程在炎热的下午自动完工。下风口的路边，绿油油的树叶上落满了灰尘，安静的午后火车发出的凄厉悠长的汽笛声在寂静的乡间飘荡。

一个男孩提着一只桶沿着工地走，他朝每个人俯下身，用一只铁勺舀水。苏特里看见底下的坑边伸出几只手，口渴地祈求着。等他们都满意了，男孩沿着沟渠的边缘走下来，把勺子往上递给了挖土机的操作员。苏特里看见他接过勺子，歪过头喝了起来，然后把最后几滴水甩向地面，俯身把勺子还给了送水工。他们相互点了点头，男孩转过身，望向马路。然后他踩着泥土，越过车辙和机器的梯架式轨道走了过来。满是尘土的靴子在黑色的碎石子路上留下了脚印，他来到站在马路旁边的苏特里面前，把水桶转了一下，把亮晶晶、滴着水的勺子递了过来。苏特里能看见铁皮上凝结着一串冰凉的小水珠，水形成细流如珠子般淌下，路面上立马冒出了蒸汽。他能看见送水工黝黑的手臂上长着淡金色的汗毛，就像新生的麦子，他在两口冒烟的深蓝色水井里看见了自己，那是孩子眼眸里他的黑色身影，有两个，一模一样，那对蓝眼睛如大海般深不见底。他接过勺子，喝了一大口，又还了回去。男孩把它丢进桶里。苏特里用手背擦了擦嘴。谢谢，他说。

男孩笑着往后退了一步。一辆车在苏特里面前停下，可他并没有抬手招车。

我们走吧，司机说。

你好，苏特里说着，爬上了车，关好车门，将箱子夹在膝盖中间。接着他们就发动了。车外的这片土地上，电线和铁路都在行进，电话线传输着人们的声音，仿佛搭载的是他们的灵魂。在他身后，整个城市都在生烟，是死人们的不幸边界，他们被朋友和祖先的尸骨囚禁在那里。往右边，高速公路白色的水泥路面在阳光下闪闪发光，坡道弯弯曲曲拐向空无一物的天边，到头来断头似的挂在那里，唯有根根钢筋竖立在无处可去的向量之间。他回过头去，送水的男孩已经不在了。一只干瘦的巨型猎狗从河边的草地里跑了出来，就像是从地下深渊里来的，一直在刚才苏特里站过的地方嗅来嗅去。

猎人躲在河岸灰色树林里的某处，他在茂密的玉米地里，也在城堡般的城市里。他的工作到处都是，他的猎犬永不疲惫。我曾在梦中见过它们，贪婪且狂野，疯狂的眼睛充满了对世间灵魂的贪婪渴望。躲开它们。